# LUIGI PIRANDELLO

Gesammelte Werke
in sechzehn Bänden

Herausgegeben von
MICHAEL RÖSSNER

Band 8

PROPYLÄEN

LUIGI PIRANDELLO

# DIE VERGESSENE MASKE

*Sizilianische Novellen II*

PROPYLÄEN

Aus dem Italienischen übersetzt von Marjana Blaha,
Johanna Borek, Percy Eckstein, Hans Hinterhäuser,
Michael Rössner, Lisa Rüdiger, Hans-Ludwig Scheel
und Wolfgang Westermann

Mit einem Nachwort von Michael Rössner

# INHALT

# AN DIE ARBEIT!

Seit einem Monat erschien der alte Siroli wie betäubt von dem Unglück, das da über ihn hereingebrochen war, und nachts konnte er keinen Schlaf mehr finden. Als in dieser Nacht der gewaltige Regenguß aufs Dach trommelte, da hatte er sich endlich einen Ruck gegeben und zu seiner Frau gesagt, die ebenso schlaflos und bedrückt wie er selbst neben ihm lag: »Mit Gottes Hilfe wollen wir morgen die Erde umbrechen.«

Nun standen die drei Söhne des Alten, abgezehrt und mit von der Malaria gelblich verfärbten Gesichtern, seit dem frühen Morgen auf dem Feld und stachen mit ihren Hacken den Boden um, gemeinsam mit zwei Tagelöhnern. Von Zeit zu Zeit richtete sich bald der eine, bald der andere auf, mit verzerrtem Gesicht, weil der Schmerz im Rücken gar so sehr tobte, und wischte sich die Augen mit dem groben Baumwolltuch ab.

»Nur Mut!« sagten dann die beiden Tagelöhner. »Schließlich ist ja niemand gestorben.«

Aber der Angesprochene schüttelte nur den Kopf, dann spuckte er in die erdigen, gelblich verfärbten Hände und begann wieder den Boden zu bearbeiten.

Aus dem dichten Gehölz oben am Hang drang von Zeit zu Zeit so etwas wie ein wütender Klagelaut. Der Alte, der noch kräftig genug für die Feldarbeit war, schnitt dort die dürren Zweige ab und begleitete so, mit diesem Klagelaut, sein mühsames Tagewerk.

Das Land, das in den Sommermonaten von der Malaria heimgesucht wurde, schien nun durch den reichlichen Regen der vergangenen Nacht, der das ausgetrocknete Flußbett »bis zum Rand« angefüllt hatte, förmlich aufzuatmen. Tatsächlich hörte man den Drago mit munterem Rauschen vorüberfließen.

Seit ungefähr vierzig Jahren hatte Siroli diese Ländereien von Sant'Anna in Halbpacht. Seit vielen Jahren schon hatten er und seine Frau die Krankheit zu besiegen vermocht und waren dagegen immun geworden. Mit Gottes Hilfe würden auch die drei Söhne, die nun unter der Krankheit litten, im Lauf der Jahre immun werden. Drei andere Kinder, zwei Söhne und eine Tochter, waren schon daran gestorben, dazu noch die Frau des ältesten Sohnes, von dem nur eine fünfjährige Tochter zurückgeblieben war, die vielleicht auch den Malariaanfällen nicht standhalten würde.

»Gott ist der Herr über uns alle«, pflegte der Alte zu sagen, wobei er die Augen zukniff. »Wenn es ihm so gefällt, mag er sie zu sich nehmen. Er hat uns hierher gesetzt; hier müssen wir leiden und uns abmühen.«

So blind war er in seinem Glauben, daß er sich ständig bei den schlimmsten Widrigkeiten des Schicksals damit tröstete, daß er sie als den Willen Gottes annahm. Es hatte schon eines solchen Unglücks bedurft, wie es ihm nun zugestoßen war, um ihn derart niederzuschmettern und zu erledigen.

Obgleich er so viele Arme auf dem Feld gebrauchen konnte, hatte er doch einen seiner Söhne Gott schenken wollen. Es war der Traum so vieler Bauern, daß einer ihrer Söhne Priester werden sollte, und er hatte ihn verwirklicht, diesen Traum, nicht aus Ehrgeiz, sondern bloß, um ein gottgefälliges Werk zu tun. Durch Sparsamkeit und unter Entbehrungen aller Art war es ihm gelungen, diesen Sohn viele Jahre hindurch am Priesterseminar der nahegelegenen Stadt studieren zu lassen; dann hatte er die Befriedigung erleben dürfen, bei seiner Priesterweihe dabei zu sein und die erste Messe mitzufeiern, die er zelebrierte.

Die Erinnerung an diese erste Messe war in der Seele des Alten unauslöschlich eingeschrieben, denn an jenem Tag war es ihm wirklich erschienen, als fühle er die Gegenwart Gottes in der Kirche. Und er glaubte seinen Sohn noch immer vor sich zu sehen, für die feierliche Zeremonie mit dieser über und über goldbestickten Kasel geschmückt, bleich und zitternd, wie er ganz langsam die Altarstaffel hinaufschritt, vor dem Tabernakel niederkniete; die unbefleckten Hände zum Zeichen des Gebets faltete; sie wieder öffnete; wie er sich dann zu den Gläubigen umwandte, die Augen halb geschlossen, um die Worte der Liturgie zu wispern, und wieder zu dem Meßbuch auf dem Lesepult. Nie war ihm das Mysterium der Messe so feierlich erschienen. Mit fast besinnungsloser Hingabe war er ihm bebend gefolgt, wobei ihm eine süße Bangigkeit die Kehle zuschnürte; neben sich hatte er seine Frau vor Rührung weinen hören, seine gute, verehrungswürdige Alte, und er selbst hatte zu weinen begonnen, unwillkürlich und unaufhaltsam, während er sich beim Ton des Glöckchens im Augenblick der Wandlung auf die Knie warf und den Kopf beugte, bis seine Stirn die Erde berührte.

Von Stund an hatte er sich, obgleich er doch schon so alt war und in der Welt so viele Prüfungen bestanden und Erfahrungen gesammelt hatte, seinem Sohn, dem Priester, gegenüber fast wie ein Kind gefühlt. Was konnte denn sein ganzes Leben, das er unter all dem Elend und all den Mühen stets makellos geführt hatte, für einen Wert haben angesichts der Reinheit dieses Sohnes, der Gott so nahe war? Und er hatte begonnen, von ihm wie von einem Heiligen zu sprechen und ihm begeistert und mit offenem

Mund zuzuhören, wenn er ihn auf dem Land besuchen kam, von dem Kollegium der Oblaten aus, wo er es durch seinen Eifer und seinen Verstand bis zum Erzieher gebracht hatte.

Die anderen Kinder, die für die Mühen des Landlebens bestimmt und dort der Gefahr des Todes preisgegeben waren, hatten ihren Bruder nicht im geringsten um sein Schicksal beneidet, im Gegenteil, sie hatten sich stolz auf ihn, auf die Zierde der ganzen Familie, gezeigt. Wenn sie krank darniederlagen, hatten sie sich immer wieder damit getröstet, daß Giovanni nun für sie betete.

Deshalb hatte die Nachricht, er habe sich mit einem schändlichen Vergehen an den unschuldigen kleinen Jungen befleckt, die in diesem Waisenhaus seiner Obhut anvertraut waren, im Bauernhof des alten Siroli wie eine Bombe eingeschlagen. Die Mutter konnte sich zuerst in ihrer patriarchalischen Heiligkeit nicht einmal vorstellen, was das denn für ein Delikt war, das der Sohn begangen hatte; ihr Mann hatte es ihr erklären müssen, so gut es ging; und daraufhin war sie bestürzt, entsetzt und dennoch fast ungläubig zurückgeblieben:

»Giovanni? Was erzählst du mir da?«

Siroli war in die Stadt gegangen, um Genaueres zu erfahren, und in der heimlichen Hoffnung, es würde sich bloß um eine Verleumdung handeln. Er hatte bei einigen Bekannten vorgesprochen, aber alle waren bei seinem Anblick erschrocken, beinahe, als empfänden sie Abscheu vor ihm; sie hatten ihm einsilbig und abweisend geantwortet und es sogar vermieden, ihn anzusehen. Er hatte auch Lobruno aufsuchen wollen, den Eigentümer der Ländereien, die er in Halbpacht hatte. Lobruno war ein Mann mit Verbindungen, Stadtrat, mit Jedermann befreundet, auch mit dem Bischof und mit dem Präfekten; er empfing ihn unfreundlich und wütend:

»Na, das steht Euch gut an! Das hat gerade noch gefehlt! Gleich ein Priester mußte es sein, was? Vom Kleinhäusler zum Priester. Na, seid Ihr jetzt zufrieden? Das sind eben jetzt die Früchte Eures Wahns, man müsse um jeden Preis aufsteigen, ohne Vorbereitung, ohne die notwendige Erziehung!«

Dann hatte er sich jedoch beruhigt und versprochen, er würde alles unternehmen, um den Skandal im Keim zu ersticken.

»Um die Würde der Menschheit nicht zu verletzen, wohlgemerkt! Aufgrund des Respektes, den wir alle der Heiligen Religion schuldig sind, wohlgemerkt! Nicht wegen dieses schweinischen Kerls, und auch nicht um Euretwegen!«

Und der arme Alte war auf seinen Bauernhof zurückgewandert wie ein geprügelter Hund; nun war es sicher, daß die Geschichte mit dem Verbrechen seines Sohnes auf der Wahrheit beruhte; daß Giovanni, der Elende, geflohen war, aus der Stadt verschwunden, um sich dem Volkszorn zu entziehen, und daß er, unter der Last dieser Schande, keinen Frieden mehr finden und nicht mehr den Mut haben würde, irgend jemandem ins Gesicht zu blicken.

Und jetzt saß er auf den Bäumen und schnitt die dürren Zweige. Dort sah ihn niemand, und er konnte bei der Arbeit weinen. Seit jenem Tag hatte er keine Träne mehr vergossen. Er dachte an sein eigenes, makelloses Leben und an das seiner alten Gefährtin, und er verstand nicht, wie ein solches Monstrum je von ihnen gezeugt werden konnte, wie er sich so viele Jahre hindurch von ihm hatte täuschen lassen können, so sehr, daß er ihn zuletzt sogar für einen Heiligen gehalten hatte. Und er hatte gemeint, er würde Gott mit ihm ein Geschenk machen! Und für ihn, für ihn hatte er seine anderen Kinder geopfert, die gut, sanft und ergeben waren; seine armen, unschuldigen Söhne, die nun da die Erde umgruben, kaum erholt von dem letzten Fieberanfall. O nein, Gott, den dieser da so schändlich beleidigt hatte, Gott würde niemals, niemals verzeihen. Gottes Fluch würde von nun an auf ewig über seinem Haus liegen. Die menschliche Gerechtigkeit würde diesen Elenden ergreifen, ihn endlich aus dem Versteck herausholen, in dem er sich und seine Schande verbarg; und er und seine Frau würden sterben vor Scham, ihn im Kerker zu wissen.

Plötzlich drang die Stimme eines seiner Söhne an das Ohr des Alten, der in diese bitteren Gedanken versunken war: es war Càrmine, der Älteste:

»Pa! Kommen Sie! Er ist da!«

Der alte Siroli zuckte zusammen, klammerte sich an den Zweig des Baumes, auf dem er saß, und begann am ganzen Körper zu zittern. Giovanni? Der war da? Und was wollte er noch von ihm? Wie hatte er es wagen können, noch einmal den Fuß in seines Vaters Haus zu setzen? Seiner Mutter ins Gesicht sehen zu wollen?

»Geh!« schrie er als Antwort, wutentbrannt den Zweig des Baumes in der Hand zerquetschend, »geh und sag ihm, er soll hier verschwinden, aber schnell! Ich dulde ihn nicht in meinem Haus, ich dulde ihn nicht!«

Càrmine sah die anderen Brüder ratsuchend an, dann ging er auf das Bauernhaus zu und bedeutete seiner verwaisten kleinen Nichte, die freudestrahlend die Nachricht von der Ankunft des Onkels Hochwürden überbracht hatte, sie solle vorauslaufen.

Im Hof fand er einen der Verwalter Lobrunos, der auf dem Mäuerchen neben der Tür saß. Sichtlich war der Priester mit ihm gekommen.

»Wo ist dein Vater?« fragte der Verwalter Càrmine, wobei er den Kopf und einen Halm hob, den er in der Hand hielt und mit dem er beim Warten auf eine kleine Distel eingeschlagen hatte, die dort zwischen dem Pflaster des Hofes aufgesprossen war.

»Er will ihn nicht sehen«, antwortete Càrmine, »und er duldet ihn auch nicht in seinem Haus. Ich bin gekommen, um ihm das zu sagen.«

»Warte«, setzte der Verwalter hinzu. »Geh zuerst noch einmal zu deinem Vater und sag ihm, daß ich ihn im Namen des Herrn dieser Ländereien sprechen muß. Geh schon!«

Càrmine zuckte die Achseln und kehrte um. Daraufhin rief der Verwalter die Kleine zu sich, die mit ganz großen Augen auf die beiden gestarrt hatte und beim besten Willen nicht wußte, was sie von diesen rätselhaften Vorgängen halten sollte und wieso auf einmal kein Jubel ausbrach, wenn doch der Onkel Hochwürden nach Hause gekommen war; er zog sie zwischen seine Knie und murmelte mit einem bösen Lächeln auf den schnurrbartbestandenen Lippen:

»Du bleib lieber hier, Schätzchen, geh nicht hinein. Du bist ja auch noch klein, und… man kann ja nie wissen!«

Kurz darauf kam Càrmine zurück, gefolgt von seinen beiden Brüdern.

»Er kommt schon«, kündigte er dem Verwalter seinen Vater an, dann ging er mit den Brüdern ins Haus, in den großen, feuchten, rauchgeschwärzten Raum im Erdgeschoß.

Auf der einen Seite war die Futterkrippe für die Tiere; ein Esel kaute dort langsam und geduldig an seiner Portion Stroh. Auf der gegenüberliegenden Seite befand sich ein großes Bett, dessen Eisengestell auf dem abschüssigen Pflaster des Bodens nicht so recht im Gleichgewicht stehen wollte. Dort schliefen die drei Brüder, freilich nie alle zugleich, weil einer von ihnen reihum immer die Nacht draußen auf Wache verbringen mußte. Der Rest des Raumes war vollgepropft mit bäuerlichen Geräten. Eine Holztreppe führte in die Dachkammer, wo die beiden Alten mit dem Waisenkind schliefen.

Giovanni saß auf dem Betteinsatz, die Brust über die zusammengerollten Matratzen gebeugt, den Kopf in den Armen verborgen. Die alte Mutter starrte ihn an und weinte, weinte ohne Ende still vor sich hin, als sollte ihr ganzes Herz, ihr ganzes restliches Leben sich auflösen und in diesen Tränen davonfließen.

Als er Leute hereinkommen hörte, hob der Priester den Kopf und schielte zum Eingang hinüber, dann versteckte er das Gesicht wieder zwischen den Armen. So sahen die drei Brüder einen Augenblick lang sein völlig verändertes, bleich gewordenes Gesicht mit dem struppigen Bart, der ihm gewachsen war. Sie betrachteten ihn eine Weile mit einer Mischung aus Ekel und Mitleid, sie sahen seine da und dort zerrissene Soutane an; dann, als sie die Blicke senkten, entdeckten sie, daß ihm an einem Schuh die silberne Schnalle fehlte.

Als die alte Mutter die anderen drei Söhne erblickte, brach sie in Schluchzen aus und bedeckte das Gesicht mit den Händen.

»Still, Ma, still!« sagte Càrmine mit belegter Stimme zu ihr. Und er setzte sich mit den anderen Brüdern auf die Truhe neben dem Bett, um auf den Vater zu warten, schweigend.

Alle drei hatten sie gelb verfärbte Gesichter, alle drei trugen sie schwarze Mützen, deren Zipfel hinten herunterhingen, und alle drei hatten, wie sie da so in einer Reihe saßen, dieselbe Haltung angenommen.

Endlich erschien der Alte im Hof, gebeugt, die Hände hinter dem Rücken verschränkt, zu Boden starrend. Auch er hatte eine ähnliche Mütze auf dem Kopf wie seine Söhne, aber die seine war vom Alter grünlich verfärbt und durchlöchert. Seine Haare waren lang, sein Bart seit einem Monat nicht geschnitten.

»Siroli, freu dich!« rief der Verwalter Lobrunos ihm zu, schob die Kleine beiseite und stand auf, um dem Alten entgegenzugehen. »Freu dich, sag ich dir! Ist alles geregelt.«

Der alte Siroli bohrte seine noch lebendigen und wie im Krampf des Schmerzes erstarrten Augen in die des Verwalters und sagte kein Wort, als hätte er nichts gehört oder nichts verstanden.

Daraufhin legte ihm dieser, ein kräftiger Mann mit riesigem Brustkorb und gerötetem Gesicht, in einer Art Schutzgeste ein wenig spöttisch und überheblich den Arm um die Schulter und wiederholte:

»Alles geregelt, oder besser: in Ordnung gebracht, in Ordnung gebracht!« – und er brach in ein flegelhaftes Gelächter aus, dann fing er sich wieder:

»Wenn man das Glück hat, einem Herrn zu dienen, der uns wohl will wegen unseres Eifers und unserer Ehrbarkeit, dann lassen sich so gewisse… kleine Dummheiten schon reparieren, was? Schließlich und endlich sind das doch Kindereien, hab ich nicht recht? Ohne große Folgen. Allerdings wollte ich nicht, daß dieses unschuldige Kind in die Stube hineingehen sollte: da hab ich doch recht dran getan?«

Der Alte hielt sich zurück, vor Wut bebend.

»Was habt Ihr mir also zu sagen?« fragte er.

Der Verwalter nahm ihm die Hand von der Schulter und legte sie zusammen mit der anderen auf den Rücken, streckte die Brust heraus, hob den Kopf, um den Alten von oben herab zu betrachten, und fauchte:

»Schon bereit. Der Herr hat, in erster Linie aus Respekt vor dem Kleid, das Euer Sohn da als Unwürdiger trägt, aber auch aus Erbarmen Euch gegenüber, so viel unternommen, so viel geredet, daß es ihm gelungen ist, die Verwandten dieser armen Jungen die Klage zurückziehen zu lassen, die sie schon eingebracht hatten. Das medizinische Gutachten ist... günstig ausgefallen. Nun geht Euer Sohn erstmal nach Acireale.«

Der alte Siroli, der bisher auf den Boden gestarrt hatte, während er ihm zuhörte, hob den Kopf:

»Nach Acireale?«

»Jawohl. Unser Bischof hat sich mit dem dortigen Bischof verständigt.«

»Verständigt?« fragte wiederum der Alte. »Worüber denn verständigt?«

»Über... über die ganze Geschichte, zum Donnerwetter, versteht Ihr denn nicht?« rief der andere unschuldig. »Sie drücken eben beide Augen zu, und das Ganze ist vergessen.«

Der Alte ballte die Fäuste, erbleichte, murmelte vor sich hin:

»Das tut der Bischof?«

»Das und noch mehr«, antwortete der Verwalter. »Euer Sohn bleibt für ein Jahr oder zwei in Acireale, zur Sühne, bis hier ein bißchen Gras über die Sache gewachsen ist. Dann kommt er zurück und darf wieder die Messe lesen, da könnt Ihr ganz sicher sein.«

»Er?« schrie da Siroli und wies mit der Hand auf das Haus. »Er soll mit diesen befleckten Händen wieder die konsekrierte Hostie berühren dürfen?«

Der Verwalter zuckte fröhlich die Achseln.

»Wenn Monsignore verzeiht...«

»Monsignore vielleicht; ich nicht!« entgegnete ihm der Alte entrüstet, sich mit der verkrümmten, beschmierten Hand auf die eingefallene Brust klopfend. »Kommen Sie, Sie werden schon sehen!«

Er lief in den ebenerdigen Raum und auf das Bett zu, auf dem der Priester noch immer in derselben Stellung lag, packte ihn am Arm und zerrte ihn mit einem gewaltigen Ruck in die Höhe.

»Los, steh auf, du Schwein! Zieh dich aus!«

Der Priester stand mitten im Raum, die Soutane um die Hüften gerafft, die Waden entblößt, und verbarg das Gesicht in den erhobenen Armen. Die drei Brüder und die Mutter waren sitzen geblieben und sahen bestürzt bald Giovanni, bald den Vater an, den sie noch nie so gesehen hatten. Der Verwalter sah der Szene von der Schwelle aus zu.

»Geh hinauf und zieh dich aus!« wiederholte der Alte.

Und während er das sagte, trieb er ihn mit Stößen vor sich her über die Holzstiege. Dann wandte er sich zu seiner Frau um, die laut schluchzte, und befahl ihr, still zu sein. Die Alte schluckte unverzüglich ihr Schluchzen hinunter und nickte mehrmals zum Zeichen des Gehorsams. Es war das erste Mal, daß ihr Mann in diesem Ton mit so lauter Stimme zu ihr sprach.

Der Verwalter auf der Schwelle zuckte betroffen die Achseln und stammelte:

»Aber warum denn, alter Dickschädel, wenn doch alles geregelt ist?«

»Ihr haltet den Mund!« herrschte ihn der Alte an und trat ihm entgegen. »Ihr könnt dann Monsignore erzählen, was hier geschehen ist.«

Langsam stieg er die Holztreppe hinauf. Oben hatte Giovanni die Soutane ausgezogen und war in Hemdsärmeln zurückgeblieben, in der Weste und in kurzen Hosen, neben dem Bett des Vaters sitzend. Sofort barg er wieder das Gesicht in den Händen.

Der Alte betrachtete ihn eine ganze Weile; dann befahl er ihm:

»Weg mit dieser Schnalle vom Schuh!«

Der Angesprochene beugte sich hinunter, um zu gehorchen. Da trat der Vater hinzu, sah, daß er noch das Käppchen aufhatte, und riß es ihm mitsamt einem Büschel Haare vom Kopf. Giovanni fuhr wütend auf. Aber der Alte hob in erschreckender Weise die Hand und deutete auf die Treppe:

»Da unten! Warte. Da unten steht eine Hacke. Und das ist schon eine Gnade für dich, denn auch dessen wärest du eigentlich nicht mehr würdig. Deine Brüder graben die Erde um, und du kannst nicht neben ihnen arbeiten; auch deine Mühe und Plage sei von Gott verflucht!«

Allein zurückgeblieben, nahm er die Soutane; bürstete sie aus, legte sie sorgfältig zusammen und küßte sie; hob die silberne Schnalle vom Boden auf und küßte sie; ebenso das Käppchen und küßte es; dann öffnete er eine lange, alte Fichtentruhe, die aussah wie ein Sarg, und in der mit religiöser Sorgfalt die Kleider der drei verstorbenen Söhne verwahrt wurden; hierauf schlug er darüber das Kreuz und barg dann auch diese Kleider da drinnen, die des Sohnes, der Priester geworden… und der nun gestorben war.

Dann schloß er die Truhe wieder, setzte sich darauf, verbarg das Gesicht zwischen den Händen und begann hemmungslos zu weinen.

Aus dem Italienischen von Michael Rössner. Originaltitel: *Alla zappa!* Erstveröffentlichung in der Zeitschrift *Il Marzocco* vom 7. September 1902, danach im Novellenband *Erma bifronte* (Mailand 1906), schließlich im sechsten Band der *Novelle per un anno* von 1923.

# DER RABE VON MÍZZARO

Als müßige Hirten eines Tages auf die Felsen von Mízzaro kletterten, überraschten sie einen großen Raben im Nest, der friedlich auf seinen Eiern brütete.

»Du Rabenvater, was machst du da? Schau einer an! Brütet die Eier aus! Das ist doch Sache deiner Frau, Rabenvater!«

Selbstverständlich wird der Rabe seine Gründe vorgebracht haben. Doch krächzte er sie in der Rabensprache, und die verstand natürlich keiner. Die Hirten machten sich einen Spaß daraus, ihn den ganzen Tag lang zu necken; dann nahm ihn einer ins Dorf mit. Aber den Tag darauf wußte er nichts mehr mit ihm anzufangen, hing ihm zur Erinnerung ein Bronzeglöckchen um den Hals und setzte ihn in Freiheit:

»Freu dich des Lebens!«

Was sich der Rabe bei dem klingenden Anhängsel dachte, wird er allein gewußt haben, als er es am Halse gen Himmel trug. Nach den großen Kreisen zu urteilen, die er beschrieb, schien er selig zu sein und Nest und Weibchen vergessen zu haben.

»Kling klingling kling klingling...«

Die Bauern, die gebückt auf den Feldern arbeiteten, richteten sich bei dem Gebimmel in den Hüften auf und ließen ihre Blicke hierhin und dorthin über die endlose Ebene unter der glühenden Sonne schweifen:

»Wo läutet es bloß?«

Kein Lüftchen regte sich; von welcher fernen Kirche konnte denn das festliche Läuten zu ihnen dringen?

Auf alle möglichen Gedanken kamen sie, nur nicht darauf, daß ein Rabe in der Luft läutete.

Geister! dachte Cichè, der ganz allein auf einem Acker arbeitete, wo er Mulden rings um die Mandelbäume aushob, um sie mit Dünger zu füllen. Und er bekreuzigte sich. Denn er glaubte an Geister – und ob! Sogar gerufen hatten sie ihn manchmal des Abends, wenn er spät vom Felde heimkehrte und auf der Straße an den erloschenen Kalköfen vorüberwanderte, wo die Geister nach Meinung der Leute hausten. Gerufen? Wie denn? »Cichè! Cichè!« – so hatten sie gerufen. Und die Haare hatten sich ihm unter der Mütze gesträubt.

Nun hörte er das Gebimmel zuerst von fern, dann von nahem, dann wieder von fern – und ringsumher keine lebende Seele: nichts als Felder, Bäume, Pflanzen, die nichts sagten und nichts hörten und mit ihrem Gleichmut seine Angst nur vermehrten. Dann, als er sein Frühstück hatte verzehren wollen, das er sich am Morgen von daheim mitgebracht hatte, einen halben Laib Brot und eine Zwiebel im Brotbeutel, den er zusammen mit der Jacke ein ganzes Stück weiter drüben an einem Olivenzweig aufgehängt hatte – jawohl, meine Herrschaften, da war wohl die Zwiebel noch im Brotbeutel gewesen, aber den halben Laib Brot hatte er nicht mehr gefunden. Und zwar im Laufe von ein paar Tagen das dritte Mal!

Er erzählte niemandem ein Sterbenswörtchen; denn er wußte, wenn die Geister dich aufs Korn nehmen, dann wehe, wenn du dich beklagst: Sie erwischen dich wieder, wenn es ihnen paßt, und tun dir noch ärgeren Tort an.

»Mir ist nicht gut«, gab Cichè am Abend, da er von der Arbeit kam, seiner Frau zur Antwort, als sie ihn fragte, warum er so mitgenommen aussehe.

»Das Essen schmeckt dir aber!« meinte seine Frau später, als sie ihn zwei, drei Schüsseln Suppe, eine nach der anderen, hinunterschlingen sah.

»Essen tu ich freilich«, knurrte Cichè, der seit dem Morgen nichts zu sich genommen hatte und ärgerlich war, daß er ihr nichts verraten durfte.

Bis sich dann über das Land die Kunde von dem diebischen Raben verbreitete, der am Himmel sein Glöckchen erklingen ließ.

Cichè beging den Fehler, daß er darüber nicht lachte wie alle andern Bauern, die sich ebenfalls Gedanken gemacht hatten.

»Ich schwöre einen heiligen Eid«, sagte er, »das werde ich ihm heimzahlen.«

Und was tat er? Er steckte in seinen Brotbeutel zu dem halben Laib Brot und zu der Zwiebel vier trockene Saubohnen und vier Enden Bindfaden. Kaum war er auf dem Acker, da nahm er dem Esel den Sattel ab und trieb ihn zum Wall, wo er die übriggebliebenen Stoppeln fressen sollte. Mit seinem Esel unterhielt sich Cichè, wie es die Bauern so tun; und der Esel, der bald das eine und bald das andere Ohr spitzte, schnaubte hin und wieder, wie um ihm zu antworten.

»Du, Ciccio«, sagte Cichè zu ihm, »paß auf, was für einen Spaß wir uns machen werden!«

Er bohrte ein Loch in die Bohnen, befestigte sie an den vier Enden Bindfaden, die er an den Sattel gebunden hatte, und legte sie auf den Brotbeutel an der Erde. Dann machte er sich mit der Hacke an die Arbeit.

Eine Stunde verging; es vergingen zwei. Ab und zu unterbrach Cichè die Arbeit, weil er immer den Klang des Glöckchens in der Luft zu hören meinte; aufrecht lauschte er. Nichts. Und er begann wieder zu hacken.

Die Zeit zum Frühstücken war gekommen. Unschlüssig, ob er essen gehen oder noch ein Weilchen warten sollte, setzte sich Cichè schließlich in Bewegung; doch wie er dann die Falle auf dem Brotbeutel so schön gerichtet sah, mochte er sie nicht zerstören. In diesem Augenblick vernahm er deutlich ein fernes Geklingel; er hob den Kopf.

»Da!«

Und still und geduckt – das Herz schlug ihm bis zum Halse – verließ er den Platz und versteckte sich in einiger Entfernung.

Der Rabe jedoch, wie wenn er sich am Klang seines Glöckchens erfreute, zog ganz, ganz hoch seine Kreise und kam nicht herunter.

Vielleicht sieht er mich, dachte Cichè und stand auf, um sich noch weiter weg zu verstecken.

Aber der Rabe setzte seinen Flug in der Höhe fort und machte keine Anstalten, sich niederzulassen. Cichè hatte Hunger; doch er wollte sich noch nicht geschlagen geben. Er begann wieder zu hacken. Warte nur, warte nur. Der Rabe blieb oben, als täte er es ihm zum Possen. Mit hungrigem Magen, ein paar Schritte vom Brot weg, meine Herren – und er durfte es nicht anrühren! Das wurmte Cichè; aber er hielt aus, gereizt und dickschädelig.

»Du kommst schon, du kommst mir schon herunter! Auch du mußt ja einmal Hunger kriegen!«

Der Rabe indessen schien ihm vom Himmel herunter mit dem Klang seines Glöckchens hämisch zu erwidern:

»Nicht du noch ich! Nicht du noch ich!«

So verging der Tag. Cichè machte seinem Ärger Luft, als er dem Esel den Sattel wieder anlegte, von dem die vier Bohnen wie ein neuartiger Festschmuck herunterbaumelten. Auf dem Wege biß er wütend von dem Brot ab, das ihm den ganzen Tag lang Qualen bereitet hatte. Und bei jedem Biß ein Schimpfwort für den Raben, der sich nicht hatte fangen lassen: »Henker, Dieb, Verräter!«

Doch am Tag darauf hatte er Glück.

Nachdem er die Bohnenfalle ebenso sorgfältig vorbereitet hatte und erst seit kurzem an die Arbeit gegangen war, vernahm er in seiner Nähe ein unruhiges Gebimmel und ein verzweifeltes Krächzen, begleitet von wilden Flügelschlägen. Er eilte herbei. Der Rabe hatte sich am Bindfaden gefangen, der ihm aus dem Schnabel hing und ihn zu erwürgen drohte.

»Bist du endlich reingefallen?« rief er und packte ihn bei den Flügeln. »Gut, die Bohne, was? Jetzt bin ich an der Reihe, verdammtes Vieh! Du wirst was erleben!«

Er schnitt den Bindfaden ab und versetzte dem Raben zunächst einmal zwei Hiebe über den Kopf.

»Das für die Angst, und das für den leeren Magen.«

Der Esel, der nicht weit weg stand und die Stoppeln vom Wall fraß, hatte, vom Krächzen des Raben erschreckt, die Flucht ergriffen. Cichè rief ihn und brachte ihn zum Stehen. Dann zeigte er ihm von weitem den schwarzen Vogel:

»Da ist er, Ciccio! Wir haben ihn! Wir haben ihn!«

Er band ihn an den Füßen fest, hängte ihn an den Baum und begab sich wieder an die Arbeit. Beim Hacken überlegte er, wie er sich rächen sollte. Er würde ihm die Flügel stutzen, damit er nicht mehr fliegen konnte; dann würde er ihn seinen Kindern und den anderen Buben aus der Nachbarschaft geben, damit sie ihn ordentlich quälten. Und er lachte still vor sich hin.

Als der Abend gekommen war, legte er dem Esel den Sattel über den Rücken, band den Raben los, hing ihn mit den Füßen an den Gurt des Schwanzriemens, und fort ging's. Da begann das Glöckchen am Hals des Raben zu klingeln. Der Esel spitzte die Ohren und bockte.

»Arrí!« schrie Cichè und riß heftig am Halfter.

Und der Esel setzte sich wieder in Bewegung, wenn

auch noch mißtrauisch gegen den ungewöhnlichen Klang, der seinen gemächlichen Trab im Staub der Straße begleitete.

Cichè dachte beim Reiten, von nun an würde niemand auf den Feldern den Raben von Mízzaro am Himmel mehr läuten hören. Der war nun in seiner Gewalt, und das verdammte Vieh gab kein Lebenszeichen mehr von sich.

»Wie geht's?« fragte er ihn, indem er sich nach ihm umwandte und ihm mit dem Halfter eins über den Kopf zog. »Bist du eingeschlafen?«

Der Rabe gab zu Antwort:

»Krah!«

Auf dieses unvermutete Krächzen blieb der Esel ruckartig stehen, den Hals gestreckt, die Ohren gespitzt. Cichè brach in Lachen aus.

»Arrí, Ciccio! Bist du erschrocken!«

Und er schlug den Esel mit dem Riemen über die Ohren. Bald darauf fragte er den Raben von neuem:

»Bist du eingeschlafen?«

Und wieder ein Hieb, noch kräftiger. Und darauf noch kräftiger der Rabe:

»Kraaah!«

Doch diesmal machte der Esel einen Bocksprung und ergriff die Flucht. Umsonst versuchte Cichè, ihn mit aller Gewalt der Arme und Beine zurückzuhalten. Der Rabe, der bei diesem wilden Ritt hin- und hergeschleudert wurde, krächzte wie ein Verzweifelter; doch je mehr er krächzte, um so schneller raste der erschreckte Esel davon.

»Kraaah! Kraaah! Kraaah!«

Cichè brüllte ebenfalls, zog und zerrte am Halfter; doch vor Angst, die sie einander krächzend und rennend einflößten, schienen die Tiere verrückt geworden zu sein. Eine geraume Weile hörte man durch die Nacht die wilde, verzweifelte Jagd; dann ein dumpfes Aufschlagen – und dann nichts mehr.

Am Tage darauf fand man Cichè in der Tiefe eines Abgrunds zerschmettert unter dem gleichfalls zerschmetterten Esel: eine unförmige Fleischmasse, die unter einem Fliegenschwarm in der Sonne dampfte.

Der Rabe von Mízzaro, schwarz im Blau des herrlichen Morgens, ließ sein Glöckchen wieder am Himmel ertönen, frei und glücklich.

Aus dem Italienischen von Lisa Rüdiger. Originaltitel: *Il corvo di Mízzaro.* Erstveröffentlichung unter dem Titel *Corvo, 77 – Asino, 23 – Caduta, 80* – »Rabe, 77 – Esel, 23 – Fall, 80« – in der Zeitschrift *Il Marzocco* vom 26. Oktober 1902, dann mit dem definitiven Titel im Novellenband *Il carnevale dei morti* (Florenz 1919), schließlich im sechsten Band der *Novelle per un anno* von 1923.

# DER BÖSE GEIST

Als junger Mann war Carlo Noccia fast sieben Jahre in Afrika gewesen, als Händler in Bona. In der ersten Zeit hatte er dort regelrecht Hunger gelitten, und nur unter großen Mühen, Gefahren und unglaublichen Entbehrungen war es ihm schließlich gelungen, ein paar Groschen zusammenzusparen.

Als er nach Sizilien zurückkehrte, wollte er seinen Landsleuten nicht allzu rechtschaffen erscheinen, die dort Handel trieben, Zitrusfrüchte und Schwefel produzierten und verkauften, diebisches Gesindel, das gewohnt war, hinterhältig und mit jeder nur möglichen Täuschung zu arbeiten, um im Überlebenskampf zu bestehen; und also glaubte er, er müsse ihnen zu verstehen geben, daß er sein Geld dort unten mit den gleichen Listen und Tricks ergattert hatte. Mit einem Wort, er mußte sich ihrer Denkweise anpassen und seine Mühen und deren Früchte herabsetzen, um in ihren Augen Ansehen und Respekt zu erwerben. Und so tummelte er sich geschäftig wie ein ausgekochter Gauner mitten in dem lärmenden Treiben des kleinen Hafens, zwischen den großen Stapeln der Schwefelblöcke am Strand, an Bord der Dampfschiffe jeglicher Nationalität, zwischen Matrosen und Dolmetschern, Ladearbeitern und Stauern, und atmete mit einer wahren Wollust den Geruch von Teer und Pech ein, während ihm die Augen vom beißenden Schwefelstaub tränten. Betäubt von den Rufen der Bootsführer und Lastenträger im Hafen, umgeben vom lärmenden Gezeter, vom Heulen der Sirenen und Stampfen der Maschinen, glaubte er allen Ernstes daran, daß der unbändige Drang, andere zu täuschen, daß all die schlechten Gedanken aus dem Ferment dieses atemlosen Lebens hervorgingen, daß sie aus den Luken der Stauräume aufstiegen, ja aus dem Meerwasser selbst, das vom Schwefel und Kohlenstaub verdreckt war, aus dem Saum vermoderter Algen am Strand, der vom ständigen Vorüberziehen quietschender, mit Erz beladener Karren durchfurcht und umgegraben war. Er glaubte aufrichtig daran, daß er, wenn er dort lebte, diese Luft einatmete, sich diese Kunst binnen kurzer Zeit ganz von selbst aneignen würde; und er war überglücklich, als er den Beweis dafür erhielt, daß die anderen glaubten, er habe nichts mehr zu lernen. Plötzlich sah er sich an die Spitze eines der größten Schwefellager gestellt. Der Inhaber, ein ehrgeiziger junger Mann, der seine Universitätsstudien nach dem plötzlichen Tod des Vaters hatte abbrechen müssen, war freilich im Geschäft völlig unerfahren und suchte viel eher, sich seine Mitbürger mit Gefälligkeiten aller Art geneigt zu machen, damit er zum Bürgermeister der Gemeinde gewählt würde. Natürlich wurde er sofort zum Opfer der durchtriebensten Spekulanten des Ortes, und ganz besonders eines gewissen Grao, der begann, sich bei ihm mit einem gigantischen Plan einzuschmeicheln, welcher das hehre Ziel verfolgte, den Schwefelhandel von der Ausbeutung durch die ausländischen Exporthandelshäuser zu befreien, die sich in den größeren Wirtschaftszentren der Insel festgesetzt hatten. Damit würde er nicht nur in kurzer Zeit sein Vermögen verhundertfachen (und das war noch gering geschätzt!), sondern zudem den Ruhm eines Retters der sizilianischen Schwefelindustrie erwerben, und dann würde er auf der Stelle zum Bürgermeister gewählt, da gäbe es gar keinen Zweifel.

Noccia bewunderte diesen Grao vor allen anderen; für ihn war seine Meinung so etwas wie ein Orakel. Vielleicht hatte freilich bei so viel Bewunderung und einem so blinden Vertrauen auch die Tochter einen großen Anteil, die dieser Grao besaß, ein wunderschönes Mädchen, in das Noccia sich verliebt hatte. Tatsache ist jedenfalls: Als Grao seinen Brotgeber in dieses riesige Abenteuer stürzte und dieser wiederum ihn, Noccia, seinen Lagerhalter und Verwalter, um Rat und Aufklärung bat über die Spekulationen, bald auf Hausse, bald auf Baisse, zu denen Grao ihn verleitete, da gab er ihm stets im allerbesten Glauben jene Ratschläge und Aufklärungen weiter, die ihm Grao heimlich und ohne daß er es bemerkte, eingegeben hatte. Nur sah sich dann sein Brotgeber immer bei Fristablauf, wenn er auf Baisse spekuliert hatte, einer beeindruckenden Hausse gegenüber und umgekehrt, so daß zu guter Letzt sein Vermögen in weniger als einem Jahr verschwunden und der Betrieb liquidiert war.

Niemand wollte daran glauben, daß Noccia in gutem Glauben gehandelt hatte. Wie hätte er denn nicht bemerken sollen, daß Grao Mal für Mal dieselbe Spekulation, nur umgekehrt, für die eigene Tasche durchgeführt hatte? Er hatte es nicht bemerkt, auch weil er blind geglaubt hatte, daß dieses riesige geschäftliche Abenteuer den Reichtum seines Brotherrn wenn schon nicht verhundertfachen, so doch beträchtlich vergrößern würde. Beim ersten, beim zweiten, beim dritten Fehlschlag hatte er den Verzweiflungsbeteuerungen Graos ehrlich Glauben geschenkt und ebenso der Versicherung, daß die neue Spekulation, die dieser vorschlug, die Rettung und Wiedergutmachung allen Schadens bedeuten würde.

Im übrigen bewies doch allein schon die Tatsache seine Gutgläubigkeit, daß der Ruin seines Brotgebers auch seinen eigenen Ruin bedeutete: Er hatte seine Stelle verloren, und was ihn noch viel mehr schmerzte, die Hoffnung, Graos Tochter je zu seiner Frau zu machen. Und so fiel er aus allen Wolken, als Grao mit ausgebreiteten Armen auf ihn zukam, um ihm für das zu danken, was er getan hatte, und ihm zum Lohn dafür seine Tochter mit mehr als dreihunderttausend Lire Mitgift zu geben.

Da beteuerte er sogar Grao gegenüber seine Unschuld und seinen guten Glauben. Aber dieser zwinkerte ihm listig zu, schlug ihm auf die Schulter und gab ihm zu verstehen, daß er ihn eben wegen dieser Beteuerung für seinen würdigen Kumpan ansah, ja, für seinen würdigen Schwiegersohn; und noch etwas anderes gab er ihm zu verstehen: daß er von niemandem Lob zu erwarten gehabt hätte, hätte er seinen Posten und diese Spekulation nicht ausgenutzt, um sich zu bereichern, im Gegenteil, alle hätten ihn für einen Trottel, einen Taugenichts gehalten, so wie sein Brotgeber einer war, für einen, der genauso wie dieser es verdient hätte, übers Ohr gehauen und dann mit einem Fußtritt in die Ecke geworfen zu werden.

Es geschah jedoch, daß ihn nun ganz unerwartet alle seine Mitbürger mit wildem Haß verfolgten – wohl aus Neid über den Wohlstand, der für ihn aus dieser Ehe mit der Tochter des schwerreichen Spekulanten resultierte. Sie nannten ihn nur noch den Judas und hielten ihn jeder Gemeinheit, jeder Niedertracht für fähig, und am Ende vergifteten sie ihm mit diesem Ruf auch noch die Liebe seiner Braut.

Er wollte beweisen, daß er nicht so einer wäre, zum Teufel, nein, nicht so einer, für den ihn alle hielten; aber da geschah es, daß bei zwei oder drei Gelegenheiten, ohne daß er recht wußte, wie oder warum, seine Handlungen und guten Absichten unversehens den Beweis des Gegenteils erbrachten; das ging so weit, daß er eines Tages aufgrund einer unerklärlichen Buchung von ein paar hundert Lire auf ein falsches Konto sogar von einem Untergebenen, den er mit Wohltaten überhäuft hatte, bei Gericht verklagt wurde.

Da begann Noccia nun tatsächlich an die Existenz eines bösen Geistes zu glauben, geboren und genährt aus dem Haß, der Mißgunst, den schlechten Gedanken, mit einem Wort aus all dem Bösen, daß uns unsere Feinde wünschen. Ein böser Geist, der ständig wachsam um uns ist, immer bereit, uns zu schaden, indem er unsere Zweifel und unser Erstaunen ausnutzt, mit Anstößen und Einflüsterungen und Ratschlägen und Anspielungen, die auf den ersten Blick einer ganz und gar anständigen Klugheit zu entspringen scheinen, der vernünftigsten Überlegung, und die sich dann mit einem Mal als falsch und hinterlistig erweisen, so daß unser ganzes Verhalten plötzlich in den Augen der anderen und auch in unseren eigenen in einem düsteren Zwielicht erscheint und wir, wenn wir so plötzlich ertappt werden, beim besten Willen nicht wissen, wie wir da wieder herauskommen könnten. Sicher war es dieser böse Geist gewesen, der ihn den Rechenfehler hatte begehen lassen.

Und siehe da, da hatten ihn seine Mitbürger plötzlich auch für fähig gehalten, sich auf Kosten eines armen Teufels um ein paar hundert Lire zu bereichern. Und von diesem Augenblick an hatte sich jeder für berechtigt gehalten, ihm das zu verweigern, was er ihm schuldete, so daß er, um sein Geld wiederzubekommen, jedesmal vor Gericht gehen mußte.

Und nun war er wegen eines Rechtsstreits, der sich schon lange hinzog und den der erniedrigte, müde gewordene Noccia vielleicht am liebsten hätte sein lassen, wenn ihn die Wut nicht einmal mehr gezwungen hätte zu beweisen, daß das Recht auf seiner Seite war, nach Rom gefahren, um persönlich den Abgeordneten seines Wahlbezirks um Fürsprache zu ersuchen.

Er war schon siebenundvierzig Jahre alt, und seine Seele hatte sich zutiefst verdüstert durch diesen endlosen Krieg des Hasses und der Mißgunst. Wie ein Tier, das bei einer grausamen Jagd verletzt wird und sich in einen fremden Bau zurückzieht, blickte er sich nun in einem fort mißtrauisch und mürrisch nach allen Seiten um. Die großen, hellen, stahlblauen Augen mit ihren unsteten Blicken verliehen diesem düsteren, braunen, von der Sonne der weiten, wilden Strände Siziliens verbrannten Gesicht den Eindruck einer seltsamen Leere. Und er empfand fast einen ungewohnten Groll, wenn sich die Falten seines Gesichts beim Anblick der Pracht dieser Stadt gelegentlich glätteten.

In der Brusttasche steckte eine wohlgefüllte Geldbörse mit vielen tausend Lire. Vielleicht hatte er bei seiner Abreise aus Sizilien gedacht, er könnte sich, wenn schon nicht alle, so doch wenigstens einige der für ihn gänzlich neuen Zerstreuungen erlauben, die eine Stadt wie Rom ihm zu bieten hatte. Aber in den ersten vier Tagen hatte er wegen dieses düsteren Mißtrauens, das ihm zur zweiten Natur geworden war, noch keiner einzigen Versuchung nachgegeben, und er fühlte sich müde, bedrückt und unruhig. Er hatte sich im Hotel *Nuova Roma* in der Nähe des Bahnhofs eingemietet und mußte jedesmal mehrere Kilometer zurücklegen, um sich dort für ein halbes Stündlein einzuschließen; doch schon bald lief er wieder auf die Straße hinaus, noch hektischer als zuvor und ohne Ziel.

So geschah es, daß er am Morgen des fünften Tages in ein ärmliches Kaffeehaus in der Nähe des Bahnhofs geriet, in dem er ein wenig Zeit totschlagen wollte. Drinnen waren wenige Gäste und viele Fliegen. Noccia bestellte ein Glas Bier und streckte die Hand aus, um nach einer auf dem Nebentisch liegenden Zeitung zu greifen. Aber die

Fliegen quälten ihn. Bei dem Versuch, eine Fliege zu verjagen, riß er ein Loch in die Zeitung. Er wollte sie ersetzen, aber der Wirt gab es nicht zu. Bei dem Versuch, eine zweite Fliege zu verjagen, ging fast das Bierglas in Stücke. Daraufhin hörte er auf zu lesen, fauchte vor sich hin und ließ die Hände über die lederbezogene Bank gleiten. Gleich darauf zog er die eine, die rechte, wieder zurück, denn sie war an etwas gestoßen; er drehte den Kopf, um zu sehen, was es war.

Es war ein altes Täschchen, das wohl ein Gast dort liegengelassen hatte. Vielleicht war es leer. Und wenn es nicht leer war, was konnte schon drinnen sein? Ein paar Groschen, vielleicht ein silbernes Lirastück. Noccia blieb eine Weile lang unschlüssig, ob er es an sich nehmen oder dem Kaffeehauswirt geben sollte, damit dieser es dem Besitzer zurückgäbe, wenn der es suchen würde. Er schaute den Wirt hinter der Theke an. Dessen Gesicht machte ihm nicht gerade den Eindruck, als würde er die Tasche zurückgeben, wenn etwas drinnen wäre. Vielleicht sollte er das zunächst einmal feststellen. Er streckte also vorsichtig die Hand aus und griff sich die Tasche. Die war ganz schön schwer. Er öffnete sie ein wenig und sah drinnen ein Silberstück und zwei Münzen zu zwei Centesimi. Dann schaute er wieder den Wirt an und hatte nun nicht den geringsten Zweifel, daß dieses Silberstück und diese beiden Kupfermünzen in der Tasse unter der Theke enden würden.

Was sollte er tun? Er erinnerte sich, tags zuvor auf der Chronikseite einer Zeitung von einer »zur Nachahmung empfohlenen edlen Tat« gelesen zu haben: der eines Briefträgers, der auf der Straße eine Brieftasche mit mehr als tausend Lire gefunden und sie bei der Polizei abgegeben hatte. Sollte er sich zur Nachahmung dieser edlen Tat entschließen? Auf der Polizeiwache würde man ihn sicher nach seinem Namen fragen, und den würden dann die

Zeitungen in ihren Berichten über den Fund der Tasche veröffentlichen. Er dachte daran, daß die Nichtstuer zu Hause am Stammtisch die römischen Zeitungen vom Leitartikel bis zur letzten Annonce auf Seite sechs zu lesen pflegten. Und wenngleich sie ihn für fähig hielten, sich auch nur ein paar wenige Lire anzueignen, würden sie sicher grinsend herumerzählen, er hätte die Tasche nur deshalb bei der Polizei abgegeben, weil sie bloß ein Silberstück und zwei Centesimi enthielt. Im Grunde schien es ihm ja wirklich übertrieben, wegen der paar Münzen diese ganze hehre Allüre der Tugend an den Tag zu legen. Was sollte er also tun? Während dieses Zögerns schien es ihm allzu unvorsichtig, die Tasche weiter in der Hand zu behalten, wo sie für alle sichtbar war, und so schob er sie in seine Westentasche, um in Ruhe darüber nachzudenken, ob es nicht, um diese ganzen Probleme aus der Welt zu schaffen, besser wäre, sie wieder dorthin zu legen, wo er sie gefunden hatte. Aber dann würde sie vielleicht ein anderer Gast ohne all seine Skrupel finden und einstecken, ohne viel darüber nachzudenken; und dann würde der Ärmste, der sie verloren hatte, wohl...

»Ach, zum Teufel«, unterbrach Noccia an diesem Punkt seine Gedanken. »Schließlich und endlich geht's doch nur um fünf Lire...« Und er wollte das Täschchen schon wieder aus der Tasche holen, als eine schmuddelige Alte mit spitzem Gesicht wie eine Furie in das Kaffeehaus und auf seinen Tisch zugestürzt kam. Sie schnaufte wie ein Walroß aus ihrer Vogelnase und dem mit einem Schnurrbart aus grauen Borsten geschmückten Mund und wischte sich in einem fort die strähnigen Haare aus dem Gesicht, die wirr aus dem unter dem Kinn verknoteten schäbigen Kopftuch hervorquollen.

»Dort ist meine Tasche! Meine Tasche! Dort habe ich sie liegengelassen!«

Als er sich so angefahren sah, blickte Noccia in das böse Gesicht der Alten, und sofort kam ihm der Verdacht, sie würde – da er sich doch die Tasche eingesteckt hatte – mit Sicherheit annehmen, er hätte sie für sich behalten wollen. Und so setzte er ihr ein leeres, dümmliches Lächeln entgegen und tat, als wüßte er von nichts: »Eine Tasche? Wo denn?« Erst rückte er beiseite, dann stand er auf, damit sie besser suchen konnte; und als die Alte, nachdem sie auf der Bank, unter der Bank, zwischen den Beinen des Tisches mit wütendem Eifer gesucht hatte, der ganz deutlich diesen seinen Verdacht erhärtete, das finstere Gesicht ein wenig hob, ihn mit scheelem Blick musterte und fragte: »Sie haben sie nicht vielleicht gefunden?« da durchfuhr ihn, während er mit sich haderte, weil er nun nicht mehr mit zwei Fingern in die Westentasche fahren konnte, um ihr das Täschchen zurückzugeben, eben gerade wegen dieses inneren Zwiespalts eine Woge des Zorns, und er antwortete, während er bis in das Weiße der Augen hinein errötete: »Sind Sie verrückt?«

Der Wirt und die wenigen Gäste gaben ihm recht und erzählten ihm, kaum daß die Alte weinend und fluchend verschwunden war, sie wäre ein bemitleidenswerter armer Teufel, halb übergeschnappt und ständig benebelt von dem Kaffee und dem Schnaps, den sie in sich hineinschüttete, seit ihr die einzige Tochter im Spital gestorben war.

Noccia fühlte sich wie auf glühenden Kohlen. Er wollte sofort zahlen und sich davonstehlen. Doch hatte er das Täschchen der Alten in dieselbe Tasche gesteckt, in der er auch seine eigene Geldbörse aufbewahrte. Was, wenn ihm nun beim Herausziehen der Börse das andere Täschchen mit herausfiele? Er fühlte, wie ihm das Blut zu Kopf stieg, und seine Augen glänzten wie im Fieber. Schließlich zog er aus dem Rock die mit lauter Hundertlirescheinen gefüllte Brieftasche hervor.

»Hätten Sie's nicht ein bißchen kleiner?« fragte der Wirt verwundert.

Ihm versagte die Stimme; er konnte nur verneinend den Kopf schütteln. Einer der Gäste machte sich erbötig, ihm den Schein zu wechseln, und unter Zurücklassung eines fürstlichen Trinkgelds von fünf Lire verließ Noccia eilig das Café.

Kaum auf der Straße, war sein erster Gedanke, das Täschchen an einer verborgenen Ecke wegzuwerfen. Aber was ihm die Leute im Kaffeehaus da zuletzt über die Alte erzählt hatten, daß sie eine arme, vor Schmerz über den Tod ihrer Tochter halb irre gewordene Person war, ließ ihm diese Tat noch unwürdiger als zuvor erscheinen. Na schön, selbst wenn die Alte den Verdacht gehabt hätte, er wolle sich das gefundene Täschchen aneignen – so unberechtigt war dieser Verdacht ja eigentlich nicht, denn er hatte ja tatsächlich, indem er zuerst dümmlich gelacht hatte, dann beiseite gerückt und schließlich aufgestanden war, um sie auf seinem Platz suchen zu lassen, gegen seinen Willen so gehandelt, als wollte er sich das Täschchen aneignen. Und wenn er es jetzt wegwarf, hätte er da nicht immer noch die Schuld der Unterschlagung auf dem Gewissen gehabt? Ein anderer würde es finden, ein anderer, der nicht die Verpflichtung empfinden würde, sie zurückzugeben – eine Verpflichtung, die er, der wußte, wem sie gehörte, und der der Besitzerin ins Gesicht seinen Fund geleugnet hatte, sehr wohl empfand.

Nein, nein! Die Tasche jetzt wegwerfen wäre eine noch viel unwürdigere Handlung gewesen als das, was er eben zuvor getan hatte. Nun kam ihm der Gedanke, daß die wenigen Gäste in dem Kaffeehaus und der Wirt wohl aufgrund seiner wohlgefüllten Brieftasche den Eindruck gewonnen haben mußten, daß er ein besserer Herr war, der es sich wohl leisten konnte, ja dem es ein Vergnügen sein mußte, dieser armen Alten zehn oder zwanzig Lire als Ersatz für die verlorene Tasche zu schenken. Ja, das war es. Er würde im Beisein dieser Zeugen zwanzig Lire an der Theke hinterlassen, oder er würde den Kaffeehauswirt um die Adresse der Alten fragen, um ihr das Geld persönlich zu geben.

Mit diesem Entschluß kehrte Noccia um. In der Nähe des Kaffeehauseingangs erblickte er wieder die Alte, die, sich mit beiden Händen die wirren Haarsträhnen aus dem Gesicht streichend, gebeugt und jammernd, den Blick auf den Boden gerichtet, auf und ab ging, immer noch auf der Suche nach ihrem Täschchen. Noccia hielt sie an, indem er sie leicht an der Schulter berührte. Er zog zwei Zehnlirescheine aus der Brieftasche und reichte sie ihr, ganz gerührt von seiner guten Tat, wobei er stammelte, sie möge dies als kleinen Trost für den erlittenen Verlust annehmen. Aber da sah er sich unversehens von der Alten bei den Haaren gepackt, die ihn wütend schüttelte und zu kreischen begann: »Zwanzig Lire? Für wen hälst du mich? Oh, du Dieb! Und das Übrige? Nur zwanzig Lire gibst du mir? Haltet den Dieb! Haltet den Dieb!«

Von allen Seiten liefen Leute herbei, darunter auch zwei Polizisten, und bei Noccia, der zuerst wie betäubt stehenblieb und sich dann, als er sich von hundert Armen gepackt fühlte, wütend zu befreien versuchte, fand man das Täschchen, in dem, ja freilich, das silberne Fünflirestück war, aber auch noch zwei alte Marengos zu zwanzig Lire das Stück, und nicht zwei Kupfermünzen zu zwei Centesimi, wie Noccia im Kaffeehaus auf den ersten Blick gemeint hatte. Deshalb forderte die Alte so wütend das Übrige.

Aber er hätte ihr jetzt ja auch hundert Lire gegeben, auch zweihundert, auch tausend. Noccia holte seine Brieftasche aus dem Rock. Aber, um gerecht zu sein: Natürlich konnte man nun annehmen, er habe auch diese Brieftasche gestohlen, ebenso wie das Täschchen der Alten. Und so wurde Noccia auf die Polizeiwache geführt. Zwar kommt ein Dieb im allgemeinen wohl nicht auf die Idee, einen Teil seiner Beute zurückzugeben. Aber im allgemeinen würde man auch nicht annehmen, daß ein Ehrenmann auf die Idee kommen könnte, ein Täschchen einzustecken, das ihm nicht gehört, und dies dann dem Besitzer ins Gesicht abzustreiten, wie Noccia es getan hatte. Man mußte ihn daher zunächst in den Arrest sperren und erst einmal in Sizilien Auskünfte über ihn einholen. Es wäre wohl wenig seriös gewesen, an die Verfolgung durch einen gewissen bösen Geist zu glauben, von der dieser Arrestant in einem fort vor sich hin fabulierte.

Aus dem Italienischen von Michael Rössner. Originaltitel: *Lo spirito maligno.* Erstveröffentlichung unter dem Titel *Una piastra e quattro centesimi* – »Ein Gulden und vier Kreuzer« – im *Corriere della Sera* vom 22. Mai 1910, dann mit dem definitiven Titel im sechsten Band der *Novelle per un anno* von 1923.

# DER ANDERE SOHN

»Ist Ninfarosa daheim?«

»Ja, klopft nur an!«

Die alte Maragrazia klopfte und ließ sich dann langsam zum Sitzen auf der ausgetretenen Schwelle vor der Tür nieder.

Es war ihr natürlicher Sitz – diese oder irgendeine andere Schwelle vor einem der Häuschen von Farnia. Dort sitzend, schlief sie entweder, oder sie weinte lautlos vor sich hin. Der und jener Vorübergehende warf ihr einen Soldo oder ein Stück Brot in den Schoß; dann riß sie sich mit Mühe aus dem Schlaf oder aus dem Weinen, küßte das Geldstück oder das Brot, schlug ein Kreuz und begann von neuem zu schlafen oder zu weinen.

Sie schien ein Häuflein Fetzen. Schmutzige, fettige Fetzen, immer dieselben, Sommer und Winter, zerrissen, ohne Farbe, durchtränkt von stinkendem Schweiß und allem Schmutz der Straßen. Das gelbliche Gesicht der alten Frau war ein dichtes Netz von Falten, in dem die Augenlider, verbrannt von dem ewigen Weinen, ihr blutrotes Inneres zeigten. Aber zwischen diesen Falten, diesem Blut und diesen Tränen schienen die Augen hell und fern wie die Augen einer Kindheit ohne Erinnerungen. Oft sog sich eine Fliege an jenen Augen fest, doch sie war so vertieft in ihren Schmerz, so ganz von ihm in Anspruch genommen, daß sie dies weder spürte noch die Fliege verjagte. Ihre spärlichen, spröden, in der Mitte des Kopfes gescheitelten

Haare endeten in zwei Knötchen über den Ohren, deren Läppchen zerrissen waren von dem Gewicht in der Jugend getragener massiver Ohrgehänge. Die wabernden Wammen waren von dem Kinn durch eine schwarze Furche getrennt, die sich in ihrem flachen Busen verlor.

Die vor ihren Haustüren sitzenden Nachbarinnen beachteten die Alte nicht mehr. Sie hielten sich dort beinahe den ganzen Tag auf, die eine flickte Wäsche, die andere strickte, die dritte putzte ihr Gemüse; jede war solcherart mit einer Arbeit beschäftigt, und unterdessen plauderten sie miteinander vor ihren niedrigen Häusern, die nur durch den Eingang Licht erhielten. Es waren Wohnungen und Ställe zugleich, holperig gepflastert wie die Straße; hier der Futtertrog, an dem ein Eselchen oder ein Maultier stampfte und mit den Fliegen kämpfte, dort das hohe, monumentale Bett, ferner eine lange, schwarze Truhe aus Fichten- oder Buchenholz und zwei oder drei strohgeflochtene Sessel, der Backtrog, ein paar landwirtschaftliche Geräte. An den rohen, verrußten Wänden als einziger Schmuck etliche billige Drucke, die die Ortsheiligen darstellen sollten. Auf der mit Rauch und Stallgerüchen geschwängerten Straße trieben sonnverbrannte Kinder ihre Späße, einige nackt, wie Gott sie geschaffen, andere nur mit einem zerfetzten, schmutzigen Hemd bekleidet. Und die Hennen gackerten und scharrten, und die lehmigen Schweinchen durchschnüffelten mit ihren Rüsseln die Abfallhaufen.

Heute war von der neuen Auswanderergruppe die Rede, die am folgenden Morgen nach Amerika aufbrechen sollte.

»Saro Scoma geht«, sagte die eine. »Er läßt die Frau und drei Kinder zurück.«

»Vito Scordia«, setzte eine andere hinzu, »läßt fünf Kinder zurück, und seine Frau ist schwanger.«

»Ist es wahr«, fragte eine dritte, »daß Carmine Ronca seinen zwölfjährigen Jungen mitnimmt, der schon in der Schwefelgrube arbeitet? Heilige Maria, den Jungen wenigstens hätte er doch der Frau hierlassen sollen! Wie soll denn die Arme sich jetzt weiterhelfen?«

»Was für ein Jammern und Wehklagen die ganze Nacht«, sagte eine vierte, »im Haus der Nunzia Ligreci! Ihr Sohn Nico, der doch eben erst von den Soldaten zurück ist, will auch fortgehen.«

Als sie diese Neuigkeiten hörte, stopfte sich die alte Maragrazia das Umhängetuch in den Mund, um nicht in lautes Schluchzen auszubrechen. Dafür machte sich ihr Schmerz durch die blutunterlaufenen Augen in einem Tränenstrom Luft.

Vor vierzehn Jahren waren auch ihr zwei Söhne nach Amerika fortgezogen. Sie hatten ihr versprochen, nach vier oder fünf Jahren wiederzukommen, aber sie hatten drüben ihr Glück gemacht, besonders einer, der ältere, und hatten ihre alte Mutter vergessen. Jedesmal, wenn ein neuer Auswanderertrupp Farnia verließ, lief sie zu Ninfarosa, damit diese ihr einen Brief schreibe; den sollte dann einer der Abziehenden dem einen oder dem anderen der beiden Söhne überbringen. Sie folgte dann dem Trupp eine lange Strecke auf der staubigen Straße, auf der diese Männer, mit Säcken und Bündeln schwer beladen, zwischen weinenden, verzweifelt wehklagenden Müttern, Gattinnen und Schwestern dem Bahnhof der nächsten Stadt zustrebten. Während sie ging, sah die Alte dem und jenem von den jungen Auswanderern in die Augen, die mit vorgetäuschter lärmender Fröhlichkeit die Trauer der begleitenden Angehörigen zu übertönen suchten.

»Alte Närrin!« rief ihr wohl einer zu, »was starrt Ihr mich so an? Wollt Ihr mir die Augen auskratzen?«

»Nein, Lieber, ich beneide dich um sie!« erwiderte ihm

die Alte. »Du wirst dort drüben meine Söhne sehen. Sag ihnen, wie du mich zurückgelassen hast und daß sie mich nicht mehr antreffen, wenn sie noch lange mit der Heimkehr warten.«

Unterdessen rechneten die Weiber der Nachbarschaft einander weiter vor, wer am nächsten Tag abfahren würde. Ein alter Mann mit wolligem Bart und Haar, der bis dahin schweigend zugehört und unten auf dem Grunde des Gäßchens gemächlich seine Pfeife geraucht hatte, hob nun plötzlich den an einen Eselssattel gelehnten Kopf, legte seine mächtigen, felsenharten Hände auf die Brust und sagte:

»Wenn ich König wäre« – er spuckte aus –, »wenn ich König wäre, ich würde nicht einen einzigen Brief von dort drüben nach Farnia gelangen lassen.«

»Es lebe Jaco Spina!« rief da eine der Nachbarinnen. »Und was sollten dann die armen Mütter, die Frauen anfangen, ohne Nachricht und ohne Hilfe?«

»Ja, Briefe schreiben, das können sie!« brummte der Alte und spuckte von neuem aus. »Und die Mütter werden einstweilen Dienstboten und die Frauen Schlimmeres. Aber warum schreiben sie nie von den Schwierigkeiten, die sie drüben finden? Nur von dem Guten erzählen sie, und jeder dieser Briefe ist für die unwissenden Jungen hier wie der Ruf der Gluckhenne – Pio, pio, pio! – und alle laufen sie ihm nach! Wo sind noch Männerarme, die unsere Felder bestellen? Nur wir sind übriggeblieben in Farnia: Greise, Weiber und Kinder. Und ich habe meinen Grund und Boden und sehe, wie er leidet. Was kann ich tun mit meinen zwei Armen? Und noch immer fahren welche fort! Immer noch! Den Hals mögen sie sich brechen, sage ich, die verdammten Narren!«

Ninfarosa öffnete jetzt ihre Tür, und es war, als sei in dem Gäßchen die Sonne aufgegangen.

Dunkel und rosig, mit schwarzen, leuchtenden Augen und blutroten Lippen, mit ihrem ganzen kräftigen, schlanken Körper, strahlte sie ein fröhliches Selbstgefühl aus. Auf dem vollen Busen trug sie ein großes rotes Wolltuch mit gelben Monden, und ihre Ohren waren mit dicken Goldringen geschmückt. Ihr rabenschwarzes, schimmerndes, gewelltes Haar war im Nacken zu einem dicken Knoten geschlungen und mit einer Silbernadel befestigt. Dem rundlichen Kinn verlieh ein scharfes Grübchen in der Mitte eine maliziöse und herausfordernde Grazie.

Ihr erster Mann war ihr nach kaum zweijähriger Ehe gestorben, der zweite hatte sie vor fünf Jahren verlassen und war nach Amerika gegangen. Nächtlicherweise – was niemand wissen sollte – kam durch die Hintertür zum Gemüsegarten jemand (eine wichtige Persönlichkeit des Ortes) zu ihr zu Besuch. Die anständigen und tugendhaften Nachbarinnen waren darum nicht allzu gut auf sie zu sprechen, wenngleich sie sie heimlich beneideten. Sie waren ihr auch deshalb übelgesinnt, weil im Ort Gerüchte umgingen, sie habe, um sich für die Untreue ihres zweiten Mannes zu rächen, etliche anonyme Briefe an die Auswanderer nach Amerika geschrieben und darin ein paar arme Frauen verleumdet und verdächtigt.

»Wer predigt denn hier?« fragte sie jetzt und trat auf die Straße hinaus. »Ah, Jaco Spina! Besser, Zio Jaco, wenn wir allein in Farnia übrigbleiben! Wir Frauen werden die Felder bestellen.«

»Ihr Frauen«, knurrte der Alte wiederum mit rauher Stimme. »Ihr seid nur für eine Sache gut.«

Und er spuckte.

»Wofür, Zio Jaco? Sagt es laut!«

»Zum Weinen und noch zu etwas.«

»Also schon zwei, um so besser! Aber ich weine nicht, wie Ihr seht.«

»Ich weiß, meine Tochter. Du hast nicht einmal geweint, als dir der erste Mann starb!«

»Und wenn ich zuerst gestorben wäre, Zio Jaco«, gab Ninfarosa schlagfertig zurück, »hätte er vielleicht nicht wieder geheiratet? Also! Seht Ihr, wer hier für alle weint? Maragrazia.«

»Das kommt daher«, erklärte Jaco Spina und streckte sich wieder der Länge nach aus, »daß die Alte Wasser im Überfluß hat, also vergießt sie es auch durch die Augen.«

Die Nachbarinnen lachten. Maragrazia schüttelte sich und rief:

»Zwei Söhne hab' ich verloren, schön wie die Sonne, und da soll ich nicht weinen?«

»Wirklich wunderschön, die beiden! Und wert, beweint zu werden!« sagte Ninfarosa. »Schwimmen im Überfluß, dort drüben, und lassen Euch hier als Bettlerin verkommen.«

»Sie sind die Söhne, und ich bin die Mutter«, erwiderte die Alte. »Wie können sie meinen Kummer begreifen?«

»Ach was, dieses Weinen und Wehklagen!« begann Ninfarosa von neuem. »Dabei habt Ihr selber, nach allem, was man hört, die Söhne fortgetrieben.«

»Ich?« rief Maragrazia, schlug sich mit der Faust gegen die Brust und erhob sich schwankend. »Ich? Wer hat das behauptet?«

»Wer es auch gewesen sein mag, behauptet hat er es.«

»Gemeinheit! Ich? Meine Söhne? Ich, die ich...«

»Laßt es gut sein«, unterbrach sie eine der Nachbarinnen. »Seht Ihr denn nicht, daß sie nur Spaß macht?«

Ninfarosa verlängerte das allgemeine Gelächter, indem sie sich spöttisch in den Hüften wiegte. Dann, um den grausamen Scherz mit der Alten wiedergutzumachen, fragte sie sie mit liebevoller Stimme:

»Na, Großmütterchen, was wollt Ihr denn von mir?«

Maragrazia fuhr sich mit der zitternden Hand in den Busenausschnitt und brachte daraus ein zerknittertes Blatt völlig vergilbten Papiers und einen Briefumschlag zum Vorschein. Sie hielt beides Ninfarosa vor die Augen und sagte flehenden Tones:

»Wenn du mir den üblichen Dienst tun wolltest…«

»Noch ein Brief?«

»Wenn es dir recht ist…«

Ninfarosa schnaubte; da sie aber wußte, daß sie die Alte anders nicht loswerden konnte, forderte sie sie auf, einzutreten.

Ihr Haus war nicht so wie die übrigen der Nachbarschaft. Das geräumige Zimmer empfing sein Licht zwar nur durch ein Fensterchen in der Tür und war daher etwas dunkel, hatte aber geweißte Wände und einen Fliesenboden, war sauber und gut gehalten und enthielt eine eiserne Bettstatt, einen Schrank, eine Kommode mit Marmorplatte und einen mit Nußbaumholz furnierten kleinen Tisch – ein bescheidenes Mobiliar; doch war es klar, daß Ninfarosa es sich allein mit ihren unsicheren Einnahmen als Landschneiderin nicht hätte leisten können.

Sie griff nach Feder und Tintenfaß, legte das zerknitterte Blatt auf die Platte der Kommode und schickte sich an, im Stehen zu schreiben.

»Vorwärts! Macht schnell!«

»Liebe Söhne!« begann die Alte zu diktieren.

»Ich habe keine Augen mehr, zu weinen«, setzte Ninfarosa fort und stieß einen gelangweilten Seufzer aus.

Und die Alte:

»Denn meine Augen sind verbrannt vor Sehnsucht, Euch wenigstens einmal noch zu sehen.«

»Weiter, weiter!« trieb Ninfarosa sie an. »Das habt Ihr ihnen mindestens dreißigmal geschrieben.«

»Du, schreib! Es ist die Wahrheit, mein Herz, siehst du's denn nicht? Schreib also: Liebe Söhne...«

»Nochmals von vorne?«

»Nein, jetzt kommt etwas anderes. Ich habe die ganze Nacht darüber nachgedacht. Hör zu: Liebe Söhne, Eure arme alte Mutter verspricht und schwört Euch vor Gott, daß, wenn Ihr nach Farnia zurückkehrt, sie Euch Ihr Häuschen überläßt.«

Ninfarosa platzte lachend heraus:

»Auch das Häuschen? Aber was wollt Ihr denn, daß die beiden sich daraus machen sollen, wenn sie doch reich sind? Aus diesen Mauern aus Lehm und Schilf, die umfallen, wenn man sie anbläst?«

»Du, schreib!« wiederholte die Alte dickköpfig. »Vier Steine in der Heimat sind mehr wert als ein ganzes Königreich anderswo. Schreib, schreib!«

»Ich hab's schon geschrieben. Was wollt Ihr noch hinzufügen?«

»Das noch: Eure Mutter, liebe Söhne, zittert vor Kälte, jetzt, da der Winter vor der Türe steht. Sie möchte sich ein Kleidchen machen und kann es nicht. Seid doch so barmherzig und schickt ihr mindestens einen Fünflireschein, damit...«

»Genug, genug!« rief Ninfarosa, faltete das Blatt zusammen und schob es in den Umschlag. »Ich habe alles geschrieben. Schluß!«

»Auch das von den fünf Lire?« fragte die Alte, betroffen über den unerwarteten Zornesausbruch.

»Alles, auch das von den fünf Lire, jawohl!«

»Gut geschrieben... alles?«

»Uff! Ich sag's Euch ja!«

»Geduld... hab doch ein wenig Geduld mit mir armer Alten, meine Tochter«, sagte Maragrazia. »Was willst du? Ich bin schon halb verblödet. Gott wird dich für deine

Barmherzigkeit belohnen und die allerheiligste Muttergottes auch.«

Sie ergriff den Brief und schob ihn in den Busen. Sie gedachte, ihn dem Sohn der Nunzia Ligreci anzuvertrauen, denn der fuhr nach Rosario de Santa Fé, wo ihre Söhne lebten; so machte sie sich auf, ihm den Brief zu bringen.

Es war Abend geworden, und die Frauen waren in ihre Häuser zurückgekehrt. Fast alle Türen hatten sich geschlossen. Keine Seele war mehr in den engen Gäßchen zu erblicken. Nur der Laternenanzünder machte, die Leiter geschultert, seine Runde und steckte die seltenen Petroleumlichter an, die mit ihrem kläglich-weinerlichen Schein die ungewisse Sicht und die Stille jener verlassenen Gassen nur noch trübseliger machten.

Gekrümmt bewegte sich die alte Maragrazia vorwärts und preßte die Hand auf den Busen, wo sie den Brief an ihre Söhne verwahrt hielt, als wollte sie jenem Stückchen Papier ihre mütterliche Wärme mitteilen. Mit der anderen Hand kratzte sie sich die Schulter oder den Kopf. Mit jedem neuen Brief erwachte in ihr wieder übermächtig die Hoffnung, diesmal werde es ihr endlich gelingen, die Söhne zu rühren und zu sich zu rufen. Bestimmt: Wenn sie diese ihre mit Tränen durchtränkten Worte lasen, würden ihre prächtigen, teuren Söhne nicht länger widerstehen können!

Freilich war sie diesmal nicht besonders mit dem Brief an ihrem Busen zufrieden. Es kam ihr vor, als hätte Ninfarosa ihn allzu rasch hingeworfen, und sie war auch gar nicht sicher, ob jene wirklich den letzten Teil mit den fünf Lire für das Kleid geschrieben habe. Was konnte es denn den reichen Söhnen ausmachen, fünf Lire darauf zu verwenden, daß ihre frierende alte Mutter sich die Knochen wärmte?

Durch die geschlossenen Türen der Häuser drang inzwischen das Wehgeschrei irgendeiner Mutter, die die bevorstehende Abfahrt ihres Sohnes beweinte.

»Oh, Söhne, Söhne!« stöhnte Maragrazia vor sich hin und drückte den Brief noch fester an ihre Brust. »Wie könnt ihr nur das Herz haben, wegzufahren? Ihr versprecht wiederzukommen, aber dann kommt ihr nicht wieder... Arme alte Mütter, glaubt nicht an die Versprechungen der Söhne! Sie werden nicht wiederkommen, genau wie die meinen. Sie werden nicht wiederkommen...«

Unter einer Laterne blieb sie plötzlich stehen, denn sie hörte das Geräusch von Schritten in der Gasse. Wer konnte das sein?

Ah, der neue Amtsarzt, der junge Mensch, der erst kürzlich gekommen war und von dem es hieß, er werde bald wieder fortmüssen, nicht weil er sich nicht bewährt hatte, sondern weil die wenigen großen Herren des Ortes ihm nicht wohlgesinnt waren. Die Armen hingegen hatten ihn sofort liebgewonnen. Er sah aus wie ein unreifer Junge, doch dem Verstand und Wissen nach war er geradezu alt. Alle hörten ihm offenen Mundes zu, wenn er sprach. Es hieß, auch er wolle nach Amerika auswandern. Aber er hatte ja auch keine Mutter mehr und stand ganz allein da.

»Herr Doktor«, bat Maragrazia, »wollen Sie mir einen Dienst erweisen?«

Verdutzt blieb der junge Arzt unter der Laterne stehen. In Gedanken einherschreitend, hatte er die Alte nicht wahrgenommen.

»Wer...? Ah, Ihr seid es?«

Er erinnerte sich jetzt, mehrmals dieses Häuflein Fetzen vor den Haustüren gesehen zu haben.

»Würden Sie so gütig sein«, sagte Maragrazia, »mir dieses Briefchen vorzulesen, das ich meinen Söhnen schicken will?«

»Wenn ich genug sehe…«, sagte der kurzsichtige Doktor und schob die Brille auf seiner Nase zurecht.

Maragrazia zog den Brief aus dem Busen, reichte ihn dem Arzt und wartete nun darauf, daß dieser ihr die Worte vorlese, die sie Ninfarosa diktiert hatte. »Liebe Söhne…« – Doch der Arzt sah entweder nicht, oder er vermochte die Handschrift nicht zu entziffern: Er hielt das Blatt ganz nahe an die Augen, hielt es dann von sich ab, um besseres Licht darauf fallen zu lassen, wandte es hin und her… Schließlich sagte er:

»Was soll denn das sein?«

»Ist's nicht zu lesen?« fragte Maragrazia kleinlaut.

Der Doktor begann zu lachen.

»Aber da steht doch gar nichts!« sagte er. »Ein paar Kritzeleien mit der Feder, im Zickzack. Seht selber!«

»Wie?« rief die Alte, ohne sich zu rühren.

»Ja, wirklich, seht nur her! Nichts! Nichts steht da!«

»Ist denn das möglich?« schrie die Alte. »Aber wieso denn? Ich hab's doch der Ninfarosa Wort für Wort diktiert! Und ich hab' gesehen, wie sie schrieb…«

»Sie wird so getan haben«, meinte der Arzt achselzukkend.

Maragrazia war wie gelähmt; dann schlug sie sich heftig an die Brust:

»Oh, diese Niederträchtige!« brach sie los. »Warum hat sie mich so hinters Licht geführt? Darum also antworten meine Söhne mir nicht! Nichts, nichts hat sie ihnen also von alledem geschrieben, was ich ihr diktiert habe! Deshalb! Meine Söhne wissen also gar nicht, wie es mir geht! Daß ich um ihretwillen sterbe! Und ich gab ihnen die Schuld, Herr Doktor, während sie es war, diese Niederträchtige, die mich stets zum besten gehalten hat…! Oh, Gott, oh, Gott! Wie kann man nur so gemein sein gegen eine arme Mutter, eine arme Alte wie mich? Oh, so etwas! Oh!«

Ergriffen und erzürnt, versuchte der junge Arzt zuerst, sie ein wenig zu beruhigen. Er ließ sich erzählen, wer diese Ninfarosa war und wo sie wohnte, um ihr am folgenden Tag die verdiente Zurechtweisung zu erteilen. Aber die Alte dachte noch immer bloß daran, ihre fernen Söhne wegen ihres langen Schweigens zu entschuldigen, und war erfüllt von Reue darüber, daß sie sie so viele Jahre hindurch für herzlos gehalten. Sie war jetzt überzeugt, daß die Söhne zurückgekehrt, ja herbeigeflogen wären, wenn auch nur einer von den vielen Briefen, die sie zu schicken geglaubt, wirklich geschrieben worden und in ihre Hände gelangt wäre.

Um dieser Szene ein Ende zu machen, mußte der Doktor ihr versprechen, er selbst werde am folgenden Morgen einen langen Brief an die Söhne schreiben:

»Mut, seid nicht gar so verzweifelt! Kommt morgen früh zu mir. Und jetzt geht schlafen! Geht schlafen!«

Doch als er zwei Stunden später wieder durch jenes Gäßchen kam, fand der Doktor sie noch immer an derselben Stelle, wie sie untröstlich vor sich hin weinte, unter der Laterne zusammenkauert. Er machte ihr Vorwürfe, hieß sie aufstehen und befahl ihr, sogleich heimzugehen, denn es sei schon spät in der Nacht.

»Wo wohnt Ihr?«

»Ach, Herr Doktor... Ich habe ein Häuschen, dort unten, am Ausgang des Ortes. Ich habe der Niederträchtigen gesagt, sie möge meinen Söhnen schreiben, daß ich bereit sei, es ihnen auf Lebenszeit zu übermachen, wenn sie wiederkämen. Zu lachen hat sie angefangen, die Schamlose! Weil es nur vier Mauern aus Lehm und Rohr sind. Aber ich...«

»Schon gut, schon gut«, fiel ihr der Doktor ins Wort. »Geht schlafen! Morgen wollen wir auch von dem Häuschen schreiben. Kommt, ich begleite Euch!«

»Gott segne Sie, Herr Doktor! Aber wo denken Sie hin?

Euer Gnaden mich begleiten! Gehen Sie nur voraus, ich bin ein altes Weiblein und gehe langsam.«

Als er seinen Weg fortsetzte, hielt sich Maragrazia hinter ihm; an der Haustür angelangt, durch die sie ihn eintreten gesehen hatte, hielt sie an, zog ihr Tuch über den Kopf, hüllte sich fest ein und ließ sich auf die Türschwelle nieder, um dort die Nacht wartend zu verbringen.

Am folgenden Morgen schlief sie, als der Doktor, der ein Frühaufsteher war, sich auf den Weg zu seinem ersten Krankenbesuch machte. Da die Tür nur einen Flügel hatte, fiel ihm die schlafende Alte geradewegs vor die Füße, als er öffnen wollte.

»Oho! Ihr! Habt Ihr Euch weh getan?«

»Eu... Euer Gnaden müssen mir verzeihen...«, stammelte Maragrazia und suchte sich mit Hilfe der beiden in das Umhängetuch gewickelten Hände aufzurichten.

»Habt Ihr die ganze Nacht hier verbracht?«

»Ja Herr... Das ist nichts, ich bin daran gewöhnt«, entschuldigte sich die Alte. »Was wollen Sie, junger Herr? Ich finde keine Ruhe, ich finde keine Ruhe bei dem Gedanken an den Verrat dieser schurkischen Person! Am liebsten würde ich sie umbringen, Herr Doktor! Sie hätte mir sagen können, daß es ihr lästig sei, zu schreiben; dann wäre ich zu jemand anderem gegangen; ich wäre zu Euer Gnaden gekommen, die so gütig sind...«

»Ja, wartet ein wenig hier«, sagte der Doktor. »Ich nehme mir jetzt diese gute Frau vor, und dann schreiben wir den Brief. Wartet auf mich!«

Und eiligen Schrittes ging er dorthin, wohin ihn die Alte am Abend zuvor gewiesen hatte. Der Zufall wollte es, daß er Ninfarosa selber, die sich bereits auf der Straße befand, nach ihrer eigenen Adresse fragte.

»Ich bin's, Herr Doktor«, antwortete Ninfarosa, errötete dabei, lachte und bat ihn einzutreten.

Sie hatte den jungen Arzt von fast knabenhafter Erscheinung öfters durch ihr Gäßchen kommen sehen, und da sie kerngesund war und es auch nicht zuwege gebracht hätte, sich krank zu stellen, um ihn rufen zu können, war sie jetzt erfreut, wenn auch verwundert, daß er von selber zu ihr gekommen war. Sobald sie erfuhr, worum es sich handelte, und seinen Ernst und seine Beunruhigung wahrnahm, beugte sie sich dreist zu ihm vor. Ihr Gesicht zeigte Betrübnis darüber, daß er sich so grundlos erzürnt hatte, und sobald sie konnte, ohne ihn in ungehöriger Weise zu unterbrechen, legte sie los:

»Aber entschuldigen Sie vielmals, Herr Doktor«, sagte sie, die schönen schwarzen Augen halb geschlossen, »Sie nehmen die Geschichte dieser verrückten Alten wirklich ernst? Alle kennen sie hier im Ort, Herr Doktor, und keiner achtet mehr auf sie. Fragen Sie, wen Sie wollen, und jeder wird Ihnen sagen, daß die verrückt, richtig verrückt ist, seit vierzehn Jahren, wissen Sie, seit ihre beiden Söhne nach Amerika ausgewandert sind. Sie will nicht zugeben, daß die zwei sie einfach vergessen haben, wie es die Wahrheit ist, und beharrt darauf, zu schreiben und wieder zu schreiben... Nun, und um ihr eine Freude zu machen, verstehen Sie, tue ich so, als schriebe ich ihre Briefe; und die, die auswandern, tun so, als nähmen sie sie mit. Und die Arme kann sich wieder Illusionen machen. Aber wenn wir die Sache alle so nehmen wollten wie Sie, Herr Doktor, ginge alles drunter und drüber. Sehen Sie, auch ich, die ich mit Ihnen spreche, bin von meinem Mann verlassen worden... Und wissen Sie, was der feine Herr fertiggebracht hat? Mir eine Photographie von sich und seiner Holden dort drüben zu schicken! Ich kann sie Ihnen zeigen... Die Köpfe lehnen sie aneinander und die Hände... so – Sie gestatten? Geben Sie mir Ihre Hand... so ineinander verschlungen! Und sie lachen, sie lachen dem ins Gesicht, der sie ansieht – das heißt mir. Ja. Herr

Doktor, wer wegfährt, an den denken alle, wer zurückbleibt, an den denkt niemand mehr! Auch ich habe natürlich in der ersten Zeit geweint; dann aber habe ich gelernt, vernünftig zu werden, und jetzt... schlage ich mich eben durch und lasse mir's auch gutgehen, wenn sich eine Gelegenheit bietet, denn die Welt ist nun einmal so!«

Verwirrt durch die herausfordernde Liebenswürdigkeit, die Sympathie, die diese schöne Frau ihm bezeigte, schlug der junge Arzt die Augen nieder und sagte:

»Ihr habt wahrscheinlich zu leben. Diese arme Alte aber...«

»Was? Die?« entgegnete Ninfarosa lebhaft; »die hätte auch zu leben und Bedienung obendrein! Wenn sie wollte; aber sie will nicht.«

»Wieso?« fragte der Doktor und sah erstaunt auf.

Beim Anblick seines verdutzten Jungengesichts lachte Ninfarosa und ließ dabei die festen, weißen Zähne sehen, die ihrem Lachen die strahlende Schönheit der Gesunden verliehen.

»Freilich!« sagte sie. »Sie will nicht, Herr Doktor! Sie hat hier einen anderen Sohn, den jüngsten, der sie bei sich haben möchte und es ihr an nichts fehlen lassen würde.«

»Sie hat einen anderen Sohn?«

»Jawohl, Herr. Er heißt Rocco Trupìa. Sie will nichts von ihm wissen.«

»Warum das?«

»Weil sie total verrückt ist, sagte ich's Ihnen nicht schon? Tag und Nacht heult sie um die beiden, die sie im Stich gelassen haben, und von dem anderen, der sie mit gefalteten Händen darum bittet, will sie nicht ein Stück Brot annehmen. Dafür bettelt sie jeden Fremden an.«

Der Doktor wollte seine Überraschung nicht nochmals verraten, und um seine wachsende Nervosität zu verbergen, runzelte er die Brauen und sagte:

»Er wird sie wohl schlecht behandelt haben, dieser Sohn.«

»Das glaube ich nicht«, sagte Ninfarosa. »Unfreundlich ist er, immer vergrämt, aber nicht schlecht. Und was für ein Arbeiter! Arbeit, Frau und Kinder, anderes kennt er nicht. Wenn Euer Gnaden neugierig sind, brauchen Sie gar nicht weit zu gehen. Sehen Sie, diesen Weg hinunter, kaum eine Viertelmeile außerhalb des Ortes, finden Sie rechts das sogenannte Säulenhaus. Dort wohnt er. Er hat ein hübsches Grundstück gepachtet, das gut trägt. Gehen Sie hin, und Sie werden sehen, daß alles so ist, wie ich's Ihnen sage.«

Der Doktor erhob sich. Heiter gestimmt durch dieses Gespräch, angelockt von dem milden Septembermorgen und neugieriger denn je in bezug auf die Geschichte der Alten, sagte er:

»Ich gehe wirklich hin.«

Ninfarosa hob die Arme zum Nacken, um sich die Haare mit der Silbernadel in Ordnung zu bringen, und indem sie den Arzt von unten her mit lachenden, vielversprechenden Augen ansah, sagte sie:

»Angenehmen Spaziergang! Ihre Dienerin!«

Der Arzt erklomm die Steigung und blieb stehen, um Atem zu schöpfen. Noch ein paar Häuschen da und dort, und der Ort war zu Ende. Das Gäßchen ging in die Provinzstraße über, die gerade und staubig mehr als eine Meile weit über die große Hochebene zwischen Ackerland dahinführte – Getreidefelder zumeist, jetzt gelb von Stoppeln. Links erhob sich eine prächtige Pinie wie ein ungeheurer Schirm; sie war das Ziel der Herren von Farnia auf ihren gewohnten Abendspaziergängen. Eine langgestreckte Kette bläulicher Berge begrenzte weit in der Ferne die Hochebene; dichte, niedrige Wattewolken lagen dahinter gleichsam auf der Lauer; eine löste sich ab, schwebte langsam durch den Himmel und glitt über den Monte Mirotta hin, der hinter Farnia emporwuchs.

Der Doktor schritt kräftig auf der Straße aus und blickte dahin und dorthin nach den ausgedörrten Feldern, die auf die ersten Regenfälle warteten, um dann neu bestellt zu werden. Aber es fehlte an den nötigen Händen, und alle diese Felder atmeten eine tiefe Traurigkeit und Verlassenheit aus.

Da unten lag also das Säulenhaus, so genannt, weil es sich an einer Ecke auf eine verwitterte und verstümmelte Säule eines antiken griechischen Tempels stützte. Es war eine elende Hütte; hinten durch eine dichte Hecke indischer Feigen geschützt, war sie vorne von zwei großen, kegelförmigen Heuhaufen flankiert.

Auf den Anruf des Doktors kam ein etwa zehnjähriger Junge herbei. Er war barfuß, hatte einen wirren, rötlichen, von der Sonne gebleichten Haarschopf und ein Paar grünliche Augen wie ein Tier des Waldes.

»Bist du ein Sohn von Rocco Trupìa?«

»Ja, Herr.«

»Wo ist dein Vater?«

»Er lädt den Dünger von den Maultieren.«

Auf dem Mäuerchen vor der Hütte saß die Mutter und kämmte die älteste Tochter, die zwölf Jahre zählen mochte und, mit einem Kind von wenigen Monaten auf dem Schoß, auf einem umgestülpten Blecheimer saß. Ein anderes Kind kroch auf der Erde umher, zwischen den Hennen, die es nicht fürchteten, und zum Ärger des Hahns, der den Hals reckte und den Kamm schüttelte.

»Ich möchte mit Rocco Trupìa sprechen«, sagte der junge Doktor zu der Frau. »Ich bin der neue Arzt des Ortes.«

Die Frau sah ihn ein Weilchen an und begriff offenbar nicht, was dieser Arzt von ihrem Mann wollte. Dann schob sie sich das Hemd ins Mieder, das vom Stillen des Kleinsten her offengeblieben war, erhob sich und bot dem Besucher einen Stuhl an. Der Doktor lehnte ab und beugte sich nieder, um den Kleinen auf der Erde zu streicheln, während der andere Junge davonlief, den Vater zu holen.

Gleich darauf hörte man den Tritt derber, eisenbeschlagener Schuhe, und zwischen den indischen Feigenbäumen erschien Rocco Trupìa. Er ging vornübergeneigt, mit breit auseinandergesetzten Säbelbeinen, und hielt eine Hand auf dem Rücken, gleich den meisten Bauern.

Die breite, eingedrückte Nase und die übermäßige Länge der ausrasierten Oberlippe gaben ihm ein affenartiges Aussehen. Er war rothaarig und hatte ein bleiches, mit Sommersprossen übersätes Gesicht. Die tiefliegenden grünlichen Augen sprühten von Zeit zu Zeit flüchtige, grimmige Blicke.

Er hob die Hand und schob sich die schwarze Zipfelmütze zum Zeichen des Grußes ein wenig aus der Stirn.

»Ich küsse Euer Gnaden die Hand. Was haben Sie mir zu befehlen?«

»Tja«, begann der Arzt, »ich bin gekommen, um mit Euch über Eure Mutter zu sprechen.

Rocco Trupìa schien beunruhigt.

»Ist sie krank?«

»Nein«, beeilte sich der Doktor zu versichern. »Es geht ihr wie immer; aber Ihr müßt verstehen, sie ist so alt und abgerissen, und wenn niemand sie pflegt...«

In dem Maße, wie der Doktor sprach, wuchs in Rocco Trupìa eine innere Unruhe. Schließlich konnte er sich nicht mehr beherrschen und sagte:

»Herr Doktor, haben Sie mir sonst noch etwas zu befehlen? Ich stehe Ihnen zu Diensten. Aber wenn Euer Gnaden hergekommen sind, mit mir von meiner Mutter zu sprechen, so bitte ich um die Erlaubnis, wieder zu meiner Arbeit gehen zu dürfen.«

»Halt! Ich weiß, daß es nicht an Euch liegt«, sagte der Arzt, um ihn am Gehen zu hindern. »Man hat mir gesagt, daß Ihr sogar...«

»Kommen Sie, Herr Doktor!« sagte Rocco Trupìa unvermittelt und wies nach der Hüttentür. »Das Haus armer Leute, aber wenn Euer Gnaden Arzt sind, werden Sie ja Gott weiß wie viele Häuser dieser Art gesehen haben. Ich will Ihnen das stets bereite und bezogene Bett für diese... gute Alte zeigen. Sie ist meine Mutter, ich kann sie nicht anders nennen. Da ist meine Frau, da sind meine Kinder: Sie können Ihnen bezeugen, wie oft ich ihnen aufgetragen habe, diese Alte gleich der allerheiligsten Mutter zu verehren und zu bedienen. Denn die Mutter ist heilig, Herr Doktor! Was habe ich dieser Mutter getan? Warum muß sie mir vor dem ganzen Ort die Schande antun, Gott weiß was von mir glauben zu lassen? Ich bin bei den Verwandten meiner Mutter aufgewachsen, Herr Doktor, seit meiner Kinderzeit; ich sollte sie nicht als Mutter respektieren, denn sie ist immer hart zu mir gewesen, und doch habe ich sie respektiert und geliebt. Als ihre elenden Söhne nach Amerika fuhren, lief ich sogleich zu ihr und wollte sie zu mir nehmen, als Königin dieses meines Hauses. Keine Spur! Sie muß die Bettlerin im ganzen Ort spielen, muß den Leuten dieses Schauspiel bieten und mir die Schande machen! Herr Doktor, ich schwöre Ihnen, wenn einer von diesen Schandsöhnen wieder den Fuß nach Farnia setzt, bring' ich ihn um, für die Schmach und all die Bitterkeit, die ich seit vierzehn Jahren mit dieser Alten erleide, im Angesicht meiner Frau und dieser vier unschuldigen Kinder!«

Bebend und bleich vor Erregung fuhr sich Rocco Trupìa mit dem Arm über den schäumenden Mund. Das Blut war ihm in die Augen geschossen.

Entrüstet sah der Arzt ihn an.

»Da haben wir's ja«, sagte er dann, »warum Eure Mutter

nicht die Gastfreundschaft annehmen will, die Ihr ihr bietet! Wegen Eures Hasses auf Eure Brüder! Das ist ganz klar.«

»Haß?« rief Rocco Trupìa, preßte die Fäuste an den Leib und streckte den Körper vor. »Jetzt, ja, Herr Doktor, jetzt hasse ich sie für alles, was sie ihrer Mutter und mir an Leid zugefügt haben! Aber früher, als sie noch hier waren, da liebte ich sie und ehrte sie als die älteren Brüder. Sie aber, sie waren zu mir wie Kain! Sie wollten nicht arbeiten, und ich arbeitete für alle; sie kamen hierher zu mir und sagten, sie hätten daheim nichts zu essen, die Mutter müsse hungrig zu Bett gehen, und ich gab; sie betranken sich in Gesellschaft schlechter Weiber, und ich gab; als sie nach Amerika fuhren, gab ich mein Letztes für sie her. Da steht meine Frau, die wird es Ihnen bestätigen.«

»Warum aber dann…?« fragte der Doktor mehr sich selbst als den anderen.

Rocco Trupìa brach in ein höhnisches Gelächter aus:

»Warum? Weil meine Mutter sagt, ich sei nicht ihr Sohn!«

»Wie?«

»Herr Doktor, lassen Sie sich's von ihr erklären. Ich habe keine Zeit zu verlieren; dort drüben warten die Männer auf mich mit den beladenen Maultieren. Ich muß arbeiten und… sehen Sie mich an, ich bin ganz durcheinandergebracht. Lassen Sie sich's von ihr erklären. Ich küsse Ihre Hand.«

Und Rocco Trupìa ging gekrümmt seines Weges, so wie er gekommen war, breitbeinig und mit der Hand auf dem Rücken.

In den Ort zurückgekehrt, wollte der Doktor sich sogleich Klarheit über diese unwahrscheinliche, ja beinahe unglaubliche Geschichte verschaffen; und da er die Alte noch immer auf der Schwelle seines Hauses sitzend fand, genau so, wie er sie verlassen hatte, forderte er sie mit recht scharfer Stimme auf, ihm zu folgen.

»Ich bin bei Eurem Sohn gewesen und habe mit ihm gesprochen, im Säulenhaus«, sagte er ihr dann. »Warum habt Ihr mir verheimlicht, daß Ihr diesen anderen Sohn habt?«

Maragrazia sah ihn erst verwirrt, dann fast bestürzt an. Mit zitternden Händen strich sie sich über Stirn und Haar und sagte:

»Ach, junger Herr, mir kommt der kalte Schweiß, wenn Euer Gnaden mir von diesem Sohn sprechen. Sprechen Sie mir nicht von ihm, um Himmels willen!«

»Aber warum denn nicht?« fragte der Doktor zornig. »Was hat er Euch getan? Heraus damit!«

»Nichts hat er mir getan«, beeilte die Alte sich zu erwidern. »Aber sehen Sie, wie ich zittere, junger Herr, kaum daß ich von ihm rede? Denn der, Herr Doktor, ist nicht mein Sohn!«

Der junge Arzt verlor die Geduld und schrie:

»Wieso nicht Euer Sohn? Was sagt Ihr da? Seid Ihr blöde oder wirklich verrückt? Habt Ihr ihn nicht geboren?«

Die Alte neigte bei diesem Ausbruch den Kopf und antwortete, die blutunterlaufenen Augen halb geschlossen:

»Ja, Herr. Und vielleicht bin ich wirklich blöde, aber nicht verrückt. Gott gebe es, daß ich's wäre – ich würde dann nicht so sehr leiden. Aber gewisse Dinge können Euer Gnaden nicht wissen, denn Sie sind noch jung. Ich habe weiße Haare, und ich hab' Dinge erlebt, Dinge hab' ich erlebt! Ich hab' Dinge erlebt, junger Herr, die Euer Gnaden sich nicht einmal vorstellen können.«

»Was habt Ihr denn also erlebt? Sprecht!« redete ihr der Doktor zu.

»Schwarze Dinge! Schwarze Dinge!« stöhnte die Alte und schüttelte den Kopf. »Euer Gnaden waren noch lange nicht auf der Welt, und ich hab' das gesehen, mit diesen Augen, die seither blutige Tränen weinen. Haben Euer Gnaden von einem gewissen Canebardo gehört?«

»Garibaldi?« fragte der Arzt verblüfft.

»Ja, der! Der zu uns kam und Land und Städte gegen jedes Gesetz Gottes und der Menschen aufwiegelte! Haben Sie von ihm gehört?«

»Ja, gewiß. Aber was hat Garibaldi mit der Sache zu tun?«

»Er hat damit zu tun, denn Euer Gnaden müssen wissen, daß dieser Canebardo den Befehl gab, überall die Gefängnisse zu öffnen. Stellen Euer Gnaden sich vor, was da auf unser Land losgelassen wurde! Die schlimmsten Diebe, die ärgsten Mörder, wilde Tiere, blutgierig, wütend durch lange Jahre an der Kette... Unter anderen war da auch einer, der blutrünstigste, ein gewisser Cola Camizzi, Räuberhauptmann; der tötete die armen Geschöpfe Gottes, so, zum Vergnügen, als wären es Fliegen, um das Pulver auszuprobieren – sagte er –, um zu sehen, ob der Karabiner gut geladen war. Der warf sich in das Land, in unsere Gegend. Er kam durch Farnia mit einer Bande, die sich aus Bauern gebildet hatte; aber mit der war er nicht zufrieden; er wollte andere Leute und brachte alle die um, die seiner Bande nicht beitreten wollten. Ich war damals seit wenigen Jahren verheiratet und hatte schon die zwei Söhne, die jetzt in Amerika sind. Wir lebten auf dem Grundstück von Pozzetto, das mein seliger Mann gepachtet hatte. Cola Camizzi kam dort vorbei und schleppte auch ihn, meinen Mann, mit Gewalt fort. Zwei Tage später kam er mir wieder, wie ein Toter; er schien nicht mehr er selber, wollte nicht sprechen und hatte die Augen noch immer voll von allem, was er gesehen hatte. Und immer versteckte der Arme seine Hände, aus Abscheu vor dem, was er hatte tun müssen... Ach, junger Herr, das Herz drehte sich mir im Leibe um, als ich ihn so sah. ›Besser tot!‹ sagte er; das war alles, was ich aus ihm herausbekam. Drei Tage hielt er sich versteckt, am vierten ging er aus. Wir waren ja arm, und er mußte arbeiten. So ging er zur Arbeit. Es wurde Abend, und er kam nicht wieder... Ich wartete, wartete, o Gott! Aber ich wußte schon, was geschehen war, ich hatte mir's bereits ausgemalt. Dennoch dachte ich: Vielleicht haben sie ihn nicht umgebracht; vielleicht haben sie ihn nur zurückgeholt!

Nach sechs Tagen erfuhr ich, daß Cola Camizzi sich mit seiner Bande auf dem Gut von Montelusa aufhielt; es gehörte den Vätern von Liguori, die geflohen waren. Wie eine Wahnsinnige lief ich hin. Ich brauchte kaum eine Stunde für die sechs Meilen bis zu dem Kloster, das zwischen einer Menge schwarzer Pappeln stand. Es gab dort einen großen ummauerten Hof. Man betrat ihn durch ein ganz kleines Seitentürchen, das – noch heute erinnere ich mich daran – von einem Kapernstrauch halb versteckt war. Mit einem Stein klopfte ich an, immer lauter und lauter. Sie wollten mir nicht öffnen, aber zuletzt klopfte ich so laut, daß sie mir doch auftaten. Ach, was mußte ich da sehen!«

Maragrazia erhob sich, von Entsetzen überwältigt, die blutunterlaufenen Augen weit aufgerissen. Sie streckte eine Hand mit vor Ekel verkrampften Fingern von sich. Die Stimme versagte ihr, ehe sie weitersprechen konnte:

»In der Hand...«, sagte sie schließlich, »in der Hand hatten diese Mörder...«

»Nun?« fragte der Arzt betroffen.

»Sie spielten... dort, in jenem Hof... Kegel... mit Menschenköpfen... schwarzen, mit Erde bedeckten... und einen, den meines Mannes... hielt Cola Camizzi in der Hand... und zeigte ihn mir. Ich stieß einen Schrei aus, der mir Kehle und Brust zerriß, einen so lauten Schrei, daß diese Mörder davon erbebten. Dann packte mich Cola Camizzi am Hals, um mich zum Schweigen zu bringen, doch einer von den anderen ging wütend auf ihn los. Und mit einem Male faßten vier, fünf, zehn Mut und stürzten sich auf ihren Anführer. Auch sie waren übersättigt und hatten die blutrünstige Tyrannei dieses Ungeheuers satt, und so hatte ich die Genugtuung, zu sehen, wie dieser Hund unter meinen Augen von seinen eigenen Spießgesellen umgebracht wurde!«

Erschöpft sank die Alte auf den Stuhl zurück, keuchte und bebte am ganzen Körper wie von einem konvulsivischen Krampf befallen. Mit einer Mischung von Mitleid, Ekel und Entsetzen sah der junge Arzt sie an. Doch verstand er nicht, welchen Zusammenhang diese grausige Geschichte mit jenem anderen Sohn habe; er fragte sie danach.

»Warten Sie nur«, erwiderte die Alte, sobald sie wieder zu Atem gekommen war. »Der Räuber, der sich zuerst empört und mich verteidigt hatte, nannte sich Marco Trupìa...«

»Ah!« rief der Doktor. »Also ist dieser Rocco...«

»Sein Sohn«, entgegnete Maragrazia. »Aber denken Sie, Herr Doktor, ob ich die Frau jenes Mannes sein konnte, nach alledem, was ich gesehen hatte! Er wollte mich mit Gewalt nehmen; drei Monate behielt er mich bei sich – gebunden und geknebelt, denn ich schrie und biß ihn... Nach drei Monaten kam die Justiz, ihn zu holen, und sperrte ihn ins Gefängnis, wo er kurze Zeit später starb. Aber ich war schwanger. Ach, junger Herr, ich schwöre Ihnen, ich hätte mir die Eingeweide herausgerissen: mir war, als wüchse in mir ein Ungeheuer heran! Ich fühlte, daß ich es nicht ertragen würde, es im Arm zu halten. Bei dem bloßen Gedanken, mir dieses Kind an die Brust zu legen, schrie ich wie eine Verrückte. Ich starb beinahe, als ich es zur Welt brachte. Meine Mutter stand mir bei und ließ es mich gar nicht sehen. Sie trug es gleich zu Verwandten, die es aufzogen... Glauben Sie jetzt nicht auch, Herr Doktor, daß ich recht habe, wenn ich sage, daß er nicht mein Sohn ist?«

Der junge Doktor verharrte eine Weile in Nachdenken und antwortete nicht. Dann sagte er:

»Aber er, Euer Sohn, welche Schuld trifft eigentlich ihn?«

»Gar keine!« entgegnete die Alte rasch. »Und wann hätten meine Lippen je ein einziges Wort wider ihn gesagt? Nie, Herr Doktor! Im Gegenteil... Aber was kann ich tun, wenn ich es nicht aushalte, ihn auch nur von ferne zu sehen? Er ist ganz sein Vater, junger Herr – Gesicht, Gestalt, und sogar die Stimme... Mich überkommt ein Zittern, sobald ich ihn sehe, und der kalte Schweiß bricht mir aus! Das bin nicht ich – das Blut lehnt sich auf, das ist es! Was kann ich dagegen tun?«

Sie wartete ein wenig und trocknete sich mit dem Handrücken die Augen. Dann entsann sie sich der Auswanderer, die wegziehen könnten, ohne ihren Brief an die wirklichen, an die angebeteten Söhne mitzunehmen; so faßte sie Mut und sagte zu dem noch in Gedanken versunkenen Doktor:

»Wenn Euer Gnaden so gut sein wollten, wie Sie mir versprochen haben...«

Und als der Doktor, sich zusammenreißend, erklärte, er sei bereit, rückte sie den Stuhl an den Schreibtisch heran und begann noch einmal, mit derselben tränenerstickten Stimme, zu diktieren:

»Liebe Söhne...«

Aus dem Italienischen von Percy Eckstein. Originaltitel: *L'altro figlio*. Erstveröffentlichung in der Zeitschrift *La lettura* vom Februar 1905, dann im Novellenband *Erma bifronte* (Mailand 1906), schließlich im sechsten Band der *Novelle per un anno* von 1923. Umgearbeitet in ein einaktiges Drama gleichen Namens (Erstaufführung 1923, siehe Band 10 dieser Edition).

# DIE VERGESSENE MASKE

Die Versammlung, welche das Wahlkomitee im Hause des Kandidaten Laleva anberaumt hatte, war schon fast vollzählig, als *er* leise, hinkend, düster starrende Augen unter der runzligen Stirn, hereingeschlichen kam; alle wandten sich verdutzt nach ihm um.

Don Ciccino Cirinciò? War es die Möglichkeit? Aber wer hatte ihn denn eingeladen?

Man wußte, daß er, ganz versunken in Leid und Trauer, sich seit Jahren von allem abschloß. Eine dichte Reihe von Unglücksfällen hatte ihn heimgesucht: der Tod seiner Frau, seiner beiden Söhne, der Verlust der Schwefelgrube nach langem Prozessieren, das Elend: Unglücksfälle, die er jedoch besser nicht mit einer ganz so düsteren Würde zur Schau getragen hätte, denn auf diese Weise sprang doch nur allen Lästermäulern des Dorfes jenes besondere Siegel des Hohns in die Augen, mit dem das clownhafte Schicksal, sich selbst zum Spaß, sie offensichtlich hatte abstempeln wollen. Hatte er etwa die Schwefelgrube nicht deshalb verloren, weil im Pachtvertrag ein Komma nicht stimmte? Und war er etwa nicht durch ein vielberedetes Jagdabenteuer zum Hinker geworden, bei dem statt des Vogels er selbst in die Luft flog, mit Stiefeln, Flinte, Rucksack und Hund, als ihn auf dem Hügel von Montelusa die Flügel einer Windmühle erfaßten, die unversehens sich zu drehen begonnen hatten?

Seitdem war Don Ciccino Cirinciò als »der von der

Mühle« bekannt. Seltsam genug: Wenn jemand auf jenes Komma im Pachtvertrag anspielte, dann lächelte er nur traurig oder zuckte die Achseln; sobald er sich aber »der von der Mühle« nennen hörte, verlor er den Kopf, drohte mit dem Stock und brüllte, das Dorf bestünde aus lauter Dummköpfen und Kanaillen.

Nun, diese Dummköpfe und Kanaillen wunderten sich jetzt über seine Teilnahme an der Wahlversammlung. Aber dachte denn keiner mehr daran, daß er – zuerst und vor allem – dem alten Advokaten Don Francesco Laleva, dem Vater des heutigen Kandidaten, ewige Dankbarkeit schuldete? War dieser etwa nicht der einzige unter allen Anwälten des Gerichts gewesen, der sich seiner bei den Streitigkeiten um die Schwefelgrube angenommen hatte? Die Prozesse hatte er dann zwar verloren, der Beistand war ergebnislos gewesen. Aber was bedeutete das schon? Blieb nicht die Pflicht zur Dankbarkeit dieselbe und heilig wie eh und je? Doch davon ganz abgesehen: War es wirklich so schwer, ihn eines Gefühls für fähig zu halten, das in dieser Stunde allen Ehrenmännern, den Pechvögeln wie den Glückspilzen, gemeinsam sein mußte? Bei Gott: das Gefühl für die Würde des Vaterlandes! War nicht vielleicht auch er ein Bürger? Und konnte er als Bürger – unbeschadet all seines Unglücks – nicht empört sein über die Schamlosigkeiten, die der alte Abgeordnete seit zwanzig Jahren ungestraft beging? Don Ciccino sagte nichts, er hatte nie etwas gesagt, denn die Worte – Schall und Rauch! Aber jetzt, da die Stunde zum Handeln gekommen war, jawohl, meine Herren: da war er zur Stelle; aus eigenem Entschluß und ohne besondere Aufforderung stellte er sich dem Sohn seines alten und einzigen Wohltäters zur Verfügung.

Die Versammelten schauten ihn eine Weile mit offenem Munde an; da und dort tippte sich einer mit dem Finger an die Stirn, als wenn er sagen wollte: »Ach, der

Ärmste! Den hat's ein bißchen!« Denn alle wußten doch, daß er dem Vater Lalevas eine so weitgehende Dankbarkeit gar nicht schuldete, da dieser ihn nicht verteidigt, sondern ihm lediglich davon abgeraten hatte, wegen dieser verdammten Schwefelgrube einen Prozeß anzufangen. Aber wer weiß, welches Bild sich der arme Cirinciò in endlosem Grübeln über sein Unglück von Menschen und Dingen, von all den Ereignissen seines Lebens zurechtgelegt hatte! Und welche Rolle er in diesen fernen Ereignissen vermutlichen Freunden und vermutlichen Feinden beimaß! Und wer weiß, welch wunderliche Gründe ihn jetzt veranlaßt hatten, sich unaufgefordert einzufinden; und was in den geheimnisvollen Einfällen und Vorstellungen seines verwirrten Geistes diese Teilnahme am politischen Kampf zugunsten des Sohnes des Don Francesco Laleva bedeuten mochte; welch unmäßige Vorteile er sich davon versprach, welch schrecklichen Gefahren und Verantwortlichkeiten er sich auszusetzen glaubte... Aber ja, diese Augen, die unter seiner gerunzelten Stirn hervorblitzten, diese geballten Fäuste auf den Knien... Armer Don Ciccino!

Cirinciò schaute jedoch so drein, weil er sich den Grund all dieser Verwunderung über sein Kommen nicht zu erklären vermochte.

Und wie er so die erstaunten und mitleidigen Blicke der ganzen Versammlung auf sich gerichtet sah, begann der Verdacht in ihm aufzusteigen, er könne unerwünscht sein. Hatte er etwa die Einladung des Wahlkomitees falsch verstanden?

Nach einer Weile hielt er es nicht mehr aus, sprang unwillig auf und hinkte zu Laleva vor:

»Entschuldigen Sie, kann ich hierbleiben oder muß ich gehen? Habe ich vielleicht nicht recht gehandelt, als ich hierherkam?«

»Aber nein! Was haben Sie denn, lieber Don Ciccino?« beeilte sich Laleva zu antworten. »Wir alle sind hocherfreut über Ihr Kommen und ich ganz besonders! Aber ich bitte Sie! Nehmen Sie Platz, nehmen Sie Platz! Es ist eine Ehre für mich! Und ein Vergnügen dazu.«

»Na gut!« sagte Cirinciò zu sich selbst, während er wieder zu seinem Platz zurückkehrte. »Warum schauen mich dann alle so an?«

Sollte er etwas an sich haben, was er selbst nicht sah und was nur die anderen bemerkten? Denn es schien ihm doch wirklich, als könne er sich in diesem Augenblick wie alle andern mit den Wahlen beschäftigen, und als sei daran ganz und gar nichts Verwunderliches.

Begriff er denn alles? Aber gewiß doch, er begriff vollkommen all die Diskussionen, in die man sich um ihn herum einließ: über die Möglichkeiten eines Sieges, über die Verteilung der verschiedenen Parteien in dieser oder jener Gemeinde des Wahlkreises, über die Veranschlagung der freundlichen und der feindlichen Stimmen; ja nicht allein das, sondern es schien ihm, als sähe er klarer als mancher andere hinsichtlich der Taktik, die man ein paar noch neutralen Großwählern gegenüber befolgen mußte. Schließlich konnte er, seine bisherigen Bedenken und Befürchtungen vergessend, nicht mehr an sich halten, sprang auf, ergriff das Wort und brachte klar, schlicht und bündig zum Ausdruck, was man seiner Ansicht nach tun müsse.

Die Verblüffung im Saale war allgemein; niemand vermochte zu begreifen, wie Don Ciccino Cirinciò plötzlich zu einem so klaren und richtigen Urteil kam. Und doch: gerade das waren die Schritte, die getan werden mußten; man konnte wirklich nichts Besseres tun, als seinen Anregungen zu folgen.

Noch drei- oder viermal wiederholte sich während der langen Diskussion jenes Erstaunen über seine Urteilskraft, seine treffenden Ratschläge und die klugen Mittel, die er empfahl. Unglaublich! Jawohl, meine Herren, das war Don Ciccino Cirinciò!... Er sprach vorzüglich! Wer hätte es für möglich gehalten? Der geborene Redner... Ja, bravo! Gut! Es lebe Cirinciò!

Der Verblüffteste von allen war am Ende Cirinciò, denn einerseits schien es ihm nicht, als habe er gar so wunderbare und bewunderswerte Dinge gesagt; andererseits fand er sich, halb berauscht von all dem Beifall, auf allgemeinen Zuruf für eine außerordentlich schwierige Aufgabe ausersehen: die Gemeinde von Borgetto zu gewinnen, welche als die uneinnehmbare Feste der Gegenpartei galt.

Er versuchte, sich dem zu entziehen, er erklärte, niemand dort zu kennen, niemals dort gewesen zu sein; er sagte auch, er sei für solche Unternehmungen nicht der rechte Mann, er habe nur so *in abstracto* seine Ansichten darlegen wollen und würde versagen, wenn es auf den praktischen Einsatz ankäme. Man ließ ihn nicht einmal ausreden; man zwang ihn, die Aufgabe zu übernehmen, und so reiste am folgenden Morgen Don Ciccino Cirinciò, mit Geldmitteln und Empfehlungsschreiben versehen, nach Borgetto ab.

Und er wirkte Wunder dort in den vierzehn Tagen, die der Wahl vorhergingen. Wahre Wunder, denn in dieser kurzen Zeit gelang es ihm, die Position Lalevas in der Gemeinde auf den Kopf zu stellen.

War es das Bedürfnis, in der seltsamen Leere, in die ihn jenes unverhoffte Abenteuer gestürzt hatte, irgendeine Wirklichkeit zu erfassen und festzuhalten? (Eine leichte und luftige Leere, die ihm all die neuen Aspekte der Menschen und Dinge wie im traumhaften Licht erscheinen ließ, in jenen frischen blauen Märztagen mit den fröhlich leuchtenden Wolken am Himmel.) Oder war es das Hervorbrechen unbekannter Energien, die seit Jahr und Tag in seinem Innern geschlummert hatten, erstickt vom Alpdruck seines Unglücks? (Jugendliche, unversehrte Energien, die ihn wer weiß wohin hätten führen können, wer weiß in welche Wagnisse, zu welchen Siegen, wäre sein Leben nicht so in der Trauer jenes Unglücks eingeschlossen gewesen.)

Wie dem auch sei, er wirkte Wunder in jenem Dörfchen, wo niemand ihn kannte. Und sicher gerade deshalb, weil niemand ihn kannte.

Von jenen unvermuteten und plötzlich in ihm entbundenen Kräften beflügelt, stellte er sich unerschrocken den Gegnern, zwang sie zu diskutieren und die Fehler, die Dummheit, ja zuletzt auch die Schändlichkeit ihres alten Abgeordneten zuzugeben; er gönnte sich keinen Augenblick der Ruhe: bald war er hier, um die Zaudernden aufzurütteln, bald dort, um eine Hinterlist zu vereiteln, eine Versammlung zu leiten, ja selbst den alten Deputierten zum Rededuell herauszufordern, oder seine Parteigänger: das ganze Dorf, wenn es sein mußte.

Dinge, von denen er niemals geglaubt hätte, er könne sie denken oder gar aussprechen, kamen ihm spontan, leicht und fließend von den Lippen, mit einer Wirksamkeit des Ausdrucks, die ihn selbst fast blendete. Es schien, als sei ein neuer Lebensquell in ihm aufgesprungen und habe mit ungestümem Drängen zu sprudeln begonnen. Er erfaßte alles im Fluge, er verstand es bei der geringsten Andeutung; und alles und jedes machte er sich, so neu und frisch es sein mochte, sofort zu eigen, bemächtigte sich seiner mit jenen unverbrauchten Kräften, die sich niemals in ihm hatten entfalten können und die ihn nun kühn machten wie einen Jüngling, inmitten der rauschhaften Begeisterung, welche all die ergriffen hatte, die ihn in immer dichterer Zahl umdrängten und ihm in dieser stürmischen Erregung nur mühsam zu folgen vermochten.

Er hatte ganz vergessen, daß er auf einem Beine hinkte. Sein Alter? Ach ja, zweiundsechzig... Aber was wollte das schon heißen? Vorwärts! Es war, als beginne nun erst das Leben, vorwärts, vorwärts! Im Augenblick hieß es, jenem Herrn Beisitzer zu zeigen, daß man hinter seine Schliche gekommen war (er hatte den Mitgliedern des Arbeitervereins etwa hundert Stimmzettel vorenthalten), es hieß, den Bestechungsversuch des Herrn Bürgermeisters zu belegen: den Kauf von fünfzig Stimmen mit je zehn Lire. Aber wie belegte man das am besten? Nun, durch Zeugenaussagen, zum Teufel! Er selbst übernahm es, die betreffenden Bauern in Gegenwart eines Notars zum Geständnis zu bringen. Ja, er selbst! Vorwärts!...

So kam der Tag des großen Sieges heran. Er schien wie umgewandelt, wie neugeboren inmitten der allgemeinen Volksgunst, unter neuen Menschen, an einem neuen Ort, den er in wenigen Tagen umgestülpt und im Sturm genommen hatte. Und am Abend nach der Verkündigung des Wahlergebnisses kam er strahlend in den geräumigen Saal des Bürgervereins, in dem man ihm zu Ehren eine glänzende Tafel gedeckt hatte, obschon doch deutliche Zeichen der Ermüdung in der alten, vergessenen Maske zum Vorschein kamen.

Inzwischen ging, da man die Plätze noch nicht angewiesen hatte, ein bleiches, verkrümmtes Männchen im Saale umher, dessen blanker Schädel unter der Lampenflut wie Elfenbein schimmerte. Den Kopf zwischen die knochigen Schultern gezogen, stieß er in alle Gruppen der Plaudernden sein spitzes, gelbliches, wie entfärbtes Bärtchen und fixierte bald den, bald jenen mit den glänzenden Äuglein, die nadelscharf und boshaft aus der wächsernen Blässe des Gesichts hervorstachen. Da und dort blieb er einen Augenblick stehen, um eine hartnäckige Frage zu wiederholen, auf die er offenbar keine befriedigende Antwort erhielt; er bewegte verneinend den Kopf, er zuckte die Achseln, als wolle er ausrufen: »Was sagt ihr da? Was sagt ihr da? Das ist doch ganz ausgeschlossen!« oder er verzog das Gesicht und schob die Unterlippe vor wie einer, der es nicht rundzubringen vermag, und entfernte sich, indem er Cirinciò immer wieder mit seinen scharfen Äuglein heimliche Seitenblicke zuwarf.

Cirinciò bemerkte es sofort.

Inmitten des begeisterten Empfangs, den man ihm bereitete, fühlte er sich von allem Anfang an von jenen Äuglein getroffen, ja verletzt. Er stürzte sich in das Getümmel des Festes, um ihnen zu entfliehen: umsonst. Überall, in der Nähe, aus der Ferne, wo er es am wenigsten vermutete, fühlte er den quälend starren Blick des Verfolgers auf sich gerichtet; eiskalt wurde ihm unter diesem Blick, er verlor jede Fassung, eine dunkle Ahnung bestürzte ihn im Innersten seiner Seele, erfüllte ihn mit einer rasenden Wut, lastete wie ein dunkler Nebel auf seinem Gehirn. Er faßte sich wieder; aber es war nur allzu klar, daß er nicht mehr ruhig würde bleiben können, da alles in ihm schwankte – weniger wegen dieser verfolgerischen Äuglein, von denen er ja letzten Endes nichts zu fürchten hatte, als weil... Ach, er wußte selbst nicht recht, warum.

Es war nicht Furcht, es war nicht Scham; aber es verlangte ihn mit einemmal, jenes Fest zu verlassen und sich irgendwo zu verbergen.

Zu groß war der Lärm... O Gott, dieser Lärm!

Und wie betäubt im Saale umhergehend, bewegte er seine Hände, als wollte er die Geräusche dämpfen.

Aber je mehr er so tat, desto boshafter entzündete sich in den Äuglein des anderen eine närrische Neugierde.

Da wurde Cirinciòs Verzweiflung so groß, so überwältigend, daß er sich auch äußerlich seltsam verwandelte.

Er faßte sich noch einmal, als man ihn ergriff und im Triumph zu Häupten des Tisches niedersetzte; aber nachdem der Tumult der Platzsuche sich gelegt hatte und alle zum Sitzen gekommen waren, fiel Cirinciò in eine nur um so tiefere Betäubung, ja, er erstarrte fast zu Stein, als er in allernächster Nähe, nur vier Plätze von ihm entfernt, jenes Männchen gewahrte, das ihn weiter und weiter anstarrte, und das nun – ach, was war das? – den Hals nach ihm reckte, den Zeigefinger wie eine Waffe an eines der teuflischen Äuglein legte, wie um ihn aufs Korn zu nehmen, und die Frage an ihn richtete:

»Aber entschuldigen Sie, sind Sie nicht Don Ciccino Cirinciò?«

Nicht auf dem Namen lag das Gewicht der Frage. Die anderen konnten es nicht verstehen; um so besser verstand er selbst, Cirinciò, es.

Daß dies Don Ciccino Cirinciò sei, hatte man dem unheimlichen Alten wohl an die hundertmal gesagt und wiederholt. Aber eben das wollte ihm nicht eingehen: daß Don Ciccino Cirinciò, den er vor längerer Zeit kennengelernt hatte, der sei, der nun vor ihm saß... Der da? Unmöglich!

»*Der von der Mühle?*«

Ja, ja, der von der Mühle... Er hatte recht! Es war unglaublich!

Jetzt mußte auch Cirinciò es auf einmal zugeben.

Auch ihm selbst erschien es jetzt nicht mehr glaubhaft, daß »der von der Mühle«, daß er in eigener Person sich hier inmitten des Festes befinden könne und daß er all das habe tun können, was er getan hatte, und wovon er den Grund jetzt nicht mehr begriff.

Was konnte ihm in der Tat nun, da ihn jener grausam-entlarvende Blick wieder zu sich selbst, zu all seinem Unglück und Elend zurückgeführt hatte, noch an dem Sieg

Lalevas liegen? An den Schändlichkeiten des unterlegenen Abgeordneten?

Als die geladenen Gäste ihn so plötzlich dahinwelken sahen, glaubten sie zuerst, es sei die Wirkung einer vorübergehenden Müdigkeit, und versuchten ihn mit ihren Glückwünschen anzufeuern und zu ermuntern. Als einzige Antwort aber erhielten sie nur ein dummes und schleppendes »Ach ja… Freilich, freilich…«, das deutlich genug erkennen ließ, daß sein Geist meilenweit von diesem Fest entfernt war.

Und als am folgenden Tag Cirinciò von Borgetto fortfuhr, mürrisch und düster, die Grüße kaum erwidernd – da schauten alle einander an und wußten sich nicht den Grund einer so plötzlichen Verwandlung zu erklären. Und einige ließen den Verdacht laut werden, er sei ein Schwindler, ein elender Betrüger, der sie alle hinters Licht geführt habe.

Aus dem Italienischen von Hans Hinterhäuser. Originaltitel: *La maschera dimenticata*. Erstveröffentlichung unter dem Titel *Come Cirinciò per un momento si dimenticò di essere lui* – »Wie Cirinciò für einen Augenblick vergaß, daß er er war« – in der Zeitschrift *La lettura* vom August 1918, dann im Band *Il carnevale dei morti* (»Karneval der Toten«, Florenz 1919), schließlich unter dem endgültigen Titel in dem sechsten Band der *Novelle per un anno* von 1923.

# DER ENGE FRACK

Gewöhnlich hatte Professor Gori ja viel Geduld mit seiner alten Haushälterin, die nun seit fast zwanzig Jahren bei ihm im Dienst war. An jenem Tag aber hieß es zum ersten Mal in seinem Leben den Frack anziehen, und da geriet er ganz außer sich.

Allein der Gedanke, daß eine Sache von so geringer Bedeutung einen Geist wie den seinen, dem alle Frivolitäten der mondänen Welt fernlagen und der sich einer strengen intellektuellen Disziplin unterwarf, völlig durcheinanderbringen konnte, allein das genügte schon, um ihn gereizt zu machen. Aber diese Gereiztheit wuchs noch mehr, wenn er sich vor Augen hielt, dieser Geist könnte sich dazu hergeben, ein solches Kleidungsstück anzuziehen, das eine dumme Sitte für gewisse zeremonielle Schauspiele vorschrieb, bei denen das Leben sich einbildet, es könnte sich selbst ein Fest oder eine Unterhaltung bieten.

Und das noch dazu, mein Gott, mit diesem riesigen Körper eines Nilpferds, eines vorsintflutlichen Fabeltiers...

Und er fauchte, der Professor, und blitzte seine Haushälterin mit zornigen Augen an, wenn sie sich, kleingewachsen und kugelrund, am Anblick ihres dicken Herrn in diesem ungewohnten Festgewand weidete, ohne zu bemerken, diese Unglückselige, welche Erniedrigung das für alle die alten, anständigen und einfachen Möbel und die armen Bücher in dem unaufgeräumten, fast dunklen Zimmer bedeuten mußte.

Dieser Frack, versteht sich, der gehörte nicht ihm, dem Professor Gori. Er hatte ihn sich nur geliehen. Der Laufbursche eines nahegelegenen Geschäftes hatte ihm einen Armvoll zur Auswahl hinaufgebracht; und nun betrachtete er ihn prüfend, mit den Allüren eines vollendeten *arbiter elegantiarum*, mit halbgeschlossenen Augen und einem kleinen Lächeln verständnisvoller Überlegenheit auf den Lippen, ließ den Professor sich hierhin und dorthin drehen – »*Pardon! Pardon!*« – und schloß dann endlich, den Kopf schüttelnd: »Paßt nicht.«

Der Professor fauchte noch einmal vor sich hin und wischte sich den Schweiß ab.

Acht hatte er schon probiert, nein, neun; nein, er wußte gar nicht mehr wie viele. Einer enger als der andere. Und dieser Kragen, in dem er sich wie am Galgen fühlte! Und diese steife Hemdbrust, die ihm, verdreht und schon ganz zerknittert, aus der Weste heraushing! Und diese gestärkte weiße Fliege, die da herabbaumelte und die er erst noch binden mußte, ohne daß er gewußt hätte, wie!

Endlich ließ sich der Laufbursche dazu herab zu sagen: »Na schön, dieser da geht. Was Besseres können wir nicht finden, glauben Sie mir, verehrter Herr!«

Professor Gori durchbohrte zunächst wieder seine Haushälterin mit einem wütenden Blick, damit sie nicht noch ein weiteres Mal sagen sollte: »Wie aus dem Bilderbuch sehen Sie aus! Wie aus dem Bilderbuch!« dann besah er sich den Frack, dem er ohne Zweifel diese zeremonielle Anrede »verehrter Herr« verdankte. Hierauf wandte er sich an den Laufburschen: »Andere haben Sie nicht mehr bei sich?«

»Ich habe ja ohnedies zwölf heraufgebracht, verehrter Herr!«

»Dann ist das also der Zwölfte?«

»Der Zwölfte, jawohl, zu dienen.«

»Dann muß er ja wunderbar passen!«

Er war noch enger als die anderen. Der junge Mann gab, ein wenig gekränkt, zu: »Ein bißchen eng ist er schon, aber das mag hingehen. Wenn Sie die Güte haben wollten, ein wenig in den Spiegel zu sehen...«

»Vielen Dank!« schrie der Professor auf. »Mir reicht schon das Spektakel, das ich Ihnen und meiner Frau Haushälterin gebe.«

Daraufhin machte jener würdevoll eine kaum merkliche Verbeugung, und fort war er, mit den anderen elf Fräkken.

»Ist denn das noch zu glauben?« stieß der Professor mit einem wütenden Stöhnen hervor, wobei er versuchte, die Arme zu heben.

Dann trat er zur Kommode, um die dort liegende parfümierte Einladungskarte zu lesen, und fauchte dabei von neuem vor sich hin. Der Treffpunkt war um acht Uhr in der Wohnung der Braut in der Via Milano. Zwanzig Minuten Fußweg! Und es war schon Viertel nach sieben.

Unterdessen trat die alte Haushälterin wieder ein, die den Laufburschen bis zur Tür begleitet hatte. »Still!« gebot ihr der Professor sogleich. »Versuchen Sie mal, ob es Ihnen gelingt, mich mit dieser Fliege vollends zu erwürgen.«

»Sachte, sachte... Der steife Kragen...«, warnte ihn die alte Haushälterin. Und nachdem sie sich mit einem Taschentuch um die zittrigen Hände wohlvorbereitet hatte, ging sie ans Werk.

Fünf Minuten lang herrschte Stille. Für den Professor und das Zimmer rings umher schien die Zeit aufgehoben, als warteten sie auf das Jüngste Gericht.

»Fertig?«

»Hm...«, seufzte sie.

Professor Gori sprang in die Höhe und brüllte: »Lassen

Sie das sein! Ich werde es selbst versuchen! Ich halte das nicht mehr aus!«

Aber kaum stand er vor dem Spiegel, da geriet er in einen solchen Zornausbruch, daß die arme Haushälterin erschrak. Zuerst einmal machte er sich selbst eine linkische Verbeugung; aber als er dabei sah, wie sich die beiden Schöße öffneten und gleich wieder schlossen, bäumte er sich auf wie eine Katze, der man etwas an den Schwanz gebunden hat; und als er sich aufbäumte, da ging es *krach!* – und der Frack platzte unter der einen Achsel auf.

Da wurde er fuchsteufelswild.

»Eine Naht ist geplatzt! Ist ja nur eine Naht geplatzt!« versuchte ihn die herbeilaufende alte Dienerin gleich zu beruhigen. »Wenn Sie ihn einen Augenblick ausziehen wollen, nähe ich es gleich wieder!«

»Aber wenn ich doch keine Zeit mehr habe!« brüllte der Professor, am Ende seiner Nervenkraft. »Ich werde eben so gehen, zur Strafe! Jawohl, so ... Das heißt dann eben, daß ich niemandem die Hand geben werde. Lassen Sie mich gehen!«

Wütend knotete er sich die Schleife um den Hals, versteckte die Schande dieses Kleidungsstücks unter dem Mantel, und fort ging's.

Aber letzten Endes, zum Teufel, hätte er doch sehr froh sein müssen! An jenem Morgen wurde schließlich die Hochzeit einer früheren Schülerin gefeiert, die er sehr gerne hatte: Cesara Reis, die mit seiner Hilfe durch diese Hochzeit endlich den Lohn für die vielen Opfer erhielt, unter denen sie in den unendlichen Schuljahren studiert hatte.

Unterwegs begann Professor Gori über das seltsame Zusammentreffen nachzudenken, durch das diese Ehe zustande gekommen war. Jaja; aber wie hieß nur jetzt gleich der Bräutigam, dieser reiche Witwer, der eines Tages in der Lehrbildungsanstalt vorgesprochen hatte, weil er eine Hauslehrerin für seine Töchter suchte?

»Grimi? Griti? Nein, Mitri? Ah ja, richtig: Mitri, Mitri.«

So war es zu dieser Hochzeit gekommen. Die Reis, das arme Mädchen, das mit fünfzehn den Vater verloren hatte, hatte mit heldenhafter Anstrengung für den eigenen Unterhalt und für den der alten Mutter gesorgt, indem sie ein bißchen als Näherin arbeitete und ein bißchen Privatstunden gab, und daneben war es ihr gelungen, das Lehrerinnendiplom zu erwerben. Da er diese Beständigkeit, diese Seelenkraft bewunderte, hatte er sich bemüht, ihr in Rom in den zusätzlich eingerichteten neuen Schulen einen Posten zu verschaffen, und es war ihm gelungen. Als ihn nun dieser Herr Griti fragte...

»Griti, Griti, natürlich! Griti heißt er! Was sag ich da Mitri!« – als er ihn fragte, da hatte er ihm die Reis genannt. Ein paar Tage später kam er wieder, verstört und verlegen. Cesara Reis hatte den Posten als Hauslehrerin nicht annehmen wollen, angesichts ihres jugendlichen Alters und ihres unverheirateten Standes, der alten Mutter, die sie nicht allein lassen konnte, und vor allem der Lästerzungen der Leute. Und wer weiß, mit welchem Tonfall, mit welchem Ausdruck sie ihm das gesagt hatte, die Schelmin!

Ein hübsches Mädchen war sie schon, die Reis: und von jener Art Schönheit, die ihm am besten gefiel: eine Schönheit, der die Pein des Alltags (Gori war nicht von ungefähr Professor für muttersprachlichen Unterricht, er drückte sich wirklich so aus: *»die Pein des Alltags«*), eine Schönheit also, der die Pein des Alltags die Anmut eines leichten Schmerzes verliehen, die sie in unaufdringlicher, liebenswürdiger Weise geadelt hatte.

Natürlich hatte dieser Herr Grimi...

»Also wenn ich genau überlege, dann fürchte ich jetzt wirklich, der heißt Grimi!«

Natürlich hatte dieser Herr Grimi sich vom ersten Augenblick an unsterblich in sie verliebt. So was kommt scheinbar vor. Und drei- oder viermal war er, wenngleich ohne Hoffnung, auf sein Angebot zurückgekommen, aber vergeblich. Und am Ende hatte er ihn, den Professor Gori, gebeten, als Vermittler aufzutreten, damit das Fräulein Reis, das doch so schön, so bescheiden, so tugendhaft war, wenn schon nicht die Hauslehrerin, so doch die zweite Mutter seiner Töchter werden sollte. Und warum eigentlich nicht?

Er hatte mit Freuden den Vermittler gemacht, der Professor Gori, und Fräulein Reis hatte angenommen; und nun wurde die Hochzeit gefeiert, zum Ärger der Verwandten des Herrn... Grimi oder Griti oder Mitri, die sich verbissen gegen diese Verbindung gewehrt hatten:

»Ach hol euch doch der Teufel alle miteinander!« schloß der dicke Professor, wieder einmal fauchend, seine Überlegung ab.

Unterdessen galt es einen Blumenstrauß für die Braut zu besorgen. Sie hatte ihn ja so sehr gebeten, er solle ihr Trauzeuge werden, aber der Professor hatte sie darauf hingewiesen, das er ihr als Trauzeuge ein Geschenk hätte machen müssen, das dem Wohlstand ihres Bräutigams angemessen gewesen wäre; und das konnte er sich beim besten Willen nicht erlauben. Das Opfer mit dem Frack mußte schon genügen. Aber ein Blumensträußchen, o ja, das schon. Und Professor Gori betrat mit großem Zögern und überaus verlegen ein Blumengeschäft, wo man ihm ein großes Bündel Grünzeug mit ganz wenigen Blumen dazwischen zusammenband und zu einem stolzen Preis verkaufte.

Als er in der Via Milano angekommen war, sah er am

Ende der Straße, vor dem Tor des Hauses, in dem die Reis wohnte, eine Traube von Neugierigen. Er nahm an, daß er spät dran sei; daß im Hof schon die Kutschen für den Hochzeitszug bereitstünden und daß alle diese Leute hier beim Défilé dabeisein wollten. Er beschleunigte seinen Schritt. Aber warum sahen ihn all diese Neugierigen so seltsam an? Der Frack war doch unter dem Mantel versteckt. Oder vielleicht... die Schöße? Er blickte sich um. Nein, die waren nicht zu sehen. Was war es dann? Was war geschehen? Weshalb war das Tor halb geschlossen?

Der Pförtner fragte ihn mit bedrückter Miene: »Der Herr kommen zur Hochzeit?«

»Jawohl. Ich bin eingeladen.«

»Aber... wissen Sie, die Hochzeit ist abgesagt.«

»Was?«

»Ja, die arme Frau Reis... die Mutter...«

»Ist sie gestorben?« rief Gori entsetzt, auf das Tor starrend.

»Ja, heute nacht, ganz plötzlich.«

Der Professor stand da, wie vom Blitz getroffen: »Ist das denn die Möglichkeit? Die Mutter? Die Frau Reis?«

Und er warf einen Blick in die Runde, als wollte er in den Augen der Umstehenden die Bestätigung der unglaublichen Nachricht lesen. Der Blumenstrauß fiel ihm aus der Hand. Er bückte sich, um ihn aufzuheben, aber dabei fühlte er, wie die Fracknaht unter der Achsel noch weiter aufplatzte, und hielt mitten in der Bewegung inne. O Gott! Der Frack... natürlich! Der Frack für die Hochzeit, der nun so damit bestraft wurde, daß er unversehens vor dem Tod erscheinen mußte. Was sollte er tun? Hinaufgehen, in diesem Aufzug? Umdrehen und weggehen? – Er hob den Blumenstrauß auf, dann streckte er ihn verwirrt dem Pförtner entgegen.

»Tun Sie mir den Gefallen, bewahren Sie ihn für mich auf.«

Und damit ging er hinein. Er versuchte, immer zwei Stufen auf einmal zu nehmen, aber das gelang ihm nur auf dem ersten Treppenabsatz. Im letzten Stock – verfluchter Bauch! – ging ihm die Luft aus.

Als er in den kleinen Salon geführt wurde, bemerkte er an den dort Versammelten eine gewisse Peinlichkeit, eine sofort unterdrückte Unruhe, als wäre jemand bei seinem Eintritt davongelaufen oder als wäre eine intime und überaus lebhafte Unterhaltung plötzlich abgebrochen worden.

Da er ja schon von sich aus verlegen war, blieb Professor Gori gleich bei der Türe stehen; er sah sich verwirrt um; er fühlte sich verloren, beinahe so, als wäre er von lauter Feinden umgeben. Das waren lauter große Herren, die da: Verwandte und Freunde des Bräutigams. Diese Alte da drüben war vielleicht seine Mutter, die anderen zwei da drüben, die aussahen wie alte Jungfern, vielleicht seine Schwestern oder Kusinen. Er machte eine ungelenke Verbeugung. (O Gott, da ging das schon wieder los mit dem Frack...) Und noch vornübergebeugt, als würde er von innen her zusammengezogen, warf er einen zweiten Blick ringsumher, als wollte er sich vergewissern, daß auch niemand das Platzen dieser verdammten Naht unter der Achsel gehört hatte. Keiner erwiderte seinen Gruß, fast so, als würden die Trauer und der ernste Augenblick nicht einmal ein leichtes Kopfnicken zulassen. Einige (vermutlich die engsten Freunde der Familie) standen bestürzt rund um einen Herrn, in dem Gori, wenn er genau hinsah, den Bräutigam wiederzuerkennen vermeinte. Er stieß einen Seufzer der Erleichterung aus und trat eilig hinzu.

»Herr Grimi...«

»Migri, bitte.«

»Ach ja, Migri... eine Stunde denke ich schon darüber nach, glauben Sie mir! Ich habe es schon mit Grimi, Mitri, Griti versucht... aber Migri, das wollte mir einfach nicht einfallen! Entschuldigen Sie... ich bin Professor Fabio Gori, Sie werden sich sicher an mich erinnern... obschon Sie mich nun etwas verändert sehen in diesem...«

»Ich freue mich, wenngleich...«, antwortete der Angesprochene und betrachtete ihn kühl und hochmütig; dann, als fiele es ihm plötzlich ein: »Ach ja, Gori... natürlich! Sie sind also dann... ja, sagen wir, sozusagen der Stifter... indirekt, wenn wir so wollen, der Stifter dieser Ehe! Mein Bruder hat mir von Ihnen erzählt...«

»Wie, wie? Entschuldigen Sie, Sie sind dann also der Bruder?«

»Carlo Migri, wenn Sie gestatten.«

»Danke, danke, natürlich gestatte ich. Was für eine Ähnlichkeit, Donnerwetter. Entschuldigen Sie schon, Herr Gri... ah ja, Migri, aber... dieser Blitz aus heiterem Himmel... Jaja! Natürlich, ich war leider... das heißt, leider nicht: ich habe da sozusagen gar keine Schuld daran... aber ja, natürlich, indirekt, zufällig, könnte man sagen, da habe ich schon mitgewirkt...«

Migri unterbrach ihn mit einer Handbewegung und stand auf.

»Gestatten Sie, daß ich Sie meiner Mutter vorstelle.«

»Aber mit dem größten Vergnügen, ich bitte Sie!«

Er wurde zu der alten Dame geführt, die mit ihrer enormen Beleibtheit das halbe Kanapee ausfüllte; sie war schwarz gekleidet, auf dem Kopf saß eine Art Häubchen, ebenfalls schwarz, in den wolligen Haaren, die das platte, gelbliche, beinahe pergamentartige Gesicht einrahmten.

»Mama, das ist Professor Gori, weißt du, der Andreas Ehe gestiftet hatte.«

Die alte Dame hob schläfrig ihre schweren Augenlider

und zeigte, eines mehr, eines weniger geöffnet, ihre ovalen, trüben, fast blicklosen Augen.

»Also, um der Wahrheit die Ehre zu geben«, verbesserte der Professor, wobei er diesmal zitternd auf seine geplatzte Fracknaht achtete, »um der Wahrheit die Ehre zu geben, also... gestiftet, das wäre zuviel gesagt... Ich habe bloß...«

»Sie wollten meinen Enkeltöchtern eine Hauslehrerin verschaffen«, vollendete die alte Dame den Satz mit Grabesstimme. »Sehr gut! So wäre es ja auch tatsächlich richtig gewesen.«

»Ja, natürlich...«, stammelte Professor Gori. »Wenn man die Tugenden und die Bescheidenheit von Fräulein Reis kennt...«

»Oh, sie ist ein braves Mädchen, das bezweifelt niemand!« erkannte die alte Dame sogleich an, wobei sie die Lider senkte. »Und glauben Sie mir, wir bedauern es heute alle zutiefst...«

»Was für ein Unglück! Jawohl, so plötzlich!« rief Gori aus.

»Als ob hier doch wahrhaft der Wille Gottes wirkte«, ergänzte die alte Dame.

Gori sah sie an: »Ein grausames Schicksal...«

Dann blickte er im Salon herum und fragte: »Und Herr Andrea?«

Der Bruder antwortete ihm, Gleichgültigkeit heuchelnd: »Tja... ich weiß nicht, gerade eben war er noch hier. Er wird wohl kurz weggegangen sein, um sich bereit zu machen.«

»Ach so!« rief daraufhin Gori aus, der auf einmal Freude empfand. »Die Hochzeit findet also trotzdem statt?«

»Aber nein! Was für eine Idee!« fuhr die alte Dame dazwischen, überrascht und gekränkt. »Heiliger Gott im Himmel! Mit der Toten im Hause? Ooooh!«

»Ooooh!« echoten die beiden alten Jungfern kreischend und voll Entsetzen.

»Er macht sich bereit zum Wegfahren«, erklärte Migri. »Er hätte ja heute noch mit der Braut nach Turin abreisen sollen. Wir haben dort unsere Papierfabriken, in Valsangone, und da wird er dringend gebraucht.«

»Und... und er wird also... so einfach wegfahren?«

»Es muß sein. Wenn nicht heute, so morgen. Wir haben ihn dazu überredet, beinahe mit Gewalt, den Armen. Hierzubleiben – Sie werden verstehen – das wäre nun nicht mehr sehr klug und auch nicht mehr schicklich.«

»Wo doch das Mädchen... nun ja, ganz allein ist...«, fügte die Mutter mit ihrer Grabesstimme hinzu. »Die Lästerzungen...«

»Jaja«, ergänzte der Bruder. »Und dann, die Geschäfte... der Heiratsplan war ja doch ein wenig...«

»Übereilt!« brach es aus einer der alten Jungfern heraus.

»Sagen wir lieber, etwas improvisiert«, versuchte Migri abzuschwächen. »Und nun bricht dieses schwere Unheil schicksalshaft herein, wie... ja, wie um ein wenig Zeit zum Überlegen zu geben. Ein Aufschub wird notwendig... schon wegen der Trauerzeit... und... Und so kann man die Sache noch einmal überlegen, von allen Seiten betrachten.«

Herr Professor Gori blieb eine ganze Weile lang stumm. Die ärgerliche Verlegenheit, in die ihn diese übervorsichtige, mit Vorbehaltsformeln verbrämte Rede brachte, war im Grunde genau dieselbe, die ihm sein zu enger Frack und die geplatzte Naht unter der Achsel verursachten. In derselben Weise aufgeplatzt schien ihm auch die Logik dieser Rede, und man mußte sie mit derselben Vorsicht bezüglich der unsichtbaren, aufgeplatzten Naht aufnehmen, mit der sie ausgesprochen wurde. Wenn man sie nämlich ein bißchen auf die Probe stellte, wenn man sie nicht so brav unter allen gebotenen Vorsichtsmaßnahmen zusammen- und in die Höhe hielt, dann war da die Gefahr, daß – genauso wie der Frackärmel drohte, abzureißen – die Heuchelei all dieser Herrschaften aufplatzte und nackt sichtbar würde.

Einen Augenblick lang fühlte er das Bedürfnis, sich dieser Bedrückung und auch dem Ärger zu entziehen, den er in seiner Geistesabwesenheit angesichts des weißen Spitzenkragens empfand, der die schwarze Jacke der alten Dame zierte. Jedesmal, wenn er einen solchen weißen Spitzenkragen sah, kam ihm, wer weiß wieso, das Bild eines gewissen Pietro Cardella in den Sinn, eines Krämers aus seinem fernen Heimatort, der eine enorme Geschwulst im Nacken gehabt hatte. Am liebsten hätte er losgefaucht, aber er hielt sich rechtzeitig zurück und seufzte wie blöde: »Ach ja… das arme Mädchen!«

Ein Chor der Bedauernsformeln für die Braut antwortete ihm. Professor Gori empfand das plötzlich wie Peitschenhiebe und fragte, aufs höchste irritiert: »Wo ist sie? Kann ich sie sehen?«

Migri wies auf eine Tür des Salons: »Dort drinnen, bitte…«

Und Professor Gori ging wütend dort hinein.

Auf dem weißen, untadelig gebügelten Bett lag die Leiche der Mutter, auf dem Kopf eine riesige Haube mit gestärkter Krempe.

Zunächst sah er sonst gar nichts, der Professor Gori, als er das Zimmer betrat. Von dieser wachsenden Gereiztheit erfaßt, über die er sich in seiner Verblüffung und Verlegenheit gar nicht klar Rechenschaft ablegte, mit seinem Kopf, der schon beinahe zu rauchen begann, da erfaßte ihn keineswegs Rührung, sondern vielmehr Ärger über diesen Augenblick, wie über eine regelrechte Absurdität: ein dummer und grausamer Streich des Schicksals, den man nun wirklich um keinen Preis durchgehen lassen durfte!

All diese Steife der Toten erschien ihm wie ein Schauspiel, als hätte die arme Alte sich freiwillig ausgestreckt, dort auf diesem Bett, mit dieser riesigen gestärkten Haube, um das Fest, das für die Tochter vorbereitet war, durch Verrat für sich in Besitz zu nehmen, und beinahe überkam Professor Gori die Versuchung, ihr ins Gesicht zu schreien: »Los, aufstehen, meine liebe alte Dame! Das ist wirklich nicht der Moment für Scherze dieser Art!«

Cesara Reis kniete dort auf dem Boden; ganz in sich zusammengekauert neben dem Bett, auf dem der Leichnam der Mutter lag, weinte sie nicht mehr, wie verloren in ihrer tiefen, leeren Fassungslosigkeit. Zwischen den schwarzen, zerzausten Haaren sah man einige Strähnen, die noch vom Vorabend in Papierstückchen eingedreht waren, um Locken zu erzeugen.

Nun, statt Mitleid empfand Professor Gori auch ihr gegenüber fast so etwas wie Ärger. Es überkam ihn eine mächtige Lust, sie vom Boden hochzuzerren und zu schütteln, bis diese Fassungslosigkeit von ihr abfiele. Sie durfte sich nicht so einfach dem Schicksal geschlagen geben, das in so ungerechter Weise die Heuchelei all dieser Herrschaften begünstigte, die da im anderen Zimmer versammelt waren! Nein, nein: es war ja alles bereit, diese Herrschaften waren wie er im Frack zur Hochzeit gekommen; nun, dann genügte also ein Willensakt bei jedem einzelnen; man mußte dieses arme Mädchen, das dort zu Boden gefallen war, zum Aufstehen zwingen, man mußte sie hinausführen, hinauszerren, auch so, halb und halb noch fassungslos, damit diese Hochzeit stattfände und sie vor dem Ruin gerettet würde.

Freilich hatte dieser Willensakt Mühe, sich in ihm durchzusetzen: Er wäre ja mit größter Wahrscheinlichkeit dem Willen all dieser Verwandten dort entgegengesetzt gewesen. Als Cesara jedoch, ohne den Kopf zu heben, ohne eine Wimper zu rühren, nur ein bißchen die eine Hand hob, um auf ihre dort liegende Mutter zu zeigen, und zu ihm sagte: »Sehen Sie, Professor?« da gab sich der Professor einen Ruck, und: »Ja, meine Liebe, ja!« antwortete er ihr mit einer beinahe wütenden Gereiztheit, die seine ehemalige Schülerin zusammenzucken ließ. »Aber du steh auf! Zwing mich nicht, mich zu bücken, denn ich kann mich nicht bücken! Steh von selbst auf! Schnell, los! Los, los, tu mir den Gefallen!«

Ohne daß sie es wollte, überwältigt von dieser Gereiztheit, schüttelte die junge Frau ihre Niedergeschlagenheit ab und sah den Professor fassungslos an:

»Warum?« fragte sie ihn.

»Weil, mein Kind... aber steh doch zuerst auf! Ich sage dir ja, ich kann mich nicht bücken, Himmel nochmal!« antwortete Gori.

Cesara stand auf. Als sie jedoch auf diese Weise wieder den Leichnam der Mutter auf dem Bett vor sich sah, bedeckte sie das Gesicht mit den Händen und brach in wildes Schluchzen aus. Da packte sie ganz unerwartet der Professor, mehr denn je gereizt, an den Armen, schüttelte sie und schrie sie an: »Nein! Nein! Nein! Jetzt wird nicht geweint! Hab nur ein bißchen Geduld, mein Kind! Hör auf mich!«

Sie blickte ihn wieder an, diesmal beinahe verängstigt, mit mühsam zurückgehaltenen Tränen in den Augen, und sagte: »Wie wollen Sie denn, daß ich nicht weinen sollte?«

»Du darfst nicht weinen, weil jetzt für dich keine Zeit zum Weinen ist!« schnitt ihr der Professor das Wort ab. »Du bist allein zurückgeblieben, mein Kind, und du mußt dir selbst helfen! Verstehst du, daß du dir selbst helfen mußt? Jetzt, jawohl, jetzt! Jetzt mußt du all deinen Mut zusammennehmen, die Zähne zusammenbeißen und tun, was ich dir sage!«

»Was denn, Herr Professor?«

»Nichts. Zuerst einmal diese Papierstückchen aus dem Haar nehmen.«

»O Gott«, stöhnte das Mädchen, als sie sich daran erinnerte, und fuhr sich sofort mit zitternden Händen in die Haare.

»Sehr gut, so ist's richtig!« lobte der Professor. »Jetzt gehst du dort hinüber und ziehst dein Schulkleid an, setzt dir den Hut auf und kommst mit mir!«

»Wohin? Was reden Sie?«

»Ins Rathaus, mein Kind!«

»Aber Herr Professor! Was reden Sie?«

»Ich sage, ins Rathaus, aufs Standesamt, und dann in die Kirche! Denn diese Ehe muß geschlossen werden, und zwar heute noch: sonst bist du ruiniert! Siehst du, wie ich mich für dich hergerichtet habe? In einen Frack bin ich geschlüpft! Und ich werde dein Trauzeuge sein, wie du es gewollt hast! Laß deine arme Mutter hier, denk für einen Augenblick nicht an sie, und empfinde das nicht als Sünde! Sie selbst, deine Mutter, sie will es ja so! Hör auf mich: geh dich anziehen! Ich werde einstweilen hier alles für die Zeremonie vorbereiten: sofort!«

»Nein... nein... wie sollte ich denn das tun können?« schrie Cesara, warf sich aufs Bett der Mutter und barg den Kopf verzweifelt zwischen den Armen. »Unmöglich, Herr Professor! Für mich ist's vorbei, ich weiß! Er wird fortgehen und nicht mehr zurückkommen, er wird mich verlassen... aber ich kann nicht... ich kann nicht...«

Gori gab aber nicht nach. Er beugte sich hinunter, um sie von diesem Bett hochzureißen; aber als er die Arme ausstreckte, stampfte er wütend mit dem Fuß auf und schrie: »Das ist mir alles ganz egal! Meinetwegen bin ich mit einem einzigen Frackärmel Trauzeuge, aber diese Trauung findet heute noch statt! Du verstehst das... schau mir in die Augen! Du verstehst das, nicht wahr? Du verstehst, daß du verloren bist, wenn du diesen Augenblick ungenützt verstreichen läßt? Was willst du denn anfangen, wo du jetzt keine Stellung mehr hast und niemanden mehr in der Welt? Willst du deiner Mutter die Schuld daran geben müssen, daß du ruiniert bist? Hat sie ihn denn nicht so sehnsüchtig erwartet, die arme Frau, den Tag deiner Hochzeit? Und jetzt willst du, daß diese Hochzeit um ihretwillen platzen soll? Was tust du denn Böses? Nur Mut, Cesara! Ich bin ja hier: laß mich die Verantwortung für das übernehmen, was du tust! Geh, geh dich anziehen, mein Kind, verlier keine Zeit...«

Und während er so sprach, führte er sie bis zur Türe ihres Zimmers, wobei er sie um die Schultern faßte und stützte. Dann ging er neuerlich durch das Sterbezimmer hindurch, schloß die Türe hinter sich und betrat den Salon wie ein Krieger.

»Ist der Bräutigam noch nicht zurück?«

Die Verwandten, die Gäste wandten sich nach ihm um, überrascht von dem befehlenden Ton seiner Stimme. Migri fragte mit vorgetäuschter Sorge: »Fühlt sich das Fräulein nicht wohl?«

»Sie fühlt sich ausgezeichnet«, antwortete der Professor, ihn zornig anblitzend. »Im Gegenteil, ich habe das Vergnügen, den Herrschaften zu verkünden, daß es mir gelungen ist, sie zu überreden, sich für einen Augenblick Gewalt anzutun und die Trauer in ihrem Inneren zu unterdrükken. Wir sind ja alle hier; alles ist bereit; es genügt – lassen Sie mich ausreden – es genügt, wenn einer von Ihnen... Sie vielleicht, Sie werden so freundlich sein – fügte er hinzu, zu einem der Gäste gewandt – Sie werden so freundlich sein und mir den Gefallen tun, mit einem Wagen ins Rathaus zu fahren, um dem Standesbeamten anzukündigen, daß wir…«

Ein Chor lebhafter Protestschreie unterbrach den Professor an diesem Punkt. Skandal, Entsetzen, Schauder, höchstes Ärgernis!

»Aber lassen Sie mich doch erklären!« schrie Professor Gori, der alle mit seiner Erscheinung überragte. »Warum sollte diese Eheschließung denn nicht erfolgen? Wegen des Trauerfalls der Braut, nicht wahr? Nun, wenn die Braut selbst…«

»Aber ich werde nie zulassen«, schrie da lauter als er, ihm das Wort abschneidend, die alte Dame, »ich werde nie zulassen, daß mein Sohn…«

»…seine Pflicht tut und ein gutes Werk dazu?« fragte Gori schnell, diesmal seinerseits ihren Satz vollendend.

»Aber mischen Sie sich doch nicht ein«, hielt ihm da, bleich und vor Wut zitternd, Migri entgegen, der seine Mutter verteidigen wollte.

»Verzeihen Sie! Ich mische mich ein«, gab Gori sofort zurück, »weil ich weiß, daß Sie ein Ehrenmann sind, lieber Herr Grimi…«

»Migri, bitte!«

»Migri, natürlich, Migri, und deshalb werden Sie verstehen, daß es weder zulässig noch ehrenhaft ist, sich den letzten Notwendigkeiten einer Situation wie dieser zu entziehen. Jetzt gilt es stärker zu sein als das Unglück, das dieses arme Mädchen getroffen hat, und sie zu retten! Soll sie so allein zurückbleiben, ohne Hilfe, und nun auch ohne jede soziale Stellung? Sagen Sie selbst! Nein, diese Ehe wird trotz des Unglücks geschlossen werden, und trotz… haben Sie einen Augenblick Geduld!«

Er unterbrach sich, wütend und fauchend, fuhr sich mit einer Hand in den Ärmel des Mantels, packte den Ärmel des Fracks darunter, riß ihn mit einem gewaltigen Ruck ab und warf ihn in die Luft. Alle mußten unwillkürlich lachen über dieses unerwartete Wurfgeschoß ganz neuer Art, während der Professor mit einem großen Seufzer der Erleichterung fortsetzte: »Und trotz dieses Ärmels, der mich bis jetzt gequält hat!«

»Sie scherzen!« warf Migri ein, bemüht, wieder seine Fassung zu finden.

»Nein, mein Herr; mir ist einfach die Naht geplatzt.«

»Sie scherzen! Das sind ja gewalttätige Vorgangsweisen.«

»Es sind bloß die, die dem Fall angemessen sind.«

»Oder den materiellen Interessen! Ich sage Ihnen, unter diesen Bedingungen ist es unmöglich…«

In diesem Augenblick traf zum Glück der Bräutigam ein.

»Nein! Nein, Andrea, nein!« riefen ihm sofort ein paar Stimmen zu, von da und von dort.

Aber Gori schrie lauter als sie und kam Migri entgegen.

»Entscheiden Sie. Lassen Sie mich reden! Es handelt sich um folgendes: Ich konnte Fräulein Reis dort drinnen dazu bewegen, sich Gewalt anzutun: sich zu überwinden, angesichts der ernsten Situation, in die Sie, lieber Herr, sie gebracht haben und in der Sie sie zurücklassen würden. Wenn Sie einverstanden sind, Herr Migri, dann kann, ohne jede Festlichkeit, in aller Stille, in einem geschlossenen Wagen, zum Rathaus gefahren werden, damit dort auf der Stelle die Hochzeit stattfindet… Ich hoffe, Sie werden sich nicht weigern wollen… Aber sprechen Sie, sagen Sie, was Sie meinen…«

Andrea Migri, solcherart überrascht, sah zuerst Gori an, dann die anderen, und schließlich antwortete er zögernd: »Nun… was mich angeht, wenn Cesara es so will…«

»Sie will! Sie will!« brüllte Gori, mit seiner Baßstimme

die Mißfallenskundgebungen der anderen übertönend. »Das ist endlich einmal ein Wort, das von Herzen kommt! Also kommen Sie, fahren Sie schnell zum Rathaus, lieber Herr!«

Dabei nahm er den Gast, an den er sich schon zuvor gewandt hatte, beim Arm und führte ihn bis zum Ausgang. Im Vorzimmer sah er eine große Zahl von Körben mit wunderbarem Blumenschmuck, die als Hochzeitgeschenke angeliefert worden waren; da trat er in den Eingang zum Salon und rief den Bräutigam herbei, um ihn von den giftsprühenden Verwandten loszueisen, die ihn belagerten.

»Herr Migri, Herr Migri, eine kleine Bitte! Sehen Sie ...«

Der Bräutigam kam herbei.

»Wir wollen den Gefühlen des armen Fräuleins Ausdruck verleihen. All diese Blumen seien für die Tote ... Helfen Sie mir!«

Er nahm zwei Blumenkörbe und kehrte damit in den Salon zurück. Er hob sie im Triumph in die Höhe und brachte sie in das Sterbezimmer. Der Bräutigam folgte ihm reuevoll mit zwei weiteren Körben. Damit änderte sich plötzlich der Charakter des Festes. Viele Gäste liefen hinaus ins Vorzimmer, um weitere Blumenkörbe zu holen und sie in einer Art Prozession ins Sterbezimmer zu bringen.

»Die Blumen für die Tote, ausgezeichnet; die Blumen für die Tote!«

Kurz darauf betrat Cesara den Salon, kreidebleich, in ihrem bescheidenen schwarzen Schulkleid, die Haare kaum frisiert, zitternd unter der Anstrengung, die es sie kostete, sich zu beherrschen. Sofort lief ihr der Bräutigam entgegen und nahm sie voll des Mitgefühls in die Arme. Alle schwiegen. Professor Gori, in dessen Augen Tränen glänzten, bat drei der Herren, mit ihm den Brautleuten zu folgen und sich als Trauzeugen zur Verfügung zu stellen, und der Zug setzte sich still in Bewegung.

Die Mutter, der Bruder, die alten Jungfern und die Gäste, die im Salon zurückgeblieben waren, begannen sofort wieder ihrer bei Cesaras Erscheinen momentan zurückgehaltenen Empörung freien Lauf zu lassen. Gott sei Dank konnte die arme alte Mamma dort drinnen inmitten der Blumen nicht mehr hören, was diese braven Leute sagten, die alle von sich behaupteten, sie wären empört darüber, wie wenig Achtung man vor ihrem Tod habe.

Aber Professor Gori, der während der Fahrt an das dachte, was man nun sicherlich über ihn in diesem Salon sagte, thronte förmlich in dem Wagen und kam im Rathaus an wie trunken: so sehr, daß er gar nicht mehr an den Frackärmel dachte, den er sich ausgerissen hatte, und sich wie die anderen des Mantels entledigte.

»Aber Professor!«

»Ach ja, zum Donnerwetter!« rief er wütend, und zog ihn schnell wieder an.

Sogar Cesara mußte darüber lächeln. Aber Gori, der sich in gewisser Weise damit getröstet hatte, daß er sich sagte, er müsse ja nicht unter diese Leute zurückkehren, konnte nicht darüber lachen; denn nun war ihm klar, daß er zwangsläufig doch dorthin zurückkehren mußte, denn es galt ja, diesen Ärmel zu holen, um ihn mitsamt dem Frack dem Händler zurückzugeben, von dem er ihn sich geliehen hatte. Die Unterschrift? Was für eine Unterschrift? Ah ja, er mußte als Zeuge unterschreiben. Wo?

Nachdem sie in aller Eile die zweite Formalität in der Kirche hinter sich gebracht hatten, kehrten die Brautleute und die vier Zeugen nach Hause zurück.

Sie wurden mit dem nämlichen eisigen Schweigen empfangen.

Gori, der versuchte, sich so klein zu machen, wie ihm das möglich war, ließ den Blick durch den Salon schweifen und wandte sich schließlich, den Finger auf die Lippen haltend, an einen Gast mit der Bitte: »Leise, leise... Könnten Sie mir vielleicht sagen, ich bitte Sie von Herzen, wo mein Frackärmel ist, den ich vor kurzem hier durch die Luft geworfen habe?«

Und wenig später wickelte er den verlorenen Ärmel in eine Zeitung und verließ ganz still und leise die Wohnung; dabei überlegte er, daß er nur dem Ärmel des zu engen Fracks den schönen Sieg verdankte, den er an diesem Tag über das Schicksal errungen hatte, denn wenn dieser Frack mit der geplatzten Naht unter der Achsel ihn an diesem Tag nicht so sehr geärgert hätte, dann hätte er sich, in der gewohnten Weite seiner bequemen und abgetragenen täglichen Kleidungsstücke, gegenüber dem Unglück dieses plötzlichen Todes wohl ohne weiteres wie ein Dummkopf der Rührung und einer trägen, unfruchtbaren Klage über das unselige Schicksal dieses armen Mädchens hingegeben. Da er aber durch diesen engen Frack nun einmal außer Rand und Band geraten war, hatte er in seinem Ärger den Mut und die Kraft gefunden, sich gegen dieses Schicksal aufzulehnen und es letzten Endes zu besiegen.

Aus dem Italienischen von Michael Rössner. Originaltitel: *Marsina stretta.* Erstveröffentlichung in der Zeitschrift *Il Marzocco* vom 1. Dezember 1901, dann im Band *Il carnevale dei morti* (Florenz 1919), schließlich im siebenten Band der *Novelle per un anno* von 1923.

# DAS FRÄULEIN BOCCARMÈ

So wie man, durch einen Garten gehend, zerstreut die Hand ausstreckt, den zarten Trieb einer Pflanze abbricht und die wenigen Blättchen, die einzige Blüte in den Wind streut; gerade so war, als Mirina Boccarmè eben in der Blüte ihrer Jugend stand, ein Mann durch ihr Leben gegangen und hatte es zerstört, einer flüchtigen Laune wegen. Aus der Stadt geflohen, war sie nach Süditalien gegangen, in einen kleinen Ort am Meer, als Dorfschullehrerin.

Viele Jahre waren seither nun schon vergangen. Sobald der Nachmittagsunterricht zu Ende war, pflegte das Fräulein Boccarmè zur Mole zu spazieren, wo sie sich, auf der Kaimauer sitzend, damit unterhielt, gemeinsam mit den anderen Müßigen die Schiffe zu betrachten, die da vor Anker lagen. Dreimaster und Brigantinen, Tartanen und Schoner, jedes mit seinem Namen am Heck: »L'Angiolina«, »Colomba«, »Fratelli Noghera«, »Annunziatella«, und dem Namen des Heimathafens: Napoli, Castellamare di Stabia, Genova, Livorno, Amalfi. Namen bloß für sie, die sie keine dieser Hafenstädte kannte, die aber, als sie sie so auf das Heck dieser Schiffe geschrieben sah, in ihren Augen zu etwas Nahem, Greifbarem wurden, aus einer unbekannten Ferne, die sie aufseufzen ließ. Da, jetzt kamen die Fischerboote herein, eines nach dem anderen; ihre Segel knatterten fröhlich im Wind, als sie um die Spitze der Mole bogen. Jedes Boot hatte auf Deck schon die sortierten Körbe mit dem Fang bereitstehen, randvoll mit noch lebenden Algen. Viele kamen zur Anlegestelle gelaufen, um frischen Fisch für das Abendessen zu besorgen; sie blieb zurück, betrachtete die Schiffe und verfolgte das Leben an Bord – oder was sie eben davon erahnen konnte, wenn sie so von außen zusah.

Sie hatte sich an den schlechten Geruch gewöhnt, den die fettige Schicht auf dem stehenden Wasser ausströmte, auf dessen matt-glasigem Schatten zwischen den Schiffen sich kaum wahrnehmbar ein paar zitternde Reflexe bewegten. Sie hatte ihre Freude daran, die Matrosen jener Schiffe nun in Sicherheit zu sehen, da, im Hafen, ohne zu bedenken, daß diese es vielleicht gar nicht abwarten konnten, in irgendeinen anderen Hafen zurückzukehren. Und wenn sie mit ihren Augen ihre ganze Seele emporhob, um im letzten Tageslicht zur Spitze der Masten hinaufzuschauen, zu den Rahen, zum Tauwerk, verspürte sie mit einem freudetrunkenen Schauer und einer beinahe schwindelartigen Betroffenheit eine bange Sehnsucht nach all dem vielen Himmel und Meer, die diese Schiffe schon durchfahren hatten, seit sie aus weiß Gott welch fernen Ländern aufgebrochen waren.

Wenn sie so vor sich hinträumte, bemerkte sie zuweilen gar nicht, getäuscht vom Schatten, der, wie in einen dünnen, bläulichen Nebel gehüllt, über dem noch hellen Meer schwebte, daß es an Land, dort auf der Mole, mittlerweile dunkel geworden war und daß alle anderen schon gegangen waren und sie allein gelassen hatten. Da spürte sie wieder den schlechten Geruch des schwarzen Wassers auf dem Strand, der mit dem Sonnenuntergang beißender wurde.

Auf der Mole leuchtete, auf der Spitze des plumpen, weißen Türmchens, bereits die grüne Laterne; doch war ihr Licht aus der Nähe so schwach, so kläglich – man konnte kaum glauben, daß es von weit draußen so deutlich zu sehen war. Wenn sie es anschaute, empfand die Lehrerin, weiß Gott warum, ein unbestimmtes schmerzliches Gefühl der Mutlosigkeit. Und traurig ging sie nach Hause.

Oft aber, am Morgen darauf, wenn in der Stille des Tagesanbruchs das eine oder andere Schiff mit gehißten Segeln, in denen sich kein Wind fangen wollte, langsam von einem Dampfboot gezogen die Mole verließ, hatte schon so mancher Matrose, der an Deck gekommen war, um zum letzten Mal den Frieden des Hafens, den er hinter sich ließ, und des noch verschlafenen Dörfchens zu atmen, für eine Weile das Bild einer ärmlichen, schwarzgekleideten Frau mitgenommen, die zu dieser ungewohnten Stunde auf der menschenleeren Mole der traurigen und langsamen Abreise beigewohnt hatte.

Denn das Fräulein Boccarmè ließ sich auch gerne mit einem Gefühl von Bitterkeit vom Schauspiel dieser Schiffe ergreifen, die im Morgengrauen aus dem Hafen ausliefen; sie träumte vor sich hin, die Augen auf die Segel gerichtet, die sich allmählich im Wind bauschten und die Seefahrer mit sich fortnahmen, weit weg in der strahlenden Unendlichkeit des Himmels und des Meeres, in der die Masten von Zeit zu Zeit funkelten, als wären sie aus Silber; so lange, bis das Läuten der Schulglocke sie zu ihrer täglichen Pflicht rief.

Wenn während der Sommerferien die Schule geschlossen blieb, wußte die Lehrerin nicht, was sie mir ihrer Freiheit beginnen sollte. Sie hätte Reisen machen können, mit den Ersparnissen so vieler Jahre; doch es genügte ihr, einfach so zu träumen, während sie den Schiffen zusah, die an der Mole vor Anker lagen oder abfuhren.

In jenem Sommer waren zur Badesaison viele Leute in den kleinen Ort gekommen. Eine Menschenmenge war das, man konnte kaum gehen auf der Mole! Die Lichterpracht der herrlichen Sonnenuntergänge des Südens, fröhliche Tüllkleider, Seidenschirmchen und Strohhütchen. Damen, so elegant, wie man sie hier noch nie gesehen hatte! Und die braven Dorffrauen staunten, mit offenem Mund und aufgerissenen Augen. Nur das Fräulein Boccarmè – nichts dergleichen, als ob gar nichts gewesen wäre. Dort, auf der Kaimauer saß sie und sah weiter den Matrosen zu, die auf einem der Schiffe das Deck wuschen und sich gegenseitig mit dem Wasser aus den Eimern begossen, übermütig springend und laufend, mit viel Geschrei und Gelächter.

Aber dann, eines Tages:

»Mirina!«

»Lucilla!«

»Du hier? Seit einer halben Stunde schau ich dich an. ›Ist sie's? Ist sie's nicht?‹ Meine liebe Mirina, wie gibt's denn das?«

Und unter dem ehrfürchtigen Staunen der braven Dorffrauen umarmte die Dame die Lehrerin Boccarmè, küßte sie rechts und links, in einem Gefühlsausbruch, der gerade so heftig war, wie es die beklemmende Enge des Mieders erlaubte. So überrumpelt, öffnete das Fräulein Boccarmè kaum merkbar die grazilen, blassen Hände zu einer verzagten Geste und sagte:

»Das ist schon sehr, sehr lange her!«

Der Schmerz einer vielleicht gar nicht mehr wahrgenommenen Resignation zeichnete sich bei diesen Worten in ihren Augenwinkeln ab, und sie verzog das Gesicht, um diese Geste der Hände mit einem kläglichen Lächeln zu unterstreichen.

»Sag mir lieber, wie du bloß hierherkommst!« fügte sie hinzu, als wollte sie, indem sie das Gespräch von sich ablenkte, auch die erbarmungslose Neugier der Freundin von ihrer so verwandelten, ärmlich gekleideten Person ablenken.

Und es gelang ihr. Nur die Überraschung, eine alte Internatsgefährtin nach so vielen Jahren in so einem Zustand wiederzutreffen, hatte die schöne Frau Valpieri einen Moment lang sich selbst vergessen lassen können. Wieder an ihre eigenen Angelegenheiten erinnert, hatte sie weder Augen noch Ohren, noch einen Gedanken für die Freundin.

»Ach, wenn du wüßtest…«

Und sie erzählte ihre Geschichte, bei vielen unwichtigen Details verweilend und ohne zu bedenken, daß Mirina, die die Schauplätze nicht kannte, der die Leute fremd waren, nicht das geringste Interesse daran haben konnte.

Eine äußerst schmerzliche Geschichte, sagte sie, und das mochte schon sein. Sicher, das Licht, das sich funkelnd in den vielen Edelsteinen brach, die ihre Finger schmückten, schmälerte die Wirkung der Gesten, die das entsetzliche Leid der schwierigen Lage beschreiben sollten, in der der Ehemann sie allein gelassen hatte.

Als das Fräulein Boccarmè bemerkte, wie die Dorffrauen sie wegen der Vertraulichkeit, mit der diese schöne fremde Dame sie behandelte, respektvoll ansahen, wollte sie sich beinahe selbst vormachen, daß diese Vertraulichkeit zwischen ihr und der Valpieri auch wirklich bestehe. Dabei erinnerte sie sich sehr gut, daß es sie im Internat nie gegeben hatte, ja daß sie, die sie von niedriger Herkunft war und das Internat kostenlos besuchen durfte, mehr noch als unter der verächtlichen Kälte der reichen Mitschülerinnen zutiefst unter dem bitteren Haß dieser Valpieri gelitten hatte, die, aus einer verarmten Adelsfamilie stammend, es im Grunde ihre Herzens nicht ertragen konnte, von den anderen schlecht behandelt und mit ihr auf die gleiche Stufe gestellt zu werden.

Jetzt redete und redete die Valpieri, ohne auch nur daran zu denken, welche seltsamen Eindrücke eine arme Frau aus der Provinz gewinnen mußte, die mit aufmerksamen Augen ihre Mienen, ihre Gesten beobachtete.

»Und, siehst du? Hier bin ich diesen Sommer gelandet!« schloß sie. »Ich muß mich mit einem Badeurlaub hier abfinden. Die Ärzte haben ihn mir verordnet, ich kann nicht darauf verzichten. Sonst wäre ich nicht gekommen, das kannst du mir glauben! Ach, diese Leute hier! Dieser Ort, meine liebe Mirina! Wie kannst du es hier nur aushalten? Und die Sommergäste! Kein einziger Mann, lauter Frauen! Alles ehrwürdige Hausfrauen und Mütter! O Gott, o Gott, ich bekomme Beklemmungen! Ein Glück, daß ich dich gefunden habe! Ich habe zwei, ich weiß gar nicht, wie ich sie nennen soll, Höhlen, Löcher gemietet, ich muß mich förmlich überwinden, sie zu betreten. Ich besprühe sie jeden Tag mit Rosenwasser, ich werde mich noch ruinieren. Und du? Was machst du hier? Wo wohnst du? Zeigst du mir dein Haus?«

»Mein Haus?« fragte mit einem unbeholfenen Lächeln das Fräulein Boccarmè. »Nun, ich habe keines. Das Schulgebäude ... ein kleiner Vorraum, ein Zimmerchen, hell und luftig, das schon, und eine kleine Küche – so klein, daß ich mich kaum darin umdrehen kann.«

»Du mußt es mir zeigen«, sagte die andere, als hätte sie nicht verstanden. »Ach ja, du bist ja hier die Lehrerin. Stimmt! Das hatte ich ganz vergessen. Volksschullehrerin, nicht wahr?«

»Eigentlich bin ich die Direktorin. Aber ich unterrichte auch.«

»Ja? Hast du soviel Geduld?«

»Die muß man haben.«

»Na, sehr gut, dann wirst du auch ein wenig Geduld mit mir haben. Oh, ich lasse dich jetzt nicht mehr gehen, meine Liebe. Du bist der Rettungsanker dieser armen Schiffbrüchigen hier.«

Sie blieb einen Augenblick lang mitten auf der Straße stehen und fügte, indem sie die schönen, beringten Hände in die Luft warf, hinzu:

»Ich bin wirklich eine Schiffbrüchige, weißt du? Aber Schluß, denken wir jetzt nicht an so traurige Dinge. Gehen wir zu dir nach Hause. Ich habe dir ja soviel über unsere Mitschülerinnen zu erzählen! Ha, du wirst Augen machen! Aber auch du hast mir gewiß viel zu erzählen.«

»Ich?« rief das Fräulein Boccarmè aus, »was soll ich denn schon zu erzählen haben?«

Seit nun schon so vielen Jahren gewohnt, ganz in sich verschlossen zu leben, wehrte sie, sobald eine Frage in ihr Inneres zu dringen drohte, diese mit einer ausweichenden Antwort ab. Als sie beim Schulgebäude angelangt waren, sagte sie:

»So, wenn du hereinkommen möchtest...«

»Ach«, erwiderte die Freundin und hob den Kopf zu dem Schild am Tor, »du wohnst also wirklich in der Schule?«

»Ja. Und du wirst gleich sehen, um in mein Zimmer zu kommen, müssen wir durch eine Klasse gehen, die vierte.«

»Na, für die bin ich vielleicht gerade noch gut genug!«

War das ein »Ah!« und »Oh!« als sie die Klasse betraten. Schau nur! Schau nur! Die aufgereihten Pulte, das Katheder, die Tafel, die Landkarten an der Wand... und dieser ganz eigene, muffige Schulgeruch! Sie wollte sich unbedingt an eines dieser Pulte setzen, und mit aufgestützten Ellbogen seufzte sie:

»Wenn du wüßtest, wie mir jetzt zumute ist!«

Und wieder gab es ein »Ah!« und »Oh!« als sie über die Schwelle zu Mirinas Zimmerchen getreten waren.

Sie klatschte in die Hände: Welch friedliches Nest! O süße Einsamkeit! Und sie deutete auf das blitzsaubere Eisenbettchen mit seiner artigen, handgearbeiteten Häkeldecke, dem Spitzengrund und dem hellblauen Volant aus satiniertem Musselin: »Wie mögen wohl die Träume sein, die du hier träumst... süß und rein!«

Aber sie sagte auch, daß sie doch große Angst hätte, allein in so einem Zimmerchen zu schlafen, mit all diesen leeren Räumen da drüben, den Klassenzimmern.

»Ich nehme an, du schließt dich ein.«

Mit einem Mal, als sie den Hals ausstreckte, um mit Hilfe ihres Lorgnons ein vergilbtes Porträt zu betrachten, das an der Wand hing, und bemerkte, daß die Freundin, plötzlich errötend, kerzengerade vor dem Schreibtisch stehenblieb, als wollte sie ebendieses Porträt verbergen, lächelte sie und drohte spitzbübisch mit dem Finger.

»Ah, du Schelmin! Du also auch? Laß ihn mich sehen.«

Sie schob Mirina sanft zur Seite, aber als sie einen Blick auf das Porträt geworfen hatte, stieß sie sofort einen Schrei aus. Das Fräulein Boccarmè wandte sich ruckartig um, erbleichte, und einen Moment lang blickten die beiden einander voller Haß in die Augen.

»Mein Cousin. Kennst du ihn?«

»Giorgio Novi? Dein Cousin?«

Die Valpieri verbarg das Gesicht in den Händen.

»Kennst du ihn?« drängte das Fräulein Boccarmè mit der instinktiven, fast lächerlichen Aggressivität der harmlosen Tierchen.

Doch die Valpieri, die nun wieder ihr erregtes Gesicht zeigte, dachte nicht einmal daran, ihr zu antworten, und begann, völlig außer sich, die Hände zu ringen:

»O mein Gott, o mein Gott! So ist es! Sag, hast du Nachricht von ihm?«

»Was meinst du damit?«

»So ist es, kein Zweifel! Glaub mir, ich habe meine Gründe, abergläubisch zu sein. Warum hängt es denn hier bei dir, dieses alte Porträt? Hast du ihn geliebt? Sag die Wahrheit! War er vielleicht dein Verlobter?«

»Ja«, antwortete das Fräulein Boccarmè mit ganz dünner Stimme.

»Und du hast ihn immer noch da hängen?« drängte erbarmungslos die Valpieri. »Dabei solltest du Gott danken, mein Kind, daß du ihn los bist!«

Sie preßte die Hände an die Schläfen und stöhnte, mit halb geschlossenen Augen: »O Gott, o Gott, o Gott! Sogar bis hierher verfolgt mich sein Bild!«

»Aber er hat Frau und Kinder«, sagte, beinahe schon fassungslos, das Fräulein Boccarmè.

Die Valpieri sah sie halb mitleidig, halb spöttisch an.

»Ach ja, für dich ist da die Frau. Und du betrügst sie, hier im stillen Kämmerlein, mit diesem Bildchen, ich verstehe. Und eben weil er eine Frau hat, spreche ich jetzt mit dir darüber, denn ich möchte nicht eines Tages noch mehr beschuldigt werden, als ich es verdiene.«

»Du? Von wem?«

»Na von euch allen! Ist er nicht dein Verwandter? Ich bitte dich, mir zu glauben, daß er sich keineswegs meinetwegen ruiniert hat, wie alle sagen. Das ist eine Verleumdung.«

»Ruiniert?«

»Aber ja, aber ja! Schiefgegangene Geschäfte, wahnwitzige Ausgaben... aber nicht meinetwegen, wohlgemerkt! Ich wurde feige hinters Licht geführt. Und sollte er jetzt, wie ich befürchte, irgendeine Dummheit begangen haben... hör mal, ich wasche meine Hände in Unschuld, ich wasche meine Hände in Unschuld!«

»Ah, also du?«

»Ich sage dir ja, ich wurde hinters Licht geführt; und jetzt werde ich zu allem Überfluß noch verleumdet. Niederträchtigkeit über Niederträchtigkeit! Dabei, ich sage dir, ich hätte ihm ja längst verziehen, wenn er mich nicht seit Monaten verfolgte wie ein tollwütiger Köter. Was will er denn von mir? Ich habe ja Mitleid mit ihm – er ist verrückt geworden; er weiß weder ein noch aus. Aber weiß Gott, auch ich bin in einer Lage... ich kann einfach nicht, ich kann ihm einfach nicht helfen. Lieber Gott, wenn nur mir jemand zu Hilfe käme!«

Das Befremden und die Verzweiflung über diese Neuigkeiten, aber auch der Ekel, den sie dieser Schamlosen gegenüber empfand, schnürten der Lehrerin Boccarmè die Kehle zu. Ohne Hemmungen hatte sie es gewagt, sich ihr vor allen Leuten zu nähern, dort auf der Mole, und jetzt hier in ihr privates Leben einzudringen, um ihr dieses alte, keusche Geheimnis zu besudeln, das der Schmerz ihrer Jugend gewesen war, und jetzt, in der Erinnerung, der einzige Trost, ja fast der einzige Stolz ihres Lebens.

Die Valpieri indessen, die die Verachtung, die aus Mirinas Augen sprach, nicht auf sich, sondern auf Novi bezog, fuhr fort, das Opfer zu spielen, und ging mit ihren gegen den Abwesenden gerichteten Schmähungen bis zum äußersten.

Novi hätte sich vielleicht noch retten können, sagte sie, wenn es ihm gelungen wäre, die Kaution aufzutreiben, die man für eine bescheidene Anstellung hinterlegen muß. Wenig – zehn- oder zwölftausend Lire. Aber woher nehmen?

»Er wird sich umbringen, er hat es mir geschrieben. Jetzt kannst du dir vorstellen, warum mir der Anblick seines Porträts da so einen Schrecken eingejagt hat. Ach, er gibt es ja allen, dieses alte Porträt. Mir hat er es auch gegeben – sonst hätte ich es sicher nicht wiedererkannt. Er hat keine Haare mehr, wie du dir ja sicher vorstellen kannst. Aber denk doch nur, denk doch nur an seine unglückliche Familie!«

»An die Familie?« brach das Fräulein Boccarmè nun wutentbrannt hervor. »An die hättest du schon viel früher denken müssen, scheint mir!«

»Du beschuldigst mich also auch? Ja, habe ich dir denn nicht gesagt, daß er...«

»Ja, aber dann? Als du erfuhrst, daß er Frau und Kinder hat?«

»Tja, da war es zu spät, meine Liebe«, rief die Valpieri aus, mit einer vulgären Geste. »Ich sehe, daß du dich echauffierst. Zu spät. Ich verstehe ja, daß ihr... O Gott, wenn ich nur geahnt hätte, daß du... Aber seltsam, daß Novi... nie ein Wort von dir, weißt du? Und mich muß es ausgerechnet hierher verschlagen...«

Sie hielt inne, blickte das Fräulein Boccarmè an und brach in ein schrilles Lachen aus.

»Raus!« schrie nun die Lehrerin, vor Zorn bebend, und zeigte auf die Tür.

Die Valpieri faßte sich. »Aber, aber, nicht doch«, erwiderte sie, »du wirfst mich wirklich hinaus?«

»Ja! Raus! Raus!« wiederholte das Fräulein Boccarmè und stampfte mit dem Fuß auf, nun schon mit Tränen in den Augen. »Ich kann dich in meinem Haus nicht mehr sehen!«

»Ich gehe ja schon, ich gehe von selbst«, sagte die Valpieri und erhob sich ohne Eile. »Beruhigen Sie sich, beruhigen Sie sich, Frau Direktor!«

Bevor sie durch die Tür trat, drehte sie sich noch einmal um und fügte hinzu: »Schönes Schmachten und viele Küsse an das Bildchen!« Dann lachte sie schrill auf und verschwand.

Sobald die Lehrerin Boccarmè allein war, riß sie das Bildchen von der Wand und schleuderte es mit einer solchen Wucht auf den Schreibtisch, daß das Glas des bescheidenen, einfachen Messingrahmens zersprang. Dann warf sie sich aufs Bett und brach, das Gesicht im Kopfkissen vergrabend, in Tränen aus. Nicht sosehr wegen der Schande, nein; sie weinte wegen der Armseligkeit ihres Herzens, die da entblößt, verlacht, ja gleichsam geschmäht worden war; sie weinte aus Scham darüber, was sie getan hatte, über dieses Bildchen, das sie da an die Wand gehängt hatte, vor so vielen Jahren.

Aber sie hatte auch seit ihrer Kindheit nie, nie einen Augenblick des Glücks erlebt. Und mittlerweile hatte sie nicht bloß die Hoffnung, ja sogar den Wunsch aufgegeben, daß es so einen Augenblick noch für sie geben möge. Und so, fast als wollte sie sich eine Erinnerung erbetteln, war sie zu den Tagen ihres größten Schmerzes zurückgekehrt, zu den einzigen Tagen, in denen auch sie, für kurze Zeit, das Gefühl gehabt hatte, wirklich zu leben. Und sie hatte das Bildchen hervorgesucht und hatte ihm diesen billigen Rahmen gekauft. Nicht damit die anderen es sehen, sondern einzig und allein für sich, fast als wollte sie sich selbst beweisen, daß, während viele andere Lehrerinnen einfach nur erzählten, in jungen Jahren auch ihre kleine Romanze gehabt zu haben... da, bitte – sie hatte sie wirklich gehabt. In ihrem Leben hatte es wirklich – da, bitte – einen Mann gegeben.

Wie hatte sie darüber gelacht, diese schamlose Person! Es war ja fast gar nichts, sicher. Ein schäbiges, vergilbtes Porträt, eine der alltäglichen kleinen Romanzen, die, eben weil sie so alltäglich sind, niemanden mehr rühren. Als ob ihre Alltäglichkeit das Leid jener minder könnte, die sie erlebt haben.

Unerfahrenheit, Dummheit, ein Mädchen eben, das seit seiner Kindheit eingesperrt war, zuerst in einem Waisenhaus, dann im Internat. Erst vor wenigen Tagen war sie mit dem Lehrerinnendiplom entlassen worden und wartete nun voller Bangen auf eine bescheidene Anstellung in der Volksschule irgendeines Dörfchens. Sie versagte sich alles, um den Zins für dieses Hinterzimmer in der Stadt bezahlen zu können und in der Wartezeit mit den wenigen hundert Lire durchzukommen, die sie bei einem Pädagogikwettbewerb in der letzten Klasse gewonnen hatte. Was für ein Segen für sie, dieser Wettbewerb! Und wie entsetzlich andererseits, plötzlich so allein und so frei zu sein, für sie, die sie immer in Klausur gelebt hatte. Und so hatte sie sich eines Vormittags, unerwartet, ganz allein mit einem jungen Mann wiedergefunden, der sofort begann, mit der größten Vertraulichkeit zu ihr zu sprechen, sie mit »Sie« anzureden und »liebes Kusinchen« zu nennen. Unbedingt bestand er darauf, vom ersten Mal an, daß sie nicht so dasitze, mit dem Kinn auf der Brust, und nicht mit diesen häßlichen Nägeln eines braven Schulmädchens die Spitzen an ihrem Ärmel malträtiere. Nur Mut, sie solle ihm doch in die Augen schauen, so wie jemand schaut, der nichts zu befürchten hat! Ein Wunder, daß sie nicht gleich zu weinen begonnen hatte, jenes erste Mal. Und mit welcher Inbrunst hatte sie darauf zur Madonna gebetet, daß sie ihn nicht wiedersehen möge. Doch am nächsten Tag war er wieder da, mit einer Tüte voller Gebäck und einem Blumensträußchen, um sie zu sich nach Hause einzuladen. Die Mutter wolle ihre Nichte kennenlernen, die Tochter der lieben, vor vielen Jahren verstorbenen Schwester. Sie war hingegangen. Die Tante hatte sie von Kopf bis Fuß gemustert und ihrem Bedauern Ausdruck gegeben, sie nicht in ihrem Hause aufnehmen zu können, weil da Giorgio war. Und nun folgten Ratschläge, um Himmels willen vorsichtig zu sein – eine lange Predigt, die sie mit vor Scham hochrotem Gesicht angehört hatte, den Verdacht durchschauend (was nicht schwer war), der die Tante zu reden veranlaßte. Zwei Tage später hatte Giorgio sie wieder besucht; und sie hatte sich bemüht, ganz unbeholfen und stotternd, ihm zu verstehen zu geben, daß er nicht mehr zu ihr kommen dürfe. Doch er hatte die schüchterne Bitte mit einem Lächeln aufgenommen, und tags darauf war er wieder da. Diesmal aber hatte sie ernst zu ihm gesprochen: Entweder er hörte damit auf, oder sie würde zur Tante gehen und es ihr sagen. So wie zuvor über die Bitte, so hatte er nun über die Drohung gelacht: Sie solle nur gehen, um so besser sogar! Dann hätte er wenigstens einen Vorwand gehabt, der Mutter zu gestehen, daß er sie liebe. Lachend sagen die Männer diese Dinge, die ihr in jenem Moment eine solche Angst eingejagt und ihr Blut so zum Kochen gebracht hatten! Noch am selben Tag war sie übersiedelt, ohne eine Spur zu hinterlassen. In ihrer neuen Unterkunft gedachte sie, in den vierzehn Tagen, bevor er sie aufspürte, des ausgestandenen Kummers, der ungewissen Furcht, mehr vor sich selbst als vor ihm, ob das Wissen, ihn nicht wiedersehen zu dürfen, ihre Einsamkeit nicht unerträglich und qualvoll machen würde. Sie hielt es nicht mehr aus in diesem neuen Zimmerchen, das doch soviel anständiger war als das erste; so begab sie sich jeden Tag ins Internat, um die Direktorin aufzusuchen, die ihr für den darauffolgenden Herbst eine Stelle versprochen hatte. Und eines Abends, als sie eben heimgekehrt war, hatte sie ein Klopfen an der Tür gehört und eine atemlose Stimme, die sie beschwor, zu öffnen. Oh, wie lange hatte sie ihn da draußen stehen lassen, vor der Tür, und ihn ihrerseits zitternd beschworen, zu gehen, sie in Frieden zu lassen, um Gottes willen leise zu sprechen, damit die Nachbarn nichts hörten. Es sei verrückt, ja infam, sie so zu kompromittieren; fort, fort!, was wollte er denn von ihr?

Auf einmal, da er nicht aufhörte, sie zu bedrängen, und ja doch nicht gegangen wäre, die Lösung: Sie hatte sich das Hütchen wieder aufgesetzt und die Tür geöffnet: »Da bin ich! Gehen wir zusammen aus. Komm, komm.« Und hier entzündeten sich alle Erinnerungen wieder. Das längst verhärtete Herz fing wieder Feuer an der Flamme jenes Abends, die dann so viele vergossene Tränen nicht zu löschen vermocht hatten. Sie hatte wirklich das Gefühl gehabt, zwischen Flammen zu spazieren, allein mit ihm, Arm in Arm, durch die Straßen der Stadt. Und mitten im Lärmen und Treiben dieser Straßen vernahm sie genau die Worte, die er ihr ins Ohr flüsterte, seinen Arm gegen den ihren drückend. Schon nannte er sie seine kleine Braut; ja, sie würden immer so, Arm in Arm, durchs Leben gehen. Es gelte nun, den Widerstand der Mutter zu brechen.

Auf dem Heimweg, es war schon spät, hatte sie ihm das Versprechen, mehr noch, den Schwur abgerungen, daß er sie nur bis zur Tür begleiten würde; doch der Schwur sollte einen Kuß kosten. Nein! Wie konnte er nur... Auf der Straße? Doch er sagte, er habe nicht das Tor zur Straße gemeint, sondern die Zimmertür, oben auf der Treppe. Dort den Kuß. Und dann, ja, dann würde er sie allein lassen, bevor sie die Tür öffnete, er hatte es geschworen. Dann jedoch, nach dem ersten Kuß, als sie schon allein in ihrem Zimmerchen, benommen und zitternd vor Glück, versuchte, sich den Hut abzunehmen – da war sie wieder, draußen vor der Tür, ganz leise, seine Stimme, die sie um noch einen Kuß bat, einen noch, einen einzigen und dann Schluß. Dann würde er wirklich gehen. Und sie, endlich besiegt, nachdem sie so oft nein und nochmal nein gesagt hatte, besiegt und bezwungen von seiner Unvorsichtigkeit, seiner Unverfrorenheit, hatte die Tür wieder geöffnet.

Bis hierher hatte sich das Fräulein Boccarmè immer erinnert. Nur an das Gute.

So wie ein Wildbach, der vom Gipfel eines Berges zu Tal stürzt und die Steine mit sich reißt, die dann, in den Monaten der Trockenheit, seinen Lauf anzeigen, so war sie von der Spitze ihres Glücks gestürzt und ging, jetzt, wo die Tränen in ihren Augen versiegt waren, seit zwanzig Jahren auf den Steinen des Weges, den der Sturz ihr vorgezeichnet hatte. Sie ging, und die Füße schmerzten sie nicht mehr; sie ging, und die Augen, müde von dem ausgetrockneten Grau des Kiesgrundes, hatten sich zurückgewandt, um den Gipfel zu betrachten, von dem sie gestürzt war. Der Kummer hatte sich gelöst, die Verzweiflung war in eine tiefe stumme Wehmut übergegangen, mit der sie des verlorenen Glücks gedachte. Und nach und nach, in ihrer trostlosen Verlassenheit, war diese Wehmut selbst zu einem Glück geworden, zum einzigen Glück.

Nach jener Nacht war er verschwunden. Sie hatte etliche Tage auf ihn gewartet. Dann war sie zu seiner Mutter gegangen, die, ohne ganz begreifen zu wollen, was der Sohn Schlimmes angerichtet hatte, sie eine Zeit lang bei sich behalten hatte. Als Mirina dann die Aufforderung erhielt, ihre Stelle anzutreten, hatte sie sie ihrem Schicksal überlassen.

Zwanzig Jahre! Wie viele Schiffe hatte sie an der alten Mole dieses Dörfchens ankommen sehen, wie viele wieder abfahren!

Immer war sie schwarz gekleidet, sanft, geduldig und liebevoll mit den Schülerinnen, nicht nur, weil sie sich erinnerte, wie sehr sie unter der Härte so mancher Lehrerin gelitten hatte, sondern auch, weil sie Mädchen waren und deshalb, so glaubte sie, eher dazu bestimmt zu leiden als glücklich zu werden. Da sich die Möglichkeit ergeben hatte, in der Schule zu wohnen, hatte sie abgeschieden von allen anderen gelebt und sich im stillen durch Tagträume und ihre Lektüre für all die Ängste und Demütigungen entschädigt, die ihre Schüchternheit sie hatte erleiden lassen. Und nach und nach fand sie immer mehr Gefallen an einem gewissen bitteren Lebensgefühl, das sie zuweilen wegen einer Kleinigkeit zu Tränen rührte: wenn zum Beispiel ein kleiner Falter in ihr Zimmer kam, abends, während sie die Schularbeiten korrigierte, und, nachdem er ein Weilchen um das Licht gekreist war, dort zum Tischchen unter dem Fenster, an dem sie saß, geflogen kam und sich ganz sachte auf ihrer Hand niederließ. Als ob die Nacht ihn geschickt hätte, um ihr ein wenig Gesellschaft zu leisten.

Bald würde sie vierzig Jahre alt sein. Ja, ihr Gesicht war vielleicht ein bißchen verbraucht. Aber die Seele nicht. Zu groß war ihr Verlangen, im stillen vor sich hinzuträumen, das eigene Leben wie von dem fernen Blau eines Märchens eingehüllt und sich ganz, ganz klein mitten in diesem großen Himmel und diesem großen Meer zu sehen.

Wehe, wenn sie dieses Verlangen eines Tages nicht mehr spüren sollte! Einfach alles, in ihr und um sie herum, würde für sie seinen Sinn, seinen Wert verlieren. Dann wäre es wohl besser zu sterben!

Sie erhob sich vom Bett. Ihr Haar war ganz zerzaust und die Augen vom Weinen rot. Sie näherte sich dem einzigen Spiegel des Zimmerchens, der dort in der Ecke auf dem bescheidenen Waschtisch aus emailliertem Eisen lehnte. Sie wusch sich die brennenden Augen und nahm den Kamm, um ihr Haar wieder in Ordnung zu bringen.

Aus Bescheidenheit, aber auch, damit die reichen Gefährtinnen nicht sagten, sie wolle sich als »Fräulein der Gesellschaft« aufspielen, um darüber hinwegzutäuschen, daß sie nur aus Barmherzigkeit aufgenommen worden war, hatte sie in den Internatsjahren ihr Haar immer wie im Waisenhaus getragen: zurückgekämmt, ganz streng, ohne ein Band, ohne eine Masche, und im Nacken fest zusammengeknotet. Und so hatte er sie gesehen, das erste Mal, eben aus dem Internat entlassen. Wie hatte er sich darüber lustig gemacht! So wie über die »häßlichen Nägel eines braven Schulmädchens«. Er war es, der ihr dann diese Frisur gezeigt hatte, die sie, nach so vielen Jahren, immer noch trug. Eine etwas lächerliche Frisur, schon lange aus der Mode.

Sie löste das Haar, ohne den Mittelscheitel zu berühren, und ließ die beiden Strähnen, in die sie es geteilt hatte, herabfallen. Dann nahm sie zuerst das Ende der einen, dann jenes der anderen Strähne und begann, sie mit kurzen, nach oben gerichteten Kammstrichen zu toupieren, so daß sie sich rechts und links von der Stirn, an den Schläfen und bis zu den Ohren herab weich und lockig bauschten. Ja – so frisiert, sah ihr Haar dicht aus; aber sicherlich umrahmte es ihr abgemagertes Gesicht mit seinen schon ein wenig zu eingefallenen Wangen nicht gerade vorteilhaft. Doch so hatte es ihm gefallen, und sie hätte es sich auch gar nicht anders zu kämmen gewußt.

Mit diesen noch vom Weinen geschwollenen Augen und ohne das lebhafte Funkeln, das ihren Blick oft lebendig und scharfsinnig machte, sah sie sich, wie sie sich bis jetzt noch nie gesehen hatte. Unendlich gedemütigt und schmerzlich berührt, wenn sie an das eigene Bild dachte, das sie sich so lange und so hartnäckig vorgespielt hatte. Ihr wurde klar, daß sie für die anderen nicht so war, nicht mehr so sein konnte. Aber wie dann? Sie verzagte. Und neue Tränen, brennender als die zuvor, strömten aus ihren Augen. Nein! Nein! Es mußte noch so sein! Sie wollte immer noch, wenn sie durch die am Berg gelegenen Gäßchen ging, die von unzähligen nackten oder bloß mit dem schmutzigen und zerfetzten Hemdchen bekleideten, schreienden Kindern bevölkert waren, immer noch von all diesen einfachen Müttern ihrer kleinen Schülerinnen mit liebevoller Bewunderung angesehen werden, wenn sie vor den Türen ihrer ärmlichen Häuschen saßen und sie, ihr sofort ihren Stuhl überlassend, einluden, sich ein wenig zu ihnen zu setzen.

»Oh, schau! Die Frau Direktor!«

»Kommen Sie her! Setzen Sie sich zu uns, Frau Direktor!«

Sie wollten wissen, wie sie es nur machte, ihre Mädchen mit gewissen Geschichten zu verzaubern, die die Kleinen zwar nicht wiederzugeben wußten, die aber schön sein mußten – von Bienen, Ameisen und Blümchen; Geschichten, die kaum zu glauben waren. Sie erwiderte ihr Erstaunen mit einem Lächeln und sagte, daß sie selbst nicht mehr wiederholen könnte, was sie in der Schule aus irgendeinem unvorhergesehenen Grund erzählt hatte: weil eine Biene in die Klasse geflogen war oder eine Geranie auf dem Fensterbrett sich auf einmal in der Sonne geöffnet hatte.

Sie war eine arme Frau unter vielen, aber sie besaß doch den Reichtum, sich von ganzem Herzen den kleinen Seelen ihrer geliebten Schülerinnen (»meiner Töchterchen«, wie sie sie nannte) hingeben zu können; die Gabe, sich von allem ergreifen zu lassen, durch ihr eigenes, starkes Gefühl die Freude eines jungen Blättchens nachzuempfinden, das sich zum ersten Mal im Wind bewegte, die Traurigkeit ihres Herdes, wenn er nach dem Abendessen verlöschte. Und jedes Mal beim trostlosen Anblick der auf der Kochstelle verbliebenen Asche schien es ihr, als würde er für immer verlöschen. Und schließlich dieses Gefühl des Neuen: Wenn ein Vögelchen zwitscherte, wußte sie wohl, daß es bloß das Zwitschern all der anderen Vögel seiner Familie nachmachte; doch spürte sie auch, daß es dieses ganz bestimmte Vögelchen war, dessen Zwitschern sie zum ersten Mal hörte und das dort eben entstanden war, im Laub dieses Baumes oder auf dieser Dachrinne – in diesem Moment, ganz neu im Leben des Vögelchens.

Sie hatte sich so vor der Verzweiflung gerettet.

Und dennoch, wenn ihre Lehrerinnenpflichten erfüllt und auch die anderen Dinge, die zu tun waren, für diesen Tag beendet waren, wenn für einen Augenblick die Müdigkeit sie besiegte und sie mit einem Mal ihr Leben ins Leere stürzen sah, gelang es ihr immer noch nicht, diese düstere Ruhelosigkeit loszuwerden, die sie manchmal befiel und ihren Geist trübte. Es waren böse Gedanken und noch bösere Träume, nachts. In sich selbst, in der endlosen Stille ihrer Seele ein so lebhaftes Gewühl von Empfindungen zu entdecken! Nicht wie einen eigenen Reichtum, sondern wie den Reichtum der Welt, so wie sie sie einem eigenen kleinen Geschöpf zu Füßen legen würde... und in dieser furchtbaren Einsamkeit leben zu müssen, so für immer von allem Leben abgeschnitten!

Sie bemerkte, daß es im Zimmerchen dunkel geworden war, und ging, um das weiße Petroleumlämpchen auf dem Schreibtisch anzuzünden. Dort sah sie das mit so großer Wut weggeschleuderte Bildchen, und es schien ihr, als ob nicht sie durch ihre aggressive Geste das Glas des Rahmens zerbrochen hätte, sondern das schrille Lachen dieses Weibstücks. Sie spürte, daß sie das Bildchen jetzt nicht aufheben konnte und daß sie es auch nicht wieder an die Wand würde hängen können, bevor sie nicht ihre Seele von dem giftigen Biß dieser Viper geheilt hatte, von der gemeinen Schmähung durch dieses Lachen. Denn sie war nicht eine von denen, die, um etwas zu erreichen, Beschimpfungen und Kränkungen über sich ergehen lassen und in der Demütigung sogar eine noch größere Freude am Erreichten empfinden. Sie wollte nichts erreichen. Sie war zum Geben geboren.

Sie starrte mit plötzlich funkelnden Augen vor sich hin und verharrte ein Weilchen so, als würde sie lauschen. Er benötigte zwölf- oder fünfzehntausend Lire als Kaution für eine bescheidene Anstellung – die da hatte das gesagt. Es lief ihr kalt den Rücken hinunter. Sie faltete die Hände, preßte die Fingerspitzen zwischen Augen und Brauen und blieb ein Weilchen so sitzen. Dann setzte sie sich rasch an den Schreibtisch und zog den Schlüssel zur Lade aus der Tasche. Sie öffnete sie und nahm ihr altes Sparkassenbuch heraus, um nachzusehen, wieviel genau sie in den vielen

Jahren für ihr Alter zurückgelegt hatte, wenn sie auch sehr wohl wußte, daß es weniger als diesen Betrag ausmachte. Und tatsächlich, es waren gerade etwas mehr als zehntausend Lire. Aber wenn sie ihm einstweilen diese zehntausend zur Verfügung stellte…

Sie hatte sofort das Bedürfnis, sich selbst zu versichern, daß sie es nicht für ihn tat, um etwas dafür zu bekommen. Sie wollte nichts, nicht mehr. Nicht seine Dankbarkeit, nicht einmal eine Erinnerung, gar nichts. Und sie dachte zuerst daran, ihm das Geld zu schicken, ohne ihn wissen zu lassen, daß es von ihr kam. Doch dann, zum Glück, überlegte sie, daß ja jetzt die andere hier im Dorf war und er, der sich Mirinas sicher nicht mehr entsann, annehmen könnte, die Unterstützung käme von der da, um den Preis weiß Gott welcher Schande.

Nein, nein! Um zu vermeiden, daß er einem so verhängnisvollen Mißverständnis zum Opfer fiel, mußte sie ihm leider schreiben, daß sie eben durch die Anwesenheit der Valpieri hier im Dorf von seiner Notlage erfahren hatte. Und daß sie ihm dieses Geld schickte, weil sie vor allem nicht wußte, was sie damit anfangen sollte, und dann, weil es ihr lieb war, so in ihrem Inneren, für sich allein, die Erinnerung wiederaufleben zu lassen – nicht an ihn, nicht an ihn! –, sondern an all das Böse und all das Gute, das einmal von ihm gekommen war. Ja, genauso. Es war die Wahrheit.

Und so konnte sie das alte Bildchen, das um einen so teuren Preis aus der fernen Zeit, die es hatte vergilben lassen, zurückgeholt und vom Blut dieser frischen Wunde neu belebt worden war, wieder an die Wand hängen. Für sich, einzig und allein für sich, um weiter in ihrem Inneren das mehr denn je von der alten Wehmut überschattete ferne Blau ihres armen, geheimen Märchens zu fühlen, um weiter in derselben Stimmung diesen Himmel, dieses

Meer betrachten zu können, die Schiffe, die an der alten Mole ankamen oder im Morgengrauen wieder abfuhren, langsam, im leuchtenden Zittern dieses Wassers, das sich bis zum Horizont erstreckte.

Ja, aber wenn es nicht die alte Liebe war, die sie ganz tief in ihrer Seele aufwühlte, warum dann diese Art Trunkenheit, die ihre Brust erfüllte, dieses Sehnen, das neue Tränen hervorquellen lassen wollte, Tränen, die nicht mehr brannten? Ein Glück, daß der Spiegel dort in der Ecke stand und die Lehrerin Boccarmè nicht sah, wie ihre armen, welken Lippen unschön zu zucken begannen, so wie es bei Kindern zu sein pflegt, bevor sie in Tränen ausbrechen... und wie ihr Kinn zitterte.

Aus dem Italienischen von Marjana Blaha. Originaltitel: *La maestrina Boccarmè.* Erstveröffentlichung unter dem Titel *Salvazione* – »Rettung« – in der Zeitschrift *Il Marzocco* vom 31. Dezember 1899, 7., 14., 21. und 28. Januar 1900; dann in dem Band *Quand'ero matto* (Turin 1902), danach in grundlegend überarbeiteter Fassung unter dem endgültigen Titel in der Zeitschrift *Novella* vom 1. Oktober 1923 und schließlich in dem siebenten Band der *Novelle per un anno* von 1924.

Interessant ist an der früheren – fast doppelt so langen – Fassung nicht nur die ausführlichere Schilderung der Vorgeschichte, sondern auch der Geldübergabe mit Hilfe einer typisch humoristischen Figur, des verhinderten Dramatikers Tito Sbrozzi. Durch ihn kommt es am Ende noch zu einer persönlichen Begegnung zwischen Mirina und ihrem früheren Liebhaber – eine Szene, die nicht frei von Pathos, aber zugleich von stark humoristischen Kontrasteffekten bestimmt ist.

# DER KNOPF AM GEHROCK

Sie schrien nicht; sie machten keinen Lärm. Fast lautlos standen sie sich gegenüber und spien einander abwechselnd ihre Anklage ins Gesicht:

»Spion!«

»Dieb!«

Und so ging es fort, Spion, Dieb! – als könnten sie kein Ende mehr finden. Dabei reckten sie immer mehr ihre Hälse, wie Hähne, wenn sie aufeinander einhacken, und betonten immer stärker, der eine das O von Spion, der andere das I von Dieb.

Die Bäumchen, die über die Einfassungsmauern des engen und steinigen Feldwegs hinausragten, schienen der Szene belustigt zuzusehen. Denn die auf der linken Seite wußten, wo sich kurz zuvor Meo Zezza auf die Lauer gelegt, die auf der rechten, wo sich Don Filiberto Fiorinnanzi verborgen gehalten hatte. Und hüben und drüben begleiteten Spatzen, Meisen und Feigenfresser, als hätten sie von den postenstehenden Bäumchen das Zeichen erhalten, mit einem Chor ausgelassenster Heiterkeit den lautlos erbitterten Zank von Mann zu Mann, welcher immer noch um die beiden Wörter ging, die, anstatt sich zu schriller Höhe zu steigern, vor lauter Verachtung immer länger und leiser zischten:

»Spiooon!«

»Diiieb!«

»Spiooooon!«

»Diiiiieb!«

Als endlich beide das Gefühl hatten, sich nun hinlänglich geräuspert und jeder auf der Fratze des anderen unauslöschlich das Schandmal aufgeheftet zu haben, das in jenem so oft und mit solch verbissenem Ungestüm wiederholten Wort enthalten war, wandten sie sich den Rükken zu und gingen auseinander, Meo Zezza hierhin, Don Filiberto Fiorinnanzi dorthin, bebend, keuchend, mit funkensprühenden Augen, den Hals reckend und die Weste herabziehend, während sie, mit trockenen und zitternden Lippen, noch einmal ihr »Spion… Spion… Spion…« und »Dieb… Dieb… Dieb…« vor sich hinknurrten: ein letztes Aufzucken der Flamme.

Aber Zorn und Empörung entzündeten sich aufs neue in Don Filiberto Fiorinnanzi, als er kaum die Schwelle seines Hauses überschritten hatte.

Er ein Spion?

Vom Kopf bis zu den Füßen fühlte er sich besudelt von diesem Wort, und wutschnaubend zog er seinen Gehrock aus.

Wurde ein Ehrenmann zum Spion, weil er einen Dieb dabei traf, wie er jahrelang ungestraft seinen Nächsten bestahl?

Und mit Händen, die sich noch nicht beruhigt hatten, begann er den Rock auszubürsten, bevor er ihn in den Schrank zurückhing.

Aber wann und wem hatte er denn den fortwährenden Diebstahl dieses Individuums angezeigt? Keinem Menschen gegenüber hatte er jemals den Mund aufgetan! Bis vor kurzem hatte er sich einzig und allein damit begnügt, Meo Zezza zu fixieren: ihm in einer ganz besonderen Weise ins Gesicht zu schauen, wenn dieser, vibrierend vor freudiger Verruchtheit, auf ihn zutrat und ihn, mit frechem Blinken der Augen und Zähne, da und dort mit seinen fleischigen und haarigen Tatzen berühren wollte.

Steif und starr war er diesen Berührungen ausgewichen und hatte ihm, seine dicken, von den fortwährenden Gallenergüssen immer ein wenig gelblichen Augen zu einem undurchdringlichen Blick verhärtend, klar und deutlich zu verstehen gegeben, daß er alles bemerkt und begriffen hatte.

»Dieb... Dieb...«, wiederholte er, während er in Hemdsärmeln im Zimmer umherging und mit achtlos-unruhigen Fingern diesen und jenen Gegenstand anfaßte.

Dann setzte er sich todmüde aufs Bett und begann die Kerze anzustarren. Seltsam, wie sie so ruhig auf dem Nachttischchen brannte und ihn wie jeden Abend einlud, zu Bett zu gehen; er wußte nicht mehr, daß er sie angezündet hatte!

Endlich entkleidete er sich und kroch unter die Decken; aber in jener Nacht konnte er kein Auge schließen.

Nach langen und tiefschürfenden Grübeleien glaubte er, eine hinlängliche Erklärung für alle Erscheinungen gefunden und die Welt zu seinem Gebrauch geordnet zu haben; und langsam hatte er begonnen, sich darin zu bewegen, freilich nicht sehr sicher, sondern immer ein wenig zaghaft und ängstlich, als warte er auf einen heftigen Windstoß, der plötzlich sein ganzes Kartenhaus unsanft zusammenstürzen ließe.

Seit einer Weile war er durch die gesetzte und maßvolle Art, die er in der Abwicklung seiner Geschäfte, in den Diskussionen im Club oder in den Cafés, in all seinen Handlungen, ja in seiner Kleidung und in seinen Bewegungen an den Tag legte, zum allgemeinen Vorbild geworden. Gott allein weiß, was es ihn kosten mochte, seinen altmodisch-würdevollen Gehrock auch im Sommer niemals aufzuknüpfen und seinen großen, totenschädelhaften, stark geäderten Kopf so hocherhoben auf dem langen schmächtigen Hals zu tragen, um auch im Äußeren die unerbittliche Strenge seiner Gesinnung zu bekunden.

Sein Blick, seine Hilfsbereitschaft sollten stille Mahnung und verschwiegener Tadel sein: Spiegel, Stütze, Hemmnis, Rat. Freilich hielt er sich, aus Angst, der Spiegel möchte durch den rohen Atem des Pöbels getrübt oder die Stütze fortgerissen werden, immer ein wenig abseits; aber sein ganzer Körper zeugte, dessenungeachtet, von seinem Willen, sich zu nähern und Einhalt oder Mäßigung zu gebieten, wie der Fall es verlangte.

Es zuckte ihm in den Fingern, wenn er jemand mit aufgeknöpfter Jacke oder achtlos gebundener Krawatte auf der Straße dahingehen sah; aus seiner eigenen Tasche hätte er einen Tüncher bezahlen mögen, um den neuen Holzladen an der dem Café gegenüberliegenden Budike streichen zu lassen, der immer noch auf ein wenig Farbe wartete; und jeden Abend kehrte er wutschnaubend von seinem Spaziergang zur Allee am Dorfrand zurück, da er wieder einmal hatte feststellen müssen, daß die Gemeinde (nach soviel Monaten) noch immer nicht Anweisung gegeben hatte, eine zerbrochene Scheibe an der letzten Laterne jener Allee zu erneuern. Als drehe sich das ganze Weltall um jene zerbrochene Laterne, fand Don Filiberto Fiorinnanzi keine Ruhe mehr.

Die Nachlässigkeit und Zuchtlosigkeit der anderen empfand er als Beleidigung; dauerten sie jedoch an, dann war er wohl zuerst erbittert, aber, um sich zu beruhigen, um seine Weltordnung zu retten, begann er sich allmählich Entschuldigungs- und Milderungsgründe auszudenken. Und zuletzt gelang ihm dies auch; aber mit dem Ergebnis, daß sein System, indem es diese mildernden Umstände in sich aufnahm, langsam an Festigkeit verlor, sich erweichte, nach hierhin und dorthin schwankte und zusammenzustürzen drohte; und Don Filiberto Fiorinnanzi hatte alle Hände voll zu tun, um es abzustützen.

Guter Gott, er war zuletzt so weit gekommen, daß er

zugab, man könne auch stehlen! Ja, gewiß, aber doch wenigstens mit einer gewissen Umsicht; so daß der Dieb nur allmählich in der Achtung und Wertschätzung der ehrbaren Leute stieg und ihnen Zeit ließ, zu bedenken, daß letzten Endes nicht sosehr derjenige ein Dieb ist, welcher stiehlt, als derjenige ein Dummkopf, welcher sich bestehlen läßt.

Der Fall Meo Zezzas war schwer genug. In kürzester Zeit war dieser Kerl dahin gelangt, auf Grund seiner zusammengestohlenen Reichtümer ein Ansehen zu beanspruchen, das ihm unbedingt verweigert werden mußte, und Leute vertraulich als seinesgleichen zu behandeln, die ihm durch Geburt, Alter und Erziehung überlegen sein und bleiben mußten. Dabei war es gänzlich von der Hand zu weisen, daß der Herr, den Meo Zezza bestahl, ein Dummkopf war. Man wußte vielmehr in Forni, daß der Marchese Di Giorgi-Decarpi seine ausgedehnten Güter so vorbildlich verwaltete, daß alljährlich die Handelsschüler von ihren Lehrern hingeführt wurden, um den Mechanismus jener Verwaltung als ein Muster in seiner Art zu studieren.

Vor ungefähr dreißig Jahren hatte der Vater des Marchese sein ganzes Vermögen in die Trockenlegung der Irbio-Sümpfe investiert und war gestorben, bevor er den glücklichen Ausgang des Riesenunternehmens mit eigenen Augen sehen konnte. Sein noch jugendlicher Sohn genoß nun in der Stadt die Einkünfte eines der größten und fruchtbarsten Latifundien Süditaliens. Allerdings war er niemals selbst dort gewesen, aber das Verdienst der Verwaltungsordnung gebührte ihm. Der Grundbesitz war in sieben Sektoren eingeteilt; jeder Sektor, mit einem Generalverwalter an der Spitze, umfaßte zehn Güter. Einer der Generalverwalter war Meo Zezza.

Wie war es möglich, daß eine so vortreffliche Administration die ständigen und alles Maß überschreitenden Gaunereien jenes Schwindlers hingehen ließ? Sie sprangen ja jedermann in die Augen, und Zezza selbst machte mit all seiner schamlosen Redseligkeit kaum mehr ein Geheimnis daraus.

Als Don Filiberto Fiorinnanzi, immer noch den pfeifenden Klang des Wortes Spion in den Ohren, am darauffolgenden Morgen aufgestanden war, faßte er einen unerschütterlichen Entschluß. Er biß die Zähne zusammen, er ballte die Fäuste. Bei Gott, ein so ungeheuerlicher Schimpf, eine solche Frechheit mußten ein Ende nehmen.

Spion? Nun wohl, er nahm die Herausforderung an. Er würde eine förmliche Anzeige aller Diebstähle aufsetzen, die der andere in all den Jahren begangen hatte.

Etwa zehn Tage arbeitete er an seiner Schrift. Als er fertig war, schloß er sich strenger als je in seinen alten Gehrock, und vor aller Augen nahm er, die Anzeige unter dem Arm, in dem Wagen Platz, der ihn zur Bahnstation brachte, und reiste in die Stadt ab.

Nach seiner Ankunft begab er sich geradewegs ins Verwaltungsgebäude des Marchese Di Giorgi-Decarpi.

Schon nach den ersten prüfenden Blicken fühlte er sich derart erfüllt von Ehrerbietung und Bewunderung, daß er nicht nur die vielen Schwierigkeiten nicht übelnahm, die man ihm in den Weg legte, um von dem Herrn Marchese empfangen zu werden, sondern im Gegenteil sein höchstes Wohlgefallen daran fand und sich ihnen mit nicht endenwollenden Verbeugungen und strahlendem Lächeln unterwarf.

Ja, hier war das Reich der Ordnung! Das Innere einer Uhr. Alles blank und bestimmt. Türsteher in Livree; Marmortreppen, Korridore, in denen man sich spiegeln konnte, mit prachtvollen Läufern, elektrisch beleuchtet, zentralgeheizt; und für alles Schilder und Tabellen: I. Sektion, II. Sektion, III. Sektion, und an jeder Tür die genaue Bezeichnung des Ressorts. Der hochwohlgeborene Herr Marchese empfing nur an bestimmten Tagen und zu bestimmten Stunden: mittwochs und samstags von zehn bis elf, und wer vorgelassen werden wollte, mußte zwei Tage zuvor eines der vorgedruckten Formblätter ausfüllen, die auf dem ersten Tisch im zweiten Zimmer des Privatsekretariats, erster Stock, I. Sektion, zweiter Korridor rechts, bereitlagen. Für alle, die Eile hatten und nicht die bestimmten Tage abwarten konnten, war im gleichen Stockwerk, in derselben Sektion, erster Korridor links, dritte Tür, ein Büro für dringende Mitteilungen eingerichtet.

»O nein, nein… o nein!« – sagte Don Filiberto.

Die Mitteilungen, die er zu machen hatte, waren weniger dringlich als schwerwiegend, und er wollte sie dem Marchese persönlich machen.

»Kommen Sie eigens aus Forni?« – fragte ihn der Obertürsteher.

»Jawohl, mein Herr, eigens aus Forni.«

»Aber heute ist Donnerstag!«

»Das macht nichts. Wenn es der Brauch so will, warte ich bis Samstag um zehn.«

Der Obertürsteher wandte sich daraufhin an einen gleichfalls livrierten jungen Burschen.

»Lauf und hol ein Formular!«

Aber Don Filiberto Fiorinnanzi wollte das unter keinen Umständen zugeben.

»Nicht doch, entschuldigen Sie, warum den jungen Mann bemühen? Ich gehe schon selbst.«

Und er stieg die Treppen hinauf, um das vorgedruckte Formular auf dem ersten Tisch des zweiten Zimmers im Privatsekretariat, erster Stock, I. Sektion, zweiter Korridor rechts, auszufüllen.

Während der beiden folgenden Tage bereitete er sich auf die Audienz vor, indem er alle seine geistigen Fähigkeiten für diese höchste Probe zusammenfaßte. Eine Präambel, die kurz sein mußte, weil der Marchese gewiß keine Zeit hatte, Worte anzuhören, die sich nicht auf Fakten bezogen; aber andererseits mußte er wohl eine Erklärung zu der Gemütsstimmung und den Gründen abgeben, die ihn zu dieser Anzeige trieben; dann würde er, Punkt für Punkt, die Tatsachen darlegen. Er war glücklich, seine uneigennützige Hilfe gegen jenen Dieb zur Verfügung stellen zu können, der mit frecher Hartnäckigkeit eine so wundervoll funktionierende Ordnung durcheinanderbringen wollte.

Am Samstagmorgen, zehn Minuten vor der festgesetzten Zeit, fand er sich im Vorzimmer des Privatsekretariats ein. Er war der erste auf der Liste, und Schlag zehn wurde er vorgelassen.

Der Marchese war ein kleines Männchen, dessen eleganter Anzug doch nicht ganz eine gewisse ländlich-borstige Rauheit vertuschen konnte. Die Rückenlehne des hohen Stuhls, auf dem er hinter dem Schreibtisch saß, ragte um eine Handbreit über seinen Kopf hinaus. Er erwiderte mit einem leichten Kopfnicken die tiefe Verbeugung des Besuchers, forderte ihn mit einer Handbewegung auf, sich zu setzen, stützte dann einen Ellbogen auf die Armlehne, senkte die Stirn auf die Hand und verbarg dahinter ein Auge.

Das andere Auge aber, das mit einem schildpattgeränderten Monokel bewaffnet war, fühlte Don Filiberto Fiorinnanzi mit einer so feindseligen Starrheit auf sich gerichtet, daß sein Blut in den Adern erstarrte und die Worte der mit so großem Eifer vorbereiteten Präambel sich in seinem Munde verwirrten.

Dieses Auge sprach von Mißtrauen; dieses Auge glaubte

nicht an Uneigennützigkeit; dieses Auge ermahnte ihn mit unerbittlicher Strenge, nichts zu sagen, was nicht durch Tatsachen bewiesen war, und durchschaute mit kompromißloser Schärfe jedes Wort, das zitternd von des anderen Lippen kam.

Plötzlich nahm jedoch der Marchese die Hand von der Stirn und entblößte das andere Auge: ein schläfriges, nichtssagendes, lustloses Auge, ein Auge, das sozusagen gähnte und sich, wie Mitleid heischend, an den Besucher wandte.

Don Filiberto Fiorinnanzi blieb vor ratlosem Staunen der Mund offen. Dieses Auge, das ihm einen solchen Schrecken eingeflößt hatte, war... war demnach falsch, war aus Glas? O Gott, ja, es war aus Glas. Und der Marchese hatte ihn folglich, indem er sein wahres Auge zudeckte, die ganze Zeit nicht nur nicht so schrecklich drohend und forschend angeblickt, sondern er hatte nicht einmal sehen wollen, wer da hereingekommen war, um mit ihm zu sprechen; und vielleicht hatte er kein Wort von all dem gehört, was ihm der Besucher mit so ängstlichem Beben vorgetragen hatte.

»Ich komme, Herr Marchese, ich komme nun zu den Tatsachen«, stotterte Don Filiberto.

»So ist's recht, ja, tun Sie mir diesen Gefallen«, quäkte der Marchese. Dabei legte er die Faust auf den Schreibtisch und stützte seine Stirn darauf. Und unbeweglich verharrte er in dieser Stellung. Don Filiberto Fiorinnanzi konnte glauben, er schliefe. Endlich hob er wieder die Stirn und sagte:

»Gestatten Sie?«

Dabei streckte er die Hand nach der Anzeige aus. Er überflog sie zerstreut, dann griff er in die Tasche, zog einen Schlüsselbund hervor, öffnete ein Schubfach in dem Schränkchen neben dem Schreibtisch, holte ein Papier hervor, legte es neben die Anzeige und begann auf derselben, die beiden Akten miteinander vergleichend, mit einem blauen Bleistift kurze Bemerkungen einzutragen. Als er geendet hatte, schob er Don Filiberto Fiorinnanzi wortlos seine Schrift und das dem Schränkchen entnommene Papier hin.

Don Filiberto schaute verblüfft zuerst auf die eine, dann auf das andere, endlich auf den Marchese, dann von neuem auf seine Schrift und auf jenes Papier und sah, daß auf diesem bereits, und zwar fast in der gleichen Ordnung, alle Diebstähle Zezzas verzeichnet waren, die er hatte denunzieren wollen.

»Ah«, sagte er, nachdem er sich ein wenig von seinem Staunen erholt hatte, »ah, Euer Hochwohlgeboren... Euer Hochwohlgeboren waren also diese... schon bekannt?«

»Wie Sie sehen«, unterbrach der Marchese ihn kalt. »Ja, wenn Sie aufmerksam meine Liste betrachten, sehen Sie darin viele andere Diebstähle aufgeführt, die sich in Ihrer Anzeige nicht finden.«

»Ja..., ja..., ich sehe... ich sehe...«, gab, verdutzter als je, Don Filiberto zu. »So sind also...«

Der kleine Marchese hatte wieder den Ellbogen auf die Armlehne gestützt und sein gesundes, müdes und lustloses Auge hinter der Hand verborgen.

»Was meinen Sie, was mir daran liegt, lieber Herr?« seufzte er.

Das furchtbar starrende, mit dem schildpattgeränderten Monokel bewaffnete Glasauge bildete einen unheimlichen Gegensatz zu diesem müden Seufzer.

»Das sind Dinge«, fuhr er fort, »die meine Verwaltung nicht kümmern.«

»Sie nicht kümmern?«

»Allerdings. Denn wir hier müssen Zezza in seiner Eigenschaft als Generalverwalter betrachten. Als solchen haben wir ihn immer als untadelig befunden. Zezza als Mensch geht uns nichts an, lieber Herr. Ja, ich möchte sogar sagen, es ist für uns ein Vorteil, daß er so diebisch oder vielmehr so darauf bedacht ist, sich zu bereichern. Ich meine das so: Den andern Verwaltern, die mehr oder weniger mit ihrem Gehalt zufrieden sind, liegt gar nichts daran, daß die Güter etwas mehr einbringen könnten, als sie tatsächlich einbringen. Dem Zezza dagegen liegt etwas daran, denn außer uns müssen sie auch ihm etwas einbringen. Und das Ergebnis ist, daß keiner der Sektoren soviel abwirft wie der von Zezza verwaltete.«

»So sind also...«, brachte noch einmal, fast schluchzend, Don Filiberto hervor.

»Oh«, sagte der Marchese, indem er aufstand, um ihn zu verabschieden, »ich danke Ihnen jedenfalls sehr, lieber Herr, für die Mühe, die Sie haben auf sich nehmen wollen; obgleich... O Gott, ja... obgleich Sie sich ja vielleicht hätten denken können, daß in einer Verwaltung wie der meinen diese Tatsachen nicht verborgen bleiben konnten. Diese und andere, wie Sie festzustellen Gelegenheit hatten. Aber jedenfalls danke ich Ihnen. Alles Gute, lieber Herr.«

Don Filiberto Fiorinnanzi verließ betäubt, geistesabwesend, ja wie von Sinnen das Verwaltungsgebäude.

»So war also...«

Den Rest hatte er in der Hand.

Einen Knopf seines Gehrocks. Als er den Marchese auf solche Art reden hörte, hatte er jenen Knopf so oft auf der Brust herumgedreht, daß er sich zuletzt gelöst hatte und ihm in den Fingern geblieben war.

Doch wozu sollte der ihm jetzt noch dienen? Er konnte recht gut auch mit aufgeknöpftem Gehrock über die Straße gehen, ja mit aufgekrempelten oder umgewendeten Ärmeln und verkehrt aufgesetztem Hut.

Denn das Weltall war für Don Filippo Fiorinnanzi nun und für immer aus den Fugen geraten.

Aus dem Italienischen von Hans Hinterhäuser. Originaltitel: *Il bottone della pallandrana.* Erstveröffentlichung im *Corriere della sera* vom 15. Januar 1913, dann in dem Band *Le due maschere* (Florenz 1914), später in *Tu ridi* (Mailand 1920), schließlich im siebenten Band der *Novelle per un anno* von 1924.

# WASSER UND SCHLUSS!

Erinnert ihr euch noch an Milocca*, diese Insel der Seligen, wo keine Gefahr besteht, daß die Zivilisation heute oder morgen einbricht, solange das Städtchen von seinen überaus weisen Ratsherren vor diesem Schicksal bewahrt wird? Diese Ratsherren erwarten nämlich vom ständigen Fortschritt der Wissenschaft immer neue und noch größere Entdeckungen und lassen deshalb Milocca lieber einstweilen ohne Wasser, ohne Straßen und ohne Licht. Erinnert ihr euch noch daran?

Ich habe eine neue Geschichte von diesem glückseligen Ort gehört, und ich will sie euch erzählen, selbst auf die Gefahr hin, daß sie euch unwahrscheinlich erscheinen wird. Aber wie sonst wollt ihr je die wahren Ereignisse kennenlernen?

Ich habe gehört, daß als Arzt ein gewisser Calajò nach Milocca gekommen ist, der, so scheint's, in der Welt der Ärzte einen ganz guten Ruf genießt, weil er gewisse Beiträge (so nennt man das) zur Erforschung was weiß ich welcher Krankheiten geliefert hat, die heutzutage jedenfalls leider Gottes als unheilbar gelten.

Aber wozu sollte man denn überhaupt die medizinische Wissenschaft betreiben? Um sie anzuwenden, glaubt

* Vergleiche die Novelle *Die Überraschungen der Wissenschaft* in Band 7 dieser Edition.

Doktor Calajò ganz naiv. Und er wendet sie auch an, wie es im übrigen seine Pflicht ist und wie die Umstände und die Vernunft es ihm geboten erscheinen lassen. Das reicht aus, um ihn in Milocca verhaßt zu machen, aus Prinzip verhaßt, ohne daß da der Erfolg seiner Anwendungen irgendwie berücksichtigt würde.

Um konsequent zu sein, dürften die Milocchese Doktor Calajò nie an das Bett ihrer Kranken rufen. Und ich bin tatsächlich überzeugt, daß sie ihn nicht rufen, es sei denn im allerletzten Augenblick, das heißt dann, wenn sie aufhören Milocchese zu sein und nur noch arme Tiere sind, die sich vor dem drohenden Tod fürchten. Ansonsten bedienen sie sich für die leichten Krankheiten (oder wenigstens für die, die sie zu Beginn für solche halten) eines gewissen Piccaglione, der ein Medium im Haus hat, dessen er sich bei den Heilungen *sui generis* bedient, die er den Kranken zuteil werden läßt.

Nun, Piccaglione ist genau der Arzt, den Milocca braucht: Er hat keinen Doktortitel; er versucht nicht, sich als Wissenschaftler zu gebärden; er kompromittiert in keiner Weise die medizinische Wissenschaft, aus deren Sphäre er sich ja ohnedies durch dieses lächerliche Medium vor aller Augen ausgeschlossen hat. Und wenn man ihn ruft, hat man zudem noch folgenden nicht geringzuschätzenden Vorteil: man erspart sich gleich den Apotheker, denn Piccaglione trägt seine ganze Apotheke in der Tasche, in einer Schachtel, die man öffnen kann wie ein Buch, zu beiden Seiten in lauter kleine Fächer unterteilt, von denen ein jedes ein Glasröhrchen voll mit Zuckerkügelchen enthält, die in Alkohol mit homöopathischen Essenzen getränkt sind. Fünf oder sechs dieser Kügelchen unter die Zunge gelegt, und fertig! Heilung gesichert. Denn immerhin, die, bei denen es Piccaglione einmal nicht gelingt, sie mit seinen Kügelchen zu heilen, die bringt er wenigstens nicht um, wohl aber dieser Calajò, verflucht sei er und die Stunde, in der man ihn ruft!

Wenn er diese Flüche gegen Doktor Calajò hört, dann besieht sich Piccaglione, ein kaum spannenlanges Männchen mit einem Wasserkopf und einer Haarmähne darauf, seine Händchen, vor denen vielleicht sogar ihm selbst ekelt, so spindeldürr sind sie, mit so gewissen blassen und haarigen Fingerchen, die aussehen wie Raupen. Er spielt den Zerstreuten. Man fragt ihn was, und er antwortet auf eine ganz andere Frage.

Unterdessen läuten die Totenglocken aller acht Kirchen; und Doktor Calajò hat sich zu Hause verkrochen.

Nicht aus Angst. Er hat ja ein ruhiges Gewissen. Wie üblich hat man ihn im allerletzten Moment gerufen, und er hat daraufhin die Verwandten des Sterbenden gefragt, ob sie sich nicht geirrt hätten und eigentlich den Priester hätten rufen wollen; dann ist er wieder nach Hause gegangen, um seine Studien zu treiben.

Ach, wenn die Miloccheser wüßten, wo Doktor Calajò seine Studien treibt! In einem verlassenen Dachbodenstübchen, wo das Licht durch ein vergittertes Fensterchen einfällt, das sich ganz hinten in dem muffigen, nach Schimmel riechenden Schatten in blendender Helle auftut.

Um nicht vom Lärm seiner spielenden Kinder gestört zu werden, hat er sich dort ein Tischchen mit abgeschnittenen Beinen aufgestellt; er springt dann auf die Balken des Dachstuhls, gebückt, um nicht mit dem Kopf an das herabhängende Schrägdach zu stoßen, und schiebt die langen Beine ausgestreckt unter das Tischchen, wobei er sich auf eine Latte setzt, die zwischen zwei Trägerbalken aufgelegt ist; und in dieser angenehmen Lage hält er es vier oder fünf Stunden lang aus, bis die Frau kommt, um ihn zu holen, sei es wegen eines der seltenen Besuche oder weil schon das Essen auf dem Tisch steht. Und dann – das Aufstehen muß einem erstmal einer vormachen, mit diesen armen, gequälten Beinen, die er gar nicht mehr spürt, die ihm eingeschlafen sind nach so vielen Stunden der Bewegungslosigkeit.

Oft, wenn der Wind auf der Terrasse das Türchen aufreißt, durch das man in dieses verlassene Dachstübchen gelangt, dann flattern die Tauben, die seine Frau hält, zögernd herbei, um ihre Neugier zu befriedigen; sie gurren ängstlich, werfen den Kopf erst auf die eine, dann auf die andere Seite, um ihn von der Seite her zu belauern; dann wenden sie sich um, hinterlassen ihm ein Zeichen ihrer Mißbilligung, und ab geht's. Und nun sind die Trägerbalken schon ganz verkrustet von diesen Zeichen der Mißbilligung, aber das ist noch das wenigste; viel mehr stinkt der Katzendreck und auch der der Mäuse, und dann ist da einfach diese abgestandene Luft, der man die Feuchtigkeit des ewigen Schattens anmerkt.

Aber Calajò wehrt sich nicht dagegen: Er merkt gar nichts, er studiert weiter, kümmert sich weder um Piccaglione noch um die Miloccheser, sei es, daß sie ihn gar nicht rufen oder daß sie ihn erst im letzten Augenblick rufen und sterben wie die Hunde.

Nun gut, aber schließlich gibt es in Milocca auch noch den Apotheker, bei dem Tränklein und Mixturen, Salze und Salben, Gifte und Pulver in den Regalen der Apotheke einen Schlaf schlafen, der manchmal fast schon der ewige zu sein scheint.

»Ja, ich weiß, lieber Doktor, Sie können so reden, weil Sie die Gemeinde dafür bezahlt, daß Sie die Hände in den Schoß legen, und Piccaglione kommt Ihnen ohnedies zupaß. Aber ich? Sie denken an Ihre Bücher, aber erlauben Sie mal: da ist ja eine ganze Bevölkerung, die sich eigentlich Ihrer Behandlung anvertrauen müßte; und Sie sehen zu, wie sie krepiert, mit den Kügelchen dieses Betrügers im Mund, und es überkommen Sie keine Skrupel, keine Gewissensbisse? Es ist schließlich Ihre heilige Pflicht, diese Menschen zu verteidigen, auch dann, wenn die gar nicht verteidigt werden wollen. Sie müssen sie verteidigen gegen ihre eigene Ignoranz und ihren Wahn! Von mir rede ich da gar nicht!«

Steter Tropfen höhlt den Stein: So hat der Apotheker schließlich doch noch Doktor Calajò das Versprechen entrissen, er werde in aller Form beim Präfekten Anzeige gegen Piccaglione erstatten, damit diesem die unbefugte Ausübung des Arztberufes untersagt werde.

Das war der reinste Weltuntergang! Kaum verbreitete sich in Milocca die Nachricht von dieser noch ungeschriebenen Anzeige, da geriet der ganze Ort in Aufruhr; der Bürgermeister, die Stadträte, die Gemeinderäte stürzten wütend ins Haus des Doktor Calajò, um zu protestieren und zu drohen.

Und Doktor Calajò, der zuvor jahrelang die Dinge einfach laufen gelassen hat, ohne je gegen irgend jemand den Mund aufzutun, der tritt nun allen auf einmal empört entgegen und schreit sie an, er habe die Anzeige noch nicht erstattet, aber er werde es sicher tun, und nicht nur gegen Piccaglione allein, sondern gleich auch gegen den Bürgermeister und den Stadtsenat und den ganzen Gemeinderat, weil die alle mit solcher Arroganz und Schamlosigkeit versuchten, einen Betrüger zu decken.

Der Fall wird ernst, der Aufruhr des Städtchens wächst von Stunde zu Stunde. Aber da tritt plötzlich ruhig lächelnd dieses Männchen mit seinem riesigen haarigen Schädel und diesen ekelerregenden dünnen Händchen vor, die sich ganz weich in der Luft bewegen, um allen Vorsicht und Geduld anzuraten.

Mit dieser Geste – und schweigend, als wäre er seiner

Sache sicher – sehen ihn die Leute ganz langsam vom Café auf dem Platz hinüber zum Haus seines Widersachers gehen. Aus der Tasche zieht er beim Hinaufgehen ein Bündel mit Bleistift beschriebener Zettelchen; und da Doktor Calajò ihm persönlich öffnet, drückt er ihm zwei oder drei davon in die Hand, noch ehe er sich über seinen Besuch wundern kann, und hebt gleichzeitig einen Finger zur Nase, um ihm als welterfahrener Mann zu bedeuten, er solle seinen Atem sparen: »Lesen Sie. Und dann tun Sie, was Sie glauben.«

Calajò wirft einen Blick auf dieses Zettelchen: »Meine Frau?« ruft er dann entsetzt aus.

Piccaglione antwortet, ohne die Miene zu verziehen: »Wegen einer kleinen Magenverstimmung bei den Kindern.«

Der Doktor rauft sich die Haare, man sieht ihm an, daß er das Gefühl hat, ihm werde der Boden unter den Füßen weggezogen, als er wiederholt: »Meine Frau!«

Und Piccaglione setzt hinzu: »Sehen Sie, das letzte Zettelchen ist erst von gestern. Fragen Sie sie. Sie kann es nicht leugnen. Ihre Kinder, Herr Doktor, die habe ich nie gesehen, denn die Konsultationen, Fragen und Antworten, erfolgten immer schriftlich, durch diese Zettelchen, die die Haushälterin überbracht hat. Sie kann es bezeugen. Nun sehen Sie selbst, ob eine Anzeige wirklich angebracht ist. Um so mehr, als Ihre Kinder – ich kann mich natürlich täuschen –, aber den Symptomen nach, die Ihre Frau mir beschreibt, dürften sie Scharlach haben, geben Sie acht!«

Und damit dreht sich Piccaglione auf dem Absatz um und geht.

Calajò bleibt wie betäubt zurück. Sobald er wieder sprechen kann, ruft er: »Lucrezia! Lucrezia!«

Daraufhin kommt eine arme, traurige Frauengestalt gelaufen, alterslos, mit schrecklichen, verschleierten und halbgeschlossenen Augen, als hätte sie gar so schwere Lider, auf der einen Seite noch mehr als auf der anderen. Sie hat schmale Schultern und hinten einen Buckel, den das verwaschengrüne Jäckchen noch mehr betont: den typischen Buckel der armen Mütter, die sich mit der Sorge um die Kinder und den Haushalt fast zu Tode gearbeitet haben.

Sie leugnet nichts. Sie leugnet nichts und versucht auch nicht, sich zu entschuldigen. Im Gegenteil, sie müßte anklagen, denn dieser Mann, der nun weint und sich vor Wut die Fingernägel abbeißt, der schreit, er wäre von seiner eigenen Gefährtin verraten worden, und ihr die Schuld an der Lebensgefahr gibt, in der die Kinder schweben, dieser Mann weiß vielleicht nicht einmal genau, wie viele Kinder er hat und wer zuerst und wer danach geboren ist; er sieht sie ja nie, er hat sie nie bei Tisch haben wollen, weil er sich auch zu Tisch etwas zu lesen mitbringt und nicht gestört werden will. Sie könnte ja sagen, sie hätte es gerade deshalb getan, um ihn nicht zu stören, gerade deshalb hätte sie ihm immer die kleinen Unpäßlichkeiten der Kinder verheimlicht; aber sie weiß, daß das eine Lüge wäre, und sie sagt es nicht.

Die Wahrheit ist einfach, daß sie wie alle Miloccheser, vielleicht sogar mit einer noch tieferen und innigeren Abneigung, die Wissenschaft ihres Mannes scheel ansieht und kein Vertrauen zu ihr hat; sie glaubt, daß er ein gefährlicher Mensch sein muß, denn dieses beharrliche Studium dort in dem verlassenen Dachstübchen kann ihr nur als Wahn erscheinen.

Sie beginnt verzweifelt zu weinen, aber ohne den Schatten von Reue, als er im Kinderzimmer, nachdem er den Kleinen in den Hals geschaut hat, von den Bettchen aufsteht, in denen sie liegen, vor Fieber zitternd und an allen Gliedern von der Krankheit gepackt, und schreit, sie wären verloren, verloren, verloren!

Jetzt heißt es sofort ein Blitztelegramm schicken, damit aus der nahegelegenen Kreisstadt blitzschnell ein Arzt mit dem Behring-Serum herkommt. Unterdessen bringt er die Großzügigkeit auf, jede weitere Grausamkeit gegenüber seiner Frau zu unterlassen; er denkt nur noch daran, wenn irgend möglich, seine Kinder zu retten.

Aber leider ist jedes Mittel vergebens. Die beiden Kinder sterben eines nach dem anderen binnen weniger Stunden; zum Glück kommt bei Kindern der Tod schnell wie bei den Vögeln.

Und nun kann Doktor Calajò an sich selbst die entsetzlichste aller Erscheinungen ausprobieren: das völlig klare Bewußtsein, verrückt geworden zu sein.

Er hat den abstrakten Begriff seines Schmerzes, das heißt des Schmerzens, den ein Vater empfindet, der binnen weniger Stunden zwei Kinder verloren hat; aber es scheint ihm, als empfände er in Wahrheit gar nichts, als weine er wie ein Schauspieler auf der Bühne, nur wegen der Idee des schrecklichen Unglücks, das ihn getroffen hat; er weint tatsächlich und nennt sich einen Hanswurst, und dann grinst er und schreit, es wäre nicht wahr, und er empfände gar nichts.

Der junge Kollege, der aus der Stadt gekommen ist, sieht ihn erschüttert an und versucht, ihm Trost zu spenden, jene Art Trost, die zu spenden ganz unnötig ist, und dennoch wird sie gespendet.

»Und nun werden Sie sehen«, schreit ihn Calajò an, »nun sind die imstande und beschuldigen mich, ich selbst hätte sie umgebracht, meine Kinder! Sie glauben das nicht? Aber ja! Sie hassen mich, sie hassen mich, weil ich nicht so bin wie sie. Hier warten alle ständig darauf, was das Morgen bringt. Hier werden keine Häuser gebaut, denn morgen, wer weiß denn, wie man morgen Häuser bauen wird! Hier denkt kein Mensch an eine Straßenbeleuchtung, denn wer weiß, was für neue Techniken der Beleuchtung die Wissenschaft morgen entdecken wird! Und so müßte auch ich auf die Medizin von morgen warten, natürlich nur bei jenen, denen der Tod noch nicht im Nacken sitzt; denn wenn es einmal soweit ist, oja, dann sind sie Feiglinge, und dann wollen sie sehr wohl die Medizin von heute, und wie sie die wollen!«

»Ach so?« antwortete der junge Kollege. »Aber entschuldigen Sie, warum wollen Sie dann nicht als der Arzt auftreten, den sich Milocca wünscht? Wasser und Schluß!«

»Was soll das heißen, Wasser und Schluß?« fragte Calajò verblüfft.

Und der andere erwiderte: »Aber natürlich, verehrter Kollege: Wasser, einfaches Wasser, mit dem einen oder anderen Sirup rot oder grün gefärbt, und Schluß!«

Nun gut, dieser Rat, der vielleicht auch gegeben wurde, um den Schmerz des Vaters und des Wissenschaftlers mit einem Scherz ein wenig zu lindern, der bohrt sich in das von dem doppelten Unglück ein bißchen durcheinander geratene Gehirn des Doktor Calajò ein wie ein Nagel. Mehrere Tage hindurch schleppt er sich durch das Haus wie eine Fliege, der man den Kopf abgerissen hat; dazu bleibt er alle Augenblicke stehen und bricht ganz unerwartet in ein dröhnendes Gelächter aus. Auch des Nachts schreckt er plötzlich hoch, richtet sich zum Sitzen im Bett auf und lacht wie ein Verrückter.

»Wasser und Schluß! Na sicher! Wasser und Schluß!«

Er wird sich rächen. Und zwar ohne alle Gewissensbisse. Wollten sie also mit einem Zuckermund sterben, die Miloccheser? Na gut, Wasser und Schluß!

Die Frau, zu einem Schatten ihrer selbst verkommen, hat keine Ruhe mehr. Und kaum erfährt sie, daß dieser junge Arzt von sich aus in der Kreisstadt Anzeige erstattet hat und daß Piccaglione ohne weitere Antwort sein Bündel geschnürt hat und mit dem Medium fortgegangen ist, da befragt sie ihr Gewissen und ist in höchster Unruhe und Beklemmung darüber, ob sie nicht die Pflicht hätte, die Bürger von Milocca heimlich vor ihrem Mann zu warnen, der übergeschnappt ist.

Bis dato sind wir bei diesem Punkt angelangt. Und ich weiß nicht, ob das, was mir als wahre Begebenheit berichtet wurde, Ihnen bis hierher noch wahrscheinlich erschienen ist.

Das ganz Unwahrscheinliche, meine Herrschaften, kommt freilich erst jetzt; und es tut mir herzlich leid für die medizinische Wissenschaft. Das Unwahrscheinliche ist nämlich, daß sie recht haben, die Miloccheser.

Denn seit Doktor Calajò aus Rache begonnen hat, seinen Patienten diese seine Medizin »Wasser und Schluß!« zu verschreiben, genesen alle Kranken – mögen sie auch scheinbar mit einem Fuß schon im Grabe stehen.

Aus dem Italienischen von Michael Rössner. Originaltitel: *Acqua e lì!* Erstveröffentlichung unter dem Titel *Il dottor Cimitero* – »Doktor Friedhof« – in der Zeitschrift *Rassegna settimanale universale* vom 25. April 1897; unter dem endgültigen Titel und in grundlegend überarbeiteter Form im *Corriere della sera* vom 14. September 1923, dann im siebenten Band der *Novelle per un anno* von 1924.

# VARIANTEN ZUR NOVELLE »WASSER UND SCHLUSS!«

Zwei Stellen aus der früheren Fassung dieser Novelle verdienen es, auch dem heutigen deutschen Leser vorgestellt zu werden, weil sie für die Darstellung des Aberglaubens und der magischen Praktiken (die sich von den frühen Erzählungen bis zu den *Riesen vom Berge* verfolgen läßt) von Bedeutung sind und aufgrund des Entstehungsjahres 1897 ein besonders frühes Beispiel jener oft als »surrealistisch« bezeichneten phantastischen Elemente darstellen, wie sie für Pirandellos späte Erzählungen typisch sind.

1 Ein eingelegter – parodistischer – Brief des Doktors an den Präfekten:

»Hochwohlgeborener, hochverehrter Herr Präfekt!

Ich wage es, auf ein Thema zurückzukommen, für daß ich die Ehre hatte, den hochgeschätzten Herrn Präfekten anläßlich seines Besuches vor einem guten Monat hier zu interessieren. Außer dem homöopathischen Arzt Piccarone – ohne Studienabschluß –, welcher *gratis et amore* seine Kügelchen verteilt, die Medizinen sein sollen, haben wir, hochverehrter Herr Präfekt, hier in Teraccia *[so heißt in dieser Fassung die Stadt]* noch eine zweite Plage: Euer Hochwohlgeboren wissen, daß ich von meiner Natur aus (und auch aufgrund meiner Lebenserfahrung) keiner bin, der *verba canina latrare* gewohnt ist – wie mein geliebter Ovid sagen würde. Der Homöopath Piccarone bringt die Leute mit seinen Pillen wenigstens nicht um, dieser arme Wicht; er läßt sie einfach sterben, mit einem Zuckermündchen. Die Leute sparen bei ihm das Geld für die Apotheke, und so rufen sie ihn und krepieren: *sic vulgus!* Aber daneben gibt es noch die Pest, Herr Präfekt, die Pest der Hexen, oder *magàre,* wie sie hier in Teraccia genannt werden, von denen Sie vielleicht gehört haben werden – wenigstens hoffe ich das, *cupio quidem.* Das sind Weiber, die – so glaubt das dumme Volk – von Dämonen oder Geistern besessen sind und die mit ihrer verborgenen Macht binnen kurzer Zeit jede Krankheit zu heilen vermögen. Und sie werden von allen gerufen, von allen gesucht, besonders für bestimmte Übel (Muskelzerrungen, Lumbalgien), bei denen sie die Glieder der Patienten in schrecklicher Weise mit Einreibungen, Salben und Verrenkungen malträtieren, der Patienten, hochverehrter Herr Präfekt, die unter ihren Händen gräßlich, wie von Sinnen schreien, und erst wieder Atem holen können, wenn die Hexen verschwunden sind. Aber damit ist es noch nicht genug, hochverehrter Herr Präfekt! Sie geben den Kranken auch noch gewisse Tränklein mit einem grauenhaften Gestank zu schlucken, Saft und Brei aus geheimnisvollen Substanzen, dämonischen, todbringenden Kombinationen. Unter diesen verbrecherischen Weibern tut sich besonders eine mit Wolfsaugen und ebensolcher Nase, dazu rostfarbenen Haaren, mit einem Wort, furchterregendem Äußeren hervor, die allgemein die »Malanotte« genannt wird, eine wahre Megäre, eine Furie, hochwohlgeborener Herr Präfekt, der noch der Geruch der Hölle anhängt, aus der sie eben entkommen ist. Nun sehen Sie einmal, Euer Hochwohlgeboren, gegen was für Leute ein Ehrenmann auf dem Gebiet der Ignoranz des gemeinen Volkes zu kämpfen hat; ein Ehrenmann, sage ich, der nicht nur seine Studien stets ordnungsgemäß absolviert hat, sondern sich auch heute noch der Freundschaft und der Korrespondenz mit den größten Geistern der medizinischen Wissenschaft, sei es in unserem Lande wie im Ausland, rühmen darf [...]«

2 In dem völlig anders verlaufenden Schluß der Erzählung erhält der Arzt eine Professur an der Universität und reist aus Teraccia ab, wo so viele Patienten seine Behandlung nicht überlebt haben:

»Als sich die Nachricht in Teraccia verbreitete, da – versteht sich! –, da gab es eine große Festbeleuchtung. Am Tag der Abreise wollten alle überlebenden Einwohner ihren Doktor mit Musik und Standarten, Hochrufen und Applaus in einer Art Triumphzug zum Bahnhof begleiten. Diese lärmende Manifestation wurde allerdings durch einen peinlichen Zwischenfall gestört. Als die Frau des Doktors sich aus dem Wagen beugte und den Hügel da oben mit dem Friedhof betrachtete, auf dem sie ihre zwei Kleinen zurückgelassen hatte, die sie in ihrem Herzen immer noch vor Hunger weinen hörte, da stieß sie plötzlich einen spitzen Schrei aus und fiel in Ohnmacht. Alle dachten, die Rührung über die späte Gerechtigkeit, die ihrem Mann widerfahren war, habe die arme Frau das Bewußtsein verlieren lassen. Sie hingegen hatte da oben auf dem Hügel alle Toten von Teraccia außerhalb der Friedhofsmauer mit ihren Knochenarmen winken gesehen, als habe sie eine wütende Freude erfaßt. Die Toten Teraccias, die – winken wir! winken wir! – begeistert dem Doktor eine gute Reise wünschten.«

# DER SCHATTEN DES GEWISSENS

»Ich bin gekommen«, klagte Bellavita schon auf der Schwelle, »zögernd wie einer, der erst zu reden anfängt und dann gleich wieder innehält, weil er unsicher geworden ist – ich bin gekommen, weil ich verstanden habe, wissen Sie? Das Herz von Euer Gnaden..., das Herz erträgt es nicht mehr... zu mir zu kommen... Das hab' ich verstanden!«

Kaum erholt von dem Zornanfall bei der Ankündigung dieses Besuches, nickte ihm der Herr Notar von dem Tischchen, vor dem er in seinem Schlafzimmer saß, mit seinem dicken kahlen Schädel bejahend zu, aber ohne daß er eigentlich gewußt hätte, warum. (Das Herz? Was hatte der da gesagt?) Und mit einer Handbewegung lud er den Besucher ein, näherzutreten und Platz zu nehmen.

Bei dieser Geste fühlte Bellavita fast das ganze Zimmer hüpfen, so groß war die plötzliche Freude, die er darüber empfand. Und da er sich in seiner strengen Trauerkleidung auf der Schwelle steif aufgerichtet hatte, nachdem er gesprochen hatte, knickten ihm in diesem Freudentaumel fast die Beine ein. Er hielt sich mühsam aufrecht und schloß die mageren Hände fester um die Schultern seines Sohnes Michelino, der vor ihm stand, ebenfalls in einem gerade eben schwarz gefärbten Anzug.

Bei diesem Druck empfand Michelino plötzlich, als wäre das ein Erinnerungssignal gewesen, die Befriedigung, mit der er diesen schwarzen Anzug trug, in noch strahlenderer Form. Fast wie eine Uniform trug er ihn. Tags zuvor hatte er seinen kleinen Freunden aus der Nachbarschaft, die sich um den Eingang zur Straße versammelt hatten, über den der Vater eine schwarze Tuchschleife genagelt hatte, stolz verkündet:

»Ich bin nämlich in Trauer.«

Und sich drehend und wendend vor Vergnügen, von dem er ganz erfüllt schien, war er sich mit den Händen über die Jacke gefahren.

Auch Papa war in Trauer, und wie! Sogar den roten Wollschal, den er stets um den immer entzündeten Hals trug, hatte er sich schwarz einfärben lassen. Aber er trug die Trauer mit einer ganz anderen Zurückhaltung, sein Papa.

Auf die Einladung zum Nähertreten hin, schob Bellavita, nachdem er sich von seiner Freude erholt hatte, zunächst Michelino vor; und ganz leise flüsterte er ihm ins Ohr: (»Geh und küß dem Signor Cavaliere die Hand!«)

Dann tat er, mit dem gemessenen Ernst, der sich bei einem solchen Besuch nach nur sechs Tagen von selbst verstand, einige Schritte in das unordentliche Zimmer hinein, in dem man noch die fetten Schnarcher des dicken Notars zu spüren vermeinte, setzte sich ganz vorsichtig auf die Kante eines Stuhls, mit kerzengeradem Rücken, als müßte die Trauer ihn ganz zwangsläufig in eine so steife und gespannte Haltung zwingen.

Vielleicht hätte er sich in seinem eigenen Haus aus lauter Verzweiflung über den Trauerfall auf den Boden geworfen. Aber da das Mitleid, das der Signor Cavaliere allenfalls für ihn empfinden konnte, keinen großen Platz in dessen gleichgearteter und sicherlich nicht weniger verzweifelter Trauer einnehmen konnte, von der auch er in diesem Augenblick zerfressen sein mußte, schien es ihm schon zuviel, auch nur ein wenig mit dem Gesäß diese Kante des Stuhls zu berühren.

Michelino, der vom Herrn Notar nur die Andeutung eines Kusses aufs Haar erhalten hatte, kam zu ihm zurück und stellte sich zwischen seine Beine.

Für einen Augenblick wurde in der düsteren, langweiligen Schläfrigkeit dieses alten Zimmers das leise Ticken der goldenen Taschenuhr hörbar, von der Marmorplatte der Kommode neben dem Bett her, wo sie auf einem roten Taschentuch lag. Der Notar hatte sich zur Tischplatte heruntergebeugt und barg sein Gesicht in den verschränkten Armen.

Bellavita verharrte eine Weile mit ernsten, angstvollen Augen in der Betrachtung der rötlichen Glatze des Herrn Notars, die aus den Armen herausragte. Hätte ihn der Respekt nicht zurückgehalten, er wäre am liebsten auf Zehenspitzen hinzugelaufen, um einen Kuß heißer Dankbarkeit auf diese Glatze zu drücken, so sehr war die schmerzliche Erschütterung des Herrn Notars Balsam für sein armes Herz. Er war richtiggehend selig bei diesem Anblick, als dürfe er all diesen rührenden Kummer, in den er den Notar versunken sah, so in sich einsaugen wie ein Kind die Muttermilch.

Endlich entschloß er sich zu sprechen.

»Für das Begräbnis«, sagte er (und sogleich begann seine Stimme zu zittern), »für das Begräbnis habe ich in Ihrem Namen einen Kranz aus frischen Blumen bestellt, ein bißchen... ein bißchen schöner als meinen eigenen.«

Der Notar hob das mehr denn je finstere Gesicht von der Tischplatte auf.

»Einen Kranz?«

»Ich habe mir erlaubt, weil ich sicher war, damit Ihren Gefühlen zu entsprechen, Signor Cavaliere.«

»Ist gut. Und was weiter?«

»Dann habe ich sie beide auf den Leichenwagen legen lassen, Signor Cavaliere. Ihren und meinen. Nebeneinander. So schön waren sie, wenn Sie sie nur hätten sehen können. Geradezu sprechend waren sie.«

»Wer hat gesprochen?«

»Diese beiden Kränze, Signor Cavaliere.«

Die Wangen des Notars waren plötzlich vor Ärger ganz fahl geworden, als hätte sich sein rötliches Gesicht beim Hochheben abgelöst und wäre auf der Tischplatte zurückgeblieben.

»Ich hoffe«, sagte er, »du hast auf die Schleife nicht meinen Namen schreiben lassen!«

Bellavita, das schwarzgeränderte Taschentuch vor die Augen haltend, schüttelte verneinend den Kopf.

»Und weiter?« fragte der Notar.

»Weiter«, stieß Bellavita zwischen Schluchzern hervor, »weiter habe ich drei Messen für die Selige lesen lassen: eine für Sie, eine für mich, eine für Michelino.«

Michelino zuckte zusammen, geschmeichelt von der schönen Nachricht, daß eine Messe... oh, auch für ihn? und dabei wollte er sich schon mit der Hand über die Jacke streichen, aber er unterbrach diese Geste, als er sah, wie der Herr Notar aufstand.

»Du wirst mir sagen, wieviel du ausgelegt hast!«

»Signor Cavaliere...«

»Du wirst mir sagen, wieviel du ausgelegt hast!« wiederholte der Notar laut und gereizt.

Bellavita nahm die Unterlippe zwischen die Zähne, um ein lautes Schluchzen zurückzuhalten, aber die Tränen strömten ihm aus den Augen.

»Um... um Himmels willen«, stammelte er. »Wollen... wollen Sie mir denn wirklich auch diesen Schmerz noch antun?«

Der Notar starrte auf diese Tränen, auf den erbarmungswürdigen Anblick dieses in wenigen Tagen von dem plötzlichen Unglück ganz zerstörten Mannes; er sah die Verstörung sich auf dem bleich gewordenen Gesicht des Jungen ausbreiten und begann im Zimmer auf und ab zu gehen, die Hände in den Hosentaschen, ohne noch etwas hinzuzufügen.

Die Hosen dieses alten Hausanzugs waren viel zu weit und bildeten hinten zwei komisch aussehende Falten, die im Rhythmus der Bewegung seiner Hinterbacken in der lächerlichsten Art und Weise auf und ab tanzten. Michelino bemerkte das und wendete den Blick nicht mehr davon ab, solange der Notar hin und her lief.

Schließlich gelang es Bellavita, die letzten Tränen auch aus der Nase hinunterzuschlucken, und er begann wieder zu sprechen:

»Ich bin auch Michelinos wegen gekommen.«

»Michelinos wegen?«

»Um Euer Gnaden zu fragen, ob ich ihn wieder in die Schule schicken darf.«

»Herrgott im Himmel!« rief da der Notar aus und hob die Fäuste zur Decke. »Und warum fragst du das mich?«

»Ja, aber, weil ich doch wissen muß, ob Ihnen das richtig scheint, wo ja erst sechs Tage vergangen sind.«

Beide Hände noch immer in die Höhe gereckt, vollführte der Notar eine vehemente Geste der Gleichgültigkeit: »Ach, mach doch, was du willst!«

»O nein«, fuhr da Bellavita auf, ernst und in diesem Punkt auch entschlossen. »Um Michelino handelt es sich hier! Und ich will da nichts unternehmen, ohne den Rat und die Zustimmung von Euer Gnaden. Der Junge leidet ja darunter, wenn er mit mir allein zu Hause bleiben muß. Sehen Sie nur, wie er schon nach sechs Tagen aussieht, das arme Geschöpf! Ich kann ja nichts tun als weinen, weinen und nochmals weinen…«

Und da kamen ihm schon wieder die Tränen, in einem wahren Sturzbach.

Plötzlich sprang er auf, halberstickt und röchelnd, und warf sich dem Notar verzweifelt an die Brust.

»Ach, Signor Cavaliere«, schrie er, »um Himmelswillen, Signor Cavaliere, haben Sie doch ein bißchen Achtung für mich! Verlassen Sie mich nicht, verlassen Sie mich nicht in diesem Augenblick, Signor Cavaliere! Alle verachten mich um Ihretwillen; alle lachen über mich; sogar über meine Trauer lachen sie! Nur Sie allein können und müssen Mitleid mit mir haben! Sie, der Sie meine Gefühle kennen! Sie, der Sie wissen, daß ich nie etwas von Ihnen gewollt habe! Nur ein bißchen Achtung, für den Respekt, den ich Ihnen stets entgegengebracht habe, ein bißchen Achtung für mein Unglück, für *unser* Unglück, Signor Cavaliere!«

Und während er das sagte, blickte er ihn an, ganz dicht bei ihm, aus nächster Nähe, mit seinen schrecklichen, von Entsetzen erfüllten Augen, so daß den Notar die Lust überkam, ihm einen kräftigen Stoß zu versetzen, um ihn loszuwerden und in die nächste Ecke zu befördern.

Fast schien ihm das ganze nicht wahr zu sein. Er empfand Ekel, wenn er die Magerheit dieser Arme unter dem dicken Stoff des schwarz eingefärbten Anzugs spürte, Ekel bei ihrem gewalttätigen Versuch, sich in diesem Weinkrampf um seinen Hals zu klammern. Und mit diesem Ekel in den Fingern wandte er sich zu dem geschlossenen Fenster des Zimmers um, als suche er nach einem Fluchtweg. Und wer weiß warum, bei diesem Fenster fiel ihm sofort das Kreuz auf, das die rostigen Eisenstäbe in das Fensterglas zeichneten. Und im selben Augenblick wurde er sich einer sonderbaren Beziehung bewußt, die zwischen dem schrecklichen Gewicht dieses Menschen, der da an seiner Brust schluchzte, und der ganzen einsamen Traurigkeit seines Daseins als alter, fetter Junggeselle bestand, der Traurigkeit, die sich ihm nun so klar in den schmutzigen

Gläsern dieses Fensters vor dem grauen Himmel des Novembermorgens zu spiegeln schien.

Um sich dieser Alptraumstimmung zu entziehen, begann er den Weinenden zu ermahnen, er solle sich doch zusammennehmen; er versprach ihm, er würde ihn nicht verlassen; er würde wieder zu ihm nach Hause kommen; so wie früher, jawohl!

»Aber Teresina... Teresina, Signor Cavaliere... Teresina, die werden Sie jetzt nicht mehr bei mir finden! Ihr Herz wird das nicht ertragen, Euer Gnaden...«

»Wenn ich dir doch sage, daß ich komme! Ich werde kommen, ich werde kommen!«

Und so gelang es ihm schließlich doch, ihn fortzuschikken. Allein zurückgeblieben, öffnete und schloß er wohl mehr als fünf Minuten lang zitternd, wie in einem Krampf, die Hände, grunzte, pfiff vor sich hin und rief in den verschiedensten Tonarten aus: »Mein Gott... mein Gott... mein Gott...«

Auf einem Eisenhocker in seinem Kaffeehaus sitzend, gebeugt, die Augen starr auf die staubige Marmorplatte eines der Tische gerichtet, so wartete Bellavita mehrere Tage hindurch auf den versprochenen Besuch des Notars Denora.

Aber weder kam der Notar noch einer seiner Freunde, die doch früher den halben Tag in dem kleinen Kaffeehaus mit Plaudern, Zeitunglesen und Kartenspielen verbracht hatten.

So zerfloß der wartende Bellavita in Tränen, wenn er Michelino fest umarmte, sobald der Junge von der Schule nach Hause kam. Schließlich sprang er auf, damit ihm das übervolle Herz nicht in der Brust platzte, übergab das Kaffeehaus dem alten Kellner, der immer schlief, und ging wieder mit Michelino den Herrn Notar zu Hause besuchen.

Erst nach vier oder fünf von diesen Besuchen begann er zu begreifen, daß der Herr Notar sie gar nicht so gern sah. Er sagte nichts. Er fügte dem noch immer lebendigen Schmerz um den Tod seiner Frau diesen neuen Schmerz hinzu und weinte eben doppelt; dazu machte er seine Besuche ein wenig seltener als früher. Wenn er doch wieder hinging, schickte er Michelino in die Kanzlei des Notars hinein, und er selbst blieb schweigend und mit geschlossenen Augen im Vorzimmer sitzen, dort neben dem Windfang aus vergilbtem grünen Tuch mit dem blind gewordenen Schauglas in der Mitte. Nach und nach schwollen seine Lider vom verhaltenen Weinen an, und die Tränen liefen ihm dick und reichlich über die ausgemergelten Wangen. Die Nase, die auch voll von Tränen war, hätte er sich gerne laut schneuzen wollen; aber er schneuzte sich leise, um nicht zu stören; ganz, ganz leise... Und von all dieser unbelohnten Rücksichtnahme, die er übte, wurde er wieder seltsam bang gerührt, und diese bange Rührung löste sich sogleich in einen neuen und noch drängenderen Tränenstrom auf.

»Hat er dich geküßt, sag, hat er dich geküßt?« fragte er Michelino sofort, auf ihn zueilend wie ein Verdurstender, kaum daß er den Jungen aus der Kanzlei kommen sah.

Michelino zuckte ungeduldig die Achseln, er verstand nicht, weshalb der Vater so eilig und sehnsüchtig darauf insistierte zu erfahren, was der Notar getan und ihm gesagt hätte.

»Hat er dich nicht geküßt?«

»So hat er mir gemacht«, antwortete Michelino endlich und fuhr sich rasch mit der Hand über die struppigen Haare.

Er begleitete ihn nach Hause, übergab ihn der Haushälterin und ging zurück ins Kaffeehaus, wo er den alten Kellner noch immer schlafend vorfand, in seiner gewohnten

Ecke, mit offenem Mund, während ihn langsam die Fliegen auffraßen.

Das ganze Kaffeehaus erfüllte von den einst weiß lakkierten, nun vergilbten und verkrusteten Glasschränken her das dichte, ständige, bedrückende Summen dieser Fliegen.

Bellavita setzte sich wieder gebeugt auf seinen Eisenhocker und verharrte dort Stunden um Stunden unbeweglich, mit starren, verkrampften Augen; zu guter Letzt schienen ihm diese Augen das ganze blasse, abgezehrte Gesicht mit dem seit Tagen nicht mehr rasierten Stoppelbart auffressen zu wollen. Und da begannen auch die Fliegen, ihn aufzufressen: sie setzten sich ihm auf die Ohren, auf die Nase, auf das Kinn, aber er bemerkte sie nicht einmal, allerhöchstens hob er ein kleines bißchen die Hand, um sie fortzujagen, wenn sie schon längst weitergeflogen waren.

Sie waren längst die Herren des Kaffeehauses geworden, diese Fliegen; sie hatten mit ihrem Fliegendreck die beiden Gazeschleier (der eine rosa, der andere himmelblau, aber beide längst verblichen) ganz verkrustet, die an der Theke die vertrockneten Mehlspeisen bedeckten, die hart gewordenen Torten mit der von Schimmel übersäten Marmelade darauf.

Die Schnapsflaschen auf dem Regal an der Hinterwand waren über und über mit Staub bedeckt. Auf einer der Waagschalen auf der Theke war ein Messinggewicht liegengeblieben, um an den letzten Verkauf von Süßigkeiten zu erinnern, den noch die Frau getätigt hatte, die ja bis vor kurzer Zeit dort zu sitzen pflegte, lachend und strahlend, mit dem weißgepuderten Näschen, dem roten Seidentuch mit gelben Monden darauf über der üppigen Brust und den goldenen Ringen in den Ohren; und bei jedem Lächeln, mit dem sie auf alle Blicke zu antworten pflegte, zeigte sie die Grübchen in den leicht geschminkten Wangen.

Er hatte es noch in der Nase, das Parfum dieser Frau, und er ballte die Fäuste vor Lust, diese Glaskästen einzuschlagen, diese Flaschen zu zerbrechen, die seine Beklemmung ins Unerträgliche steigerten mit ihrer symmetrischen Unbeweglichkeit von Dingen, die für sich dort bleiben können, so wie immer, während für ihn alles zu Ende war, jawohl, zu Ende!

Und dann war da die infame Verleumdung, er hätte dieses Kaffeehaus mit dem Geld des Notars Denora unterhalten, während er doch seiner Frau stets verboten hatte, auch nur das von dem Herrn Notar anzunehmen, was man ein Blümlein in Ehren nennen konnte! Ja, er nahm das Geld für den Kaffee, wenn der Notar mit seinen Freunden ins Kaffeehaus kam, gerade deshalb, weil es ihm zu auffällig erschienen wäre, wenn er es nicht genommen hätte; aber Gott allein wußte, wie sehr er darunter litt! Nicht nur das bißchen Kaffee, das er freilich immer mit besonderer Sorgfalt zubereitete, das Herzblut hätte er ihm am liebsten gegeben, um seiner unendlichen Dankbarkeit Ausdruck zu verleihen, Dankbarkeit dafür, daß der Herr Notar ihn in der ersten Zeit der Ehe gegen seine Frau verteidigt hatte, die ihn der mangelnden Umsicht zieh, des mangelnden Taktgefühls im Umgang mit den Gästen, der Unerfahrenheit, ja geradezu der Tollpatschigkeit; Dank auch für den Frieden in seiner Familie, den der Herr Notar mit seiner ruhigen und vorsichtigen Beziehung wiederhergestellt hatte; Dank schließlich für die Revanche, die er dank seiner Freundschaft zu ihm an all denen hatte nehmen können, die ihn immer verlacht hatten wegen seiner Allüren, etwas »Besseres« zu sein und mit den großen Herren auf Du und Du verkehren zu können.

Wie kam es nur, daß nun, da er von dem Unglück so zu

Boden geschmettert war, nicht ein einziger von diesen Herren sich mehr bei ihm im Kaffeehaus blicken ließ? Was hatte er denn dem Herrn Notar getan, daß er von seinen Freunden so behandelt wurde? Wenn schon einer von ihnen beiden Reue empfinden sollte, weil er dem anderen etwas angetan hatte, dann war das gewiß nicht er.

Was das anging, konnte sich Bellavita nicht und nicht beruhigen. Er würde noch verrückt darüber, Ehrenwort, er würde noch verrückt darüber!

Aber eines Tages, da stand endlich auf der Schwelle des Kaffeehauses einer der engsten Freunde des Notars Denora.

Kaum daß er ihn erblickte, sprang Bellavita auf.

»Hochverehrter Herr Rechtsanwalt!«

Aber sofort überkam ihn ein Schwindelanfall, er mußte sich mit einer Hand über die Augen fahren und sich mit der anderen an dem Tisch festhalten.

»O Gott! Bellavita, was ist los?«

»Nichts, Herr Rechtsanwalt. Es ist nur die Freude. Als ich Euer Gnaden bei mir eintreten sah ... Ich bin zu schnell aufgesprungen, das ist alles. Ich bin ja noch so schwach, Herr Rechtsanwalt. Aber es ist nichts, jetzt ist es schon vorbei.«

»Armer Bellavita«, sagte der Angesprochene und legte ihm eine Hand auf die Schulter. »Ja, Sie sehen wirklich ziemlich mitgenommen aus. Nein, nein, bleiben Sie nur sitzen.«

»Aber nehmen Sie doch Platz, Euer Gnaden, um Gottes willen!«

»Na gut, ich setze mich hierher.«

»Befehlen Sie einen Kaffee? Ein Getränk?«

»Nein, gar nichts. Bleiben Sie nur sitzen. Ich komme im Auftrag des Notars Denora, lieber Bellavita, um Ihnen einen Vorschlag zu machen.«

»Im Auftrag von…?«

»Im Auftrag des Notars Denora.«

Als Bellavita so plötzlich und hinterrücks den Namen des Notars Denora hörte, wurde er bleich und sah diesen Herren an, als wollte er ihm auch noch die Luft zum Atmen rauben.

»Ich habe verstanden«, sagte er. »Aber entschuldigen Sie…«

Und er konnte nicht weitersprechen, wenn er daran dachte, daß der Herr Notar das Bedürfnis gehabt hatte, sich an jemand anderen zu wenden, um ihm einen Vorschlag zu machen.

Der andere interpretierte die schmerzliche Verblüffung falsch, die sich in Bellavitas Gesicht abzeichnete, und beeilte sich, ihn aufzumuntern:

»Keine Angst, lieber Bellavita, keine Angst. Es geht nur um das Wohl Ihres Jungen.«

»Um Michelinos Wohl?«

»Um Michelinos Wohl, ja. Sie wissen, der Notar hat ihn immer gern gehabt und liebt ihn noch immer.«

»So? Ach so?« sagte Bellavita schnell und beugte sich vor, wobei seine Augen plötzlich unter Tränen lachten. Und die quälende Beklemmung all dieser Tage verlangte mächtig danach, sich auf die unerwartete und unverhoffte Freude dieser Nachricht hin in einem Strom von bangen Fragen zu entladen.

»Und warum dann…«, begann er.

Aber der andere hob die Hände, um ihn sofort zu unterbrechen.

»Ich bitte Sie, lassen Sie mich aussprechen. Der Notar schlägt Ihnen vor, lieber Bellavita, den Jungen in ein Internat nach Neapel zu schicken.«

Bellavita riß die Augen weit auf und fiel zurück in seine schmerzliche Beklemmung, aber nur hatte er dazu noch den Verdacht, daß in dem, was dieser Herr ihm erzählte, unter jedem Wort ein Verrat des Notars verborgen wäre.

»Nach Neapel?« sagte er dann. »Den Jungen? Und warum?«

»Um ihm eine bessere Erziehung geben zu können«, antwortete der andere schnell, als wäre das etwas ganz Einleuchtendes, das sich von selbst verstünde. »Und natürlich übernimmt der Notar alle Kosten, wenn Sie nur bereit sind, sich von ihm zu trennen.«

Zunächst noch immer fast verstört, dann aber nach und nach immer mehr auf seinem Verdacht insistierend, der ihn mit Entsetzen und mit Empörung zugleich erfüllte, begann Bellavita Fragen zu stellen und zu widersprechen:

»Und warum? Der Junge lernt hier, Herr Rechtsanwalt; er ist recht gut in der Schule; ich habe ein Auge auf ihn. Warum schlägt mir denn der Herr Notar vor, ihn in ein Internat zu schicken, und so weit weg noch dazu, nach Neapel? Und ich? Ach, will er mich überhaupt nicht mehr zur Kenntnis nehmen, der Herr Notar? Ohne den Jungen würde ich zugrunde gehen... Ich gehe ja zugrunde, Herr Rechtsanwalt, ich gehe hier zugrunde, vor Kummer, weil ich von allen verlassen bin, ohne daß ich wüßte warum! Aber was habe ich ihm denn getan, was habe ich ihm getan, in Gottes Namen? Will er mir auch noch den Jungen wegnehmen?... Nein, nein, lassen Sie mich ausreden! Keine Silbe ist wahr daran, Herr Rechtsanwalt, daß ihm Michelinos Erziehung am Herzen läge. Nein! Das ist etwas ganz anderes! Etwas ganz anderes! Und ich weiß es, Herr Rechtsanwalt, ich weiß, was das ist! Ja, was denn? Er redet mir von Kosten, er? Er wagt es, mir gegenüber von Kosten zu reden? Wann habe ich je etwas von ihm genommen, um den Jungen wie ein Kind aus herrschaftlicher Familie aufwachsen zu lassen? Ich habe das bewerkstelligt, ich, und zwar ganz allein, aus eigenen Mitteln! Und solange ich am

Leben bin, werde ich stets dafür aufkommen, das sage ich Ihnen! Ich kann ihn nicht nach Neapel schicken! Aber selbst wenn ich es könnte, würde ich es nicht wollen. Warum läßt mir der Herr Notar so etwas sagen? Hat er vielleicht geglaubt, ich brächte ihm den Jungen, um von ihm etwas zu bekommen?«

An dieser Stelle versuchte der Freund den Schwall all dieser hervorbrechenden Fragen abzuschneiden, indem er sich den tatsächlich unbegründeten Verdacht zunutze machte, der in Bellavitas letzter Frage enthalten war.

»Es ist nicht deshalb?« setzte Bellavita hinzu. »Warum denn sonst? Vielleicht deshalb, weil er auch den Jungen nicht mehr sehen will? Mich sieht er ja schon eine ganze Weile lang nicht mehr!«

»Also, um es kurz zu machen«, sagte da der Freund des Notars entschlossen, einigermaßen verärgert. »Jetzt sind wir bei der Sache! Es geht um folgendes, lieber Bellavita. Sprechen wir ganz offen.«

Aber gar so offen zögerte er eigentlich ein wenig zu sprechen, der Freund des Notars, als er zur Sache kam, denn es war ja nicht gerade einfach, Bellavita begreiflich zu machen, daß der Notar sich gerade über seine hündische Anhänglichkeit ärgerte. Wie konnte man ihm denn ins Gesicht schleudern, daß der Notar geglaubt hatte, er könnte sich nach dem Tod der Frau von dem Alptraum befreien, den er für ihn darstellte, mit seiner lächerlichen, unglaublichen Sanftheit, mit den übertriebenen Lobeshymnen auf ihn, die er jedem gegenüber vom Stapel ließ, wenn das Gespräch auf den Notar kam, so daß er ihm letztendlich das Vergnügen an diesem einzigen, späten Abenteuer seines nüchternen, zurückgezogenen Daseins vergiftet hatte? Konnte der Herr Notar denn wirklich mit der Drohung weiterleben, daß er ihn nie loswerden würde, daß er ihn weiterhin respektieren, ja beweihräuchern, ihm vor allen

Leuten zu Diensten sein und weiterhin auf jede denkbare Weise – wie er das immer getan hatte – zur Schau stellen würde, daß wenn auch viele vertraulich mit dem Herrn Notar Denora umgehen mochten, sie sich doch keine Illusionen machen sollten, der Herr Notar Denora habe nämlich insgeheim eine besonders enge Beziehung zu ihm und würde den anderen nie dieselbe Vertraulichkeit einräumen. Wenn er schon zwangsläufig mit ihm verbunden gewesen war, durch die Liebe zu derselben Frau, konnte der Herr Notar da nun wirklich weiter mit ihm verbunden bleiben, an ihn gekettet, durch den gemeinsamen Schmerz, die gemeinsame Trauer um ihren Tod? Seien wir doch gerecht! Das wäre ja lächerlich! Lächerlich! Und Bellavita, der müsse das doch begreifen, bei Gott, daß – wenn schon die erste Bindung zwangsläufig bestanden hatte – der Herr Notar nun, nachdem diese Bindung endlich durch den Tod aufgelöst worden sei, wirklich nichts mehr mit ihm zu teilen habe, denn es gebe doch wirklich keinen Grund, daß er den Schmerz, wenn er einen solchen empfand, und die Trauer, wenn er sie aufgrund des Todes dieser Frau tragen wollte, gemeinsam mit ihm empfände und trüge. Er habe schon genug Anlaß zum Lachen gegeben. Nun reiche es. Nun wolle er nicht mehr.

Bellavita, der sich zunächst auf seinem Hocker gewunden hatte, bis endlich diese mühsame Erklärung zu einem Ende kam, blieb schließlich völlig entgeistert zurück.

»Ach so?« begann er. »Ach, deshalb ist es?«

Und er hörte nicht mehr auf zu reden. Bei jedem *ach* riß er die Augen, die von der harten Starrheit all dieser Tage der Verzweiflung gefühllos geworden waren, weit auf, und in ihnen begann ein irres Licht zu funkeln.

»Ach, der Herr Notar hat Angst, sich lächerlich zu machen? Er, er hat Angst davor? Weil ich ihn respektiere, hat er Angst, sich lächerlich zu machen? Er, der mich zehn

Jahre hindurch zum Gespött des ganzen Ortes gemacht hat, er hat Angst, sich lächerlich zu machen? Ach, das tut mir aber leid! Und deshalb will er mich und Michelino loswerden? Weil ich ihn mit dem Jungen besuchen gegangen bin und ihn immer noch respektieren will? Ach, wie sehr mir das leid tut, Ehrenwort! Aber wenn es darum geht, Herr Rechtsanwalt, ach, dann sagen Sie ihm – ich bitte Sie –, ich würde ihn nicht mehr mit dem Jungen zu Hause besuchen kommen; aber was das Respektieren betrifft, ach, respektieren muß ich ihn auch weiterhin! Ich habe ihn stets respektiert, gerade zu Zeiten, wo mich dieser Respekt beschämen und erniedrigen konnte, und nun wollen Sie, ich sollte ihn gerade jetzt, jetzt, wo ich das mehr denn je brauche, nicht mehr respektieren? Sagen Sie mir doch, wie ich das anstellen soll, Herr Rechtsanwalt! Ich habe ja nie etwas anderes getan, mein Leben lang nicht, und da wollen Sie, ich sollte nun mit einem Schlag aufhören, ihn zu respektieren? Ich werde ihn ganz zwangsläufig respektieren, und zwar auf ewig, das sag ich Ihnen! Entschuldigen Sie. Er selbst zeigt mir das Mittel, mich zu rächen, und dann will er, daß ich keinen Gebrauch davon mache? Vor allen werde ich ihn von nun an noch mehr respektieren, so daß alle sehen und wissen, was das ist, mein Respekt für ihn, und wie groß er ist! Kann er mich daran hindern? Kaum sehe ich ihn, gehe ich schon hinter ihm her. Ich werde meinen neuen Beruf daraus machen, sein Schatten zu werden! Jawohl! Der Schatten seines Gewissens, wegen all des Bösen, das er an mir getan hat, im Ausgleich für all die Zuneigung, die ich für ihn empfunden habe. Gehen Sie und sagen Sie ihm das. Er ist der Körper, ich bin der Schatten. Er mag mir ruhig einen Fußtritt geben, den steck ich ein; oder eine Ohrfeige, auch die steck ich ein. Im Gegenteil, ich werde noch meinen Hut vor ihm ziehen, auf der Stelle, bei jedem Fußtritt, den er mir versetzt, bei jeder

Ohrfeige, die er mir gibt. Das können Sie ihm ruhig erzählen. Er ist der Körper, ich bin der Schatten.«

Der Freund versuchte auf alle nur mögliche Weise, ihn davon abzubringen, mit Bitten, mit Argumenten, mit Drohungen. Bellavita beharrte stur auf seinem Satz: »Er ist der Körper, ich bin der Schatten.«

Da war er am Abgrund der schwärzesten Verzweiflung gestanden, und dann hatte er in diesen paar Worten eine Stütze gefunden, einen Halt, an dem er sich aufrichten konnte. O Gott! Sogar lachen konnte er! Ja. Da lachte er auch schon. Er hatte soviel geweint; nun konnte er lachen. Ja, ja. Und er würde alle zum Lachen bringen. Das würde seine Rache werden. Jeder Mann, den seine Frau betrog, hätte diese neue Art der Rache anwenden sollen: den Liebhaber seiner Frau vor allen zu respektieren, zu verehren, zu beweihräuchern, auf jede nur denkbare Art und Weise, solange bis man ihn zur Verzweiflung trieb. Ihm ständig die Lächerlichkeit der eigenen Sanftheit um die Ohren zu schlagen, bis er endlich unter dem Hohngelächter aller die Flucht ergriffe. Und wäre er einmal geflohen, ja, ihm dann noch immer nachzulaufen und weiter Verbeugungen und Reverenzen und den Hut gezogen, so daß er keinen Augenblick mehr Ruhe hat! Ein für alle Mal, dieser undankbare Kerl! Er hätte ja nie gedacht, daß dieser ehrliche Respekt schon eine Rache für den Verrat wäre, weil er dem Herrn Notar die Freude daran verdarb. Nein, aber das war nun geradezu ein weiterer Grund, ihn zu respektieren, den Herrn Notar, der ihm die Augen geöffnet hatte, ihn durch die Vermittlung dieses Freundes sehen und begreifen hatte lassen, wieviel er gelitten hatte, der Arme! Man mußte ihn also von heute an dafür entschädigen, den armen Herrn Notar, mit ebensoviel Respekt.

Und Bellavita eilte zum Schneider und bestellte einen neuen Traueranzug, der Eindruck machen und den Leuten sofort in die Augen springen sollte, durch irgendeinen Fehler im Schnitt, den der Schneider absichtlich einarbeiten sollte. Das Richtige für Totengräber. Und schwarze Krawatte, schwarzen Kragen, schwarzes Stöckchen, schwarze Handschuhe, schwarzes Taschentuch, alles schwarz. Und dann los, steif und kerzengerade aufgerichtet, hinter dem Herrn Notar drein, wie eine Eskorte in zwei Schritten Abstand, um die Zeit, als er die Kanzlei für den gewohnten Spaziergang verließ.

Das erste Mal, als er erschien, um ihm so zu folgen, bemerkte der Notar, daß die Leute, die ihm entgegenkamen, stehen blieben und lachten. Er drehte sich um, und als er Bellavita in diesem Aufzug gewahrte, erbleichte er zuerst, dann spürte er, wie er innerlich in Aufruhr geriet, stürzte auf ihn zu und zischte leise, wobei er ihm mit dem Stöckchen aus indischem Rohr drohte: »Laß mich in Frieden, Bellavita, oder ich schlage dich nieder, verstanden!«

Aber Bellavita verharrte schweigend vor ihm, mit gesenktem Blick; unbeteiligt wie ein Schatten. Und die Leute ringsumher blieben auf der Straße stehen, gafften und lachten. Um diesem Lachen zu entkommen, begann der Notar schneller zu gehen, und da fiel auch Bellavita hinter ihm in einen schnellen Trab. Der Notar wandte sich an den Polizeikommissar; aber dem Polizeikommissar antwortete Bellavita, als er vorgeladen wurde, er würde ja niemanden stören; die Straße gehöre schließlich nicht dem Herrn Notar; er ginge dort seinen eigenen Geschäften nach und wäre deshalb so angezogen, weil er gerade die Frau verloren habe. Dann meinte der Notar, es wäre besser, einige Tage zu Hause zu bleiben, und Bellavita ging an all diesen Tagen zur üblichen Stunde wie eine Wache unter seinem Fenster spazieren. Endlich ging der Notar doch aus, und er, wie üblich, hinterdrein. Eines schönen Tages schließlich hielt es der Notar nicht mehr aus und verabreichte ihm eine gesalzene Tracht Prügel mit seinem Stock. Und er nahm sie hin, wie er gesagt hatte; dann, eines anderen Tages, traf ihn mit schrecklicher Wut die schwere Silbertabatiere an der Unterlippe; und von da an ging er fast eine Woche lang mit einer hängenden Unterlippe hinter ihm drein, die sah aus wie eine Hundezunge. Was blieb da dem Notar Denora noch übrig? Sollte er ihn umbringen? Um sich dieser Versuchung zu entziehen, und weil er sich schon längst angewidert und müde fühlte, sowohl, was seinen Beruf, als auch, was das Leben betraf, das er in der Stadt führte, beschloß er, die Kanzlei zu schließen und sich aufs Land zurückzuziehen.

Der siegreiche Bellavita rühmte in seinem renovierten Kaffeehaus, das wieder voll von Gästen war, solange er lebte, diese seine neue und großartige Methode, sich für Hörner zu rächen, die einem ein anderer aufsetzt. Aber zugleich beklagte er immer wieder, daß die zahlreichen gehörnten Ehemänner der Stadt so kleinmütig seien, daß sie sie nicht anzuwenden wagten.

Aus dem Italienischen von Michael Rössner. Originaltitel: *L'ombra del rimorso.* Erstveröffentlichung im *Corriere della sera* vom 25. Januar 1914, dann in dem Band *Il carnevale dei morti* (»Karneval der Toten«, Florenz 1919), schließlich im siebenten Band der *Novelle per un anno* von 1924. Die Novelle war Vorbild für das einaktige Stück *Bellavita* (Uraufführung 1927, enthalten im zehnten Band dieser Edition).

# MONDKRANKHEIT

Batà hockte zusammengekrümmt auf einem Strohbündel mitten in der Tenne. Sidora, seine Frau, wandte sich von der Schwelle her, wo sie den Kopf gegen den Türrahmen gelehnt, mit halbgeschlossenen Augen saß, von Zeit zu Zeit nach ihm um und betrachtete ihn besorgt. Erschöpft von der unerbittlichen Hitze, ließ sie ihren Blick dann wieder zu dem blauen Streifen des fernen Meeres schweifen, als erwarte sie, daß sich wegen des nahen Sonnenuntergangs von dort ein leichter Windhauch erhebe und über das nackte, mit verbrannten Stoppeln bespickte Land herüberstriche bis zu ihr.

Die Hitze war so stark, daß über dem vom Dreschen auf der Tenne liegengebliebenen Stroh die Luft flimmernd aufstieg wie über einer Glut.

Batà hatte einen Halm aus dem Bündel gezogen, auf dem er saß, und versuchte ihn mit lustloser Hand auf seine genagelten Schuhe zu schlagen. Eine vergebliche Geste: Der Strohhalm bog sich durch, kaum daß er ihn bewegte. Und Batà starrte weiter dumpf und geistesabwesend zu Boden.

Im düsteren Glanz der stillstehenden, sengenden Luft, die ihr das Atmen zur Qual machte, erzeugte jene beharrlich wiederholte, sinnlose Geste ihres Mannes in Sidora eine unerträgliche Gereiztheit. In Wahrheit weckte jede Handlung jenes Mannes und sogar sein bloßer Anblick in ihr diese Gereiztheit, die sie jedesmal mühsam verdrängte.

Seit kaum zwanzig Tagen mit ihm verheiratet, fühlte Sidora sich bereits verblüht und zerstört. In sich und um sich herum gewahrte sie eine sonderbare drückende und furchtbare Leere. Und beinahe wollte sie es nicht glauben, daß es erst so kurze Zeit her war, daß man sie dorthin geführt hatte, in dieses alte, entlegene Haus, zugleich Stall und Wohnraum, inmitten dieser Stoppelwüste, ohne einen Baum ringsumher, ohne die Spur eines Schattens.

Dort hatte sie vor kaum zwanzig Tagen ihre Tränen und ihren Abscheu bezwungen und ihm ihren Körper überlassen, jenem wortkargen Mann, der an die zwanzig Jahre älter war als sie und auf dem nun eine Traurigkeit zu lasten schien, die noch verzweifelter war als ihre eigene.

Sie erinnerte sich daran, was die Frauen aus der Nachbarschaft gesagt hatten, als die Mutter ihnen von dem Heiratsantrag erzählte. »Batà? O Gott, ich für meine Person würde dem keine meiner Töchter geben.« Die Mutter hatte gemeint, sie sagten das aus Neid, weil Batà für seine Verhältnisse recht wohlhabend war, und hatte um so entschiedener auf der Verbindung bestanden, je mehr diese Frauen da sich mit betrübter Miene weigerten, ihre Zufriedenheit über das der Tochter winkende Glück zu teilen. Nein, ehrlich gesagt, man erzählte nichts Schlechtes über Batà, aber auch nichts Gutes. Da er immer zurückgezogen lebte, dort, auf seinem weit entfernten Stück Land, wußte man nicht, wie sein Leben ablief, er blieb immer für sich, wie ein Tier in Gesellschaft seiner Tiere, zweier Maultiere, einer Eselin und des Wachhundes; und gewiß hatte er einen merkwürdigen, grimmigen, manchmal irren Gesichtsausdruck.

Tatsächlich aber hatte es da noch einen anderen, womöglich triftigeren Grund dafür gegeben, daß die Mutter sich so sehr darauf versteift hatte, sie jenem Mann zu geben. Auch an diesen anderen Grund erinnerte sich Sidora;

jetzt erschien er ihr unendlich fern, wie aus einem anderen Leben, aber dennoch präzise und scharf umrissen. Sie sah zwei frische, ausdrucksvolle Lippen, die sich wie zwei Nelkenblätter zu einem Lächeln öffneten, das ihr alles Blut in den Adern zum Rauschen und Prickeln brachte. Es waren die Lippen ihres Vetters Saro, der es nicht verstanden hatte, in der Liebe zu ihr die nötige Kraft zu finden, um zur Vernunft zu kommen und sich von seinen üblen Freunden loszusagen, damit die Mutter keinen Vorwand mehr gehabt hätte, sich ihrer Hochzeit zu widersetzen. Ja, sicher, Saro wäre ein sehr schlechter Ehemann geworden; aber was für ein Ehemann war denn der hier? Waren die Sorgen, die jener andere ihr zweifellos bereitet hätte, nicht dem Kummer, dem Ekel und der Angst vorzuziehen, die dieser ihr einflößte?

Endlich erhob sich Batà; kaum auf den Füßen, machte er jedoch, wie von einem Schwindel erfaßt, eine halbe Drehung um sich selbst; die Beine knickten ihm ein, als wären sie gefesselt; mit Mühe hielt er sich aufrecht, die Arme in die Luft gereckt. Eine Art Wutgeheul drang aus seiner Kehle.

Sidora eilte entsetzt herbei; aber er brachte sie mit einer Bewegung der Arme zum Stehen. Ein unerschöpflicher Speichelfluß hinderte ihn am Sprechen. Keuchend sog er ihn wieder ein. Mit schrecklichem Gurgeln im Rachen kämpfte er gegen das Schluchzen. Sein Gesicht war bleich, trübe, erdfahl, die Augen düster und verschleiert. Hinter dem Wahnsinn sah man in ihnen fast kindliche, noch bewußte, unermeßliche Angst. Mit den Händen fuhr er fort, ihr zu bedeuten, sie solle abwarten, nicht erschrecken und sich abseits halten. Schließlich sagte er mit einer Stimme, die nicht mehr die seine war: »Geh rein... schließ dich ein... fest... Hab keine Angst... auch wenn ich gegen die Tür schlage und an ihr rüttle, wenn ich sie zerkratze und schreie… hab keine Angst… mach nicht auf… Nichts… Geh! Geh!«

»Was habt Ihr bloß?« rief Sidora ihm schaudernd zu.

Batà heulte abermals auf, von einer gewaltigen, krampfartigen Zuckung durchschüttelt die ihm die Glieder zu vermehren schien; dann schnellte sein Arm empor, wies zum Himmel und brüllte: »Der Mond!«

Während Sidora sich umwandte, um ins Haus zu rennen, sah sie tatsächlich voller Grauen für einen Augenblick den Vollmond vor sich: glühend, violett und riesengroß war er eben über den blaßblauen Höhen der Crocca aufgegangen.

Drinnen verbarrikadiert, umklammerte sie sich selbst, als müßte sie ihre Glieder festhalten, um sie nicht zu verlieren in dem Zittern, das immer stärker wurde und sich nicht unterdrücken ließ. Vor Entsetzen rasend schrie auch sie, und wenig später hörte sie die langgezogenen tierischen Schreie ihres Mannes, der sich draußen vor der Tür wand, eine Beute der abscheulichen Krankheit, die ihm vom Mond kam. Er schlug mit Kopf, Füßen, Knien und Fäusten gegen die Tür, er zerkratzte sie, als wären seine Nägel zu Klauen geworden, er schnaubte, gleichsam erbittert durch die bestialische, wütende Anstrengung, als wollte er sie aus den Angeln heben und zerschmettern, diese Tür, und nun bellte er, bellte, als trüge er einen Hund in sich, und wieder begann er, sie zu zerkratzen, schnaubend und heulend, und rannte wieder mit Kopf und Füßen gegen sie. »Hilfe! Hilfe!« schrie Sidora, obwohl sie wußte, daß niemand ihre Schreie in dieser Einöde würde hören können. »Hilfe! Hilfe!« und sie stemmte sich gegen die Tür, aus Furcht, sie könne trotz der vielen Riegel jeden Augenblick dem wilden und verbissenen Ansturm dieser blinden, heulenden Furie nachgeben.

Ach, hätte sie ihn nur töten können! Verloren drehte sie

sich um, als suchte sie eine Waffe in dem Raum. Doch durch das vergitterte Fensterchen oben in der gegenüberliegenden Wand erblickte sie wieder den am Himmel aufsteigenden Mond. Jetzt war er klar, ganz überströmt von friedlichem, weißem Glanz. Bei diesem Anblick stieß sie, als hätte die Krankheit urplötzlich auch sie angefallen, einen gellenden Schrei aus und fiel bewußtlos auf den Rücken.

Als sie wieder zu sich kam, verstand sie in ihrer Benommenheit zunächst nicht, weshalb sie so auf dem Boden lag. Die Riegel an der Tür riefen ihr jedoch alles wieder ins Gedächtnis zurück und sofort graute ihr vor der draußen herrschenden Stille. Sie stand auf, wankte zur Tür und lauschte.

Nichts; gar nichts mehr.

Lange lauschte sie so, niedergedrückt von dem Grauen über diese ungeheure, rätselhafte Stille, die Stille der ganzen Welt. Schließlich glaubte sie ganz aus der Nähe einen Seufzer zu vernehmen, einen tiefen Seufzer, wie in Todesangst ausgehaucht. Sofort rannte sie zur Kiste unter dem Bett, zog sie hervor, öffnete sie, entnahm ihr das Umhangtuch, kehrte zur Tür zurück, lauschte wieder lange, entfernte dann eilig und geräuschlos nacheinander die Riegel, schließlich ganz leise auch den Schieber und die Querstange. Vorsichtig öffnete sie einen Türflügel und blickte durch den Spalt auf den Boden. Da war Batà. Wie ein totes Tier lag er bäuchlings ausgestreckt in seinem Speichel, schwarz, aufgedunsen, die Arme ausgebreitet. Sein Hund saß bei ihm und hielt im Mondschein Wache. Sidora hielt den Atem an, als sie heraustrat, lehnte ganz sachte die Tür wieder an, gab dem Hund einen wütenden Wink, sich nicht von der Stelle zu rühren, und schlich sich davon, das Umhangtuch unter dem Arm; sie flüchtete über die Felder zum Dorf durch die noch tiefe, ganz vom Mondlicht übergossene Nacht.

Sie erreichte das Dorf und die Hütte ihrer Mutter kurz vor dem Morgengrauen; die Mutter war gerade erst aufgestanden. Die Hütte, dunkel wie eine Höhle, lag am Ende der Gasse und wurde durch ein Öllämpchen nur schwach erhellt. Sidora schien sie ganz auszufüllen, als sie keuchend und ganz aufgelöst hineinstürzte. Als die Mutter ihre Tochter zu dieser Stunde in einem solchen Zustand vor sich sah, erhob sie ein lautes Geschrei, woraufhin alle Frauen der Nachbarschaft mit ihren Öllämpchen in den Händen herbeigeeilt kamen.

Sidora begann heftig zu weinen und raufte sich schluchzend die Haare. Sie tat, als könnte sie gar nicht sprechen, um die Mutter und die Nachbarinnen das Ungeheuerliche des Vorgefallenen, den Schrecken, der sie gepackt hatte, besser begreifen und ermessen zu lassen.

»Die Mondkrankheit! Die Mondkrankheit!«

Die abergläubische Furcht vor jener obskuren Krankheit erfaßte alle Frauen bei Sidoras Schilderung.

Ach, armes Mädchen! Sie hatten es ja der Mutter gleich gesagt, daß dieser Mann nicht natürlich sei, daß er in sich einen schweren Makel verbergen mußte, daß keine von ihnen ihm ihre eigene Tochter gegeben hätte. Und er bellte, nicht wahr? Heulte wie ein Wolf? Zerkratzte die Tür? Jesus, welch ein Ungeheuer! Wieso war sie da nicht gleich gestorben, das arme Mädchen?

Die Mutter hockte niedergeschmettert auf dem Stuhl, ließ Kopf und Arme hängen und stieß in klagendem Singsang hervor:

»Ach, meine Tochter! Ach, meine Tochter! Ach, meine arme kleine zugrunde gerichtete Tochter!«

Gegen Sonnenuntergang erschien Batà in der Gasse, noch immer geschwollen und blau angelaufen. Entmutigt, niedergeschlagen, wie betäubt, zog er die beiden Maultiere am Halfter hinter sich her. Bei dem Getrappel der Maultiere auf dem Pflaster dieser Gasse, die von der Augustsonne glühte wie ein Backofen und in der das grelle Licht der weißgekalkten Mauern das Auge blendete, zogen sich die Frauen samt ihren Stühlen unter Schreckensgebärden und unterdrückten Schreien eilig in ihre Häuser zurück und streckten nur noch die Köpfe zu den Türen heraus, um alles zu beobachten und sich untereinander durch Blicke zu verständigen.

Stolz und vor Empörung zitternd, trat Sidoras Mutter auf die Türschwelle und begann zu schreien:

»Fort mit Euch, Ihr schlechter Kerl! Ihr wagt es noch, Euch bei mir blicken zu lassen? Fort mit Euch, fort! Mörder, Verräter, fort mit Euch! Ihr habt meine Tochter zugrunde gerichtet! Fort mit Euch!« Sie schimpfte noch eine Weile so weiter, während Sidora, die sich drinnen verkrochen hatte, weinte und die Mutter beschwor, sie zu beschützen und ihn nicht einzulassen.

Mit gesenktem Kopf hörte sich Batà die Drohungen und Schmähungen an. Sie trafen ihn; er war schuldig; er hatte seine Krankheit verheimlicht. Er hatte sie verheimlicht, weil keine Frau ihn genommen hätte, wenn er sie vorher gebeichtet hätte. Es war also gerecht, daß er jetzt seine Schuld büßte.

Er hielt die Augen geschlossen und schüttelte bitter den Kopf, ohne sich von der Stelle zu rühren. Schließlich schlug ihm die Schwiegermutter die Tür vor der Nase zu und legte die Querstange vor. Batà verharrte noch eine Weile mit gesenktem Kopf vor dieser verschlossenen Tür, dann wandte er sich um und bemerkte in den Türen der anderen Häuser viele verstörte und bestürzte Augen, die ihn beobachteten.

Als jene Augen die Tränen im Gesicht des niedergeschlagenen Mannes gewahrten, verwandelte sich das Entsetzen in Mitleid.

Eine erste mutige Nachbarin stellte ihm einen Stuhl hin. Dann kamen die anderen heraus, zu zweit, zu dritt, und umringten ihn. Und nachdem er ihnen mit einem stummen Kopfnicken gedankt hatte, begann Batà ganz allmählich, ihnen sein Unglück zu erzählen: daß seine Mutter, als sie in ihrer Jugend zum Ährensammeln gegangen war, auf einer Tenne unter freiem Himmel geschlafen und ihn als kleinen Jungen die ganze Nacht dem Mond ausgesetzt hatte. Und die ganze Nacht lang hatte er armes, unschuldiges Kindlein mit bloßem Bauch und hin- und herwandernden Augen, Beinchen und Ärmchen in der Luft rudernd, mit ihm gespielt, mit diesem schönen Mond.

Und der Mond hatte ihn »verhext«. Die Behexung hatte jedoch viele Jahre lang in ihm geschlummert und war erst seit einiger Zeit wieder wach geworden. Jedesmal, wenn Vollmond war, packte ihn das Übel. Freilich, ein Übel war es nur für ihn allein; die anderen brauchten sich nur davor in acht zu nehmen, und das konnten sie sehr gut, denn es überfiel ihn zu bestimmten Zeiten, er fühlte es herannahen und konnte es vorher ankündigen. Auch dauerte es ja nur eine Nacht und damit Schluß. Er hatte gehofft, daß seine Frau mutiger wäre, aber da sie es nun einmal nicht sei, könne man doch so verfahren, daß sie entweder bei jedem Vollmond ins Dorf zur Mutter ginge oder daß diese hinaus ins Haus käme, um ihrer Tochter beizustehen. »Wer? Meine Mutter?« platzte in diesem Augenblick Sidora wutentbrannt heraus und riß mit funkelnden Augen die Tür auf, hinter der sie gehorcht hatte.

»Ihr seid ja verrückt! Wollt Ihr etwa, daß auch meine Mutter vor Angst stirbt?«

Nun kam auch diese heraus, schob ihre Tochter mit dem Ellbogen zur Seite und befahl ihr, den Mund zu halten und still im Haus zu bleiben. Sie gesellte sich zu der Runde der Frauen, in der inzwischen alle Mitleid empfanden, und begann erst mit ihnen, dann mit Batà unter vier Augen zu plaudern.

Von der Schwelle aus folgte Sidora empört und fassungslos den Gesten ihrer Mutter und ihres Mannes; und da dieser mit viel Wärme ein Versprechen zu geben schien, das die Mutter mit offensichtlicher Freude aufnahm, zeterte sie los:

»Nein, Herrschaften, so nicht! Das könnt ihr vergessen! Ihr einigt Euch über meinen Kopf hinweg? Das ist sinnlos! Sinnlos ist das! Auf mich kommt es an!«

Die Nachbarsfrauen bedeuteten ihr mit Nachdruck, sie solle schweigen und abwarten, bis die Unterredung beendet sei. Am Ende grüßte Batà die Schwiegermutter, überließ eines der beiden Maultiere ihrer Obhut und ging fort, wobei er das andere Maultier am Halfter hinter sich herzog, nicht ohne zuvor den guten Nachbarinnen seinen Dank bezeugt zu haben.

»Schweig still, du dumme Gans!« zischte die Mutter sofort ihrer Tochter zu, als sie ins Haus zurückkam. »Wenn Vollmond ist, werde ich hinkommen, mit Saro..«

»Mit Saro...? Hat er das vorgeschlagen?«

»Ich habe es ihm vorgeschlagen, sei still! Mit Saro.«

Und um ihr Lächeln zu verbergen, schlug sie die Augen nieder und trocknete ihren zahnlosen Mund zum Schein mit einem Zipfel des unter dem Kinn zugeknoteten Kopftuchs ab. Dann fügte sie hinzu: »Haben wir etwa noch andere Männer in der Verwandtschaft außer ihm? Er ist der einzige, der uns Hilfe und Trost geben kann. Und nun sei still!«

Und so ritt Sidora auf dem Maultier, das ihr Mann zurückgelassen hatte, am nächsten Morgen in aller Frühe wieder aufs Land zurück.

Während der ganzen neunundzwanzig Tage, die bis zum nächsten Vollmond vergingen, dachte sie an nichts anderes. Sie sah den Augustmond nach und nach schwinden und immer später aufgehen, und am liebsten hätte sie mit ihrem Verlangen seine abnehmende Phase beschleunigt, dann war er einige Abende überhaupt nicht mehr zu sehen; endlich sah sie ihn wieder, zart und hauchdünn am Himmel der Dämmerung, und dann nahm er nach und nach von neuem immer mehr zu.

»Hab nur keine Angst«, sagte Batà traurig zu ihr, als er sie ununterbrochen zum Mond starren sah, »noch ist Zeit, viel Zeit! Schlimm wird's erst, wenn er keine Hörner mehr hat...«

Bei diesen von einem zweideutigen Lächeln begleiteten Worten fühlte Sidora sich erstarren und sah ihn bestürzt an.

Schließlich war der so lang ersehnte und zugleich so gefürchtete Abend da. Zwei Stunden vor Mondaufgang trafen die Mutter und Saro zu Pferde ein. Batà hockte wie das Mal zuvor auf der Tenne und hob nicht einmal den Kopf zum Gruß.

Sidora, die vor Erregung bebte, bedeutete dem Cousin und ihrer Mutter, ihn nicht anzureden. Die Mutter steckte ihre Nase sofort in ein dunkles Abstellkämmerchen, worin allerlei altes Arbeitsgerät lag: Hacken, Sensen, Sättel, Körbe und Quersäcke. Es grenzte an den großen Raum, in welchem auch die Tiere untergebracht waren.

»Du bist ein Mann«, sagte sie zu Saro. »Und du weißt schon, wie es ist«, wandte sie sich an ihre Tochter. »Ich bin alt und fürchte mich mehr als alle anderen; deshalb werde ich mich hier verkriechen, mucksmäuschenstill und ganz allein. Ich schließe mich gut ein, und dann mag er ruhig draußen den Wolf spielen.«

Dann traten alle drei wieder ins Freie und plauderten eine ganze Weile lang vor dem Haus.

Je mehr sich die Schatten über die Felder senkten, desto

begehrlicher und aufreizender wurden Sidoras Blicke. Doch Saro, gewöhnlich ein lebhafter, feuriger und gutgelaunter Kerl, spürte dagegen, wie ihm nach und nach das Lächeln auf den Lippen welkte, erstarb und wie seine Zunge ausdörrte. Als wäre das Mäuerchen, auf dem er saß, mit Nadeln bespickt, rutschte er ständig hin und her und schluckte mit großer Mühe. Zuweilen warf er aus den Augenwinkeln einen Blick auf den Mann dort, der auf den Anfall der Krankheit wartete. Er reckte auch den Hals, um zu sehen, ob nicht hinter den Höhen der Crocca das furchtbare Gesicht des Mondes auftauchte.

»Noch immer nichts«, sagte er zu den beiden Frauen.

Sidora antwortete ihm mit einer lebhaften Geste der Unbekümmertheit und fuhr fort, ihn lachend mit den Augen aufzureizen.

Vor diesen nun schon fast schamlosen Augen begann Saro Furcht und Schrecken zu empfinden, mehr noch als vor jenem in Erwartung am Boden kauernden Mann.

Und er war auch der erste, der sich mit einem Hechtsprung ins Haus rettete, kaum daß Batà den ersten Schrei ausgestoßen und den Dreien bedeutet hatte, sich sofort einzuschließen. Und mit welch rasendem Eifer er einen Riegel um den anderen vorschob, während die Alte sich bedrückt in die Kammer zurückzog und Sidora in einem fort, verärgert und enttäuscht, in ironischem Ton zu ihm sagte:

»Sachte, sachte... paß auf, daß du dir nicht weh tust... Du wirst sehen, das ist nichts.«

Nichts? Ach, das war nichts? Beim ersten Aufheulen und Schnauben des Mannes standen ihm die Stirnhaare zu Berge, bei den ersten Kopfstößen, Fußtritten gegen die Tür, bei den ersten Kratzern war Saro in kaltem Schweiß gebadet, Schauer liefen ihm über den Rücken, er hatte die Augen weit aufgerissen und zitterte wie Espenlaub. Das war nichts? Herrgott im Himmel! Herrgott im Himmel! Ja, wie denn? War diese Frau da denn verrückt? Während ihr Ehemann dort draußen vor der Tür diesen Sturm veranstaltete, lachte sie hier, saß auf dem Bett, spreizte die Beine, streckte die Arme nach ihm aus, rief ihn:

»Saro! Saro!«

Ach so? Zornig und entrüstet sprang Saro mit einem Satz in die Kammer der Alten, ergriff sie am Arm, zerrte sie heraus und stieß sie aufs Bett neben ihre Tochter.

»Da«, brüllte er, »die da ist verrückt!«

Und während er sich zur Tür zurückzog, erblickte auch er durchs Gitter des hohen Fensterchens an der gegenüberliegenden Wand den Mond, der, wenn er auch dort draußen dem Ehemann so übel mitspielte, hier zufrieden und boshaft über die verfehlte Rache der Ehefrau zu lachen schien.

Aus dem Italienischen von Wolfgang Westermann. Originaltitel: *Male di luna.* Erstveröffentlichung unter dem Titel *Quintadecima* im *Corriere della sera* vom 22. September 1913, dann in dem Band *Le due maschere* (Florenz 1914), später in *Tu ridi* (Mailand 1920), schließlich im achten Band der *Novelle per un anno* von 1925.

# GEWISSE PFLICHTEN

Wenn die noch rückständige Zivilisation einen Menschen dazu verurteilt, mit einer langen Leiter um den Hals von einer Straßenlaterne zur andern zu ziehen und dreimal am Tage diese Leiter hinauf- und hinunterzusteigen – des Morgens, um sie auszulöschen, am Nachmittag, um sie zu füllen, und des Abends, um sie anzuzünden –, dann muß dieser Mensch, auch wenn er schwerfälligen Geistes und dem Weine ergeben ist, zwangsläufig die schlechte Gewohnheit annehmen, mit sich selbst zu räsonieren und bei seinen Betrachtungen mindestens die Höhe seiner Leiter zu erklimmen.

Quaquèo, der Laternenanzünder, stürzte eines Abends betrunken von dieser Höhe herunter. Er brach sich den Schädel und ein Bein. Wie durch ein Wunder war er am Leben geblieben und nach zwei Monaten Krankenhaus wieder so weit hergestellt, daß er mit einem kürzeren Bein und einer häßlichen Narbe auf der Stirn, mit zerzauster Mähne, unrasiert und in seinem langen dunkelblauen Kittel wieder mit der Leiter um den Hals von Laterne zu Laterne zog. Jedesmal, wenn er die Höhe erklommen hat, von der er heruntergestürzt ist, drängt sich ihm der Gedanke auf: Da ist nichts zu machen, gewisse Pflichten hat der Mensch. Er möchte sie zwar nicht haben, doch er hat sie eben. Ein Mann braucht sich beispielsweise in seinem Inneren gar nichts daraus zu machen, wenn ihm seine Frau einen Tort antut. Und dennoch, meine Herrschaften, er hat die Pflicht, sich etwas daraus zu machen. Denn wenn er sich nichts daraus macht, dann werden ihm alle anderen Männer und sogar die Buben auf der Straße Vorhaltungen machen und ihn zum besten halten.

»Quaquèo, der Hahnrei! Wann setzen sie dir Hörner auf, Quaquèo?«

»Hundeschnauze!« schreit Quaquèo von der Laterne herunter. »In diesem Moment sagst du mir das? Gerade jetzt, wo ich die Stadt beleuchten muß?«

Eine schöne Ausrede, die Stadtbeleuchtung, um sich der Pflicht zu entziehen, die Fehltritte seiner Frau zu überwachen! Aber kann er sie etwa sehen, bei diesen Petroleumfunzeln? Kann er da vielleicht sehen, wann sie Türen aufbrechen oder auf den einsamen, schmutzigen Gassen das Messer ziehen?

»Unverschämtes Diebsgesindel! Mörder!«

Dennoch begab sich Quaquèo aufs Rathaus und wurde beim Stadtrat Cavalier Bissi vorstellig, dem er seinen Posten sowie von Zeit zu Zeit eine kleine Zuwendung verdankt, weil er sein Amt mit so viel Pflichteifer ausübt. Und er setzte ihm den Fall auseinander: ob er während des Laternenanzündens nicht als Amtsperson bei der Ausübung seiner dienstlichen Pflichten anzusehen sei.

»Gewiß«, gab ihm der Stadtrat zur Antwort.

»Wer mich beleidigt«, folgerte Quaquèo, »der beleidigt also eine Amtsperson bei Ausübung ihrer dienstlichen Pflichten. Ist das richtig?«

Cavalier Bissi scheint das jedoch nicht richtig zu finden. Da er weiß, welcher Art die Beleidigungen sind, über die sich Quaquèo beklagen will, möchte er ihm auf gütliche Weise klarmachen, daß diese Art von Beleidigungen mit dem Amt eines Laternenanzünders als solchem nichts zu tun hat.

»O nein, Exzellenz!« widerspricht Quaquèo. »Glauben Sie mir, Exzellenz!«

Und wenn er ›Exzellenz‹ sagt, kneift Quaquèo die Augen zusammen, wie wenn er einen köstlichen Likör auf der Zunge zergehen läßt. Exzellenz betitelt er gefühlvoll jedermann, bei dem es irgendwie angebracht ist; doch besonders den Cavalier Bissi, der außer seinen Pflichten als Privatmann, die er vielleicht nicht haben möchte, aber doch eben hat, eine Reihe von anderen, höheren, seinem Amt als Stadtrat entsprechenden Pflichten übernommen hat. Quaquèo ist von all diesen persönlichen und gesellschaftlichen Verpflichtungen tief beeindruckt; und wenn er sich manchmal wegen eines vorwitzigen Tröpfchens mit dem Handrücken unter die Nase fahren muß, dann versäumt er nie, den Zipfel seines langen blauen Kittels zu Hilfe zu nehmen.

Auch er versucht, dem Cavaliere mit Anstand klarzumachen (wobei er freilich ein wenig aus dem Konzept gerät), daß, sofern die Beleidigung, deretwegen sich zu beklagen er gekommen ist, einen Kern von Wahrheit enthält, sie diesen nur während der Zeit enthalten kann, in der er sein Amt als Laternenanzünder versieht; denn wenn er später nicht mehr Laternenanzünder, sondern nur noch Ehemann ist, dann kann niemand das geringste über ihn oder seine Frau sagen. Seine Frau verhält sich ihm gegenüber verständig, nachgiebig und untadelig, und er hat bisher nie etwas bemerkt.

»Man beleidigt mich, Exzellenz, wenn ich dabei bin, die Stadt zu beleuchten, wenn ich auf der Leiter am Laternenpfahl stehe und das Streichholz an der Mauer reibe, um Licht anzuzünden, wenn man also weiß, daß ich die Stadt nicht im Dunkeln lassen, nach Hause laufen und nachschauen kann, was meine Frau treibt und wer bei ihr ist, um gegebenenfalls ein Blutbad anzurichten, Herr Cavaliere!«

Die Worte ›ein Blutbad anrichten‹ unterstreicht er mit einem wehmütig resignierten Lächeln, denn er ist sich bewußt, daß auch dies zu seinen Pflichten als beleidigter Ehemann gehören würde und daß er eine solche Verpflichtung nicht auf sich nehmen möchte, obwohl er sie hat.

»Wollen Sie einen weiteren Beweis, Exzellenz? An den Mondscheinabenden, wenn die Lampen nicht angezündet werden, sagt mir kein Mensch etwas. Und warum? Weil ich an diesen Abenden nicht im Dienst bin.«

Quaquèo überlegt richtig. Aber richtig überlegen genügt nicht. Man muß zum Kern der Sache vordringen. Und wenn man beim Kern der Sache angelangt ist, dann fallen oft die besten Überlegungen in sich zusammen, so wie er damals gefallen ist, als er in seiner sinnlosen Betrunkenheit von der Leiter stürzte.

Auf was er nun eigentlich hinaus wolle? Das fragt ihn der Cavalier Bissi. Wenn er meine, sein eheliches Mißgeschick hänge von seinem Amt als Laternenanzünder ab – nun gut, so möge er eben auf dieses Amt verzichten; wenn er aber nicht verzichten wolle, so solle er still sein und die Leute reden lassen.

»Ist das Ihr letztes Wort?« fragt Quaquèo.

»Mein letztes Wort«, erwidert Cavalier Bissi.

Quaquèo grüßt militärisch:

»Gehorsamster Diener, Euer Exzellenz!«

Die Leiter drückt ihn von Tag zu Tag schwerer, und täglich bereitet es Quaquèo größere Mühe, mit seinem kürzer gewordenen Bein die durch langen Gebrauch abgenutzten Sprossen hochzuklettern.

Wenn er bei den letzten Laternen in den abschüssigsten Gäßchen oben auf dem Hügel angelangt ist, bleibt er nun immer einige Zeit auf der Leiter stehen, als lehnte oder vielmehr hinge er in den Achselhöhlen über dem Laternenarm, mit herabhängenden Armen, den Kopf auf eine Schulter gelehnt. Und in dieser hilflosen Haltung sinnt und grübelt er dort oben weiter.

Er denkt an merkwürdige, traurige Dinge.

Er denkt zum Beispiel darüber nach, daß die Sterne, so dicht sie dort oben auch stehen, in manchen Nächten den Himmel zwar weiter machen und durchbrechen, die Erde aber doch nicht zu erhellen vermögen.

»Sinnlose Festbeleuchtung!«

Aber was für eine schöne Beleuchtung! Und es fällt ihm ein, wie ihm eines Nachts träumte, er müsse die ganze festliche Beleuchtung am Himmel anzünden, auf einer Leiter, deren Ende nicht abzusehen war, die er auch nirgends anlehnen konnte und deren Holme in seinen Händen schwankten, welche nicht imstande waren, ein solches Gewicht zu meistern. Und wie sollte er immer höher und höher auf den endlosen Sprossen bis hinauf zu den Sternen klettern? Träume! Doch welche Pein und Gefühlsverwirrung im Traum!

Er denkt, daß sein Beruf als Laternenanzünder wirklich traurig ist, mindestens für einen Laternenanzünder wie ihn, der die schlechte Gewohnheit angenommen hat zu grübeln, wenn er seine Laternen anzündet.

Doch ist es nicht möglich, daß die rein physische Tätigkeit, Licht anzuzünden, wo es finster ist, auf die Dauer auch im schwerfälligsten und dunkelsten Gehirn Gedankenfunken entzündet?

An manchem Abend kommt Quaquèo sogar auf die Idee, daß er, der Licht macht, auch die Schatten mache. Jawohl! Denn es gibt kein Ding ohne sein Gegenteil. Wer geboren wird, muß sterben. Und der Tod ist wie der Schatten, der einem Körper folgt. Daher seine geheimnisvolle

Redensart, die wie eine Drohung klingt, wenn er sie oben von der Leiter beim Lampenanzünden hinausruft, und die doch nichts anderes ist als das Endergebnis seiner Grübelei:

»Warte, warte nur, daß ich dir den Tod anhänge!«

Schließlich denkt Quaquèo, daß seinem Beruf tatsächlich eine gewisse höhere Bedeutung zukommt, da er einem Mangel der Natur abhilft – und was für einem Mangel! Dem Mangel an Licht! Da gibt's wenig zu erklären: Er vertritt in seiner Stadt die Sonne. Es gibt zwei Vertreter: ihn und den Mond, und sie wechseln einander ab. Wenn der Mond scheint, hat er Pause. Und die ganze Bedeutung seines Berufs wird an den Abenden offenbar, wenn der Mond scheinen sollte und doch nicht scheint, weil die Wolken den Mond verdecken und dieser seiner Pflicht, die Erde zu erleuchten, nicht nachkommen kann – einer Pflicht, von welcher der Mond vielleicht nichts wissen will, die er aber dennoch hat. Und die Stadt bleibt in Dunkel gehüllt.

Wie schön sieht es aus, wenn hie und da aus der Ferne in dunkler Nacht das Licht aus ein paar kleinen Orten herüberleuchtet!

Quaquèo sieht jeden Abend einige solcher Orte, wenn er zu den letzten Laternen auf dem Hügel kommt; und er verweilt lange, sie zu betrachten, die herabhängenden Arme unter dem Laternenarm und den Kopf auf eine Schulter gelehnt. Und er seufzt auf.

Ja, die Lichter dort, wie eine Festversammlung von Glühwürmchen anzuschauen, spenden nur mit Mühe einen schwachen Schimmer, und in drückendem Schweigen bewachen sie die ganze Nacht hindurch unsaubere, steile Gäßchen und Elendshütten, die womöglich noch schlimmer sind als die Hütten in seiner Stadt; doch jedenfalls sehen sie von weitem hübsch aus und strahlen inmitten der großen Finsternis ihren süßen, wehmutsvollen Trost aus. Hin und wieder bricht in der Dunkelheit ein Windstoß auf, und all die Lichter dort drüben schwanken einen Augenblick, als ob auch sie aufseufzten.

Und wenn man so von fernher schaut, da sollte man meinen, die armen Menschen in ihrer Verlorenheit auf dem dunklen Erdenrund hätten sich hin und wieder zusammengetan, um einander zu trösten und zu helfen; doch nein, sie tun es nicht. Wenn sich irgendwo ein Haus erhebt, so stellt sich das andere nicht wie eine gute Schwester an seine Seite, sondern pflanzt sich ihm gegenüber auf wie ein Feind, um ihm Licht und Luft zu nehmen; und die Menschen vereinigen sich nicht, um einander Gesellschaft zu leisten, sondern die einen ziehen gegen die andern los, um Krieg miteinander zu führen. Oh, er weiß es recht gut, er, Quaquèo! Und in jedem einzelnen Haus herrscht Krieg zwischen den Menschen, die einander lieben und verstehen sollten, um sich gegen die andern zu wehren. Ist seine Frau etwa nicht seine Todfeindin?

Wenn Quaquèo trinkt, so trinkt er deswegen: Er trinkt, um nicht an gewisse Dinge denken zu müssen, welche ihn die vielen Verpflichtungen vergessen lassen würden, von denen er doch so tief durchdrungen ist. Aber es ist wahr, es gibt noch gewisse andere Pflichten, die man nicht haben möchte. Man möchte sie nicht haben, doch man hat sie eben.

»He, alte Maus?«

Quaquèo redet mit einer Fledermaus. Er nennt sie alte Maus, weil es eine Maus mit Flügeln ist. Manches liebe Mal unterhält er sich auch mit einer Katze, die an der Mauer entlangstreicht und plötzlich geduckt und mißtrauisch verharrt, um ihn anzuschauen, oder mit einem streunenden melancholischen Hund, der ihm von Laterne zu Laterne durch die verlassenen Gassen folgt und sich unter jeder Laterne niederlegt und wartet, bis er sie angezündet hat.

Doch was soll er anzünden, wenn kein Petroleum da ist?

Die Stadt wird heute abend vielleicht ohne Licht bleiben. Der Beleuchtungspächter hat Streit mit der Gemeinde: Seit Monaten zahlen sie ihm keinen Pfennig; er hat zwölftausend Lire vorgestreckt; auf mehr läßt er sich nicht ein. Quaquèo hat die Lampen am Nachmittag nicht füllen können. Als der Abend anbricht, hat er mit seiner Leiter die Runde gemacht, um zu versuchen, ob sich die Lampen mit dem Rest Petroleum von der letzten Nacht anstecken lassen. Eine Weile brennen sie, dann flackern sie auf und verpesten die Straße. Die Bürger murren und fangen Streit mit ihm an, als ob er daran schuld wäre. Zusammen mit den Gassenbuben rufen ihm die Rüdesten den alten Kehrreim noch gemeiner als sonst hinterher:

»Ihr müßt ihm Hörner aufsetzen! Hörner aufsetzen! Hörner, Quaquèo, Hörner!«

Und der Tumult schwillt an. Quaquèo kann nicht mehr. Um dem Gedränge seiner Peiniger zu entfliehen, verläßt er die Hauptstraße und schickt sich an, mit der Leiter um den Hals eine der Gassen hinaufzusteigen. Doch die Menge folgt ihm. Als Quaquèo sich müde und mutlos nach seiner Gewohnheit über einen Laternenarm lehnt, begnügen sie sich nicht mehr damit, ihn mit Worten zu verhöhnen, nein, sie ziehen ihm die Leiter unter den Füßen weg und lassen ihn dort, an den Achseln aufgehängt, mit den Beinen baumeln.

Ach so? Sie wollen also tatsächlich, daß er seine Pflicht als betrogener Ehemann erfüllt, weil er heute abend wegen Petroleummangel seinem Amt als Laternenanzünder nicht nachkommen kann? Sie haben ihn also genau an dem Abend beim Wickel gekriegt, wo er die Beleuchtung der Stadt nicht als Entschuldigung vorschieben kann? Nun wohl: Sollen sie ihm die Leiter zurückgeben, und ihr Wille geschehe. Die Leiter! Die Leiter! Sie sollen ihn, um Christi willen, heruntersteigen lassen, und sie werden sehen, wozu er imstande ist.

Drei, vier schieben ihm die Leiter lachend unter die Füße, und alle wollen ihren Spaß mit ihm treiben und hetzen ihn im Chor auf:

»Hast du das Messer?«

»Das habe ich. Hier!«

Und Quaquèo streift seinen Kittel hoch, zieht aus der Hosentasche ein großes Messer, öffnet es und schließt die Faust um den Griff.

»Beim Blute der Madonna, ist das auch groß genug?«

»Erstichst du sie?«

»Ich ersteche sie, und ich ersteche ihn, wenn ich sie zusammen erwische! Ihr alle seid Zeugen! Kommt mit!«

Und er läuft voran, auf den Zehen des zu kurzen Beines hüpfend, und alles folgt ihm johlend auf dem Fuße über die krummen, abschüssigen Wege im Dunkel.

»Erstichst du sie wirklich?«

Quaquèo bleibt stehen, wendet sich um und packt einen der Hetzer an der Brust.

»Aha, ihr habt wohl Angst? Bei Gott, jetzt, wo ihr mich so weit habt und ich mit dem Messer in der Hand meine Pflicht tun will – bei Gott, jetzt habt ihr alle dabei zu sein! Ohne Ausnahme!«

Und er rüttelt und schüttelt den Kerl und läuft weiter. Da bekommen es ein paar mit der Angst zu tun: Sie folgen ihm noch ein paar Schritte, unschlüssig und betreten; sie ziehen sich am Ärmel; sie bleiben zurück und machen sich davon. Nur vier von ihnen und zwei Gassenbuben laufen bis zu seiner Wohnung mit; doch auch sie sind unsicher geworden und hetzen nicht mehr, nein, ganz im Gegenteil, sie möchten ihn jetzt lieber zurückhalten. Und wirklich, vor der Tür packen sie ihn beim Arm und versuchen, ihn mit Scherzen in eine Kneipe zum Trinken zu locken.

Doch Quaquèo, keuchend und mit verzerrtem Gesicht, macht sich frei und bedroht sie mit dem Messer in der Faust; er bearbeitet die Tür mit Fußtritten und schreit seiner Frau zu:

»Mach auf, Weibsstück, elendes! Mach auf! Diesmal büßt du für allemal! Laßt mich beim Blute der... laßt mich los! Laßt mich, oder ich schlage euch den Schädel ein!«

Bei dieser Drohung weichen sie zurück. Und er zieht aus der Brusttasche seines Kittels rasch den Schlüssel und öffnet die Tür, dringt ein und schließt sie mit Gepolter wieder ab. Die andern stemmen sich gegen die Türe, wollen sie mit Gewalt öffnen und rufen um Hilfe. Von innen ertönt lautes Schreien und Weinen.

»Du Teufel! Du Quälteufel!« brüllt Quaquèo mit dem Messer in der Hand, hat die Frau an den Haaren gepackt und sie zerzaust und mit zerfetzten Kleidern zu Boden geworfen. Und er sucht unterm Bett und wühlt durcheinander, was ihm zwischen die Füße gerät; er sucht in der Truhe, sucht in der Küche und schreit in einem fort:

»Wo ist er? Sag mir, wo er steckt! Wo hast du ihn versteckt?«

Und die Frau:

»Bist du verrückt geworden? Bist du betrunken? Was kommt dir in den Sinn, du blöder Kerl?«

Unten auf der Gasse schreien die vier, welche ihm gefolgt sind, und die Gassenbuben und andere, die sich auf den Lärm hin versammelt haben. Hie und da öffnen sich die Fenster, und alle fragen:

»Wer ist da? Was war los?« Und Schläge, Fußtritte und Stöße mit der Schulter gegen die Tür.

Quaquèo stürzt sich auf die Frau:

»Sag mir, wo er ist, oder ich bring dich um! Blut, Blut! Heute abend will ich Blut sehen! Blut!«

Er weiß nicht mehr, wo er suchen soll. Plötzlich fallen

seine Augen auf das Küchenfenster, das an der gegenüberliegenden Seite der Gasse auf einen Abgrund führt. Es ist ein ziemlich hohes Fenster, das immer geschlossen bleibt; seine Läden sind rußgeschwärzt.

»Hol einen Stuhl und mach das Fenster auf! Was? Du willst nicht? Verdammte Hexe, dann mache ich's auf!«

Er steigt auf einen Schemel, öffnet es... Entsetzlich! Quaquèo prallt zurück, die Augen weit aufgerissen, die Hände in die gesträubten Haare gewühlt. Das Messer entgleitet seiner Hand.

Dort oben steht Cavalier Bissi in der Fensterhöhle über dem Abgrund und ist in Gefahr abzustürzen.

»Um Himmels willen, wenn Eure Exzellenz ausrutschen!« ruft Quaquèo, kaum daß er sich vom Schrecken erholt hat, und preßt die Fäuste an den Mund; und rasch läuft er, am ganzen Leibe zitternd, dienstbeflissen herbei, um ihm beim Heruntersteigen behilflich zu sein:

»Vorsicht... hier! Vorsicht, Exzellenz, stellen Sie einen Fuß hier auf meine Schulter... Aber wie haben sich Eure Exzellenz nur darauf einlassen können, sich da oben zu verstecken? Konnte ich das ahnen? Da oben, wo Sie sich den Hals hätten brechen können – und das wegen so einem Weibsbild, Sie als Cavaliere! Das kann doch nicht Ihr Ernst sein, Exzellenz!«

Er wendet sich der Frau zu und versetzt ihr einen Schlag ins Gesicht:

»Wie kann das angehen?« brüllt er sie an. »Da oben, gerade da oben mußtest du ihn verstecken? Hast du keinen Platz gefunden, wo es sauber ist? Hast du nicht gesehen, dummes Weib, daß ich überall gesucht habe, nur nicht im Wandschrank hinter dem Vorhang? Los, hol eine Bürste für den Herrn Cavaliere. Seien Sie so freundlich, Euer Exzellenz, für fünf Minuten in den Wandschrank! Hören Sie, wie die auf der Straße grölen! Es gibt gewisse Pflichten,

Exzellenz, glauben Sie mir. Man möchte sie nicht haben, doch man hat sie eben. Nur fünf Minuten, seien Sie so gut! Unterdessen schicke ich die andern fort.«

Und nachdem er den Cavaliere in den Wandschrank geleitet hat, reißt er das Fenster zur Gasse weit auf und ruft der versammelten Menge zu:

»Kein Mensch ist da! Ich öffne die Tür… Wollt ihr herauf, so kommt, wenn ihr euch vergewissern wollt! Aber es ist niemand da!«

Aus dem Italienischen von Lisa Rüdiger. Originaltitel: *Certi obblighi.* Erstveröffentlichung im *Corriere della sera* vom 11. März 1912, dann in dem Band *Le due maschere* (Florenz 1914), später in *Tu ridi* (Mailand 1920), schließlich im achten Band der *Novelle per un anno* von 1925. Zusammen mit der Novelle *Die Wahrheit* (siehe Band 7) war dieser Text Ausgangspunkt für das Bühnenstück *Die Narrenkappe* (in Band 10 dieser Edition).

# CIAULA ENTDECKT DEN MOND

An jenem Abend wollten die Häuer zu arbeiten aufhören, noch bevor sie die befohlene Zahl von Kisten Schwefel gefördert hatten, die man am nächsten Tag zum Füllen des Kalzinierofens benötigte. Cacciagallina, der Aufseher, pflanzte sich mit dem Revolver in der Faust vor dem Eingang der Grube auf, um ihnen den Weg zu verlegen.

»Himmel Herrgott Sakra... zurück mit euch, hinunter in die Grube und geschafft bis zum Morgen, oder ich schieße euch alle über den Haufen!«

»Bum!« machte einer von drunten, »bum, bum!« echoten mehrere andere; und lachend, fluchend und hohnrufend warfen sie sich vor, und mit Ellbogen und Schultern drängend kamen alle durch, außer einem. Und wer war das? Ach ja, Gevatter Scarda, der arme Einäugige, dem gegenüber Cacciagallina es leicht hatte, den starken Mann zu spielen. Gott, war das ein Schrecken! Schlimmer als ein Löwe stürzte er sich auf ihn, packte ihn an der Brust und, ihn wütend hin und her schüttelnd, schrie er ihm ins Gesicht, gerade als hätte er mit ihm alle anderen in seiner Faust:

»Zurück mit euch, ihr Himmelhunde! Hinunter in die Grube, oder es gibt Mord und Totschlag!«

Gevatter Scarda ließ sich seelenruhig schütteln. Der Gute mußte doch seine Wut ausrasen, und es war ganz natürlich, daß er ihn vornahm, ihn, der, alt wie er war, sich nicht zur Wehr setzen konnte. Im übrigen hatte auch er einen noch Schwächeren unter sich, an dem er sich später schadlos halten konnte: Ciaula, seinen Trägerjungen.

Die andern... Ja, dort entfernten sie sich auf der Straße, die nach Comitini führte; sie lachten und schrien:

»Recht so! Den halt fest, Cacciagallina! Der wird dir schon bis morgen deinen Ofen füllen!«

»So ist die Jugend!« sagte seufzend, mit einem nachsichtigen Lächeln, Gevatter Scarda zu Cacciagallina.

Und, während ihn der andere noch an der Brust festhielt, senkte er den Kopf nach einer Seite, verzog die Unterlippe nach der entgegengesetzten und verharrte so eine ganze Weile, wie in Erwartung.

War es eine Grimasse an die Adresse Cacciagallinas? Oder wollte er sich über die Jugend seiner Arbeitsgefährten lustig machen?

Denn eigentlich waren ihre Anwandlungen jugendlicher Keckheit, ihre ausgelassene Fröhlichkeit ein Mißklang in dieser Umgebung. Auf den harten, von der Finsternis der unterirdischen Gruben fast ausgelöschten Gesichtern, am Körper, den die tägliche Mühsal ausgemergelt hatte, an den zerrissenen Kleidern trugen sie die bleichen Spuren jenes Landes ohne einen Grashalm, das von den Schwefelgruben wie von lauter ungeheuren Ameisenhaufen durchlöchert war.

Aber nein: Gevatter Scarda, in seiner seltsamen Haltung verharrend, machte sich weder über seine Arbeitsgefährten lustig, noch schnitt er eine Grimasse zu Cacciagallina hin. Es handelte sich vielmehr um die gewöhnliche Gebärde, mit der er, nicht ohne Mühe, die dicke Träne langsam in seinen Mund leitete, die ihm von Zeit zu Zeit aus dem andern, dem guten Auge rann.

Er hatte jenen salzigen Geschmack liebgewonnen und ließ sich auch nicht eine mehr entgehen.

Wenig genug war es freilich: ein Tropfen dann und

wann; aber Gevatter Scarda hatte da drunten, zweihundert und mehr Meter unter der Erde, vom Morgen bis zum Abend den Pickel schwingend, daß ihm bei jedem Schlag ein wütendes Geknurr aus der Brust emporstieg, immer einen ausgetrockneten Mund: und jene Träne war für seinen Mund, was für seine Nase eine Prise Schnupftabak gewesen wäre.

Ein Genuß und eine Erholung.

Wenn er fühlte, daß sich sein Auge gefüllt hatte, legte er für einen Augenblick seinen Pickel beiseite, und in das rote, rauchige Flämmchen der am Felsen befestigten Laterne schauend, das in der Finsternis dieses Höllenschlundes da und dort ein Schwefelplättchen beleuchtete oder ein Stemmeisen oder eine Spitzhacke, beugte er den Kopf zur Seite, verzog die Unterlippe und wartete, daß die Träne ihm langsam auf der von der vorhergehenden gegrabenen Furche nach unten rann.

Auch die andern hatten ihr Laster: der eine den Tabak, der andere den Wein; er hatte das Laster seiner Träne.

Sie rührte von seinem erkrankten Tränensack her und nicht vom Weinen, jene Träne; aber Gevatter Scarda hatte auch die Tränen des Herzeleids getrunken, als vier Jahre vorher bei der Explosion einer Mine sein einziger Sohn ums Leben gekommen war und ihm die Verantwortung für sieben Waisenkinder und die Schwiegertochter aufgebürdet hatte. Noch immer rann ihm gelegentlich eine die Wangen herab, die salziger schmeckte als die andern; und er erkannte sie gleich; dann schüttelte er den Kopf und murmelte einen Namen:

»Calicchio...«

Im Hinblick auf den Tod Calicchios und auch auf den Umstand, daß er bei der gleichen Explosion ein Auge verloren hatte, ließ man ihn noch arbeiten: Er schaffte mehr und besser als ein Junger; aber jeden Samstagabend gab man ihm seine Löhnung und nahm er selbst sie in Empfang, als handle es sich um ein Almosen. Ja, er sagte sogar, wenn er sie einsteckte, leise und fast schamvoll:

»Gott vergelt's Euch!«

Denn als Regel mußte gelten, daß einer in seinem Alter kein brauchbarer Arbeiter mehr war.

Als ihn Cacciagallina schließlich losließ und ihm befahl, hinter den andern herzulaufen, um wenigstens ein paar Leute mit guten Worten zu überreden, die Nacht durchzuarbeiten, bat ihn Gevatter Scarda, doch einen von denen, die ins Dorf zurückkehrten, zu ihm nach Hause zu schikken und bestellen zu lassen, er bleibe in der Grube und sie sollten ihn deshalb nicht erwarten und sich keine Sorgen um ihn machen; dann wandte er sich nach allen Seiten, um seinen Trägerjungen zu rufen, der schon über dreißig war (und ebensogut sieben oder siebzig alt sein konnte, armer Idiot, der er war); und er rief ihn, wie man die zahmen Krähen ruft:

»Té pá! Té pá!«

Ciaula war gerade im Begriff, sich umzukleiden, um ins Dorf zurückzukehren.

Sich umkleiden bedeutete für Ciaula zuerst und vor allem sein Hemd auszuziehen oder das, was einst ein Hemd gewesen sein mochte: das einzige Bekleidungsstück, das ihn während der Arbeit gewissermaßen bedeckte. War er dann aus dem Hemd geschlüpft, so zog er über den nackten Brustkasten, an dem man jede Rippe einzeln zählen konnte, eine breite und lange Weste, die man ihm geschenkt hatte und die einmal hochelegant und piekfein gewesen sein mußte (jetzt hatte der Schmutz eine solche Kruste darauf angesetzt, daß sie stand, wenn man sie auf die Erde setzte). Mit der größten Sorgfalt knöpfte Ciaula die sechs Knöpfe zu, von denen drei nur noch an einem Faden hingen, dann betrachtete er sich darin, während er sie mit den Händen glattstrich: Sie ging seiner Ansicht nach wirklich über seine Verdienste, so vornehm war sie. Seine nackten, armseligen und krummen Beine überzogen sich während dieser bewundernden Besichtigung, blau vor Kälte, mit einer Gänsehaut. Wenn einer seiner Arbeitsgefährten ihm endlich einen Stoß gab oder einen Fußtritt versetzte und ihm zuschrie: »Was für ein feiner Kerl du bist!« dann öffnete er seinen zahnlosen Mund bis zu den herabhängenden Ohren zu einem befriedigten Grinsen, schlüpfte in die Hosen, die mehr als ein Fenster auf Knie und Hinterbacken offen ließen, wickelte sich in einen groben, über und über geflickten Mantel und machte sich barfuß auf den Weg zum Dorf, indem er bei jedem Schritt den Schrei der Krähe »krah! krah!« aufs täuschendste nachahmte (weshalb man ihm den Spitznamen Ciaula gegeben hatte).

»Krah! Krah!« antwortete er auch an jenem Abend auf den Ruf seines Herrn und erschien splitternackt, einzig mit jener gebührend zugeknöpften Weste garniert.

»Geh und zieh dich wieder aus«, sagte Gevatter Scarda zu ihm. »Nimm wieder den Sack und das Hemd. Heute läßt der Herr für uns nicht Nacht werden.«

Ciaula gab keinen Laut von sich; er schaute ihn eine Weile mit geöffnetem Mund und blöden Augen an; dann stützte er die Hände in die Hüften, und im Gähnen die Nase rümpfend, streckte er sich und sagte:

»Gna bonu! (Es ist gut.)«

Und ging, die Weste wieder auszuziehen.

Wäre nicht die Müdigkeit und das Bedürfnis nach Schlaf gewesen, so hätte es nichts bedeutet, auch des Nachts zu arbeiten, denn da drunten war ja ohnehin immer Nacht. Aber das galt nur für Gevatter Scarda.

Für Ciaula nicht. Ciaula ging, das Öllämpchen im Knoten des Sacks über der Stirn, den Nacken unter der Last gebeugt, die glitschige, unterirdische Treppe hinauf und hinab, und jedesmal, wenn er atemlos über die steilen Stufen hoch und höher stieg, wurde allmählich sein Krächzen schwächer, glich fast einem unterdrückten Stöhnen, bis er endlich das Licht der Sonne sah. Im ersten Augenblick war er geblendet; dann sprangen, mit dem Seufzer der Erleichterung, den er beim Abwerfen der Last ausstieß, die wohlbekannten Bilder der umgebenden Dinge vor sein Auge; er betrachtete sie, noch keuchend, eine Weile, und ohne ein klares Bewußtsein davon zu haben, fühlte er sich getröstet und gestärkt.

Seltsam: Vor der schmutzigen Finsternis der tiefen Grube, wo hinter jeder Kehre der Tod lauerte, hatte Ciaula keine Angst; er fürchtete auch nicht die schauerlichen Schatten, die dann und wann eine Laterne ruckweise in den Stollen warf, noch das plötzliche Aufzucken eines rötlichen Widerscheins in einer Pfütze, einer Lache schwefligen Wassers: er wußte immer, wo er war; er tastete mit der Hand die Eingeweide des Berges nach einer Stütze ab und fühlte sich blind und sicher da drunten wie im mütterlichen Schoß.

Dagegen hatte er Angst vor dem leeren Dunkel der Nacht.

Das Dunkel des Tages da drunten kannte er, das aus der Höhe der trichterförmigen Treppe, die er so oft am Tage mit seinem seltsamen, unterdrückten Gekrächz hinaufstieg, durch einen spärlichen Lichtschimmer erhellt wurde. Aber das Dunkel der Nacht kannte er nicht.

Allabendlich kehrte er, wenn die Arbeit getan war, mit Gevatter Scarda ins Dorf zurück; und kaum hatte er dort die Reste der Suppe hinuntergeschlungen, so ließ er sich wie ein Hund auf seinen Strohsack am Boden fallen; vergebens traten die Jungen, jene sieben verwaisten Enkel seines Herrn, auf ihm herum, um ihn wachzuhalten und über seine Dummheit zu lachen; er versank sofort in einen bleiernen Schlaf, aus dem ihn jeden Morgen bei Tagesgrauen ein wohlbekannter Fuß zu reißen pflegte.

Die Angst, die er vor dem Dunkel der Nacht hatte, rührte von damals her, als die Explosion im Schacht dem Sohn Gevatter Scardas, seinem früheren Herrn, den Bauch und die Brust zerrissen hatte und Gevatter Scarda am Auge getroffen worden war.

An den verschiedenen Förderstellen drunten war man schon im Begriff gewesen, die Arbeitsgeräte aus der Hand zu legen, als man das schauerliche Dröhnen im Schacht gehört hatte. Alle Trägerjungen waren zur Unglücksstelle geeilt; nur er, Ciaula, war erschrocken davongelaufen, um in einer Höhle Schutz zu suchen, die er allein kannte.

Beim raschen Hineinkriechen war ihm sein tönernes Lämpchen am Felsen zerbrochen, und als er endlich, nach einer Zeit, die er nicht hatte schätzen können, aus seiner Höhle wieder ins Schweigen der dunklen und verlassenen Grube zurückgekehrt war, hatte er Mühe gehabt, sich zum Stollen durchzutasten, der zur Treppe führte; aber er hatte sich doch nicht gefürchtet. Die Angst hatte ihn erst befallen, als er aus der Grube in die schwarze, leere Nacht hinausgetreten war.

Er hatte in seiner Verlorenheit zu zittern angefangen, war zusammengeschauert bei jedem unbestimmten Lufthauch in der geheimnisvollen Stille, die die grenzenlose Leere erfüllte, welche das unendliche Geflimmer der dichten, winzig kleinen Sterne nicht zu erhellen vermochte.

Das Dunkel, dort, wo Licht sein mußte, die Einsamkeit der Dinge, die verändert und fast unkenntlich an ihrer Stelle verharrten, wenn niemand sie mehr sehen konnte, hatten Ciaula die Seele mit solchem Aufruhr erfüllt, daß er plötzlich wie wahnsinnig davongerannt war, als wäre jemand hinter ihm her.

Mit Gevatter Scarda in die Grube zurückgekehrt, fühlte er, während er darauf wartete, daß seine Last fertig wurde, wie die Angst vor dem Dunkel, das er beim Verlassen der Grube antreffen würde, immer mehr wuchs. Und mehr um jenes anderen, als um des Dunkels in den Stollen und auf der Treppe willen, brachte er sorgfältig sein tönernes Lämpchen in Ordnung.

Von weitem kam das helle Kreischen und dumpfe Klopfen der Pumpe, die Tag und Nacht nicht ruhte. Und in die Kadenz der hellen und dumpfen Töne mischte sich das Ächzen Gevatter Scardas, als ob der Alte sich von der Kraft der fernen Maschine helfen ließe, die Arme zu bewegen.

Endlich war die Last fertig, und Gevatter Scarda half Ciaula, sie in dem hinter dem Nacken befestigten Sack unterzubringen.

Während Gevatter Scarda ihn mehr und mehr belud, fühlte Ciaula seine Beine immer schwächer werden. Das eine begann ihm nach einer Weile so stark zu zittern, daß Ciaula, aus Furcht, er könne mit diesem Krampf seine Last nicht bewältigen, ausrief:

»Genug! Genug!«

»Was heißt genug, dummes Vieh!« antwortete ihm Gevatter Scarda.

Und fuhr fort, ihn zu beladen.

Einen Augenblick lang wurde die Angst vor dem Dunkel der Nacht von der bestürzenden Vorstellung besiegt, es könnte ihm unmöglich sein, mit dieser Last und der Müdigkeit, die er in sich fühlte, bis hinauf zu steigen. Er hatte den ganzen Tag erbarmungslos gearbeitet. Niemals war Ciaula der Gedanke gekommen, daß man mit seinem eigenen Körper Erbarmen haben könne; er dachte auch jetzt nicht daran; aber er fühlte, daß er wirklich am Ende seiner Kräfte war.

Er setzte sich unter der ungeheuren Last, die nebenbei

auch eine gewisse Balancierkunst verlangte, in Bewegung. Aber ja, er kam vorwärts, wenigstens solange der Weg eben war. Aber wie sollte er mit jener Last die Steigung überwinden?

Glücklicherweise wurde Ciaula, als diese begann, wieder von seiner Angst vor dem Dunkel der Nacht erfaßt, das ihn in kurzem empfangen würde.

Auf dem Weg durch die Stollen hatte er an jenem Abend nicht wie sonst den Schrei der Krähe ausgestoßen, sondern ein langgezogenes, kratzendes Stöhnen. Als er sich die Treppe hinaufschleppte, verließ ihn auch dieses Stöhnen, blieb ihm in der Kehle stecken vor lauter Furcht vor der schwarzen Stille, die er in der nicht ertastbaren Leere da draußen antreffen würde.

Die Treppe war so steil, daß Ciaula, als er mit vorgestrecktem Kopf und unter seiner Last zu Boden gedrückt, zur letzten Kehre kam, nicht die Öffnung sehen konnte, die droben gähnte, sosehr er auch die Augen verdrehte.

Herabgebeugt, mit der Stirne fast die Stufe berührend, die sich vor ihm erhob und auf deren Feuchte das schwankende Lämpchen nur ein schwaches, rötliches Licht warf, stieg und schleppte sich Ciaula aus dem Bauch des Berges hoch und immer höher hinauf, ohne Freude, ja ängstlich vor der baldigen Befreiung. Er sah noch nicht das Loch, das sich ganz am Ende in einer wundervollen, silbernen Helle öffnete.

Er bemerkte es erst, als er schon an den letzten Stufen angekommen war. Obgleich ihm das seltsam erschien, dachte er zuerst, es sei der letzte Schimmer des Tages. Aber die Helligkeit wuchs, wuchs immer mehr, als wäre die Sonne, die er doch hatte untergehen sehen, von neuem am Horizont erschienen.

War es möglich?

Er blieb, ins Freie gekommen, verwundert stehen. Die

Last fiel ihm von den Schultern. Er hob ein wenig die Arme, öffnete die schwarzen Hände in jenem silbernen Schein.

Groß und ruhig, wie in einem frischen, leuchtenden Ozean des Schweigens, stand vor ihm der Mond.

Ja, er wußte, was der Mond war; aber nur, wie man so viele Dinge weiß, denen man nie Bedeutung beigemessen hat. Was konnte auch Ciaula daran liegen, daß der Mond am Himmel stand?

Jetzt, jetzt erst, als er so aus dem Bauch der Erde in die Nacht hinaustrat, entdeckte er ihn.

Verzückt ließ er sich vor dem Grubeneingang auf seine Last fallen. Da war er, ja, da war er... der Mond... Es gab einen Mond, den Mond!

Ohne es zu wissen und ohne es zu wollen, begann Ciaula zu weinen, so getröstet war er, eine solche Süßigkeit fühlte er in seinem Innern, als er dort den Mond entdeckt hatte, der mit seinem weiten Schleier von Licht über den Himmel wanderte, ohne von den Bergen, den Ebenen und Tälern zu wissen, die er beschien, ohne von ihm zu wissen, der doch um seinetwillen jetzt keine Angst mehr hatte und sich nicht mehr müde fühlte in der Nacht, die voll von seinem Staunen war.

Aus dem Italienischen von Hans Hinterhäuser. Originaltitel: *Ciàula scopre la luna.* Erstveröffentlichung im *Corriere della sera* vom 29. Dezember 1912, dann in dem Band *Le due maschere* (Florenz 1914), später in *Tu ridi* (Mailand 1920), schließlich im achten Band der *Novelle per un anno* von 1925.

# DONNA MIMMA

## I

### Donna Mimmas Abreise

Wenn Donna Mimma, das himmelblaue Kopftuch breit unter dem Kinn geknotet, durch die sonnenübergossenen Gassen des Örtchens geht, fällt es nicht schwer, zu glauben, daß ihre saubere, noch aufrechte und lebhafte Gestalt in dem langen schwarzen, mit Fransen gezierten Umhängetuch auf die Katzenköpfe dieser Gäßchen und auf die Steinplatten des großen Platzes keinen Schatten werfe.

Man kann das sehr leicht glauben, denn in den Augen der Kinder und auch der Erwachsenen, die sich bei ihrem Anblick mit einem Male ebenfalls in Kinder zurückverwandelt fühlen, ist etwas um Donna Mimma, das alles rings um sie unwirklich werden läßt – wo sie geht, wird der Himmel zu blauem Papier, die Sonne zu einem purpurroten Ball, gleich dem Stern der Weihnachtskrippe. Der ganze Ort mit seinem schönen, goldenen Sonnenschein aus einem blitzblanken Himmel auf den alten Häusern, mit seinen Kirchlein und klobigen Türmen und den engen Gäßchen und dem großen Platz, dem Brunnen in der Mitte und der Hauptkirche im Hintergrund – das alles wird, wenn Donna Mimma vorübergeht, sogleich zu einem großen Spielzeug von der Art, wie man sie Stück für Stück aus der großen, ovalen, köstlich nach Leim riechenden Schachtel nimmt. Jedes Klötzchen - und es gibt deren so viele – ist ein Haus mit seinen Fenstern und seiner Veranda, und man kann sie aneinanderreihen oder rundherum aufbauen und so eine Straße oder einen Platz daraus machen; und dieser größere Klotz ist die Kirche mit dem Kreuz und den Glocken, und dieser hier ist der Brunnen, und rings um ihn stellen wir die Bäumchen mit den Kronen aus giftgrünen Hobelspänen und den kreisrunden Scheibchen als Füßen auf.

Vermag Donna Mimma Wunder zu tun? Nein. Aber die Kinder sehen Donna Mimma in einer solchen Märchenwelt, und auch die Erwachsenen werden sofort wieder klein, wenn sie Donna Mimma vorüberkommen sehen. Vor Donna Mimma kann niemand sich groß fühlen. Niemand.

Es genügt, daß sie anfängt mit den Kindern zu reden und ihnen erzählt, wie sie jedes einzelne von ihnen weit, weit in der Ferne gekauft hat.

»Wo?«

»Ja, wo? Weit, weit in der Ferne!«

»In Palermo?«

Jawohl, in Palermo, in einer schönen weißen Sänfte aus Elfenbein, getragen von zwei schönen weißen Pferdchen, ohne Schellen, und dann ging's durch lange, lange Straßen, bei Nacht, als es dunkel war.

»Ohne Schellen? Warum?«

»Um keinen Lärm zu machen.«

»Und in der Dunkelheit?«

Ja. Bei Nacht gibt es den Mond, die Sterne. Aber natürlich auch Dunkelheit. Es wird eben Nacht, wenn man so lange reist, Tage und Tage lang, so weit, so weit. Und wir kommen immer bei Nacht an, mit der elfenbeinernen Sänfte, und leise, leise, damit niemand uns sieht, niemand uns hört.

»Warum?«

Nun, darum, weil das Kindchen, das eben erst gekauft worden ist, keinen Lärm verträgt. Es würde erschrecken, und es darf anfangs auch das Sonnenlicht nicht sehen.

»Gekauft? Womit gekauft?«

»Mit dem Geld von Papa. Furchtbar viel Geld.«

»Flavietta?«

»Freilich! Flavietta hat mehr als zweihundert Unzen gekostet. Weit mehr! Mit diesen Goldlocken, mit diesem Erdbeermund! Papa wollte sie so blond haben und mit solchen Locken, und mit diesen süßen, großen Augen, die mich jetzt ansehen, mein Schatz. Glaubst du mir nicht? Diese Augen allein sind billig, für zweihundert Unzen! Soll ich's denn nicht wissen, wo ich dich doch gekauft habe! Und auch den Nini, natürlich! Alle hab ich euch gekauft. Nini war ein bißchen teuer, weil er doch ein Junge ist. Die Jungen kosten immer etwas mehr, mein Schatz, denn später arbeiten sie dann, und mit dem Arbeiten verdienen sie Geld, so wie Papa. Aber wißt ihr, daß ich auch euren Papa gekauft habe? Ich, jawohl, ich! Als er ganz klein war, gewiß! Als er noch nichts war. Mit der weißen Sänfte hab ich ihn bei Nacht seiner seligen Mutter gebracht. Aus Palermo, ganz richtig. Wieviel er gekostet hat? Ach, Tausende Unzen, Tausende!«

Die Kinder sehen sie staunend an. Sie bewundern ihr schönes, stets frisches Kopftuch aus himmelblauer Seide auf den noch leuchtend schwarzen Haaren, die in zwei breiten Strähnen über die Schläfen herabfließen und dann, über den Ohren, in ein Paar Zöpfe münden. Von den durch die Last langgezogenen Ohrläppchen hängen zwei massive Tropfen-Ohrgehänge. Die Augen mit den zarten Lidern und langen Wimpern, die Kugelnase mit den großen violetten Nasenlöchern, das spitze Kinn, auf dem sich ein paar metallische Härchen ringeln – das alles erscheint den Kindern in Geheimnis gehüllt. Geheimnisvoll die ganze alte Frau, die von allen Frauen, auch von der Mutter, »Comare« gerufen wird und die immer dann kommt, wenn die Mutter nicht wohl ist; und ein paar Tage später ist ein anderes Brüderchen oder Schwesterchen da, und sie hat es gekauft, weit in der Ferne, in Palermo, mit der Sänfte aus Elfenbein. Die Kinder sehen sie an, berühren vorsichtig mit den neugierigen, ein wenig zögernden Fingerchen ihr Umhängetuch, ihr Kleid. Ja, ja, sie ist eine saubere alte Frau und sieht nicht anders aus als die übrigen; wie kann sie denn so weit fortreisen und mit dem Bettchen wiederkommen? Wieso hat sie dieses Amt in der Welt, die Kinder zu kaufen und sie zu bringen, so wie das Christkind die Geschenke bringt?

Instinktiv suchen die Augen der Kinder ihre Hände. Wo sind sie? Da, unter dem Umhängetuch. Warum läßt Donna Mimma niemals ihre Hände sehen? Ja, wirklich, nie berührt sie einen mit den Händen. Sie küßt die Kinder und spricht mit ihnen, und ihre Augen sind ebenso lebendig wie ihr Mund, ihre Wangen – aber die Hände nimmt sie niemals aus dem Tuch, um sie zu streicheln. Sonderbar! Ein ganz Mutiger fragt sie: »Hast du denn keine Hände?«

»Jesus!« ruft da Donna Mimma und wirft der Mutter einen Blick des Einverständnisses zu, als wollte sie sagen: »Sieh doch einer dieses Kind an!«

»Da sind sie«, fügt sie dann sogleich hinzu und zeigt die beiden Hände in ihren Zwirn-Halbhandschuhen. »Warum soll ich denn keine Hände haben, du kleiner Teufelskerl? Jesus, was für eine Frage!«

Und sie lacht und lacht und schiebt die Hände wieder unter das Tuch und zieht es ganz hoch, bis über die Nase, um ihr Lachen zu verbergen. Mein Gott! Sie möchte ein Kreuz schlagen. Was doch so einem Kind alles einfällt!

Ihre Hände scheinen dazu geschaffen, das Wachs in die Form zu gießen, aus dem die Jesuskinder gemacht sind, die in der Christnacht in jeder Kirche auf den Altar gebracht werden, mitsamt ihrem blausamtenen gefütterten Körbchen. Donna Mimma hat ein starkes Gefühl für die Heiligkeit ihres Amtes, dafür, wieviel Religion im Akt der Geburt liegt. Vor den Augen der Kinder verhüllt sie das alles mit den Schleiern der Scham. Auch wenn sie mit den Erwachsenen davon spricht, gebraucht sie niemals ein Wort, das jene Schleier beiseite schieben oder lichten könnte, und sie spricht davon sowenig wie nur möglich und gesenkten Blickes. Sie weiß, es ist nicht immer erfreulich, sehr oft sogar traurig, ihr Amt, so viele kleine Wesen in das Leben einzuführen, die schon weinen, sobald sie den ersten Atemzug getan haben. Es kann ein Fest sein, das Kind, das sie in ein Haus der reichen Leute bringt, auch für das Kind selbst, obgleich sogar das nicht immer der Fall ist. Aber so viele von ihnen in die Häuser der Armen zu bringen... das tut ihr im Herzen weh. Doch sie ist seit fünfunddreißig Jahren die einzige, die in dem Ort diesen Beruf ausübt. Oder, besser gesagt, sie ist die einzige gewesen – bis gestern.

Jetzt aber ist vom Festland ein hochnäsiges Ding gekommen, eine Zwanzigjährige, aus Piemont. Kurzer gelber Rock, grünes Jäckchen; wie ein Junge, die Hände in den Taschen; ledige Schwester eines Zollbeamten; diplomiert an der Königlichen Universität Turin. Gerechter Herrgott, bekreuzigen möchte man sich, ein junges Mädchen, das einen solchen Beruf ausüben will! Und man muß nur sehen, mit welcher Unverfrorenheit! Ein reines Wunder, daß sie sich ihren Beruf nicht quer über die Stirn geschrieben hat! Ein Mädchen! Ein Mädchen, das von dergleichen Dingen ganz offen... mein Gott, so eine Schande! Wo leben wir denn?

Donna Mimma kann sich gar nicht beruhigen. Sie wendet das Gesicht ab, bedeckt die Augen mit der Hand, sobald sie die andere wiegenden Ganges über den Platz daherkommen sieht: den Kopf hoch erhoben, die Hände in den Taschen, auf dem Samthütchen eine weiße, im Winde wehende Feder. Und welchen Lärm ihre kecken Absätze auf dem Pflaster des Platzes machen! Hier gehe ich – hier gehe ich!

Das ist ja gar keine Frau: das ist eine Teufelin! Gott kann die nicht geschaffen haben!

»Wie? Ein Schild?«

Ja? Ein Schild hat sie an ihrer Tür anbringen lassen, mit Namen und Beruf? Und wie heißt sie? Elvira... wie? Signorina Elvira Mosti? Steht wirklich Signorina dort? Und was soll das heißen: diplomiert? Ach so, das Diplom. Die Schande diplomiert? Gott, Gott, ist dergleichen zu glauben? Und wer soll sich an sie wenden, an diese freche Person? Was für Erfahrung kann denn so ein junges Ding haben... Im Namen des Vaters, des Sohnes und des Heiligen Geistes! Was wir in unseren Tagen noch alles erleben müssen und in einem Ort wie dem unseren! Pfui, pfui, pfui!

Und Donna Mimma schüttelt die kleinen Hände mit den Zwirnhandschuhen in der Luft, als sähe sie vor sich die Flammen der Hölle züngeln.

»Nein, meine Liebe, keinen Kaffee, was fällt Euch denn ein! Wasser, nur ein Schluck Wasser, wenn Ihr so gut sein wollt! Ich bin ganz aus dem Häuschen!« – so sagt sie, wenn sie eine ihrer Kundinnen besucht, um sich zu erkundigen, ob... »Nein, nichts? Gottes Wille geschehe, meine liebe Frau, wir wollen immer Gott danken, im Himmel und auf Erden!«

Es ist geradezu eine fixe Idee bei ihr geworden. Nicht, daß sie für sich selber Angst hätte, als könnten die Frauen ihr eine Zurücksetzung zuteil werden lassen, als könnte sie etwas Derartiges befürchten, wo sie doch weiß, wie gottesfürchtig ihre Kundinnen sind, wie gut erzogen im Landesbrauch und voll Respekt für heilige Dinge! Nicht einmal im Traum ist daran zu denken...

»Ein Skandal, sag' ich Ihnen, du heilige Mutter Gottes!

Die Sache an sich... so ein gräßliches junges Frauenzimmer... Es heißt, sie redet wie ein Wachtmeister, und alle die schrecklichen Wörter spricht sie deutlich aus, als wäre das das natürlichste von der Welt...«

So erfüllt ist sie von der Ungeheuerlichkeit des Skandals, daß sie den Ausdruck von betrübter Verlegenheit nicht bemerkt, mit dem die Frauen sie ansehen. Es scheint, als hätten sie ihr etwas zu sagen und fänden nicht den Mut dazu.

Heute hat sich der Amtsarzt abgewendet, als er sie vorbeigehen sah. Hat er sie nicht bemerkt? Aber freilich hat er sie bemerkt! Er hat sie bemerkt und sich abgewendet. Warum nur?

Kurz darauf erfährt Donna Mimma, daß diese schamlose Person den Arzt in Begleitung ihres Bruders aufgesucht hat. Wahrscheinlich, um sich einzuschmeicheln. Wer weiß, wie sie ihm um den Bart gegangen ist; diese unverschämten Weiber aus den großen Städten des Festlandes verstehen das, sie haben ja die heilige Schamröte verloren. Und da ist wohl der alte Trottel von Arzt... Das Diplom? Und was hat das Diplom damit zu tun? Ach ja, freilich, wegen des Diploms! Als ob man nicht wüßte, wie es mit diesen Dingen ist! Ein paar freundliche Mienen, ein paar Zärtlichkeiten, und die elenden Geschöpfe von Männern fangen Feuer wie Stroh; auch die alten, heutzutage! Diplom? Was soll dabei das Diplom? Erfahrung, das ist es, worauf es ankommt, Erfahrung.

»Schon, schon, Donna Mimma, aber auch auf das Diplom«, antwortet ihr seufzend der Apotheker, bei dem sie sich im Vorbeigehen über das Verhalten des Arztes beschwert hat.

»Hab' ich vielleicht ein Diplom?« ruft Donna Mimma lächelnd und legt die Spitzen der behandschuhten Finger zusammen. »Und doch sind es schon fünfunddreißig Jahre, fünfunddreißig, daß ich alle zur Welt gebracht habe, die hier sind, und Euch auch, Don Sarino. Ich hab' euch zur Welt gebracht, mit Gottes Hilfe, meine Söhnchen. Wie viele Reisen nach Palermo hab' ich machen müssen! Da, seht Euch den an!«

Und Donna Mimma beugt sich nieder und ergreift mit ihren unscheinbaren kleinen Händen, in denen doch so viel Kraft wohnt, einen prächtigen kleinen Jungen, der vor der Apotheke stehengeblieben ist, und hebt ihn hoch, der Sonne entgegen.

»Auch diesen hier! Und alle, die Ihr seht. Alle hab' ich euch in Palermo gekauft, und ohne Diplom! Wozu ist ein Diplom gut?«

Der junge Apotheker lächelt.

»Schon recht, Donna Mimma, gewiß... Ihr... die Erfahrung, freilich... aber...«

Und er sieht sie betrübt und verlegen an, und auch er bringt den Mut nicht auf, ihr die Gefahr anzudeuten, die über ihrem Haupte schwebt.

Bis dann eines Tages von der Präfektur der Provinzhauptstadt ein Blatt Papier mit einer Menge von Wappen und Stempeln kommt, halb gedruckt und halb handgeschrieben. Donna Mimma versteht es zwar nicht richtig zu lesen, aber sie ahnt doch so viel, daß darin von dem Diplom die Rede ist, das sie nicht hat, und daß auf Grund der Artikel soundso und soundso... Sie ist noch dabei, dieses Blatt zu entziffern, als ein Polizist bei ihr erscheint und sie auffordert, beim Bürgermeister vorzusprechen.

»Seine Frau? So früh schon?« fragt Donna Mimma, unangenehm überrascht.

»Nein, im Rathaus«, antwortete der Polizist. »Es handelt sich um eine Mitteilung.«

Donna Mimma zieht die Brauen zusammen. »Ich? Wegen dieses Papiers?«

Der Polizist zuckt mit den Achseln. »Ich weiß nicht,

worum es sich handelt. Fragt selbst, und Ihr werdet es hören.«

Donna Mimma geht aufs Rathaus und findet dort einen sehr verlegenen Bürgermeister. Auch ihn hat Donna Mimma in Palermo gekauft, und seine zwei Kinder hat ebenfalls sie für ihn in Palermo gekauft, und ein drittes soll demnächst die Reise in der weißen Sänfte antreten, aber…

»Die Sache ist die, Donna Mimma. Seht Ihr? Auch wir haben ein Papier bekommen, von der Präfektur, Euch betreffend, jawohl. Und da ist leider nichts zu machen. Euch wird die Berufsausübung verboten.«

»Mir?«

»Euch. Weil Ihr das Diplom nicht habt, liebe Donna Mimma! Das Gesetz…«

»Aber was denn für ein Gesetz?« ruft Donna Mimma, der alles Blut aus den Adern gewichen ist. »Ein neues Gesetz?«

»Nein, das nicht! Aber alle die Jahre wart Ihr allein hier; wir kannten Euch; wir hatten Euch gern; alle hatten wir Vertrauen zu Euch, und darum haben wir fünfe grad sein lassen. Aber auch wir haben uns damit strafbar gemacht, Donna Mimma! Diese verdammten Förmlichkeiten, versteht Ihr? Solange Ihr hier allein wart…! Aber jetzt ist diese andere gekommen; sie hat herausgebracht, daß Ihr kein Diplom habt, und da niemand sie rufen will, versteht Ihr, hat sie sich an die Präfektur gewendet, und so dürft Ihr den Beruf nicht mehr ausüben, außer Ihr geht nach Palermo – diesmal aber wirklich – an die Universität und holt Euch das Diplom, so wie die andere.«

»Ich? Nach Palermo? In meinem Alter? Mit sechsundfünfzig? Nach fünfunddreißig Jahren im Beruf? Mir will man das antun? Ich, ein Diplom? Wo doch eine ganze Bevölkerung… Wie? Ein Diplom braucht man, lesen und schreiben muß man können, für diesen Beruf? Ich kann kaum lesen! Und nach Palermo soll ich? Wo ich mich doch noch nie von hier weggerührt habe! In meinem Alter? Und alles das wegen dieses hochnäsigen Weibsstücks? Die möcht' ich erst sehen, mit ihrem ganzen Diplom...! Mit mir will die sich messen? Was sollen sie mich noch lehren? Nach fünfunddreißig Jahren Praxis wickle ich die Professoren ein und aus! Ich soll nach Palermo gehen? Wirklich? Wie? Auf zwei Jahre?«

Donna Mimma kann nicht zu Ende kommen. Aus ihrer Rede wird ein Sturzbach wütender, verzweifelter Tränen, ein Durcheinander sprunghafter Fragen. Dem Bürgermeister ist das Ganze peinlich, er möchte diesen Sturm besänftigen, läßt sie eine Weile toben, versucht es dann wieder, ihr gut zuzureden. Zwei Jahre vergehen schnell. Ja, hart ist es schon, gewiß, aber es handelt sich ja nur um eine Formsache, damit sie das Stück Papier bekommt! Damit sie sich nicht vor dem jungen Mädchen geschlagen geben muß...! – Dann begleitet er sie bis an die Schwelle, klopft ihr auf den Rücken, wie ein guter Sohn, um sie aufzuheitern, versucht, sie lächeln zu machen... Ach was, wie wird sie sich denn nicht zurechtfinden in Palermo, da sie doch Tag für Tag drei- oder viermal hinfährt, Kinder zu kaufen!

Donna Mimma hat das schwarze Tuch über das blaue Kopftüchlein gebunden, und ihre Hände ziehen es eng über dem Gesicht zusammen, damit man ihre Tränen nicht sieht. Das Kopftüchlein aus himmelblauer Seide, ihr Kinder! Die heilige Poesie eurer Geburt hat Trauer angelegt: Sie geht nach Palermo, ohne weiße Sänfte, um Mäeutik, Sepsis und Antisepsis zu studieren... Das Gesetz will es so. Donna Mimma weint, sie ist untröstlich, sie kann kaum lesen; ratlos wird sie der erhabenen Wissenschaft der Professoren gegenüberstehen, dort, in Palermo, wohin sie so oft mit der Poesie ihres weißen Elfenbeinbettchens gereist ist.

»Ach, meine liebe Frau, meine liebe Frau…«

Herzzerreißendes Weinen bei allen ihren Kundinnen, von denen sie sich vor der Abreise verabschiedet. Und in jedem Haus neigt sie sich nieder, um mit den kleinen Händen, die sie jetzt nicht länger verbirgt, die blonden oder schwarzen Köpfchen zu streicheln, und untröstliche Tränen fallen mit ihren Küssen auf die Kinderlocken herab.

»Ich fahre nach Palermo… nach Palermo.«

Und die Kinder sehen sie betroffen an und verstehen gar nicht, warum Donna Mimma diesmal so sehr darüber weint, daß sie nach Palermo fahren soll. Vielleicht, so denken sie, ist es ein Unglück auch für sie, für alle die Kinder, die dort sind und noch gekauft werden sollen.

Es sagen die Mütter:

»Wir werden auf Euch warten!«

Donna Mimma aber sieht sie mit verweinten Augen an und schüttelt den Kopf. Wie könnte sie an die fromme Lüge glauben, sie, die so genau weiß, wie das Leben ist?

»Meine liebe Frau! Zwei Jahre?«

Und sie geht mit gebrochenem Herzen, den schwarzen Umhang über das blaue Kopftüchlein gezogen.

## II

## Donna Mimma studiert

Palermo. Donna Mimma kommt des Abends an, kleinwinzig, auf dem riesigen Bahnhofsplatz.

»Oh, Jesus! Was ist denn das? Zwanzig, dreißig Monde rings umher! Ist das ein Platz? Wie groß! Aber wohin jetzt?«

»Hierhin!«

Sie geht ihres Weges zwischen allen diesen Häusern, Alpträumen gigantischer, von Lichtern durchlöcherter

Schatten, betäubt von soviel Getriebe unten und den Lichterketten oben, durch endlose, schnurgerade Straßen. Von dem Gewimmel der feindlichen Menschen, die da und dort unversehens hervorschießen, und von dem Lärm der dahinjagenden Wagen, der sie von allen Seiten anfällt, dringt nicht mehr an ihr verstörtes, immer von neuem erschrecktes Bewußtsein als ein Gefühl, vergewaltigt zu werden. Mit Mühe rafft sie sich auf, um sich notgedrungen in diese entfesselte Hölle zu werfen. Dazu die Beklemmung, der Schwindel, hervorgerufen durch die Bahnfahrt, die erste ihres Lebens!

Jesus, diese Eisenbahn! Berge, Ebenen, die sich bewegen, sich drehen, davonlaufen, um die Wette mit den Bäumen, den Häusern, den fernen Ortschaften; und dann und wann der heftige Anprall eines Telegraphenmasts; Pfiffe, Stöße; der Schrecken der Brücken und der Tunnels, einer nach dem anderen; blendende Lichter und Dunkel, Wind und Ersticken im tosenden Ungewitter der Finsternis… Jesus, Jesus!

»Was sagst du?«

Sie hört nichts, sie kann die Füße kaum mehr bewegen und klammert sich eng an den Neffen, der sie begleitet. Dieser junge Mann, Stammhalter der Familie, ist jetzt der Herr der Welt, er, der zu lachen und sicher seines Weges zu gehen vermag, weil er zwei Jahre in Palermo beim Militär gewesen ist!

»Was sagst du?«

Ja, natürlich, einen Wagen… Was für einen Wagen? Ach ja, freilich, einen Wagen! Wie soll man mit diesem großen Kleiderbündel unter dem Arm bis zu dem Gasthaus zu Fuß gehen? Sie sieht das Bündel an; sie selbst ist drin, in diesen ihren Sachen, die der Neffe unter dem Arm trägt, und am liebsten verkröche sie sich ganz darin, um nichts mehr zu sehen und zu hören.

»Gib es mir!«

Sie möchte sich eng an diese Sachen drücken, aber ihre Seele ist trotzdem außerhalb, ausgeliefert all den Eindrükken, die von überallher auf sie hereinbrechen. Sie sagt ja zu allem und jedem und versteht dabei gar nicht, was der Neffe eigentlich will.

Oh, Jesus, warum fragt er sie überhaupt? Sie ist ja wie ein kleines Kind in seinen Händen und wird alles tun, was er von ihr verlangt. Ja, einen Wagen, ja, ein Gasthaus, wie er's für richtig hält! Sie fühlt sich auf hohem Meer. Einen Wagen nehmen ist für sie dasselbe wie sich an ein Boot klammern, bei dem Gasthaus ankommen wie das Festland erreichen. Mit Entsetzen denkt sie schon jetzt daran, daß der Neffe nach drei Tagen, nachdem er für sie Quartier und Kost gefunden hat, wieder heimkehren wird. Wie soll sie sich allein und verlassen in diesem Babel zurechtfinden?

Während der Wagenfahrt zum Gasthof schlägt der Neffe ihr vor, den Markt auf der Piazza Marina anzusehen.

»Was für einen Markt?«

»Den Allerseelenmarkt.«

Donna Mimma bekreuzigt sich. Morgen ist Allerseelentag, ja! Sie ist am ersten November in Palermo angekommen, am Vorabend des Tages der Toten, sie, die stets nach Palermo gekommen ist, um dort einzukaufen! Die Toten, tja… aber für die sizilianischen Kinder ist Allerseelen das, was anderwärts Weihnachten ist: Ihnen bringt nicht das Christkind die Spielsachen, die Toten bescheren sie ihnen, am zweiten November, an dem Tag, an dem die Erwachsenen weinen und die Kleinen sich freuen.

»Sind dort viele Leute?«

So viele, daß die Wagen gar nicht durchkommen. Alle Väter, alle Mütter, Großmütter, Tanten suchen den Markt auf der Piazza Marina auf und kaufen dort Spielzeug für ihre Kleinen. Da gibt es Puppen, und sie sind die kleinen Schwestern, und die Zuckerpüppchen sind die Brüderchen. Alles ist da, was Donna Mimma alle die Jahre in der Phantasie der Kinder ihres fernen Ortes hier in Palermo auf dem Markt des Lebens eingekauft hat. Und hier gibt es lebendiges Spielzeug, mit wirklichen Augen, wirklichen Händchen, die zart, kalt, bläulich, zu Fäusten geballt sind, mit Mündern, die feucht sind von Speichel und die sich zum Weinen verziehen.

Beim Anblick dieses Jahrmarkt-Durcheinanders staunen die Augen Donna Mimmas mehr als die irgendeines Kindes. Donna Mimma kann es gar nicht glauben, daß auf diesem Markt alles das beinahe Wahrheit wird, was sie den Kindern ihres Städtchens immer erzählt hat. Sie kann es nicht glauben, denn eine angstvolle Benommenheit überfällt sie angesichts dieser von vielfarbigen Lämpchen beleuchteten Buden, im Lärm der Ausrufer und Verkäufer, des Gepfeifes und Geläutes, der tausend Geräusche, die von dieser unablässig strömenden Menge ausgehen. Sie selbst ist hier zu einem sprachlos staunenden, bezauberten Kind geworden. Dafür ist jetzt die Atmosphäre des Märchenhaften von ihr abgefallen, von der sie in ihrer Heimat umgeben war und um derentwillen man ihr, der Trägerin des neuen Lebens, die die Kinder in die Häuser brachte, allenthalben Respekt erwies. Ihrer Rolle beraubt, ist sie inmitten dieses Jahrmarkttreibens nichts weiter als eine arme, unscheinbare, ratlose alte Frau. Aus dem Traumreich vertrieben, stößt sie sich nun an dieser kraftvollen Wirklichkeit und verliert sich in ihr. Und nichts begreift sie mehr, gelähmt und geblendet, wie sie ist.

»Gehen wir... gehen wir...«

Wohin? Fort von hier, aus diesem Gedränge! Weggehen ist nicht schwer, doch was dann? Wieder zu sich selber finden, wieder so werden wie zuvor, selbstsicher und ruhig – das wird weniger leicht sein. Für jetzt zunächst ins Gasthaus – morgen in die Schule.

In der Schule findet sie zweiundvierzig Teufelinnen vor, alle mit dem unverschämten Aussehen von Jungen in Frauenröcken, ungefähr wie das Mädel, das da vom Festland in ihren Ort hereingeschneit wurde. Und sie stürzen sich alle auf sie, am ersten Tag, an dem Donna Mimma mit ihrem blauen Kopftuch und dem langen schwarzen Spitzenumhang zwischen ihnen erscheint. Ha, die Großmutter ist da! Das alte Mütterchen aus dem Märchen, das vom Mond kommt, die Hände nicht zu zeigen wagt, die Augen schamhaft niederschlägt und noch davon spricht, daß die Kinder gekauft werden! Sie sehen sie an, betasten sie, als wäre sie gar nicht aus Fleisch und Blut.

»Donna Mimma? Donna Mimma was? Jèvola? Donna Mimma Jèvola? Wie alt? Sechsundfünfzig? Na, etwas sehr jung, um anzufangen! Und wieso? Wegen des Gesetzes? Wie hat man ihr bisher nur gestatten können... Ach so, die Erfahrung? Was heißt da Erfahrung! Da kommt es auf ganz andere Dinge an! Ihr werdet schon noch sehen!«

Und sobald Professor Torresi, der die Grundlagen der theoretischen Geburtshilfe vorträgt, den Hörsaal betritt, wird die Neue ihm unter allgemeinem Gelächter und Geschnatter vorgestellt:

»Das Großmütterchen, Herr Professor! Das Großmütterchen als Hebamme!«

Professor Torresi, kahlköpfig, ein wenig beleibt, aber ein schöner, großer Mann, der aussieht wie ein soeben vom Pferd gestiegener Kürassier, mit grauem, gewelltem Schnurrbart und einer großen, haarigen Warze auf einer Wange (während des Vortrags zieht er immer daran, um seinen Schnurrbart nicht durch Zupfen zu beschädigen);

Professor Torresi also hat sich stets gerühmt, daß er Disziplin zu halten wisse und behandelt auch wirklich diese zweiundvierzig Teufelinnen wie Reitpferde, die mit Peitsche und Sporen in Zucht gehalten werden wollen. Bisweilen freilich kann er nicht umhin, einen ihrer Ausbrüche zu belächeln oder vielmehr ein kleines Lachen zu gewähren, als Lohn für die Bewunderung, von der er sich umgeben fühlt. Er möchte also bei dieser lärmenden Vorstellung erst einmal ein strenges Gesicht aufsetzen. Dann aber, sowie er die komische alte Schülerin vor sich sieht, bekommt auch er Lust, sich einen Spaß zu machen.

Er fragt sie, wie sie es denn zuwege bringen wolle, sich so spät noch in seinen Lektionen zurechtzufinden. Er hat bereits – (Na, geben Sie doch acht! Auf die Plätze!) – er hat bereits ausführlich – (Ruhe, zum Donnerwetter! Auf die Plätze!) – hat bereits ausführlich von dem Phänomen der Schwangerschaft gesprochen, von der Empfängnis bis zur Geburt; er hat bereits ausführlich von dem Gesetz der organischen Korrelation gesprochen; jetzt spricht er von den Durchmessern des Fötus, in der letzten Lektion hat er den frontal-okzipitalen und den bischrominalen behandelt, heute wird er von dem bisiliakalen Durchmesser sprechen. Was wird sie von alledem verstehen? Schön, die praktische Erfahrung! Aber was ist die praktische Erfahrung? Ruhe, wenn ich bitten darf! (und Professor Torresi zupft an der behaarten Warze auf seiner Wange): Implizites Wissen ist die Erfahrung. Kann diese genügen? Nein, sie kann nicht genügen. Damit das Wissen genüge, muß es aus einem impliziten ein explizites werden, das heißt, es muß herauskommen, herauskommen muß es, so daß man jedes Teilchen klar erkennen, unterscheiden, definieren, sozusagen mit der Hand greifen kann, aber mit einer wissenden Hand, das ist es! Ohne das ist keine Kenntnis jemals Wissen. Eine Frage der Namen, der Terminologie? Nein, der

Name ist die Sache selbst. Der Name ist die Vorstellung in uns von allen Dingen außer uns. Ohne Namen keine Vorstellung, und das betreffende Ding bleibt in uns gleichsam blind, undefiniert, ununterschieden.

Nach dieser Erklärung, die die ganze Schülerschar tief beeindruckt, wendet Professor Torresi sich an Donna Mimma und beginnt, eine Prüfung mit ihr anzustellen.

Donna Mimma starrt ihn fassungslos an. Ihr ist, als spräche er türkisch. Genötigt zu antworten, entfesselt sie bei jenen zweiundvierzig Teufelinnen derartiges Gelächter, daß Professor Torresi sein Ansehen als Bändiger gefährdet wähnt. Er beginnt zu schreien, schlägt auf das Katheder und gebietet Schweigen, Disziplin. Donna Mimma aber weint.

Sobald dann im Saal wieder Stille herrscht, hält der Professor eine indignierte Strafpredigt, als hätte nicht auch er selbst gelacht. Dann wendet er sich an Donna Mimma und schreit sie an, es sei eine Schande, sich in einem solchen Zustand der Unwissenheit auf der Schule einzufinden, und es sei auch eine Schande, jetzt, in ihrem Alter, das kleine Mädchen zu spielen und zu heulen. Das Weinen hat gar keinen Sinn!

Donna Mimma sieht das selber ein, nickt, trocknet sich die Augen und will gehen. Doch der Professor nötigt sie zu bleiben.

»Setzen Sie sich dorthin! Und hören Sie zu!«

Was heißt da zuhören! Donna Mimma versteht nichts. Sie hat geglaubt, nach fünfunddreißig Jahren Berufsausübung alles zu wissen; statt dessen erkennt sie, daß sie nichts, gar nichts weiß.

»Nur schön langsam! Nicht den Mut verlieren!« ermuntert sie der Professor am Ende der Lektion.

»Nur schön langsam! Nicht den Mut verlieren!« wiederholen auch die Kolleginnen gerührt von ihren Tränen.

Aber in dem Maße, als dieses berühmte implizite Wissen, von dem Professor Torresi gesprochen hat, in ihr explizit wird, sieht Donna Mimma nicht nur nicht klarer – ach wo! –, sondern sie sieht überhaupt nichts mehr.

Ein Jammer ist es auch, sie bei den Lektionen der praktischen Geburtshilfe in der Frauenklinik zu sehen, sobald der Professor sie zu einer Probelektion vorruft. Alle Kolleginnen warten gespannt, denn jetzt befindet sie sich ja auf dem Feld ihrer langen Erfahrung. I wo! Der Professor will nicht, daß sie das tut, was sie zu tun versteht, sondern daß sie das sagt, was sie nicht zu sagen weiß. Und wenn es sich um das Tun handelt, läßt er sie nicht etwa auf ihre Art machen, wie sie es so viele Jahre getan hat und damit immer gut gefahren ist; vielmehr muß alles nach den Vorschriften und Regeln der Wissenschaft vor sich gehen, die er Punkt für Punkt gelehrt hat. Wenn Donna Mimma sich daranmacht, etwas zu tun, wird sie ausgeschimpft, weil sie diese Vorschriften und diese Regeln nicht beachtet; und wenn sie sich wiederum zurückhält und sich Mühe gibt, auf jede Vorschrift und Regel zu achten, so wird sie ausgeschimpft, weil sie in Verwirrung gerät und nichts mit der erforderlichen Schnelligkeit und Sicherheit auszuführen versteht.

Aber nicht nur alle diese Einzelheiten, alle diese Vorschriften und alle diese Regeln bedrücken sie so sehr! Der eigentliche Grund ihrer Hilflosigkeit sitzt tiefer in ihrer Seele und ist ernster. Sie leidet, als hätte man ihr in fürchterlicher Weise Gewalt angetan, an dem Punkt, wo für sie der Sinn des Lebens am eifersüchtigsten behütet wird. Sie leidet, leidet bis zur Unerträglichkeit bei dem rohen, nackten Anblick jener Funktion, die sie so viele Jahre hindurch für heilig gehalten hat – denn jede Frau sühnt mit ihrer Scham und ihrem Schmerz vor Gott für die Erbsünde. Sie leidet und möchte auch hier das Schauspiel, soweit wie nur möglich, mit den Schleiern der Scham verhüllen. Hier aber gibt es keine solchen Schleier. Der Professor selber schleudert sie beiseite, zerreißt sie brutal, diese Schleier, die er Verlogenheit und Unwissenheit nennt. Und er behandelt Donna Mimma schlecht und verhöhnt sie richtig mit seinen unanständigen Worten; die zweiundvierzig Teufelinnen ringsum lachen schamlos über die Witze und unpassenden Worte des Professors, ohne jede Zurückhaltung, ohne jeden Respekt vor der armen Patientin, vor der armen, armseligen Mutter, die hier als Studienobjekt vor aller Augen liegt.

Niedergeschlagen, voll Scham und Beklemmung, flüchtet sie nach dem Ende der Lektionen in ihr Kämmerchen und weint und überlegt, ob sie nicht die Schule aufgeben und in ihr Städtchen zurückkehren soll. In der langen Ausübung ihres Berufes hat sie ein hübsches Stück Geld zurückgelegt, das ihr für ihr Alter genügen kann. Sie könnte sich ohne weiteres zur Ruhe setzen und befriedigt zusehen, wie rings um sie alle Kinder des Ortes, und die Größeren, die Knaben und Mädchen, und die noch Größeren, die jungen Männer und Jungfrauen, und ihre Väter und Mütter, alle, alle wachsen und gedeihen, die sie in den vielen Jahren zur Welt bringen geholfen hat, ohne Vorschriften und ohne Regeln, als altes Märchenmütterchen, mit der Sänfte aus Elfenbein. Also soll sie sich geschlagen geben? Geschlagen von jener jungen Person, die sicher bereits im ganzen Ort, bei jeder Familie frech ihre Stelle eingenommen hat? Dasitzen soll sie und zusehen, mit gefalteten Händen? Ah, nein nein! – Da gibt es nur eines: die Niedergeschlagenheit überwinden, Scham und Beklemmung in sich ersticken, das Diplom erwerben und dann heimkehren! Dann kann sie der unverschämten Person ins Gesicht schreien, daß jetzt auch sie das weiß, was die Professoren sagen, daß das

Geheimnis Gottes eine Sache ist und eine andere das Wirken der Natur.

Nur daß ihre geübten kleinen Hände...

Donna Mimma besieht sie sich durch ihre Tränen hindurch, diese Hände. Werden sie sich noch so bewegen können wie früher? Sie sind wie gefesselt durch alle diese neuen wissenschaftlichen Kenntnisse. Sie beben, ihre kleinen Hände, und *sehen* nicht mehr. Der Professor hat Donna Mimma die Brillen der Wissenschaft aufgesetzt und ihr dafür unwiederbringlich das natürliche Sehvermögen genommen.

Und was soll Donna Mimma morgen mit ihren Brillen anfangen, wenn sie nicht mehr sieht?

## III

## Donna Mimma kehrt zurück

»Flavietta? Aber ja, mein kleines Dämchen, auch sie! Natürlich, in Palermo! Wie denn anders? Mit der Sänfte aus Elfenbein und mit dem Geld von Papa! Wieviel? Nun, mehr als tausend Lire!«

»Nein, Unzen!«

»Hab' ich Lire gesagt? Natürlich, Unzen, kleines Fräulein, mehr als tausend. Süß, wie sie mich verbessert hat! Komm, ein Küßchen, Schatz! Und noch eines!«

Wer redet so? Sieh da, die Piemontesin! Dieselbe, die zwei Jahre zuvor ausgesehen hat wie ein junger Mann in Weiberröcken, grüne Jacke, Hände in den Taschen... Sie hat Jacke und Hut weggeworfen, frisiert sich wie die Bäuerinnen und trägt auf dem Kopf – wer hätte das gedacht! – ein Tüchlein aus himmelblauer Seide mit breitem Knoten unter dem Kinn. Und ein wunderschönes Umhängetuch mit schwarzen Spitzen und Fransen trägt sie auch. Die Piemontesin! Und spricht davon, auch sie, daß sie die Kinder in Palermo kauft, mit der Sänfte aus Elfenbein und mit dem Geld von Papa!

Ihre Augen sind jetzt züchtig niedergeschlagen, wenn sie durch die Straßen geht, und niemand verübelt es ihr, wenn dann und wann ein maliziöser Blick in ihnen aufleuchtet oder ein kleines Lächeln die Grübchen in ihren Wangen hervortreten läßt. Sie ist ja eine so liebe, eine so reizende Person!

Die Mütter hören sich mit »Madama« angeredet (Meine Verehrung, Madama! Zu dienen, Madama!) und sind darüber ganz glücklich. Und dann, ist das vielleicht nichts? Die Befriedigung, daß jemand ihnen alles erklärt wie beim Arzt, mit den präzisen Ausdrücken der Wissenschaft, die keinen Anstoß erregen können, denn die Natur, oh, du mein Gott, mag wohl häßlich sein, aber so ist sie nun einmal; Gott hat sie so geschaffen, und da ist es am Ende besser, zu wissen, wie die Dinge stehen, damit man sich danach richten kann und, im schlimmsten Falle, wenigstens weiß, warum man leidet. Der Wille Gottes, gewiß, freilich! Die Heilige Schrift sagt es ja:

»Unter Schmerzen sollst du gebären.« Aber läßt man es etwa an Ehrfurcht vor Gott fehlen, indem man die Weisheit Seiner Ratschlüsse erforscht? Die Unwissenheit der armen Donna Mimma beschränkte sich auf den Willen Gottes, und damit Schluß; die Neue aber, die ist ebenfalls gottesfürchtig, erklärt einem aber auch, auf welche Weise Gott das Kreuz der Mutterschaft gewollt und beschlossen hat.

Die Kinder wieder lassen sich das wunderbare Märchen der nächtlichen Reisen nach Palermo mit der elfenbeinernen Sänfte und den weißen Pferdchen unter dem Mondschein von einer weit eindrucksvolleren Stimme und mit ganz anderen Gesten erzählen als früher und reißen Mund und Nase auf vor Staunen. Denn auf diese Weise erzählt, ist es wirklich ganz so, als bekämen sie die Geschichte aus einem schönen Märchenbuch vorgelesen, aus dem die Fee leibhaftig und zum Greifen deutlich hervorspringt. Darum sagen die Kinder:

»Nein, pfui, Donna Mimma! Wir wollen sie nicht mehr!«

Das Schlimmste aber ist, daß jetzt nicht einmal die Frauen aus dem Volk etwas von Donna Mimma wissen wollen, denn Donna Mimma hat mit ihnen nie viel Umstände gemacht und sie behandelt, als hätten sie kein Recht, über ihre Wehen zu klagen; und oft, wenn die Sache sich hinzog, war Donna Mimma imstande, sie einfach liegenzulassen und zu einer von den Reichen zu laufen, die auch ihre schwere Stunde hatte. Die Neue aber, das liebe Mädchen, ist immer auch mit ihnen ohne Unterschied freundlich und geduldig; und wenn eine Dame um sie schickt, ist sie imstande, höflich zwar, aber ohne Zögern, zu antworten, sofort könne sie nicht kommen; denn sie habe gerade eine arme Frau unter den Händen und könne sie nicht im Stich lassen. Genauso, und wie viele Male ist das schon vorgekommen! Und den Hut hat sie längst weggetan und alle die Damenallüren, mit denen sie gekommen ist, und statt dessen trägt sie sich jetzt ganz so wie die armen Frauen, mit dem Umhang und dem Kopftüchlein, das ihr so süß steht.

Donna Mimma aber ... wie? Mit einem Hut? Ja, wirklich, lauft nur und seht sie an! Gerade ist sie aus Palermo gekommen, mit einem Hut, mit einem *so* großen Hut, heilige Madonna! Wie der Affe auf der Jahrmarktsorgel! Alle Leute laufen aus den Häusern, um sie zu sehen. Die Gassenjungen rennen ihr nach, bis zu ihrem Haus, als wäre sie das Großmütterchen im Karneval.

»Nicht möglich! Mit einem Hut?«

Ja, mit einem Hut. Oder hat sie vielleicht nicht das Diplom der Universität errungen, wie die Piemontesin? Weiße Haare hat sie sich geholt in diesen zwei Jahren, denn ehe sie nach Palermo fuhr, hatte sie noch schwarze. Studiert hat sie, daß wenn der Herr Doktor jetzt versuchen will, sich ein wenig mit ihr zu messen, er gleich erkennen wird, daß er sie nicht mehr mit seinen verschrobenen Worten in die Tasche stecken kann. Verschrobene Worte versteht sie jetzt selber zu sagen!

Der Hut? Was haben doch diese Leute vom Land für Spatzengehirne! Zwei Jahre Studium an der Universität verleihen das Recht auf einen Hut. Alle, die dort studierten, trugen einen, also trägt sie ihn jetzt auch, warum denn nicht?

Zwischen dem Beruf der Geburtshelferin und dem des Arztes besteht wenig Unterschied. Beinahe die gleichen Studien. Aber die Ärzte tragen doch nicht ihre Doktorhüte auf der Straße! Schön, aber wozu wäre sie denn nach Palermo gegangen, wozu hätte sie zwei Jahre lang studiert und das Diplom erworben, wenn sie jetzt nicht in allem mit der Piemontesin auf gleicher Stufe stünde?

Donna Mimma wankt und spielt alle Farben, als sie erfährt, daß die Piemontesin gar keinen Hut mehr trägt, sondern Umhängetuch und Kopftüchlein. – Ah, so? Ein blaues Kopftüchlein trägt sie jetzt? Und was macht sie, was sagt sie? So, daß die Kinder in Palermo gekauft werden? Mit der Sänfte? Diese gemeine, heimtückische Person! Um ihr das Brot vom Munde zu stehlen! Ihr, das Brot vom Munde! Mörderin! Um sich bei dem unwissenden Landvolk einzuschmeicheln! So eine Gemeinheit! Und die Leute… wie, die Leute lassen sich das von ihr gefallen, diesen Betrug? Von ihr, die erst herumging und behauptete, das alles seien Dummheiten und verlogene Schamhaftigkeit?

Wenn aber dieses unverschämte Weibsstück jetzt die Wehmutter spielt, so wie Donna Mimma das ganz natürlich fünfunddreißig Jahre lang getan hat, warum hat man dann sie, Donna Mimma, gezwungen, nach Palermo zu fahren, zwei Jahre dort an der Universität zu studieren und das Diplom zu erwerben? Nur damit die andere Zeit haben sollte, ihr den Platz wegzustehlen! Deshalb kleidet sie sich jetzt wie Donna Mimma und sagt dieselben Dinge, die früher Donna Mimma gesagt hat! Gemeine Mörderin, Betrügerin, Verräterin! O Gott, was es alles gibt...

Das Blut ist ihr zu Kopfe gestiegen, der armen Donna Mimma; sie weint vor Wut, ringt die Hände, den riesigen Hut noch immer auf dem Kopf. Sie stampft mit den Füßen, der Hut rutscht auf die Seite. Und jetzt, zum erstenmal, kommt ein Fluch aus ihrem Munde. Nein, jetzt wird sie erst recht den Hut nicht ablegen, zum Trotz! Da bleibt er, auf ihrem Kopf! Wenn die andere ihn abgelegt hat, sie wird ihn aufbehalten! Das Diplom hat sie; in Palermo ist sie gewesen; zwei Jahre lang hat sie sich zu Tode studiert: Jetzt wird sie hier, in ihrem Heimatort, praktizieren, aber nicht als Wehmutter, sondern als von der Königlichen Universität Palermo diplomierte Geburtshelferin!

Arme Donna Mimma! Wütend läuft sie in ihrem Zimmerchen auf und ab, wo alle Gegenstände sie bestürzt anzusehen scheinen, weil sie doch erwartet hatten, nach zwei Jahren Abwesenheit mit Freude begrüßt und liebkost zu werden! Donna Mimma aber hat kein Auge für sie. Sie sagt, sie wolle ihr ins Gesicht sehen, dieser... (und wieder ein anderes häßliches Wort), ob sie den Mut besitzen wird, vor ihr von elfenbeinernen Sänften und gekauften Kindern zu reden. Und jetzt, sofort, ohne sich auch nur einen Augenblick auszuruhen, will sie bei allen Frauen die Runde machen – so wie sie ist, mit dem Hut auf dem Kopf, jawohl! – und sehen, ob sie die Stirn haben werden, ihr jetzt, da sie mit dem Diplom zurückgekommen ist, jene Fratze vorzuziehen!

Sie stürzt aus dem Haus. Kaum aber ist sie auf der Straße, da staunen und lachen die Leute schon wieder, und die frechen, undankbaren Lausejungen reißen ihre Witze über sie. Sie haben schon vergessen, wer sie zuerst in dieser Welt aufgenommen, wer ihren Müttern geholfen hat, sie zur Welt zu bringen.

»Dreckbälge, verfluchte! Hundesöhne!«

Sie werfen Obstschalen und Steinchen nach ihrem Hut, laufen ihr lärmend nach, tanzen um sie herum.

»Donna Mimma? Sieh da!« sagen die Mütter beim Anblick des komischen und mitleiderregenden Schauspiels, das sich ihnen bietet. Mit ihrem Hut schief auf dem Kopf, die Augen vom Weinen und Zorn gerötet, erscheint Donna Mimma ihnen wie der Schatten eines Vorwurfs, und ein tief schmerzlicher Vorwurf liegt auch in ihren vom Weinen und Zorn geröteten Augen, gleichsam als hätten alle diese Mütter Donna Mimma mit Gewalt nach Palermo geschickt und mit diesem Hut auf dem Kopf zurückkommen lassen.

Verrat, jawohl, ihr guten Frauen, Verrat! Denn wenn ihr eine Wehmutter wolltet, so wie Donna Mimma früher eine gewesen ist, eine Wehmutter mit Kopftüchlein und Umhang, die euren Kindern das Märchen von der Sänfte und den in Palermo gekauften Brüderchen und Schwesterchen erzählen sollte, dann durftet ihr nicht dulden, daß die freche Festländerin sich widerrechtlich Donna Mimmas blaues Seidentüchlein, Umhang und alte Märchen aneignete, sie, die anfangs auch mit dem Hut gekommen war und in Donna Mimma sie alle verspottet hatte. Ihr hättet ihr sagen müssen:

»Nein, meine Liebe! Du hast Donna Mimma gezwungen, zwei Jahre in Palermo zu studieren und dort einen

Hut aufzusetzen, um nicht von frechen Gören deiner Art ausgelacht zu werden, und du legst jetzt hier deinen Hut ab? Und trägst Kopftuch und Umhang und fängst an, das Märchen von der elfenbeinernen Sänfte zu erzählen, um die Stelle derjenigen einzunehmen, die du studieren geschickt hast? Bei dir ist das alles eine Lüge, während es bei der anderen echt war!« So, meine guten Frauen, hättet ihr zu dieser Piemontesin sprechen müssen. Oder wenn es euch jetzt besser gefällt, eine Geburtshelferin zu haben, die euch alles genau zu erklären versteht, wie man Kinder bekommt und auch wie man keine bekommt, dann nötigt die Piemontesin, ihren Hut wieder aufzusetzen, damit sie sich nicht über Donna Mimma lustig machen kann, die wie ein Doktor studiert hat und mit dem Hut wiedergekommen ist!

Aber ihr zuckt die Achseln, ihr guten Frauen, und gebt Donna Mimma zu verstehen, daß ihr nicht recht wißt, wie ihr euch zu der anderen stellen sollt, die euch doch bereits gut, ja, wirklich sehr gut beigestanden ist ... und daß ihr für den nächsten Anlaß bereits verpflichtet seid ... und was die ferne Zukunft angeht, so wollt ihr euch da nicht festlegen und sagt darum, ihr hofft zu Gott, daß es jetzt genug sei mit dem Kreuz der Mutterschaft.

Donna Mimma weint. Ein wenig möchte sie sich mit den Kindern trösten, und um sich ihnen zu nähern, nimmt sie sogar ihre Vogelscheuche von schwarzem Hut ab. Aber es hilft nichts, sie erkennen sie nicht mehr, die Kinder.

»Aber wieso denn?« ruft Donna Mimma weinend. »Du, Flavietta, du hast mich doch früher immer mit deinen lieben Augen angesehen – du, Nini, wieso denn? Erinnert ihr euch denn nicht mehr an mich? An Donna Mimma? Ich habe euch doch in Palermo gekauft, mit Papas Geld, ich, mit der elfenbeinernen Sänfte! Kommt doch, meine Kinderchen! Kommt zu mir!«

Mißtrauisch und feindselig mustern die Kinder von ferne Donna Mimma und den schwarzen Hut auf ihren Knien und wollen nicht heran. Und Donna Mimma versucht es noch eine ganze Weile und wischt sich die Tränen von Augen und Wangen, bis sie schließlich erkennt, daß da nichts zu machen ist, ihren Hut aufsetzt und geht.

Es ist aber nicht nur, wie Donna Mimma glaubt, um dieses schwarzen Hutes willen, daß der ganze Ort sich gegen sie gewendet hat. Den Hut könnte Donna Mimma ja, wenn es ihr nicht gegen die Ehre ginge, einfach wegwerfen; aber die Wissenschaft? Die Wissenschaft, die ihr das schöne Tüchlein aus himmelblauer Seide vom Kopf gerissen und ihr statt dessen den scheußlichen schwarzen Hut aufgenötigt hat; die Wissenschaft, die sie spät und schlecht erlernt hat; die Wissenschaft, die ihr die Sehkraft geraubt und ihr dafür Brillen gegeben hat; die Wissenschaft, durch die ihre ganze fünfunddreißigjährige Erfahrung in Verwirrung geraten ist; die Wissenschaft, die sie zwei Jahre des Martyriums gekostet hat, und das in ihrem Alter – nein, diese Wissenschaft kann Donna Mimma nicht mehr wegwerfen, und das ist das eigentliche, das nicht wiedergutzumachende Unheil!

Da geschieht es denn wohl, daß eine Nachbarin, kaum ein Jahr noch verheiratet, schon Mutter werden soll, daß sie diesen Abend in ihren vier Zimmern keinen einzigen Ort findet, wo sie zur Ruhe kommen kann, und daß sie hinaustritt auf die Terrasse… Sie fühlt den Blick all der Sterne auf sich gerichtet, die am Himmel funkeln, und sie spürt dieses Stechen der Sterne in ihrem eigenen Fleisch, wie Ameisenwimmeln. Da beginnt sie zu stöhnen und zu schreien, daß sie es nicht mehr aushalten kann! Die anderen Frauen versichern ihr, es gelte noch zu warten, bis morgen; sie aber sagt: nein, wenn das so weitergehe, sei sie bis morgen tot. Und weil die andere, die Piemontesin, anderweitig beschäftigt ist und sagen läßt, es täte ihr leid, aber diese Nacht könne sie nicht kommen, versucht man es schließlich und schickt um Donna Mimma.

Wie? Was? Donna Mimma? Und wer ist denn Donna Mimma? Ein Fetzen, mit dem man Löcher verstopft? Nein, die Lückenbüßerin für die andere gibt sie nicht ab, Donna Mimma! Aber zuletzt läßt sie sich doch von den Bitten erweichen, setzt langsam ihren Hut auf und geht. Wie könnte sich Donna Mimma auch die Gelegenheit entgehen lassen, zu beweisen, daß sie zwei Jahre an der Universität studiert hat, genauso wie die andere, und daß sie jetzt das Handwerk versteht, genauso, nein besser als die andere, nach allen Regeln und Vorschriften der Hygiene! Die Unselige: Alle diese Regeln und Vorschriften will sie gleichzeitig vorführen und anwenden, so lange, bis in aller Eile um die andere, die Piemontesin, geschickt werden muß und auch um den Arzt, wenn die arme Mutter und ihr Kind noch gerettet werden sollen.

Und jetzt ist es für Donna Mimma wirklich zu Ende. Nach dieser Probe will niemand mehr etwas von ihr wissen – und mit Recht. Mit Gift und Galle gegen das ganze Städtchen geladen, den Hut auf dem Kopf, geht sie Tag für Tag zum Hauptplatz hinunter, macht eine Szene vor der Apotheke, nennt den Arzt einen Esel und die Piemontesin ein schlechtes Weibsstück, diese Person, die dahergekommen ist, ihr das Brot vom Munde wegzustehlen. Es heißt, sie habe sich dem Trunke ergeben, denn wenn sie nach solchen Szenen heimkehrt, heult Donna Mimma, heult untröstlich – und das ist, wie man weiß, eine der gewohnten Wirkungen des Weins.

Unterdessen läuft die Piemontesin von einem Haus zum anderen, das himmelblaue Tüchlein auf dem Kopf und den langen Umhang um die zierliche Gestalt, die Augen bescheiden niedergeschlagen und dann und wann mit einem maliziösen Blick von unten her und einem Lächeln, das die Grübchen in ihren Wangen erscheinen läßt. Bedauernd sagt sie, es sei wirklich schade, daß Donna Mimma so heruntergekommen sei; denn sie hätte von ihrer Rückkehr in den Ort eine Erleichterung für sich selbst erhofft. Ja, freilich, eine Erleichterung, denn diese gesegneten sizilianischen Väter haben viel zuviel Geld für das Kaufen von Kindern und schicken sie bei Tag und Nacht aus, die Kleinen mit der elfenbeinernen Sänfte einzuholen.

Aus dem Italienischen von Percy Eckstein. Originaltitel: *Donna Mimma.* Erstveröffentlichung in der Zeitschrift *La lettura* vom Januar 1917, später in dem Band *Un cavallo sulla luna* (»Ein Pferd auf dem Mond«, Mailand 1918), schließlich im neunten Band der *Novelle per un anno* von 1925.

# DAS SCHWARZE BÖCKCHEN

Ohne Zweifel hat Herr Charles Trockley recht. Ja, ich bin sogar bereit, zuzugeben, daß Herr Charles Trockley niemals unrecht haben kann, denn die Vernunft und er sind ein und dasselbe. Jede Bewegung, jeder Blick, jedes Wort des Herrn Charles Trockley sind von so starrer Genauigkeit, von so abgezirkelter Bestimmtheit, daß jeder ohne weiteres die Unmöglichkeit einräumen muß, Herr Charles Trockley könne bei irgendeiner Gelegenheit, in irgendeiner Frage, vor die er gestellt wird, bei irgendeinem Zwischenfall, der ihm begegnet, auf der Seite des Unrechts stehen.

Um ein Beispiel anzuführen: Wir beide sind im gleichen Jahr, im gleichen Monat und fast am gleichen Tag geboren; er in England, ich in Sizilien. Heute, am 15. Juni, vollendet er sein achtundvierzigstes Lebensjahr; ich werde es am 28. vollenden. Nun: Wie alt werden wir beide nächstes Jahr sein, er am 15. und ich am 28. Juni? Für Herrn Trockley bedeutet das kein Problem; er zögert nicht eine Minute, und mit unerschütterlicher Selbstsicherheit behauptet er, daß wir am 15. beziehungsweise 28. Juni nächsten Jahres um ein Jahr älter, das heißt neunundvierzig sein werden.

Kann man Herrn Charles Trockley unrecht geben?

Die Zeit geht nicht für alle gleich vorbei. Ein einziger Tag, eine einzige Stunde könnten mir mehr Schaden zufügen als ihm zehn Jahre seiner streng geregelten Wohlfahrt; ich könnte, bei der bedauerlichen Unordnung meines Geistes, während dieses einen Jahres heftiger und intensiver leben als andere während ihres ganzen Daseins. Auch hat sich mein Körper, der schwächer und sehr viel weniger gepflegt ist als der seine, in diesen achtundvierzig Jahren stärker abgenutzt, als sich der des Herrn Trockley in siebzig Jahren abnutzen wird. Man braucht ihn nur anzusehen: Seine Haare sind zwar silbergrau, aber er hat noch nicht die kleinste Falte in seinem krebsroten Gesicht, und er ist noch in der Lage, allmorgendlich mit jugendlicher Behendigkeit seine Fechtübung zu machen.

Doch was liegt daran? All diese ideellen und faktischen Betrachtungen sind für Herrn Charles Trockley müßig und meilenweit von aller Vernunft entfernt. Vernunft und Arithmetik sagen Herrn Charles Trockley, daß wir beide am 15. beziehungsweise 28. Juni kommenden Jahres um ein Jahr älter, das heißt neunundvierzig, sein werden.

Dies ganz im allgemeinen. Aber nun hört, was Herrn Trockley kürzlich zugestoßen ist, und versucht, wenn ihr es fertigbringt, ihm unrecht zu geben.

Im vergangenen April kam, der üblichen Route folgend, welche der Baedeker für eine Italienreise vorsieht, Miss Ethel Holloway, die quellfrische und quicklebendige Tochter des Sir W. H. Holloway (eines steinreichen und hochangesehenen Pairs von England), nach Sizilien, nach Girgenti, um die wundervollen Überreste der alten dorischen Stadt zu besichtigen. Überwältigt von der bezaubernden Landschaft, die in jenem Monat, unter dem warmen Hauch des afrikanischen Meeres, ganz vom Weiß der blühenden Mandelbäumchen überzogen ist, gedachte sie sich mehrere Tage in dem stattlichen *Hôtel des Temples* aufzuhalten, das sich weit außerhalb des steilen und armseligen Städtchens von heute in wonniger Lage, Fremden und Sommerfrischlern zur Pläsier, erhebt.

Seit zweiundzwanzig Jahren ist Herr Charles Trockley englischer Vizekonsul in Girgenti, und seit zweiundzwanzig Jahren begibt er sich Tag für Tag gegen Sonnenuntergang mit seinem elastischen und wohlabgemessenen Schritt von der auf dem Hügel thronenden Stadt zu den Ruinen der akragantinischen Tempel, die luftig und majestätisch am Rande eines jähen Abhangs aufragen; auf dem seitlichen Hügel aber, dem akreischen Hügel, erhob sich einst, marmorprunkend, die alte Stadt, die Pindar als die schönste unter den sterblichen Städten besang.

Den Alten zufolge aßen die Akragantiner jeden Tag, als ob sie am nächsten sterben müßten, und bauten ihre Häuser, als ob sie niemals sterben müßten. Heute essen sie wenig, denn groß ist das Elend in der Stadt und auf dem umliegenden Land, und von den Häusern des alten Akragas ist nach so viel Kriegen und sieben Bränden und ebensoviel Plünderungen keine Spur mehr übriggeblieben. An ihrer Stelle befindet sich heute ein Mandel- und Olivenhain, der zur Erinnerung den Namen »Stadtwald« trägt. Bis unter die Säulen der majestätischen Tempel reihen sich die aschgrauen Olivenbäume, und es ist, als bäten sie um Frieden für jene verlassenen Höhen. Unterhalb der Böschung eilt, wenn er Wasser führt, der Fluß Akragas dahin, den Pindar als »herdenreich« rühmte. Dann und wann durchquert noch heute eine kleine Ziegenherde das steinige Flußbett, klettert den felsigen Abhang hinan und streckt sich, die magere Mahlzeit wiederkäuend, im feierlichen Schatten des alten, noch unversehrten Concordiatempels aus. Auch der Hirte, tierhaft und schläfrig wie ein Araber, lagert sich auf den abschüssigen Stufen der Tempelvorhalle und entlockt seiner Rohrflöte ein paar klagende Töne.

Auf den Herrn Charles Trockley hat dieses Eindringen der Ziegen in den Tempel immer wie eine schreckliche Entweihung gewirkt, und unzählige Male hat er bei den

Denkmalswächtern formelle Anzeige erstattet, ohne je eine andere Antwort zu erhalten als ein Lächeln philosophischer Nachsicht und ein Achselzucken. Bebend vor Entrüstung hat sich Herr Charles Trockley bei mir über dieses Lächeln und Achselzucken beschwert, wenn ich ihn manchmal auf seinem täglichen Spaziergang begleitete. Oft geschieht es, daß Herr Trockley im Tempel der Concordia oder in dem etwas höher gelegenen der Hera Lacinia oder in dem der »Riesen« auf eine Reisegesellschaft seiner Landsleute trifft, die gerade die Ruinen besichtigt. Und alle weist er, mit einer Empörung, welche Zeit und Gewohnheit mitnichten zu besänftigen vermochten, auf das Unschickliche jener Ziegen hin, die wiederkäuend im Säulenschatten lagern. Freilich teilen nicht alle englischen Besucher die Entrüstung Herrn Trockleys. Im Gegenteil, vielen scheint die Ruhe jener Ziegen zu Füßen der vereinsamten Tempel inmitten der geschichtslosen Öde und Verlassenheit des Landes nicht einer gewissen poetischen Note zu entbehren. Und mehr als einer zeigt sich, zum großen Ärger Herrn Trockleys, über diesen Anblick hocherfreut.

Erfreuter und begeisterter als alle zeigte sich im vergangenen April die quellfrische und quicklebendige Miss Ethel Holloway. Ja, während ihr der entrüstete Vizekonsul ein paar wertvolle archäologische Hinweise gab, die bisher weder der Baedeker noch ein anderer Reiseführer verzeichnet hatte, beging Miss Ethel Holloway die Taktlosigkeit, ihm plötzlich den Rücken zu kehren, um hinter einem anmutigen, erst wenige Tage alten schwarzen Böckchen herzulaufen, das zwischen den lagernden Ziegen umherhüpfte, als suche es die kleinen Fliegen zu erhaschen, die es umtanzten, und das dann auf einmal selbst vor seinen kühnen und ungeschickten Sprüngen zu erschrecken schien, denn noch ließen es das leiseste Geräusch, der leichteste Lufthauch, der flüchtigste Schatten im ungesicherten Schauspiel des Lebens vor schüchterner Verzagtheit erschauern und beben.

An jenem Tag war ich an Herrn Trockleys Seite, und wenn ich an der Begeisterung der kleinen Miss, die sich so heiß in das schwarzeBöcklein verliebt hatte, daß sie es um jeden Preis kaufen wollte, meine helle Freude hatte, so konnte ich mich doch auch vor den Leiden des armen Herrn Charles Trockley nicht verschließen.

»Das Böckchen kaufen?«

»Ja! Auf der Stelle! Unverzüglich!«

Und auch die kleine Miss zitterte und bebte am ganzen Leibe, genau wie das liebe schwarze Tierlein; wahrscheinlich vermutete sie nicht einmal von ferne, daß sie Herrn Trockley nicht bitterer hätte kränken können, der diese Biester seit Jahr und Tag mit dem allergrimmigsten Haß verfolgte.

Umsonst versuchte Herr Trockley sie von ihrem Vorhaben abspenstig zu machen, ihr all die Verwicklungen vorzustellen, die sich aus jenem Kauf ergeben würden: Er mußte schließlich nachgeben und, mit Rücksicht auf ihren hochgestellten Vater, an den ziegenhütenden Wildling herantreten, um über den Kauf des schwarzen Böckchens zu verhandeln.

Miss Ethel Holloway verkündete, nachdem sie den Kaufpreis beglichen, sie werde ihr Böckchen dem Direktor des *Hôtel des Temples* anvertrauen und sofort nach ihrer Rückkehr nach London Herrn Trockley telegraphische Nachricht geben, damit man ihr das liebe Tierlein, gegen Erstattung aller Spesen, so rasch als möglich zustelle. Dann kehrte sie, das blökende und zuckende Böckchen an sich gedrückt, per Droschke zum Hotel zurück.

Ich sah, gegen die Sonne, die zwischen phantastischen, rotglühenden Wolkenbergen versank, unter denen das

Meer wie ein endloser goldener Spiegel leuchtete – ich sah das zierliche und leidenschaftliche blonde Mädchen, ganz von funkelndem Licht umflossen, in der schwarzen Droschke davonfahren; und es schien mir alles wie ein Traum. Dann begriff ich, daß sie, die so fern von ihrem Vaterlande, von den gewohnten Erscheinungen und Neigungen ihres Lebens, mit einem Male ein so heftiges Verlangen, eine so lebhafte Zärtlichkeit für ein kleines schwarzes Böckchen hatte fassen können, nicht das kleinste bißchen von jener soliden Vernunft besitzen mußte, die mit soviel gewichtigem Ernst die Handlungen, Gedanken, Schritte und Worte des Herrn Charles Trockley bestimmte.

Aber was hatte dann die kleine Miss Ethel Holloway an Stelle der Vernunft?

Nichts als kindische Dummheit, behauptet Herr Charles Trockley mit einer mühsam unterdrückten Wut, die bei einem sonst so beherrschten Manne wie ihm beinahe ein wenig mitleiderregend wirkt.

Der Grund dieser Wut aber ist in den Begebenheiten zu suchen, die dem Kauf des schwarzen Böckchens folgten.

Miss Ethel Holloway reiste tags darauf von Girgenti ab. Von Sizilien ging es nach Griechenland; von Griechenland nach Ägypten; von Ägypten nach Indien.

Da war es fast ein Wunder, daß sie, als sie nach etwa acht Reisemonaten und allen Abenteuern, die ihr auf einer so langen Fahrt begegnet sein mochten, Ende November wohlbehalten in London zurück war, sich noch jenes schwarzen Böckchens erinnerte, das sie eines fernen Tages inmitten der Ruinen der akragantinischen Tempel in Sizilien erstanden hatte.

Gleich nach ihrer Ankunft schrieb sie vereinbarungsgemäß an Herrn Charles Trockley, um es wiederzuhaben.

Das *Hôtel des Temples* schließt jedes Jahr Mitte Juni, um Anfang November wieder aufzumachen. Der Direktor, in dessen Obhut Miss Ethel das Böckchen gegeben hatte, hatte es seinerseits, als er Mitte Juni abreiste, dem Hotelwächter anvertraut, jedoch ohne jede Empfehlung, ja mit ersichtlichem Unwillen über den Ärger, den er die ganze Zeit mit dem Vieh gehabt. Der Hotelwächter wartete Tag für Tag, daß der vom Direktor angekündigte Herr Vizekonsul Trockley käme, um das Böckchen abzuholen und nach England zu schicken; als sich jedoch niemand meldete, beschloß er, um es loszuwerden, es dem nämlichen Ziegenhirten zu übergeben, der es an die Miss verkauft hatte, mit dem Versprechen, es ihm zu schenken, wenn diese, wie es schien, keine Schritte unternehmen würde, um es wiederzuhaben, oder ihm eine Belohnung für Obhut und Futter zu geben, falls es der Vizekonsul eines Tages zurückfordern sollte.

Als nach etwa acht Monaten Miss Ethel Holloways Brief aus London kam, befanden sich sowohl der Direktor des *Hôtel des Temples* als der Wächter als auch der Ziegenhirte in der peinlichsten Verlegenheit; der erste, weil er das Böckchen dem Wächter anvertraut hatte; der Wächter, weil er es dem Ziegenhirten anvertraut hatte; und dieser, weil er es seinerseits einem Kollegen übergeben hatte, mit den gleichen Versprechungen, die ihm vom Hotelwächter gemacht worden waren. Von diesem zweiten Ziegenhirten hatte sich jede Spur verloren. Die Nachforschungen dauerten über einen Monat. Schließlich erlebte es Herr Charles Trockley eines schönen Tages, daß man ihm im Amtszimmer seines Vizekonsulats in Girgenti ein abscheuliches, gehörntes, stinkendes, zerzaustes, über und über mit Kot und Schmutz bedecktes Tier vorführte, welches mit rauhem Meckern und drohend gesenktem Kopf zu fragen schien, was man denn an diesem ungewohnten Ort von ihm wolle, nachdem es nun einmal, unter dem Zwang der Umstände, so jämmerlich heruntergekommen sei.

Nun, Herr Charles Trockley ließ sich, seinem Wesen treu bleibend, durch eine derartige Erscheinung keineswegs erschüttern; er schwankte nicht einen Augenblick, rechnete nach, wieviel Zeit von April bis Ende Dezember verstrichen war, und kam zu dem Schluß, daß das anmutige schwarze Böckchen von damals, allen Gesetzen der Vernunft zufolge, sehr wohl dieses schmutzige Vieh von heute sein konnte. Und ohne auch nur im entferntesten zu zögern, antwortete er der Miss, er würde es ihr unverzüglich mit dem ersten englischen Handelsdampfer zustellen, der von Porto Empedocle abgehe. Er befestigte am Hals des abscheulichen Tieres einen kleinen Karton mit der Adresse Miss Ethel Holloways und ließ es zum Hafen schaffen. Hier zerrte er selbst, seine Würde einer schweren Probe aussetzend, das störrische Vieh an einem Seil den Kai entlang, während eine Rotte von Lausbuben hinter ihm dreinlärmte, brachte es auf das abfahrbereite Schiff und kehrte nach Girgenti zurück, zutiefst überzeugt, gewissenhaft seinen Auftrag erledigt zu haben – einen Auftrag, den ihn weniger der beklagenswerte Leichtsinn der Miss Ethel Holloway, als vielmehr die ihrem Vater geschuldete Achtung anzunehmen genötigt hatte.

Gestern hat mich Herr Charles Trockley in meiner Wohnung aufgesucht; sein seelischer und körperlicher Zustand war derart, daß ich sofort, aufs tiefste bestürzt, herbeieilte, ihn zu stützen, ihm einen Stuhl heranzuziehen und ein Glas Wasser bringen zu lassen.

»Um Gottes willen, Herr Trockley, was ist Ihnen zugestoßen?«

Immer noch außerstande zu sprechen, zog er einen Brief aus der Tasche und reichte ihn mir hin.

Er war von Sir W. H. Holloway, Pair von England, und enthielt eine ganze Litanei grober Vorwürfe an die Adresse des Herrn Trockley ob der Beleidigung, die dieser seiner Tochter Miss Ethel zuzufügen gewagt hatte, indem er ihr jenes schmutzige und erschreckliche Tier zuschickte.

Das war also der Dank für alle Mühen, die der arme Herr Trockley gehabt hatte!

Aber was erwartete denn diese strohdumme Miss Ethel Holloway? Glaubte sie denn, elf Monate nach dem Kauf würde in London das gleiche schwarze Böckchen eintreffen, das klein und glänzend, scheu und bebend zwischen den Säulen des alten griechischen Tempels in Sizilien umhergesprungen war? War es die Möglichkeit? Herr Charles Trockley konnte sich gar nicht darüber beruhigen.

Ich begann den Ärmsten nach bestem Vermögen zu trösten, indem ich ihm einräumte, diese Miss Ethel Holloway müsse in der Tat nicht nur ein höchst kapriziöses, sondern auch ein über alle Begriffe unvernünftiges Geschöpf sein.

»Nein, dumm ist sie, strohdumm!«

»Sagen wir lieber unvernünftig, mein Freund. Aber sehen Sie (erlaubte ich mir, kleinlaut hinzuzufügen) – sie, die im vergangenen April, das anmutige Bild jenes schwarzen Böckchens in den Augen und im Herzen, fortfuhr, sie konnte nicht, seien wir billig (so unvernünftig, wie sie nun einmal ist), der Vernunft zulächeln, die Sie, Herr Trockley, ihr plötzlich in Gestalt dieses ungeheuerlichen Ziegenbocks vor Augen stellten.«

»Und wenn schon?« – fragte Herr Trockley, während er sich aufrichtete und mich feindseligen Blickes maß. »Was hätte ich denn Ihrer Ansicht nach tun sollen?«

»Ich möchte Ihnen nicht, Herr Trockley«, beeilte ich mich verlegen zu antworten, »ich möchte Ihnen nicht ebenso unvernünftig erscheinen wie die kleine Miss Ihres fernen Landes, aber wissen Sie, Herr Trockley, was ich an

Ihrer Stelle getan hätte? Ich hätte Miss Ethel Holloway entweder geantwortet, das anmutige schwarze Böcklein sei vor Sehnsucht nach ihren Küssen und Zärtlichkeiten gestorben; oder ich hätte ein anderes, winzig kleines und funkelndes schwarzes Böckchen gekauft, in allem und jedem dem ähnlich, das sie im vergangenen April erwarb, und hätte ihr das geschickt, und Miss Ethel Holloway hätte sich gewiß keinen Augenblick lang gefragt, ob sich denn ihr Böckchen elf Monate hindurch unverändert gleich geblieben sei. Wie Sie sehen, gebe ich damit nach wie vor zu, daß Miss Ethel Holloway das unvernünftigste Geschöpf dieser Welt ist, und die Vernunft, wie immer, ganz und gar auf Ihrer Seite, lieber Freund Trockley.«

Aus dem Italienischen von Hans Hinterhäuser. Originaltitel: *Il capretto nero.* Erstveröffentlichung im *Corriere della sera* vom 31. Dezember 1913, später in dem Band *Un cavallo sulla luna* (»Ein Pferd auf dem Mond«, Mailand 1918), schließlich im neunten Band der *Novelle per un anno* von 1925.

# DIE BANK UNTER DER ALTEN ZYPRESSE

Er war in seinen besten Zeiten (wie sich viele noch an ihn erinnerten) einer der Menschen gewesen, von denen man nie weiß, warum sie so sind: sie schauen dich mit einem gewissen Blick an; sie lachen dir plötzlich ohne Grund ins Gesicht; oder sie wenden dir den Rücken zu und lassen dich kurzerhand stehen. Wie vertraut du auch mit ihnen sein magst, es gelingt dir nie, zu erfahren, was zum Teufel in ihrem Innern vorgeht; sie scheinen immer zerstreut und wie geistesabwesend, obwohl du sie, wenn du es am wenigsten erwartest, wegen der nichtigsten Dinge, von denen du niemals angenommen hättest, daß man sie bemerken könnte, auf den Gipfel der Wut geraten siehst; oder, was noch schlimmer ist, du fühlst dich fast für sie gedemütigt, wenn du nach einiger Zeit erfährst, daß sie aus den lächerlichsten Ursachen, von denen du keine Ahnung hattest, im geheimen einen tiefen und giftigen Groll gegen dich hegen, während du sie vertrauensvoll ihre Sympathie und Achtung Leuten gewähren siehst, von denen sie wohl wissen, daß diese ihnen erst vor einem Monat Böses zugefügt haben.

Verschroben und lächerlich waren auch seine Figur und sein Aufzug. Die Beine, schon an und für sich dünn, schienen, in diese Reithosen gezwängt, zwei Zaunlatten; und über diesen Beinen zeichnete die stets zweireihige Jacke mit solcher Genauigkeit den Oberkörper ab, daß er wie eine der auf einem Dreibein aufgeschraubten Gliederpuppen aussah, die man in den Konfektionsgeschäften sieht. Auf diesem Oberkörper, auf einem übermäßig langen Hals ragte das Köpfchen; ein aufgezwirbelter Schnurrbart und zwei vogelhaft scharfe und lebhafte Äuglein, die beständig auf und zu klappten.

Jeder, der ihn so sah und wußte, daß er einer der ersten Advokaten des Ortes war, hätte ihn sich gerne anders vorgestellt. Der Advokat Lino Cimino lachte diesen Enttäuschten gleich auf seine gewohnte Art ins Gesicht.

Ein paar Freunde, die ihm wirklich zugeneigt waren, hatten verschiedene Male versucht, ihn darauf hinzuweisen, daß es einem Mann wie ihm nicht anstehe, gewisse Dinge zu tun und zu sagen und den Lästerzungen rückhaltlos den geheimen Kummer seines Familienlebens preiszugeben. Aber nein! Er schien eine schamlose Wollust darin zu finden, der üblen Nachrede Stoff zu geben, wie zum Beispiel, als er mit gemeinen Gesten und schamlosen Worten dem Himmel Rache schwor, weil seine Frau ihm nacheinander vier Töchter geboren hatte; gerade, als habe sie es absichtlich getan, um zu beweisen, daß er – bei Gott, er – nicht fähig sei, einen Jungen zu zeugen – Zornesausbrüche, die andere Vorstellungen verstummen ließen, weil sie die Wohlmeinenden entmutigten. Es schien unglaublich, daß ein Mann von seiner Intelligenz zu einer so erbärmlichen Gewöhnlichkeit herabsinken könne, ein Mann, der alle in Bewegung und Erstaunen versetzte, wenn im Gespräch seine Einbildungskraft sich entzündete oder wenn er, über die Wechselfälle des Lebens plaudernd, gewisse Betrachtungen anstellte, die sofort, auch wenn sie noch so dunkel und verworren waren, klar und deutlich für den wurden, der ihm zuhörte.

Sein häusliches Leben war indessen eine Hölle wegen der andauernden Szenen mit seiner Frau, die jedesmal die Familie auseinanderzureißen drohten. Bald wurde der eine, bald der andere der Freunde gerufen und eilte herzu, um Frieden zu stiften; einer besonders, dem er, aus einer seiner plötzlichen Anwandlungen von Sympathie heraus, das blindeste Vertrauen geschenkt hatte, dieses Mal jedoch nach allgemeinem Urteil nicht zu Unrecht, der junge Advokat Carlo Papía.

Er hatte ihn, kaum daß er zum Doktor promoviert war, in sein Büro aufgenommen. Die vier Mädchen, damals noch Kinder, eilten ihm jubelnd entgegen, wenn sie ihn sahen, denn mit seinem Kommen pflegte bald das Lächeln auf die Lippen der Mutter und des Vaters zurückzukehren; und kaum war der Friede wiederhergestellt, wollten sie mit ihm spazierengehen; und jedesmal gab es eine kleine Rauferei um seine Hände; jedes wollte eine für sich, und er verzweifelte und lachte und zeigte ihnen, daß er nur zwei habe und sie nicht alle vier zufriedenstellen könne. Wenn ihn die Freunde im Städtchen inmitten dieser vier geschwätzigen und zärtlichen kleinen Mädchen sahen, beglückwünschten sie ihn und sagten ihm voraus, daß er bald, so beschützt und wohlgelitten in der Familie, den Lohn für die vielen Opfer empfangen werde, die sein Studium seine armen, seit langem heruntergekommenen Eltern gekostet hatte.

Aber kann ein Ehegatte ungestraft zwischen sich und seine jüngere Frau einen anderen Mann rufen, der noch jünger ist als die Frau, dazu von angenehmem Äußeren und gewinnenden Manieren, geeignet, zu Liebe und Harmonie zu überreden? Als er den Verrat entdeckte, betrug sich der Advokat Lino Cimino natürlich als der seltsame Kauz, der er war. Ungereimtheiten über Ungereimtheiten, eine verrückter als die andere! Niemand wird leugnen, daß es nutzlos ist, manche Dinge geheimhalten zu wollen: Trotz aller Sorgfalt bemerkt man dann doch an vielen Zeichen, daß alle im Bilde sind und daß sie nur aus Mitleid so getan haben, als wüßten sie von nichts. Aber es ist gewiß schlimmer, Skandal zu schlagen und dann nicht die letzten Konsequenzen zu ziehen, auf halbem Wege mitten in der zur Schau gestellten Schande stehenzubleiben und so die Erwartung der Zuschauer zu enttäuschen.

Zuerst jagte er seine Frau aus dem Hause, ohne daran zu denken, sich auch an dem Liebhaber zu rächen, indem er vielmehr vor allen erklärte, daß er diesem dankbar für den Dienst sei, den er ihm erwiesen; dann holte er die Frau wieder zurück, aus Mitleid mit den Kindern, unter der Bedingung jedoch, daß sie sich niemals wieder vor ihm blicken lasse; aber als er Papía zum ersten Male wieder auf der Straße traf, zog er den Revolver aus der Tasche und schoß piff, paff! wie verrückt umher; der eine nahm dahin, der andere dorthin Reißaus; und schließlich fand sich Papía mit einer kleinen Wunde am Arm, und er selbst zwischen zwei Gendarmen, die ihm die Handschellen anlegten. Nach dem Freispruch baute er sich eine kleine zweistökkige Villa, die wie ein Kerker aussah; seine Frau verwies er mit den Kindern ins Obergeschoß, und er selbst brachte, ihr zum Hohn, des Nachts Straßendirnen nach Hause und schlief mit ihnen. Und so viele andere Narrheiten und Schimpflichkeiten beging er, daß sie ihm, außer der Achtung der Freunde, auch alle seine Klienten entfremdet hätten, wenn nicht die Furcht, ihn zum Gegner zu haben, sie davon abgehalten hätte, sich an andere zu wenden. –

Kennt ihr die Raserei, die sich in der Magengegend festsetzt und den Atem verschlägt; so daß man nicht mehr weiß, wie man sich drehen und wenden soll; und man zerwühlt das Bett; man kratzt die Wände ab; man würde aufbrüllen, wenn man die Kraft dazu hätte; alles, selbst der Anblick alltäglicher Dinge, flößt unerträglichen Abscheu ein, und mehr als alles irritiert jeder Vorschlag zur Heilung, der uns von denen kommt, die um uns sind und uns anschauen – und die unsere Erbitterung angesteckt hat. Glücklicherweise dauert eine solche Raserei nur kurze Zeit. Aber dem Advokaten Lino Cimino legte sie sich auf den Magen und gab ihm durch Jahre und Jahre keine Ruhe mehr.

Die Frau war wieder ins Haus zurückgekehrt, der Liebhaber hatte nach dem Freispruch ruhig den Ort verlassen: Nach der Meinung aller war die Rache so ergebnislos gewesen wie der Skandal dumm. Daß die Frau jetzt wie eine Gefangene gehalten wurde, ohne auch nur aus den immer geschlossenen Fenstern blicken zu dürfen, genügte nicht. Es genügte nicht, weil sie immerhin die Kinder behalten hatte (und nicht einmal das war im Grunde zu billigen, denn eine Frau, die ihre Aufgabe als Mutter vergessen hatte und zur schlechten Gattin geworden war, konnte schwerlich ein Vorbild für die Töchter darstellen); und im übrigen hatte sie es, zum Ausgleich für das Urteil, das sie jeder Freiheit beraubte, sich vor den andern zu zeigen, wenigstens so weit gebracht, daß sie sich seiner entledigt hatte, wobei sie obendrein fortfuhr, ihm zur Last zu fallen. Er hörte sie von unten über seinem Haupte hin und her gehen; und oft hörte er sie auch lachen und singen. Zwar hatte er der schon heruntergekommenen Familie Papía den letzten Rest gegeben und ließ im geheimen den jungen Mann aufs unerbittlichste verfolgen; aber nicht einmal das konnte ihm genügen, da er wußte, daß sich Papía weniger um seiner Verfolgung willen aus dem Ort entfernt hatte, als um sich nicht von allen ständig das Unrecht vorwerfen zu lassen, das er getan hatte, und zwar nicht sosehr seinem Wohltäter, als sich selbst und den Seinen, indem er sich wie ein Dummkopf in diesen Liebeshandel eingelassen hatte. Da nun die Dinge so lagen (und Cimino fühlte recht gut, daß es sich wirklich so verhielt), schien es ihm, als gewähre seine Verfolgung den andern mehr Genugtuung als ihm selbst; und fast hätte er gewünscht, daß irgend jemand reagiert und versucht hätte, diesen Dummkopf aus dem allgemeinen Verdammungsurteil emporzuheben und ihm wieder gegenüberzustellen, um von neuem und noch grimmiger seine Wut zu provozieren, um seine Raserei noch schrecklicher zu entflammen.

Aber es rührte sich keiner; und nach und nach verdampften alle Wut und Raserei. Von Papía hörte man nichts mehr. Die Jahre vergingen; und als die inzwischen herangewachsenen Töchter unter den Klienten der Kanzlei ihre Gatten gefunden hatten, die sie, demütigend und ohne Feierlichkeit, in das und jenes Dörfchen der Provinz mitnahmen: da dachte niemand mehr daran, wie nun das Leben für Cimino aussehen müsse in dem leeren Haus, mit der einsamen Frau über seinem Kopf; und er unten, allein. Und als die Unordnung, in die seine Verhältnisse durch sein Schicksal geraten waren, sich mehr und mehr in die Zeit entfernte, schien es, als sei sie im trostlosen Elend der Gewohnheit schon so erkaltet, daß selbst die Erinnerung daran wie gestorben und begraben war.

Doch sie tauchte wieder auf, diese Erinnerung, plötzlich und unerwartet wie ein schreckliches Gespenst, und es war wie eine grimmige Strafe, die eine dunkle Gerechtigkeit durch all die Jahre im geheimen ausgebrütet hatte, als man auf der einen Seite Papía wieder auf den Straßen der Stadt erscheinen sah (und man erfuhr nie, woher er gekommen), Almosen fordernd, abgerissen und heruntergekommen, nicht wiederzuerkennen, mit verwildertem Bart, ergraut schon und halb blind; und auf der anderen, ein Schatten, nachdem er ein paar Monate wegen einer heimlichen Krankheit das Haus gehütet, Cimino: O Gott, der Nacken war ihm noch um eine Handbreit mehr aus dem Hemdkragen hervorgewachsen, glatt und so verhärtet, daß der Kopf sich unbeweglich wie unter einem Joch nach vorne neigen mußte; das Kinn schien an den Hals gewachsen, und die Augen starrten schmerzlich und schrecklich in der Blässe des abgezehrten und doch aufgedunsenen Gesichts, das da und dort gefleckt war wie der harte, schwarzgesprenkelte Stein mancher alter Häuser. Nach so vielen Jahren war die heimtückische Krankheit zum Ausbruch gekommen, Frucht der Unordnung und der schändlichen Narrheiten, die er begangen hatte, um sich für die Untreue seiner Frau zu rächen, und hatte ihn in dieser gräßlichen Weise am Nacken gepackt, der in der Tat, so hart und entblößt, etwas Schamlos-Unzüchtiges an sich hatte.

Die Augen, obwohl starr in ihrem schneidenden Krampf und Schmerz, hatten noch so viel Licht, daß niemand denken konnte, der Verstand sei in ihm erloschen. Aber sie machten Angst, diese Augen. Und die Klienten verließen, einer nach dem andern, für immer das Büro, in dem er pünktlich jeden Morgen fortfuhr, sie hinter dem Schreibtisch zu erwarten, auf dem nun keine Papiere mehr sich häuften, mit dem Blick auf die mit grünem, verschossenem Tuch bezogene Tür, die sich nicht mehr öffnete. Zur gewohnten Stunde schloß er sein Büro und begab sich zum Spaziergang in die einsame Allee am Ausgang der Stadt, von der aus man einen weiten Blick über Hügel und Täler genoß.

Wo diese Allee eine Biegung machte, um auf dem ein wenig hervorragenden Rücken des nächsten Hügels weiterzulaufen, stand unter einer Zypresse eine Bank. Die Allee war ganz mit neuen und frischen Bäumchen bestanden. Die Zypresse wirkte dort fremd und einsam. Sie hatte alle ihre Nadeln verloren und war unter dem Einfluß des Alters eine riesige, glatte und tote Stange geworden, mit einem Nadelbusch am Ende wie ein Lichtputzer. Niemand setzte sich je auf die kleine Bank unter dieser alten, unheilverkündenden Zypresse. Aber Cimino saß dort,

Stunden und Stunden lang, unbeweglich wie eine schauerliche Puppe, die ein Spaßvogel dort hingesetzt hatte.

Es geschah kurz vor Abend, aber schon fast im Dunkeln. Er saß auf jener Bank und sah auf der verlassenen Allee Papía vorübergehen, der eine Hand ausstreckte, wie um sich vor dem Schatten zu schützen, während die andere mit dem Stock den Weg suchte.

Er rief ihn an.

Die Bank hatte, bei allem freien Raum, der sich vor ihr breitete, doch das Verschlossene und Heimliche, mit dem der Abendschatten jedes Ding umgibt, das man noch zu sehen vermag.

Papía, halb blind, näherte sich, als er sich rufen hörte, und beugte sich vor, um sein Gegenüber zu betrachten; als er Cimino erkannte, war es, als wenn ihn ein Schauer durchliefe; er schwankte, fiel auf die Bank nieder und begann so zu schluchzen, daß es ihn schüttelte: Und das Weinen, das sich nicht den Weg bis zum Halse bahnen konnte, machte sich nur in einem fortgesetzten, stoßweisen Schnauben der Nase bemerkbar.

Sie sagten nichts zueinander.

Als er ihn weinen hörte, streckte Cimino, da er den Kopf nicht wenden konnte, eine Hand aus und klopfte ihm leise mehrere Male auf das Bein.

Und so blieben sie sitzen, in schrecklichem Elend vereint durch all das Leid, das sie einander zugefügt und aus dem vielleicht für einen einzigen Augenblick dieses verzweifelte Mitleid erwuchs, das sie auf keine Weise mehr trösten konnte.

Aus dem Italienischen von Hans Hinterhäuser. Originaltitel: *Sedile sotto un vecchio cipresso*. Erstveröffentlichung im *Corriere della sera* vom 13. August 1924, später im neunten Band der *Novelle per un anno* von 1925.

# DER LEBENSRETTER

Wenn er die Menschen Tiger, Hyänen, Wölfe, Affen, Schlangen oder Kaninchen nannte, fürchtete Bruno Celesia immer, jenen Tieren eine unverdiente Beleidigung zuzufügen, denn jedes folgte ja nur seiner eigenen Natur; während der Mensch – falsch bis auf den Grund seiner Seele war! Ins Gesicht gespuckt, in den Allerwertesten getreten zu werden – ja, das verdiente der Mensch!

»Ich allein weiß, was ich hier drinnen hab!« – murmelte er finster, sich die Hand vor dem Bauch haltend.

»Was denn? Ein Kind?«

»Die Hölle, Kanaille!«

Auf Ehrenwort: An Stelle des Mundes hätte er einen Krater haben mögen! Den Krater des Ätna, um all das Feuer über die Menschheit zu speien, das in seinem Innern wühlte.

Trotzdem mußte Bruno Celesia, als er an jenem Tage auf dem Marktplatz der feierlichen Verleihung der Medaillen für Bürgermut beiwohnte, notgedrungen einräumen, daß das ein schönes und würdiges Fest sei.

Natürlich war der Bürgermeister ein abgefeimter Schurke. Aber der geborene Redner! Und wiederholt hatte Bruno Celesia während der schwungvollen Ansprache, welche die angebornen Tugenden des sizilianischen Volkes rühmte und die von ihm vollbrachten Heldentaten ins Gedächtnis rief, einen elektrischen Schauer im Rücken gefühlt. Inzwischen schob er jedoch mit unruhigen Fingern die Enden des Schnurrbarts oder die Spitze des krausen und harten Bartes in den Mund, um darauf herumzukauen, während er mit der andern Hand immer wieder über den Schoß des glänzenden und verschossenen Rockes fuhr. Und warum das alles? Nun, weil die Menschheit trotz allem schmutzig und gemein war, das war der Grund! Weil sie aus lauter Hundesöhnen bestand, das war der Grund! Seit ein paar Tagen war der idiotische Scherz in Mode gekommen, den Leuten ein Papier mit einem anzüglichen Spruch oder einer obszönen Figur an den Rükken zu stecken. Ihm zum Beispiel hatte man schon zweimal ein Hirschgeweih aufgeheftet und eine Hand, welche eine beschwörend-abwehrende Geste machte!

»Schweine! Bravo, bravo!«

Der zweite Ausruf galt dem Bürgermeister, der in diesem Augenblick die Leistungen des palermitanischen Volkes in den geschichtlichen Tagen seiner glorreichen Erhebung feierte.

Als der Ortsgewaltige unter lärmendem Beifall seine Rede geendet hatte, der auch Celesia, von edler Begeisterung entflammt, den seinen nicht versagen konnte, begann die Verleihung.

Auf dem geräumigen Marmorbalkon des Rathauses, auf dem, zusammen mit dem schweißgebadeten Oberhaupt, sich Luft zufächelnd die Gemeinderäte und ihre Gattinnen und die Honoratioren des Ortes Aufstellung genommen hatten, präsentierte sich zuerst ein dunkler, kräftiger, verwegen blickender, ausnehmend schöner junger Mann, der zweimal in ein brennendes Haus gestürzt war, um eine alte Frau und ein Kind zu retten.

Die Menge empfing ihn mit frenetischem Beifall.

»Es lebe Sghembri! Es lebe Carluccio Sghembri!«

Jemand bemerkte, daß die Herren vom Gemeinderat besser getan hätten, das noch immer fehlende Feuerwehrkorps aufzustellen, und Carluccio, der es gewiß verdient hatte, zum Obersteiger zu machen, anstatt ihm diese Tapferkeitsmedaille zu geben, mit der er ja schließlich gar nichts anfangen konnte, solange er sich im Hafen Tag für Tag unter der Last der Kohlensäcke und der Schwefelpakken schinden mußte.

»Ja, hübsch bist du«, brummte Bruno Celesia, den jungen Helden bewundernd. »Aber werde nur erst älter, mein Lieber, und du wirst sehen, zu welch seltener Kanaille auch du dich auswachsen wirst. Hoch! Hoch!«

So applaudierte er mit den Umstehenden, nicht ohne mit der Hand über den Rockschoß zu streichen.

Einer nach dem andern traten auch die übrigen vier Helden des Tages vor das hochrufende Volk, um ihre Medaille in Empfang zu nehmen.

»Taten eines Augenblicks!« – kommentierte Celesia, in die Menge eingekeilt, bei sich. »Spitzbuben vorher, Spitzbuben nachher... Die ganze Menschheit... ah, pfui Teufel!... Hoch! Hoch!«

Die Verleihung war zu Ende, die Menge begann sich zu zerstreuen. Bruno Celesia ging noch eine Weile mit abweisender Miene im Gedränge auf und ab und bewunderte die bunten Lampions, die man für den abendlichen Festzug vorbereitet hatte.

»Wenn's nur keinen Schirokko gibt!«

Dabei schaute er zum drohend gefärbten Himmel hinauf, der sich immer mehr verdüsterte.

»Das beste ist, ich gehe nach Hause«, entschloß er sich, »denn diese Bande wäre fähig, zu glauben, daß der Regen das Fest verdorben hat, nur weil ich mich heute auf dem Marktplatz gezeigt habe.«

Er sah von weitem seinen alten Vater: ein dunkler Ehrenmann, der ihm nichts als Bitterkeiten bereitet hatte und nun vielleicht zum drittenmal in den Taschen des Nächsten den Weg ins Kittchen suchte, aus dem er erst vor wenigen Monaten entlassen worden war; und sich unwillig abwendend, strebte er seiner Wohnung zu.

»Man sagt, daß die Frösche den Winter im Schlamm der Gräben zu verbringen pflegen«, dachte er unterwegs. »Schlimmer treibt's mein Vater: er verbringt gleich alle vier Jahreszeiten im Schlamm des Lebens…«

Das erstemal hatte er seinen letzten Heller verpfändet, um ihn herauszureißen. Jetzt wich er ihm aus, wenn er ihn nur von ferne sah. Der beschmutzte Name, den ihm der andere vermacht hatte, brannte ihm auf der Stirne wie ein Schandmal.

»Aber was willst du denn?« – hatte der Vater ihm einmal ins Gesicht zu schleudern gewagt. »Nicht ich allein habe deinen sauberen Namen geschändet. Denk lieber an deine Frau, die ihn seit Jahren in aller Öffentlichkeit mit Füßen tritt.«

Und Bruno Celesia hatte an sich gehalten, um nicht zu antworten. Denn seine Frau…

In aller Öffentlichkeit nicht; aber mit einem einzigen wohl.

Er hatte sich nicht gerächt, hatte sie nicht getötet, da er felsenfest überzeugt war, daß schlimmer als der Tod für sie das Leben mit dem Geliebten sein würde, der sie früher oder später verlassen und wie einen Haufen Kehricht auf die Straße werfen würde. Aber nein! Sie lebten glücklich wie Eheleute, die beiden, seit Jahren, geachtet von der ganzen Gemeinde. Und drei niedliche Kinder hatten sie… drei arme, unschuldige Bastarde! Ihm hatte die gute Frau auch nicht ein einziges rechtmäßiges schenken wollen… Oh, wenn er ein Kind gehabt hätte, dann hätte er sich jetzt nicht so allein gefühlt, dann hätte er niemanden zu beneiden brauchen… Aber vielleicht war es besser so. Nichts war ihm geglückt im Leben: und hätte er Kinder gehabt, er hätte wohl auch von ihnen nur Kummer und Schmerzen erlebt.

Schicksal. Gab es ein Schicksal? Aber ja doch, wie hätte er nicht daran glauben sollen? Was hatte er denn getan, um als Sohn, Gatte und Bürger die Zielscheibe aller Pfeile zu werden; ungern gesehen, geflohen von allen, da er im Ruf des bösen Blickes stand, und verhöhnt statt bemitleidet wegen seines häuslichen Unglücks?

Nie hatte er sich in gewagte Unternehmungen gestürzt: und doch war er aus den wenigen, scheinbar todsicheren, an denen er sich versucht hatte, stets mit Schaden und Spott hervorgegangen. Alle waren reich geworden, die sich an der Pacht für die Instandhaltung der Hafenschutzmauer beteiligt hatten. Da hatte auch er es probiert, und in einer einzigen Nacht hatte ihm das Meer die halbe, eben erst erbaute Mole hinweggerissen. Auch die Anlagen der anderen Pächter hatte es verschluckt, aber langsam und gemächlich, wie kleine Stücke Brot.

»Nein, von Bruno Celesia will ich kein Brot!«

Konnte man gegen die Unvernunft des Meeres ankämpfen? So war er um sein Vermögen gekommen. Aus Mitleid hatte man ihm ein Pöstchen als Bankschreiber gegeben; aber es kostete ihn seine ganze Geduld, um auszuharren. Dem Prinzipal gefiel seine Handschrift nicht; und er mußte sich jedesmal Gewalt antun, um nicht zu antworten, die wahre Schweinerei bestünde darin, gewisse Dinge zu tun, und nicht sie wie er in ein Register einzutragen.

So über sein Unglück nachsinnend, näherte sich Bruno Celesia seinem Hause.

Er wohnte am äußersten Ende des Dorfes nach Westen hin, wo der Strand, unter dem weißlich schimmernden Höhenzug, sich in eine neue, halbmondförmige Rundung ausbuchtete. Die wenigen Häuser, die sich dort, auf dem schmalen Raum zwischen Strand und Berg aufreihten, lagen aus dem Blickfeld des Dorfes; hier war tiefe Einsamkeit und wie ein ängstliches Erstaunen vor dem unendlichen Schauspiel des Meeres.

Er mußte seine letzten Schritte beschleunigen, denn schon fielen die ersten Tropfen. Das Meer war unruhig, düster drohend und stieg und schwoll immer mehr unter dem tiefhängenden, schwarzgewölkten Himmel. Und schon begannen die Sturzwellen, da und dort von Streifen weißlichen Schaums gekrönt, heranzubrausen.

»Das wird ja eine schöne Geschichte!« – seufzte Celesia hinter den Scheiben der Veranda.

Und wirklich verfinsterte sich der Himmel nun völlig, und ein paar Augenblicke lang herrschte schreckliche Düsternis. Dann und wann fuhr ein Windstoß über den Strand und wirbelte den Sand auf. Dann krachte endlich der erste Donner, das Signal des losbrechenden Gewitters.

Bruno Celesia schloß die Läden, zündete das Petroleumlämpchen an und setzte sich an den alten Schreibtisch, um wie gewöhnlich in einer dicken Scharteke zu lesen, welche die Geschichte der Entdeckung Amerikas erzählte. Bei jedem neuen Donnerschlag zog er die Schultern hoch und verdrehte den Hals:

»Nur zu, Alter da droben! Bomben und Granaten!«

Unwillkürlich mußte er, das Gesicht zu einem breiten Grinsen verziehend, an die armen, bunten Lampions denken, die man zum nächtlichen Festzug vorbereitet hatte.

Er mochte eine Stunde gelesen haben, als er inmitten des unaufhörlichen starken Rauschens Schreie am Strand zu hören glaubte. Er ging zum Fenster, stieß einen Laden auf und... Im selben Augenblick blendete ihn ein herabzuckender Blitz. Schreckliches Schauspiel! Doch jetzt... was war da drunten geschehen? Der Strand war mit Menschen gefüllt, die sich, so gut es ging, vor den Wogen schützten, welche das wütende Meer heranwälzte. Ja, sie schrien! Was war geschehen? Er nahm seinen Hut und eilte hinaus.

In der schauerlich tosenden Düsternis zitterte da und dort auf dem Strand, von einem Mantel oder Umhang geschützt, ein erschrockenes Laternchen. Eine große Menge von Frauen und Männern war dort drunten versammelt, welche in sorgenvoller Bedrängnis auf den Lichtstrahl eines Blitzes warteten, um draußen auf dem Meer den schrecklichen Kampf eines Bootes mit Wind und Wogen zu verfolgen. Inzwischen beteuerten einige unermüdlich, es sei niemand im Boot: Das Meer habe es vom Ufer fortgerissen, wo man es aufs Trockene gezogen gehabt habe; andere dagegen schworen hoch und heilig, sie hätten einen Mann darin gesehen, der verzweifelt gestikuliert habe, und sie ahmten seine Gebärden nach; wieder andere berichteten, es hätten an diesem Tag viele Boote den Hafen verlassen, um die Bäder von San Leone anzufahren, und eines derselben sei möglicherweise bei der Rückkehr vom Gewitter überrascht worden.

»Das Boot! Das Boot!« – schrie man plötzlich, als wieder ein Blitz die Szenerie erhellte.

Aber sofort kam der Donner hinterher und übertönte die Schreie der Menge. In der erneuten Finsternis wühlte das Unwetter stärker als zuvor die Dinge und die Gemüter auf.

Nachdem das Grollen des Donners verhallt war, wagten sich wieder ein paar verschüchterte Beobachter hervor:

»Ja, ja, es war einer im Boot… er rief um Hilfe, um Hilfe!« – Diesmal hatten ihn alle gesehen.

»Und wer fährt hinaus?« – schrie Bruno Celesia. »Wo sind die Helden des Tages?«

Aber je stärker jeder die Notwendigkeit fühlte, daß etwas getan werden müsse, desto mehr fehlte allen der Mut, wenn sich's um sie selbst zu handeln schien, und alle schrien aus vollem Hals um Hilfe, als wenn diese Hilfe von anderen und nicht von ihnen selbst geleistet werden müßte. Endlich beantwortete eine Stimme aus der Menge den sarkastischen Anruf Celesias:

»Hier bin ich! Gebt mir ein Boot!«

Und, die Umstehenden fast wütend zur Seite schiebend, trat Carluccio Sghembri vor, zur neuen Bewährungsprobe entschlossen.

Celesia warf ihm in stürmischer Bewunderung die Arme um den Hals, küßte ihn gerührt und rief:

»Unvergleichlicher! Nein! Du nicht! Du darfst nicht hinaus. Gebt mir das Boot. Ich will es versuchen!«

Und unverzüglich begann er sich auszukleiden. Sghembri wollte Widerstand leisten. Aber Bruno Celesia wußte sich der Menge gegenüber durchzusetzen:

»Ich fahre hinaus«, schrie er immer wieder. »Keiner wage es, mich daran zu hindern... Zurück mit dir! Du hast dir deine Medaille schon verdient! Jetzt ist die Reihe an mir! Laßt mich, sag ich euch! Mir macht im Schwimmen keiner was vor! Ich will's versuchen! Was liegt mir noch an meinem Leben!«

Ein alter Matrose eilte mit einem Rettungsring, der an ein langes Ankertau geknüpft war, herbei; andere hatten inzwischen eine kleine Barke ins Meer geschoben. Nachdem er sich rasch seiner Kleider entledigt hatte, sprang Bruno Celesia hinein. Sogleich trug das Meer in einer wütenden Sturzwelle die Barke davon. Ein allgemeiner Aufschrei. Von der Finsternis aufgesogen, war Celesia auf dem Meere verschwunden.

»Laß nach! Laß nach!« schrie man dem Matrosen zu, der das Ankertau in den Händen hielt.

Lebhafter, heißer wurde jetzt in der allgemeinen Beklemmung die Erwartung eines neuen Blitzes. Doch der Himmel selbst schien sich gegen den mutigen Retter verschworen zu haben: eine Dunkelheit, ein Tosen, die einem den Atem verschlugen! Alle drängten sich, um sich irgendwie dem Druck der Erregung zu entziehen, um das Ankertau, das sich ganz von alleine, wie mit eigenem Leben begabt, beim zitternden Schein der Laternen abwickelte.

»Hände weg! Hände weg! Laßt das Tau frei!«

Ein Blitz.

»Da ist er! Da ist er!« – erscholl es von neuem; und sogleich wurden die Stimmen wieder von der dichter gewordenen Finsternis verschluckt.

Aber man hatte ihn ganz in der Nähe des anderen Bootes gewahrt. Die Spannung wurde unerträglich.

»Er rettet ihn! Er rettet ihn!«

Frauen fielen sich schluchzend um den Hals, während die Männer, unruhig hin und her eilend, Schweigen geboten, als hätte das jetzt etwas nützen können. Auf einmal schien es, als wickle sich das Ankertau nicht mehr ab. Der Matrose ergriff es mit der Hand, wartete einen Augenblick; dann schrie er, während ihm die Freudentränen herabrollten:

»Da! Er zieht! Er zieht!«

Alle stürzten sich unter lauten Jubelschreien auf das Ankertau.

Ein neuer Blitz...

»Dort ist er! Zieht! Zieht! Er kommt! Hurra! Hurra!«

Bald darauf stieß Bruno Celesia mit der Barke an Land.

»Gerettet! Gerettet! Er liegt im Boot! Zieht. Er atmet noch!«

Ein Triumph! Doch als die Menge den Schiffbrüchigen erkennen konnte...

Ja, so ist's. Oft und oft gibt sich das Schicksal nicht damit zufrieden, daß es einen armen Teufel verfolgt, bis es ihm das Leben verleidet; es will auf jede Verfolgung auch noch das Siegel des Spottes heften.

Der Mann, dem Bruno Celesia das Leben gerettet hatte, war – der Geliebte seiner Frau.

Aus dem Italienischen von Hans Hinterhäuser. Originaltitel: *Al valor civile.* Erstveröffentlichung in dem ersten Novellenband *Quand'ero matto* (Turin 1902), in dessen überarbeiteter Neuauflage Mailand 1919, und schließlich im zehnten Band der *Novelle per un anno* von 1926.

# DIE LEIBRENTE

## I

Mit gespreizten Beinen, die Arme auf den Knien, die erdigen Hände wie leblos herabhängend, saß der alte Maràbito auf dem verfallenen Mäuerchen bei der Tür seines kleinen Hauses.

Nur für wenige Stunden sollte er noch die Luft des altersschwachen, rußgeschwärzten Lehmgehöftes atmen, den Hauch von Wohnhaus und Stall, die unter dem gleichen Dache lagen, den armen Dunst des Mists und den trockenen, beißenden Geruch des Rauchs: Düfte, die bislang sein ganzes Leben begleitet hatten. Sinnend ließ er seinen Blick über das Gut schweifen, indem er unaufhörlich mit den glasigen, tiefliegenden Äuglein blinzelte, wobei er jedoch nur die Lider bewegte: die Augäpfel selbst starrten unbeweglich und hart geradeaus.

Reglos ragten die Bäume in den trüben Himmel, als litten sie unter demselben Gram wie ihr scheidender Herr. Nur ein paar Elstern, die in den Kronen verborgen saßen, krächzten dann und wann wie zum Hohn, während die Lerchen auf den ausgedörrten Stoppelfeldern lustig um die Wette zwitscherten.

Sie warteten auf den ersten Regen; danach würde die Arbeit auf den Feldern beginnen: das Ausputzen der Bäume, das Pflügen, die Aussaat.

Maràbito schüttelte dreimal den Kopf; er wußte: das waren keine Arbeiten mehr für ihn. Darum hatte er auch im vergangenen März bei sich selbst beschlossen:

»Das soll mein letztes Erntejahr sein!«

Er hatte noch die Gerste geschnitten und die Mandeln abgeklopft, das Einsammeln der Oliven und die Weinlese jedoch schon dem neuen Besitzer überlassen, der an diesem Tage kommen sollte, um das Gut zu übernehmen; er würde ihm alles übergeben, und dann – leb wohl!

»Der Tod wird, wann es dem Herrgott gefällt, dort droben an meine Türe klopfen!«

Dabei hob er die Augen und schaute nach Girgenti hinüber, das mit seinen alten, von der Sonne vergoldeten Häusern kulissenhaft auf dem Hügel thronte; und er suchte im Gewirr der Dächer den bescheidenen Turm seiner Pfarrkirche Santa Croce in der Vorstadt Ràbato; dort besaß er ein altes Häuschen, in dem er seine Augen zur ewigen Ruhe schließen würde.

»Ach, wär's doch bald soweit!« seufzte er. »Ciuzzo Pace möchte ich's nachtun!«

Ciuzzo Pace hatte nämlich vor ihm das angrenzende Gütchen gegen eine Leibrente von einer Lira am Tag an den Kaufmann Scinè, den »Malteser«, abgetreten und war schon ein halbes Jahr später gestorben.

Die schwüle Stille, in der es dumpf und leise von unzähligen Fliegen summte, war voll von einer heimlichen Todesahnung. Aber der Alte empfand nicht Schrecken darüber, sondern eher so etwas wie eine ängstliche Erwartung.

Er stand ganz allein auf der Welt, denn von Frauen oder Freunden hatte er nie etwas wissen wollen; aber um sein Gut tat es ihm leid, da er es jetzt nach so langer Zeit verlassen sollte. Er kannte jeden einzelnen Baum, hatte sie alle selbst gepflanzt, selbst beschnitten, selbst gepfropft, hatte sie geliebt und gehegt, als seien sie Geschöpfe seines eigenen Fleischs und Bluts. Auch im Weingarten war ihm jede Rebe vertraut. Ja, es tat ihm leid um das Gut, nicht zuletzt auch um die Tiere, die ihm all die Jahre hindurch Freunde und Helfer gewesen waren: die beiden kräftigen Maultiere, die ihm den lieben langen Tag den Pflug gezogen hatten; das treue Eselchen, das noch unentbehrlicher gewesen war als diese; und Riro, das goldbraune Öchslein, das er abgerichtet hatte, ganz allein das Wasser aus dem Brunnen hochzuziehen. Das Schöpfwerk ließ, jedesmal, wenn das Tier eine Umdrehung gemacht hatte, ein klägliches Pfeifen hören: er wußte, wie viele Umdrehungen nötig waren, um die Wasserbecken zu füllen, und konnte so aus der Ferne das Ganze beaufsichtigen und regeln. Doch nun ade, Riro! Auch das Pfeifen der Eimermühle würde er von nun an nicht mehr hören.

Die Maultiere und das Eselchen waren auf der Tenne angebunden, wo sie sich nach Herzenslust am Stroh sattfressen konnten. Auch ihnen schenkte der alte Maràbito einen wehmütigen Blick. Wie würde ihr neuer Herr sie behandeln? An die Arbeit waren die armen Tiere gewöhnt, aber auch, außer ans Stroh, an ihre tägliche Ration Gerste und Kleie...

Was hatten denn die Lerchen heute? Lebhafter als sonst zwitscherten sie auf den Feldern, fast als wollten sie dem scheidenden Alten ein Lebewohl zurufen.

Da hörte man plötzlich von der Straße fröhliches Schellengeläute. Über das Gesicht des Mannes glitt ein Schatten.

»Der Wagen ist da!« sagte er, schlüpfte in die lose umgehängte Jacke und ging dem neuen Besitzer entgegen.

## II

»Immer den Kopf hoch, Gevatter Marà!« begrüßte ihn Grìgoli, der Knecht (der auch Ciuzzo Paces ehemaliges Gütchen für Don Michelangelo Scinè verwaltete), von seinem Kutschbock herab.

Ach ja, den Kopf mochte allenfalls Grìgoli hochtragen, der sich hinfort an zwei Futterkrippen zugleich mästen konnte, wenn man erst das Trennungsmäuerchen zwischen den beiden Gütern beseitigt hatte. Glück muß der Mensch haben! Der Himmel weiß, womit er sich ins Vertrauen des »Maltesers« geschmeichelt hatte. Ein kräftiger, untersetzter Bursche mit runden, lachenden Augen und einer kleinen Stupsnase, die neugierig aus einem arglosgutmütigen Gesicht in die Welt ragte! Und dabei hatte er's faustdick hinter den Ohren sitzen! Man brauchte sich seine Nase nur einmal aus der Nähe zu besehen.

Inzwischen war es Don Michelangelo gelungen, mit Hilfe des Kutschers vom Wagen zu klettern: einem jener wackligen, dreispännigen Landauer, die, meilenweit nach Stall riechend, über Land rasseln. Unter den gleichen Anstrengungen stieg auch Frau Nela, seine Gattin, aus, raffte mit zwei Fingern ihr Kleid hoch und begann sogleich unruhig umherzutrippeln; zuletzt folgten die Töchter, zwei blühend-wohlgenährte Zwillingsmädchen. Ein großes Faß, ein mittelgroßes Faß, zwei Fäßchen – das war das Bild der Familie. Der zurückfedernde Wagen schien einen tiefen Atemzug zu tun: nicht so die armen Pferdchen, denen der Schaum aus dem Maul und der Schweiß vom Rücken troff.

»Ergebenster Diener!« grüßte Maràbito kurz.

Die langjährige, schwere Arbeit hatte ihn wortkarg gemacht, und außerdem schämte er sich jetzt bei dem Gedanken, daß er von seinem Gut noch leben sollte, auch nachdem er es abgetreten hatte – also nicht mehr unmittelbar, nicht mehr durch seiner Hände Arbeit.

»Oh, diese Hitze bringt einen um!« schnaufte Scinè, indem er sich mit dem Taschentuch über das rote Vollmondgesicht wischte. »Vier Meilen Weg! Von der Stadt oben sieht's gar nicht so weit aus!«

Das war ein erster Seitenhieb des reichgewordenen Krämers, der offenbar in der Absicht gekommen war, alles herunterzusetzen.

Nicht umsonst erinnerten sich die Leute im Dorf mit Schadenfreude daran, wie er früher zerlumpt, staubbedeckt und schwitzend die steilen Gäßchen im Stadtteil San Michele hinauf- und herabgeklettert war, einen Warenballen auf den Schultern und einen Knotenstock in der Hand, während er die andere vor den Mund hielt und »Pariser Waaare!« rief.

Seine Wuchergeschäfte hatten ihn binnen kurzem zum reichen Mann gemacht, und so thronte er jetzt, unter einem beleuchteten Muttergottesbild, hinter dem langen Ladentisch seines Tuchgeschäfts, welches das größte in der ganzen Hauptstraße war.

Frau Nela – mit ihrem Kürbiskopf über dem respektablen Busen – tat nie den Mund auf, bevor sie nicht mit einem verstohlenen Blick ihren Mann um Rat gefragt hatte. Doch eine der beiden Töchter hatte eines Tages beim Anblick der beiden antiken Tempel, die auf dem nahen Abhang ragen, mit stürmisch-inbrünstiger Bewunderung ausgerufen:

»Ach, wie niedlich, Papa!«

Der »Malteser« hatte sie nur mit einem vernichtenden Blicke angefunkelt.

Er kannte genau den Wert des Gutes und wußte, daß Maràbito schon über fünfundsiebzig war. Indem er sich nun über den Zustand des Gutes unzufrieden und über den des Alten erfreut zeigte, hoffte er von der ausbedungenen Leibrente von täglich zwei Lire noch etwas herunterzuhandeln. Denn der Boden ist nun einmal den Zufälligkeiten des Wetters unterworfen, während zwei Lire immer zwei Lire bleiben!

Aber es kam nicht dazu. Die genaue Besichtigung des

Gutes ergab, daß nirgends etwas auszusetzen war, und dieser Dummkopf von einem Grìgoli rief wie mit Absicht ein über das andere Mal:

»Aber da schaut her!«

Und dabei bog er die Blätter eines Weinstocks beiseite und ließ Trauben sehen, die schwerer wogen als Frau Nelas Brüste.

»Hier! Da schaut her!«

Und er zeigte im Agrumenhain auf Zitronen und Apfelsinen, bei deren bloßem Anblick einem schon das Herz im Leibe lachte.

»Dieser Garten, Exzellenz, trägt Früchte das ganze Jahr!«

Michelangelo Scinè nickte mürrisch mit dem Kopf. Und da er sonst nichts einzuwenden hatte und ihm überdies jenes »Exzellenz« schmeichelte, mit dem Grìgoli freigiebig um sich warf, stöhnte er über die Hitze.

»Nicht zum Aushalten! Nicht zum Aushalten!«

Der einzige, der nichts sagte, war Maràbito. Er ärgerte sich vielmehr über Grìgolis unaufhörliches Geschwätz, denn es war ihm nicht entgangen, daß Scinè vor Wut sichtlich zusammenschrumpfte. Tatsächlich war er schon verschiedene Male, als habe er die ständigen Aus- und Anrufe seines Faktotums nicht gehört, einfach weitergegangen, oder er war mit halbgeschlossenen Augen und dem Zeigefinger auf der Nasenspitze stehengeblieben, als sei er in irgendeine verwickelte Rechnung vertieft. Grìgoli aber hatte sich nur um so unbekümmerter an Frau Nela und die beiden Mädchen gewandt:

»Schauen Sie sich das einmal an!«

So daß es Maràbito am Ende für geraten hielt, den allzu eifrigen Lobredner zurechtzuweisen:

»Nun laß es schon gut sein, Grigoletto! Die Herrschaften haben doch selbst Augen im Kopf!«

Aber damit machte er es nur noch schlimmer. Unbeirrt fuhr Grìgoli fort:

»Ja, Ihr habt recht! Ihr tut nie den Mund auf! Doch was wahr ist, muß wahr bleiben. Man soll Anwesende nicht loben: Aber einen Schaffer wie Gevatter Maràbito hat es noch nicht gegeben und wird es nicht mehr geben. Und auf seine Landwirtschaft versteht er sich! Wenn's einen Baum ausputzen und veredeln heißt, dann kann man seinesgleichen im ganzen Landkreis suchen! Da seht Euch nur die Mandelbäume an, die er gepfropft hat: etwas Dankbareres werdet Ihr schwerlich finden. Jeder Baum trägt drei, vier Scheffel im Jahr, die Euer Gnaden mit geschlossenen Augen nachzählen können. Und hier die Aprikosenbäumchen! Wenn Euer Gnaden diese Früchte erst einmal kosten, dann gibt's kein Aufhören mehr! Ein Genuß, kann ich Ihnen sagen. Und das hier, mein kleines Fräulein, ist ein Birnbaum: *solche* Birnen trägt der! Ach, einen Boden wie den gibt's nicht wieder! Da fehlt nichts, rein gar nichts! Denn Maràbito hat sich's sauer werden lassen; geschuftet hat er wie das reinste Arbeitspferd. Schade, daß er jetzt so alt geworden ist...«

Hier riß Don Michelangelo endlich die Geduld:

»Was heißt denn da alt, du Esel«, brach er los. »Siehst du nicht, daß er besser auf den Beinen ist als ich?«

»Das will nicht viel besagen!« antwortete Grìgoli mit einem blöden Lächeln. »Euer Gnaden sind mein Herr, und deshalb möcht' ich Ihnen nicht gern widersprechen. Aber wenn man so dick und rund... will sagen, so kerngesund ist wie Euer Gnaden, dann geht sich's ein bißchen schwer im Weinland!«

Dieses war nämlich frisch gehackt, man sank bei jedem Schritt ein, und eine Unvorsichtigkeit konnte leicht zu einer Verstauchung führen. Auch stieg infolge des immer noch warmen Wetters ein dumpfer, fauliger Geruch vom

Boden auf, so daß es dem armen Don Michelangelo ganz übel wurde. Zum Teil war daran freilich auch das unaufhörliche Geschwätz dieses Tölpels schuld.

»Nun halt doch endlich einmal den Mund! Das geht ja wie ein Mühlrad! Das Gut hat seine Vorzüge, zugegeben! Aber... aber... aber...«

Aber er endete den Satz mit hochgehobenem Zeige- und Mittelfinger, was soviel bedeuten sollte wie: zwei Lire sind zwei Lire.

»Lieber Herr«, fiel ihm da Maràbito, stehenbleibend, ins Wort. »Morgen in aller Frühe zieh ich in die Stadt hinauf, und dort wird der Tod gewiß nicht lange an meinem Häuschen vorübergehen; denn mein Leben, das laß ich hier auf meinem Gut. Ich mach nicht gern viel Worte; aber eines muß ich Ihnen doch sagen: Glauben Sie nicht, daß ich dies Geschäft mache, weil ich keine Lust mehr zum Arbeiten habe! Ich hab gearbeitet, seit ich ein kleiner Junge von sieben Jahren war; und Leben und Arbeiten sind für mich immer dasselbe gewesen. Sie können mir glauben, daß ich's nicht meinetwegen tue, sondern meines Besitztums wegen, das darunter leiden würde, wenn ich's weiter behielte; denn mir fehlt die Kraft, so zu arbeiten, wie ich gern möchte und wie es nötig wäre. In ihren und Grigolettos Händen, der von der Landwirtschaft mehr versteht als ich, wird mein Gut ganz bestimmt alle erforderliche Sorgfalt und Pflege haben, und so bin ich denn jetzt bereit, es ohne ein Wort der Klage hinzugeben. Doch wenn Euer Gnaden anderen Sinnes geworden sind, dann sagen Sie's nur frei heraus, und der Handel unterbleibt.«

Frau Nela und die beiden Töchter waren auf diesen Ausbruch nicht gefaßt gewesen und starrten dem Alten verdutzt ins Gesicht. Don Michelangelo aber, der alte Fuchs, rief Grìgoli lächelnd zu:

»Nun sag du mir noch einmal, daß er den Mund nicht auftut. Na, ich danke!«

Dann fuhr er, zu Maràbito gewendet, fort:

»Soll ich Euch denn sagen, daß Ihr steinalt seid und mit einem Fuß im Grabe steht?«

»Wie ich bin, sehen Euer Gnaden ja selbst«, entgegnete der Alte achselzuckend. »Wieviel Jahre es sind, weiß ich nicht genau. Nur daß ich müde bin, weiß ich. Und Euer Gnaden können mir glauben, daß Sie an mich nicht viel von Ihrem schönen Gelde zu verschwenden brauchen. Ich werde bald den Weg von Ciuzzo Pace gehn. Das ist für mich das beste, die Herrschaften können sich des Besitzes freuen, und ich hoffe nur zu Gott, daß sie ihn nicht verkommen lassen.«

## III

»Sie haben die Aprikosenbäumchen vor dem Hause umgeschlagen«, sagte Maràbito, noch nicht vierzehn Tage später, zu seinen Nachbarinnen vom Santa-Croce-Platz.

Er schloß die Augen und sah die Bäumchen wieder alle drei auf dem freien Platz am Abhang stehen. Sie waren so hübsch gewesen! Wozu mußte man sie umhauen?

»Todsicher ist das Grìgolis Werk, der Brennholz braucht und seinem Herrn vormacht, die Bäume seien dürr.«

Aber er täuschte sich. Noch war kein Monat vergangen, als man ihm berichtete: »Sie haben das Gehöft niedergerissen.«

Das Gehöft? Gewiß doch: Der »Malteser« wollte an seiner Stelle ein hübsches neues Häuschen errichten, und die drei Bäumchen waren ihm dabei im Wege gestanden.

»Regt Euch nicht auf und genießt in Ruhe Eure Rente!« ermahnten ihn die Gevatterinnen. »Ihr weint ja um diese paar Bäumchen, als hätte man Euch die Arme abgehauen!«

»Und die Tiere?« fügte Maràbito hinzu. »Mein armes Eselchen soll so heruntergekommen sein, daß es sich nicht mehr auf den Beinen hält. Und Riro? Ach, den erkennt man gar nicht mehr wieder!«

»Wer ist Riro?«

»Mein Öchslein.«

»Ach so. Es hörte sich gerade so an, als sprächet Ihr von Eurem eigenen Sohn.«

Die Nachbarinnen hatten Mitleid mit ihm, aber manchmal konnten sie sich kaum das Lachen verbeißen.

»Das Gut gehört doch jetzt dem andern! So laßt ihn halt tun, was er für richtig hält!«

Aber das war es ja gerade, was Maràbito nicht ertragen konnte. Daß der »Malteser« Herr auf seinem Grund und Boden geworden war – nun, das ging noch hin; daß er ihm aber die Frucht jahrzehntelanger Arbeit zerstörte und seine Tiere mißhandelte – nein, das durfte unser Herrgott nicht zugeben!

Und er lenkte seine Schritte zur »Promenadenstraße« am anderen Ende der Stadt, von wo aus er sein Anwesen tief unten im Tal zwischen den beiden antiken Tempeln liegen sah. Er starrte unverwandt hinab, als könne er durch die Kraft seiner Blicke dem Zerstörungswerk des »Maltesers« Einhalt gebieten. Aber er widerstand nicht lange und ging schleppenden Schritts, die Augen voll Tränen, nach Hause zurück.

Er war ans Leben auf dem Lande gewöhnt und glaubte jedesmal ersticken zu müssen, wenn er ins Gewirr der engen Gäßchen eintauchte. Auch wenn er die Hauptstraße entlangging, die ein wenig breiter und länger war als die andern, gepflastert und von herrschaftlichen Häusern und Geschäften gesäumt, fühlte er sich nicht besser. Seine Nagelschuhe dröhnten auf dem glatten Pflaster, während er vornübergebeugt dahinschritt, mit dem bedächtigen Gang der Bauern, die Hände auf dem Rücken und die Augen auf den Boden geheftet, seine schwarze Zipfelmütze auf dem Kopf, deren Quaste bei jedem Schritt auf seinem Nacken hin und her baumelte.

Wenn er dann aus der Ferne Scinès Tuchgeschäft mit den vier prunkvollen Schaufenstern zu seiten des Eingangs erblickte, so zuckte er jedesmal zusammen. Oft saß Don Michelangelo vor der Tür, die Hände über dem Bauch gefaltet, der wie ein Sack Kleie auf den gespreizten Schenkeln lag, während ihm unter der zu kurzen Weste das Hemd hervorquoll. Er rauchte, den Boden im Umkreis mit seiner Spucke bedeckend. Sah er jedoch Maràbito des Weges kommen, dann heftete er die Augen auf ihn, als wolle er ihn mit seinen Blicken bei lebendigem Leibe verschlingen wie eine Schlange einen Frosch, und fragte ihn mit höhnischem Lächeln:

»Wie geht's, wie steht's?«

»Wie's Gott gefällt«, erwiderte Maràbito unfreundlich, ohne stehenzubleiben. Und bei sich selbst sagte er: »Ich will leben, bis du schwarz wirst!« Und er hätte sich umdrehen und die Abwehrgeste gegen den »bösen Blick« machen mögen.

Aber wenn er bald darauf wieder in seinem alten Häuschen allein war, ließ er den Kopf hängen.

»Was tu ich eigentlich noch auf der Welt?«

»Still, alter Narr«, wiesen ihn die Nachbarinnen zurecht. »Ruft Ihr den Tod herbei? Dankt lieber Eurem Herrgott, daß er Euch ein gesegnetes Alter beschert hat!«

Aber der Alte schüttelte den Kopf und hob seine Hand in einer Gebärde des Ärgers: Was sollte das für ein gesegnetes Alter sein? Und er begann zu weinen wie ein kleines Kind: »Er wirft mir das Brot vor, das ich esse, und die paar Tage, die ich noch zu leben habe!«

»Nun, so schaut, daß Ihr's auf hundert Jahre bringt, damit er platzt vor Wut!« riefen die Frauen wie aus einem Mund und ließen einen Schwall von Schimpfworten gegen Scinè los. »Der Halsabschneider! Saugt ihn aus, wie er selbst so viele arme Teufel ausgesaugt hat! Auf hundert Jahre müßt Ihr's bringen! Der Herrgott und die heilige Mutter Gottes mögen euch am Leben erhalten, damit er platzt vor Wut! Ja, auffressen soll er sich vor Wut!«

Gleichzeitig redeten der Goldschmied Don Luzzo, das größte Lästermaul der ganzen Hauptstraße, zusammen mit dem Apotheker von gegenüber im gleichen Sinn auf Don Michelangelo ein, wenn auch mit weniger Gesten und Worten und in spöttischem Ton.

»Der Alte erlebt sein Hundertstes, da sind wir Euch gut für, lieber Scinè!«

Der aber blies Mund und Wangen zu einer Grimasse ungläubigen Ärgers auf. Seltsamerweise gaben jedoch die buschigen Augenbrauen unter der niedrigen Stirn dem dicken, stumpfsinnigen und gemeinen Gesicht beinahe einen Ausdruck von Trauer und Niedergeschlagenheit.

Er hatte das Gut vor dem Abschluß des Vertrags abschätzen lassen. Zweieinhalb Tagwerk blühendes Ackerland hätten ihn sonst zum mindesten zwölftausend Lire gekostet. Nun war Maràbito schon über fünfundsiebzig: So rüstig er auch sein mochte, auf mehr als achtzig würde er es wohl kaum bringen. Drei bis viertausend Lire würde es ihn also kosten. Bis zwölftausend war es noch weit hin…

»Laßt den armen Teufel doch leben! Mir soll es recht sein!«

So gab er den andern den Ärger zurück. Ja, er winkte, um seine Rolle ganz zu Ende zu spielen, den Alten eines Morgens zu sich in den Laden herein.

»Kommt doch einmal her, in Gottes Namen! Warum lauft Ihr denn vor mir davon? Was hab ich Euch getan?«

»Nichts«, antwortete Maràbito, »gar nichts. Aber mein

Gut hatte ich Euer Gnaden ans Herz gelegt, und auch das arme Vieh; Riro, mein Riro ist tot! Ich kann mich gar nicht beruhigen darüber!«

»Und ich?« rief der »Malteser«. »Erinnert mich nicht daran! Dieser Grìgoli ist ein Hundesohn! Er hat die Schuld. Ein bißchen Schuld habt aber auch Ihr.«

»Ich?«

»Ihr, jawohl! Denn hättet Ihr Teufelskerl mich nicht wie einen Dieb geflohen, während Gott allein weiß, welches Opfer diese zwei Lire am Tag für mich bedeuten; wäret Ihr mir statt dessen mit Rat und Tat zur Seite gestanden, dann hätten wir beide jetzt keinen Grund zur Klage, und vielleicht hätte Riro nicht dran glauben müssen.«

Der »Malteser« staunte selbst über die Richtigkeit dieser Erwägung. In der Tat, wer hätte ihn wohl besser als Maràbito vor diesem Halunken Grìgoli schützen können? Doch der Alte blieb beleidigt.

»Ah, Euer Gnaden behaupten also, an Riros Tod sei ich schuld?«

»Gewiß doch! Ich hätte Eure Ratschläge befolgt und mich nicht von diesem Gauner an der Nase herumführen lassen, der sich meine Unerfahrenheit zunutze macht, mich hinten und vorn bestiehlt und sich als Herr aufspielt. Statt dessen wäret Ihr, wenn auch sozusagen von weitem, der Herr geblieben, und alles wäre besser gegangen. Ich will Euch wohl und möchte, daß Ihr auf Eure Gesundheit seht. Kommt nur einmal zu mir! Wir werden bestimmt einig werden!«

Die letzten Worte sagte er mit überlauter Stimme, damit der Goldschmied Don Luzzo sie hören sollte.

»Wie gut Ihr's mit dem Alten meint!« grinste dieser denn auch, sobald Maràbito ein paar Schritte weiter fort war. »Doch wenn Ihr ihn gütlich überreden wollt, bald abzukratzen, so ist's verlorene Liebesmüh: Der Alte bringt's auf Hundert!«

Don Michelangelo machte seine gewohnte, ungläubige Grimasse und hob die fünf Finger seiner fleischigen Hand:

»Soviel noch! Ihr werdet schon sehen!«

## IV

Inzwischen begab sich Maràbito alle vierzehn Tage zu dem Notar Nocio Zàgara, um die Raten seiner Leibrente abzuholen.

Don Nocio konnte es an Umfang mit Scinè aufnehmen; nur war er viel größer: ein beleibter Riese, der das ganze Zimmer im Erdgeschoß füllte, wo er sein Büro hatte. Über den Fleisch- und Fettmassen ragte jedoch ein winzig kleines, rosiges Kindergesicht mit zwei hellen und springlebendigen Äuglein. Rot und großporig wie eine Erdbeere, guckte das Näslein zwischen den Pausbacken hervor, während die zarte, winzig kleine Spitze des Kinns mit dem neckischen Grübchen in den Speckwogen des Halses fast nicht mehr auszumachen war.

»Vier Jährlein erst bin ich alt«, pflegte er zu sagen, »und doch haben sie mich so aufgebläht!«

Immer zum Scherzen aufgelegt, fragte er den eintretenden Maràbito mit seinem näselnden Stimmchen:

»Was meint denn der alte Schmutzfink?«

Maràbito verstand nicht gleich, auf wen der andere anspielte, und blinzelte ihn ratlos an.

»Na, Don Michelangelo! So arg zufrieden wird er ja mit Euch nicht sein. Da hat sich Ciuzzo Pace schon besser aufgeführt!«

»Auf jeden Fall scheint ihm mein Anwesen gefallen zu haben«, erwiderte Maràbito achselzuckend.

»Schon, schon! Aber für Euch wär's Zeit! Denn Ihr seid doch ein Ehrenmann!«

Dabei klopfte er ihm väterlich auf die Schulter.

Er wußte, daß die Geschäfte des »Maltesers« schon seit einer ganzen Weile nicht mehr so florierten wie früher. Und da er gern in Bildern sprach, münzte er auf Scinè das folgende Gleichnis: »Ein kleiner Luftballon sah den Mond am Himmel stehn und wollt es ihm gleichtun. Er bat den Wind, doch dem Jungen die Kordel aus der Hand zu reißen, die ihn hielt. Der Wind gewährte ihm die Bitte und hob ihn hoch-hoch-hoch hinauf. Zu hoch! Denn auf einmal machte es *bums*, und der kleine Luftballon war geplatzt.«

Es genügte, an die letzte Narrheit zu denken, an jene Leibrente für Maràbito, nur weil ihm beim erstenmal das Spiel mit dem armen Pace geglückt war! Dumm – sehr dumm! Denn der Tod kann seine Leute auch einmal zum Besten halten, wenn es ihm gerade paßt: »Ah, du willst es noch einmal mit mir probieren? Na schön! Ich werde bei dem Alten anklopfen, wann's mir beliebt! Zahl du nur ruhig inzwischen!«

»Zwei Lire am Tag sind kein Pappenstiel!«

Für Maràbito war das Geld im Grunde wirklich zuviel, denn er brauchte keine Miete zu zahlen, und was das Essen betraf, so begnügte er sich zu Mittag mit etwas Brot und Zukost und am Abend mit einem Teller Gekochtem: Bohnensuppe oder Spaghetti, oder auch nur etwas Grünzeug, das er oft genug ohne Öl, mehr dem lieben Vieh als einem Christenmenschen gleich, hinunterschlang.

Das alles bereitete er sich selbst auf einem kleinen Herd in dem Kämmerchen neben dem großen Wohnraum. Besagter Herd stand unter einem vergitterten Fenster; und auf der schmierigen und verrußten Fensterbank waren die Koch- und Eßgeräte aufgestellt: eine Pfanne und ein irdener Topf, ein Teller mit roten und blauen Tupfen, unter denen man sich Blumen vorstellen konnte, eine Gabel und ein Zinnlöffel. Lauter neuerworbene Gegenstände. Das Messer, einen Knicker mit Horngriff, führte Maràbito wie jeder rechte Bauer stets in der Tasche mit sich, und sei es auch nur zu dem friedlichen Zweck des Brotschneidens.

Der Wohnraum mit der rohgezimmerten Decke hatte längst eine gelbbraune Farbe angenommen, und an der einen Wand bröckelte der Verputz herunter. Dicker Staub lag in dem alten Häuschen, das so lange leer gestanden hatte, und verbreitete allenthalben einen zähen Modergeruch.

Maràbito liebte sein Häuschen genausowenig, wie er die Stadt liebte, zu der er früher fast nie aus seinem Landgut heraufgekommen war. Jetzt lernte er nach und nach ihre engen und gewundenen Gäßchen kennen, in denen es so seltsam vertraut nach allem Möglichen roch, so daß er sinnend stehenblieb und alten Kindheitserinnerungen nachhing. Er sah sich wieder als kleiner Junge an der Hand seiner Mutter jene Gassen hinauf- und hinabklettern, die steinig waren wie das Bett eines Gießbachs und ganz dunkel, mit den finster dräuenden Häusern rechts und links und einem Stückchen blauen Himmels hoch darüber, das man mitunter nicht einmal sah, wenn man auch noch so sehr den Hals reckte, da die Augen von dem gleißenden Licht der letzten Zinnen geblendet wurden. Bis er endlich die Hügelhöhe von San Gerlando erreicht hatte. Hier waren von der ganzen Stadt nur noch die Dächer zu sehen – ein Meer von Dächern, terrassenförmig gestuft, alte Dächer mit zerfallenen Ziegeln, neue, leuchtend rote Dächer, ausgebesserte, hell und dunkel nach dahin und dorthin abfallende Dächer; dazwischen die Kuppeln einiger Kirchen mit ihrem Glockenturm; und Terrassen, auf denen die aufgehängte Wäsche buntschimmernd im Winde flatterte.

An seine Mutter hatte er keine guten Erinnerungen. Sie war eine große, dürre Frau gewesen, mit schütterem Haar, zornig schweifenden Augen, einem langen Ziegenhals und einem kleinen Kropf. Sie hatte bald nach dem Tode seines Vaters einen Mann aus Montaperto geheiratet; und er selbst war schon als siebenjähriger Junge aufs Land geschickt worden, um einem Gevatter seines Vaters bei der Arbeit zu helfen, einem gewalttätigen, rothaarigen Kerl, der ihn Abend für Abend grundlos prügelte – angeblich, um ihn zu erziehen.

Ferne, längst verblaßte Erinnerungen...

Auch an die in Amerika, in Rosario de Santa Fé, verbrachten Jahre erinnerte er sich nur noch undeutlich. Ja, er war weit, weit übers Meer gefahren, und drüben war im Juni Winter und im Sommer Weihnachten gewesen (alles verkehrt herum). Er hatte inmitten von Landsleuten gelebt, die wie er ausgewandert waren und die nun rottenweise die Erde bebauten, welche überall dieselbe ist, so wie alle Bauernhände auf der ganzen Welt einander gleichen. Und niemals hatte er sich bei seiner Arbeit Gedanken gemacht; sein Sinnen und Trachten beschränkte sich stets nur auf seine Hände und die Dinge, die er zur Arbeit brauchte. Über vierzig Jahre lang hatte er auf jenem Grundstück, das er mit dem drüben zurückgelegten Gelde hatte erstehen können, nie etwas anderes gesehen und gehört als den Baum, der beschnitten, als die Hacke, die geschärft, als das Heu, das gemäht werden mußte; nie hatte er sich durch irgend etwas ablenken lassen: die blitzende Klinge seiner Sense oder seiner Baumaxt, das Rascheln des frischgeschnittenen Grases und der Duft des Heus – das war seine ganze Welt gewesen. Und voll von Arbeit seine Tage, auch wenn der Herrgott einen erquickenden Regen auf die schmachtenden Felder niedergehen ließ: da waren Säcke zu flicken, Körbe auszubessern oder Schwefel für die Reben zu zerkleinern. Wenn jetzt sein Blick auf ein übriggebliebenes Ackergerät fiel, das in einer Zimmerecke lehnte, oder auf die verrostete Sichel über der Tür zum Kämmerchen, so empfand er eine solche Niedergeschlagenheit über sein sinnloses Nichtstun, daß er in die Bodenkammer hinaufschlich und sich wie ein kranker Hund auf dem Strohsack zusammenkauerte.

Er hielt es nicht aus zwischen all den Weibern und Kindern des Santa-Croce-Platzes: der Gevatterin Milla, der vornehmsten aus der ganzen Nachbarschaft, die immer fein und sauber gekleidet ging wie eine richtige Dame und sich eines allgemeinen Respekts erfreute; der Gevatterin Gàpita, die einem alten, geborstenen Topfe glich und auf einen Bauch herunterblicken konnte, so dick, als ob sie ewig schwanger sei; der Frau Croce, die vom Morgen bis zum Abend nicht nur mit ihren fünf Kindern keifte, weil sie das sechste, einen schmutzstarrenden Säugling, nicht schlafen ließen, sondern auch mit ihren acht Hühnern und der Katze und dem Ferkel, das sie, vor der Stadtpolizei verborgen, in ihrem Hause aufzog; der Frau Carminilla, genannt »die Besessene«; der Gevatterin Gesa, genannt »das Mannweib«; und wie sie sonst noch alle heißen mochten.

All diese Frauen empfanden für den als eingefleischten Weiberfeind bekannten Maràbito ein seltsames Gefühl der Neugierde; während sie sich einerseits im stillen ärgerten, mußten sie doch auch heimlich lachen, wenn sie sahen, daß er ihnen noch immer ängstlich aus dem Wege ging und sich gegen die kleinen, harmlosen Gefälligkeiten sträubte, die sie ihm erwiesen, da er doch so allein war.

Aber noch ein anderes Gefühl war in ihnen wirksam, das weniger aus Mitleid für Maràbito bestand, als aus Haß gegen den »Malteser« und aus dem immer noch lebendigen Bedauern um den armen Ciuzzo Pace, der ein knappes halbes Jahr nach Antritt seiner Leibrente hatte sterben müssen. Dieses Mal durfte der Halsabschneider nicht so leichten Kaufes davonkommen! Und so pflegten sie Maràbito um die Wette, als hätten sie sich verschworen, ihn hundert Jahre alt werden zu lassen, um den andern zu rächen.

## V

Aber dieser Schurke von einem »Malteser« stand offensichtlich mit dem Teufel im Bunde. »Höchstens noch fünf Jahre!« hatte er gesagt, und wirklich wurde Maràbito wenige Tage nach seinem achtzigsten Geburtstag krank.

Als die besorgten Nachbarinnen an jenem Morgen sahen, daß sein Häuschen verschlossen blieb, schlugen sie zuerst eine Weile vergeblich mit Händen, Knien und Füßen an die Tür, dann schickten sie jemand zur Polizei. Die andern verharrten wartend, indem sie in allen Tonarten nach dem Alten riefen:

»Heda, Gevatter Marà!«

»Alterchen!«

»So antwortet doch wenigstens!«

Nachdem die Türe aufgebrochen war, eilten sie geradewegs in die Dachkammer hinauf, gewiß, ihn schon tot zu finden.

»Nein! Nein! Er hat die Augen offen! Er hat die Augen offen!«

Aber sie glänzten fiebrig. Gott, wie er glühte! Und wie ein Hund lag er dort am Boden, auf seinem Strohsack!

Zunächst beschlossen sie, ihn in den Wohnraum hinunterzutragen, damit er wenigstens ein bißchen Luft hätte und nicht, wie schon einmal, von den Mäusen angeknabbert würde. Sie machten ihm, so gut es ging, ein Bett zurecht, wozu die eine das Gestell hergab, eine andere die Bretter, eine dritte eine Matratze, ein paar saubere Leintücher und eine Decke. Dann schickten sie nach einem Arzt. Er habe eine Lungenentzündung, hatte die Gevatterin Milla inzwischen entschieden, und zwar eine gehörige. Die Croce dagegen keifte, wie sie's gewohnt war, mit aufgehobenen Armen:

»Eine Lungenentzündung? Bleibt weg! Was soll hier ein Arzt? Das war ein böser Blick! Laßt mich nur machen!«

Und von der Gàpita und der Carminilla unterstützt, begann sie das eben aufgestellte Bett mit allen erdenklichen Amuletten zu schmücken: vom Hufeisen über ein Paar Ziegenhörner bis zu roten Salzsäckchen. Darauf beschlagnahmte sie alle Besen in der ganzen Nachbarschaft und lehnte sie, den Stiel nach unten, rechts und links von der Tür an die Wand des Häuschens, zur Bewachung des Eingangs.

Der Arzt schrie, als er das so geschmückte Bett sah, wütend:

»Fort mit diesem Dreckskram!«

Zur Genugtuung der Gevatterin Milla bestätigte er dann, daß es sich tatsächlich um einen Fall schwerer Lungenentzündung handle, und riet, den Kranken mit aller gebotenen Vorsicht ins Spital zu schaffen. Das aber rief den lebhaften Widerspruch der Nachbarinnen hervor: wozu seien *sie* denn da? Sie würden ihn Tag und Nacht mit der zärtlichsten Hingebung pflegen und alle Vorschriften einhalten. Was sollte ihr guter Alter im Krankenhaus, wo man die Armen ja doch nur als Versuchskaninchen für die Herren Doktoren gebrauchte und einem sicheren Tod preisgab?

Kaum war der Arzt fort, da warf die Croce der Gevatterin Milla, die gerade sagen wollte: »Seht ihr wohl, daß ich recht hatte!« einen drohenden Blick zu und eilte nach Hause, um ihren Umhang zu holen.

»Tut mir doch den Gefallen«, rief sie der Gevatterin Gàpita noch zu, »und habt ein Auge auf mein Haus und die sechs Kinderchen!«

Nicht lange, und sie kehrte mit der »Bösen Nacht« zurück, einer alten Hexe, die im Rufe einer Geisterbeschwörerin stand. Die Person hatte pechschwarzes Haar, Augen wie eine Wölfin, einen erschrecklich großen Mund und eine rauhe Männerstimme.

Sie ließ sich einen Suppenteller mit Wasser und eine Ampulle Öl bringen, befahl die Tür zu schließen und den Kranken im Bette aufzurichten. Dann zündete sie eine Kerze an, setzte den Teller auf den Kopf des alten Mannes und ließ langsam einen Öltropfen mitten auf das Wasser fallen. Die Nachbarinnen, die im Kreis herumstanden, hielten den Atem an. Auf den schwimmenden Öltropfen starrend, begann die »Böse Nacht« unverständliche Beschwörungen zu murmeln, worauf der Tropfen sich langsam zu verbreitern begann.

»Da – seht ihr!«

In dem Teller zitterte beim ungewissen Schein der Kerze eine gelblich leuchtende, mondförmige Scheibe.

Die Nachbarinnen hatten sich, bleich vor Furcht, auf den Zehenspitzen aufgerichtet, manche schlug sich vor Erstaunen mit den Fäusten an die Brust. Schließlich goß die alte Hexe das Wasser in ein Becken:

»Lauter böser Blick ist da drin!«

Sie goß neues Wasser in den Teller auf dem Kopf des Alten, ließ abermals einen Tropfen Öl hineinfallen, der sich diesmal bei ihren Beschwörungen schon weniger stark vergrößerte, und diesen magischen Vorgang wiederholte sie noch mehrere Male, bis endlich der Tropfen unverändert mitten auf dem Wasser schwamm. Nun verkündete die »Böse Nacht«:

»Ich habe ihn befreit! Jetzt aber besorg ich's jenem Schurken!«

Niemand vermochte den Nachbarinnen auszureden, daß der Alte mit Hilfe der »Bösen Nacht« gesund geworden sei.

»Ein wahres Wunder!«

Und als sich bald darauf die Nachricht verbreitete, der »Malteser« sei an einem Leiden erkrankt, über dessen Natur sich nicht einmal die Ärzte klarwerden könnten, dachten sie: »Das ist die gerechte Rache der Hexe!« Sie hätten die Hand dafür ins Feuer gelegt.

Maràbito war seit wenigen Tagen wieder aufgestanden, als er von der Erkrankung des »Maltesers« hörte. Wie hätten die Nachbarinnen ahnen sollen, daß diese Nachricht einen so tiefen Eindruck auf ihn machen würde? Sie sahen ihn weinen.

»Seid Ihr verrückt geworden? Was kümmert's Euch, wenn er draufgeht? Zuerst hat er Euch ans Leben gewollt, jetzt muß er selbst dran glauben. Wenn aber seine Frau und seine Töchter Euch das vorenthalten wollen, was Euch zusteht, dann werden sie Euch das Gut zurückgeben müssen. Habt nur keine Angst!«

»Aber ich weine doch nicht meinetwegen!« protestierte der Alte. »Für mich wird unser Herrgott schon sorgen. Mir tut's um ihn leid, weil er doch Familie hat und soviel jünger ist als ich.«

Und kaum erfuhr er, daß sich der »Malteser« trotz seines bedenklichen Zustands auf einem Stuhl ins Geschäft hinuntertragen ließ, hielt er es für seine Pflicht, ihm einen Besuch abzustatten.

Auf alles war der arme Alte gefaßt, nur nicht darauf, daß man ihn wie einen Hund empfangen würde.

Sobald Scinè, der beim Ladentisch saß, ihn hereinkommen sah, schlug er mit der Faust auf den Tisch und schrie wie ein Wahnsinniger:

»Ihr habt den Mut, mir vor die Augen zu treten? Hinaus! Schert Euch zum Teufel, Mörder! Jagt ihn fort!«

Die Ladenschwengel eilten herbei, packten ihn an Armen, Brust und Schultern und stießen ihn auf die Straße, während der arme Alte immer wieder stammelte:

»Aber was kann ich denn dazu, wenn mich der Tod nicht gewollt hat? Man kann ihm doch keine Vorschriften machen!... An mir liegt's doch nicht...«

## VI

Den ganzen Tag saß Maràbito nun, auf Anraten der guten Nachbarinnen, zwischen langen, schlangenförmig gewundenen Weidenruten und flocht Körbe.

»Die Untätigkeit bekommt Euch schlecht. Ihr seid nicht daran gewöhnt. So habt Ihr eine leichte Arbeit und einen Zeitvertreib dazu.«

Maràbito zeigte sich gewandt wie ein Junger. Eine Freude, ihm zuzusehen! Und mit der Arbeit hatte er auch seine gute Laune wiedergefunden.

»Wenn ich erst eine Anzahl fertig habe, dann geh ich jeden Morgen mit ihnen hausieren. ›Kööörbeee! Kauft Kööörbeee!‹ Annicchia soll eine schöne Aussteuer von mir bekommen.«

Annicchia war ein armes Mädchen, das beide Eltern verloren hatte; eine der Nachbarinnen, die Gevatterin Milla, hatte sie zu sich genommen und hielt sie wie ihr eigenes Kind. Alle Anwohner des Platzes hatten sie in ihr Herz geschlossen, und deshalb löste das Versprechen des Alten, ihr eine Aussteuer zu schenken, allgemeine Freude aus. Jeden Morgen halfen die Nachbarinnen Maràbito beim Aufladen der Körbe. Wenn er damit fertig war, bekreuzigte er sich und rief zur Probe:

»Kööörbeee! Kauft Kööörbeee!«

Dann drehte er sich um und fragte:

»Ist's gut so?«

»Vorzüglich!« erwiderten die Frauen lachend. »Gott befohlen, Gevatter Marà! Und vergeßt nicht, am Laden dieses Ehrenmannes vorbeizugehen; dann aber schreit, so laut Ihr könnt: schwarz soll er werden vor Ärger!«

Doch davon wollte Maràbito nichts wissen, obschon ihn der »Malteser« das letztemal so schnöde behandelt hatte. Durch die Hauptstraße mußte er notgedrungen gehen, aber um Don Michelangelos Geschäft machte er einen weiten Bogen und verhielt sich mäuschenstill, so daß dieser ihn nicht einmal von ferne hören konnte. Er hielt es nicht für recht, ihn auch noch zu verspotten, zumal er wußte, daß sich sein Zustand von Tag zu Tag verschlimmerte. Er bedauerte ihn ehrlich, aber mehr noch dauerte es ihn, daß der »Malteser« ihn so ganz verkannte und ihn nicht mehr wie früher zu sich rufen ließ, um mit ihm über das Landgut zu sprechen.

Seit seiner Krankheit hatte er fast nichts mehr von seinem ehemaligen Besitztum gehört. Wenn er etwas erfahren wollte, mußte er wohl oder übel warten, bis Grìgoli einmal in die Stadt heraufkam. Das waren wahre Festtage für ihn. Er fragte nach dem oder jenem Mandel- oder Ölbaum, nach dem Weinland und dem Agrumenhain, und es kümmerte ihn nicht, daß die Erde nicht mehr ihm gehörte, wenn nur Grìgoli seine Pflicht tat und den neuen Herrn zufriedenstellte.

»Mit mir ist er nicht zufrieden, so soll er's doch wenigstens mit dir sein! Wie geht's den Maultieren? Auch das Eselchen ist eingegangen, wie ich gehört habe. Na, es hat ausgelitten! Schau den Tieren nur recht in die Augen, und du wirst gewahren, daß sie die Plackerei verstehen, die Freude nicht.«

Und die guten Ratschläge, die er dem »Malteser« vor ihrem Bruch gegeben hatte, gab er jetzt Grìgoli.

»Hör zu, Grigoletto, du darfst die Bäume erst nach den ersten Herbstregen beschneiden, sonst tut das Wasser ihren Wunden weh. Und noch etwas: Sobald es regnet, pflüg die Felder, dann warte, bis das Gras wieder zu sprießen beginnt; und dann geh noch einmal mit dem Pflug drüber. So hast du sauberes Land und die Aussaat kann beginnen. Doch sag... hast du mir sonst nichts zu erzählen?«

»Nichts!« antwortete Grìgoli achselzuckend. »Was wollt Ihr denn wissen? Daß jede Nacht der Kauz dort drunten schreit?«

Der Alte hob die buschigen Augenbrauen und schloß kopfschüttelnd die Augen.

»Ein Zeichen, daß es schön bleibt! Wenn uns der Septembermond keinen Regen bringt, sind wir verloren, Grigoletto! Dann gibt's eine schmale Ernte nächstes Jahr! Kann man die Insel Pantelleria draußen auf dem Meere sehen, wenn die Sonne untergeht?«

Grìgoli schüttelte den Kopf.

»Schlimm, schlimm! ›Wenn man Pantelleria sieht, die Wolke auf am Himmel zieht.‹ Das ist eine unfehlbare Regel in unsrer Gegend. Ei, du bringst deinem Herrn Feigen? Warte, schütt sie dort in die zwei neuen Körbe, ich schenk sie dir.«

Wenn er gewußt hätte, daß der »Malteser« sie eine halbe Stunde später zum Fenster hinauswerfen würde! Nichts, aber auch gar nichts wollte er von Maràbito im Hause haben!

»Der Kerl hat den bösen Blick!« schrie er Grìgoli mit blutunterlaufenen Augen an. »Siehst du denn nicht, was er aus mir gemacht hat? Er steht im Bunde mit der ›Bösen Nacht‹! Ich weiß es genau. Und wenn ich sterbe – oh, meine Frau weiß Bescheid: ins Zuchthaus kommen sie alle beide! Vorsätzlicher Mord! Ein Leberleiden, meinen die Ärzte. Zum Lachen!...«

Und er hob eine drohende Faust nach seiner Frau, wie um ihr einzuschärfen: »Wehe, wenn du's nicht tust!«

Frau Nela, rot wie eine Paprikaschote, biß sich auf die Lippen, um nicht in Gegenwart ihres Mannes loszuheulen; es zerriß ihr das Herz, ihn so krank und elend zu sehen. Auch sie glaubte, daß die »Böse Nacht« und Maràbito an dem Unglück schuld seien. Und als Don Michelangelo Scinè wenige Tage später im Fieberdelirium starb, fragte sie wirklich einen Anwalt, ob man nicht gerichtlich gegen die beiden Mörder vorgehen könne.

Als Maràbito an jenem Tage den Trauerflor an den drei verschlossenen Türen des Geschäftes sah, blieb er eine Weile wie angewurzelt stehen. Dann rannte er wie ein geprügelter Hund in sein Viertel zurück. Die Nachbarinnen hielten großen Kriegsrat, erörterten lebhaft, was der Alte tun müsse, und beschlossen zuletzt, ihn zum Notar Zàgara zu schicken, nicht ohne ihm vorher zu empfehlen, unter allen Umständen an den Klauseln des Vertrags festzuhalten, an dem nicht gerüttelt werden dürfe.

»Wie?« rief Nocio Zàgara, als er den Alten mit der Mütze in der Hand eintreten sah. »Haben sie Euch noch nicht ins Kittchen gesteckt?«

Maràbito schaute ihn zuerst verdutzt an, dann lächelte er traurig und sagte:

»Was kann ich dazu, Exzellenz?«

»Aber natürlich!« erwiderte der Notar. »Ihr und die ›Böse Nacht‹! Der Tod hatte an Euer Haus geklopft, und Ihr habt ihn, im Bund mit der Hexe, zu Don Michelangelo geschickt! So sagt man in der ganzen Stadt. Und die Witwe, mein Lieber, wird Euch wohl kaum ungeschoren lassen.«

»Mich? Oho! Nun lassen Sie aber vier gerade sein! Ich habe nicht das geringste mit der Sache zu tun!« versetzte der Alte, die Arme über der Brust kreuzend. »Das schwör' ich Ihnen beim Heil meiner Seele, Herr Notar!«

Er merkte nicht, daß der Notar ihm nur Angst einjagen wollte, um sich über ihn lustig zu machen.

»Aha, seht Ihr wohl! Ihr selbst gebt zu, daß eine Behexung stattgefunden hat. Das werde ich vor Gericht bezeugen.«

»Ich?« schrie Maràbito in höchster Bestürzung. »Ich soll so etwas zugegeben haben? Aber ich habe doch gar keine Ahnung, was geschehen ist! Ich lag im Sterben! Und jetzt will man mich auch noch ins Gefängnis werfen! Mir das Gut abnehmen und mich mit einundachtzig Jahren ins Gefängnis werfen! Weil ich nicht wie der arme Ciuzzo Pace nach einem halben Jahr gestorben bin? Aber es gibt noch eine göttliche Gerechtigkeit! Auch für die Armen! Und den Beweis dafür haben Sie schon: Statt meiner ist er gestorben, er, der mir den Tod gewünscht hatte!«

»Hört auf, hört auf!« rief der Notar, der sein Lachen nicht mehr bezähmen konnte. »Hoffen wir, daß es keine Weiterungen gibt. Doch sind noch andere Dinge zu bedenken: ein Unglück kommt selten allein! Ihr habt ihn nicht nur ins Grab gebracht, nein, da ist auch noch ein ganzer Berg von Schulden!«

Maràbito, schon von den Nachbarinnen gewarnt, runzelte die Stirn.

»Was gehen mich seine Schulden an? Ich kenne nur den Vertrag, und der spricht deutlich genug. Ich nehme mein Gut wieder an mich.«

»Nun, wir werden sehen!« seufzte Zàgara und stand auf. »Laßt mich jetzt zur Witwe gehen, ich hoffe alles in Ordnung zu bringen. Kommt heute abend wieder zu mir!«

Bei Frau Nela traf der Notar den Arzt, der seinen Beileidsbesuch machte und unaufhörlich beteuerte:

»Aber nein, aber nein, gnädige Frau! Das ist doch lächerlich... hören Sie nicht darauf! Es war ein typischer Fall von Leberkrebs. Ein typischer Fall!«

Und er lächelte mitleidig über die Unwissenheit der beleibten Dame.

Als der Arzt fort war, ging es wie ein Erdbeben durch Frau Nelas Busen, bis sie schließlich in ein leidenschaftliches Schluchzen und Wehklagen ausbrach. Nocio Zàgara ließ sich von ihren Tränen anstecken: Als er jenes Fleischgebirge in seinen Grundfesten erzittern sah, packte es auch ihn und erschütterte seine eigenen Fettmassen. Doch sogleich stand er zornig wieder auf und schrie, gleichsam um sich selbst und Frau Nela für diese Tränen zu bestrafen:

»Aber das ist noch nicht alles, meine Gnädigste! Viel, viel Schlimmeres steht noch bevor!«

Da sein Ausruf wirkungslos blieb, pflanzte sich Don Nocio entschlossen vor Frau Nela auf.

»Entweder Sie beruhigen sich jetzt einen Augenblick, Gnädigste, oder ich gehe meiner Wege. Sie sind doch Mutter und müssen an Ihre Kinder denken. Kommen wir endlich zum geschäftlichen Teil!«

Als ob die Geschäfte etwas so Erfreuliches gewesen wären! Sobald Frau Nela erfuhr, daß die Finanzen ihres verstorbenen Mannes nicht nur erschüttert, sondern halb zugrunde gerichtet waren, erhob sie ein Geschrei, daß man meinte, das Haus würde einstürzen. Nocio Zàgara fiel in seiner Ratlosigkeit nichts Besseres ein, als diese wilde Verzweiflung auf Maràbito abzulenken.

»Um Gotteswillen, hören Sie mit dem auf!« heulte Frau Nela mit erhobenen Armen.

»Ach, wäre Ihr Gatte selig doch mir gefolgt!« seufzte der Notar. »Indessen muß wohl oder übel davon gesprochen werden, liebe gnädige Frau. Was ist daran zu ändern? Meiner Ansicht nach ist so etwas wie eine offene Ader, aus der Tropfen für Tropfen das Blut entweicht. *Gutta cavat lapidem!*«

»Kein Wort, kein Wort von ihm!« schrie die Witwe.

»Der Kerl wäre fähig, auch mich und meine Töchter ins Grab zu bringen. Genug! Ich will nichts mehr von ihm hören!«

»Gut«, schloß der Notar, »wenn's so steht, will ich Ihnen einen Vorschlag machen. Ich wüßte jemand, der die Verpflichtungen aus dem Vertrag mit Maràbito übernehmen würde. Ein Freund des Seligen. Ich erzählte ihm, der arme Don Michelangelo habe sechs Jahre lang die Leibrente ausgezahlt. ›Schlimm genug!‹ erwiderte der Freund, ›wer hatte es ihn denn geheißen?‹ Dann sprach ich ihm von dem neuen Häuschen, dessen Kosten sich schon auf mehrere tausend Lire belaufen und das noch nicht fertig ist. Ob er auch das noch auf sich nehmen würde? Nein. Für das Häuschen, sagte er, wäre er bereit, eine Abfindung zu zahlen. So an die drei- bis viertausend Lire. Wenn Sie also auf diesen Vorschlag eingehen, würden Sie sozusagen zwei Fliegen mit einer Klappe fangen: Sie würden die Drohung des bösen Blicks und alte Schulden los. Wie Sie aus den Papieren ersehen konnten, die ich Ihnen vorgelegt habe, schuldete mir der arme Don Michelangelo fünftausend Lire. Die drei- oder viertausend, die der neue Kontrahent für das Häuschen zahlen will, würden von meiner Forderung in Abrechnung gebracht. Ich würde mich damit einverstanden erklären. Sie auch?«

Und ob sich Frau Nela damit einverstanden erklärte! Als der Notar in sein Büro zurückkam, war es später Abend.

Maràbito wartete schon auf ihn.

Als Don Nocio ihn sah, legte er ihm die Hände auf die Schultern und sagte mit einem tiefen Seufzer:

»Es war einmal ein Vater, der also klagte: ›Ich bin nicht traurig, weil mein Sohn beim Spiel verliert; ich bin traurig, weil er weiterspielt, um wieder zu seinem Gelde zu kommen!‹ Ich hatte fünftausend Lire beim ›Malteser‹ gut. Um sie nicht ganz zu verlieren, begehe ich die größte Dummheit meines Lebens. Setzt Euch. Wie alt seid Ihr?«

»Einundachtzig«, antwortete Maràbito, Platz nehmend.

»Und Ihr seid noch nicht zufrieden? Was habt Ihr denn eigentlich vor?«

Der Alte starrte ihn eine Weile fragend an.

»Ah, Ihr tut so, als verstündet Ihr nicht? Ihr lebt zu lang, mein Lieber! Eine üble Angewohnheit, die Ihr besser ablegen würdet!«

Maràbito lächelte und machte eine müde Handbewegung.

»Das Leben, Exzellenz?« sagte er. »Ach, es scheint lang, aber es geht nur zu schnell vorbei. Das meine ist vorübergegangen, als wäre ich einen Augenblick am Fenster gestanden.«

»Köstlich!« rief Don Nocio. »Und habt Ihr die Absicht, noch lange an Eurem Fenster zu verweilen?«

»Meinethalben«, entgegnete der Alte, »mag es der Tod schon morgen zumachen. Mir kann's nur recht sein. Zum Sterben, Exzellenz, braucht's nicht viel; doch leben kann man nur solange, als Gott will. *Er* muß die Entscheidung treffen, ich bin bereit. Was wünschen Sie also von mir?«

Der Notar bestellte ihn für den folgenden Tag wieder zu sich: Er würde den Vertrag über die Leibrente erneuern und die Verpflichtungen des »Maltesers« selbst übernehmen.

»Wenn Ihr nur...«, sagte er, die Arme hebend und den Rest des Satzes jener Gebärde anvertrauend.

Der Alte aber deutete, schon auf der Straße, nach dem Sternenhimmel; dann faltete er die Hände, als wolle er sagen:

»Zum Herrgott müssen Sie beten!«

## VII

Als Frau Nela erfuhr, daß der an der Übernahme der Leibrente interessierte Freund, von dem ihr der Notar Zàgara gesprochen hatte, kein anderer war als er selbst, schien sie vor Wut buchstäblich platzen zu wollen. Sie behauptete ohnehin schon, Don Nocio habe sie um das halbe Erbteil geprellt. Ging es etwa mit rechten Dingen zu, daß der reichste Kaufmann der Stadt seine Familie in so traurigen Verhältnissen zurückgelassen hatte? Und gab es im übrigen einen besseren Beweis als den, daß Zàgara nicht den Mut gehabt hatte, ihr zu gestehen, er würde den Vertrag mit dem Alten auf eigene Rechnung erneuern, und zwar zu solchen Wucherbedingungen? War das kein Zeichen, daß er ein gutes Geschäft gemacht hatte?

»Eine arme Witwe und zwei unschuldige Waisenkinder übers Ohr zu hauen!« schrie sie den Leuten entgegen, die zu ihr kamen, um ihre Teilnahme zu bekunden. »Eine Gemeinheit, die zum Himmel stinkt! Dieser Dieb! Dieser nichtswürdige Gauner!«

Die Ursache allen Übels war jetzt nicht mehr Maràbito, sondern der Notar. Sie vertraute jedoch auf Gott, daß Don Nocio ebensowenig Gewinn aus dem Gute ziehen würde wie ihr armer seliger Mann, der soviel Geld hineingesteckt hatte. Und eines schönen Tages ließ sie den Alten zu sich rufen.

Maràbito erschien tief bekümmert und verlegen. Und kaum erblickte ihn Frau Nela, da begann sie wieder laut zu weinen und zu jammern. Dann brach sie los:

»Seht Ihr's jetzt? Seht Ihr jetzt, was Ihr angerichtet habt?«

Auch dem Alten standen die Tränen in den Augen.

»Weint nicht! Weint nur nicht!« schrie plötzlich Frau Nela wütend. »Unter einer einzigen Bedingung kann ich

Euch verzeihen: daß Ihr jenem Schurken das gleiche antut, was Ihr meinem Mann angetan habt! Zieht ihm bei lebendigem Leib das Fell über die Ohren, seht zu, daß er vor Euch stirbt, und es sei Euch verziehen! Untersteht Euch nicht, jetzt zu sterben, verstanden? Er soll nicht glücklich werden mit seinem Gut, dieser Halunke! Er soll sich nicht an dem Blut meines Mannes bereichern! Wenn Ihr ein Christenmensch seid, wenn Ihr Ehre und Gewissen habt, dann lebt! Lebt weiter! Bleibt gesund! Rüstig und stark, bis daß er krepiert! Habt Ihr verstanden?«

»Wie Euer Gnaden befehlen«, erwiderte der Alte, überrumpelt und betäubt durch diesen Schwall wütender Worte. »Doch glauben Sie mir, verehrte Frau, ich bin bekümmert, tief bekümmert, und Gott allein weiß, was in diesem Augenblick in meinem Herzen vorgeht. Wie konnte ich ahnen, wie damit rechnen, daß ich so lange leben würde?«

»Noch einmal so alt müßt Ihr werden!« fing Frau Nela mit erneuerter Wut wieder an. »Zur Strafe für diesen Betrüger! Pflegt Euch! Wenn Ihr etwas braucht, kommt zu mir und sagt mir's! Das Brot würde ich mir vom Munde absparen, um es Euch zuzustecken. Habt Ihr genügend Kleider? Wartet, ich kann Euch welche geben... die von meinem seligen Mann... Ihr müßt Euch vor der Kälte schützen, jetzt, wo der Winter vor der Tür steht. Wartet! Wartet einen Augenblick!«

Und mit Gewalt nötigte sie ihm ein Bündel warmer Anzüge ihres Gatten auf. Sie weinte, als sie sie aus dem Schranke nahm, biß sich auf die Lippen, blinzelte mit den Augen und schluckte an ihrer Seelenqual.

»Wartet... Nehmt noch diesen Mantel! Der Selige trug ihn immer, wenn er zu Eurem Gut hinunterfuhr. Hier, nehmt ihn mit! Er wird Euch warm halten! Er wird Euch vor Wind und Wetter schützen... Gebt acht, daß Ihr Euch in Eurem Alter nicht erkältet! Es bläst immer ein solcher Wind in unserer Stadt!«

Maràbito mußte sich notgedrungen jene Gaben aufladen, die weder der Nächstenliebe noch einem Wohlwollen für ihn entsprungen waren, und kehrte bedrückt in sein Häuschen zurück.

»Oh, Maràbito! Was habt Ihr denn da erbeutet?« fragten ihn die Nachbarinnen fröhlich, im Glauben, er bringe etwas für die Aussteuer des armen Waisenkindes mit. Doch als sie die Anzüge und den Mantel des »Maltesers« sahen, machten sie rasch die vorgeschriebenen Beschwörungsgesten.

»Was, dieses Zeug habt Ihr angenommen? Werft es schleunigst fort und rührt nicht dran!«

Der Alte zuckte die Achseln und schnürte das Bündel langsam wieder zu. Aber mit den Kleidern des Toten im Haus konnte er in der Nacht kein Auge zutun, und unruhig erwartete er den Tag, um sie an Bedürftigere weiterzuschenken.

Seitdem lag ein Schatten von Traurigkeit auf seinem Gesicht, der sich immer tiefer eingrub, je öfter er die Raten seiner Leibrente abholte. Der Notar behandelte ihn zwar nicht schlecht; nur hielt er ihm immer und immer wieder vor, es sei eine verdammt üble Angewohnheit, so alt zu werden. Und das bekümmerte den armen Greis. Niemals in seinem Leben war er jemand zur Last gefallen, und nun lebte er nur noch sich selbst und den andern zur Bürde. Es war eine wahre Strafe für ihn, sich alle vierzehn Tage den Zins für sein nutzloses Leben auszahlen zu lassen, und immer wünschte er auf dem Heimweg von ganzem Herzen, es möchte das letztemal gewesen sein. Aber die Tage, die Monate und die Jahre vergingen, er wurde immer trauriger, und der Tod wollte und wollte nicht kommen.

Da die Nachbarinnen ihn so niedergeschlagen sahen,

verdoppelten sie ihre Sorge um ihn: Er durfte jetzt abends nicht mehr solange vor der Türe seines Häuschens sitzen und mit ihnen plaudern.

»Geht hinein, es wird kühl. Wir kommen gleich nach!«

Sie warteten, bis ihre Männer von der Arbeit nach Hause kamen, von den Feldern drunten oder von den Hochöfen, oder von den Fabriken. Und dann galt ihr erster Besuch dem Alten. An den Winterabenden versammelten sich alle nach dem kärglichen Mahl in dem kleinen Haus, die Männer schmauchten ihr Pfeifchen, die Frauen strickten Strümpfe. Dann mußte der schweigsame Alte von seinem langen Leben erzählen, vom fernen Amerika, wo er in seiner Jugend gewesen war und alle möglichen Arbeiten getan hatte.

»Lieber Schwarzbrot essen als Hunger leiden!«

So hatte er das kleine Kapital zusammengebracht, mit dessen Hilfe er nach seiner Rückkehr ins Vaterland das Gut drunten im Tal erstanden hatte. Wenn er so von all den arbeitsreichen Jahren erzählte, verlor sich seine Traurigkeit allmählich. Er sprach von allem Möglichen, denn er hatte so viel gesehen!

»Ihr? Heilige Jungfrau Maria! Was wißt Ihr denn schon?« wandte manchmal eine der jüngeren Nachbarinnen kopfschüttelnd ein. »Ihr seid ja wie ein Kind!«

Und die andern lachten.

Aber jene abendlichen Gespräche zogen sich nicht lange hin, teils weil die Männer schon in der ersten Morgenfrühe zur Arbeit mußten, teils um den Alten nicht zu sehr zu ermüden. Man wünschte ihm gute Nacht, schärfte ihm noch ein, die Haustür gut zu verschließen und zu rufen, wenn er etwas brauchen sollte; auf der Straße tauschte man dann leise seine Eindrücke über des Alten Gesundheitszustand aus.

»Er wird hundert Jahre alt, so wahr Gott lebt! Viel

fehlt ja nicht mehr, und besser als ihm könnt's einem nicht gehen!«

»Das stimmt schon; aber oft packt's mit einem Schlag gerade die Rüstigsten. In dem Alter sterben sie manchmal weg wie die Vögel im Winter.«

Und sie wandten sich betroffen nach der verschlossenen Tür des Häuschens am Platze um, dessen Pflaster im Mondschein glänzte. Würde der Alte seine Tür morgen noch einmal öffnen?

## VIII

Seit Jahr und Tag war diese Tür die erste auf dem kleinen Platz, die früh am Morgen aufging.

Es war kein Zweifel mehr, daß der Tod die Gläubiger des Alten zum Narren hielt, zuerst den »Malteser« und jetzt den Notar Zàgara. Die ganze Stadt lachte darüber, und es verging kein Tag, ohne daß drei oder vier Neugierige nach Ràbato hinauswanderten, um den alten Mann in Augenschein zu nehmen, der »zur Strafe nicht starb«.

Eine Art Legende hatte sich um Maràbito gebildet, die ihn als einen gutgelaunten, rüstigen, hartnäckig-trotzig am Leben haftenden Greis schilderte. Die neugierigen Besucher machten deshalb zuerst recht enttäuschte Gesichter, wenn sie statt dessen ein gebücktes, verhutzeltes, demütiges und scheues altes Männlein erblickten, das ihnen mit rauher Abweisung begegnete und ihre Fragen unbeantwortet ließ. All das schien ihm Spott und Hohn dem armen Notar gegenüber, von dem er nur Gutes und Anerkennendes sagen konnte, ja den er sogar aufrichtig bemitleidete, da er ihm nichts als Schaden und Ärger bereitete mit seinem lästigen und freudlosen Leben.

»Ach, laßt mich doch in Ruhe! Ihr seid mir zuwider!«

rief er den Nachbarinnen erbittert zu, wenn sie ihn aus seinem Häuschen holen wollten, in das er sich schleunigst verkroch, sobald ein unbekanntes Gesicht auf dem Santa-Croce-Platz auftauchte.

Die Nachbarinnen taten es nicht aus Bosheit. Die Neugier der ganzen Stadt schien ihnen ein gutes Vorzeichen für den Alten, den sie so sorgsam behüteten, fast als sei er ihnen anvertraut worden, damit sich an ihm ein Wunder erfülle; deshalb zeigten sie ihn den Leuten um die Wette:

»Übermorgen wird er vierundneunzig! Er hat wahrhaftig das ewige Leben.«

Als er vor etwa zwanzig Jahren von seinem Gut in das Stadthäuschen gezogen war, hatten sie noch blonde oder schwarze Haare gehabt. Und jetzt, sieh einer an, jetzt waren sie alle grau- oder weißhaarig, während der Alte sich nicht im geringsten verändert hatte. Für alle war die Zeit vorübergegangen, nur für ihn nicht. Der eine und andere unter den Nachbarn war inzwischen gestorben, und man konnte also nicht behaupten, der Tod würde den kleinen Platz meiden: Nur das Haus des Alten hatte er vergessen.

Maràbito lauschte regungslos den oft und oft wiederholten Erzählungen der Nachbarinnen; jedesmal aber, wenn das Gespräch auf die Toten in der Nachbarschaft kam, die alle jünger gewesen waren als er und ihren Familien noch nützlich hätten sein können, füllten sich seine wimpernlosen, eingesunkenen Augen mit stummen Tränen. Die Tränen liefen über die Furchen seines Gesichts bis hinab zu dem tief eingekerbten, welken Mund; dann hob er eine zittrige Hand und preßte mit knotigen Fingern seine Lippen zusammen.

»Und die dort?« sagten die Nachbarinnen schnell, um den Alten auf andere Gedanken zu bringen, und deuteten auf Annicchia, ihren zweiten Schützling. »Kaum zwei Jahre war das arme Ding alt, als er hierherkam! Und was für ein prächtiges Mädchen ist es inzwischen geworden! Der Großvater hatte versprochen, für sie zu sorgen; aber nun spielt er schon eine ganze Weile den bösen alten Mann und grollt mit aller Welt.«

Und in der Tat war dem Maràbito seine Langlebigkeit allmählich zur fixen Idee geworden. Er fing wirklich an zu glauben, der Tod habe ihn absichtlich vergessen, um seinen Vertragspartnern einen Schabernack zu spielen. Denn mit dem Geld, das er vom »Malteser« bekommen hatte und das jetzt der Notar Zàgara immer weiter an ihn auszahlte, war das Gut längst über seinen Wert bezahlt; der Tod, der so hartnäckig an ihm vorüberging, ließ ihn also eine schlechte Handlung begehen, ließ ihn zum Schmarotzer werden. Er wollte das nicht. Die ganze Stadt lachte darüber, als fände er Gefallen daran, auf Kosten anderer zu leben; aber es war ja gar nicht so, er zuerst war seines Daseins überdrüssig! Die Pflege, die gutgemeinten Ratschläge der Nachbarinnen ärgerten ihn. Wollten sich vielleicht auch sie hinter seinem Rücken über ihn lustig machen? Und er setzte sich absichtlich der Kälte aus; er verließ absichtlich sein Häuschen, wenn das Wetter ungewiß war; und er kehrte völlig durchnäßt nach Hause und wurde wütend, wenn ihn die Freundinnen einen alten Narren nannten und ihn hineindrängten, damit er sich umzog und ins Bett legte.

»Laßt mich in Ruhe! Laßt mich sterben! Sonst will ich nichts mehr. Ich hab' es satt!«

Schließlich kam ihm sogar der Verdacht, eine geheime, überirdische Kraft halte ihn am Leben: die arme Seele Ciuzzo Paces, der es sicher noch nicht verschmerzen konnte, sein Gütchen für ein paar Pfennige verloren zu haben. Ja, das war es wohl: Ciuzzo Pace wollte von ihm gerächt werden!

Und er begann jeden Sonntag eine Messe für das Heil der armen Seele lesen zu lassen.

»Wenn er Erlösung findet, finde ich sie auch!«

Diese und andere Gerüchte, welche die Nachbarinnen jenen neugierigen Besuchern anvertrauten, kamen schließlich auch dem Notar Zàgara zu Ohren, der dem Gespött der Leute nach Kräften die Stirn bot.

»Macht euch nur lustig über mich!« rief er. »Immer noch zu gering sind der Schaden und der Spott. Ich verdiente etwas ganz anderes: ausgepeitscht müßte ich werden. Aber macht mir bitte nicht den Alten schlecht. Ein wirklicher Ehrenmann ist das! Ich weiß: auch er beklagt die wohlverdiente Strafe, die ich mir zugezogen habe. Ich schulde ihm nicht nur Dankbarkeit, sondern eine Belohnung, und ich werde sie ihm geben. Wenn er wirklich hundert Jahre alt werden sollte, wie ich's ihm wünsche, dann sollt ihr sehen! Das wird ein Fest geben! Musik, Lichterglanz, ein Feiertagsschmaus! Schon heute seid ihr alle dazu eingeladen!«

Da er weder nahe noch ferne Verwandte hatte, konnte er sich's ruhig erlauben, die begangene Dummheit öffentlich zu feiern. Und als der Alte eines Tages, da wieder eine Ratenzahlung fällig war, nicht in seinem Büro erschien, war er ehrlich bestürzt und ließ sich nicht davon abbringen, selbst nach Ràbato hinauszugehen, um sich nach Maràbito zu erkundigen.

Der Alte saß wie immer vor der Tür seines Häuschens in einem letzten, schrägen Strahl der Wintersonne.

»Wirklich liebenswürdig, mich dicken Mann den weiten Weg machen zu lassen!« keuchte der Notar, indem er sich langsam auf einen Stuhl fallen ließ, den ihm eine der Nachbarinnen dienstfertig unterschob. »Was ist denn los mit Euch? Warum seid Ihr heute nicht bei mir vorbeigekommen?«

An Stelle von Maràbito antwortete Gevatterin Milla, die zusammen mit den andern Nachbarinnen herzugetreten war:

»Euer Gnaden wollen den Grund wissen? Nun – unser Alter ist entweder dumm oder übergeschnappt.«

»Nein, ganz und gar nicht! Weder das eine noch das andere!« sagte Maràbito stirnrunzelnd. »Ich habe nur die ganze Sache nachgerechnet und herausbekommen, daß Euer Gnaden mir das Gut seit geraumer Weile bezahlt haben. Ich bin arm, aber ehrlich. Ich will kein Geld mehr.«

Nocio Zàgara schaute ihn verblüfft an und sagte dann:

»Lieber alter Freund, Ihr seid tatsächlich noch einfältiger als ich. Ich danke Euch für Eure Worte, aber ich kann nicht darauf eingehen. Ich muß zahlen bis zuletzt und tu es gern und willig.«

»Aber wissen Euer Gnaden denn nicht, daß ich sonst überhaupt nicht mehr sterbe? Wenn es keine Sünde wäre, das schwöre ich Ihnen, dann hätte ich schon lange... Aber Euer Gnaden werden sehen: Der Tod kommt von ganz alleine, sobald ich keinen Pfennig mehr von diesem Geld anrühre, das mir nach meinem Gewissen nicht zusteht. Das Gut, ich wiederhole es, ist mir über seinen Wert hinaus bezahlt worden.«

»Von mir noch nicht«, erwiderte der Notar. »Wir tragen nun schon seit vierzehn Jahren zusammen unser Kreuz, nicht wahr? Das bedeutet, daß ich Euch bisher zehntausendundzweihundertzwanzig Lire gegeben habe. Das Gut wurde auf zwölftausend geschätzt; folglich habe ich noch ein paar schöne Jährlein zu zahlen.«

»Und das Geld, das ich vom seligen ›Malteser‹ bekommen habe?« wandte Maràbito ein.

»Das geht mich nichts an.«

»Aber verzeihen Euer Gnaden, wer hat denn das Geschäft gemacht: ich oder Sie? Da hört sich doch alles auf! Ich werde wohl nicht einmal mehr sterben dürfen?«

Der Notar schüttelte mit komischem Ernst den Kopf.

»Nein! Wenigstens so lang nicht, bis ich alles auf Heller

und Pfennig bezahlt habe. Wenn Ihr dann noch weiterleben wollt, um so besser! Ich verspreche Euch, daß wir unsern Spaß dabei haben werden.«

Und er ließ das Geld da und ging.

## IX

Der Notar Zàgara war ein Mann von Wort.

Am Morgen des großen Tages wurde die Vorstadt Ràbato durch das fröhliche Geschmetter einer Musikkapelle aufgeweckt, die nach den Klängen eines Marsches zur Wohnung des Hundertjährigen zog. Man hatte das Häuschen nachts, während er schlief, mit Girlanden und Fahnen festlich geschmückt. Auf dem Platz waren Pfähle für die Feuerräder aufgestellt worden. Aber noch eine andere Überraschung hatten die braven Nachbarinnen für ihr gutes Alterchen bereit: einen neuen Sonntagsstaat, den sie selbst zugeschnitten und genäht hatten.

Als die Menge im Gefolge der Musikkapelle auf dem Platz zusammenströmte, war die Tür des Häuschens noch verschlossen.

»Es lebe Maràbito! Aufgemacht! Heraus, heraus, mit ihm!«

Nichts regte sich. Die Tür blieb geschlossen. Umsonst klopften die Nachbarn mit Fäusten und Füßen. Das wilde Geschmetter und Getrommel der Kapelle verband sich mit dem verworrenen Geschrei und dem stürmischen Händeklatschen der Menge zu einem ohrenbetäubenden Lärm. Vergebens erhob sich da und dort eine Stimme, die sich zum Sprachrohr der bestürzten Nachbarschaft machte: Man solle Ruhe halten und warten, bis der Alte selbst öffnete und ein Lebenszeichen gab.

»Der Notar soll leben!« brauste ein neuer Ruf durch die Menge.

Nocio Zàgara, der um mehr als einen Kopf über die ganze Versammlung hinausragte, schwang dankend den Zylinder. Jene Hochrufe kosteten ihn viel Geld, dafür waren sie aber wenigstens ehrlich gemeint: Die Leute freuten sich über das ungewöhnliche Fest und waren ihm dafür dankbar. Der »Malteser« hätte bestimmt kein Fest gegeben.

Freilich hätte es auch der Notar nicht getan, wenn er vorausgesehen hätte, daß er dem Alten damit soviel Schmerz und Beschämung bereiten würde. Das begriff er erst, als er sich durch das dichte Gedränge einen Weg bis zur Tür des Häuschens gebahnt hatte. Er ließ sich Platz machen und befahl den Nachbarn, den Eingang zu bewachen, damit die Menge nicht ins Haus dringe. Dann klopfte er mit dem Stock an die Tür und rief laut nach Maràbito.

Endlich machte der Alte auf, was die Menge zum Zeichen nahm, noch stürmischer zu klatschen und zu schreien.

»Mein Gott, was habt Ihr denn?« rief Don Nocio, als er Maràbito am ganzen Leib zittern und bitterlich weinen sah. »Das ganze Volk feiert Euch, und Ihr weint? Ist das der Dank dafür, daß ich Euern hundertsten Geburtstag festlich begehen wollte?«

Unmöglich, ihm klarzumachen, daß man ihn mit diesem Fest nicht verspotten wollte. Und als er endlich auf das Drängen des Notars hin an das kleine Fenster über der Tür des Häuschens trat, weinte und schüttelte er nur den Kopf über die Hochrufe und Beifallskundgebungen der Menge.

Annicchina brachte ihm, zusammen mit den anderen Nachbarinnen, den neuen Anzug; dann wurde in der Kirche von Santa Croce eine Messe gelesen, der beizuwohnen sich selbst der Notar nicht nehmen ließ:

»Die erste und die letzte!«

Als man die Kirche verließ, wurden Böller abgeschossen und Trommeln gerührt. Schließlich war die Stunde des Banketts herangekommen.

Nocio Zàgara hatte zu diesem Anlaß einen geräumigen Saal zu ebener Erde gemietet: die Festtafel erstreckte sich über die ganze Länge des Raumes. Daran nahmen auf der einen Seite die Freunde des Notars Platz, auf der anderen Maràbitos Nachbarschaft. Er selbst wurde im Triumphzug hereingetragen und auf seinen Ehrenplatz neben den Notar gesetzt. Der Alte war völlig betäubt. Inmitten des tosenden Stimmengewirrs wandte er sich bald zu dem, bald zu jenem der Tischgenossen, die ihn mit erhobenem Glas anriefen, um ihm weitere hundert Lebensjahre zu wünschen, und dankte mit einem stummen Kopfnicken. Er war der einzige, der nicht lachte und nichts aß und trank. Einige Gäste hatten ihn anfangs nötigen wollen, ließen ihn aber dann auf Bitten des Notars zufrieden. Das Fest war nicht für ihn, sondern für die andern; er verkörperte dort nur seine hundert Jahre, die ihm selbst gar nichts bedeuteten. Wenn er darüber nachdachte, dann stimmte ihn der ausgelassene Festtrubel so traurig, daß er nur mutlos aufzuseufzen vermochte. Und dabei sollte er jetzt noch eine kleine Rede halten und einen Trinkspruch ausbringen! Man setzte ihm so lange zu, bis er schließlich, das Glas in der zitternden Hand, sich von seinem Stuhl erhob.

»Was soll ich euch sagen? Gott allein weiß, wie beschämt ich bin. Ich danke meinem Wohltäter. Und es bleibt mir nichts anderes übrig, als in der ganzen Stadt ausrufen zu lassen, daß alle Leute, deren Haus der Tod betritt, ihm sagen sollen, draußen in Ràbato sei ein alter Mann, der seit soviel Jahren auf ihn warte, und er möchte ihn doch endlich holen kommen...«

Doch hier wurde Maràbito plötzlich unterbrochen. Einige Gäste sprangen jäh von ihren. Stühlen auf: Sie hatten inmitten des Gelächters, welches jedes Wort des Alten begleitete, beobachtet, wie der Notar auf einmal blaß wurde und den Kopf auf die Brust sinken ließ. Jetzt wandten sich alle um, sprangen auf und umdrängten den alten Zàgara. Man glaubte zuerst, dem armen Notar sei vom allzu vielen Lachen, vom Lärm und Weingenuß übel geworden. Unter allgemeiner Bestürzung trug man ihn auf seinem Stuhl in ein benachbartes Haus. Seine Augen waren geschlossen und aus dem weitgeöffneten Mund kam ein unheimliches Röcheln.

Der lange Saal mit der chaotischen Festtafel und den umgestürzten Stühlen blieb leer. Niemand hatte auf den Hundertjährigen geachtet, der von einem krampfhaften Zucken befallen zu Boden gesunken war, als er zusammen mit den andern dem zu Hilfe eilen wollte, den er kurz zuvor seinen Wohltäter genannt hatte.

## X

Ein paar vereinzelte Tropfen auf der zitternd ausgestreckten Hand, dann beginnt es leise auf das vergilbte Weinlaub herabzurieseln. Immer dichter fallen die Tropfen, und aus dem Rieseln wird ein eintöniges Rauschen.

»Großvater, es regnet!«

Der alte Maràbito nickt mehrmals mit dem Kopf und lächelt dabei dem kleinen Nocio zu, der neben ihm auf der Schwelle des Häuschens sitzt, das der »Malteser« an Stelle des früheren, urväterlichen Gebäudes hatte errichten lassen.

Grìgoli und Annicchia, schon seit vier Jahren Mann und Frau, sind draußen auf den Feldern, die nach dem Tode des Notars wieder in Maràbitos Hände zurückgekehrt sind. Grìgoli klettert auf den Bäumen herum und klopft die Oliven ab, Annicchia liest sie vom Boden auf. Das arme Ding ist schon wieder guter Hoffnung, und der Alte möchte seiner Adoptivtochter so gerne helfen. Seine hundertfünf Jahre lasten ihm jetzt gar nicht mehr auf den Schultern... Aber die beiden erlauben's ihm nicht und lassen ihn nur das Kind hüten, dem sie aus Dankbarkeit den Namen des seligen Notars gegeben haben.

»Wo ist denn die Mama, Großpapa?« fragt der kleine Nocio wieder, indem er ängstlich in den Regen schaut.

»Gleich wird sie gelaufen kommen!« antwortet der Alte. »Laß es nur regnen, die Erde hat Durst und das Wasser tut ihr gut.«

Von nah und fern verkünden die Hähne den ersten Herbstregen. Die Lerchen flattern noch auf den Feldern, als hätten sie ihre Zweifel, ob es die Wolken denn auch wirklich ernst meinen, und hin und wieder zwitschern sie einander fragend zu:

»Fliegen wir fort?«

Aus den Italienischen von Hans Hinterhäuser. Originaltitel: *Il vitalizio*. Erstveröffentlichung in der Zeitschrift *Natura e Arte* vom 1. und 15. März 1901, später im zweiten Band von *Beffe della vita e della morte* (Florenz 1903), danach in dem Band *Il carnevale dei morti* (Florenz 1919), schließlich im zehnten Band der *Novelle per un anno* von 1926.

# IN CORPORE VILI – DER STELLVERTRETER

## I

Cosimino, der Mesner von Santa Maria Nuova, hatte auf den drei Märkten der Stadt seine drei Buben zur Wache aufgestellt mit der Anweisung, ihn unverzüglich zu rufen, sobald sie in der Ferne jenes Hinkeweib von einer Sgriscia auftauchen sähen, die alte Bedienerin von Hochwürden Ravaná.

Vom Fischmarkt kam an jenem Morgen, atemlos, das dritte Söhnchen angerannt:

»Die Sgriscia, Papa! Die Sgriscia! Die Sgriscia!«

Und weg war Cosimino.

Tatsächlich überraschte er die Alte, wie sie mit dem Fischhändler um eine Handvoll Krebse feilschte.

»Fort mit dir, auf der Stelle! Verführerin, Teufelsweib!«

Und zum Verkäufer: »Schenkt ihr kein Gehör! Von dem Zeug da kauft sie nichts, darf sie nichts kaufen!«

Die Sgriscia stemmte herausfordernd die Fäuste in die Hüften und drehte die Ellbogen nach vorne; aber Cosimino ließ ihr keine Zeit zum Keifen; ein Rempler, und wieder ging er mit erhobenen Armen auf sie los:

»Fort, zur Hölle mit dir!« schrie er.

Inzwischen ergriff der Händler für seine schreiende Kundin Partei; vom ganzen Marktplatz kamen Leute herbeigelaufen, um die beiden Streithähne zu trennen, die schon handgemein zu werden begannen.

»Nein, nein«, schrie Cosimino wütend, »keine Krebse! Ich will nicht, daß Hochwürden Krebse ißt! Er kann, er darf keine essen! Und die soll es ihm nur in meinem Namen sagen, die alte Vettel, die ihn wie der leibhaftige Gottseibeiuns in Versuchung führt und alles tut, ihm den Magen zu ruinieren!«

Der Zufall wollte es, daß gerade in diesem Augenblick Don Ravaná in Person über den Markt ging.

»Da ist er ja selbst! Kommen Sie, kommen Sie!« schrie Cosimino, als er ihn gewahrte. »Sagen Sie uns, ob Sie ihrer Bedienerin den Auftrag gegeben haben, Krebse zu kaufen!«

Ravanás breites Gesicht erblaßte und verzog sich zu einem nervösen Lächeln. »Nein, eigentlich habe ich...«, stotterte er.

»Ah, vielleicht nicht?« rief die Sgriscia und schlug sich, außer sich vor Verblüffung, mit der Faust auf die knochige Brust. »Wären Sie fähig, mir das ins Gesicht hinein abzustreiten?«

Aber wütend schrie Ravaná sie nieder: »Haltet den Mund, Schwätzerin! Krebse soll ich gesagt haben? Von Fischen hab ich gesprochen!«

»Nein und nochmals nein! Von Krebsen, von Krebsen! Krebse haben Sie gesagt!«

»Krebse oder Fisch, ist das nicht ein und dasselbe?« mischte sich Cosimino ein, um zwischen Herrn und Magd zu vermitteln, während alles in der Runde lachte. »Rindfleisch, Brühe und Milch; Milch, Brühe und gekochtes Rindfleisch, und sonst nichts! So hat es der Arzt verordnet. Wollen Sie das nicht begreifen? Beim barmherzigen Gott, bringen Sie mich nicht so weit, daß ich alles erzähle!«

»Nur ruhig, nur ruhig, mein Guter, du hast schon recht, mein Sohn«, beeilte sich Don Ravaná, ganz zerknirscht, ihn zu begütigen; und zur Bedienerin: »Marsch, nach Haus! Rindfleisch, wie üblich!«

Die Umstehenden quittierten diesen Befehl mit einem

neuen und noch lauteren Gelächter und Don Ravaná bahnte sich mit einem gequälten Lächeln einen Weg durch die Menge, wobei er zu dem und jenem sagte:

»Ein braver Bursch, dieser Cosimino... Ach, man muß ihm manches nachsehen, dem lieben Cosimino... Er tut's ja zu meinem Besten... Ja, ja... Macht Platz, Jungs, laßt mich vorbei... Alles, was das Herz begehrt, ist da ausgestellt; und ich bin zu Rindfleisch, Brühe und Milch verdammt, so ist es leider! So will es der Arzt. Ja. Etwas andres darf ich nicht essen... Cosimino hat recht...«

## II

»Pst, dort schau hin...«, sagte Don Ravaná vor dem Altar leise und mit niedergeschlagenen Augen zu seinem Mesner, während ihm dieser Wasser und Wein in den Kelch goß. »Doktor Nicastro ist in der Kirche, da vorn, bei der Balustrade... Dreh dich nicht um, Esel... dort, auf der rechten Seite. Wenn du kannst, gib ihm ein Zeichen, er soll nach der Messe auf einen Sprung in die Sakristei kommen!«

Cosimino runzelte die Stirn, wurde blaß und biß sich auf die Lippen, um einen Wutanfall zu unterdrücken. »Also, gestern abend haben Sie wieder... Sagen Sie schon die Wahrheit!«

»Willst du wohl still sein, Lümmel? Vor dem allerheiligsten Sakrament!« schimpfte ihn Don Ravaná aus, und das gar nicht leise und sich streng zu ihm hinwendend.

Auf der ersten Bank war der Tadel des Priesters an seinen Mesner deutlich zu hören und ein Flüstern verbreitete sich einen Augenblick lang in der Kirche, Worte des Protests gegen den armen Cosimino, der glühend rot wurde und vor Wut und Scham am ganzen Leibe zitterte. Er wußte gar nicht mehr, wo er die Fläschchen mit der Galle und dem Essig hinstellen sollte.

Als die Messe aus war, behielt Don Ravaná in der Sakristei seine finstere und schmollende Haltung bei. Bald darauf kam der Doktor Liborio Nicastro herein, ein winziges, uraltes, von der Last der Jahre ganz verkrümmtes Männchen. Der hintere Rand seines Zylinderhuts lag fast auf seinem Buckel auf. Er war auf altväterische Art gekleidet und trug einen Bart rund ums Gesicht.

»Was haben wir denn, Pater Ravaná?« fragte er näselnd und, wie stets, die wimpernlosen Augen zusammenkneifend. »Ein Gesicht habt Ihr, Gott steh Euch bei!«

»Hab ich das wirklich?«

Don Ravaná warf einen kurzen Blick auf den Arzt, unschlüssig, ob er ihm Glauben schenken solle oder nicht; dann versetzte er mit ärgerlicher Stimme, als hätte der andre ihm ein Unrecht angetan:

»Der Magen, Doktor Liborio, der Magen, der Magen will nicht mehr mitmachen, wollen Sie das nicht begreifen?«

»Kein Wunder!« schnaubte, zur anderen Seite gewandt, Cosimino.

Don Ravaná streifte ihn mit einem vernichtenden Blick.

»Setzen Sie sich bitte, setzen Sie sich hin, Pater Ravaná«, fuhr Doktor Liborio fort. »Schauen wir uns die Zunge an.«

Cosimino schob mit niedergeschlagenen Augen seiner Hochwürden einen Stuhl hin. Doktor Nicastro zog phlegmatisch die Brille aus dem Futteral, setzte sie auf die Nase und inspizierte die Zunge.

»Belegt...«

»Belegt?« wiederholte Don Ravaná und zog sie augenblicklich ein, als hätte die Stimme des Doktors sie ihm verbrüht.

Abermals schnaubte Cosimino durch die Nase. Die Galle drückte ihm schwer auf den Magen. Er ballte die Fäuste und preßte die Lippen zusammen. Endlich brach es aus ihm hervor:

»Und was passiert jetzt? Ist wieder das … das Emeticum an der Reihe?«

»Ja freilich, das Emeticum, mein Sohn«, bestätigte gelassen der Doktor Nicastro, reichte Don Ravaná das Rezept hin und schob Brille und Notizbuch in die Tasche. – »*Si applicata juvant, continuata sanant!*«

Das bezog sich zwar nicht auf den vorliegenden Fall, immerhin war es Latein und verschloß dem armen Mesner den Mund.

»Soll es wie üblich ablaufen?« fragte dieser, blaß und finster, nachdem der Arzt gegangen war.

Don Ravaná hob die Arme und sagte, an ihm vorbeiblickend:

»Du hast's ja gehört!«

»Dann«, entgegnete Cosimino düster, »geh ich's erst einmal meiner Frau sagen … Geben Sie mir das Geld für die Medizin und gehen Sie nach Hause. Ich komme gleich nach …«

## III

»Ah … oh … ah«, ertönte es auf jeder Treppenstufe.

Die Sgriscia hörte es und eilte, Don Ravaná zu öffnen.

»Ist Ihnen übel?«

»Hundeübel! Hundeübel! Verschwindet! Schließt Euch in der Küche ein. Gleich kommt Cosimino. Laßt Euch nicht blicken, wenn ich Euch nicht rufe. Ab, in die Küche!«

Kleinlaut verkroch sich die Sgriscia. Don Ravaná ging ins Schlafzimmer, zog den Priesterrock aus, stand in Hemdsärmeln, Unterhosen und einer langen und weiten

Weste da, dann begann er voll bitterer Gedanken auf und ab zu gehen.

Das Gewissen quälte ihn. Es gab keinen Zweifel mehr. Der barmherzige Gott gewährte ihm die Gnade, ihn vermittelst dieses als Weib verkleideten hinkenden Teufels auf die Probe zu stellen, und er, er der Undankbare, wußte daraus keinen Nutzen zu ziehen.

»Ah!« rief er in tiefer Erbitterung aus, indem er ab und zu, die Fäuste schüttelnd, stehenblieb.

Der wenige und armselige Hausrat schien sich in jenem Zimmer auf dem geräumigen und nackten Fußboden aus alten, da und dort zerbrochenen Valenzianer Backsteinen beinah zu verlieren. Mitten vor der rechten Wand stand das saubere schmale Bett mit dem sichtbaren Eisengestell; am Kopfende ein altes Kruzifix aus vergilbtem Elfenbein. (Don Ravaná wagte an jenem Tag nicht, die Augen zu ihm zu erheben.) In einer Ecke beim Bett lehnte ein altes Jagdgewehr, an den Wänden hingen ein paar mächtige Schlüssel, die zu seinem Landhaus gehörten.

*Tin tin tin.*

Da war schon Cosimino, der Ärmste, pünktlich wie immer. Er selbst ging ihm aufmachen. »Bei allem, was Ihnen lieb und teuer ist!« rief Cosimino aus, bevor er eintrat, »ersparen Sie mir den Anblick dieser abscheulichen krummen Alten. Sie allein ist schuld, daß... Genug. Hier ist die Medizin. Bringen Sie mir einen Löffel.«

»Ja. Ja... ich geh schon«, sagte demütig und zuvorkommend Don Ravaná. »Danke, mein Sohn. Du schenkst mir das Leben wieder. Geh nur, geh nur ins Schlafzimmer!«

Bald darauf kehrte er, bleich und zitternd, mit dem Löffel zurück.

»Ich hab sie bestraft, weißt du? Sie heult in der Küche. Du hast ganz recht, mein Sohn: alles durch ihre Schuld! Du hast ja gehört, was ich ihr gestern am Markt auftrug. Nun, während ich Blut und Tränen schwitzte, um den Fraß hinunterzuwürgen, den der Doktor mir vorschreibt, wen sehe ich da verschmitzt ins Eßzimmer kommen, die eine Hand schützend über einen Teller voll der schönsten Gottesgabe haltend? Sie! Nun, was hättest du getan?«

»Ich hätte die Krebse gegessen«, war Cosiminos trockene und ernste Antwort. »Aber dann hätte ich selbst die Sünde der Völlerei gebüßt; ich hätte sie nicht einen armen Unschuldigen büßen lassen.«

Oh, er sprach gut, der Cosimino; ohne Zweifel, es war barbarisch, jedes Mal ihn das Brechmittel schlucken zu lassen, das der Doktor Nicastro verordnet hatte. Aber es genügte, daß Don Ravaná die Wirkung der Arznei im Körper des Opfers mitansah, damit ihm, kraft des Beispiels, die gleiche Wohltat zuteil wurde. Eine Barbarei, gewiß; aber konnte Cosimino wissen, wie oft der Gedanke an ihn Don Ravaná davor bewahrte, der lockenden Versuchung nachzugeben? Don Ravaná brauchte seinen Mesner als Bremse, er brauchte die Gewissensbisse, die es ihm verursachte, wenn er ihn vor seinen Augen ungerecht leiden sah, um in der Folge über sein eigenes schwaches Fleisch zu triumphieren. Unzählige Wohltaten hatte Cosimino von ihm empfangen; na, und was verlangte er von ihm als Gegenleistung? Dieses einzige Opfer für die Gesundheit, weniger des Körpers als der Seele. Doch jedesmal wühlte ihn der Anblick der Folterqual, der sich das Opfer klaglos unterwarf, im Innersten auf; Gewissensbisse, Ärger, Niedergeschlagenheit setzten Don Ravaná derart zu, daß er sich jedesmal am liebsten aus dem Fenster gestürzt hätte.

»Was ist Ihnen denn? Weinen Sie gar?« fragte ihn Cosimino. »Nur keine Krokodilstränen jetzt!«

»Nein!« ächzte, aufrichtig betrübt, Don Ravaná.

»Schon gut, schon gut. Legen Sie sich jetzt auf das Bett und schaun Sie mir zu: Ich nehme den ersten Löffel.«

Don Ravaná warf sich aufs Bett, Tränen in den Augen und das Gesicht vor Mitleid verzerrt. Cosimino setzte das Kännchen auf den Spirituskocher, um im Bedarfsfall warmes Wasser bereit zu haben; dann schloß er die Augen und schluckte den ersten Löffel der Arznei hinunter.

»So, das hätten wir... Aber bedauern Sie mich nicht, um Gottes willen. Verhalten Sie sich still, oder ich tue irgend etwas Verrücktes!«

»Still, ja still, mein armer Junge, du hast recht... Reden wir von was anderem. Weißt du, morgen, wenn das Wetter es erlaubt und ich mich besser fühle, muß ich aufs Land gehn. Du begleitest mich und bringst auch deine Söhne und deine Frau mit, damit ihr auch mal frische Luft schnappt und auf andre Gedanken kommt... Aber das Jahr läßt sich nicht gut an, Cosimino. Gott straft uns für unsre vielen Sünden. Die göttliche Geduld ist erschöpft. Die Welt weint, aber sie weint und tötet... Hast du davon gehört? Krieg in Afrika, Krieg in China... Die Armen leiden, aber sie leiden und stehlen. Und der Zorn des Herrn beginnt uns zu treffen! Hast du gesehen, was der Hagel angerichtet hat? Gärten und Weinland hat er verwüstet... der Nebel bedroht die Olivenernte... Sag, spürst du schon was? Nein?«

»Nein, noch nichts. Ich schluck' jetzt warmes Wasser...«

»Gut, gut, plaudern wir weiter... Ja, die Getreideernte ist also ziemlich reichlich ausgefallen, und wenn Gott will und die heilige Jungfrau Maria uns die Gnade erweist, dann werden wir damit das verwünschte Jahr etwas ausgleichen können.«

Cosimino hörte mit gespannter Aufmerksamkeit zu, aber vielleicht verstand er keine Silbe von allem; ab und zu entzündete sich sein Gesicht in tausend Farben; dann erblaßte er plötzlich, erblaßte immer mehr, kalter Schweiß trat auf seine Stirn, er rutschte auf dem Stuhl hin und her, sein Blick schwamm im Leeren.

»O Mamma mia, Pater Ravaná, es rührt sich was... Ich glaub, wir sind soweit!«

»Sgriscia, Sgriscia!« schrie Don Ravaná, erblaßte seinerseits und starrte Cosimino an, um durch dessen Anblick die Wirkung der Arznei auch bei sich hervorzurufen. »Kommt augenblicklich! Ich glaube, wir sind soweit!«

Die Sgriscia rannte herbei, um die Stirn ihres Herrn zu stützen, während Cosimino ihr inzwischen, unter Brechanfällen und Körperverrenkungen, aus ganzem Herzen heimliche Fußtritte versetzte.

## IV

»Und jetzt eine große Tasse gute Fleischbrühe für unsern Cosimino!« befahl gegen Abend Don Ravaná der Bedienerin. »Hättest du gerne Brotschnittchen drin, Cosimino?«

»Jajaja, ganz wie Sie meinen... Ach, lassen Sie mich in Ruhe...«, brachte der Mesner hervor, wachsbleich, erledigt, den haltlosen Kopf an die Wand gestützt, ohne die Kraft, zu sprechen.

»Mit Brotschnittchen, mit Brotschnittchen! Und einem Eidotter!« fügte Don Ravaná geräuschvoll zuvorkommend hinzu. »Sag, du magst doch einen schönen Eidotter, Cosimino?«

»Nichts mag ich! Lassen Sie mich in Ruhe!« ächzte dieser auf dem Gipfel der Gereiztheit. »*Sie* schwätzen drauf los, und *ich* hab das Gift im Körper – an Ihrer Stelle! Erst richten Sie meinen Magen zugrunde, und dann kommen Sie mit Brotschnittchen und Eidotter! Ist das eine Handlungsweise, die eines heiligmäßigen Priesters würdig ist? Lassen Sie mich... Ach zum Teufel, ich wäre fähig, den Glauben zu verlieren... Oh, ah, oh, ah, oh, ah!...«

Und, die Hände über dem Bauch, schleppte er sich hinaus.

»Was für ein abscheulicher Charakter!« rief Don Ravaná verärgert aus. »Zuerst sanft wie ein Lamm; dann besinnt er sich und wird zur Wespe. Und dabei hab ich ihm soviel Gutes getan, dem undankbaren Gesellen!«

Kopfschüttelnd, mit herabgezogenen Mundwinkeln, blieb er eine Weile so stehen; dann rief er:

»Sgriscia! Bring *mir* die Brühe! Hast du den Eidotter hineingegehen? Recht so. Und jetzt Mantel und Hut!«

»Sie gehen aus?«

»Warum nicht? Du weißt doch! Jetzt fühl ich mich prächtig, Gott sei's gedankt!«

Aus dem Italienischen von Hans Hinterhäuser. Originaltitel: »*In corpore vili*«. Erstveröffentlichung unter dem Titel *Ravanà (tra una messa e l'altra)* (»Ravanà – zwischen einer Messe und der nächsten«) in der Zeitschrift *Gazetta letteraria* vom 15. Juni 1895, später unter dem endgültigen Titel und in völlig neugefaßter Form im Band *Quand'ero matto*... (Turin 1902) und dessen Neuauflage Mailand 1919, schließlich im zehnten Band der *Novelle per un anno* von 1926.

# EINE EINLADUNG ZUM ESSEN

»Wird das genug sein? Oder reicht es nicht?« – so fragten in der Küche, einander in die Augen schauend, die drei Schwestern Santa, Lisa und Angelica Borgianni, alle drei seit zwei Tagen damit beschäftigt, ein Essen im Stil *großer Herrschaften* vorzubereiten.

Santa, die Jüngste, war größer als Angelica; Angelica wiederum größer als Lisa, die Älteste. Im übrigen waren alle drei stattlich und wohlgerundet und wetteiferten mit den Brüdern in der mächtigen Statur und den herkulischen Kräften.

»Familie Borgianni: acht Säulen!« pflegte Mauro zu sagen, der Jüngste der Brüder und der Familie.

Drei Schwestern waren sie also und fünf Brüder: Rosario, Nicola, Titta, Luca und Mauro, in der Reihenfolge ihres Alters.

Rosario und Nicola kümmerten sich um die Äcker, Titta um die Schwefelgrube in der Nähe des Dorfes Aragona; Luca war Generalunternehmer für beinahe alle öffentlichen Bauten in der Umgebung; Mauro hatte die Jagdlust gepackt, und er war Jäger geworden.

Rosario Borgianni war überall bekannt für seine jugendlichen Wütereien, bei denen er sich als eine Art rasendes Tier erwiesen hatte. Von ihm erzählte man sich die kühnsten Abenteuer aus den düsteren Zeiten des Räuberunwesens, natürlich aufgebauscht und ausgeschmückt von der Phantasie des Volkes. Man behauptete sogar, er habe eines

Tages einem ganzen Dutzend der blutdürstigsten Räuber standgehalten und sie alle getötet. Reine Übertreibung! Tatsächlich waren es vier gewesen: zwei auf seinem eigenen Acker, die anderen zwei auf der Straße, die von Comitini hinunter nach Aragona führt.

Auch von Mauro erzählte man sich schöne Geschichten. Eines Tages zum Beispiel war er auf der Jagd vom Gipfel des Monte delle Forche abgestürzt; dreimal schlug er auf, dort zwischen den wilden Felsgraten, und jedes Mal, wenn er, das Gewehr in der Hand, wieder in die Höhe geschleudert wurde, rief er: »Ein Glück, daß ich ein Tänzer bin!«

Dennoch trug er davon einen Bruch des rechten Beins und eine leichte Gehirnerschütterung davon: ausgerechnet er, der ja ohnedies nie so ganz richtig im Kopf gewesen war.

Ein anderes Mal entdeckte er auf der Jagd drei oder vier Stare auf dem Rücken von Ochsen, die auf einem Hügel weideten. Still, vornübergebeugt, schleicht er sich näher, und, kaum daß er auf Schußweite heran ist, Bumm!, ein Schuß. Wie von der Tarantel gestochen springt der Ochsenhirt aus dem Gebüsch.

»Stillgestanden!« schreit ihn Mauro an, das Gewehr im Anschlag. »Noch ein Schritt, und ich lasse dich ins Gras beißen!«

»Aber wieso denn, Herr Mauro! Meine Tiere...«

»Weißt du denn nicht, du Männlein, daß ich überall dort schieße, wo ich Jagdbeute sehe?«

»Aber auch auf den Rücken der Tiere?«

»Auch auf den Kopf des Jesuskindes, wenn ich den Heiligen Geist einmal mit einem Tauber verwechseln sollte!«

Aufgetischt schien für wohl dreißig Gäste; tatsächlich aber war nur ein einziger eingeladen, und man wußte nicht einmal, wer das sein würde. Man wußte nur, daß er tags darauf aus Comitini kommen sollte und daß man ihm dieses Essen als Dank schuldete für die Hilfe, die er ihrem Bruder Luca hatte angedeihen lassen, dem Bauunternehmer, der seit vierzehn Tagen auf der Flucht war.

Mord? Ja… das heißt nein; aber fast. So war die Geschichte: Luca Borgianni hatte den Generalauftrag bekommen, die Straße zwischen Favara und Naro zu bauen. Eines Abends, nachdem die Arbeit schon eingestellt war, hatte er einen in die Länge gezogenen Schatten sich drohend auf dem mondbeschienenen Schotter abzeichnen gesehen. Irgend jemand lag da vermummt auf der Lauer. Luca hatte ihn glücklicherweise entdeckt; besser gesagt, er hatte die Vermummung entdeckt. Es war ihm so erschienen, als hätte der Verbrecher sich dort zusammengekauert, um sich vor dem Schein des Mondes zu schützen, der über dem Hügel zur Linken langsam aufging.

»Wer ist da?«

Keine Antwort.

Tra-ta-tra-ta. Die Gewehrläufe in die Höhe, aus Vorsicht. Und eine Grille hatte begonnen zu singen.

Und Luca fragte neuerlich, sein Pferd zügelnd: »Wer ist da?«

Stille. Nur die Grille sang.

»Ich zähle bis drei!« hatte Luca schließlich erbleichend gerufen. »Wenn du nicht antwortest, kannst du schon dein Kreuz machen. Eins!«

Der Schatten hatte sich nicht bewegt.

»Zwei!«

Der Schatten war immer noch da, ruhig, unbeweglich. Und Stille herrschte. Nur die Grille sang.

»Drei!«

Und ein Schuß. Irgend etwas war in die Luft geschnellt. Und Luca, los, dem Pferd die Sporen gegeben! Schließlich kam er zu Hause an, keuchend und nach Luft schnappend.

Die Geschwister waren herausgelaufen und umringten ihn.

»Versteckt mich! Versteckt mich!«

»Warum? Hast du einen verwundet?«

»Nein... umgebracht...«

»Du? Wen?«

»Einen... ich weiß nicht... mit dem Gewehr... versteckt mich!«

Die Brüder hatten ihn vom Pferd gehoben und in den Keller hinuntergetragen. Unterdessen war Mauro ausgegangen, um zu erfahren, ob man im Dorf schon etwas über den Mord erzählte.

Rosario und Titta hatten ungeduldig darauf gewartet, daß Luca dort unten im Keller wieder ein bißchen zu Kräften käme, damit man ihn wegbringen könnte, an einen sicheren Ort: Sie hatten schon über ein Versteck nachgedacht, bei einem Bekannten aus Comitini, wo Luca noch in derselben Nacht vom Ortseingang aus hätte hinreiten können. Nicola, bis an die Zähne bewaffnet, war unterdessen ausgeritten, um sich in der Nähe der von dem Bruder beschriebenen Stelle umzusehen und so in Erfahrung zu bringen, worum und um wen es sich gehandelt haben könnte. Endlich hatte Luca sich auf den Weg machen können. Tags darauf im Morgengrauen tauchte Nicola auf.

»Na?«

»Nichts! Ich habe nur einen Umhang mit Kapuze auf dem Boden gefunden. Sicher hat sich der Verwundete in den Ort geschleppt und den an mehreren Stellen durchlöcherten Umhang dort zurückgelassen... Luca schießt wie ein Gott! Nach dem Umhang zu schließen, muß er ihn tödlich getroffen haben... Ich verstehe das nicht: zwei so große Löcher in dem Umhang, das heißt auch im Kopf... Und das war's!«

Drei Tage waren in angstvoller Erwartung herumgegangen. Im Ort wußte man von nichts; auch aus den nahegelegenen Orten war keine Nachricht von einer Verwundung oder einem gewaltsamen Tod eingelangt. Nach sechzehn Tagen hatte man endlich erfahren, daß ein Bauer, der in der Gegend arbeitete, einen Meilenstein an der Straße als Kleiderständer verwendet hätte; er hatte seinen Umhang über den Stein gestülpt und ihn dort vergessen, als er abends ins Dorf zurückkehrte. Und Luca hatte auf den Stein geschossen, weil er ihn für einen im Hinterhalt lauernden Räuber hielt.

Nun war hier alles für das Essen vorbereitet, schon seit dem Vorabend, auf der langen Tafel mitten im Zimmer: ein blasses, lorbeerbekränztes, mit Maccheroni gefülltes Spanferkel in einer Pfanne, bereit, in den Ofen geschoben zu werden; sieben abgehäutete Hasen, die Mauro geschossen hatte; zwei vollbrüstige Truthähne; ein ganzes Lamm; aufgeschnittene Häute und Gedärme; Ochsenhaxen in Aspik; ein großer Fisch in Soße; ein riesiger Kuchen; schließlich ein ganzes Regiment von Flaschen und jede Menge Früchte.

»Wird das genug sein? Oder reicht es nicht?«

Titta sagte ja, Mauro nein; und er rechnete es vor:

»Wir sind acht, mit dem Gast neun; der Diener und die Dienerin, das macht elf. Gott sei Dank ißt jeder von uns für vier, und... und...«

»Nur keine Angst; unserem Gast wird nichts abgehen«, versicherte Titta.

Dieses Gespräch spielte sich gegen Mitternacht rund um den Tisch ab: Die Geschwister waren alle sieben ganz leise aufgestanden, getrieben von der Begierde, den gedeckten Tisch für das Festessen zu besehen. Und so waren sie einer nach dem anderen im Nachthemd erschienen, mit einer Kerze in der Hand, wie schlafwandelnde Schatten. Zwischen Titta und Mauro kam es binnen kurzem zum Streit. Mauro schwang einen Hasen und bedrohte seinen Bruder. Sie wurden handgemein.

»Eine Mazurka! Eine Marzurka!« schrie in diesem Augenblick Angelica, die zum Glück die Mandolinen und die Gitarre einer nächtlichen Serenade unten auf der Straße gehört hatte.

»Die Nocturne!« schrie gleichzeitig Santa, klatschte in die Hände und zog ihre Schwester in die Höhe, um zu tanzen, beide im Nachthemd.

Die anderen folgten ihrem Beispiel: Lisa warf sich Titta in die Arme, Rosario tat sich mit Nicola zusammen, und auch Mauro, der allein zurückgeblieben war, begann zu tanzen, mit dem Hasen, dessen Ohren im Wind flatterten.

Im ersten Augenblick achtete niemand unter dem allgemeinen Händeschütteln, den Umarmungen, den Küssen und den Fragen an den Bruder Luca (der höchsten Säule der Familie) auf ein Männchen ungewissen Alters, bedrückt von einer enormen Kopfbedeckung, die ihm bis in den Nacken hinunterreichte und zu beiden Seiten von den unter der Last umgebogenen Ohren gehalten wurde. Der Arme schien bewegt von den Gefühlskundgebungen dieser acht Kolosse, die keinen einzigen Blick für ihn hatten, wie er da ganz verloren dastand, so klein, daß er (selbst mit seinem Hut) nicht einmal Lisa, der kleinsten der Schwestern, bis an die Schulter reichte.

»He, wartet einmal: Ich möchte euch Don Diego Filínia, genannt Sumpfhühnchen, vorstellen«, sagte schließlich Luca, als er sich des Männchens erinnerte. Und er legte ihm mit einem Lächeln schützend die Hand um die Schulter.

»Mein Gott, ist der aber klein«, riefen die drei Schwestern im Chor, als sie das Männchen bemerkten. »Sumpfhühnchen heißt er?«

»Ich bitte um Vergebung, meine Herrschaften... Ein Spitzname...«, stieß Don Diego hervor und nahm, mit verlegener Bescheidenheit lächelnd, den großen Hut ab.

Alle sahen ihn an, die Augen voll tiefen Mitleids, als er so mit bloßem Haupt vor ihnen stand, kein einziges Haar auf dem blanken, ovalen, nach vorne gewölbten Schädel. Und es fiel ihnen kein Wort ein, das sie an ihn hätten richten können. Was für eine Enttäuschung! Das war also der Gast? Na dann... Da mußte man mal sehen!

»Warum weint er?« fragte Angelica, nachdem sie ihn lange betrachtet hatte, das Gesicht vor Ekel und Mitleid verzerrt.

»Weint er?« fragte Luca, sich umwendend und herunterbeugend, um dem winzigen Gast ins Gesicht zu sehen.

»Nein, ich weine nicht«, erwiderte Don Diego, der sich ein großes, geblümtes Taschentuch aus Baumwolle auf das rechte Auge drückte. »Mir ist nur beim Eintreten ein Staubkorn ins Auge geflogen... Ich weine gar nicht...«

»Ach so«, riefen die Kolosse beruhigt aus.

Don Diego führte das Taschentuch von den Augen zur Nase, als wollte er verstohlen ein Tröpfchen auffangen.

»Nehmen Sie doch diesen Mantel ab«, schlug Santa vor.

»Nein, nein... lassen Sie mir den, um Himmels willen!« wehrte sich Don Diego. »Wenn ich Gott behüte einmal anfange zu niesen, dann bin ich imstande und niese gleich hundertmal... Den Mantel behalte ich immer an.«

Und er seufzte: »Jaja!« Und dann: »Jajaja!« zweimal noch, peinlich berührt von der plötzlich eintretenden Stille, ständig die Hände reibend und mit niedergeschlagenen Augen.

Keiner konnte sich dazu entschließen, ein Wort zu sagen, und diese Stille wurde immer peinlicher.

»Wir haben wirklich allen Grund«, begann endlich

Luca, »Herrn Sumpfhuhn für seine große Güte und für alles zu danken, was er für mich in Comitini getan hat.«

»Wir danken ihm von ganzem Herzen«, sagte daraufhin Rosario und streckte dem Gast die Hand entgegen. »Wie heißt er doch? Sumpfhuhn?«

»Bitte… eigentlich nicht, Filínia heiße ich, Filínia«, stammelte Don Diego bescheiden.

»Fühlen Sie sich ganz wie zu Hause«, fügte Nicola hinzu, indem er seinerseits die Hand des Gastes drückte und dabei die Geschwister ansah, als wollte er sagen: »Nun seid ihr dran, ich habe das Meinige getan.«

Titta und Mauro folgten einer nach dem anderen seinem Beispiel und sagten, militärisch einen Schritt vortretend und Don Diego nach dem Dank die Hand drückend, ihr Sprüchlein auf. Der Gast blieb bei seinem »Aber ich bitte Sie« als Antwort.

Den drei enttäuschten Schwestern war kein Wort zu entlocken.

Dann sprach man von dem Vorfall, der Luca zur Flucht bewogen hatte. »Was heißt da Meilenstein!« rief dieser wütend. »Ein Mensch aus Fleisch und Blut war das, der dort auf der Lauer lag! Wo ich doch auf den Schuß hin einen Schrei gehört habe, jawohl, mit diesen meinen Ohren… Ich wüßte nur zu gerne, wer diese Geschichte in Umlauf gesetzt hat. Dem würde ich schon zeigen, ob man so einfach über einen Luca Borgianni lachen darf!«

»Genug, genug…«, warf Rosario ein. »Wer immer es auch war, jetzt reden wir nicht mehr davon. Jetzt wollen wir unseren Spaß haben.«

Don Diego nickte zustimmend, nicht weil er sich ein großes Vergnügen erwartete, der Arme, unter diesen acht Riesen; nur um jeden Anlaß zum Streit aus der Welt zu schaffen. Man wußte ja nie!

Während schon zu Tisch gerufen wurde, begannen Rosario und Nicola mit dem Gast über die Feldarbeit zu sprechen, über die guten Jahre und die schlechten. Don Diego in seiner Demut wollte sich ständig in Gottes Hand begeben, aber diese Selbstaufgabe brachte Nicola schließlich zur Weißglut:

»Was heißt da Gottes Hand! Menschenarme braucht man für die Erde! Solche Arme, seht mal her, Sumpfhuhn!«

Und er zeigte Don Diego, ausgestreckt und mit geballten Fäusten, seine riesenhaften Arme, als wäre er gewohnt, die Erde mit Faustschlägen zu traktieren, damit sie Jahr für Jahr mehr Frucht gäbe als üblich.

»Und seht mal diese hier, wenn sie auch alt und abgearbeitet sein mögen!« schrie Rosario und zeigte die seinen vor.

Da wollten auch Titta und Mauro die ihren zeigen und krempelten Jacken- und Hemdsärmel hoch. Der arme Don Diego fand acht sehnige Arme unter seine Nase gereckt, gut, um acht Ochsen vor den Karren zu spannen.

»Ich sehe... ich sehe...«, sagte er zu jedem, während er die Arme lächelnd betrachtete, mit einer Mischung aus Bewunderung und Bestürzung. »Ich sehe... ich sehe...«

»Angreifen! Angreifen!« schüchterten ihn die Brüder Borgianni weiter ein.

Und Don Diego berührte ganz sachte mit einem zitternden Finger diese Arme, während er gleichzeitig mit der anderen Hand das Taschentuch zur Nase führte, damit nicht Gott behüte ein Tröpfchen darauffiele!

»Zu Tisch!« rief Santa unsicher.

»Zu Tisch, Sumpfhuhn!« schrie Mauro. »Laßt uns nur machen. Ihr werdet schon wachsen. Heute werdet Ihr so viel essen, daß Ihr nicht mehr zur Tür hinauskönnt! Wir werden Euch satt und vollgefressen zum Fenster hinausheben müssen!«

»Ich bin beim Essen eher zurückhaltend«, wagte Don Diego für alle Fälle einzuwerfen.

»Wo sitzt der Gast?« fragte Titta leise die Schwestern.

»Zwischen Rosario und Lisa«, schlug Mauro vor. Lisa widersprach: »Wir drei Frauen sitzen am Tischende abseits.«

Don Diego nahm zwischen Rosario und Nicola Platz. Kaum hatten sie sich hingesetzt, füllten sich die acht Borgianni-Geschwister die großen Wassergläser schon mit Wein bis oben voll.

»Das Kreuz drüber!« sagte Rosario feierlich. »Und ex!«

»Trinken Sie nicht, Don Diego?« fragte Titta.

»Danke, nein, ich trinke nie vor dem Essen«, versuchte sich der Gast schüchtern zu entschuldigen.

»Ach los, nur um mal den Appetit anzuregen«, schlug Nicola vor und drückte ihm das Glas in die Hand.

Daraufhin führte Don Diego es zum Mund, aus Höflichkeit, und tauchte mit einem vorsichtigen Lächeln die Lippen ein wenig ein.

»Ex! Ex! Mit einem Zug!« feuerten ihn die acht Borgianni-Geschwister an.

»Ich kann nicht... danke vielmals, aber ich kann nicht...«

Da sprang Mauro auf: »Ich bringe ihn schon zur Vernunft!« Und er ergriff mit einer Hand das Glas, mit der anderen Don Diegos Kopf und rief: »Erlauben Sie, daß ich Ihnen helfe!« Und damit leerte er dem Ärmsten, der sich vergeblich sträubte, den ganzen Inhalt des Glases in den Mund.

»O Gott!« schluchzte Don Diego und sprang auf, halb erstickt, mit Tränen in den Augen. »O Gott!« Und er wischte sich den Schweiß von der Stirn, unter dem Lachen der Tischgesellschaft.

»Seht mal! Es kommt ihm bei den Augen raus!« bemerkte Angelica spöttisch.

Nun kam das gefüllte Spanferkel auf den Tisch. Rosario sprang auf und teilte: das größte Stück für Don Diego.

»Zu viel für mich... Zuviel, viel zuviel...«, sagte dieser, seinen Teller in der Hand.

»Was heißt da zuviel!« schrie Nicola. »Eßt nur!«

»Die Hälfte bitte...«, beharrte Don Diego. »Ich kann nicht so viel... ich bin eher mäßig beim Essen...«

»Mäßig? Nun, da habt Ihr Fleisch in Massen! Eßt nur!« schrie Mauro, seinerseits aufspringend.

Don Diego senkte erschrocken den Kopf und begann mucksmäuschenstill zu essen.

Alle aßen diesen ersten Gang schweigend. Nur dann, wenn von Zeit zu Zeit der Gast verstohlen die Gabel beiseite zu legen versuchte, ging es los:

»Essen!« schrien die Riesen. »Bis zum letzten Bissen!«

»Jetzt kann ich aber wirklich beim besten Willen nichts mehr hinunterbringen«, wehrte sich Don Diego in einem kleinen Energieanfall, als er mit einem großen Seufzer der Erleichterung endlich seine Portion aufgegessen hatte. »Ich habe, wie man so sagt, das Meinige getan und mich wacker geschlagen.«

»Was soll das heißen?« gab Mauro scharf zurück. »Wir haben doch eben erst angefangen...«

»Nun ja, Sie...« – bemerkte Don Diego lächelnd. »Sie haben auch alle genügend Fassungsvermögen, dem Herrgott sei Dank dafür... Ich spreche ja nur von mir...«

»Und wofür halten Sie uns?« erregte sich nun wiederum Titta und runzelte die Stirn. »Glauben Sie vielleicht, wir laden zum Essen ein, und dann gibt es nur einen einzigen Gang und das war's dann? Sie haben hier zu essen, damit tun Sie Ihre Pflicht. Wir haben Ihnen gegenüber eine Dankesschuld abzutragen.«

»Aber ich will Sie ja nicht beleidigen«, entschuldigte sich Don Diego schnell. »Ich sage ja nur, daß ich...«

»Sie werden essen!« schnitt ihm Rosario schnell das Wort ab. »Da ist schon Mauros Jagdbeute.«

»Einen ganzen Hasen und fünf Drosseln?« rief Don Diego entsetzt aus. »Ja, aber, das ist ein Irrtum, mein Herr, warten Sie doch: Wie glauben Sie denn, sollte ich...«

»Keine Geschichten! Keine Geschichten!« sagte Nicola, und bedeutete ihm, er solle sich beeilen.

»Aber sehen Sie mich doch nur einmal an«, bat Don Diego. »Ist denn das überhaupt möglich? Wo sollte ich denn all dieses Essen hinstecken? Sie werden doch nicht wollen, daß ich darüber noch ins Gras beiße...«

»War für ein Gras?« fragte Rosario. »Da brauchen Sie keine Angst zu haben. Der Hase ist abgehäutet und sauber aufgetischt. Da ist kein Gras dabei.«

»Ich meine doch, Sie werden nicht wollen, daß es mir an den Kragen geht... Wo sollte ich denn einen ganzen Hasen hintun bei der Größe meines Magens...«

»Ich hab' Ihnen ja auch fünf Drosseln gegeben...«

»Ja, eben, das auch noch! Hätte ich einen richtigen Wolfshunger... ich werde vielleicht nur diese allein essen.«

»Jetzt reicht's!« stieß Mauro hervor, eine Hasenkeule schwenkend, in die er von Zeit zu Zeit seine Zähne eingrub. »All das habe ich erjagt. Ich habe mir die Füße abgelaufen für Sie, drei Tage hintereinander. Wenn Sie nicht alles aufessen, dann ist das eine Beleidigung, die gegen mich ganz persönlich gerichtet ist.«

»Regen Sie sich nicht auf...! Regen Sie sich um Himmelswillen nicht auf! Ich will versuchen, was mir möglich ist...« Und insgeheim befahl der arme Don Diego seine Seele dem barmherzigen Gott.

Während er aß, begann ihm der Schweiß von der Stirne zu rinnen. Er hob ein wenig den Blick: Da sah er diese acht direkt aus der Hölle entsprungenen Teufel in einem fort Wein in sich hineinschütten, Wein, Wein und noch einmal Wein. Und ganz leise jammerte er vor sich hin: »Christus, steh mir bei!«

Das Essen ging nie zu Ende. Don Diego hätte am liebsten geweint, sich auf dem Boden gewälzt vor Verzweiflung, sich das Gesicht zerkratzt und den Mund eingeschlagen vor Wut. Was war denn das für eine Grausamkeit? Lauter Neros waren das, blutige Tyrannen, einer schlimmer als der andere! Aber er hatte ja nicht einmal mehr die Kraft, seinen Teller wegzuschieben: Besteck, Gläser, Flaschen wirbelten vor seinen Augen auf dem Tisch durcheinander, und die Ohren dröhnten ihm, die Lider fielen ihm von selbst zu, während die acht Geschwister Borgianni, schon betrunken, grölten und ungeheuer gestikulierten, wie Rasende; bald sprangen sie auf, bald fielen sie auf ihre Sitze zurück, und in einem fort zankten sie miteinander.

Und wenn nun Don Diego den Teller nur ein bißchen wegschob und mehr zu sich selbst sagte: »Ich mag nicht mehr… ich mag nicht mehr…«, dann sprangen die acht Riesen wie ein Mann in die Höhe, die Tischmesser in den Fäusten, und die beiden Nächstsitzenden richteten sie gegen Don Diegos Kehle und schrien:

»Gegessen wird jetzt, Ihr Männlein! Schließlich ist das Euer Fest!«

Don Diego war schon halb und halb hinüber, als es ihm schien, als sähe er zwischen den halbgeschlossenen Lidern einen großen Schleifstein auf dem Tisch erscheinen. Daraufhin versuchte er vergeblich aufzustehen und zu fliehen.

»O Gott, sie haben mich am Stuhl festgebunden!« stöhnte er und begann zu weinen.

Das war nicht wahr, es schien ihm nur so, dem armen Don Diego! Rosario richtete sich zu seiner ganzen Länge auf, das Tranchiermesser in der Hand. Don Diego schien es, als reiche er mit dem Kopf bis an die Decke und als hielte er in der Hand das Henkerbeil, um ihn hinzurichten.

»Die Hälfte für Don Diego!« schrie Rosario, und schnitt den riesigen Kuchen, den der Ärmste für einen Schleifstein gehalten hatte, in der Mitte durch.

»Die andere Hälfte für die Nachbarn!« schlug Angelica vor.

»Und wir?« fragte Mauro. »Wir kriegen nichts? Ich will auch meinen Teil!«

Luca schlug sich auf Angelicas Seite. »Den Nachbarn! Den Nachbarn geben wir's!«

Don Diego verfolgte entsetzt und wie gebannt diesem Streit.

»Na, dann nehm ich mir meinen Teil eben ohne zu fragen!« stieß Mauro hervor, stand auf und streckte die Hand nach dem Kuchen aus.

Aber Luca war schneller. Er nahm den Kuchen und lief davon, verfolgt von der ganzen Familie, zwischen Schreien, Ziehen und Stoßen, und warf ihn aus dem Fenster. Darauf folgte eine wütende Rauferei: Brüder und Schwestern stürzten sich aufeinander: Schreie, Faustschläge, Ohrfeigen, Kratzer, umgeworfene Stühle, Flaschen und Gläser, zerschlagene Teller, der Wein über das Tischtuch ausgegossen: ein Höllenspektakel! Rosario stellte sich schließlich auf einen Stuhl und rief mit mächtiger Stimme: »Schämt ihr euch nicht! Was ist denn das für ein Schauspiel, das wir da geben! Wir haben doch einen Gast!«

Auf diese ernste Ermahnung hin ließen die wütenden Raufbolde wie durch einen Zauber mit einem Schlag voneinander ab. Sie suchten den Gast. Wo war der bloß? Wo hatte er sich verkrochen?

Auf dem Stuhl lag der Mantel, unter dem Tisch ein Paar Schuhe. Der Unglückselige hatte sich barfuß aus dem Staub gemacht, um schneller laufen zu können.

»Na, alles in allem ist es ja recht gutgegangen«, sagten

die acht Geschwister Borgianni, wieder beruhigt, bald darauf zueinander. »Alles ist recht gutgegangen, nur zum Obst sind wir nicht mehr gekommen.«

Aus dem Italienischen von Michael Rössner. Originaltitel: *Un invito a tavola.* Erstveröffentlichung im Band *Quand'ero matto...* (Turin 1902) und dessen Neuauflage Mailand 1919, schließlich im zehnten Band der *Novelle per un anno* von 1926.

# LIMONEN AUS SIZILIEN

»Ist Teresina da?«

Der Diener, noch in Hemdsärmeln, aber schon in einem ganz hohen, steifen Kragen steckend, musterte den jungen Mann, der da auf dem Treppenabsatz vor ihm stand, von oben bis unten; er sah aus wie ein Bauer, den Kragen des groben Mantels bis zu den Ohren hochgeschlagen, mit rot angelaufenen Händen, die vor Kälte ganz steif waren und auf der einen Seite einen schmutzigen Reisesack, auf der anderen Seite, quasi als Gegengewicht, einen alten Koffer hielten.

»Teresina? Und wer ist das?« fragte er seinerseits, die engstehenden, dichten Augenbrauen hochziehend, die aussahen, als wären sie zwei Hälften eines Schnurrbarts, den er sich von der Oberlippe abrasiert und dann dort oben hingeklebt hatte, um ihn nicht zu verlieren.

Der junge Mann schüttelte erst den Kopf, um ein Tröpfchen von der Nasenspitze zu entfernen, das die Kälte dort hingezaubert hatte, dann antwortete er.

»Teresina, die Sängerin.«

»Ach!« rief da der Diener mit einem Lächeln ironischen Staunens. »So einfach Teresina heißt sie also jetzt? Und wer sind Sie denn überhaupt?«

»Ist sie jetzt da oder ist sie nicht da?« fragte der junge Mann, runzelte die Stirn und zog durch die Nase auf. »Sagen Sie ihr doch einfach, Micuccio ist da, und lassen Sie mich hinein.«

»Aber um diese Zeit ist niemand zu Hause«, antwortete der Diener mit erstarrtem Lächeln auf den Lippen. »Frau Sina Marnis befinden sich noch im Theater, und...«

»Zia Marta auch?« unterbrach ihn Micuccio.

»Zia? Ach, ist sie Ihre Tante?«

Und der Diener wurde sofort unterwürfig.

»Bitte, treten Sie doch näher, kommen Sie nur herein, mein Herr. Es ist niemand zu Hause. Auch die Frau Tante befinden sich im Theater. Vor ein Uhr werden die Herrschaften wohl kaum nach Hause kommen. Es ist nämlich der Galaabend Ihrer... was ist sie denn zu Ihnen, die gnädige Frau? Es müßte dann wohl Ihre Cousine sein?«

Micuccio wurde einen Augenblick lang verlegen.

»Nein, ich... ich bin eigentlich kein Cousin von ihr. Ich bin... na, ich bin eben Micuccio Bonavino. Sie weiß schon. Ich komme eigens von zu Hause herauf.«

Auf diese Antwort hin hielt es der Diener zunächst einmal für angebracht, den Besucher wieder etwas distanzierter zu behandeln; er führte ihn in ein dunkles Kämmerchen neben der Küche, in dem jemand dröhnend schnarchte, und sagte zu ihm:

»Setzen Sie sich hierher. Ich bringe gleich ein Licht.«

Micuccio blickte zuerst nach der Seite, von der das Schnarchen kam, aber er konnte in der Dunkelheit nichts unterscheiden.

Dann spähte er in die Küche hinein, wo der Koch mit Hilfe eines Küchenjungen das Abendessen bereitete. Der Geruch der verschiedenen Speisen, die da zubereitet wurden, überwältigte ihn, er machte ihn fast schwindlig und trunken; schließlich war er mehr oder minder seit dem frühen Morgen nüchtern, er kam direkt aus der Provinz Messina und hatte eine Nacht und einen ganzen Tag Eisenbahnfahrt hinter sich.

Der Diener brachte das Licht, und die Person, die da in

dem Zimmer ein Nickerchen machte, hinter einem Vorhang, der an einem von Wand zu Wand gespannten Seil aufgehängt war, murmelte im Halbschlaf:

»Wer ist da?«

»He, Dorina, aufgewacht!« rief der Diener. »Du siehst, Herr Bonvicino ist hier.«

»Bonavino«, verbesserte Micuccio, der in seine Hände blies.

»Bonavino, Bonavino; ein Bekannter der gnädigen Frau. Du schläfst wie ein Mehlsack; es läutet an der Türe und du hörst gar nichts. Ich muß schließlich aufdecken, ich kann ja nicht alles zugleich machen, verstehst du? Mich um den Koch kümmern, der sich nicht auskennt, und um die Besucher dazu.«

Ein tiefes, lautes Gähnen, das ausgestoßen wurde, während die eben Erwachte sich streckte und dehnte, und in einen wiehernden Laut endete, weil sie ein plötzlicher Kälteschauer überfiel, war die Antwort auf die Moralpredigt des Dieners, der brummend fortging:

»Na, sei's drum!«

Micuccio lächelte und folgte ihm mit den Augen durch ein weiteres im Halbdunkel liegendes Zimmer bis zu dem geräumigen, hell erleuchteten Saal im Hintergrund, in dem ein prächtig gedeckter Tisch stand; er betrachtete diese Szene bewundernd, bis ihn endlich das Schnarchen neuerlich dazu bewegte, sich umzudrehen und den Vorhang anzusehen.

Der Diener huschte immer wieder vorbei, die Serviette unter den Arm geklemmt, murmelte bald Verwünschungen gegen Dorina, die schon wieder eingeschlafen war, bald gegen den Koch, der wohl ganz neu sein mußte, eigens zu dem heutigen Fest ins Haus gerufen und der ihn deshalb in einem fort mit Fragen belästigte. Um ihn nicht seinerseits noch mehr aufzubringen, hielt Micuccio es für angebracht, alle Fragen, die er gerne an ihn gerichtet hätte, einstweilen bei sich zu behalten. Er hätte ihm freilich sagen oder wenigstens zu verstehen geben müssen, daß er Teresinas Verlobter war, und doch wollte er das nicht tun, ohne daß er selbst gewußt hätte, warum; es sei denn, es wäre deshalb gewesen, weil der Diener dann ihn, Micuccio, als Herrn hätte behandeln müssen, und wenn er ihn so selbstsicher und elegant auftreten sah – wenngleich er noch nicht einmal den Frack angezogen hatte –, dann vermochte er einfach nicht die Peinlichkeit zu überwinden, die er schon bei dem Gedanken daran empfand. Schließlich aber konnte er doch nicht mehr an sich halten und fragte ihn, als er wieder einmal vorübereilte:

»Entschuldigen Sie, wem gehört eigentlich dieses Haus?«

»Uns, seit wir hier eingezogen sind«, antwortete ihm der Diener in aller Eile.

Und Micuccio schüttelte bedächtig den Kopf.

Zum Donnerwetter, dann war es also wirklich wahr! Das Glück hatte sich beim Schopf packen lassen. Beste Geschäfte. Dieser Diener, der wirkte wie ein großer Herr, Koch und Küchenjunge, diese Dorina, die da drinnen schnarchte: Das waren lauter Dienstboten, die bei Teresina im Dienst standen. Wer hätte das je gedacht?

In Gedanken sah er wieder das düstere Dachstübchen vor sich, dort unten in Messina, wo Teresina mit der Mutter gewohnt hatte. Vor fünf Jahren wären in diesem fernen Dachstübchen ohne seine Hilfe Mutter und Tochter wohl Hungers gestorben. Und er hatte ihn entdeckt, jawohl er, diesen Schatz in Teresinas Kehle! Sie sang damals in einem fort, wie ein Spatz auf den Dächern, ohne daß sie geahnt hätte, welchen Schatz sie besaß; sie sang aus Mißmut, um nicht an das Elend denken zu müssen, daß er so gut es ging zu lindern trachtete, trotz der Kämpfe, die er deswegen zu

Hause mit den Eltern, vor allem mit seiner Mutter zu bestehen hatte. Aber konnte er denn Teresina in diesem Zustand verlassen, nachdem ihr Vater gestorben war? Konnte er sie verlassen, weil sie nichts besaß, während er sich wenigstens recht und schlecht als Flötenspieler im Gemeindeorchester durchbringen konnte? Na, das waren schöne Gründe! Und das Herz sollte gar nicht zählen?

Ach, es war eine wahre Eingebung des Himmels gewesen, eine Einflüsterung des Schicksals, sich doch um ihre Stimme zu kümmern, als noch niemand auf sie achtete, an einem wunderschönen Apriltag, in der Nähe der Dachluke, die den blauen Himmel so lebendig einrahmte. Teresina trällerte ein gefühlvolles sizilianisches Liedchen vor sich hin, an dessen zärtliche Worte Micuccio sich noch immer erinnerte. Sie war traurig an diesem Tag, die Teresina, traurig über den noch so kurz zurückliegenden Tod des Vaters und über den hartnäckigen Widerstand von Micuccios Familie gegen sie. Und auch er – daran erinnerte er sich noch gut –, auch er war traurig damals, so traurig, daß ihm die Tränen kamen, als er sie singen hörte. Er hatte es doch schon so viele andere Male singen gehört, dieses Liedchen, aber noch nie auf diese Weise. Er war so beeindruckt davon, daß er tags darauf, ohne es ihr oder ihrer Mutter zuvor anzukündigen, seinen Freund, den Kapellmeister, in das Dachstübchen mitbrachte. Und so hatten die ersten Gesangstunden begonnen, und zwei Jahre hindurch hatte er für sie beinahe sein ganzes Gehalt ausgegeben: Er hatte ihr ein Klavier gemietet, die Noten gekauft und auch dem Maestro dann und wann einen kleinen Betrag als freundschaftliche Anerkennung bezahlt. Schöne, längst vergangene Tage waren das! Teresina brannte vor Begierde, fortzugehen, der Zukunft entgegenzuschweben, die ihr der Maestro in so leuchtenden Farben malte; und unter diesen Plänen, da regnete es heiße Zärtlichkeiten für ihn, dem sie ihre ganze Dankbarkeit beweisen wollte, und da träumten sie die schönsten Träume von einem gemeinsamen Glück!

Zia Marta schüttelte unterdessen freilich bitter den Kopf; sie hatte so viel Schlimmes erlebt, die arme Alte, daß sie kein Vertrauen mehr in die Zukunft haben konnte. Sie hatte Angst um ihre Tochter und wollte nicht einmal, daß sie auch nur an die Möglichkeit dachte, aus diesem geduldig ertragenen Elend herauszukommen. Und zudem wußte sie, wußte sehr gut, was ihn der Wahn dieses gefährlichen Traumes kostete.

Aber weder er noch Teresina hörten auf sie, und sie wehrte sich vergeblich, als ein junger Komponist, der Teresina in einem Konzert gehört hatte, erklärte, es wäre ein wahres Verbrechen, ihr nicht bessere Lehrer und eine vollständige künstlerische Ausbildung zu verschaffen; kurz, nach Neapel, es galt, sie um jeden Preis nach Neapel zu schicken.

Und da hatte Micuccio nicht viel hin und her überlegt, sondern hatte mit seiner Familie gebrochen und das kleine Landgut verkauft, das ihm sein Onkel, der ein geistlicher Herr gewesen war, vermacht hatte; und mit dem Geld schickte er Teresina nach Neapel, damit sie ihre Studien abschließen konnte.

Seit damals hatte er sie nicht wiedergesehen. Ja, Briefe hatte er bekommen, das schon... Briefe von ihr aus dem Konservatorium, und dann die von Zia Marta, als Teresina schon Karriere machte und von den bedeutendsten Opernhäusern umworben wurde, nach ihrem rauschenden Erfolg im *San Carlo*-Theater. Am Schluß dieser Zeilen in einer zittrigen, unsicheren Handschrift, die die arme Alte, so gut sie es vermochte, auf das Papier gekritzelt hatte, waren immer noch ein paar Worte von ihr angefügt, von seiner Teresina, die doch nun nie mehr Zeit zum

Briefschreiben hatte: »Lieber Micuccio, Mama hat Dir ja schon alles geschrieben. Bleib gesund und behalt mich lieb.« Sie hatten vereinbart, daß er ihr fünf oder sechs Jahre Zeit lassen würde, um ganz frei ihre Karriere aufbauen zu können: Sie waren ja beide noch jung und konnten warten. Und in den fünf Jahren, die seither vergangen waren, hatte er diese Briefe stets jedem gezeigt, der sie sehen wollte, um die Verleumdungen zu bekämpfen, die seine Familie gegen Teresina und ihre Mutter in Umlauf setzte. Dann war er krank geworden; beinahe wäre er gestorben; und bei dieser Gelegenheit hatten ohne sein Wissen Zia Marta und Teresina eine große Summe Geldes an seine Adresse geschickt. Ein Teil davon war während der Krankheit draufgegangen, aber den Rest hatte er später mit Gewalt den gierigen Händen seiner Verwandten entrissen und brachte ihn nun Teresina zurück. Denn Geld – das kam nicht in Frage! Geld wollte er keines annehmen. Nicht, weil es ihm als Almosen erschienen wäre, nachdem er schon soviel für sie ausgegeben hatte; aber... es kam eben nicht in Frage! Er hätte selbst nicht zu sagen gewußt weshalb, und jetzt weniger denn je, dort, in diesem Haus... Geld, das kam nicht in Frage! So wie er bisher so viele Jahre lang gewartet hatte, konnte er ruhig auch weiterhin warten. Und wenn Teresina tatsächlich Geld im Überfluß hatte, dann war das ein Zeichen, daß sich ihr die ersehnte Zukunft aufgetan hatte, und dann war es auch Zeit, das alte Versprechen einzulösen, zum Verdruß derer, die nicht daran glauben wollten.

Micuccio stand auf, die Brauen zusammengezogen, als wollte er sich selbst in diesem Schluß bestätigen; er blies auf seine eiskalten Hände und stampfte mit den Füßen auf.

»Ist Ihnen kalt?« fragte der Diener im Vorüberlaufen. »Jetzt wird es gleich so weit sein. Kommen Sie doch hier in die Küche, da werden Sie sich besser fühlen.«

Micuccio wollte der Aufforderung des Dieners, der ihn mit seiner herrschaftlichen Erscheinung unsicher machte und ärgerte, nicht Folge leisten. Er setzte sich wieder auf seinen alten Platz und hing weiter, ganz verunsichert, seinen Gedanken nach. Kurz darauf riß ihn ein lautes Klingeln aus seinem Nachdenken.

»Dorina, die gnädige Frau!« rief der Diener mit schriller Stimme, während er in höchster Eile in den Frack schlüpfte und zugleich zur Türe lief, um zu öffnen; als er sah, daß Micuccio ihm folgen wollte, blieb er abrupt stehen, um ihn zurechtzuweisen:

»Sie bleiben einstweilen hier; ich muß Sie erst anmelden.«

»Ach, ach, ach…«, klagte eine schläfrige Stimme hinter dem Vorhang; wenig später erschien ein unförmiges, plumpes Riesenweib, das ein Bein nachzog und die Augen noch immer nicht ganz aufbrachte, ein Wolltuch bis über die Nase hochgezogen und die Haare goldblond gefärbt.

Micuccio starrte sie sprachlos an. Auch sie riß überrascht die Augen auf, als sie den Fremden vor sich sah.

»Die gnädige Frau«, wiederholte Micuccio.

Da kam Dorina mit einem Mal wieder zu sich:

»Da bin ich schon, da bin ich schon…«, rief sie, riß sich das Wolltuch herunter und warf es hinter den Vorhang, dann setzte sie ihre ganze schwergewichtige Person in Richtung auf die Eingangstüre in Trab.

Die Erscheinung dieser angemalten Hexe, die Zurechtweisung durch den Diener, all das ließ in dem gekränkten Micuccio eine düstere Vorahnung aufsteigen. Da hörte er Zia Martas schrille Stimme:

»Dort hinein, in den Salon! In den Salon, Dorina!«

Und der Diener und Dorina liefen an ihm vorbei, ganze Körbe herrlicher Blumen im Arm. Er streckte den Kopf vor, um in den beleuchteten Salon im Hintergrund hineinzuspähen: Da sah er viele Herren im Frack, die durcheinanderredeten. Sein Blick verschleierte sich. Das Staunen, die Erregung waren so groß, daß er selbst nicht bemerkt hatte, wie sich seine Augen mit Tränen füllten. Nun schloß er sie und zog sich in dieser Dunkelheit ganz in sich selbst zurück, als wollte er sich so wappnen gegen den Schmerz, den ihm ein langes, schrilles Lachen bereitete. War das Teresina? O Gott, und warum lachte sie so, dort drüben?

Ein unterdrückter Schrei ließ ihn die Augen wieder öffnen, und da sah er vor sich – nicht wiederzuerkennen – Zia Marta, einen Hut auf dem Kopf, die Arme! – und ganz niedergedrückt von einem prächtigen Samtumhang.

»Was! Micuccio... du bist da?«

»Zia Marta...«, rief Micuccio aus, während er, beinahe ein bißchen eingeschüchtert, ihre Erscheinung musterte.

»Wie denn das?« fuhr die Alte ganz erschüttert fort. »Ohne Vorankündigung? Was ist denn geschehen? Wann bist du angekommen? Und ausgerechnet an diesem Abend... O Gott, o Gott...«

»Ich bin gekommen, um...«, stammelte Micuccio, aber er wußte nicht weiter.

»Warte mal!« unterbrach ihn Zia Marta. »Wie machen wir das nur? Wie machen wir das nur? Siehst du, wie viele Leute da sind, mein Kind? Heute ist Teresinas Fest, ihr Galaabend... Warte, warte hier ein bißchen...«

»Wenn Sie...«, versuchte Micuccio zu entgegnen, aber eine ängstliche Beklemmung schnürte ihm die Kehle zu, »wenn Sie glauben, daß ich besser gehen sollte...«

»Nein, warte einmal, sage ich«, antwortete die gute Alte rasch, in großer Verlegenheit.

»Freilich«, begann Micuccio wieder, »freilich wüßte ich gar nicht, wo ich hingehen sollte, hier in diesem großen Ort... um diese Zeit...«

Zia Marta ließ ihn allein, indem sie ihm mit der behandschuhten Hand bedeutete, er solle ein bißchen warten, und ging in den Salon, in dem sich wenig später für Micuccio so etwas wie ein Abgrund aufzutun schien: Plötzlich war da drinnen Totenstille. Dann hörte er klar und deutlich folgende Worte Teresinas:

»Einen Augenblick, meine Herrschaften.«

Und wiederum verschleierte sich sein Blick, als er auf ihr Erscheinen wartete. Aber Teresina erschien nicht, und die Konversation da drinnen im Salon ging weiter. Statt dessen kam nach wenigen Minuten, die ihm wie eine Ewigkeit vorkamen, Zia Marta zu ihm zurück, ohne Hut, ohne Umhang, ohne Handschuhe und viel weniger verlegen.

»Wir wollen hier ein bißchen warten, ist dir das recht?« fragte sie. »Ich bleibe bei dir... Jetzt findet das Abendessen statt... Wir bleiben miteinander hier. Dorina wird uns diesen Tisch decken, und dann essen wir beide miteinander zu Abend, hier drinnen; wir wollen ein bißchen von den schönen alten Zeiten reden, was?... Ich kann's gar nicht glauben, daß ich mit dir sein darf, mein Kind, hier mit dir; ein bißchen abgesondert... Dort drinnen, du verstehst, da sind so viele große Herren... Sie, die Arme, sie kann nicht anders, sie muß da mit... Die Karriere, verstehst du? Tja, was kann man da schon machen? Hast du die Zeitungen gelesen? Das ist eine große Sache, mein Kind! Aber ich... ich hab' da nie so recht festen Boden unter den Füßen... Ich kann's noch gar nicht glauben, daß ich heute abend hier mit dir sein darf.«

Und die gute Alte, die in einem fort geplappert hatte, ganz instinktiv, um Micuccio keine Zeit zum Nachdenken zu lassen, lächelte zu guter Letzt und rieb sich die Hände, wobei sie ihn gerührt ansah.

Dorina kam und deckte in großer Eile den Tisch, denn drinnen hatte das Mahl bereits begonnen.

»Wird sie kommen?« fragte Micuccio düster, mit banger Stimme. »Ich meine, damit ich sie wenigstens sehen kann.«

»Aber natürlich wird sie kommen«, antwortete die Alte schnell und zwang sich, ihre Beklemmung zu überwinden. »Sobald sie sich einen Augenblick freimachen kann; das hat sie mir gleich gesagt.«

Nun sahen die beiden sich an und lächelten einander zu, als würden sie einander jetzt erst wiedererkennen. Durch die ganze Beklemmung und Bewegung ihrer Seelen hindurch hatten sie endlich den Weg gefunden, einander zu begrüßen: mit diesem Lächeln. »Sie sind ja doch die Zia Marta geblieben«, sagten Micuccios Augen. »Und du bist Micuccio, mein lieber guter Junge, immer noch der Alte, armer Kerl!« sagten Zia Martas Augen. Aber gleich senkte die Alte ihren Blick wieder, damit Micuccio in ihren Augen nicht noch etwas anderes läse. Sie rieb sich wieder die Hände und sagte:

»Lassen wir's uns schmecken, hm?«

»Na, ich hab' vielleicht einen Hunger!« rief Micuccio ganz heiter und beruhigt aus.

»Erst aber das Kreuz; hier, vor dir, darf ich's ja machen«, fügte die Alte in schelmischem Ton hinzu, zwinkerte ihm zu und schlug ein Kreuz.

Der Diener servierte ihnen den ersten Gang. Micuccio sah genau zu, wie Zia Marta es anstellte, um ihre Portion vom Silbertablett herunterzubekommen. Aber als er an die Reihe kam und die Hände hob, fiel ihm ein, daß die ja noch schmutzig waren von der langen Reise; er lief rot an, wurde verlegen, hob die Augen, um den Kellner verstohlen anzusehen; der, nun überaus formvollendet, nickte ihm lächelnd zu, als wollte er ihn auffordern, er solle doch zugreifen. Glücklicherweise rettete ihn Zia Marta aus der Klemme.

»Komm, komm, Micuccio, darf ich dir geben?«

Am liebsten hätte er sie abgeküßt vor Dankbarkeit! Als er seine Portion auf den Teller bekommen hatte, schlug er schnell auch ein Kreuz, sobald der Diener fort war.

»Guter Junge!« sagte Zia Marta.

Und er fühlte sich selig und geborgen und begann zu essen, wie er noch nie in seinem Leben gegessen hatte, ohne weiter einen Gedanken an seine Hände oder an den Diener zu verschwenden.

Immer jedoch, wenn dieser den Salon betrat oder verließ und dabei die Glastüre öffnete, so daß ein Stimmengewirr oder da und dort Gelächter wie eine Woge an Micuccios Ohr brandete, wandte er sich beunruhigt um und sah dann die schmerzlichen, liebevollen Augen der Alten an, als wollte er dort eine Erklärung lesen. Aber statt dessen las er in ihnen nur die Bitte, für den Augenblick keine Fragen zu stellen, sich die Erklärungen für später aufzuheben. Und dann lächelten sie beide wieder und aßen weiter und sprachen aufs Neue von ihrem fernen Heimatstädtchen, von Freunden und von Bekannten, von denen Zia Marta ohne Ende Neuigkeiten hören wollte.

»Trinkst du gar nichts?«

Micuccio streckte die Hand nach der Flasche aus; aber in diesem Augenblick öffnete sich wieder die Glastüre zum Salon; ein Seidenrauschen, drei rasche Schritte, ein Glitzern, als würde das Zimmer mit einem Mal hell erleuchtet, um ihn zu blenden.

»Teresina...«

Und vor Staunen erstarb ihm das Wort auf den Lippen. Was für eine Königin!

Mit gerötetem Gesicht, weit aufgerissenen Augen und Mund starrte er sie an, völlig verdattert. Wie war das denn möglich – so sah sie aus? Nackte Brust, nackte Schultern, nackte Arme... überall glitzernd von Edelsteinen und feinen Stoffen... Er sah sie gar nicht, er sah sie nicht mehr als lebende, als wirkliche Person vor sich. Was sagte sie zu ihm? Die Stimme nicht und auch nicht die Augen, nicht das Lachen: nichts mehr, gar nichts mehr erkannte er an ihr in dieser Traumerscheinung.

»Wie geht's? Geht's dir jetzt wieder gut, Micuccio? Na fein, sehr gut... Du warst doch krank, wenn ich mich nicht irre... Na, wir sehen uns gleich nochmal... Einstweilen leistet dir ja hier die Mama Gesellschaft... Abgemacht, ja?«

Und damit eilte Teresina rauschend wieder zurück in den Salon.

»Ißt du nicht mehr?« fragte wenig später ängstlich Zia Marta, um Micuccio aus seiner Erstarrung zu reißen.

Der wandte sich kaum zu ihr um.

»Iß doch«, wiederholte die Alte und deutete auf seinen Teller.

Micuccio fuhr sich mit zwei Fingern in den rußgeschwärzten, verdrückten Kragen und zog ihn gerade, wobei er versuchte, tief Atem zu holen.

»Essen?«

Und er fuchtelte einige Male mit den Fingern unter seinem Kinn herum, wie um zu grüßen, als wollte er sagen: Ich kann nicht mehr, ich habe genug. Noch eine ganze Weile verharrte er schweigend, niedergeschlagen, gefangen in der Vision von vorhin, dann murmelte er:

»Was aus ihr geworden ist...«

Und er sah Zia Marta bitter den Kopf schütteln; auch sie hatte zu essen aufgehört, als wartete sie auf etwas.

»Gar nicht mehr dran zu denken...«, fügte er dann wie zu sich selbst hinzu und schloß die Augen.

Nun, in dieser Dunkelheit, da sah er den Abgrund, der sich zwischen ihnen beiden aufgetan hatte. Nein, das war nicht mehr sie – diese da – das war nicht mehr seine Teresina. Es war alles aus... schon seit langer Zeit, seit langer Zeit schon war es aus, und er Dummkopf, er Idiot, er merkte das erst jetzt. Zu Hause hatten sie es ihm längst gesagt, aber er hatte sich beharrlich geweigert, es zu glauben... Und jetzt, was gab er jetzt da für eine Figur ab, in diesem Haus? Wenn all diese großen Herren, wenn selbst der Diener gewußt hätten, daß er, Micuccio Bonavino, diese lange Reise auf sich genommen hatte, sechsunddreißig Stunden in der Bahn bis zur völligen Erschöpfung, weil er allen Ernstes noch immer geglaubt hatte, er wäre der Verlobte dieser Königin da drinnen, was hätte das dann für Gelächter gegeben, von diesen Herren, von dem Diener, vom Koch und dem Küchenjungen, von Dorina! Was für ein Gelächter, wenn Teresina ihn vor sie alle hingezerrt hätte, dort in den Salon, und verkündet hätte: »Seht her, dieser arme Kerl, ein Flötenspieler, der sagt, er möchte mich heiraten!« Ja freilich, sie selbst hatte ihm das einmal versprochen; aber wie hätte sie damals ahnen können, daß eines Tages das aus ihr werden würde? Und natürlich war es richtig, daß er ihr diesen Weg eröffnet und es ihr ermöglicht hatte, ihn einzuschlagen; aber nun war sie auf diesem Weg schon so weit gekommen, so weit... und er, der er dort unten geblieben war, immer noch derselbe, am Sonntag auf dem Marktplatz seine Flöte spielend, wie hätte er sie jetzt noch jemals erreichen können? Gar nicht daran zu denken... Und was bedeuteten jetzt noch die paar Groschen, die er einmal für sie ausgegeben hatte, nun, da sie eine große Dame geworden war? Er schämte sich nur bei dem Gedanken, irgendjemand könnte vermuten, er habe sich mit seinem Kommen wegen dieser elenden paar Groschen irgendwelche Rechte anmaßen wollen. In diesem Augenblick fiel ihm ein, daß er das Geld, das Teresina ihm während seiner Krankheit geschickt hatte, noch in der Tasche hatte. Er lief rot an, er schämte sich dafür; schnell griff er mit seiner Hand in die Brusttasche der Jacke, wo die Brieftasche steckte.

»Ich bin eigentlich auch deshalb gekommen, Zia Marta«, sagte er schnell, »weil ich euch dieses Geld zurückgeben wollte, das ihr mir geschickt habt. Was sollte das denn sein? Bezahlung? Rückerstattung? Ich sehe ja, was aus Teresina geworden ist: eine … ja, wie eine Königin erscheint sie mir! Ich sehe, daß … Nichts! Gar nicht mehr dran zu denken! Aber dieses Geld hier, nein! Das habe ich von ihr nicht verdient … Die Geschichte ist aus, reden wir nicht mehr darüber … Aber Geld nein, das kommt nicht in Frage … es tut mir nur leid, daß es nicht mehr die ganze Summe ist …«

»Was sagst du da, mein Kind?« versuchte ihn Zia Marta verzweifelt, mit Tränen in den Augen, zu unterbrechen.

Micuccio bedeutete ihr, still zu sein.

»Nicht ich hab' es ausgegeben, das war meine Familie, während ich krank war, ohne daß ich davon wußte. Aber das mag hingehen, im Austausch für das bißchen, was ich damals für euch aufgewendet habe … wissen Sie noch? Kein Wort mehr darüber. Hier ist der Rest. Und jetzt gehe ich.«

»Ja, wieso denn? So plötzlich?« rief Zia Marta aus und versuchte ihn zurückzuhalten. »Warte wenigstens, bis ich es Teresina gesagt habe. Hast du nicht gehört, daß sie dich noch einmal sehen will? Ich gehe schnell hinein und sage es ihr …«

»Nein, das ist sinnlos«, entgegnete Micuccio entschieden. »Lassen Sie sie da drinnen mit diesen Herren. Dort ist sie an ihrem Platz, dort gehört sie hin. Ich armer Teufel … ich hab' sie gesehen; das hat mir genügt … Gehen Sie lieber auch … gehen Sie auch dort hinein … Hören Sie das Gelächter? Ich will nicht, daß man über mich lacht … Ich gehe.«

Zia Marta deutete diesen plötzlichen Entschluß Micuccios in der schlimmsten Weise: als eine Handlung der

Empörung, diktiert von der Eifersucht. Sie glaubte, die Arme, daß nun schon in allen, wenn sie ihre Tochter sahen, sofort der schlimmste Verdacht aufkeimen mußte, eben der Verdacht, um dessentwillen sie untröstlich war und weinte, ruhelos ihren heimlichen Kummer mit sich herumschleppte, inmitten dieses lärmenden, schrecklichen Luxuslebens, das ihr müdes Alter so grauenhaft entehrte.

»Aber ich«, entfuhr es ihr, »ich kann ja nicht mehr länger auf sie aufpassen, mein Kind...«

»Wieso?« fragte da Micuccio, und las plötzlich in ihren Augen den Verdacht, der ihm noch gar nicht gekommen war; dabei verfinsterte sich sein Gesicht.

Die Alte verlor sich ganz in ihrem Schmerz und verbarg das Gesicht in den zitternden Händen, aber es gelang ihr nicht, die Wucht der hervorbrechenden Tränen zurückzuhalten.

»Ja, ja, geh, mein Kind, geh...«, stieß sie halberstickt unter Schluchzen hervor. »Sie ist nichts mehr für dich, du hast ganz recht... Hättet ihr nur auf mich gehört!«

»Dann«, fuhr Micuccio auf, beugte sich über sie und riß ihr mit Gewalt eine Hand vom Gesicht fort. Aber der Blick, mit dem sie ihn um Erbarmen anflehte, während sie einen Finger auf die Lippen legte, dieser Blick war so verzweifelt und berührend, daß er sich bezähmte und in einem anderen Ton hinzufügte, wobei er sich bemühte, seine Stimme zu dämpfen: »Dann... dann ist sie also meiner gar nicht mehr würdig. Gut, gut, ich gehe trotzdem... im Gegenteil, jetzt gehe ich erst recht... Was war ich doch für ein Dummkopf, Zia Marta; ich habe das alles nicht begriffen! Weinen Sie doch nicht... Was tut das schon... Schicksal, sagen die Leute... Schicksal...«

Er hob das Köfferchen und den Sack unter dem Tisch auf und wollte schon gehen, da fiel ihm ein, daß in dem

Sack ja die schönen Limonen waren, die er für Teresina von zu Hause mitgebracht hatte.

»Sehen Sie doch, Zia Marta«, sagte er.

Er schnürte den Sack auf, hielt einen Arm darunter und schüttete die frischen, duftenden Früchte auf den Tisch.

»Was wäre eigentlich, wenn ich alle diese Limonen den Ehrenmännern da drinnen an den Kopf würfe?«

»Um Himmels willen«, stöhnte die Alte unter Tränen und bat ihn wiederum mit einer Geste, er solle doch still sein.

»Nein, nein, gar nichts«, antwortete Micuccio bitter lachend und steckte den leeren Sack in die Tasche. »Ich hatte sie ihr mitbringen wollen; aber nun lasse ich sie Ihnen ganz allein, Zia Marta.«

Er nahm eine der Früchte und hielt sie Zia Marta unter die Nase.

»Riechen Sie, Zia Marta, riechen Sie den Duft unserer Heimat... auch noch Zoll bezahlt habe ich dafür... Genug davon. Nur für Sie allein sind die, das bitte ich mir aus... Und ihr sagen Sie in meinem Namen einfach ›Viel Glück!‹, sonst nichts.«

Damit nahm er seinen Koffer und ging. Aber als er auf der Treppe war, überfiel ihn eine bange Verzweiflung: Er war allein, verlassen, nachts, in einer großen, fremden Stadt, weit weg von seinem Heimatort; enttäuscht, erniedrigt, lächerlich gemacht. Beim Haustor merkte er, daß es draußen in Strömen regnete. Er hatte nicht den Mut, sich im Regen auf diese unbekannten Straßen hinauszuwagen. So ging er ganz leise wieder hinein, stieg einen Treppenabsatz hinauf, dann setzte er sich auf die erste Stufe, stützte die Ellbogen auf die Knie, nahm den Kopf in die Hände und begann stumm vor sich hinzuweinen.

Gegen Ende des Essens betrat Sina Marnis ein zweites Mal das Kämmerchen. Sie fand dort ihre Mutter, die ebenfalls weinte, ganz allein, während drinnen die Herren sich lärmend unterhielten und lachten.

»Ist er fortgegangen?« fragte sie überrascht.

Zia Marta nickte mit dem Kopf, ohne sie anzusehen. Sina starrte eine Weile ins Leere, dann seufzte sie:

»Armer Kerl...«

Aber gleich darauf mußte sie lächeln.

»Sieh her«, sagte die Mutter, ohne die Tränen weiter hinter der Serviette zu verbergen. »Er hatte dir Limonen mitgebracht...«

»Ach, sind die schön!« rief Sina jauchzend aus. Sie legte einen Arm um die Taille und nahm mit der anderen Hand so viele Früchte, wie sie tragen konnte.

»Nein, nicht dort hinein!« versuchte die Mutter abzuwehren.

Aber Sina zuckte die Achseln und lief in den Salon zurück, wobei sie jubelnd ausrief:

»Limonen aus Sizilien! Limonen aus Sizilien!«

Aus dem Italienischen von Michael Rössner. Originaltitel: *Lumìe di Sicilia.* Erstveröffentlichung in der Zeitschrift *Il Marzocco* vom 20. und 27. Mai 1900, dann im Band *Quand'ero matto...* (Turin 1902) und dessen Neuauflage Mailand 1919, schließlich im zehnten Band der *Novelle per un anno* von 1926. Grundlage für den gleichnamigen Einakter (Uraufführung 1910, enthalten im zwölften Band dieser Edition).

# DER ÖLKRUG

Auch die Oliven brachten eine reiche Ernte. Schon im vorausgegangenen Jahr hatten die braven Bäume über und über vollgehangen; jetzt trugen sie abermals eine ergiebige Last, trotz des Nebels, der sie während der Blütezeit heimgesucht hatte.

Zirafa besaß einen schönen kleinen Olivenhain in seinem Gut in Primosole. Und da er sich ausgerechnet hatte, daß die fünf alten, emaillierten Tonkrüge, die er im Keller verwahrte, nicht genügen würden, die neue Ernte zu fassen, hatte er beizeiten in Santo Stefano di Camastra einen sechsten bestellt: brusthoch, mit majestätisch ausladendem Bauch, der Pater Prior der anderen.

Natürlich hatte es wegen dieses Kruges Streit mit dem Tonbrenner gegeben. Denn mit wem gelang es schon Don Lollò Zirafa, in Frieden zu leben? Wegen jeder Lappalie, selbst wegen eines Steinchens, das von der Umfassungsmauer verschwunden war, selbst wegen eines Strohhalms befahl er sein Maultier zu satteln, um in die Stadt zu eilen und Anzeige zu erstatten. Bald ließ er diesen, bald jenen vorladen; die Kosten hatte er freilich immer selbst zu tragen, und so war in Eingabegebühren und Anwaltshonoraren sein halbes Vermögen draufgegangen.

Man erzählte sich, sein Rechtsberater habe ihm, um ihn nur loszuwerden, ein gedrucktes Bändchen im Meßbuchformat geschenkt: einen Kodex, damit er selbständig die juristische Grundlage all der Prozesse suchen könne, die er anhängig machen wollte. Früher hatten ihm diejenigen, mit denen er in Streit geriet, spöttisch zugerufen: »Sattelt Euer Maultier!« Jetzt dagegen: »Konsultiert Euren Kodex!«

Und Don Lollò antwortete unweigerlich:

»Darauf könnt ihr euch verlassen! Breitschlagen werd' ich euch, ihr Hundesöhne!«

Der neue Krug, den er mit vier runden, klingenden Talern bezahlt hatte, wurde, solange sich im Keller kein Platz fand, einstweilen im Kelterraum aufgestellt. Einen solchen Krug hatte man noch nicht gesehen! Schade, daß er fürs erste in diesem lichtlosen, vom Duft des Mostes und allerlei anderen, scharfen Gerüchen geschwängerten Verlies stehen mußte!

Seit zwei Tagen hatte die Olivenernte begonnen, und Don Lollò war wieder einmal auf dem Gipfel der Wut, weil er nicht wußte, wie er zwischen den Ernteleuten und den Maultiertreibern, die schon den Dünger für die neue Aussaat heranbrachten, seine Zeit und Aufmerksamkeit teilen sollte. Er fluchte wie ein Türke und drohte, den und jenen niederzuschmettern, wenn am Schluß auch nur eine einzige Olive fehle, als habe er sie zuvor samt und sonders auf den Bäumen gezählt; oder wenn ein Misthaufen nicht genau dem andern entspräche. Mit seinem weißen Schlapphut, in Hemdsärmeln, mit offener Brust und rotem, schweißtriefendem Gesicht lief er bald hierhin, bald dorthin und hatte überall seine Wolfsaugen, während er sich ungeduldig über die blauschwarzen Wangen fuhr, auf denen der unbezähmbare Bart fast unter dem Rasiermesser wieder hervorzusprießen pflegte.

Nun machten am Abend des dritten Erntetages ein paar Tagelöhner, die eben von der Arbeit zurückkamen und im Kelterraum ihre Leitern und Stangen niederlegen wollten, die schreckliche Entdeckung, daß der schöne neue Krug entzweigebrochen war, als habe jemand mit einem genauen Schnitt durch die ganze Breite des Bauchs einen Teil der Rundung abgetrennt.

»Da schaut hin! Da schaut hin!«

»Wer mag das gewesen sein?«

»O Gott, o Gott! Was wird Don Lollò dazu sagen? Der neue Krug, wie schade!«

Der erste der drei, dem der Schrecken am meisten in die Glieder gefahren war, machte den Vorschlag, die Tür wieder zu schließen, die Leitern und Stangen draußen an die Mauer zu lehnen und sich schleunigst aus dem Staub zu machen.

»Seid Ihr verrückt?« wandte der zweite ein. »Das bei Don Lollò? Er wäre imstande zu glauben, daß wir ihn kaputtgemacht haben. Alles hierbleiben!«

Mit diesen Worten trat er vor den Kelterraum, legte die Hände an den Mund und rief in langgezogenen Tönen:

»Don Lollò! Aaah, Don Lollòooo!«

Drunten stand er am Hang und beaufsichtigte das Abladen des Dungs: wie gewöhnlich wild gestikulierend und sich dann und wann mit beiden Händen den weißen Schlapphut noch tiefer in die Stirne ziehend; es war schon vorgekommen, daß er ihn zu guter Letzt bald nicht mehr vom Kopf gebracht hatte. Schon erloschen am Himmel die letzten Feuer der Abendröte, und die Gebärden des ewig aufgeregten Mannes bildeten einen seltsamen Gegensatz zu dem Frieden, der sich mit den Schatten des Abends und der sanften Kühle auf die Felder herniedersenkte.

»Don Lollò! Aaah, Don Lollòooo!«

Als er kam und das Unheil sah, schien es zuerst, als wolle er den Verstand verlieren. Er stürzte sich auf die drei Tagelöhner, faßte einen von ihnen bei der Kehle, warf ihn an die Wand und schrie wie von Sinnen:

»Bei dem Blut der Heiligen Jungfrau Maria, den werdet ihr mit bezahlen!«

Aber die andern beiden, dumpfe Verstörtheit auf den

erdigen, tierhaften Gesichtern, umklammerten ihn und rissen ihn zurück; da wandte er seine rasende Wut gegen sich selbst, schleuderte den Schlapphut zu Boden, zerkratzte sich die Wangen, stampfte mit den Füßen und heulte wie im Schmerz um einen plötzlich verstorbenen Blutsverwandten.

»Der neue Krug! Vier glatte, runde Talerchen! Noch nicht einmal gebraucht!«

Er wollte wissen, wer ihn zerbrochen habe. War es möglich, daß er von ganz allein entzweigegangen war? Irgend jemand mußte ihn doch wohl kaputtgemacht haben, aus Neid oder Gemeinheit! Aber wann und wie? Kein Zeichen einer gewalttätigen Handlung war zu sehen! Sollte er so schon aus der Werkstatt gekommen sein? Keine Spur! Er hatte geklungen wie eine Glocke!

Als die Bauern sahen, daß die erste Wut verraucht war, begannen sie ihm gut zuzureden. Der Krug ließ sich wieder heilmachen. Er war nicht hoffnungslos zersprungen. Nur ein einziges Stück war herausgebrochen. Ein tüchtiger Flicker konnte ihn leicht reparieren, daß er wieder wie neu aussah. Ja, da hatte just dieser Zi' Dima Licasi einen wundertätigen Kitt erfunden, dessen Geheimnis er eifersüchtig hütete: einen Kitt, gegen den nicht einmal der Hammer etwas ausrichten konnte, wenn er erst einmal gefaßt hatte. Nun, Don Lollò brauchte nur ein Wort zu sagen, dann würde morgen beim ersten Tagesgrauen Zi' Dima Licasi dasein und im Handumdrehen den Krug besser wiederherstellen, als er je gewesen war.

Don Lollò hatte als Antwort nur ein Kopfschütteln: alles sei nutzlos, der Schaden nicht wiedergutzumachen; aber zum Schluß ließ er sich doch überreden, und am nächsten Morgen, pünktlich beim ersten Tagesschimmer, erschien Zi' Dima Licasi in Primosole, den Werkzeugkorb auf den Schultern.

Der Krugflicker war ein schiefgewachsener, alter Mann mit Gelenken, so verkrümmt und knorrig wie bei einem alten Ölbaum. Um ein Wort aus ihm hervorzulocken, brauchte man einen Widerhaken. Verdruß oder mürrische Trauer, oder auch der hochmütige Glaube, daß niemand so recht seine Verdienste als noch nicht patentierter Erfinder zu verstehen und zu schätzen wisse, hatten sich in diesem mißgestalteten Körper festgesetzt. Die Tatsachen sollten sprechen – auf sie vertraute Zi' Dima Licasi. Und im übrigen hatte er auf seiner Hut zu sein, damit sie ihm nicht sein Geheimnis stahlen.

»Zeigt einmal Euren Kitt her!« begann Don Lollò, nachdem er den Mann einer langen und mißtrauischen Musterung unterzogen hatte.

Zi' Dima schüttelte würdevoll seinen Kopf: »Man muß ein Mittel ausprobieren, um seine Güte zu erkennen!«

»Wird es aber auch helfen?«

Zi' Dima setzte den Korb auf die Erde, holte ein dickes, abgenutztes, rotes Baumwolltaschentuch daraus hervor, begann es unter den neugierigen Blicken der Umstehenden langsam aufzuwickeln und brachte endlich eine alte Brille zum Vorschein, deren Gestänge mit Bindfaden geflickt war. Er seufzte, und die andern lachten. Aber daraus machte sich Zi' Dima nichts; umständlich reinigte er seine Finger, bevor er zur Brille griff, klemmte sich das Instrument auf die Nase und begann darauf mit gewichtigem Ernst den Krug zu untersuchen, den man auf die Tenne geschleppt hatte.

»Es wird schon helfen!« sagte er kurz.

»Aber auf Euren Kitt allein verlaß ich mich nicht, ich will auch eine Naht!« bedang sich Zirafa aus.

»Gut, ich gehe schon«, versetzte Zi' Dima, stand kurzerhand auf und packte sich wieder den Korb auf die Schultern.

Don Lollò faßte ihn am Arm.

»Wohin? Lumpenkönig – so geht Ihr mit den Leuten

um? Tut nicht so großartig! Da soll Öl hinein, Esel, und das Öl sickert durch! Einen kilometerlangen Riß wolltet Ihr mit Kitt allein reparieren? Eine Naht will ich haben! Kitt und Naht. Hier befehle ich.«

Zi' Dima schloß die Augen, preßte die Lippen aufeinander und schüttelte den Kopf. Ja, ja, so waren sie alle! Ihm war die Freude versagt, einmal eine saubere, gewissenhafte, kunstgerechte Arbeit auszuführen und die Wunderkraft seines Kitts unter Beweis zu stellen.

»Wenn der Krug«, sagte er, »nicht von neuem klingt wie eine Glocke ...«

»Erzählt mir nichts!« unterbrach ihn Don Lollò. »Die Naht! Ich zahle für Kitt und Naht. Wieviel wollt Ihr?«

»Wenn ich's mit dem Kitt allein ...«

»Das ist mir doch ein Dickschädel!« rief Zirafa aus. »Versteht Ihr kein Sizilianisch? Ich habe Euch gesagt, daß ich eine Naht verlange. Tut Eure Arbeit, wir werden uns nachher einigen: Ich mag mit Euch keine Zeit verlieren.«

Und er ging davon, um seine Männer zu beaufsichtigen.

Zi' Dima machte sich voll Zorn und Ärger ans Werk. Und Zorn und Ärger wuchsen in ihm bei jedem Loch, das er in den Krug und in das herausgebrochene Stück bohrte, um später den Eisendraht durchzuziehen. Mit immer häufigeren und stärkeren Grunzlauten begleitete er das Schnurren des Bohrers, und sein Gesicht wurde immer galliger, immer heftiger flackerte in seinen scharfen Äuglein eine kaum noch verhaltene Wut. Mit diesem ersten Teil seiner Arbeit fertig, schleuderte er ergrimmt das Gerät in den Korb zurück, legte die beiden Stücke aneinander, um zu sehen, ob die Löcher sich genau entsprächen, dann kniff er mit der Zange die nötige Anzahl von Drahtstückchen ab und rief einen der Erntearbeiter zur Handreichung herbei.

»Kopf hoch, Zi' Dima!« ermunterte ihn dieser, als er sein düsteres Gesicht sah.

Zi' Dima antwortete nur mit einer erbitterten Handbewegung. Er öffnete die Blechschachtel, die den Kitt enthielt, und schwenkte diesen dem Himmel entgegen, als wolle er ihn Gott zum Geschenk machen, da die Menschen von seiner Wunderkraft nichts wissen wollten; nun begann er ihn mit dem Finger über die beiden Bruchstellen zu streichen; damit zu Ende, griff er zur Zange und den vorbereiteten Drahtstückchen, kroch in den offenen Bauch des Kruges und befahl dem Bauern, das herausgebrochene Stück anzupressen, so wie er's selbst zuvor gemacht hatte. Ehe er mit der Naht begann, rief er noch seinem Helfer aus dem Innern des Kruges zu:

»Zieh! Zieh aus Leibeskräften! Siehst du, daß er nicht auseinandergeht? Der Teufel hol alle, die nicht daran glauben wollen! Schlag drauf, schlag drauf! Klingt er vielleicht nicht so rein wie eine Glocke, obwohl ich selbst hier drinnen sitze? Geh nur, lauf und erzähl's deinem Herrn!«

»Wer oben ist, befiehlt, Zi' Dima«, seufzte der Bauer, »und wer unten ist, darf sich plagen! Nur zu, macht jetzt Eure Naht!«

Und Zi' Dima begann seine Drahtstückchen durch die Löcher links und rechts von der Bruchstelle zu fädeln, um dann mit der Zange die beiden Enden zusammenzudrehen. Es dauerte eine Stunde, bis sie alle durch waren. Dem Mann im Krug lief der Schweiß in Strömen herunter, und er beklagte sich bei der Arbeit über sein trauriges Los.

»Jetzt hilf mir heraus!« sagte schließlich Zi' Dima.

Aber so breit der Bauch des Kruges war, so eng war sein Hals. Zi' Dima hatte in seiner Wut nicht darauf geachtet. Wie er sich jetzt auch drehte und wendete, es gelang ihm nicht mehr, herauszukommen. Und der Bauer, statt ihm zu helfen, stand daneben und hielt sich die Seiten vor Lachen. Gefangen war er, gefangen in dem Krug, den er selber wieder heil gemacht hatte und der nun, wenn er je wieder herauswollte, von neuem und für immer zerbrochen werden mußte!

Das Gelächter und die Schreie riefen Don Lollò herbei. Zi' Dima benahm sich in seinem Krug wie ein wildgewordener Kater.

»Laßt mich heraus!« fauchte er. »Verdammt noch mal, ich will heraus! Auf der Stelle! So helft mir doch!«

Don Lollò stand zuerst wie betäubt. Er traute seinen Augen nicht.

»Was ist das? Er selbst hat sich eingenäht da drinnen?«

Und an den Krug herantretend, schrie er Zi' Dima zu:

»Helfen? Wie soll ich Euch denn helfen, alter Esel? Mußtet Ihr nicht vorher Maß nehmen? Los, probiert's, zuerst einen Arm... ja, so! Und jetzt den Kopf... langsam! Halt, zurück... wartet! So nicht, zurück, zurück... Wie habt Ihr das nur angestellt? Was soll jetzt mit dem Krug werden? Ruhe! Ruhe! Ruhe!« – mahnte er in die Runde, als seien die Aufgeregten die andern und nicht er selber. »Da raucht einem doch der Schädel! Ruhe! Das ist ein neuer Fall... das Maultier!«

Er schlug mit den Fingerknöcheln an den Krug. Der klang in der Tat wie eine Glocke.

»Schön! Wie neu... Wartet!« – befahl er dem Gefangenen. »Sattle mir das Maultier!« – dem Bauern; und sich mit vier Fingern die Stirne kratzend, fuhr er im Selbstgespräch fort: »Was mir nicht alles passieren muß! Das ist kein Krug, ein Teufelswerkzeug ist das! Stillgehalten! Still da!«

Dabei lief er hinzu und hielt den Krug fest, in dem der wütende Zi' Dima um sich schlug und raste wie ein Tier, das in die Falle gegangen ist.

»Ein neuer Casus, mein Lieber; den muß der Anwalt entscheiden. Mir ist das zu hoch. Das Maultier, das Maultier! Ich bin gleich wieder da, geduldet Euch ein wenig! In Eurem eigenen Interesse!... Inzwischen behalte ich schon das meine im Auge. Und um mein Recht zu wahren, will ich zuerst einmal meine Pflicht tun! Hier bezahle ich Euch eure Arbeit. Fünf Lire. Seid Ihr damit zufrieden?«

»Nichts will ich, gar nichts!« schrie Zi' Dima. »Ich will heraus!«

»Ihr werdet schon noch herauskommen. Aber einstweilen bezahle ich Euch. Hier habt Ihr Eure fünf Lire!«

Er holte sie aus der Westentasche und warf sie in den Krug.

»Habt Ihr schon gefrühstückt?« fragte er dann zuvorkommend und besorgt. »Los, bringt Brot und Zukost! Was, Ihr wollt nichts essen? Dann werft's den Hunden vor. Genug: Ich hab's Euch gegeben!«

Er befahl, daß man dem andern das Essen in den Krug reiche, dann saß er auf, und fort ging es, der Stadt entgegen. Wer ihn sah, mußte glauben, er wolle sich selbst im Irrenhaus melden, unter so wilden und seltsamen Gebärden ritt er dahin.

Zum Glück brauchte er beim Anwalt nicht im Vorzimmer zu warten; aber warten mußte er eine ganze Weile, bis dieser sich sattgelacht hatte, nachdem ihm der Fall auseinandergesetzt worden war. Don Lollò wurde ärgerlich:

»Entschuldigen Sie, was gibt's da zu lachen? Natürlich, Euer Gnaden läßt das kalt! Der Krug gehört mir!«

Der andere aber lachte nur um so lauter und verlangte noch einmal zu hören, wie alles gekommen war, um Stoff zu neuer Heiterkeit zu finden. Also, der Krugflicker hatte sich eingenäht? Eingenäht hatte er sich? Und was beabsichtigte nun Don Lollò zu tun? Ihn drinnen sitzen zu lassen, hahaha! – um nicht seinen Krug einzubüßen?

»Ich soll wohl von meinem Sach kommen?« fragte Zirafa mit geballten Fäusten. »Den Schaden und den Spott dazu?«

»Wißt Ihr denn auch, wie man so etwas nennt?« fragte schließlich der Anwalt. »Freiheitsberaubung!«

»Freiheitsberaubung? Wer hat ihn denn eingesperrt? Er sich selbst! Was kann ich dazu?«

Der Anwalt erklärte ihm nun, daß es sich um zwei getrennte Fälle handle. Auf der einen Seite müsse er, Don Lollò, unverzüglich den Gefangenen befreien, wenn er sich nicht wegen Freiheitsberaubung verantworten wolle; auf der andern habe der Krugflicker den Schaden zu tragen, den er durch seine Ungeschicklichkeit oder Unüberlegtheit angerichtet habe.

»Ah!« atmete Zirafa auf. »Indem er mir den Krug bezahlt!«

»Langsam!« versetzte der Anwalt. »Wohlgemerkt: nicht den Neuwert!«

»Und warum nicht?«

»Haha – eben weil er zerbrochen war!«

»Zerbrochen? Nein, mein Herr! Jetzt ist er heil. Besser als zuvor ist er – der Flicker selbst behauptet es! Und wenn ich ihn jetzt wieder zerbreche, dann wird er sich niemals mehr reparieren lassen. Dann ist er hin, Herr Rechtsanwalt!«

Der Anwalt versicherte ihm, daß man diese Tatsache in Rechnung stellen werde, daß der andere den Krug nach seinem augenblicklichen Wert bezahlen müsse.

»Am besten«, riet er Don Lollò, »Ihr laßt ihn zuvor von ihm selbst abschätzen.«

»Küß die Hand!« versetzte Zirafa und eilte hinaus.

Als er gegen Abend zurückkehrte, fand er seine sämtlichen Landarbeiter in ausgelassenster Stimmung um den bewohnten Krug versammelt. Auch der Wachhund nahm, das Streitobjekt mit fröhlichem Gebell umtanzend, am Feste teil. Zi' Dima hatte sich nicht nur beruhigt, sondern sogar an seinem seltsamen Abenteuer Geschmack gefunden, und lachte darüber mit der bitteren Lustigkeit der Melancholiker.

Zirafa schob alle beiseite und beugte sich über den Krug.

»Ah, dir geht's wohl gut da drinnen?«

»Ausgezeichnet!« erwiderte der andere. »So kühl hab ich's zu Hause nicht!«

»Das freut mich. Indessen muß ich dir mitteilen, daß mich dieser Krug, als ich ihn kaufte, vier Taler gekostet hat. Wieviel, meinst du, ist er jetzt wert?«

»Zusammen mit mir?« fragte Zi' Dima.

Das Bauernvolk lachte.

»Ruhe!« – gebot Zirafa. »Ich sehe hier zwei Möglichkeiten: entweder taugt dein Kitt etwas, oder er taugt nichts: taugt er nichts, dann bist du ein Betrüger; taugt er etwas, dann muß der Krug, so wie er ist, seinen Wert haben. Welchen Wert? Schätz' du ihn ab!«

Zi' Dima dachte eine Weile nach, dann sagte er:

»Meine Antwort ist die: wenn Sie mich den Krug mit dem Kitt allein hätten reparieren lassen, wie ich es wollte, dann säße ich jetzt nicht hier drinnen, und der Krug hätte ungefähr den gleichen Wert wie früher. Mit dieser häßlichen Naht aber, die ich wohl oder übel von innen anbringen mußte – was soll er da noch groß wert sein? Bestenfalls ein Drittel des Kaufpreises.«

»Ein Drittel?« fragte Zirafa. »Einen Taler dreiunddreißig?«

»Eher weniger als mehr.«

»Na schön«, sagte Don Lollò. »Mach dein Wort wahr und gib mir einen Taler dreiunddreißig.«

»Was soll ich?« versetzte Zi' Dima, als habe er nicht recht gehört.

»*Ich* zerbrech' den Krug, um dich wieder herauszulassen«, antwortete Don Lollò, »und *du*, sagt der Anwalt, bezahlst ihn mir nach deiner Schätzung: einen Taler dreiunddreißig.«

»Zahlen soll ich?« grinste Zi' Dima. »Euer Gnaden belieben zu scherzen! Hier drinnen bleib' ich, bis ich verfaule!«

Damit zog er, nicht ohne Mühe, ein verwittertes Pfeifchen aus der Tasche, setzte es in Brand und begann zu qualmen, indem er den Rauch zum Hals des Kruges hinausblies.

Don Lollò machte ein verdutztes Gesicht. Diesen neuen Fall, daß nämlich Zi' Dima nicht mehr aus dem Krug herauswollte, den hatten weder er noch der Anwalt vorausgesehen. Wie war das zu entscheiden? Er war nahe daran, wieder einmal »Das Maultier!« zu rufen, da fiel ihm ein, daß es Abend war.

»Soso«, sagte er. »Du willst dein Quartier in meinem Krug aufschlagen? Hier, ihr alle seid mir Zeugen! Er will nicht heraus, um ihn nicht zu bezahlen. Ich bin bereit, ihn zu zerschlagen! Nun, wenn er drinnen bleiben will, dann verklag ich ihn morgen wegen widerrechtlichen Wohnens und weil er mich daran hindert, meinen Krug zu benutzen.«

Zi' Dima blies zuerst eine neue Rauchwolke in die Luft, dann antwortete er gelassen:

»Nein, mein Herr: Ich will Sie an gar nichts hindern. Sitz ich vielleicht zu meinem Vergnügen hier drinnen? Lassen Sie mich heraus, und ich gehe gern meiner Wege. Aber zahlen... nicht einmal im Traum, Euer Gnaden!«

Don Lollò hatte in einem jähen Wutanfall schon den Fuß erhoben, um dem Krug einen Tritt zu versetzen; aber er hielt sich zurück, packte ihn statt dessen mit beiden Händen und schüttelte ihn aus Leibeskräften.

»Na, was sagen Sie zu diesem Kitt?« meinte Zi' Dima.

»Verdammter Schurke! Wer hat denn das Unheil angerichtet? Ich oder du? Und ich soll dafür bezahlen? Von mir aus kannst du verrecken da drinnen! Wollen doch sehen, wer den kürzeren zieht!«

Zirafa hatte, während er nun grimmig davonstapfte, ganz die fünf Lire vergessen, die er am Morgen in den Krug geworfen hatte. Mit diesen beschloß Zi' Dima an jenem Abend ein Fest zu feiern, zusammen mit den Bauern, die sich des seltsamen Zwischenfalls wegen verspätet hatten und deshalb die Nacht hier draußen auf der Tenne verbringen mußten. Einer ging in die nahe Schenke, um Wein zu holen. Und als sei der Himmel im Einverständnis mit ihnen, zog ein Mond herauf, so rund und rot, daß er die Szene taghell erleuchtete.

Es war einige Zeit verflossen, als Don Lollò, welcher schlafen gegangen war, von einem höllischen Lärm aufgeweckt wurde. Er trat auf den Balkon und sah im Mondschein drunten auf der Tenne die betrunkenen Bauern Hand in Hand wie entfesselte Teufel den Krug umtanzen. Drinnen aber saß Zi' Dima und sang aus vollem Halse.

Diesmal konnte Don Lollò nicht mehr an sich halten: Wie ein wütender Stier stürzte er hinab, und bevor die andern Zeit fanden, ihn aufzuhalten, beförderte er das Unglücksding mit einem kräftigen Stoß den Abhang hinunter. Unter dem Gelächter der Betrunkenen rollte und kollerte den Krug dahin, bis er endlich am Stamm eines Ölbaums zerbrach.

Und wer gewonnen hatte, war Zi' Dima.

Aus dem Italienischen von Hans Hinterhäuser. Originaltitel: *La giara.* Erstveröffentlichung *Corriere della sera* vom 20. Oktober 1909, dann in dem Band *Terzetti* (Mailand 1912), später im elften Band der *Novelle per un anno* von 1928. Grundlage des gleichnamigen Einakters (enthalten im zwölften Band dieser Edition).

# DIE TOTE UND DIE LEBENDE

Die Tartane, die Padron Nino Mo nach dem Namen seiner ersten Frau »Filippa« getauft hatte, fuhr in den kleinen Hafen von Porto Empedocle ein, in dem flammenden Rot eines dieser märchenhaften Sonnenuntergänge auf dem Mittelmeer, die die unendliche Wasserfläche wie in einem Delirium aus Licht und Farben zittern und vibrieren lassen. Es strahlen die Glasscheiben der vielfärbigen Häuser, es schimmert das Mergelgestein der Hochfläche, an die sich das ausgedehnte Städtchen anlehnt; der auf dem langen Strand aufgehäufte Schwefel glitzert wie Gold, und den einzigen Kontrast dazu bildet der Schatten des alten Meeresschlosses, das da kantig und düster am Ende der Mole aufragt.

Während sie wendete, um den Weg zwischen den beiden Klippen einzuschlagen, die wie schützende Arme in ihrer Mitte die kleine »Alte Mole« einschließen, den Sitz der Hafenbehörde, bemerkte die Mannschaft, daß der ganze Landungsplatz, von dem Schloß bis zu dem weißen Leuchtturm, voller Menschen war, die riefen und Mützen und Tücher schwenkten.

Weder Padron Nino noch irgendeiner von der Besatzung wäre je auf den Gedanken gekommen, daß alle diese Leute gerade wegen der Ankunft der »Filippa« dort aufgereiht standen, obwohl es tatsächlich so schien, als gälten ihnen die Rufe und dieses ausdauernde wilde Schwenken der Tücher und Mützen. Sie nahmen an, irgendeine Flottille von Torpedobooten wäre wohl an der kleinen Mole eingelaufen und würde nun gerade wieder die Anker lichten, festlich verabschiedet von der Bevölkerung, für die der Besuch eines Königlichen Kriegsschiffes natürlich eine Sensation war.

Aus Vorsicht gab Padron Nino Mo sofort Befehl, das Segel zu raffen, ja, es gleich einzuholen und auf das Boot zu warten, das die »Filippa« im Schlepptau zum Anlegeplatz der Mole rudern würde.

Sobald das Segel eingeholt war und die nun nicht mehr vom Wind getriebene Tartane langsam weiterglitt, kaum die Glätte des Wassers störend, das dort zwischen den beiden Klippen wie ein See aus Perlmutt erschien, da kletterten die drei Schiffsjungen neugierig wie Eichhörnchen in die Höhe, einer auf die Wanten, einer auf den Mast bis zum Topp, einer auf die Rahe.

Und da kam auch schon, mächtig rudernd, das Boot, das sie in den Hafen schleppen sollte, gefolgt von vielen anderen schwarzen Booten, die um ein Haar unterzugehen drohten, so viele Leute standen da drauf und riefen und winkten mit den Armen durcheinander.

Also galt das wirklich ihnen? So viele Menschen? Solch ein Aufruhr? Und weshalb? Hatte es vielleicht ein falsches Gerücht gegeben, sie hätten Schiffbruch erlitten?

Und die ganze Mannschaft beugte sich neugierig und erwartungsvoll über den Bug, um zu hören, was sie riefen. Aber richtig zu verstehen war nur der Name der Tartane: »Filippa! Filippa!«

Padron Nino Mo stand abseits, er allein ohne jede Neugier, die Fellmütze bis über die Augen gezogen, von denen er stets das linke geschlossen hielt. Wenn er es öffnete, schielte er. Schließlich nahm er die Bruyèrepfeife aus dem Mund, spuckte aus, fuhr sich mit dem Handrücken über die struppigen Haare des kupferfarbenen Schnurrbarts und des schütteren Spitzbarts, wandte sich plötzlich zu dem Schiffsjungen um, der in die Wanten geklettert war, und rief ihm zu, er solle runterkommen und zum »Angelus« läuten.

Er war sein ganzes Leben lang zur See gefahren, tief erfüllt von der Allmacht Gottes, die es stets, in jeder Lebenslage, mit unabänderlicher Ergebenheit zu ertragen gilt; und dafür konnte er das Geschwätz der Menschen nicht ertragen.

Beim Klang der Bordglocke nahm er die Mütze ab und enthüllte die überaus weiße Haut des Kopfes, auf der ein rötlicher Wollhauch zu erkennen war, fast so etwas wie ein Schatten von Haaren. Er bekreuzigte sich und wollte eben anheben zu beten, da stürzte die ganze Mannschaft auf ihn zu, mit Grimassen, Gesten, Gelächter, Geschrei, so als wären sie alle übergeschnappt.

»Zi' Ni'! Zio Nino! Die Gnà Filippa! Ihre Frau! Die Gnà Filippa! Sie lebt! Sie ist wieder da!«

Zunächst fühlte sich Padron Nino wie verloren zwischen all den Leuten, die ihn so überfielen, und suchte erschreckt in den Augen der anderen fast so etwas wie die Versicherung, daß er dieser Nachricht Glauben schenken durfte, ohne wahnsinnig zu werden. Sein Gesichtsausdruck wechselte binnen Augenblicken von Erstaunen zu Ungläubigkeit, von wütender Beklemmung zu Freude. Dann schob er wild, fast so, als hätte er es mit einer Beleidigung zu tun, alle beiseite, packte einen bei der Brust, schüttelte ihn gewaltig und schrie dazu: »Was sagt ihr? Was sagt ihr da?« Und mit erhobenen Armen, als müßte er eine Bedrohung abwehren, schritt er zum Bug, denen auf den anderen Booten entgegen, die ihn mit einem Wirbelsturm von Schreien und eindringlichem Winken mit den Armen empfingen; er wich zurück, konnte die Bestätigung der Neuigkeit nicht ertragen (oder auch nicht den drängenden

Wunsch, sich ins Meer zu stürzen?) und wandte sich wieder seiner Mannschaft zu, als wollte er um Hilfe bitten oder als suche er Halt. Sie lebte? Wie denn, sie lebte? Sie war zurückgekommen? Von wo? Wann? Da er nicht sprechen konnte, deutete er auf das Schott, die sollten dort sofort das Zugseil ziehen, jawohl, ja! Und als das Schlepptau heruntergelassen wurde, schrie er: »Festhalten!« packte es mit beiden Händen, hielt sich fest und ließ sich wie ein Affe daran herunter, bis er sich den Leuten auf dem Schlepper, die ihn erwarteten, in die offenen Arme warf.

Die Mannschaft der Tartane blieb enttäuscht zurück; aufgeregt sahen die Matrosen das Boot mit Padron Nino sich entfernen und begannen nun wie besessen den Leuten auf den anderen Booten zuzurufen, sie sollten das Schlepptau aufnehmen und sie wenigstens mit der Tartane in den Hafen schleppen, damit sie nicht das ganze Schauspiel versäumten. Alle Boote folgten dem Schlepper in den Hafen, wo Padron Nino Mo in großer Verwirrung über diese wunderbare Rückkehr seiner von den Toten auferstandenen Frau aufgeklärt wurde, die doch vor drei Jahren, als sie nach Tunis gefahren war, um ihre sterbenskranke Mutter zu besuchen, bei dem Schiffbruch des Dampfbootes, wie alle meinten, gemeinsam mit den anderen Passagieren umgekommen war – aber nein, nein, sie war gar nicht umgekommen – einen Tag und eine Nacht lang war sie auf dem Wasser getrieben, an einen Balken geklammert, dann hatte sie ein russischer Dampfer, der auf dem Weg nach Amerika war, aufgefischt – aber sie war wahnsinnig – vor Schreck wahnsinnig geworden – und zwei Jahre und acht Monate hatte sie als Wahnsinnige in Amerika verbracht – in New York, in einem Irrenhaus – dann war sie geheilt worden und hatte vom Konsulat die Erlaubnis zur Rückkehr erhalten, und nun war sie seit drei Tagen wieder zu Hause, eben aus Genua angekommen.

Bei diesen Nachrichten, die von allen Seiten auf ihn einhagelten, klapperte Padron Nino Mo in einem fort in höchster Erregung mit den Lidern über seinen kleinen, schielenden Augen. Manchmal blieb das linke Lid geschlossen, als würde es mit Gewalt nach unten gezogen; und sein ganzes Gesicht bebte, verzerrt, wie von Nadeln gestochen.

Der Ruf von einem der Boote: »Zwei Frauen, Zi' Ni', na du treibst's ja toll!« und das höhnische Gelächter, mit dem er aufgenommen wurde, rissen ihn aus seiner Verstörtheit und ließen ihn mit wütender Verachtung all diese Menschen betrachten, kleine Erdenwürmer, die er jedesmal verschwinden sah, als wären sie nichts, wenn er sich ein wenig von den Küsten entfernte und in die Unendlichkeit des Meeres und des Himmels hineinsegelte. Und nun waren sie da, in Massen zu seinem Empfang herbeigestürzt, drängten sich ungeduldig schreiend an der Hafenmole, um das Spektakel eines Mannes zu genießen, den auf dem Festland zwei Ehefrauen auf einmal erwarteten. Ein Spektakel, das für sie um so mehr Anlaß zum Lachen bot, als für ihn dieses Problem ernst und schmerzlich war. Denn diese beiden Ehefrauen waren noch dazu Schwestern, unzertrennliche Schwestern, ja fast eher wie Mutter und Tochter zueinander, da die Ältere, Filippa, immer eine Art Mutter für Rosa gewesen war, die auch er bei seiner Hochzeit als Kind mit ins Haus hatte nehmen müssen. Als dann Filippa verschollen war und er weiter mit ihrer Schwester leben mußte, wobei er fand, daß keine andere Frau eine bessere Mutter für den kleinen Jungen hätte sein können, den Filippa ihm noch fast in den Windeln zurückgelassen hatte, da hatte er sie in allen Ehren zur Frau genommen. Und jetzt? Und jetzt? Jetzt war Filippa zurückgekommen und hatte Rosa als seine Frau wiedergefunden, und dazu noch schwanger, im vierten Monat schwanger! Oja, das war wirklich zum Lachen: ein Mann, der so zwischen zwei Ehefrauen stand, zwischen zwei Schwestern, zwischen zwei Müttern! Da waren sie schon, da auf dem Kai! Da war Filippa! Da war sie, sie lebte! Mit einem Arm winkt sie ihm, als wolle sie ihm Mut machen, mit dem anderen drückt sie Rosa an ihre Brust, die Arme, die im vierten Monat schwanger ist, am ganzen Körper zittert und weint und sich windet vor Kummer und Scham, unter den Schreien, dem Gelächter, dem Händeklatschen, dem Winken der Mützen dieser ganzen wartenden Menge.

Padron Nino Mo schüttelte sich wütend; er hätte gewünscht, daß das Boot unterginge und ihm dieses grausame Schauspiel so vor den Augen wieder entschwinden sollte; er überlegte einen Augenblick, auf die Ruderer loszuspringen und sie zu zwingen umzukehren, um zur Tartane zurückzufahren und weit, weit fort zu fliehen, weit fort, auf ewig; aber zugleich fühlte er, daß er sich dieser entsetzlichen Gewalttätigkeit der Menschen und des Schicksals, die ihn mit sich fortschleifte, nicht entziehen konnte; er fühlte, wie etwas in ihm zerriß, er war wie betäubt, die Ohren dröhnten ihm und sein Blick verschleierte sich. Wenig später fand er sich in den Armen, an der Brust seiner wiedererstandenen Frau, die einen Kopf größer war als er selbst, ein knochiges Mannweib mit dunklem, stolzem Gesicht, männlich in den Gesten, in der Stimme, im Gang. Aber als sie ihn wieder losließ und ihn dort, vor dem ganzen johlenden Volk, dazu anhielt, nun auch Rosa zu umarmen, die arme Kleine, die ihre großen, hellen Augen in dem durchscheinenden Gesicht aufschlug wie zwei Tränenseen, da hielt er es angesichts von so viel Düsterkeit, so viel Verzweiflung, so viel Scham nicht mehr aus, beugte sich, ein Schluchzen im Hals, zu dem dreijährigen Jungen hinunter, nahm ihn auf und lief los, wie von Furien gehetzt, wobei er rief: »Nach Hause! Nach Hause!«

Die beiden Frauen folgten ihm, und dazu drängte die ganze Volksmenge nach, hinter ihnen, vor ihnen und rundherum. Filippa hielt einen Arm um Rosas Schulter, als wollte sie sie unter ihre Fittiche nehmen, stützte sie, behütete sie und wandte sich zu den Leuten um, um den Witzen, dem Spott, den bissigen Kommentaren die Stirn zu bieten. Dazu beugte sie sich von Zeit zu Zeit zu ihrer Schwester hinunter und rief ihr zu: »Wein doch nicht, du Dummchen! Das Weinen schadet dir! Los, los, halt dich gerade, sei stark! Was weinst du? Wenn Gott es so gewollt hat... Für alles gibt es eine Lösung. Los, hör auf. Für alles, für alles gibt es eine Lösung! Gott wird uns schon helfen...«

Sie schrie das auch der Menge zu und fügte, bald zu diesem, bald zu jenem gewendet, hinzu:

»Nur keine Angst! Es wird keinen Skandal geben, keinen Kampf, keinen Neid, keine Eifersucht! Es wird nur der Wille Gottes geschehen. Wir sind in Gottes Hand!«

Als sie bei der Burg ankamen, waren die Flammen der Dämmerung schon erloschen und der zuerst purpurfarbene Himmel hatte sich schwarzgrau verfärbt; da verloren sich viele aus der Menge, schlugen die Straße ein, die nach dem Ort führte, und in der die Lampen schon angezündet waren. Aber die meisten wollten sie doch noch bis nach Hause begleiten, hinter die Burg, in das »Bàlate« genannte Viertel, wo diese Straße eine Kurve macht und dann wieder geradeaus führt, an ein paar Seemannshütten vorbei in eine weitere verlassene Bucht. Dort blieben alle vor dem Eingang zu Nino Mos Haus stehen und warteten, was diese drei nun zu tun beschlössen. Als wäre das ein Problem gewesen, das man so mir nichts dir nichts hätte lösen können!

Das Haus war ebenerdig und hatte keine Fenster. Diese Menge von Neugierigen, die sich davor drängten, machte den ohnedies düsteren Schatten noch dichter und nahm einem den Atem. Aber weder Padron Nino Mo noch seine schwangere Frau hatten die Kraft, sich zu wehren. Die Bedrückung durch diese Volksmenge war für sie die Bedrükkung ihrer eigenen Seele, die da gegenwärtig und greifbar geworden war; und sie dachten gar nicht daran, daß man wenigstens gegen diese sichtbare Bedrückung etwas unternehmen könnte. Statt dessen dachte Filippa daran, nachdem sie das Licht auf dem bereits zum Abendessen gedeckten Tisch in der Mitte des Zimmers angezündet hatte. Sie trat in die Tür und rief:

»Was wollt ihr noch, meine Herrschaften? Was wollt ihr? Ihr habt uns gesehen, ihr habt gelacht; reicht das nicht? Dürfen wir uns jetzt ein bißchen um unsere Angelegenheiten kümmern? Ihr werdet doch wohl alle irgendwo ein Zuhause haben?«

Als sie so direkt angeredet wurden, zogen sich die Leute zurück, die einen hierhin, die anderen dorthin, wobei sie die letzten Witzchen losließen; viele verharrten freilich in einiger Entfernung, um von dort, aus dem Schatten des Strandes heraus, weiter herüberzuspähen.

Die Neugier war um so stärker, als alle die geradezu übertriebene Ehrbarkeit, die Gottesfurcht und den vorbildlichen Lebenswandel Padron Nino Mos und der beiden Schwestern kannten.

Und bittesehr, noch an diesem Abend gaben sie ein Beispiel davon, indem sie die ganze Nacht über die Türe ihrer Hütte offen ließen. Der gelbe Widerschein des Lichts aus dieser Türe fiel in den Schatten dieses traurigen, verlassenen Strandes, der da und dort in das matte, dicke, fast ölige Wasser einige Massive schwarzer, von den Gezeiten zerfressener Klippen vorschob, steile, schlüpfrige, mit Algen bedeckte abgebrochene Felsplatten, zwischen die sich ein paar seltene Wellen verirrten, die zurückgeschleudert und sofort wieder vom Meer verschluckt wurden. Und die, die noch lange aus diesem Schatten heraus zu erspähen versuchten, was drinnen vorging, und die einer nach dem anderen vor der Türe vorbeigingen und sich bemühten, einen raschen Blick in das Innere der Hütte zu erhaschen, die konnten zuerst alle drei mit dem Jungen beim Abendessen sehen, dann die beiden Frauen auf dem Boden knien, über die Stühle gebeugt, Padron Nino sitzend, den Kopf auf die auf den Tisch gestützte Faust gelegt, wie sie den Rosenkranz beteten; schließlich den Jungen allein, den Sohn der ersten Frau, im Ehebett im Hintergrund des Zimmers schlafend, die zweite Frau, die Schwangere, am Fußende des Bettes sitzend, angezogen, den Kopf auf die Matratze gelehnt, die Augen geschlossen, während die anderen beiden, Padron Nino und Gnà Filippa, sich leise unterhielten, ganz friedlich, an den beiden Tischenden sitzend. Schließlich setzten sie sich auf die Schwelle und führten die Unterhaltung in einem gedämpften Murmeln fort, auf das das leichte, leise Geräusch der Brandung auf dem Strand in der Dunkelheit der nun schon tiefen Nacht zu antworten schien.

Tags darauf machten sich Padron Nino und Gnà Filippa auf die Suche nach einem Untermietzimmer, ohne sich jemandem anzuvertrauen; sie fanden eines fast schon am oberen Ende des Ortes, an der Straße, die zum Friedhof führte, in luftiger Höhe auf der Hochebene, das weite Land dahinter, das Meer davor. Sie ließen ein Bettchen, einen kleinen Tisch und zwei Stühle dorthin bringen, und als es Abend geworden war, begleiteten sie Rosa, die zweite Frau, mit dem Jungen dorthin, ließen sie sogleich die Türe abschließen und kehrten dann beide schweigend zu dem Haus in dem »Bàlate«-Viertel zurück.

Daraufhin erhob sich im ganzen Ort ein Sturm des Mitleids für diese Arme, die da so geopfert wurde, so einfach weggeschoben, hinausgeworfen, ganz allein, in ihrem Zustand! Man bedenke doch nur, in diesem Zustand! Hatten die denn kein Herz? Was hatte sie denn für Schuld, die Arme? Jaja, so wollte es das Gesetz... aber was war das schon für ein Gesetz? Ein Gesetz der Türken war das, jawohl! Nein, bei Gott, das war nicht gerecht! Das war nicht gerecht!

Und als Padron Nino tags darauf düsterer blickend denn je das Haus verließ, um die Tartane für die nächste Ausfahrt klar zu machen, versuchten viele ihm mit großer Entschiedenheit begreiflich zu machen, daß der ganze Ort sein Verhalten mißbilligte.

Aber Padron Nino blieb nicht stehen, wandte sich nicht einmal um, die Fellmütze bis über die Augen gezogen, eines geschlossen, das andere offen, die Bruyèrepfeife zwischen den Zähnen schnitt alle Fragen und Vorhaltungen schon im Mund ab, indem er brummte: »Laßt mich in Ruhe! Ist meine Sache!«

Auch denen, die er »die Herren« nannte, den Kaufleuten, Lagerbesitzern und Sensalen, gönnte er keine größere Befriedigung. Mit ihnen war er nur weniger hart und abweisend.

»Jeder nach seinem Gewissen, mein Herr«, antwortete er. »Familienangelegenheiten gehen keinen etwas an, nur Gott allein, und damit hat sich's.«

Und als er sich zwei Tage später wieder einschiffte, wollte er nicht einmal der Besatzung seiner Tartane irgend etwas erzählen.

Während er fort war, kehrten die beiden Schwestern jedoch gemeinsam wieder in das Haus im »Bàlate«-Viertel zurück und teilten sich ruhig, friedlich und liebevoll in die häuslichen Pflichten und in die Erziehung des Jungen. Den Nachbarinnen und allen Neugierigen, die sie fragten, gaben sie nur ein Achselzucken zur Antwort, hoben den

Blick zum Himmel auf und entgegneten mit einem wehmütigen Lächeln:

»Gottes Wille geschehe, Comare.«

»Gottes Wille geschehe, Compare.«

Am Tag der Ankunft der Tartane gingen sie beide mit dem Kleinen an der Hand zum Hafen. Diesmal standen nur wenige Neugierige am Kai. Padron Nino sprang an Land, gab der einen wie der anderen schweigend die Hand, beugte sich hinunter und küßte den Jungen, nahm ihn auf den Arm und ging los, wie das andere Mal, gefolgt von den beiden Frauen. Nur als sie diesmal zur Türe der Hütte kamen, blieb Rosa, die zweite Frau, mit Padron Nino im »Bàlate«-Haus, und Filippa ging ruhig mit dem Jungen in das Zimmer an der Straße, die zum Friedhof führte.

Und da empörte sich das ganze Dorf, das erst voll des Mitleids für das Opfer der zweiten Frau gewesen war, als die Leute sahen, daß es für keine der beiden ein Opfer gab; man erregte sich aufs höchste über die einfache, friedliche Vernünftigkeit dieser Lösung, und viele schrien, das wäre ein Skandal. Nun, eigentlich waren alle zunächst verblüfft, dann brachen sie in ein riesiges Gelächter aus. Die Erregung, die Empörung, die kam erst später, und gerade deshalb, weil alle sich im Grunde gezwungen sahen zuzugeben, daß – da es von keiner Seite eine Täuschung oder eine Schuld gegeben hatte, daß man also weder die eine noch die andere Ehefrau (denn Ehefrauen waren sie alle beide, vor Gott und vor dem Gesetz) verurteilen oder aufopfern durfte – die Entscheidung dieser drei Unglücklichen die beste war, die man treffen konnte. Vor allem erregte die Leute der Friede, das Einverständnis, die Ergebenheit der beiden einträchtig einander zugetanen Schwestern, zwischen denen nicht der Schatten von Neid oder Eifersucht bestand. Ja, man verstand, daß Rosa, die Jüngere, der anderen gegenüber keine Eifersucht empfinden konnte; sie verdankte ihr ja alles, und sie hatte ihr – ohne es zu wollen – den Mann weggenommen. Viel eher hätte Filippa auf sie eifersüchtig sein können; aber nein, man verstand, daß auch Filippa nicht eifersüchtig sein konnte, da sie ja wußte, daß Rosa nicht in böser Absicht gehandelt hatte und schuldlos war. Was blieb also? Für beide gab es da die Heiligkeit und Unverletzlichkeit der Ehe, die Ergebenheit gegenüber dem Mann, der für sie arbeitete, für den Vater der Familie. Er war ja immer unterwegs, kam nur für zwei oder drei Tage im Monat an Land. Nun gut, da Gott die Rückkehr der einen zugelassen hatte, da Gott es so gewollt hatte, kümmerten sie sich eben jetzt abwechselnd, friedlich und ohne Neid, um ihren Mann, der müde von der Seefahrt zurückkehrte.

Das waren lauter gute Gründe, jawohl, ehrbar und friedlich; aber eben weil sie so gut und friedlich und ehrbar waren, empörten sie die Leute.

Und am Tag nach seiner zweiten Landung wurde Padron Nino Mo vor den Richter gerufen, der ihn streng ermahnte, die Bigamie wäre vom Gesetz verboten.

Er hatte kurz davor mit einem Advokaten gesprochen, Padron Nino Mo, und er betrat das Gericht wie üblich, ernst, fest und gelassen. Er erwiderte, in seinem Fall könne man nicht von Bigamie sprechen, weil seine erste Frau ja noch im Totenregister stünde und dort auch immer stehenbleiben würde, so daß er vor dem Gesetz nur eine einzige legitime Ehefrau habe, die zweite.

»Und über dem Gesetz der Menschen«, schloß er, »da, Herr Richter, steht noch das göttliche Gesetz, an das ich mich stets gehorsam gehalten habe.«

Probleme gab es dann mit dem Standesbeamten, wo Padron Nino Mo von nun an pünktlich alle fünf Monate vorsprach, um die Geburt eines Kindes anzuzeigen. – »Das ist von der Toten.« – »Das ist von der Lebenden.«

Beim ersten Mal, als er die Geburt des Sohnes meldete, mit dem die zweite Frau bei der Ankunft Filippas schwanger gewesen war, ging alles glatt, weil Filippa sich vor dem Gesetz nicht wieder lebendig erklärt hatte, und der Sohn konnte ordnungsgemäß als ehelich registriert werden. Aber wie sollte man den zweiten registrieren, der fünf Monate später von der noch immer als tot geltenden Filippa geboren wurde? Entweder war der erste, aus der Putativehe stammende, unehelich oder aber der zweite. Da gab es keinen Mittelweg.

Padron Nino Mo fuhr sich mit der Hand in den Nacken und schob sich die Mütze über die Nase; er kratzte sich am Kopf; dann sagte er zum Standesbeamten: »Und... entschuldigen Sie, könnten Sie ihn nicht als ehelich registrieren, von der zweiten Frau?«

Der Standesbeamte riß die Augen weit auf: »Ja, wie denn? Von der zweiten? Wenn die doch vor erst fünf Monaten...?«

»Ja, Sie haben recht, Sie haben recht«, schnitt ihm Padron Nino den Satz ab und kratzte sich wieder am Kopf. »Was tun wir dann bloß?«

»Was tun wir dann?« platzte der Standesbeamte heraus. »Mich fragen Sie, was wir da tun? Ja, was sind Sie denn für einer? Ein Sultan? Oder ein Pascha? Oder ein Bey? Was sind Sie für einer? Sie müssen doch ein bißchen Vernunft an den Tag legen und mir hier nicht mein ganzes Standesregister durcheinanderbringen!«

Padron Nino Mo trat ein paar Schritte zurück und legte die Zeigefinger beider Hände auf seine Brust: »Ich?« rief er aus. »Was habe denn ich damit zu tun, wenn Gott das so geschehen läßt?«

Als er von Gott reden hörte, geriet der Standesbeamte vollends in Wut.

»Gott... Gott... Gott... Immer Gott! Einer stirbt; das ist

Gottes Wille! Er stirbt nicht; ist auch Gottes Wille! Ein Kind wird geboren; da ist Gott schuld daran! Sie leben da mit zwei Frauen auf einmal; ist auch Gott schuld daran! Hört mir doch einmal alle auf mit diesem Gott! Der Teufel soll Sie holen, kommen Sie wenigstens nur alle neun Monate her; so wahren Sie den Schein und umgehen das Gesetz; dann nehm' ich sie Ihnen in drei Teufels Namen allesamt als ehelich hier herein, einen nach dem anderen!«

Padron Nino Mo hörte sich diesen Wutausbruch ungerührt an. Dann sagte er:

»Das hängt nicht von mir ab. Tun Sie, was Sie für richtig halten. Ich habe meine Pflicht getan. Ich habe die Ehre!«

Und er kam wieder, pünktlich alle fünf Monate, um seine Pflicht zu tun, ganz und gar sicher, daß Gott das so von ihm verlangte.

Aus dem Italienischen von Michael Rössner. Originaltitel: *La morta e la viva.* Erstveröffentlichung in der Zeitschrift *Rassegna contemporanea* vom November 1910, dann in dem Band *Terzetti* (Mailand 1912), später im elften Band der *Novelle per un anno* von 1928.

# MAHNUNG ZUR PFLICHT

Paolino Lovico ließ sich wie tot auf einen Hocker vor der Apotheke Pulejo auf der Piazza Marina fallen. Er schaute hinein zum Ladentisch und fragte Saro Pulejo, indem er sich den Schweiß abwischte, der ihm von den Haaren in das gerötete Gesicht lief:

»Ist er dagewesen?«

»Gigi? Nein. Aber er muß gleich kommen. Warum?«

»Warum? Weil ich ihn brauche. Weil... Was du alles wissen willst!«

Er behielt das Taschentuch auf dem Kopf, stützte die Ellenbogen auf die Knie, das Kinn in die Hände und blickte zu Boden, düster, mit gerunzelten Brauen.

Sie kannten ihn alle, dort auf der Piazza Marina. Ein Freund ging vorüber:

»He, Paolí?«

Lovico hob die Augen, senkte sie aber gleich wieder und murmelte:

»Laß mich in Ruhe!«

Ein anderer Freund:

»Paolí, was hast du?«

Diesmal riß sich Lovico das Taschentuch vom Kopf und setzte sich anders hin, so daß sein Gesicht fast die Wand berührte.

»Paolí, ist dir nicht gut?« fragte ihn darauf Saro Pulejo hinter dem Ladentisch.

»Herrgott nochmal!« fuhr Paolino Lovico los und stürzte

in die Apotheke. »Was zum Dreck kümmerst du dich um mich, kannst du mir das vielleicht sagen? Frage ich dich etwa, ob es dir schlecht geht, ob es dir gut geht, was du hast, was du nicht hast? Laßt mich gefälligst in Ruhe!«

»Herrjeh«, sagte Saro. »Hat dich die Tarantel gestochen? Du hast nach Gigi gefragt, und ich dachte...«

»Gibt es denn keinen andern als mich auf Erden?« schrie Lovico mit fuchtelnden Händen und funkelnden Augen. »Kann ich nicht einen kranken Hund haben, einen Truthahn mit Husten? Kümmert Euch doch um Eure eigenen Angelegenheiten, bei allen Heiligen – ich weiß nicht, bei wem noch!«

»Ah, da kommt Gigi!« sagte Saro lachend.

Gigi Pulejo trat eilig ein und ging stracks auf das Wandschränkchen zu, um nachzusehen, ob sich in seinem Brieffach Mitteilungen für ihn befänden.

»Grüß dich, Paolí!«

»Hast du's eilig?« fragte ihn Paolino Lovico stirnrunzelnd, ohne den Gruß zu erwidern.

»Ja, sehr«, seufzte Doktor Pulejo, indem er sich den Hut in den Nacken schob und sich mit dem Taschentuch die Stirn fächelte. »In diesen Tagen gibt's nichts zu spaßen, mein Lieber.«

»Hab ich's nicht gesagt?« grinste nun Paolino ärgerlich mit vorgestreckten Fäusten. »Was für eine Epidemie ist ausgebrochen? Cholera? Beulenpest, Krebs, der euch alle wegrafft? Du mußt mich anhören! Sieh mal, der eine Tote ist nicht mehr wert als der andere, ich aber lebe und bin hier. Ich habe das Vorrecht. He, Saro, hast du nichts im Mörser zu zerstoßen?«

»Nein – warum?«

»Na, dann gehen wir!« begann Lovico von neuem, packte Gigi Pulejo beim Arm und zog ihn mit sich fort. »Hier kann ich nicht reden.«

»Langer Diskurs?« fragte ihn der Doktor auf der Straße.

»Endlos!«

»Tut mir leid, mein Lieber, ich habe keine Zeit.«

»Du hast keine Zeit? Weißt du, was ich dann tue? Ich werfe mich unter die Straßenbahn, breche mir ein Bein und zwinge dich, einen halben Tag bei mir zu verbringen. Wo mußt du hin?«

»Zuerst in die Via Butera, hier in der Nähe.«

»Ich begleite dich«, sagte Lovico. »Du gehst hinauf und machst deinen Besuch; ich erwarte dich unten, und dann sprechen wir weiter.«

»Was fehlt dir denn eigentlich, zum Teufel?« fragte ihn Doktor Pulejo, indem er einen Augenblick stehenblieb, um ihn zu betrachten.

Unter den Blicken des Arztes breitete Paolino Lovico die Arme aus, bekam weiche Knie, und all seine Gereiztheit fiel in sich zusammen, als er erwiderte:

»Liebster Gigino, ich bin ein toter Mann!«

Und seine Augen füllten sich mit Tränen.

»Sprich dich aus«, drängte der Arzt, »aber gehen wir weiter. Was ist mit dir los?«

Paolino tat ein paar Schritte, dann blieb er wieder stehen. Und während er Gigi Pulejo am Ärmel zurückhielt, bereitete er ihn in geheimnisvollem Tone vor:

»Schau, ich spreche zu dir wie zu einem Bruder. Oder nein. Der Arzt ist doch wie ein Beichtvater, nicht wahr?«

»Natürlich. Auch wir haben unser Berufsgeheimnis.«

»In Ordnung. Ich spreche also zu dir unter dem Siegel der Beichte wie zu einem Priester.«

Er legte eine Hand auf den Magen und fügte mit einem Blick des Einverständnisses feierlich hinzu:

»Wie das Grab, verstanden?«

Während er nun die Augen weit aufriß und Zeigefinger

und Daumen aneinanderhielt, wie um die Worte abzuwägen, die er auszusprechen im Begriffe war, sagte er mit Nachdruck auf jeder Silbe:

»Petella unterhält zwei Familien.«

»Petella?« fragte Gigi Pulejo verwundert. »Wer ist Petella?«

»Petella, der Kapitän, zum Teufel!« stieß Lovico hervor. »Petella von der Allgemeinen Schiffahrtsgesellschaft.«

»Den kenne ich nicht«, sagte Doktor Pulejo.

»Du kennst ihn nicht? Um so besser! Aber trotzdem: wie das Grab, verstanden? Zwei Familien«, wiederholte er mit der gleichen finster gewichtigen Miene. »Eine hier und eine in Neapel.«

»Na und?«

»Ach so. Das scheint dir nicht der Rede wert?« fragte Paolino Lovico, der sich ganz vom Zorn hinreißen ließ, der ihn verzehrte. »Ein verheirateter Mann, der seinen Seemannsberuf in der übelsten Weise ausnützt und anderswo ein zweites Heim gründet, das scheint dir nicht der Rede wert. Das sind krumme Touren, verflucht noch mal!«

»Höchst krumme – wer bezweifelt das? Aber was geht das dich an? Was hast du damit zu schaffen?«

»Was mich das angeht? Was ich damit zu schaffen habe?«

»Entschuldige, ist Petellas Frau eine Verwandte von dir?«

»Nein!« rief Paolino Lovico mit blutunterlaufenen Augen. »Es ist ein armes Wesen, das Höllenqualen leidet! Eine anständige Frau, verstehst du? Die in gemeiner Weise betrogen wird, verstehst du? Vom eigenen Mann! Muß da einer erst verwandt sein, um sich aufzuregen?«

»Aber entschuldige, was kann ich dabei tun?« fragte Gigi Pulejo achselzuckend.

»Wenn du mich nicht zu Ende reden läßt! Schweinerei, dreckige! Eine Schweinewelt! Ein Schweineleben!«

schnaubte Lovico. »Eine Hitze zum Verrecken! – Doch nicht genug: Dieser liebe Petella, dieser Herzens-Petella betrügt nicht nur seine Frau, unterhält nicht nur eine zweite Familie in Neapel, nein, er hat von der andern dort auch drei oder vier Kinder und bloß eins von seiner Frau hier. Er will keine weiter haben! Doch die dort, verstehst du, sind unehelich! Bekommt er noch ein paar andere und sie fallen ihm lästig, dann kann er sie rausschmeißen, ohne Umstände. Aber ein eheliches Kind von seiner Frau hier, das könnte er nicht einfach im Stich lassen. Und wie zieht er sich aus der Affäre, der Widerling? (Oh, das geht schon seit zwei Jahren, weißt du, diese Geschichte!) Er zieht sich aus der Affäre, indem er an den Tagen, wenn er hier an Land geht, den geringsten Vorwand zu einem Streit mit seiner Frau benutzt, sich nachts einschließt und allein schläft. Am Tag darauf fährt er wieder ab – und weg ist er. Und das seit zwei Jahren!«

»Arme Frau!« meinte Gigi Pulejo mitleidig, ohne freilich ein Lächeln unterdrücken zu können. »Aber ich – entschuldige, ich verstehe noch nicht ganz.«

»Hör mal, liebster Gigino«, nahm Lovico das Gespräch in einem andern Ton wieder auf und faßte ihn unter dem Arm, »seit vier Monaten gebe ich dem Jungen, Petellas Sohn, der zehn Jahre alt ist und in die erste Klasse des Gymnasiums geht, Lateinstunden.«

»Ah, so!« sagte der Arzt.

»Wenn du wüßtest, was für Mitleid ich mit der unglücklichen Frau empfunden habe!« fuhr Lovico fort. »Wieviel Tränen hat die Ärmste schon vergossen, wieviel Tränen… Und wie gut sie ist! Auch hübsch ist sie, weißt du! Wenn sie häßlich wäre, würde ich es begreifen… Aber sie ist hübsch! Und sich so behandelt zu sehen, betrogen, mißachtet und in die Ecke geworfen, so wie ein nutzloser Lappen… Ich möchte sehen, wer da hätte stark bleiben können! Wer sich da nicht empört hätte! Und wer möchte den ersten Stein auf sie werfen? Sie ist eine anständige Frau, eine Frau, die unbedingt verdient, daß man sich um sie kümmert, liebster Gigino! Hast du verstanden? Sie befindet sich in einer schrecklichen Lage, gegenwärtig… Sie ist ganz verzweifelt.«

Gigi Pulejo blieb stehen und blickte Lovico streng an:

»O nein, mein Lieber!« sagte er zu ihm. »Solche Sachen mache ich nicht. Ich möchte nicht mit dem Strafgesetzbuch zu tun haben – ich nicht.«

»Blödsinn!« fuhr Paolino Lovico los. »Was stellst du dir so vor jetzt? Was stellst du dir vor, daß ich von dir will? Für wen hältst du mich eigentlich? Meinst du, ich bin ein Mensch ohne moralische Grundsätze, ein Schuft? Daß ich deine Hilfe für… nein, ich finde den bloßen Gedanken abscheulich, einfach widerwärtig!«

»Was zum Kuckuck willst du denn dann von mir? Ich verstehe dich nicht!« rief Doktor Pulejo voll Ungeduld.

»Ich will, was recht ist!« rief nun seinerseits Paolino Lovico. »Die Moral will ich! Ich will, daß Petella sich als guter Ehemann beträgt und der Frau nicht die Tür vor der Nase zuschlägt, wenn er hier an Land geht.«

Gigi Pulejo brach in ein schallendes Gelächter aus.

»Und was… und was ver… und was verlangst du… hi hi hi… ha ha ha… du ver… du verlangst, daß ich… ar… arm… armer Pet… ha ha ha… dem Esel… dem Esel etwas eingebe, damit… hi hi hi…«

»Was lachst du, was lachst du denn, du Rindvieh?« brüllte Paolino Lovico wütend und mit geballten Fäusten. »Eine Tragödie droht – und du lachst darüber? Ehre und Leben einer Frau stehen auf dem Spiel – und du lachst? Und von mir will ich gar nicht reden! Ich bin ein toter Mann, ich gehe ins Wasser, wenn du mir deinen Beistand verweigerst, ist dir das klar?«

»Aber wie kann ich dir denn helfen?« fragte Pulejo und konnte sich das Lachen noch immer nicht verkneifen.

Paolino Lovico blieb entschlossen mitten auf der Straße stehen und drückte heftig den Arm des Arztes.

»Weißt du, was passiert?« sagte er grimmig. – »Petella kommt heute abend, morgen früh fährt er weiter in die Levante, geht nach Smyrna und bleibt etwa einen Monat aus. Da ist keine Zeit zu verlieren. Sofort – oder alles ist verloren. Um Himmels willen, rette mich, Gigino, rette das arme Opfer. Du hast sicher ein Mittel, du hast eine Medizin... Lach nicht, zum Donnerwetter, oder ich dreh dir die Luft ab! Oder lach meinetwegen, lach, wenn's dir Spaß macht, über meine Verzweiflung – aber hilf mir... ein Pulver... irgendein Mittel... irgendeine Medizin...«

Gigi Pulejo war an dem Haus in der Via Butera angelangt, wo er den Besuch machen mußte. Mit Mühe verbiß er sich immer noch das Lachen und sagte:

»Du willst also, mit einem Wort, verhindern, daß der Kapitän heute abend einen Vorwand zum Streit mit seiner Frau findet?«

»Genau das.«

»Aus Gründen der Moral, nicht wahr?«

»Aus Gründen der Moral. Nimmst du die Sache noch immer nicht ernst?«

»Doch, doch, diesmal spreche ich im Ernst. Hör zu. Ich gehe hinauf; du kehrst um und erwartest mich in der Apotheke bei Saro. Ich komme gleich.«

»Was willst du tun?«

»Das überlaß nur mir«, beruhigte ihn der Arzt. »Geh zu Saro und warte auf mich.«

»Mach rasch, he!« rief ihm Lovico mit gefalteten Händen nach.

Bei Sonnenuntergang fand sich Paolino am Hafen ein, um bei der Ankunft des Kapitäns Petella auf der ›Segesta‹

zugegen zu sein. Er wollte ihn wenigstens von ferne sehen, er wußte selbst nicht weshalb; er wollte seine Miene sehen und ihm eine Flut von Schimpfworten nachrufen.

Er hatte gehofft, daß die überreizte Gemütsverfassung, die ihn seit dem Morgen in Bann hielt, nach dem Überfall auf Doktor Pulejo und durch die Hilfe, die ihm dieser gewährt hatte, sich wenigstens ein wenig legen würde. Weit gefehlt! Nachdem er Frau Petella ein geheimnisvolles Päckchen mit Kremtörtchen (denn der Kapitän aß so gern Süßigkeiten) ausgehändigt und ihr Haus wieder verlassen hatte, war er ruhelos umhergewandert, und seine Erregung war von Sekunde zu Sekunde gestiegen.

Und nun? Jetzt war es Abend geworden. Er hatte so spät wie möglich zu Bett gehen wollen. Doch das Umherstreifen in der Stadt ermüdete ihn bald, zumal ihn eine gereizte Angst befiel, er könne womöglich mit einem seiner zahlreichen Bekannten einen Streit vom Zaum brechen, falls jemand den schlechten Einfall haben sollte, ihm nahezutreten.

Denn er besaß die unselige Eigenschaft, ›transparent‹ zu sein. Tatsache! Und diese Transparenz war ein Quell der höchsten Heiterkeit für alle Lügner und Heuchler. Es schien, als reizte der Anblick einer klaren, offenen Leidenschaft, und wäre sie noch so traurig, noch so bedrückend, jedermann zum Lachen, der niemals eine Leidenschaft erlebt hatte oder – gewohnt, sie bei sich selbst zu maskieren – sie bei einem armen Teufel wie ihm nicht mehr zu erkennen vermochte – bei ihm, welcher die unselige Gabe besaß, seine Gefühle nicht verbergen noch beherrschen zu können.

Er verkroch sich daheim; er warf sich angekleidet aufs Bett.

Wie war sie blaß gewesen, wie blaß, die Ärmste, als er ihr das Kuchenpaket übergeben hatte! So blaß und mit ihren verängstigten Augen war sie wahrhaftig nicht schön...

»Du mußt heiter dreinschauen, Liebling!« hatte er ihr mit Tränen in der Kehle geraten. »Frisier dich bitte ja recht ordentlich! Zieh die Bluse aus Japanseide an, die dir so gut steht... Aber vor allen Dingen – ich beschwöre dich! – keine Leichenbittermiene – keine Angst, bloß keine Angst! Hast du alles nett hergerichtet? Daß er ja keinen Grund zur Klage hat! Tapfer sein, Liebling, und bis morgen! Hoffentlich klappt alles... Vergiß um Gottes willen nicht, an der Leine da vor deinem Schlafzimmerfenster ein Taschentuch herauszuhängen, als Zeichen. Als erstes werde ich morgen früh herkommen und nachschauen... Sorg dafür, daß ich das Taschentuch vorfinde, Liebling, sorg bitte dafür!«

Und bevor er fortging, hatte er mit dem Blaustift eine Reihe von ›Sehr gut‹ und ›Vorzüglich‹ in das Übersetzungsheft dieses Oberesels von Sohn gemalt, der, wenn er Latein lernen sollte, wie vom bösen Geiste besessen war.

»Nonò, zeig Papa das Heft... Du weißt, wie sich Papa darüber freut! Mach so weiter, mein lieber Junge, immer schön weiter so, und in ein paar Jahren kannst du besser Latein als die Gänse auf dem Kapitol, Nonò, weißt du, die Gänse, welche die Gallier in die Flucht schlugen. Hoch Papirius, hoch soll er leben! Und lustig müssen wir heute abend sein, alle fein lustig, Nonò! Papa kommt! Lustig und artig! Sauber, anständig! Zeig deine Nägel her... Sind sie sauber? Brav! Paß auf, daß du sie nicht schmutzig machst! Hoch Papirius, Nonò, hoch soll er leben!«

Die Törtchen... Ob der Dummkopf von Pulejo sich etwa einen Scherz mit ihm erlaubt hatte? Nein, nein, gewiß nicht. Er hatte ihm ja den Ernst der Lage klargemacht. Es wäre eine unglaubliche Schweinerei, wenn er ihn betrogen hätte. Jedoch… jedoch… jedoch… wenn das Mittel nun nicht so wirksam wäre, wie er ihm versichert hatte?

Die Vernachlässigung, ja die Mißachtung der eigenen Frau durch diesen Kerl brachte sein Blut nun wieder in Wallung, gerade als gälte die Beleidigung ihm persönlich. Und in der Tat! Wie konnte es angehen, daß die Frau, mit der er, Paolino Lovico, sich nicht nur begnügte, die ihm vielmehr dafür geschaffen schien, geliebt und begehrt zu werden, daß diese Frau von dem Schuft für nichts erachtet wurde? Das sah ja gerade so aus, wie wenn er, Paolino Lovico, sich mit etwas begnügte, was ein anderer übrigließ, mit einer Frau, die einem andern nichts wert war. War die andere in Neapel vielleicht besser? Hübscher als die eigene? Er hätte sie einmal sehen mögen! Die beiden nebeneinanderstellen, sie ihm vorführen und ihm mitten ins Gesicht schreien:

»Also, die andere gefällt dir besser? Weil du ein Barbar bist, ohne Feingefühl und ohne Geschmack! Nicht etwa, weil deine Frau nicht hundertmal mehr wert wäre! Schau sie dir nur an! Schau sie dir richtig an! Wie kannst du es übers Herz bringen, sie nicht anzurühren! Du hast keinen Sinn für Feinheit… Du hast keinen Sinn für zarte Schönheit… für die reizende Anmut der Melancholie! Du bist ein Vieh, ein Unflat bist du und nicht imstande, solche Dinge zu begreifen; deswegen mißachtest du sie. Und dann – was willst du? Lieber ein gewöhnliches Weibsbild als eine wirkliche Dame, eine ehrbare Frau?«

Was für eine schreckliche Nacht für ihn! Nicht eine Minute Ruhe…

Als ihm dann endlich der Morgen zu dämmern schien, konnte er seine Ungeduld nicht länger zügeln.

Frau Petella schlief getrennt von ihrem Mann in einem anderen Zimmer. Sie hätte also auch nachts das Taschentuch an die Schnur am Fenster hängen können, um ihn sogleich von der schrecklichen Last zu befreien. Sie konnte sich ja vorstellen, daß er in der Nacht kein Auge zugetan hatte und beim ersten Morgengrauen kommen würde, um nachzuschauen.

So dachte er, als er zu Petellas Haus eilte. Von dem glühenden Wunsche beseelt, das Zeichen am Fenster vorzufinden, war er so fest von der Erfüllung seines Wunsches überzeugt, daß er wie vom Schlag gerührt stand, als er das Taschentuch nicht erblickte. Er fühlte, wie ihm die Beine versagten. Nichts, gar nichts! Die geschlossenen Fensterläden aber erweckten den Eindruck eines Sterbehauses...

Eine unmenschliche Lust überfiel ihn plötzlich: hinauf, sich in Petellas Zimmer stürzen und ihn im Bett erwürgen!

Und wie wenn er tatsächlich hinaufgegangen wäre und das Verbrechen begangen hätte, fühlte er sich mit einem Male erschöpft, kraftlos, wie ein leerer Sack. Er versuchte sich zu trösten; er meinte, es sei vielleicht noch zu früh; er verlange vielleicht zu viel, wenn er damit rechnete, daß sie des Nachts aufstehen und das Zeichen hinaushängen werde, damit er es bei Sonnenaufgang vorfinde; auch habe sie es vielleicht nicht tun können... wer weiß!

Geduld, noch bestand kein Grund zur Verzweiflung... Er würde warten. Aber nicht hier... Hier würde jede Minute zur Ewigkeit... Doch die Beine... er spürte sie nicht mehr, seine Beine.

Zum Glück war in der ersten Seitengasse, in die er einbog, schon ein elendes Café geöffnet, ein kleines Café für die Arbeiter, die sich frühzeitig zur nahen Werft begaben. Er trat ein; er ließ sich auf die Holzbank fallen.

Niemand war da; nicht einmal der Wirt ließ sich blicken. Man hörte jedoch, wie sich jemand drüben zu schaffen machte und vor sich hinsprach, da in dem dunklen Nebenraum, wo wohl gerade der Herd in Gang gebracht wurde.

Als dann bald darauf ein großer Kerl in Hemdsärmeln

erschien und nach seinen Wünschen fragte, warf ihm Paolino Lovico einen bestürzten, finsteren Blick zu und sagte dann:

»Ein Taschen... ich wollte sagen... eine Tasse Kaffee! Stark, recht stark! Verstanden?«

Der Kaffee wurde umgehend serviert. Natürlich: Halb goß er ihn über die Hosen, halb prustete er ihn aus dem Munde. Er sprang auf. Verdammt noch mal! Der war kochendheiß.

»Was haben Sie denn gemacht, junger Mann?«

»Ooooh«, hauchte Lovico mit weit geöffneten Augen und offenem Mund.

»Etwas Wasser, ein wenig Wasser...«, redete ihm der Wirt zu. »Hier, trinken Sie ein wenig Wasser!«

»Und die Hosen?« seufzte Paolino, während er sich betrachtete.

Er zog ein Taschentuch heraus, tauchte einen Zipfel ins Glas und begann, den Fleck kräftig zu reiben. Wie angenehm frisch jetzt am Schenkel!

Er breitete das nasse Taschentuch aus, schaute es an, wurde blaß, warf ein Viersoldistück auf das Tablett und machte sich rasch davon. Doch kaum um die Straßenecke, bums – stieß er auf den Kapitän Petella.

»Nanu! Sie hier?«

»Jawohl... ich... ich...«, stotterte Paolino Lovico, dem das Blut in den Adern gerann. »Ich... ich bin zeitig aufgestanden... und...«

»Einen kleinen Spaziergang in frischer Luft?« vollendete Petella den Satz. »Sie Glücklicher! Keinen Ärger... keine Scherereien... Ungebunden! Junggeselle!«

Lovico durchbohrte ihn mit den Blicken, um herauszufinden, ob... Doch allein die Tatsache, daß das Untier zu dieser Stunde draußen war, dazu die aufgewühlte, Unheil verkündende Miene... Der Schuft! Auch gestern abend hatte er sich bestimmt wieder mit seiner Frau gestritten! (Ich bringe ihn um! dachte Lovico, Ehrenwort, ich bringe ihn um!) Und mit einem zaghaften Lächeln:

»Aber auch Sie, sehe ich...«

»Ich?« grunzte Petella. »Was?«

»Ich meine... zu dieser Stunde...«

»Ach so, weil Sie mich zu dieser Stunde draußen antreffen? Eine schlimme Nacht, lieber Professor! Die Hitze vielleicht... ich weiß nicht!«

»Sie... Sie haben... Sie haben nicht gut geschlafen?«

»Ich habe überhaupt nicht geschlafen«, sagte Petella gereizt. »Und wissen Sie, wenn ich nicht schlafe... wenn ich keinen Schlaf finden kann... dann werde ich wütend.«

»Und was... verzeihen Sie... was können...«, stammelte Lovico, am ganzen Leibe zitternd und dennoch freundlich lächelnd, »was können die andern dafür? Verzeihen Sie...«

»Die andern?« fragte Petella verblüfft. »Was haben andere damit zu tun?«

»Aber... wenn Sie sagen, daß Sie wütend werden? Auf wen werden Sie denn wütend? Mit wem sind Sie böse, wenn es heiß ist?«

»Ich bin mit mir selber böse, ich bin mit dem Wetter böse, ich bin mit allen böse!« fuhr Petella los. »Ich will Luft... Ich bin das Meer gewohnt... und das Land, lieber Professor, besonders im Sommer, das Land, das kann ich einfach nicht vertragen... das Haus... die Wände... die Scherereien... die Frauen.«

(Ich bringe ihn um! Ehrenwort, ich bringe ihn um! dachte Lovico wütend.) Und mit demselben zaghaften Lächeln:

»Auch die Frauen?«

»Ach, wissen Sie, bei mir – die Frauen... nein, nein... Man reist, man ist so lange unterwegs... Ich meine nicht jetzt, wo ich alt bin... Aber wenn man jung ist... Die Frauen! Ich habe allerdings immer das eine Gute an mir gehabt, wissen Sie, wenn ich will, will ich... und wenn ich nicht will, dann will ich nicht. Kommandiert habe ich noch immer!«

»Immer?« (Ich bringe ihn um.)

»Immer – wenn ich gewollt habe, versteht sich! Sie nicht, was? Sie lassen sich leicht rumkriegen? Da lacht eine... flirtet ein bißchen... tut zaghaft ein bißchen verschämt... Sagen Sie mal, hm? Seien Sie mal ehrlich...«

Lovico blieb stehen und schaute ihn an.

»Wollen Sie die Wahrheit hören? Ich, wenn ich verheiratet wäre...«

Petella brach in Lachen aus.

»Aber wir sprechen doch jetzt nicht von Ehefrauen! Was haben denn die damit zu tun? Die Frauen meine ich! Die Frauen!«

»Sind denn die Ehefrauen keine Frauen? Was sind sie denn dann?«

»Vielleicht sind sie auch Frauen... manchmal«, meinte Petella. »Sie haben freilich keine, lieber Professor, und zu Ihrem eigenen Besten wünsche ich Ihnen, daß Sie nie eine haben möchten. Denn die Ehefrauen, wissen Sie...«

Bei diesen Worten faßte er ihn unter dem Arm und fuhr fort zu schwätzen und zu schwätzen. Lovico tobte. Er sah ihm ins Gesicht, betrachtete seine geschwollenen, umränderten Augen – aber vielleicht... ach, vielleicht sahen sie so aus, weil er nicht hatte schlafen können. Und glaubte er einmal, aus einem Satz schließen zu können, die Ärmste sei gerettet, so stürzte ihn der nächste Satz wieder in Ungewißheit und Verzweiflung. Und diese Qual dauerte eine Ewigkeit, denn es hatte einen Drang zu laufen, zu laufen, das Untier, und schleppte ihn mit am Strand entlang. Schließlich machte er kehrt, um heimzugehen.

(Er kommt mir nicht davon, dachte Lovico bei sich. Ich steige mit ihm hinauf, und wenn er seine Pflicht nicht getan hat, ist heute der letzte Tag für alle drei.)

Er hatte sich derart in seine düstere Vorstellung hineingelebt, hatte seine ganze nervöse Willenskraft mit solch bebendem Zorn darauf konzentriert, daß er nun zu fühlen meinte, wie sich ihm die Glieder einzeln lösten und stückweise herabfielen, als er – kaum in der Straße angelangt und die Augen zum Fenster an Petellas Hause erhoben – an der Schnur – o du lieber Gott! – ein... zwei... drei... vier... fünf Taschentücher baumeln sah!

Er rümpfte die Nase, öffnete den Mund, der Kopf schwindelte ihm – er konnte nur in einem gepreßten »Ach« der Freude Ausdruck verleihen, die ihn zu ersticken drohte.

»Was haben Sie?« fragte Petella und hielt ihn aufrecht.

Und Lovico:

»Lieber Kapitän, o lieber Kapitän, danke, herzlichen Dank! Oh... es war ein besonderes Vergnügen für mich... dieser... dieser herrliche Spaziergang... Aber nun bin ich müde... todmüde... ich sinke um, ich sinke einfach um... Danke, von ganzem Herzen Danke, lieber Kapitän! Auf Wiedersehen! Und gute Reise, ja? Auf Wiedersehen! Danke, danke...«

Und kaum war Petella hinter der Tür verschwunden, da rannte er die Straße entlang, frohlockend, jauchzend, aus vollem Halse lachend, mit glänzenden Augen, aus denen die helle Freude blitzte, und streckte einem jeden, dem er begegnete, die fünf Finger seiner Hand entgegen.

Aus dem Italienischen von Lisa Rüdiger. Originaltitel: *Richiamo all'obbligo.* Erstveröffentlichung in der Zeitschrift *Il Ventesimo* vom 10. Juni 1906, dann in dem Band *Terzetti* (Mailand 1912), später im elften Band der *Novelle per un anno* von 1928. Die Novelle wurde später zu dem dreiaktigen Bühnenstück *Der Mensch, das Tier und die Tugend* umgearbeitet (siehe Band 10 dieser Edition).

# ÜBERLEG'S DIR, GIACOMINO

Seit drei Tagen hat Professor Agostino Toti zu Hause nicht den Frieden, nicht die Fröhlichkeit, die er seiner Meinung nach nunmehr beanspruchen darf.

Er ist an die siebzig Jahre alt, und man könnte beim besten Willen nicht sagen, er wäre ein gutaussehender älterer Herr: zu klein geraten ist er, mit einem dicken kahlen Kopf ohne Halsansatz, und mit einem viel zu großen Rumpf auf zwei Vogelbeinchen...

Jaja: Professor Toti weiß es sehr wohl und macht sich deshalb auch nicht die geringste Illusion, daß Maddalenina, seine hübsche junge Frau, die noch nicht einmal sechsundzwanzig ist, ihn um seiner selbst willen lieben könnte.

Die Wahrheit ist, daß er sie arm geheiratet und in seinen Stand emporgehoben hat: Von der Tochter des Schuldieners ist sie nun zur Gattin eines fest beamteten Professors der naturwissenschaftlichen Fächer aufgestiegen, dem in ein paar Monaten ein Ruhegehalt der höchsten Stufe zusteht; und nicht nur das; ihr Mann ist seit zwei Jahren reich, durch einen unerwarteten Glücksfall, ein wahres Geschenk des Himmels; eine Erbschaft von fast zweihunderttausend Lire, die von einem Bruder stammt, der vor langer Zeit nach Rumänien ausgewandert war und als Junggeselle dort gestorben ist.

Aber das alles ist es nicht, weshalb Professor Toti meint, daß er Anrecht auf Frieden und Fröhlichkeit hat. Er ist ein

Philosoph und weiß, daß das alles nicht genug sein kann für eine junge und schöne Ehefrau.

Wenn die Erbschaft vor der Eheschließung gekommen wäre, dann hätte er meinetwegen von Maddalenina ein bißchen Geduld verlangen können und daß sie doch nur seinen nicht mehr fernen Tod abzuwarten brauchte, um sich für das Opfer, einen alten Mann geheiratet zu haben, zu entschädigen. Aber leider sind sie zu spät gekommen, diese zweihunderttausend Lire, zwei Jahre nach der Eheschließung, zu einem Zeitpunkt, als er schon… als Professor Toti, philosophisch denkend, schon zu der Erkenntnis gelangt war, daß für eine Wiedergutmachung des von seiner Frau gebrachten Opfers das kleine Ruhegehalt, das er ihr eines Tages hinterlassen würde, nicht ausreichend sein konnte.

Da er aber alles Erforderliche schon vorher zugestanden hat, meint Professor Toti, daß er jetzt, mit der Zugabe der ansehnlichen Erbschaft, mehr denn je allen Grund hat, Frieden und Fröhlichkeit zu verlangen. Um so mehr, als er – wirklich ein weiser und rechtschaffener Mensch – sich nicht damit begnügt hat, seiner Gattin etwas Gutes zu tun, sondern auch etwas Gutes für… ja, für ihn, seinen lieben Giacomino, der schon zu seinen besten Schülern im Gymnasium gehört hatte, einen schüchternen, anständigen, höchst liebenswürdigen Jüngling, blond und hübsch, mit Locken wie ein Engel.

Aber ja, aber ja – er hat wirklich alles getan, er hat an alles gedacht, der alte Professor Toti. Giacomino Delisi war ohne Beschäftigung, und das Nichtstun schmerzte und bedrückte ihn; nun gut, daraufhin hat er, Professor Toti, ihm eine Stelle bei der Landwirtschaftsbank verschafft, wo er die zweihunderttausend Lire aus seiner Erbschaft angelegt hat.

Es gibt auch ein Kind jetzt im Haus, ein Engelein von zweieinhalb Jahren, dem er sein ganzes Dasein gewidmet hat, wie ein verliebter Sklave. Täglich kann er es kaum erwarten, daß die Schulstunden vorbei sind, um nach Hause laufen und all den Launen seines kleinen Tyrannen nachkommen zu können. Eigentlich hätte er sich ja, nachdem die Erbschaft schon mal da war, zur Ruhe setzen können, unter Verzicht auf besagtes Ruhegehalt der höchsten Stufe, und seine Zeit ganz dem Jungen widmen. Aber nein! Das wäre geradezu eine Sünde gewesen: Da es nun einmal da ist, sein Kreuz, das für ihn immer so drückend gewesen ist, will er es auch bis zum Letzten tragen! Wo er doch gerade deshalb eine Frau genommen hat, gerade zu dem Zweck, daß jemandem ein Segen aus dem erwachsen sollte, was für ihn ein Leben lang eine Qual war!

Weil er sich mit der einzigen Absicht, einem armen Mädchen etwas Gutes zu tun, verehelichte, hat er seine Frau auch fast nur wie ein Vater geliebt. Und seine Liebe zu ihr ist noch väterlicherer Art geworden, seit dieses Kind zur Welt kam, von dem er fast lieber Großvater als Vater genannt werden möchte. Diese unbewußte Lüge auf den reinen Lippen des nichtsahnenden Kindes schmerzt ihn; es kommt ihm vor, als werde auch seine Liebe zu ihm dadurch verletzt. Aber was kann man da machen? Man kann doch wohl nicht umhin, diesen Namen aus dem Mündchen von Nini mit einem Kuß hinzunehmen, dieses »papà«, über das all die Böswilligen so lachen müssen, jene Leute, die seine zärtliche Zuneigung zu dem unschuldigen Kind nicht begreifen können, und auch nicht das Glück, das er empfindet aufgrund des Guten, das er seiner Frau, einem liebenswerten Jüngling und dem kleinen Jungen getan hat und noch immer tut, und auch sich selbst – natürlich! – auch sich selbst – das Glück, seine letzten Jahre in froher und lieber Gesellschaft zu verbringen und so dem Grab entgegenzugehen, mit einem Engelein an der Hand.

Sollen sie lachen, sollen sie doch über ihn lachen, all die bösen Menschen! Wie leicht ist es zu lachen! Und wie dumm! Weil sie es nicht begreifen... Weil sie sich nicht an seine Stelle versetzen. Sie bemerken nur das Komische, besser gesagt: das Groteske seiner Lage, ohne daß sie fähig sind, zu seinem tieferen Gefühl vorzudringen!... Aber was macht ihm das schon aus? Er ist glücklich.

Wenn nicht eben seit drei Tagen...

Was ist bloß geschehen? Die Augen der jungen Frau sind vom Weinen geschwollen und gerötet; sie klagt über heftige Kopfschmerzen; sie will in ihrem Schlafzimmer bleiben.

»Ach, die Jugend... die Jugend...«, seufzt Professor Toti, wobei er den Kopf schüttelt, ein trauriges, hintergründiges Lächeln in den Augen und auf den Lippen. »Irgend so eine Wolke... irgend so ein kleines Gewitter...«

Und er wandert mit Nini gedrückt, unruhig und auch leicht verärgert im Haus herum, weil... na, weil er das wirklich nicht verdient hat, er nicht, weder von seiner Frau noch von Giacomino. Die jungen Leute zählen die Tage nicht: sie haben noch so viele davon vor sich... aber für einen armen alten Mann ist ein einziger Tag ein schwerer Verlust! Und nun sind es schon drei Tage, daß seine Frau ihn so durch das Haus irren läßt, wie eine Fliege ohne Kopf, daß sie ihn nicht mehr mit ihren kleinen Arien und Liedchen erfreut, die sie sonst mit ihrem glasklaren, warmen Stimmchen gesungen hat, drei Tage, an denen sie sich nicht so um ihn kümmert, wie er es inzwischen gewohnt ist.

Auch Nini ist bitterernst, als merke er, daß seine Mama nicht den Kopf für ihn hat. Der Professor führt ihn von einer Stube in die andere, und er braucht sich kaum zu bücken, um ihm die Hand zu geben, so klein ist er selbst; er geht mit ihm ans Klavier, schlägt hier und dort eine

Taste an, schnaubt, gähnt, setzt sich dann nieder, läßt Nini ein bißchen auf seinen Knien galoppieren, steht dann wieder auf: er fühlt sich wie auf glühenden Kohlen. Fünf- oder sechsmal hat er versucht, sein Frauchen zum Reden zu bringen.

»Schlecht, nicht wahr? Du fühlst dich sehr schlecht?«

Maddalenina bleibt dabei, ihm nichts sagen zu wollen: sie weint; sie bittet ihn, die Blenden am Balkon herunterzuziehen und Nini mitzunehmen: Sie will allein sein und im Dunkeln.

»Der Kopf, nicht wahr?«

Die Ärmste, der Kopf tut ihr so weh... na, der Streit muß wirklich heftig gewesen sein!

Professor Toti begibt sich in die Küche und versucht mit dem Dienstmädchen zu reden, um von ihr etwas zu erfahren; aber er redet um die Sache herum, weil er weiß, daß das Dienstmädchen ihm feindlich gesonnen ist, daß sie schlecht von ihm redet draußen, wie alle anderen, und sich vor den Leuten über ihn lustig macht, die dumme Gans! Es gelingt ihm auch bei ihr nicht, irgend etwas in Erfahrung zu bringen.

Und da faßt Professor Toti einen heroischen Entschluß. Er bringt Nini zur Mama und bittet sie, ihn ordentlich anzuziehen.

»Warum?« fragt sie.

»Ich gehe mit ihm ein bißchen spazieren«, antwortet er. »Heute ist Feiertag... hier langweilt er sich doch, der arme Kleine!«

Die Mama möchte das nicht. Sie weiß, daß die widerwärtigen Leute lachen, wenn sie den alten Professor mit dem Kleinen an der Hand sehen; sie weiß, daß so ein frecher Lümmel sich sogar herausgenommen hat, zu ihm zu sagen: »Wie ähnlich er Ihnen doch sieht, Herr Professor, Ihr kleiner Sohn!«

Professor Toti besteht jedoch darauf.

»Nein, spazieren, ein bißchen spazieren...«

Und er geht mit dem Kleinen zu Giacomino Delisis Haus.

Der wohnt mit der unverheirateten Schwester zusammen, die ihn an Mutterstatt großgezogen hatte. Da sie von dem Grund des großzügigen Verhaltens nichts wußte, war Signorina Agata Professor Toti anfangs sehr dankbar; jetzt indessen – überaus fromm, wie sie nun einmal ist – jetzt hält sie ihn für den Teufel in Person, weil er ihren Giacomino zur Todsünde verführt hat.

Professor Toti muß eine gute Weile – mit dem Kleinen – vor der Tür warten, nachdem er geläutet hat. Signorina Agata hat durch das Guckloch geschaut und ist dann wieder weggelaufen. Zweifellos erzählt sie jetzt ihrem Bruder von dem Besuch, und gleich wird sie zurückkommen und sagen, daß Giacomino nicht zu Hause ist.

Da ist sie schon, schwarzgekleidet, bleich, mit bläulichen Rändern um die Augen, hager, mürrisch; kaum hat sie die Tür geöffnet, fährt sie den Professor wutentbrannt an.

»Wieso... entschuldigen Sie... wieso kommen Sie ihn jetzt schon zu Hause aufsuchen?... Und was muß ich sehen! Sogar mit dem Kind? Sie haben sogar das Kind mitgebracht?«

Professor Toti ist auf einen derartigen Empfang nicht vorbereitet, er ist wie betäubt; er schaut Signorina Agata an, blickt auf den Kleinen, lächelt, stottert:

»Wa... warum? Was ist denn? ...darf ich nicht... nicht... darf ich nicht zu...«

»Der ist nicht da!« beeilt sich sein Gegenüber trocken und hart zu entgegnen. »Giacomino ist nicht da.«

»Gut« – sagt, mit einer Verneigung des Kopfes, Professor Toti. »Aber Sie, Signorina... entschuldigen Sie... Sie behandeln mich in einer Weise, daß… ich weiß nicht! Ich glaube nicht, daß ich Ihrem Bruder oder Ihnen etwas getan…«

»Hören Sie, Herr Professor«, unterbricht ihn, ein wenig sanfter geworden, die Signorina Agata. »Wir sind, das müssen Sie glauben… wir sind Ihnen überaus dankbar; aber Sie müßten doch verstehen…«

Professor Toti machte die Augen halb zu, beginnt wieder zu lächeln, hebt die eine Hand und berührt mit den Fingerspitzen mehrmals seine Brust, um ihr zu bedeuten, daß sie das Verstehen doch besser ihm überlassen solle.

»Ich bin alt, Signorina«, sagt er, »und ich verstehe… so vieles verstehe ich! Und sehen Sie, vor allem dies: daß man gewisse Wutanfälle sich austoben lassen muß und daß, wo Mißverständnisse auftauchen, es am besten ist, alles aufzuklären… aufzuklären. Signorina, offen, rückhaltlos, ohne sich aufzuregen, alles aufklären… Meinen Sie nicht?«

»Sicher, ja…«, gibt, wenigstens im Abstrakten, Signorina Agata zu.

»Und deshalb«, fährt Professor Toti fort, »lassen Sie mich bitte herein und rufen Sie mir Giacomino.«

»Wenn er doch nicht da ist!«

»Sehen Sie? Nein. Das dürfen Sie mir nicht sagen, daß er nicht da ist. Giacomino ist zu Hause, und Sie müssen ihn mir rufen. Wir werden alles in Ruhe aufklären… Sagen Sie ihm das: in Ruhe! Ich bin alt und verstehe alles, weil ich auch jung gewesen hin, Signorina. In Ruhe sagen Sie ihm das. Lassen Sie mich eintreten.«

In den einfachen Salon eingelassen, sitzt Professor Toti mit Nini zwischen seinen Beinen. Er hat sich damit abgefunden, auch hier ein Weilchen warten zu müssen, damit die Schwester Giacomino überreden kann.

»Nicht, hierher, Nini… sei brav!« ermahnt er ab und zu den Kleinen, der gern zu einem Tischchen möchte, wo ein paar Nippsachen aus Porzellan glänzen; und dabei zerbricht er sich den Kopf darüber, was zum Teufel so Schlimmes in seinem Haushalt vorgefallen sein mag, ohne daß er irgend etwas davon bemerkt hätte. Maddalenina ist so anständig. Was kann sie Böses getan haben, um einen derart erbitterten und heftigen Groll auszulösen, sogar hier bei Giacominos Schwester?

Professor Toti, der bis jetzt an einen vorübergehenden Anfall von Eigensinn geglaubt hat, fängt an, sich ernstlich Gedanken und Sorgen zu machen.

Na, da ist Giacomino endlich! Mein Gott, wie ist sein Gesicht verändert! Wie verwirrt sieht er aus! Wieso denn? O nein, das nicht! Er schiebt kaltherzig den Kleinen beiseite, der ihm mit ausgestreckten Ärmchen entgegengelaufen ist und schreit: »Giami, Giami!«

»Giacomino!« ruft betroffen und in ernstem Ton Professor Toti aus.

»Was haben Sie mir zu sagen, Herr Professor?« fragt dieser schnell, wobei er es vermeidet, ihm in die Augen zu schauen. »Mir geht es schlecht... Ich war im Bett... Ich bin nicht in der Lage zu sprechen oder auch nur den Anblick eines Menschen zu ertragen...«

»Aber der Kleine?!«

»Ach ja«, sagt Giacomino; und er bückt sich hinunter, um Nini zu küssen.

»Du fühlst dich nicht wohl?« versetzt Professor Toti, den dieser Kuß ein wenig getröstet hat. »Ich dachte mir das schon. Und deshalb bin ich gekommen. Der Kopf, nicht wahr? Setz dich, setz dich... Laß uns darüber reden. Komm her Nini... Merkst du, daß Giami Wehweh hat? Ja, Liebling, Wehweh... hier, armer Giami... Sei lieb; wir gehen gleich wieder. Ich wollte dich fragen«, fügt er, an Giacomino gewandt, hinzu, »ob der Direktor der Landwirtschaftsbank dir etwas gesagt hat.«

»Nein, wieso?« versetzt Giacomino, noch stärker verstört.

»Weil ich gestern mit ihm über dich gesprochen habe«, entgegnet, geheimnisvoll lächelnd, Professor Toti. »Dein Lohn ist nicht besonders üppig, mein Junge. Und du weißt, daß ein Wörtchen von mir…«

Giacomino windet sich auf seinem Stuhl, er ballt seine Fäuste so kräftig, daß ihm die Fingernägel in die Handflächen dringen.

»Herr Professor, ich danke Ihnen«, sagt er, »aber haben Sie die Güte, die Barmherzigkeit, sich nicht mehr für mich zu bemühen, ja?«

»Ach so?« antwortet Professor Toti, immer noch mit seinem leisen Lächeln auf den Lippen. »Bravo! Wir brauchen also niemand mehr? Aber wenn ich's zu meinem Vergnügen tun möchte? Mein Lieber, wenn ich mich nicht mehr um dich kümmern darf, um wen soll ich mich denn deiner Meinung nach kümmern? Ich bin alt, Giacomino! Und den Alten – wenn sie nicht egoistisch sind, wohlgemerkt –, den Alten, die sich so abgerackert haben wie ich, um eine Stellung zu erlangen, gefällt es zu sehen, wenn die Jungen, die das so verdienen wie du, aus eigener Kraft im Leben vorankommen; und sie freuen sich über ihr Fröhlichsein, ihre Hoffnungen, über den Platz, den sie sich langsam, aber sicher in der Gesellschaft erobern. Ich habe für dich… aber das weißt du ja… ich betrachte dich wie einen Sohn. Was ist denn? Du weinst?«

Giacomino hat tatsächlich sein Gesicht hinter den Händen verborgen und zuckt, als wolle er einen Tränenausbruch zurückhalten.

Nini sieht ihn erschrocken an und sagt dann zum Professor:

»Giami, Wehweh…«

Der Professor steht auf und will Giacomino eine Hand

auf die Schulter legen; der aber springt auf, als verspüre er einen Widerwillen dagegen, er zeigt sein Gesicht, das wie von einem trotzigen unerwarteten Entschluß entstellt ist, und schreit ihn erbittert an:

»Kommen Sie mir nicht zu nahe! Herr Professor, gehen Sie fort, ich beschwöre Sie, gehen Sie! Sie lassen mich Höllenqualen ausstehen! Ich verdiene Ihre Zuneigung nicht, und ich will sie nicht... Um Gottes willen, gehen Sie, nehmen Sie das Kind mit und vergessen Sie, daß es mich gibt!«

Professor Toti ist starr vor Staunen; er fragt:

»Aber weshalb denn?«

»Das sage ich Ihnen auf der Stelle!« versetzt Giacomino. »Ich bin verlobt, Herr Professor! Haben Sie verstanden? Ich bin verlobt!«

Professor Toti wankt, wie von einem Keulenschlag auf den Kopf getroffen. Er reißt die Arme in die Luft; er stammelt:

»Du? Ver... verlobt?«

»Jawohl, verlobt«, sagt Giacomino. »Und deshalb ist Schluß jetzt, Schluß für immer! Jetzt verstehen Sie wohl, daß ich Sie nicht mehr... nicht mehr hier empfangen kann...«

»Du wirfst mich also hinaus?« fragt Professor Toti, dem fast die Stimme versagt.

»Nein!« entgegnet Giacomino rasch mit betrübtem Ausdruck. »Aber es ist besser, wenn Sie... wenn Sie gehen, Herr Professor...«

Weggehen? Der Professor sinkt auf den Stuhl. Es ist ihm, als wären ihm die Beine unter dem Rumpf abhanden gekommen. Er nimmt den Kopf in beide Hände und stöhnt:

»O Gott! Ach, was für eine Katastrophe! Deshalb also? Ach, ich Ärmster! Ach, ich Ärmster! Aber seit wann? Wie nur? Ohne etwas zu sagen? Mit wem hast du dich verlobt?«

»Hier, Herr Professor… es ist schon eine Weile her…«, sagt Giacomino. »Mit einer armen Waise, so wie ich… einer Freundin meiner Schwester…«

Professor Toti sieht ihn benommen an, mit erloschenen Augen und offenem Mund, er vermag einfach nichts zu sagen.

»Und… und… und so läßt man alles im Stich… einfach so… und… und man denkt an… an nichts… man nimmt auf nichts mehr Rücksicht…«

Giacomino fühlt, wie ihm mit diesen Worten Undankbarkeit vorgeworfen wird, und er begehrt, mit finsterem Blick, dagegen auf:

»Entschuldigen Sie mal! Wollten Sie mich vielleicht als Sklaven halten?«

»Ich, dich als Sklaven?« stößt da, mit gebrochener Stimme, Professor Toti heraus. »Ich? Das sagst du? Ich, der ich dich zum Herrn in meinem Haus gemacht habe? Also, das ist wirklich der Gipfel des Undanks! Und habe ich dir vielleicht um meinetwillen Gutes getan? Was habe ich davon gehabt, außer dem Spott der Schwachköpfe, die nicht begreifen können, was ich fühle? Dann begreifst du also nicht, dann hast auch du nicht begriffen, was dieser arme Alte fühlt, der unmittelbar vor seinem Aufbruch steht und ruhig und zufrieden bei dem Gedanken war, alles geordnet zu hinterlassen, eine kleine Familie, die so gut begonnen hatte, gut abgesichert… glücklich? Ich bin siebzig Jahre alt, ich gehe morgen dahin, Giacomino! Was hast du dir nur dabei gedacht, mein Junge? Ich hinterlasse euch alles hier… Was suchst du eigentlich? Ich weiß noch nicht, ich will es auch nicht wissen, wer deine Verlobte ist; wenn du sie dir ausgesucht hast, mag es meinetwegen ein rechtschaffenes Mädchen sein; denn du bist ein guter Mensch… aber überlege mal, überleg's dir, du kannst unmöglich etwas Besseres gefunden haben, in jeder Hinsicht… Das sage ich dir nicht nur wegen des gesicherten Wohlstandes... Du hast doch schon deine kleine Familie, in der einzig ich überzählig bin, noch ein Weilchen... Was für Unannehmlichkeiten bereite ich euch eigentlich? Ich bin doch so was wie der Vater... Ich kann auch, wenn ihr wollt... damit ihr Frieden habt... Aber sag' mir doch, wie das zugegangen ist? Was ist geschehen? Was hat dir so ganz plötzlich den Kopf verdreht? Sag es mir...«

Und Professor Toti geht auf Giacomino zu, will seinen Arm fassen und ihn schütteln; aber der versteift sich am ganzen Körper, als schauderte ihn, und wehrt sich.

»Herr Professor!« schreit er. »Können Sie denn nicht begreifen, daß Ihre ganze sogenannte Güte...«

»Was denn?«

»Lassen Sie mich in Ruhe! Lassen Sie es mich doch nicht aussprechen! Wieso begreifen Sie denn nicht, daß man gewisse Dinge nur im Verborgenen tun kann und daß sie bei Tageslicht unmöglich sind, vor Ihnen, der weiß, was vorgeht, vor allen Leuten, die darüber lachen?«

»Ah, ist es wegen der Leute?« ruft der Professor aus. »Und du...«

»Lassen Sie mich in Ruhe!« wiederholt Giacomino, der vor Erregung kocht und mit hoch erhobenen Armen in der Luft herumfuchtelt. »Schauen Sie! Es gibt so viele andere junge Männer, die Hilfe nötig haben, Herr Professor.«

Toti fühlt sich bis in die Seele verletzt durch diese Worte, die eine ungeheuerliche und ungerechte Beleidigung seiner Frau darstellen; er wird bleich, leichenblaß, und sagt, am ganzen Körper zitternd:

»Maddalenina ist jung, aber sie ist, bei Gott, grundanständig; das weißt du! Es könnte Maddaleninas Tod sein... weil ihr Schmerz hier sitzt, hier drinnen, in ihrem Herzen... wo denkst du, daß er sonst säße? Hier ist er, hier ist er, du undankbarer Mensch! Ach, und jetzt verunglimpfst du sie auch noch? Und schämst du dich nicht dabei? Und hast auch kein schlechtes Gewissen mir gegenüber? Du kannst mir das ins Gesicht sagen? Du? Glaubst du etwa, daß sie von einem Mann, einfach so, zum nächsten weitergereicht werden kann, mir nichts dir nichts? Sie als Mutter dieses kleinen Jungen? Was redest du nur? Wie kannst du nur so reden?«

Giacomino sieht ihn ganz verwundert und betroffen an.

»Ich?« sagt er, »doch vielmehr Sie, Herr Professor, entschuldigen Sie, wie können Sie nur so reden? Meinen Sie das im Ernst?«

Professor Toti preßt sich beide Hände auf den Mund, drückt die Augenlider zusammen, schüttelt den Kopf und bricht in verzweifeltes Schluchzen aus. Da fängt auch Nini zu weinen an. Der Professor hört es, läuft zu ihm hin und drückt ihn an sich.

»Ach, mein armer Nini... was für ein Unheil, mein Nini, was für eine Katastrophe! Und was soll jetzt aus deiner Mamma werden? Und was aus dir, mein Nini, mit einer Mammina wie deiner, die so unerfahren ist, ohne jemanden, der sie führt... Oh, was für ein Abgrund!«

Er hebt den Kopf und sagt zu Giacomino, ihn mit Tränen in den Augen anblickend:

»Ich weine, weil ich es bin, der sich Vorwürfe zu machen hat; ich habe dich protegiert, ich habe dich bei uns aufgenommen, ich habe zu ihr immer so gut von dir gesprochen, ich... ich habe ihr alle Skrupel, dich zu lieben, ausgeredet... und jetzt, wo sie dich wirklich liebt... als Mutter dieses Kleinen... da willst du...«

Er unterbricht sich und sagt stolz, entschlossen, in höchster Erregung: »Paß auf, Giacomino! Ich bin imstande und stelle mich mit diesem Kind an der Hand im Haus deiner Verlobten vor.«

Giacomino, dem der kalte Schweiß ausbricht, obwohl er

auf glühenden Kohlen sitzt, wenn er ihn so reden und weinen hört, legt bei dieser Drohung die Hände ineinander, tritt vor ihn hin und beschwört ihn:

»Herr Professor, Herr Professor, wollen Sie sich denn wirklich ganz und gar lächerlich machen?«

»Lächerlich?« schreit der Professor, »was meinst du, macht mir das aus, wenn ich das Verderben einer armen jungen Frau, dein Verderben, das Verderben dieses unschuldigen kleinen Geschöpfes vor Augen habe? Komm, komm, gehen wir, los, Nini, gehen wir!«

Giacomino stellt sich ihm in den Weg:

»Herr Professor, das werden Sie nicht tun!«

»Das werde ich wohl tun!« schreit ihn mit entschlossener Miene Professor Toti an. »Und um deine Eheschließung zu verhindern, bin ich auch imstande, dich aus deiner Bank hinauswerfen zu lassen. Ich gebe dir drei Tage Zeit.«

Und sich auf der Schwelle umwendend, mit dem Kleinen an der Hand: »Überleg's dir, Giacomino! Überleg's dir!«

Aus dem Italienischen von Hans-Ludwig Scheel. Originaltitel: *Pensaci, Giacomino!* Erstveröffentlichung im *Corriere della sera* vom 23. Februar 1910, dann in dem Band *Terzetti* (Mailand 1912), später im elften Band der *Novelle per un anno* von 1928. Die Novelle wurde später zu dem dreiaktigen Bühnenstück *Professor Toti* (im Italienischen unter dem Titel der Novelle) umgearbeitet (siehe Band 12 dieser Edition).

# DER ROTE AUSWEIS

Nisia. Großer, geschäftiger Marktflecken an einem Streifen der Afrika zugewandten Küste.

Nicht an der rechten Stelle zur Welt zu kommen ist kein ausschließliches Vorrecht der Menschen. Auch eine Ortschaft entsteht nicht wie und wo es ihr paßt, sondern dort, wo das Leben sie aus irgendeiner natürlichen Notwendigkeit hervorbringt. Und wenn zu viele Menschen durch diese Notwendigkeit gezwungen sind, an dieser Stelle zusammenzuleben, und zu viele hier zur Welt kommen und allzuwenig Platz an dieser Stelle ist, dann wird die Ortschaft notgedrungen krumm und schief wachsen.

Wenn Nisia wachsen wollte, dann mußte es, Haus um Haus, an dem abschüssigen Mergel der unmittelbar dahinter liegenden Hochebene emporklettern, die ein kleines Stück hinter dem Ort in einem drohenden Vorsprung über das Meer hinausragt. Auf dieser weiten und luftigen Hochebene hätte sich Nisia in aller Freiheit ausdehnen können; aber damit hätte es sich von der Küste entfernt. Ein Haus, das mit Gewalt dort hinauf gestellt worden wäre, hätte man womöglich eines schönen Tages, mit seinem Ziegelhut und in den Umhang des Verputzes gehüllt, wie eine junge Gans zum Strand hinunterwatscheln sehen können. Denn hier, an der Küste, drängt sich das Leben.

Auf die Hochebene haben die von Nisia den Friedhof gebaut. Die gute Luft ist da oben für die Toten.

»Da oben haben wir dann frische Luft«, sagen die von Nisia.

Und das sagen sie, weil sie unten, an der Küste, keine Luft bekommen: Inmitten des lärmenden und staubigen Handels mit Schwefel, Kohle, Holz, Getreide und eingesalzenen Lebensmitteln bekommt man keine Luft. Wollen sie frische Luft schöpfen, dann müssen sie dort hinauf; hinauf kommen sie als Tote, und sie stellen sich vor, daß sie, wenn sie einmal tot sind, aufatmen werden.

Das ist ein schöner Trost.

Viel Nachsicht muß man mit den Bewohnern von Nisia haben, denn anständig zu sein ist nicht so einfach, wenn es einem schlecht geht.

In diesen niedergedrückten Häusern, die man wohl eher Höhlen nennen sollte, nistet ein schlimmer, feuchter, durchdringender Modergeruch, der auf die Dauer jedwede Tugend zersetzt. An dieser Zersetzung der Tugend, also an der Verstärkung des Gestanks, beteiligen sich das Ferkel und die Hühner und nicht selten auch das eine oder andere scharrende Eselchen. Der Rauch kann aus diesen Häusern nicht abziehen, staut sich und schwärzt Decken und Wände. Und wie die Schutzheiligen auf den armseligen, rußigen Drucken, die an diesen Wänden hängen, angewidert das Gesicht verziehen!

Die Männer merken ihn nicht sosehr, schuften sie doch den ganzen Tag wie die Tiere am Ufer oder auf den Schiffen; die Frauen merken ihn; und er erzeugt in ihnen eine Art Wut, und ihrer Wut scheinen sie Luft zu machen, indem sie Kinder in die Welt setzen. Aber wie viele! Eine zwölf, die andere vierzehn, die dritte sechzehn… Zwar gelingt es ihnen dann nicht, mehr als drei oder vier großzuziehen. Aber diejenigen, die noch in den Windeln sterben, helfen den drei oder vier Glücklicheren (oder

Unglücklicheren, je nachdem), aufzuwachsen und sich auf eigene Füße zu stellen; denn jede Frau läuft gleich nach dem Tod eines ihrer kleinen Kinder ins Waisenhaus und nimmt sich ein Findelkind mitsamt einem roten Ausweis, der etliche Jahre lang monatlich dreißig Lire einbringt.

In Nisia sind alle, die mit Leinen und anderen Stoffen handeln, Malteser. Auch wenn sie in Sizilien geboren sind, sind sie Malteser. »Zum Malteser gehen« heißt in Nisia so viel, wie sich Leinen zu besorgen. Und die mit einem Zollstock bewaffneten Malteser machen in Nisia höchst einträgliche Geschäfte: Sie kaufen die roten Ausweise auf; für jeden Ausweis gibt es Ware im Wert von zweihundert Lire: die Aussteuer für eine Braut. Alle Mädchen in Nisia verheiraten sich auf diese Weise, mit den roten Ausweisen der Findelkinder, die von den Müttern als Gegenleistung gestillt werden müßten.

Ein schöner Anblick, wie an jedem Monatsende die Prozession der beleibten, schweigsamen Malteser in gestickten Pantoffeln und schwarzer Seidenmütze, ein großes, dunkelblaues Taschentuch in der einen und die Schnupftabakdose aus Bein und Silber in der anderen Hand, zum Rathaus von Nisia zieht, jeder mit sieben oder zehn oder fünfzehn roten Ausweisen für den Ammenlohn. In Reih und Glied sitzen sie auf der Bank des langen, staubigen Ganges vor dem Schalter des Steueramts, und friedlich eingenickt, Tabak schnupfend oder in aller Ruhe die Fliegen verscheuchend wartet ein jeder, bis er an der Reihe ist. Die Auszahlung des Ammenlohns an die Malteser ist in Nisia mittlerweile Tradition.

»Marenga Rosa«, ruft der Beamte.

»Hier«, antwortet der Malteser.

Marenga Rosa De Nicolao ist im Rathaus von Nisia wohlbekannt. Seit mehr als zwanzig Jahren führt sie dem

Wucher der Malteser mit einer fast lückenlosen Folge von roten Ausweisen immer neue Nahrung zu.

Wie viele Wickelkinder sind ihr weggestorben? Nicht einmal sie kann sich an ihre Zahl erinnern. Aufgezogen hat sie vier, vier Mädchen. Drei hat sie schon verheiratet. Jetzt steht die vierte vor der Hochzeit.

Aber man weiß nicht recht, ob sie noch eine Frau ist oder nur mehr ein Putzlappen. So daß ihr die Malteser, an die sie sich bei den ersten drei Töchtern gewendet hat, bei dieser vierten keinen Kredit mehr geben wollten.

»Gnora Rosilla, das schaffen Sie nicht.«

»Nicht schaffen soll ich das? Ich?«

Sie fühlte sich in ihrer Ehre eines so lange Jahre tauglichen Zucht- und Milchtiers gekränkt, und da mit den schweigsamen Maltesern nicht zu verhandeln ist, begann sie draußen vor den Läden wild zu keifen.

Wenn man ihr im Waisenhaus einen Findling zur Pflege überlassen hat, heißt das dann nicht, daß man sie für fähig hält, ihn aufzuziehen?

Aber bei diesem Argument haben die Malteser im Dunkel hinter dem Ladentisch in ihren Bart hinein gelächelt und den Kopf geschüttelt.

Man könnte meinen, daß sie kein besonders großes Vertrauen zum Arzt und zum Stadtrat haben, deren Amt es ist, über das Schicksal der Waisenhauskinder zu wachen. Aber das ist es nicht. Die Malteser wissen, daß in den Augen des Arztes und des Stadtrats die Aufgabe einer Mutter, die ihre Tochter verheiraten muß und keine anderen Mittel zur Verfügung hat als einen roten Ausweis, sehr viel schwerer wiegt und mehr Rücksicht verdient als die Aufgabe, ein Findelkind aufzuziehen – und wenn es stirbt, wem tut das schon weh? Und wer kommt sich beschweren, wenn es leidet?

Eine Tochter ist eine Tochter; ein Findelkind ist ein Findelkind. Und wenn sich die Tochter nicht verheiratet, droht die Gefahr, daß auch sie anfängt, die Zahl der Findelkinder zu vergrößern, für die dann die Gemeinde sorgen muß.

Wenn jedoch für die Gemeinde der Tod eines Findelkinds ein Glück ist, so ist er für den Malteser zumindest ein schlechtes Geschäft, selbst wenn es ihm gelingt, die vorgestreckte Ware wiederzubekommen. Nicht selten sieht man deshalb zu gewissen Tageszeiten Malteser, die unter dem Vorwand eines kleinen Erholungsspaziergangs auf Erkundigung aus sind, in diesen schmutzigen Gassen, in denen es von nackten, erdfarbenen, ausgedörrten Kindern, von kreideweißen Ferkeln und von Hühnern wimmelt, wo diese ganzen Mütter mit den roten Ausweisen über die Gasse hinweg miteinander schwatzen oder, noch öfter, miteinander streiten.

Um die Findelkinder kümmern sich die Malteser ebenso fürsorglich wie die Frauen um die Schweine.

So mancher Malteser ist in seiner Ratlosigkeit so weit gegangen, einem besonders heruntergekommenen Findelkind von der eigenen Frau jeden Tag eine halbe Stunde die Brust geben zu lassen.

Genug. Rosa Marenga hat zu guter Letzt einen Malteser zweiter Wahl gefunden, einen kleinen Anfänger-Malteser, der versprochen hat, ihr nach und nach Ware nicht für die üblichen zweihundert, sondern für hundertvierzig Lire zu geben. Der Bräutigam der Tochter und dessen Eltern haben sich damit zufrieden gegeben, und der Tag der Hochzeit wurde festgesetzt.

Nun liegt das hungrige Findelkind in einer Art Sack, der an zwei Stricken in einer Ecke des Lochs hängt, schreit von früh bis spät, und Tuzza, die verlobte Tochter von Rosa Marenga, tut verliebt, plaudert mit ihrem Bräutigam, lacht, näht ihre Aussteuer und zieht von Zeit zu Zeit an der dünnen Schnur, die an dieser primitiven Wiege befestigt ist, und bringt sie zum Schaukeln.

»Heia, Kleiner, heia! Ach, du guter Gott, was ist dieser Säugling doch für ein ›rètico‹!«

›Rètico‹ kommt von Häretiker und bedeutet unruhig, störrisch, unzufrieden. Man sage nicht, daß das für Christenmenschen keine sehr wohlwollende Einschätzung der Häretiker ist. Ein bißchen Milch, und dieses Kind würde sofort zu einem Christenmenschen! Aber Milch hat Mamma Rosa gar so wenig.

Tuzza wird sich schon damit abfinden müssen, ihre Hochzeit unter den Klängen dieses verzweifelten Schreiens zu feiern. Hätte sie nicht heiraten sollen, so hätte sich Mamma Rosa, ehrlich gesagt, diesmal kein Kind aus dem Waisenhaus geholt. Sie hat es ihretwegen genommen; das Kind weint für sie, damit sie einen Liebsten haben kann. Und die Liebe hat eine solche Macht, daß sie das Schreien des hungrigen Kleinen übertönt.

Der Bräutigam, ein Ablader, kommt abends, wenn die Arbeit im Hafen vorüber ist; und an schönen Abenden steigen Mutter, Tochter und Verlobter zur Hochebene hinauf, um im Mondschein frische Luft zu schöpfen; und das Findelkind bleibt allein in der versperrten Höhle in seiner hängenden Wiege zurück und schreit im Dunkeln. Die Nachbarn hören es mit brennendem Unbehagen und voller Beklemmung, und aus Mitleid wünschen sie ihm einhellig, daß es stirbt. Dieses ununterbrochene Schreien benimmt einem geradezu den Atem.

Sogar dem Schweinchen fällt es auf die Nerven, und es schnaubt und schnüffelt überall herum; und unter dem Herd scharren sich unruhig die Hühner zusammen.

Was wispern die Hühner einander zu?

Eine unter ihnen ist Gluckhenne gewesen und hat eines Tages voller Angst hören müssen, wie ein verirrtes Küken aus weiter Ferne nach ihr rief. Mit flatternden Flügeln und einem Kamm, an dem sich jede Zacke einzeln sträubte, hatte sie sich bald hierhin, bald dahin gestürzt und nicht geruht, ehe sie es gefunden hatte. Wie in aller Welt ist es also möglich, daß die Mutter dieses Kleinen, der sich bestimmt auch verirrt hat, auf diese verzweifelten Rufe hin nicht herbeigelaufen kommt?

Die Hühner sind so dumm, daß sie auch die Eier anderer Hennen ausbrüten, und wenn aus diesen Eiern, die nicht von ihnen sind, dann die Küken schlüpfen, können sie sie nicht von den eigenen unterscheiden und lieben sie und ziehen sie mit der selben Fürsorge auf. Außerdem wissen sie nicht, daß für die menschlichen Küken die mütterliche Wärme allein nicht ausreicht, sondern daß sie auch Milch haben müssen. Das Ferkelchen weiß das, hat es doch selbst Milch gebraucht und auch welche bekommen, oho! Eine ganze Menge hat es bekommen, denn bei Tag und bei Nacht, von ganzem Herzen, hat ihm seine Mutter, obwohl sie nur ein Schwein war, so viel gegeben, wie es nur immer wollte. Deshalb kann es nicht begreifen, daß man aus Mangel an Milch so schreien kann, und in dem dunklen Loch hin und her laufend, protestiert es mit seinem gefräßigen Grunzen gegen den Kleinen in seiner hängenden Wiege, der auch in seinen Augen ›rètico‹ ist.

Komm, Kleiner, laß es schlafen, das müde, fette Schweinchen; laß sie schlafen, die Hühner und die Nachbarn. Glaub doch: Mamma Rosa würde dir schon Milch geben, wenn sie nur welche hätte; aber sie hat keine. Wenn sich deine wirkliche Mutter nicht deiner erbarmt hat, deine Mutter, die du nicht kennst – wie soll sie dann Mitleid mit dir haben, die es doch mit der eigenen Tochter haben muß? Laß sie ein wenig dort oben verschnaufen, nach einem mühseligen, langen Tag, und sich über das Glück ihrer verliebten Tochter freuen, die am Arm ihres Verlobten im Mondschein spazierengeht. Wenn du wüßtest, welch einen leuchtenden, mit Tautropfen benetzten und ganz von silbernen Klängen durchwobenen Schleier der Mond dort oben ausbreitet! Und in diesem köstlichen Zauber erwacht ganz von selbst ein herzzerreißendes Verlangen nach Güte. Tuzza gelobt sich in ihrem Innern, daß sie ihren Kindern eine liebevolle Mutter sein wird.

Komm schon, du armes Würmchen, nimm dir eines deiner Fingerchen als Brustwarze und saug eben an diesem, saug und schlaf ein! Fingerchen? O Gott, was hast du da gemacht? Der Daumen an deiner linken Hand ist so riesengroß geworden, daß du ihn dir kaum mehr in den Mund stecken kannst! Riesengroß nur dieser eine Finger an der schmächtigen, eiskalten, zusammengekrampften kleinen Hand; an deinem winzigen Körperchen riesengroß nur er allein. Diesen Daumen im Mund, hast du alles aus dir herausgesaugt, bis nichts mehr übriggeblieben ist als nur mehr die Haut um deine kleinen Knochen. Woher nimmst du bloß die Kraft, immer noch zu schreien?

Ein Wunder! Eines Abends empfängt bei der Rückkehr von ihrem Mondscheinspaziergang Mutter, Tochter und Bräutigam in der Höhle eine tiefe Stille.

»Leise, um Himmels willen!« mahnt die Mutter die beiden Verlobten, die vor der Tür gerne noch ein wenig miteinander geplaudert hätten.

Leise sind sie, aber Tuzza kann bei gewissen Worten, die ihr der Verlobte ins Ohr flüstert, ein kleines Auflachen nicht unterdrücken. Worte oder Küsse? Im Dunkeln sieht man das nicht.

Mamma Rosa ist in die Höhle getreten, hat sich der Wiege genähert und horcht angestrengt. Stille. Wie ein Gespenst ist ein Mondstrahl auf dem dunklen Fußboden von der Tür bis unter den Herd gedrungen, wo die Hühner beieinander kauern. Eines läßt sich davon stören und macht ein ganz leises, knackendes Geräusch. Verdammt nochmal! Und verdammt auch der alte Ehemann, der wie üblich betrunken aus der Kneipe heimkommt, den beiden Verlobten ausweichen will und dabei gegen die Tür stolpert.

Wie merkwürdig! Bei keinem dieser Geräusche wird der Kleine wach. Dabei hat er einen so leichten Schlaf, daß ihn schon das Summen einer Fliege aufweckt. Mamma Rosa verliert die Fassung; sie macht Licht und schaut in die Wiege; vorsichtig streckt sie die Hand aus, bis sie die Stirn des Kleinen berührt, und stößt augenblicklich einen Schrei aus.

Tuzza kommt herbeigeeilt; ihr Bräutigam jedoch bleibt ratlos und bestürzt vor der Tür stehen. Was ruft Mamma Rosa ihm zu? Herzukommen und so geschwind wie möglich einen der Stricke zu lösen, an denen die Wiege in der Ecke hängt? Und warum? So mach schon, geschwind! Geschwind! Sie, Mamma Rosa, weiß schon warum! Aber der Junge ist durch die Totenstille des Kleinen plötzlich wie zu Eis erstarrt; unfähig, einen Fuß vor den andern zu setzen, schaut er finster und verwirrt weiter zur Tür herein. Also springt Mamma Rosa, ehe die Nachbarn angelaufen kommen, selbst auf einen Stuhl, reißt den Strick herunter und ruft Tuzza zu, daß sie das tote Kind auffangen soll.

So ein Unglück! So ein Unglück! Der Strick ist abgerissen, wer weiß, warum! Abgerissen ist er, und der Kleine ist aus der Wiege gefallen, und jetzt ist er tot! Tot haben sie ihn auf dem Erdboden gefunden, kalt und steif! So ein Unglück! So ein Unglück!

Die ganze Nacht, noch nachdem die letzten Nachbarinnen, die bei ihrem Geschrei herbeigelaufen waren, wieder nach Hause schlafen gegangen sind, hört sie nicht auf zu weinen und zu schreien; und kaum ist der neue Tag angebrochen, als sie schon jedem, der sich an der Tür zeigt, aufs neue von dem Unglück erzählt.

Na, so etwas, gefallen? Es ist keinerlei Verletzung, kein blauer Fleck, keine Beule an der kleinen Leiche zu entdekken. Nur eine abstoßende Magerkeit, und an der linken Hand dieser Finger, dieser riesengroße Daumen!

Der Leichenbeschauer verzieht nach der Untersuchung das Gesicht und geht achselzuckend weg. Die ganze Nachbarschaft bezeugt einstimmig, daß das Kind verhungert ist. Und der Bräutigam, der doch weiß, was Tuzza für Ängste ausstehen muß, läßt sich nicht blicken. Dagegen tauchen – frostig, still und ohne den Mund aufzumachen – seine Mutter und eine verheiratete Schwester auf, um dem Auftritt des Maltesers, des kleinen Anfänger-Maltesers, beizuwohnen, der wütend herbeigestürmt kommt und sich die vorgestreckte Ware holen will. Rosa Marenga stößt schrille Schreie aus, rauft sich die Haare, schlägt sich mit den Händen vors Gesicht und mit den Fäusten vor die Brust, entblößt ihren Busen, um zu zeigen, daß sie noch Milch hat, und fleht um Mitleid und Erbarmen für ihre verlobte Tochter, um Aufschub wenigstens bis zum Abend, gerade so lange, daß sie zum Bürgermeister, zum Stadtrat, zum Arzt des Waisenhauses laufen kann, um Christi willen! Und schreiend, völlig aufgelöst und mit hoch emporgereckten Armen stürzt sie davon, begleitet von den Spottgebärden und den Pfiffen der Straßenjungen.

Die ganze Nachbarschaft ist in Aufruhr und schart sich vor der Tür um den kleinen Malteser, der sich als Wache vor seiner Ware aufgepflanzt hat, und um die Mutter und die Schwester des Bräutigams, die sehen möchten, wie diese Geschichte ausgehen wird. Eine barmherzige Nachbarin ist in die Höhle getreten, um gemeinsam mit der in Tränen aufgelösten Tuzza die kleine Leiche zu waschen und anzukleiden.

Sie warten und warten; den Nachbarn wird es zu dumm, zu dumm wird es auch Mutter und Schwester des Bräutigams, und alle gehen nach Hause. Nur der kleine Malteser bleibt unerschütterlich auf seinem Wachtposten.

Alles drängt sich wieder vor der Tür zusammen, als gegen Abend der städtische Leichenwagen kommt, der den kleinen Toten zum Friedhof bringen soll.

Sein kleiner Sarg aus Tannenholz ist schon zugenagelt; gerade wird er aufgehoben, um in den Wagen geschoben zu werden, als unter dem verwunderten Geschrei, neuerlichen Späßen und neuerlichen Pfiffen der Menge die strahlende, triumphierende Rosa Marenga mit einem neuen Findelkind im Arm erscheint.

»Da hab ich ihn! Da hab ich ihn!« ruft sie, und streckt ihn von weitem ihrer Tochter entgegen, die unter Tränen lächelt, während sich der Leichenwagen langsam auf den Friedhof zu bewegt.

Aus dem Italienischen von Johanna Borek. Originaltitel: *Il libretto rosso.* Erstveröffentlichung im *Corriere della sera* vom 2. Oktober 1911, dann in dem Band *Terzetti* (Mailand 1912), später im zwölften Band der *Novelle per un anno* von 1928.

# CANDELORA

Zu Candelora gewendet sagt Nane Papa, wobei seine rundlichen Finger die Krempe des alten, ausgebeulten Panamahuts festhalten:

»Das wäre nichts für dich. Glaub mir, Liebes. Es wäre nicht gut für dich.«

Und Candelora schleudert ihm wutentbrannt entgegen:

»Und was ist dann gut für mich? Bei dir bleiben und vor Wut und Ekel krepieren?«

Nane Papa bleibt ganz ruhig und drückt sich den Panama noch tiefer ins Gesicht:

»Ja, Liebes. Aber ohne zu krepieren. Hab ein bißchen Geduld. Schau, machen wir uns doch nichts vor, Chico...«

»Ich verbiete dir, ihn so zu nennen!«

»Nennst du ihn denn nicht selbst so?«

»Eben weil ich ihn selbst so nenne!«

»Ach so. Ich dachte, du würdest dich darüber freuen. Du möchtest also, daß ich Baron zu ihm sage? Der Baron. Der Baron, liebe Candelora, liebt dich und gibt für dich Geld aus...«

»Was, für mich gibt er Geld aus? Du Hanswurst! Du Verbrecher! Gibt er vielleicht nicht sehr viel mehr für dich aus?«

»Wenn du mich nicht ausreden läßt... Der Baron gibt für mich aus, und er gibt für dich aus. Aber sieh einmal: Wenn er viel mehr Geld für mich ausgibt, was heißt das dann? Überleg doch. Das heißt, daß er dich einzig und allein deshalb schätzt, weil ein bißchen von dem Glanz meines Ruhms auch auf dich fällt. Das wirst du doch nicht abstreiten?«

»Glanz?« ruft Candelora, jetzt außer sich vor Wut. »Glanz schon, aber so einer…«

Sie hebt einen Fuß und streckt ihm den Schuh entgegen.

»Schande fällt auf mich! Schande! Schande!«

Nane Papa lächelt und erwidert, ruhiger denn je:

»Nein, du entschuldigst schon. Schande höchstens auf mich. Ich bin dein Mann. Das ist der springende Punkt, Loretta, glaub mir. Wäre ich nicht dein Mann, und vor allem, wärst du nicht mehr zusammen mit mir unter diesem gastfreundlichen Dach, dann hätte die Sache überhaupt keinen Reiz mehr, verstehst du? Hier können sie herkommen und dich ungestraft verehren, und zwar mit um so größerem Vergnügen, je mehr Schande du sozusagen über mich bringst. Sobald es mich nicht mehr gäbe, würdest du, Loretta Papa, zu einem kleinen, unbedeutenden und sehr riskanten Etwas, für das Chico… der Baron kein Ge… Was ist denn? Weinst du? Aber geh! Ich mache doch nur Witze!«

Nane tritt auf Candelora zu; gerade will er ihr die Hand unters Kinn schieben, als Loretta ihn am Arm packt; wie ein wildes Tier öffnet sie den Mund und schlägt ihm die Zähne ins Fleisch; lange läßt sie nicht los und verbeißt sich in ihrer Wut immer tiefer.

Den Rücken gebeugt, damit sie den Arm bequem in Mundhöhe hat, knirscht auch Nane mit den Zähnen – er allerdings, um stumm lächelnd dem Schmerz standzuhalten, von dem er ganz blaß geworden ist.

Seine Augen werden zusehends glänzender und stechender.

Als Candeloras Biß sich dann lockert – was für eine Wohltat! –, brennt sein Arm wie Feuer.

Er sagt kein Wort.

Behutsam schiebt er sich den Jackenärmel in die Höhe; der Ärmel des Hemds löst sich nicht vom Arm. Der Stoff hat sich ins lebendige Fleisch gegraben. Der weiße Ärmel ist in der Mitte rot gesprenkelt. Ein blutiges Oval: der fein säuberliche Abdruck von Candeloras kräftigen Zähnen. Den soll einer herunterbringen! Immer noch lächelnd und immer noch weiß wie die Wand, bringt Nane es schließlich zuwege. Der Arm sieht erbarmungswürdig aus. Rings hat jeder Zahn eine Wunde hinterlassen, und innen ist das Fleisch schwarz.

»Schau her!« sagte Nane und hält ihn ihr hin.

»Das Herz könnte ich dir zerfleischen!« brüllt Candelora, die mit aller Kraft den Stuhl umklammert hält.

»Ich weiß«, sagt Nane. »Aber du wirst schon sehen, gerade weil du das möchtest, wirst du es dir schließlich überlegen und nicht gehen. Na los, nimm dein Hütchen ab. Ein bißchen Jodtinktur, damit das Gift weggeht; Phenolwatte und eine Mullbinde. Vorwärts, in meiner Schreibtischlade, Loretta, in der zweiten von rechts. Ich weiß, daß du eins von diesen kleinen Tieren bist, die beißen, und darum habe ich für dringende Fälle auch einen Vorrat an Medikamenten.«

Candelora hebt den Arm und sieht ihn an: Flüchtig sieht sie den Arm an.

In dieser Haltung bewundert Nane sie.

Candelora ist ein Wunder an Formen und Farben, eine trotzige Herausforderung an seine Maleraugen, die sie immer wieder neu und anders sehen.

In dieser mittäglichen Stunde, hier im Garten der kleinen Villa, unter dieser schwarzen Augustsonne, deren Ränder von wilden Schatten ganz zerklüftet sind, ist sie schreckenerregend. An diesem Morgen rauh vom Salzwasser und sonnenverbrannt aus dem Seebad zurückgekehrt, hat sie in ihren hellen, goldbraunen Augen, im ein wenig fliehenden Kinn, in den spröden, gelben Haaren den Ausdruck einer inmitten der Wollust eingeschlummerten Ziege. Mit ihren kräftigen nackten Armen, von denen sich die Haut schält, mit den schweren Hüften scheint sie bei jeder Bewegung das zarte, enganliegende Kleidchen aus dünnem, blauem Stoff zu sprengen, das einen schreienden Gegensatz zu ihrem verbrannten Körper darstellt.

Ach, wie lächerlich dieses Kleid doch ist!

Ganze Vormittage lang ist Candelora nackt geschwommen; nackt auf dem verlassenen Strand hat sie sich über das feste, der Sonne dargebotene Fleisch den glühendheißen Sand rieseln lassen und sich mit ihm bedeckt und dabei an den Fußsohlen das frische Prickeln des Meerschaums gespürt. Wie sollte nun dieses himmelblaue Kleidchen noch ihre ausladende Nacktheit verbergen können? Aus Gründen des Anstands getragen, läßt es sie in Wirklichkeit viel unanständiger erscheinen, als wenn sie nackt wäre.

Bei all ihrer Wut nimmt sie die Bewunderung in seinen Augen wahr und antwortet darauf instinktiv mit einem Lächeln der Genugtuung, das sie jedoch schon im nächsten Moment erbittert. Aus dem Lächeln wird ein Grinsen; ein Grinsen, das sich unversehens in Schluchzen auflöst.

Und Candelora springt auf und davon, der Villa zu.

Beinahe ohne es zu wollen schneidet ihr Nane Papa, der ihr mit den Augen folgt, eine spitzbübische Fratze; dann betrachtet er seinen verletzten Arm, der ihn in der Sonne heftig brennt; dann, wer weiß warum, spürt er, wie auch seine Augen heiß vor Tränen werden.

Es ist wahrhaft schrecklich, an einem schwülen Augusttag um die Mittagszeit in einer Pause so das Gewicht des mit Scham und Ekel beladenen Lebens wahrzunehmen und, während man schwitzt, mit dieser aus Scham und Ekel bestehenden Last auf der Seele Mitleid zu empfinden.

In der Düsterkeit dieser ganzen glühendheißen Sonne über dem von Schatten zerklüfteten Garten hat Nane Papa nun das Bewußtsein (ein Bewußtsein, das ihn bedrückt, verletzt und beinahe erschüttert) der Gegenwart vieler regloser und wie in bestürzter Unentschlossenheit vor ihm ausgebreiteter Dinge: der Bäume, dieser hohen Akazienstämme, des Bassins mit dem künstlichen Felsen rundherum und dem unbeweglichen grünen Wasserspiegel, der Stühle.

Worauf warten sie?

Er selbst kann sich bewegen, könnte auch weggehen. Aber wie seltsam! Er fühlt sich von all diesen reglosen Dingen ringsumher gleichsam beobachtet; und nicht nur beobachtet, sondern auch wie festgebannt von der feindseligen, fast ironischen Faszination, die von ihrer bestürzten Unbeweglichkeit ausgeht und ihm sein Weggehenkönnen unnütz, dumm und auch komisch erscheinen läßt.

In diesem Garten spiegelt sich der Reichtum des Barons Chico. Er, Nane Papa, ist hier seit sechs Monaten, und erst an diesem Morgen hat er das unwiderstehliche Bedürfnis empfunden, sich selbst und der vom Meer zurückgekehrten Candelora seine und ihre Schande vor Augen zu führen, in aller Schonungslosigkeit, aber lachend – denn Candelora verlangte, daß sie sich aus dieser Schande befreien sollten, nun wo sie es – ihren Worten zufolge – *konnten.*

Freilich! Weil sie sich mittlerweile gut verkaufen, die Bilder von Nane Papa, und sich die Bedeutung seiner neuen, entschieden originellen Malweise durchgesetzt hat, nicht etwa, weil sie tatsächlich verstanden worden wäre, sondern weil die Dummheit der Kunstausstellungsbesucher von der Kritik gezwungen worden war, vor seinen Bildern innezuhalten.

Die Kritik? Ein Wort, sonst nichts! Ein Wort, das erst lebendig wird, wenn es im Anzug eines Kritikers steckt! Und der Kritiker, zu dem Candelora in ihrer Verzweiflung eines Tages gegangen war, um ihn ins Gesicht hinein zu fragen, ob es denn richtig sei, daß ein Künstler wie Nane Papa Hungers sterbe, dieser Kritiker (der einflußreichste von allen) war freilich bereit, in einem meisterlichen Artikel die Aufmerksamkeit der Dummköpfe auf die neue und höchst originelle Malweise Nane Papas zu lenken, er wollte sich aber auch für den Durchbruch Nane Papas, nun, nicht gerade bezahlen lassen, aber doch durch Candeloras aufrichtigste Dankbarkeit liebenswürdigerweise entschädigt sehen. Und gleich zeigte sich Candelora nicht nur diesem Kritiker gegenüber, sondern auch den glühendsten Bewunderern der neuen Malweise ihres Mannes über die Maßen dankbar; dankbar einem jeden, insbesondere diesem Baron Chico, der ebensoweit gegangen war, sie in seiner kleinen Villa zu beherbergen, um der Ehre willen, einem begnadeten Künstler, einem Sohn des Ruhms Unterkunft gewähren zu dürfen... Und dann die Bewirtung! Die Geschenke! Die Feste!

Und selbst, wenn die arme Candelora das alles gar keine Überwindung gekostet hat – was ist da schon Schlimmes dabei!

Die Armut hat ihr eben Angst gemacht. Sie selbst sagt, daß das nicht stimmt, daß sie die Armut nicht ängstlich, sondern wütend gemacht hat; denn diese Armut war ja nicht Entbehrung und Erniedrigung, sie war vielmehr – angesichts seines Könnens – einfach Ungerechtigkeit. Für diese Ungerechtigkeit hat sie sich rächen wollen. Und auf welche Weise? Na, eben mit der Villa, dem Automobil, dem Boot, mit Gold, Edelsteinen, Ausflügen, Kleidern, Festen... Und über ihn hatte sie sich geärgert, über ihn, der unverändert geblieben war, weder traurig noch heiter, unordentlich wie eh und je, ohne an etwas anderem Freude zu empfinden als an seinen Farben, ohne zu etwas anderem Lust zu haben, als immer tiefer in seine Kunst einzudringen, aus dem immer unbefriedigt bleibenden Bedürfnis heraus, ihr auf den Grund zu gehen, so weit auf den Grund wie möglich, so weit, bis er von der komischen Phantasmagorie des Lebens, das ihn umgab, nicht das Geringste mehr wahrnahm.

Möglicherweise, nein, sogar sicherlich, besteht in ihr sein Ruhm, in dieser komischen Phantasmagorie: in Lorettas Juwelen, dem Aufwand, den sie treibt, in den Einladungen, den Festen. Sein Ruhm und zugleich – warum nicht? – seine Schande. Aber was kümmert ihn das schon?

Sein ganzes Leben, alles, was lebendig ist in ihm, legt er, schenkt er, gibt er hin für das Verlangen, ein Blatt fleischig zu machen, indem er sich selbst zu einer fleischigen Masse macht, zu den Fasern und Rippen dieser Pflanze; hart und kahl einen Stein, damit man ihn auf der Leinwand als Stein wahrnimmt und empfindet; und einzig und allein das kümmert ihn.

Seine Schande? Sein Leben? Das Leben der andern? Dinge, die nicht dazugehören, die vorübergehen, die wichtig zu nehmen illusorisch wäre. Was lebt, ist einzig seine Kunst, das Werk, das seine Gestalt rücksichtslos aus dem Licht und der Qual seiner Seele bezieht.

Wenn dies sein Schicksal war, dann heißt das, daß es nur so und nicht anders kommen konnte. Wie weit entfernt es ihm nun schon scheint, wenn er daran denkt!

Und so, wie aus weiter Ferne, hat er heute morgen zu Loretta gesagt, daß er es freilich schön gefunden hätte – aber natürlich ohne dieser Sache irgendein Gewicht beizumessen –, daß er es schön gefunden hätte, sein Leben an der Seite einer ruhigen Gefährtin zu verbringen, die über die Armut nicht gar so wütend geworden wäre; eine bescheidene und sanfte Gefährtin, an deren Busen er sich hätte ausruhen können; die ihm mit ihren Leiden denselben Kummer bereitet hätte, den ihm damals seine verkannte Kunst bereitete.

Candelora war natürlich wie eine wütende Katze über ihn hergefallen.

Aber wo bleibt sie eigentlich? Kommt sie nicht herunter und bringt ihm die Jodtinktur, die Phenolwatte und die Mullbinde? Wie sie hinaufgegangen ist, hat sie geweint, die Ärmste...

Geliebt werden möchte Loretta jetzt. Geliebt werden von ihm, vielleicht aus Trotz über seine Gleichgültigkeit. Ist das nicht verrückt? Würde er sie wirklich lieben, dann müßte er sie umbringen. Seine Gleichgültigkeit ist die unabdingbare Voraussetzung dafür, daß er die Schande, die sie an seiner Seite darstellt, überhaupt ertragen kann. Sich aus dieser Schande befreien? Aber wie sollte das jetzt noch möglich sein, wo beide sie in sich, außer sich, um sich herum tragen? Die einzige Möglichkeit war, nicht weiter daran zu denken und so weiterzumachen wie bisher, er mit dem Malen, sie damit, sich zu amüsieren – jetzt mit Chico, danach mit einem andern oder auch mit Chico und einem anderen gleichzeitig, ganz unbeschwert. Dinge, die das Leben so mit sich bringt, kleine Dummheiten... Auf die eine oder andere Weise gehen sie vorüber, ohne Spuren zu hinterlassen. Bis dahin heißt es lachen, lachen über alle Dinge, die schief zur Welt gekommen sind und sich in ihren unschönen oder abstoßenden Formen dahinschleppen, bis sie mit der Zeit zu Staub zerfallen. Jedes Ding trägt die Qual seiner Form mit sich, die Qual, so zu sein, wie es ist und nicht anders sein zu können. Gerade darin besteht das Neue seiner Kunst, dieses Leiden an der Form auszudrükken. Er weiß sehr wohl, daß sich ein Buckliger mit seinem Buckel abfinden muß. Und wie mit den Formen ist es mit den Handlungen. Ist eine Handlung erst einmal geschehen, dann ist sie eine Tatsache und läßt sich nicht mehr ändern. Was immer Candelora unternimmt, sie kann, beispielsweise, nicht mehr die Unschuld wiedererlangen, in der sie gelebt hat, als sie noch arm war. Obschon Candelora möglicherweise gar nie unschuldig gewesen ist, nicht einmal als Kind. Sie hätte nicht tun können, was sie getan hat; und nicht hinterher Gefallen daran finden können.

Aber woher in aller Welt dieser plötzliche Wunsch nach Unschuld; dieser Wunsch jetzt, zurückgezogen, ruhig, bescheiden und liebevoll mit ihm zusammenzuleben? Mit ihm, nach allem, was geschehen ist? Gleichsam, als wäre er jetzt eher in der Lage, irgend etwas im Leben ernst zu nehmen; und noch dazu die Liebe! Und noch dazu eine Liebe, die wie die ihre ganz zerknittert ist, mit dem komischen Bild von Chico und dem Kritiker und den ganzen anderen, die, friedlich einander umarmend, um sie und ihn herum Ringel-, Ringelreihen tanzen würden...

Herrje, in der Sonne ist das Blut an der Bißstelle ganz geronnen und eingetrocknet; das Handgelenk und auch ein wenig die Hand selbst sind angeschwollen und die Venen steif geworden.

Nane Papa reißt sich von seinen Gedanken los und macht sich auf den Weg zur Villa hinauf. Zweimal, zuerst auf der Treppe, dann in der kleinen Vorhalle, ruft er:

»Candelora! Candelora!«

Seine Stimme dröhnt durch die leeren Räume. Niemand antwortet. Er betritt das Zimmer neben dem Atelier, in dem der Schreibtisch steht, und prallt zurück. Reglos im gleißenden Licht dieses weißen Zimmers liegt Candelora der Länge nach ausgestreckt auf dem Boden, mit durcheinandergeratenen Kleidern, als hätte sie sich hin und her gewälzt; den einen Schenkel entblößt. Er stürzt hin und hebt ihren Kopf in die Höhe. Was hat sie getan, um Gotteswillen? Um den Mund, am Kinn, am Hals, auf der Brust hat sie gelblich-schwarze Flecken. Sie hat das Fläschchen mit dem Jod ausgetrunken.

»Es ist ja nichts passiert, es ist ja gar nichts passiert!« ruft er ihr zu. »Candelora, Liebes, was machst du bloß für Dummheiten? Mein Mädchen, mein kleines... Aber es ist ja gar nichts passiert! Der Magen wird dir ein bißchen brennen... Komm schon, komm!«

Er versucht sie aufzurichten, aber es gelingt ihm nicht, weil die Ärmste im Krampf ganz steif geworden ist. Er selber sagt freilich nicht Ärmste zu ihr: »Mein Mädchen, mein kleines, mein Mädchen...«, sagt er, weil es ihm ein bißchen komisch vorkommt, daß sie das Jod getrunken hat. »Mein kleines Mädchen...«, sagt er immer wieder und nennt sie auch sein kleines Dummerchen... Und er versucht, ihr das blaue, dünne Kleid über den nackten Schenkel zu ziehen, dessen Anblick ihn verletzt; und er wendet die Augen ab, um nicht diesen schwarzen Mund an ihr sehen zu müssen... Das Kleidchen zerreißt unter dem krampfhaften Zerren seiner Hand und gibt den Schenkel noch weiter preis.

Er ist allein im Haus. Loretta, die an diesem Morgen vom Seebad zurückgekehrt ist, hat vor ihrer Abreise die Dienstmädchen entlassen. Niemand kann ihm also dabei behilflich sein, sie vom Boden aufzuheben; niemand kann in aller Eile einen Wagen holen, um sie in ein Krankenhaus bringen zu lassen. Aber da ertönt zum Glück unten auf der Straße die Hupe von Chico, dem Baron. Und kurz darauf erscheint der verdutzte Chico selbst, mit dem gelben Gesicht eines schwachsinnigen Greises auf dem jugendlichen Körper, mit übertriebenen Gesten, aber mit ausgesuchter Eleganz gekleidet.

»Oh! Was ist denn das?«

Unwillkürlich beugt er sich vor und starrt durchs Monokel auf den nackten Schenkel, der vor ihm liegt.

»So hilf mir doch, sie aufzuheben, Herrgott nochmal!« schreit ihn, erbittert durch die nutzlosen Anstrengungen, Nane Papa an.

Aber sowie sie sie hochheben, fällt aus der Hand, die unter der Seite eingequetscht gewesen ist, ein Revolver zu Boden, und dort, wo sie eben noch gelegen hat, wird ein Blutfleck sichtbar.

»Ah! Ah!« stöhnt Nane da, während er sie gemeinsam mit Chico ins Schlafzimmer trägt.

Nicht durch den Krampf ist Loretta so steif geworden, sondern durch den Tod. Wie von Sinnen brüllt Nane Papa, sowie sie die Leiche aufs Bett gelegt haben, Chico an:

»Wer war mit euch im Seebad? Sag mir, wer diesen Sommer mit euch im Seebad war!«

Verstört nennt Chico ein paar Namen.

»Herrgott noch einmal!« ruft Nane da, stürzt sich rasend auf ihn, packt ihn an der Brust und schüttelt ihn wild hin und her. »Ist es denn möglich, daß ihr alle solche Idioten sein müßt, nur weil ihr ein bißchen Geld habt?«

»Idioten? Wir?« stammelt Chico, der bei jedem Stoß zurückweicht, dümmlicher denn je.

»Aber ja, ja, ja!« donnert Nane Papa. »Derartige Idioten, daß die Ärmste da auf die Idee kommt, von mir geliebt werden zu wollen! Begreifst du? Von mir! Von mir! Von mir geliebt werden!«

Und in ein verzweifeltes Schluchzen ausbrechend, wirft er sich auf die Leiche von Loretta.

Aus dem Italienischen von Johanna Borek. Originaltitel: *Candelora.* Entstanden vermutlich 1913, Erstveröffentlichung in dem Band *E domani, lunedì…* (Mailand 1917), dann im dreizehnten Band der *Novelle per un anno* von 1928.

# AUS EIGENER KRAFT

Einen Wagen erster Klasse, gezogen von aufgeputzten, mit Federn geschmückten Pferden, mit Kutscher und Trägern in weißen Perücken, den würden sich seine Verwandten bestimmt nicht für ihn leisten. Aber einen Wagen zweiter Klasse schon; wenigstens für die Augen der Welt.

Zweihundertfünfzig Lire: das war der offizielle Tarif.

Den Sarg schließlich, mochte er auch nur aus Kiefer und nicht aus Nuß- oder Buchenholz sein, den würden sie sicher auch nicht ganz nackt lassen (wieder für die Augen der Welt).

Ein Sargtuch aus rotem Samt, sei es auch der schlechtesten Qualität, vergoldete Beschläge und Handgriffe: wenigstens vierhundert Lire.

Dann fiele noch an: ein gutes Trinkgeld für den, der ihn waschen und ins Totenhemd stecken mußte (ein schöner Dienst!); die Kosten für die Seidenmütze und die Tuchpantoffeln; die Kosten für die vier Fackeln, die an den Bettenden angezündet werden mußten; das Trinkgeld für die Totengräber, die den Sarg auf den Schultern vom Katafalk bis zum Wagen und dann wieder vom Wagen zum Grab tragen mußten, die Kosten für einen Kranz, wenigstens einen, Heiliger Gott! Lassen wir ruhig das Blasorchester weg, ohne das ging's ja auch; aber wenigstens ein paar Dutzend Kerzen für die Begleitung der Waisenkinder von dem Heim *Il boccone del povero*, die davon lebten, das heißt von den fünfzig Lire, die man ihnen dafür gab, daß sie alle

Toten der Stadt auf ihrem letzten Weg begleiteten; und wer weiß wie viele unvorhergesehene Ausgaben noch.

All das würde Matteo Sinagra seinen Verwandten ersparen, indem er zu Fuß zum Friedhof hinaufging, um sich aus Sparsamkeitsgründen dort vor dem Eingang zum Grabmal seiner Familie umzubringen, so daß er von dort mit geringsten Kosten nach der Untersuchung durch die zuständige Behörde auf ein vierachsiges, nacktes Wägelchen geladen werden und, ohne ihn auch nur noch einmal abzubürsten, dort hinuntergeworfen werden konnte, wo schon seit geraumer Zeit sein Vater, seine Mutter, seine erste Frau und die beiden Kinder, die sie ihm geschenkt hatte, ruhten.

Die Toten sehen so aus, als glaubten sie, das Wesentlichste wäre der Verlust des Lebens, und damit wäre alles zu Ende. Für sie ist es auch so, zweifellos. Aber sie bedenken gar nicht, daß dann dieser ein oder zwei Tage lang steif auf dem Bett liegende Körper allen im Weg ist, nicht, wie viele Scherereien er machen und welche Kosten er den Lebenden verursachen wird, die, mögen sie auch alle um ihn herumstehen und ihn beweinen, ihn doch so schnell wie möglich loswerden müssen. Wenn man nun weiß, wieviel dieses Loswerden schon in einem Fall wie dem seinen kostet, das heißt, wenn einer bei guter Gesundheit stirbt, dann könnte man den Herren freiwilligen Toten wohl durchaus zumuten, daß sie die paar Schritte zum Friedhof gehen und sich dort friedlich aus eigener Kraft zur Ruhe betten.

Na gut: Was anderes hatte er nicht mehr zu denken, er, Matteo Sinagra. Das Leben hatte für ihn mit einem Schlag jeglichen Sinn verloren. Beinahe erinnerte er sich nicht einmal mehr genau, was er in diesem Leben getrieben hatte. Aber ja, sicher auch er all die Dummheiten, die man üblicherweise treibt. Ohne es zu merken. Mit großer

Leichtigkeit und Unbeschwertheit. Ja, denn bis vor drei Jahren hatte er ja ziemlich Glück gehabt. Nie war ihm etwas schwer geworden; nie hatte er einen Augenblick lang ratlos innegehalten, ob er etwas tun oder nicht tun, ob er diesen oder jenen Weg einschlagen sollte. Voll heiteren Selbstvertrauens hatte er sich in jedes Unternehmen gestürzt, hatte alle Wege eingeschlagen und war immer vorwärtsgekommen, wobei er Hindernisse bezwang, die für andere vielleicht unüberwindlich gewesen wären.

Bis vor drei Jahren.

Mit einem Schlag, wer weiß wie, wer weiß warum, hatte ihn diese Art Schwung verlassen, der ihn so viele Jahre hindurch begleitet und vorwärtsgetrieben hatte, voller Eifer und Sicherheit; das heitere Selbstvertraüen war ihm zusammengebrochen und damit gleichzeitig die Unternehmungen, die er bisher mit den verschiedensten Mitteln und Kunstgriffen vorangetrieben hatte und die er, das wurde ihm plötzlich und voller Entsetzen klar, gar nicht mehr einzeln aufzählen hätte können.

So hatte sich für ihn von einem Tag zum anderen alles verändert, verfinstert, auch das Erscheinungsbild der Dinge und der Menschen. Plötzlich hatte er sich auf du und du einem anderen Ich gegenübergesehen, das er gar nicht kannte, in einer anderen Welt, die sich ihm nun zum ersten Male ringsherum auftat: einer harten, dumpfen, undurchsichtigen, unbeweglichen Welt.

Zunächst hatte einfach jene Verwirrung von ihm Besitz ergriffen, die die Stille bei all denen hervorruft, die für gewöhnlich inmitten eines ohrenbetäubenden Maschinenlärms leben müssen, wenn die Maschinen einmal plötzlich stillstehen. Dann hatte er über den Ruin nachgedacht, nicht nur den eigenen, sondern auch den des Vaters und des Bruders seiner zweiten Frau, die ihm große Summen anvertraut hatten. Aber vielleicht konnten Schwiegervater und Schwager, wenngleich sie schwere Verluste erlitten hatten, sich noch retten. Sein eigener Ruin hingegen war vollkommen.

Er hatte sich zu Hause eingeschlossen, zerschmettert nicht so sehr von der Wucht seines Unglücks, als vielmehr von dem Bewußtsein, daß der rätselhafte Schaden, der da so blitzartig im Gefüge seines Lebens eingetreten war, nie mehr behoben werden konnte.

Bewegen sollte er sich? Und warum? Warum ausgehen? Jede Handlung, jeder Schritt war nutzlos; nutzlos war sogar das Reden.

Still in eine Ecke gekauert, hatte er dem Toben und dem Weinen seiner verzweifelten Frau zugesehen, als wäre er von Sinnen. Nur aus Bart und Haaren bestand er noch.

Bis endlich in höchster Wut der Schwager aufgetaucht war und ihn mit Fußtritten hinausgejagt hatte, nachdem er ihn mit Gewalt dazu gezwungen hatte, sich Haare und Bart zu scheren.

Es gab etwas zu tun, er konnte zehn armselige Lire am Tag verdienen als Laufbursche für eine kleine Landwirtschaftsbank, die eben aufgemacht hatte. Was sollte er dort auf seinem Stuhl schon ausbrüten? Raus, raus! Reichte denn der Schaden immer noch nicht, den er angerichtet hatte? Wollte er auch noch mit seiner Frau und den beiden kleinen Mädchen seinen Opfern auf der Tasche liegen? Raus!

Raus, na, da war er jetzt. Seit einigen Tagen hatte er das Haus verlassen. Er hatte sich als Laufbursche für diese kleine Landwirtschaftsbank verdingt. Nun kam er so daher, mit abgewetztem Hut, verschlissenem Anzug, zerrissenen Schuhen und dem tröstlichen Ausdruck eines Einfaltspinsels.

Keiner erkannte ihn mehr.

»Was, der dort soll Matteo Sinagra sein?«

Um der Wahrheit die Ehre zu geben, nicht einmal er selbst erkannte sich wieder. Und an diesem Morgen schließlich...

Es war ein Freund gewesen, ein guter Freund aus besseren Tagen, der ihm endlich seine Situation klargemacht hatte.

Wer war er denn noch? Niemand mehr. Nicht nur, weil er alles verloren hatte, nicht nur, weil er heruntergekommen war, zu diesem elenden, erniedrigenden Posten eines Laufburschen mit verschlissenem Anzug, abgewetztem Hut und zerrissenen Schuhen. Nein, nein. Eigentlich war er deshalb niemand mehr, weil nichts mehr von dem Matteo Sinagra in ihm lebte, der er bis vor drei Jahren gewesen war – außer der äußeren Erscheinung (und auch die war so sehr verändert, nicht wiederzuerkennen!). In diesem Laufburschen, der eben seine Wohnung verlassen hatte, fühlte er sich selbst nicht, und auch die anderen erkannten ihn nicht darin. Also? Wer war er dann? Ein anderer, der noch nicht lebte, der wenn überhaupt erst zu leben lernen mußte, ein neues Leben, ein elendes, kummervolles Leben mit zehn armseligen Lire am Tag. Und lohnte das die Mühe? Matteo Sinagra, der wahre Matteo Sinagra war tot, ganz und gar tot, vor drei Jahren gestorben.

Das hatten ihm mit der allernaivsten Grausamkeit die Augen des Freundes gesagt, den er an diesem Morgen zufällig getroffen hatte.

Da er nach ungefähr sechs Jahren Abwesenheit in den Ort zurückgekehrt war, wußte dieser Freund nichts von seinem Unglück. Als er auf der Straße an ihm vorüberging, hatte er ihn nicht erkannt.

»Matteo? Ja, wie ist denn das möglich? Bist du Matteo Sinagra?«

»So sagt man...«

»Ja, wie ist denn das möglich?«

Und die Augen, diese Augen, hatten ihn weiter angestarrt, mit einem solchen Ausdruck von Entsetzen und zugleich von Erbarmen und Ekel, daß er sich plötzlich in diesen Augen tot gesehen hatte, ganz und gar tot, ohne auch nur ein Stäubchen jenes Lebens in sich zu haben, das Matteo Sinagra geführt hatte.

Und dann, als dieser Freund, der beim besten Willen kein Wort mehr zu finden vermochte, keinen Blick, kein Lächeln, das er auf diesen Schatten hätte verwenden hätte können, ihm endlich den Rücken zugekehrt hatte, da hatte er den sonderbaren Eindruck gehabt, daß alle Dinge auf einmal für ihn leer waren, jeden Sinn verloren hatten, daß das ganze Leben für ihn nichtssagend geworden war.

Aber war es erst seit damals? Nein – Ach Gott! Seit drei Jahren ging das so... Seit drei Jahren war er tot, seit gut drei Jahren... Und da stand er immer noch da, auf seinen Füßen?... Noch immer ging er... atmete er... schaute er?... Ja, wie denn das? Wenn er doch nichts mehr war! Wenn er doch niemand mehr war! Da trug er noch immer diesen Anzug von vor drei Jahren... und an den Füßen hatte er diese Schuhe von vor drei Jahren...

Ach hör mal, hör mal: schämte er sich denn gar nicht? Ein Toter, und noch immer auf den Beinen? Platz, marsch ins Körbchen, dort auf dem Friedhof!

Wenn man ihnen diesen lästigen Toten aus dem Weg räumte, würden die Verwandten sich schon um die Witwe und die beiden kleinen Waisen kümmern.

Matteo Sinagra hatte in der Westentasche nach dem Revolver getastet, seinem treuen Begleiter seit so vielen Jahren. Und da ist er auch schon ohne viele Umstände auf der Straße, die zum Friedhof führt.

Das ist wirklich eine unterhaltsame Sache, ein unerhörter Genuß.

Ein Toter, der aus eigener Kraft seinem Schicksal entgegengeht, auf eigenen Füßen, schön langsam, so bequem wie möglich.

Matteo Sinagra weiß es ganz genau, daß er ein Toter ist; sogar ein recht alter Toter; ein drei Jahre alter Toter, der Zeit gehabt hat, sich von jeder Sehnsucht nach dem verlorenen Leben frei zu machen.

Nun ist er leicht, ganz leicht: wie eine Feder! Er hat sich selbst wiedergefunden, er ist endlich in seine Identität als Schatten seiner selbst eingetreten. Befreit von jedem Hindernis, frei von jedem Kummer, ledig jeder Last, schreitet er zu seiner bequemen Ruhe.

Und das ist's: Als er diese Straße, die zum Friedhof führt, nun als Toter geht, zum letzten Mal und ohne Wiederkehr, da erscheint sie ihm in einer neuen Weise, erfüllt ihn mit einer Freude der Befreiung, die wirklich schon außerhalb des Lebens, jenseits des Lebens angesiedelt ist.

Die Toten legen diesen Weg im Wagen zurück, eingesperrt und eingesiegelt in einen doppelten Sarg, aus Zink und aus Nußholz. Er geht zu Fuß, atmet, kann den Hals dahin und dorthin wenden und noch einmal alles gut ansehen.

Und er sieht die Dinge, die schon nicht mehr für ihn da sind, die für ihn schon keinen Sinn mehr haben, mit ganz neuen Augen an.

Die Bäume… oh, sieh mal! So also waren die Bäume? Das waren sie also? Und diese Berge da unten… Warum? Diese blauen Berge, mit dieser weißen Wolke darüber… Die Wolken… was für seltsame Dinge!… Und dort ganz hinten, das Meer… So war das also? Das also war das Meer?

Und die Luft, die ihm in die Lungen dringt, hat einen neuen Geschmack, eine erfrischende Sanftheit auf den Lippen, in den Nasenlöchern… Was für eine Wonne! Er atmet sie ein… ach, er trinkt sie nun, wie er sie nie dort drüben im Leben getrunken hat, wie sie nie jemand, der im Leben steht, trinken kann! Nun ist sie Luft, nichts weiter, nicht mehr Atemzug, um zu leben. All diese unendliche, ihn ganz umschließende Wonne können die anderen Toten nicht erleben, die auf dieser Straße mit dem Wagen fahren, steif, ausgestreckt, vergraben in der Dunkelheit einer Kiste. Aber auch die Lebenden können sie nicht erleben, die Lebenden, die ja nicht wissen, was es heißt, sie *nachher* zu erleben, so, einmal und für immer: lebendige, gegenwärtige, vibrierende Ewigkeit!

Der Weg ist noch lang. Aber er könnte hier stehen bleiben. Er ist in der Ewigkeit, er geht darin, er atmet darin, in einer göttlichen Trunkenheit, die den Lebenden unbekannt ist.

»Willst du mich? Trag mich mit dir…«

Ein Stein… Ein Stein auf der Straße. Und warum nicht?

Matteo Sinagra bückt sich, hebt ihn auf, wiegt ihn in der Hand. Ein Stein… Waren die Steine also so? Waren das die Steine? Ja, da ist er, ein kleines Stück Fels, ein Brocken lebendige Erde, ein Brocken von all dieser lebendigen Erde, ein Bruchstück des Universums… Da ist er, in seiner Tasche, er wird mit ihm kommen.

Und dieses Blümchen?

Aber ja, das Blümchen auch, im Knopfloch dieses Toten, der da aus eigener Kraft aus der Welt geht, so fern von allem und so heiter und glücklich, auf seinen eigenen Füßen zu seinem Grab, wie zu einem Fest, mit dem Blümchen im Knopfloch.

Da ist schon der Eingang zum Friedhof. Noch vielleicht zwanzig Schritte, und der Tote ist zu Hause. Nur keine Tränen. Er geht aus eigener Kraft dahin, mit munterem Schritt, dieses Blümchen im Knopfloch.

Sie sind ein schöner Anblick, diese beiden Zypressen, die wie Wächter am Tor stehen. Oh, es ist ein bescheidenes Haus da auf der Spitze eines Hügels zwischen den Olivenbäumen. Insgesamt werden hier vielleicht hundert Grabmäler sein, ohne großen künstlerischen Anspruch: Ein Kapellchen mit einem kleinen Altar darin, ein kleines Gitter davor und ein paar Blumen drumherum.

Er ist wirklich ein beneidenswert angenehmer Aufenthaltsort für die Toten, dieser Friedhof. Da er von der Stadt weit entfernt liegt, kommen die Lebenden selten dahin.

Matteo Sinagra tritt ein und grüßt den alten Friedhofswärter, der vor dem Eingang seines Häuschens sitzt, rechts vom Portal, das graue Wolltuch um die Schultern und die betreßte Mütze auf die Nase geschoben.

»Hallo, Pignocco!«

Pignocco schläft.

Und Matteo Sinagra bleibt eine Weile stehen, um dem Schlaf dieses einzigen Lebenden unter so vielen Toten zuzusehen, und fühlt – in seiner Eigenschaft als Toter – darüber ein gewisses Mißvergnügen, ja Ärger.

Da kann man sagen, was man will. Den Toten tut es gut, wenn sie daran denken können, daß ein Lebender über ihren Schlaf wacht und über der Erde, die sie bedeckt, mit gewissen Verrichtungen beschäftigt ist. Schlaf über der Erde und unter der Erde, das ist zuviel Schlaf. Man müßte Pignocco aufwecken, müßte zu ihm sagen:

»Da bin ich. Ich bin einer der Deinen. Ich bin aus eigener Kraft gekommen, auf meinen Füßen, um meinen Verwandten ein bißchen Geld zu ersparen. Ist das deine Fürsorge für uns?«

Ach hör schon auf, was denn für eine Fürsorge, der arme Pignocco! Was brauchen denn die Toten noch viel Bewachung? Wenn er da und dort ein Rasenstückchen gegossen hat, wenn er in diesem und in jenem Grabmal irgendein Lämpchen angezündet hat, das niemandem leuchtet, wenn er die welken Blätter von den Wegen gekehrt hat, was bleibt ihm dann schon noch zu tun? Da drinnen atmet ja doch keiner mehr. Das Summen der Fliegen und das Rauschen der uralten Ölbäume auf dem Hügel überreden ihn dann, ein Nickerchen zu machen. Er wartet ja auch auf den Tod, der arme Pignocco; und siehe da, in dieser Erwartung schläft er einstweilen für kurze Zeit über so vielen Toten, die auf ewig unter ihm schlafen.

Vielleicht wird er schon bald aufwachen, bei dem trocknen Knall des Revolvers. Aber vielleicht nicht einmal das. Der Revolver ist so winzig, und er schläft so tief... Später dann, gegen Abend, wenn er sich, bevor er das Tor schließt, auf einen letzten Kontrollgang begibt, dann wird er da ein schwarzes Häuflein finden, auf diesem Weg ganz hinten.

»Oh! Was ist denn das für ein Zeug?«

Nichts, Pignocco. Einer, der unter die Erde muß. Los, ruf die Leute herbei, damit sie ihm das Bett bereiten, unten, so gut es geht, ohne viel Rücksichten. Um den Verwandten Kosten zu ersparen, ist er aus eigener Kraft gekommen, und auch aus Freude daran, sich selbst zuvor noch so zu sehen, als Toter unter Toten, zu Hause, bei guter Gesundheit ans Ziel gelangt, mit offenen Augen, bei vollem Bewußtsein. Laß ihm den Stein in der Tasche, der hat auch schon genug davon, im Sonnenschein auf der Straße zu liegen. Und laß ihm auch das Blümchen im Knopfloch, das ist in diesem Augenblick seine kleine Toten-Koketterie. Er hat es gepflückt und sich selbst geschenkt, anstatt all der Kränze, die ihm Verwandte und Freunde nicht schenken werden. Er ist jetzt hier noch über der Erde, aber es ist gerade so, als wäre er von darunter gekommen, nach drei Jahren, aus Neugier, um einmal zu gucken, wie denn wohl diese Grabmäler, diese Rasenstückchen, diese kiesbestreuten Wege, diese schwarzen Kreuze und diese Blechkränze auf den Armengräbern aussehen.

Schön sehen sie aus, wahrhaftig.

Und ganz leise, auf Zehenspitzen, schleicht sich Matteo Sinagra hinein, ohne Pignocco aufzuwecken.

Es ist noch zu früh, um schlafen zu gehen. Er wird bis zum Abend über die Wege bummeln und sich alles gut ansehen (als Toter, versteht sich); er wird warten, bis der Mond aufgeht; und dann gute Nacht.

Aus dem Italienischen von Michael Rössner. Originaltitel: *Da sé.* Erstveröffentlichung in der Zeitschrift *Rassegna contemporanea* vom 10. November 1913, später in dem Band *E domani, lunedì…* (Mailand 1917), schließlich im dreizehnten Band der *Novelle per un anno* von 1928.

# NACHWORT

## Der Rabe von Mizzaro oder Karneval der Toten

Es gibt bekanntere Raben in der Literaturgeschichte: Poes »Raven« etwa, der auch durch Baudelaires Seiten flattert. Pirandellos Rabe aus der gleichnamigen Novelle in diesem Band ist allenfalls durch den »Kaos«-Film der Brüder Taviani bekannt geworden. Auf den ersten Blick hat die kleine Erzählung aus dem Jahr 1902 auch wenig Besonderes zu bieten: Wie eine biedere Fabel über das Sprichwort »Wer anderen eine Grube gräbt…« klingt die Geschichte von dem Raben, dem Kinder ein Glöckchen umgehängt haben und der nun läutend über die Felder fliegt, womit er einen braven Bauern so sehr ärgert, daß dieser sich an ihm rächen will, damit aber seinen Esel und sich selbst in den Abgrund befördert. Ästhetisch steht sie Pirandellos erzählerischen Anfängen nahe: Hier haben wir, scheint's, die Welt des sizilianischen Verismo von Pirandellos Mentor Luigi Capuana, die Welt der bäuerlichen Novellen aus Giovanni Vergas Sammlung *Vita dei campi.* Und doch geht es hier weder um eine liebevoll-poetische noch um eine sozial anklagende »wahrhaftige« Schilderung sizilianischen Landlebens.

Nein, der Rabe von Mizzaro ist wohl kein besonders veristischer Rabe. Betrachten wir ihn also symbolisch. Dann ist er in gewisser Weise verwandt mit einem Narren – nicht umsonst trägt er einen Schellenkranz. Er ist kein Vertreter einer Ästhetik des Schönen, denn er krächzt grauenvoll; zudem hat er zweifelsohne einen gewissen Freiheitsdrang. Da läge es nahe, ihn als Allegorie des Dichters oder wenigstens der Dichtung zu sehen, einer humoristischen Dichtung im Sinne von Pirandellos Humor-Essay natürlich, die sich dem »Schönheitsgebot« des Ästhetizismus à la D'Annunzio ebenso verweigert wie der Vernunft und Nützlichkeit naturalistisch-veristischer Poetiken, die diese Vernunft vielmehr durch ihre übergenaue Erfüllung bis zur letzten Konsequenz Narrheit, des Wahnsinns führt.

Nun, bei Pirandello, der anderswo (im Vorwort zu den *Sechs Personen*) seinen Abscheu vor symbolischen oder allegorischen Deutungen bekundet hat, wird man mit derlei Auslegungen vorsichtig sein müssen. Aber es muß ja auch nicht gleich ein Symbol sein. Als Tier ist der Rabe jedenfalls den Menschen durch sein natürliches, nicht-rationales Bewußtsein überlegen: Er wird einerseits zum Vertreter eines Lebens in Einheit mit der Natur, andererseits zum Repräsentanten der Indifferenz dieser Natur, die bei Pirandello stets in Leopardi-Tradition als »Stiefmutter« des Menschen erscheint. Kein Mitleid für den von der Sonnenglut gequälten, schwer arbeitenden Bauern, keine erkennbare Ursache für Schicksalsschläge, die oft geradezu als Verspottungen der Betroffenen wirken müssen – etwa wenn es Bruno Celesia in *Der Lebensretter* endlich gelingt, in sein bedrücktes Dasein ein wenig Licht zu bringen, indem er sich durch die Rettung eines Ertrinkenden das Anrecht auf die Lebensrettermedaille und ein wenig soziale Anerkennung sichert – bis er entdeckt, daß der Gerettete ausgerechnet der Liebhaber seiner Frau ist.

Gehörnte Ehemänner – ein altes Novellenmotiv – gibt es in diesen sizilianischen Novellen zahllose. Aber die Texte zensurieren weder das Verhalten der Ehebrecher(innen), noch feiern sie – wie Boccaccios Erzähler – den Einfallsreichtum derselben, sie beschränken sich darauf, die absurden Konsequenzen vorzuführen, die sich aus diesen Situationen aufgrund des vorgeschriebenen gesellschaftlichen Rollenspiels für alle Beteiligten ergeben: Die Ehemänner finden sich meist mit der außerehelichen Beziehung ihrer Frauen nicht nur ab, sondern richten sich bisweilen recht gut damit ein. Erst wenn die Öffentlichkeit diese Situation »offiziell« zur Kenntnis nimmt, bleibt ihnen nichts anderes übrig, als in die Rolle des Ehemanns nach sizilianischem Ehrenkodex zu schlüpfen, das heißt zu töten, sich zu duellieren und dergleichen. Das Absurde ist nun, daß die Gesellschaft dieses Rollenverhalten billigt, das davon abweichende, humanere, jedoch nicht.

Natürlich ist auch die im konkreteren Sinn sozialkritische Thematik in diesen Novellen präsent, in einigen *(Requiem aeternam..., Das rote Heft* oder – als Klerikersatire – *In corpore vili)* sogar dominant. Aber selbst in solchen Erzählungen geht es weniger um eine Anklage, als vielmehr um die absurden Folgen einer unerträglichen Situation, in der auch die »Ausbeuter« Gefangene eines Rollenspiels sind, das sie durchaus als bedrückend empfinden. Der Umgang des Autors mit Armut und Leiden ist nicht ohne Mitgefühl, aber dennoch respektlos, ebenso respektlos, wie der Rabe von Mizzaro über dem Schweiße seines Angesichts arbeitenden Bauern kreist. Dasselbe gilt auch für das bei Pirandello so häufige Phänomen des Todes, der in den Titeln der frühen Sammlungen mehrfach auftaucht – etwa in dem Band *Il carnevale dei morti* (»Karneval der Toten«), dem einige hier aufgenommene Geschichten entstammen.

Trotz allen Leidens und aller Gewalt ist Sizilien immer wieder auch als positives Symbol in Pirandellos Werk präsent. Stärker als in seinem restlichen Werk bewahrt sich der »bitter grinsende« Humorist Pirandello gerade in den Texten, in denen er von seiner sizilianischen Heimat erzählt, neben dem Grinsen auch ein Schmunzeln, wenn nicht gar ein Lachen, trotz, wegen aller Absurditäten von Leben, Tod und gesellschaftlichem Rollenspiel.

Michael Rössner

# EDITORISCHE NOTIZ

Mit den Bänden *Sonne und Schatten* und *Die vergessene Maske* liegt nun im Rahmen dieser Werkausgabe eine repräsentative Auswahl der Novellen vor, die Pirandello seiner Heimat Sizilien gewidmet hat. Die Prinzipien der Auswahl und Präsentation der hier versammelten Novellen sind im wesentlichen dieselben wie für die anderen Novellenbände: die Aufnahme aller später zu Theaterstücken umgewandelten Novellen, um dem Leser einen Vergleich mit den Dramenfassungen zu ermöglichen (wobei einige unmittelbar als Vorbilder dienende Novellen direkt in den Theaterbänden *Die Riesen vom Berge* und *Sechs Personen suchen einen Autor* enthalten sind), und die Konzentration auf die originellsten und ästhetisch gelungensten Texte, vor allem bei mehrfacher Bearbeitung gleicher oder ähnlicher Stoffe. Die Anordnung der Novellen in den beiden sizilianischen Novellenbänden folgt der Einteilung in fünfzehn Teilbände, die der Autor selbst anläßlich der Zusammenfassung der Novellen zu einem strukturierten Corpus unter dem Titel *Novelle per un anno* (»Novellen für ein Jahr«, erschienen 1922 bis 1928, die beiden letzten Bände 1934 und postum 1937) verfügt hat. Der Band *Die vergessene Maske. Sizilianische Novellen II* enthält Texte aus den Teilbänden sechs bis dreizehn der Pirandello-Ausgabe, in denen grundlegende Themen seines Werks wie die Maskenthematik, der Zwang zur sozialen Rolle und die Pluralität der Wirklichkeiten in einem sizilianischen, vordergründig sogar veristisch anmutenden Ambiente behandelt werden.

Über der Zuordnung zu den Bänden der von Pirandello besorgten Ausgabe sollte nicht vergessen werden, daß die Mehrzahl der Erzählungen zuvor einzeln veröffentlicht worden war, so daß diese Bandeinteilung vom Autor bereits *a posteriori* und bisweilen ohne Rücksicht auf die Chronologie ihrer Entstehung vorgenommen wurde. Deshalb haben wir versucht, zur besseren Orientierung des Lesers in den Anmerkungen diese Phasen der Beschäftigung mit den einzelnen Novellen nachzuzeichnen: Erstveröffentlichung (meist in Zeitungen und Zeitschriften); Wiederaufnahme, oft mit Überarbeitungen, in einer zweiten Zeitschriftenveröffentlichung oder in einem der frühen Einzelbände; schließlich Endbearbeitung für die Teilbände der *Novelle per un anno*. Auf die Aufnahme von Varianten aus diesen früheren Bearbeitungsstufen haben wir weitgehend verzichtet, um den Band nicht übermäßig aufzublähen; nur dort, wo sie eigene, in der Überarbeitung aufgegebene ästhetische Wege andeuten oder Motive behandeln, die später in anderen Werken (Dramen, Novellen oder Romanen) wiederaufgenommen werden, sind solche Varianten in den Anmerkungen wiedergegeben.

Was die deutschen Texte anbelangt, haben wir uns für einige hervorragende Übersetzungen aus den fünfziger Jahren neben neuen Übertragungen entschieden und dabei versucht, nicht unnötig einzudeutschen, um die Texte nicht des Lokalkolorits zu berauben, das bei vielen von ihnen unentbehrlich erscheint. Das gilt vor allem für die Anredeformen wie »zio«, »zia« (wörtlich Onkel, Tante), »Compare«, »Comare« (wörtlich Gevatter[in]), »Gnà«, »Don«, »Donna« oder »Padron(e)« und anderes mehr; diese lokale Tönung steht in reizvollem Kontrast zur zeitlosen Universalität dieser Novellen.

München, Mai 1997 Michael Rössner

Die Deutsche Bibliothek - CIP-Einheitsaufnahme

*Pirandello, Luigi:*
Gesammelte Werke : in sechzehn Bänden / Luigi Pirandello.
Hrsg. von Michael Rössner. - Berlin : Propyläen
Bd. 8. Die vergessene Maske. - 1997
(Sizilianische Novellen ; 2)
ISBN 3 549 05537 4


Propyläen Verlag

Satz: Utesch Satztechnik, Hamburg
Druck und Verarbeitung: Wiener Verlag, Himberg bei Wien
ISBN 3 549 05537 4
Printed in Austria 1997

Gedruckt auf alterungsbeständigem Papier mit
chlorfrei gebleichtem Zellstoff